LA LÉG

Paru dans Le Livre de Poche :

LES CHÂTIMENTS
CLAUDE GUEUX
LES CONTEMPLATIONS
LE DERNIER JOUR D'UN CONDAMNÉ
ÉCRITS POLITIQUES *(anthologie)*
HERNANI
L'HOMME QUI RIT
LÉGENDE DU BEAU PÉCOPIN ET DE LA BELLE BAULDOUR
MANGERONT-ILS ?
LES MISÉRABLES
NOTRE-DAME DE PARIS *(2 vol.)*
ŒUVRES POÉTIQUES *(anthologie)*
LES ORIENTALES / LES FEUILLES D'AUTOMNE
QUATREVINGT-TREIZE
RUY BLAS
LES TRAVAILLEURS DE LA MER

Collection dirigée par Michel Zink et Michel Jarrety

VICTOR HUGO

La Légende des siècles

PREMIÈRE SÉRIE

HISTOIRE — LES PETITES ÉPOPÉES

PRÉSENTATION ET NOTES PAR CLAUDE MILLET

LE LIVRE DE POCHE
Classiques

Professeur à l'université Paris-VII, Claude Millet est spécialiste de la littérature française du XIXe siècle et plus particulièrement de Hugo. Outre *La Légende des siècles*, elle a édité dans Le Livre de Poche une anthologie des *Œuvres poétiques de Hugo*.

© Librairie Générale Française, 2000, pour la présente édition.

ISBN : 978-2-253-16066-3 – 1re publication LGF

PRÉSENTATION

« Les hommes d'aujourd'hui qui sont nés quand naissait / Ce siècle, et quand son aile effrayante poussait »[1], savent que leurs histoires participent *à* et *de* l'Histoire. Et chacun se rappelle que sa famille s'est enrichie, ou appauvrie, dans les tourmentes des révolutions, que beaucoup sont morts, sur l'échafaud, dans la rue ou sur les champs de bataille[2], que d'autres, qu'attendait une destinée banale, sont revenus couverts d'honneur, de gloire, de puissance, et puis ont été mis en demi-solde, raturés des registres, oubliés. Leur terrain est l'Histoire, mais ce terrain est singulièrement mouvant, instable, régulièrement secoué par des séismes insurrectionnels ou révolutionnaires, avec leurs changements de dynastie, de régime, leurs curées, leurs promesses mal tenues, les coups d'État et les répressions. Et « l'on ne sait, à chaque pas qu'on fait, si l'on marche sur une semence ou un débris »[3]. Pour

---

1. *La Légende des siècles*, *Première Série*, XIII, 4, p. 470. Nous renverrons désormais au texte par l'abréviation « PS ». **2.** Hugo fait le compte dans « L'Histoire réelle — chacun remis à sa place » : « De 1791 à 1814, la France seule, luttant contre l'Europe coalisée par l'Angleterre, la France contrainte et forcée, a dépensé en boucheries pour la gloire militaire, et aussi, ajoutons-le, pour la défense du territoire, cinq millions d'hommes, c'est-à-dire six cents hommes par jour. L'Europe, en y comprenant le chiffre de la France, a dépensé seize millions six cent mille hommes, c'est-à-dire deux mille morts par jour pendant vingt-trois ans », *William Shakespeare*, III, III, 1, p. 441 de l'édition « Bouquins » des *Œuvres complètes*, ss la dir. de G. Rosa et J. Seebacher (Robert Laffont, 1985), qui sera notre édition de référence. **3.** Musset, *La Confession d'un enfant du siècle*, I, 2, p. 25 ; Gallimard, « Folio », 1973.

ces hommes, la mémoire est un devoir, et le récit historique un besoin. Il faut raconter l'Histoire. La raconter dans son foisonnement curieux, étrange, pittoresque de détails, de singularités concrètes, pour donner chair à la différence des temps, peindre chaque époque avec sa « couleur locale ». De là l'immense succès, à partir de 1816, des traductions des romans de Walter Scott en France ; de là le soin apporté aux particularités des mœurs chez des historiens comme Barante ou Augustin Thierry ; de là le tourbillon des détails au chapitre « L'année 1817 » des *Misérables*. Mettre l'Histoire en détails, c'est aussi faire le double récit méticuleux du fait « saignant »[1] de l'usurpation de 1851, *Napoléon le Petit* et *Histoire d'un crime*[2]. L'Histoire doit s'attacher à la particularité. Cette première exigence s'accompagne du besoin de saisir l'Histoire nationale ou universelle dans ses grandes lignes, d'en dégager les masses et les grandes articulations, pour mettre en évidence le sens du devenir, sa direction et sa signification, montrer que « tout se tient, tout s'enchaîne, tout est logique »[3]. De là aussi l'impact des traductions, en 1827, de Vico par Michelet et de Herder par Quinet, de là les *Histoire[s] de France* de Sismondi ou de Michelet, l'*Histoire de la civilisation en Europe* de Guizot, l'*Introduction à l'Histoire universelle* de Michelet. D'où les épopées de l'Histoire de l'Humanité, l'*Orphée* de Ballanche, l'*Ahasvérus* de Quinet, le projet inachevé de Lamartine, *Les Visions, La Légende des siècles* de Victor Hugo.

Le « Journal des idées, des opinions et des lectures d'un jeune jacobite de 1819 », publié par Hugo en 1834 dans *Littérature et philosophie mêlées*, exposait clairement l'alternative (en pointant davantage toutefois la direction de *Napoléon le Petit* que de « L'année 1817 ») :

---

1. *Histoire d'un crime*, « Note du tome Ier (1877) », p. 155. **2.** Publiés respectivement en 1852 et en 1877, mais *Histoire d'un crime* est commencé en 1851-1852. **3.** « Avertissement de l'éditeur » de l'*Histoire de la civilisation en Europe*, par François Guizot (1828) ; édition de P. Rosanvallon, Hachette, coll. « Pluriel », 1985.

« Il n'y a que deux tâches dignes d'un historien dans ce monde : la chronique, le journal, ou l'histoire universelle. Tacite ou Bossuet. » Au reste, ces deux types d'écriture historique, l'analytique et la synthétique, la « narrative » et la « philosophique » ne sont pas si exclusives l'une de l'autre. « L'année 1817 » est contée dans cette somme du XIXe siècle que sont *Les Misérables ; Napoléon le Petit* s'achève sur une « Conclusion » où le fait actuel est absorbé dans l'Histoire de tout le passé et de tout l'avenir. Quant à *La Légende des siècles*, elle raconte l'Histoire de l'Humanité des origines à la fin des temps, mais sans abstraire « l'idée » de la matérialité des détails : l'Histoire est, dans le même mouvement, un enchaînement conceptuel et une expérience concrète. Il est en réalité possible d'écrire comme Tacite *et* Bossuet.

Écrire comme Tacite, cela voudra dire citer à la barre les tyrans, leur accrocher au cou ce carcan, leur règne, raconter leurs crimes « avec la concision du fer rouge »[1]. Écrire comme Bossuet, ce sera tresser ensemble l'Histoire des Hommes et les desseins de la Providence, faire de Dieu l'opaque et cependant manifeste réserve de sens du devenir, inscrire le fait historique dans une eschatologie. Écrire comme Tacite *et* Bossuet, ce sera inscrire la crête de l'instant où le crime politique se commet dans le vertige de l'absolu, de l'éternel, de ce « hors des temps » qui englobe les temps et promet leur fin. Ce sera faire naître *La Légende des siècles* des *Châtiments*, étendre le procès du Second Empire[2] à toute l'Histoire de l'Humanité, et faire de cette Histoire de l'Humanité le premier tableau d'un triptyque qui engloberait tout : « l'Être sous sa triple face ; l'Humanité, le Mal, l'Infini ; le progressif, le relatif, l'absolu ; en ce qu'on pourrait appeler trois chants : *La Légende des siècles, La Fin de Satan, Dieu* »[3].

Après *Les Châtiments* de 1853, qui dressent pour

---

1. *William Shakespeare*, I, II, 2, § VIII, p. 273. **2.** Et, au niveau européen, de la répression en 1848-1849 des insurrections nationales et démocratiques. **3.** PS, Préface, p. 50.

condamner le Second Empire « assez de piloris pour faire une épopée »[1], *Les Contemplations* (1856) ont approfondi d'autres abîmes que ceux du crime politique : les abîmes du moi, du fond desquels s'élève « Ce que dit la bouche d'ombre », les châtiments de la métempsycose, les tyrans et les méchants faits orfraies, crapauds, billots, cailloux, l'immense attente de l'expiation, et de la rédemption finale de ces âmes affreusement enfermées dans la matière, afin que « tout s'affirme et dise : moi »[2]. L'élégie du deuil intime consonne avec les pleurs de l'infini.

Concurremment, Hugo a mis en réserve des poèmes d'abord destinés aux *Châtiments*, comme « La vision de Dante », « La conscience » ou « Abîme »[3], premières pierres de ce qui deviendra le projet de la triple épopée de *La Légende*, de *La Fin de Satan* et de *Dieu*. Ces trois chants sont d'abord pensés ensemble, avant que les réticences des éditeurs de Hugo, Lévy puis Hetzel, n'amènent le poète à se recentrer sur *Les Petites Épopées*[4] : le dernier livre des *Contemplations*, « Au bord de l'infini », avait suffisamment horrifié les lecteurs pour tout laisser craindre de ces deux visions du mystère à un éditeur soucieux de rentabilité[5]. Hugo n'en annonce pas moins dans sa Préface de 1859 les deux chants complémentaires du poème de « l'Être ». Mais d'octobre 1857 à mai 1859, l'essentiel de son activité portera bien sur l'épopée de l'Humanité. L'écriture du Mal et de l'Infini, du relatif et de l'absolu n'est toutefois pas purement et simplement interrompue : Hugo continue de rédiger des fragments de

---

1. *Châtiments*, « Nox », p. 16. **2.** *Dieu*, « Le seuil du gouffre », « Une voix », p. 588. **3.** « Abîme » sera le dénouement de la *Nouvelle Série*. « La vision de Dante » prendra place dans la *Dernière*. « La conscience » est le deuxième poème du recueil de 1859. P. Albouy a montré comment *La Légende* était née des *Châtiments* (« Aux commencements de *La Légende des siècles* », *RHLF*, octobre-décembre 1962). **4.** Titre passé en sous-titre de la première *Légende des siècles*. Sur l'entrelacement des rédactions de *La Légende des siècles*, de *La Fin de Satan* et de *Dieu*, voir P. Laforgue, *Victor Hugo et La Légende des siècles*, Paradigme, 1997. **5.** Craintes partagées par un Barbey d'Aurevilly. Voir Dossier, p. 532.

ces deux « chants », et surtout il les projette dans *La Légende*. Qu'on se reporte à l'index situé à la fin de cette édition : Dieu et Satan sont bien les deux principaux personnages de *La Légende des siècles*, suivis loin derrière par César, le tyran. En réalité, il y a l'essentiel de *La Légende* dans les fragments de *La Fin de Satan* : le récit de la victoire contre la tyrannie (politique et religieuse), à partir du fratricide originel jusqu'à la prise de la Bastille, la révélation de l'ange Liberté, l'annulation du Mal et la rédemption de Satan. Et de même *La Légende* se retrouve dans *Dieu*, avec son échelle des révélations successives jusqu'à l'Inconnu. Réciproquement, « le Mal, l'Infini », ou encore « le relatif, l'absolu », se réverbèrent dans *Les Petites Épopées*. Si Hugo n'a finalement pas achevé les « chants » de *La Fin de Satan* et de *Dieu*, c'est sans doute en partie parce que *La Légende des siècles* les avait absorbés.

Livre total, *Les Petites Épopées* de 1859 sont en même temps un fragment, une partie d'un tout qui l'englobe et le dépasse : l'ensemble des séries de *La Légende des siècles*. Leur nombre à venir n'est pas encore fixé, mais Hugo, dès l'origine du projet, pense écrire une Histoire sérielle. Sérier l'Histoire, c'est la raconter plusieurs fois pour mettre en évidence plusieurs de ses logiques ; c'est essayer sur le même thème — comme un peintre avec un paysage ou un visage — des variations de traitement ; c'est encore tenter — comme un mathématicien — d'approcher de l'*x* de l'Histoire à partir d'opérations conceptuelles différentes. Chacune de ces variations est une œuvre à part entière, un « tout ». Mais ce « tout » est en même temps l'élément d'un ensemble plus vaste. Ce livre « existe solitairement et forme un tout ; il existe solidairement et fait partie d'un ensemble »[1]. L'ensemble, comme la partie, s'intitule *La Légende des siècles*, mais celle de 1859, *Première Série / Histoire — Les Petites Épopées*, sera suivie en 1877 d'une *Nouvelle Série*, puis, en 1883,

1. PS, Préface, p. 44.

d'une *Dernière Série*. Celle-ci n'a vraisemblablement pas été organisée par Hugo, mais par l'ami Meurice. Rien ne le prouve absolument, mais tout le laisse à penser : l'attaque cérébrale qui frappe le poète en 1878 et l'arrêt presque total tant de la production littéraire que de l'intervention politique qui s'ensuivit ; le peu de mots adressés par Hugo à l'immense foule venue célébrer sous ses fenêtres, avenue Victor-Hugo, ses quatre-vingts ans ; et enfin l'impression qui domine à la lecture de cette troisième *Légende*, d'un recueil pré-posthume recueillant sans ordre, sans « logique » nette quelques chefs-d'œuvre et beaucoup de fonds de tiroir.

Immédiatement après la publication de cette *Dernière Série*, paraîtra, paraphée par Hugo — précaution suspecte — l'édition dite « définitive », qui confond les trois séries en un seul monument grandiose, cassant certaines sections, ajoutant un poème (« Le retour de l'empereur »[1]), suggérant certes par endroits des effets de sens par la composition nouvelle, mais bien plus souvent brassant les poèmes dans un (dés)ordre confus. *La Légende* y perd sa rigueur d'Histoire sérielle, mais, à une époque où Hugo est au plus haut de sa gloire et le nationalisme en plein essor, elle y gagne à devenir la grande épopée française, qui vient à l'heure pour prouver que Hugo et la France ont la « tête épique », pour reprendre l'expression consacrée par Voltaire. Opération idéologique de célébration du grand homme et de la grande nation, dans laquelle se perdent ces deux tentatives *pensées* d'exploration poétique du sens de l'Histoire que sont les *Première* et *Nouvelle Séries*. Car la *Nouvelle Série* n'est pas le complément qui viendrait seulement combler les lacunes de la *Première* pour reconstituer le continuum historique et compléter la chronologie des événements. Pour cela, il faudrait d'abord que ce continuum soit pensable et représentable (ce qu'il n'est pas, l'Histoire étant faite de rup-

---

1. Publié initialement en plaquette, en 1840, à l'occasion du retour des cendres de Napoléon Ier.

tures, de catastrophes, de destructions et de répétitions, plus que de progression) ; il faudrait aussi que la chronologie soit un principe d'intelligibilité de la réalité historique (ce qu'elle n'est assurément pas pour Hugo).

La *Nouvelle Série* reprendra le récit de l'Histoire de l'Humanité depuis ses origines, « La terre », jusqu'à sa fin dans l'« Abîme ». Certaines lacunes, comme Hugo le promettait dans sa Préface de 1859, sont bien comblées, comme celle de la Révolution française. Mais si elles le sont — et en particulier celle-ci, qui est la plus spectaculaire —, c'est que certains épisodes de l'Histoire universelle n'étaient pas racontables sous le Second Empire, et qu'ils le sont au début de la Troisième République, en dépit ou à cause du double désastre de Sedan et de la Commune[1]. La sérialisation, qui fait de chaque recueil une généalogie de l'actualité, est un principe politique :

> Ici lacune, là étude complaisante et approfondie d'un détail, tel est l'inconvénient de toute publication fractionnée. [...] Les usurpations, par exemple, jouent un tel rôle dans la construction des royautés au moyen âge, et mêlent tant de crimes à la complication des investitures, que l'auteur a cru devoir les présenter sous leurs trois aspects principaux dans les trois drames : *le Petit Roi de Galice, Éviradnus, La Confiance du marquis Fabrice*. Ce qui peut sembler aujourd'hui un développement excessif s'ajustera plus tard à l'ensemble[2].

Plus tard : quand sera châtié l'usurpateur de 1851, et quand seront venus, en France et en Europe, les temps de la république démocratique. *La Légende des siècles*, en chacune de ses séries (ses deux premières du moins), est

---

1. Précisons pour la Révolution qu'il est impossible non pas d'en faire l'épopée, mais de publier cette épopée. Car Hugo l'a rédigée en 1857, dans un poème qui s'intitule « La Révolution », et qui ne paraîtra qu'en 1881, formant le « livre épique » des *Quatre Vents de l'esprit*. La *Nouvelle Série* publiera d'autres « petites épopées » révolutionnaires.
2. PS, Préface, pp. 48-49.

une œuvre de circonstance, une intervention politique qui entend répondre de manière précise à l'actualité. Plus tard, donc, il y aura la *Nouvelle Série*, plus violente et désespérée (parce que la fondation d'institutions républicaines n'a pas conjuré la violence historique), et plus visionnaire, moins narrative (parce que les enfers de l'Histoire ne se laissent saisir que par le cauchemar). La deuxième *Légende* sera une « épopée humaine, âpre, immense, — écroulée » [1], et non plus des *Petites Épopées*.

En 1859, Hugo s'en tient davantage, on y reviendra, au programme mis au point avec Hetzel : des récits héroïques courts et pittoresques — avec des embardées visionnaires cependant. Historiquement, la mémoire nationale telle qu'elle s'est constituée sous la Troisième République a toujours écarté les deux dernières séries, pour des raisons esthétiques (trop de visions, de discours, pas assez de récits) et pour des raisons politiques (trop de critiques de l'actualité républicaine). Elle a hésité, pour le texte qu'elle allait constituer en épopée de la France, entre le grandiose fatras de l'édition définitive (plus monumentale) et *Les Petites Épopées* (« Le mariage de Roland » et « Aymerillot », plus que « Sultan Mourad » ou « Plein ciel »). Ce sont ces deux *Légende[s]* qui ont été efficientes dans l'Histoire de la littérature et dans celle de la constitution du nationalisme républicain : le monument qui couronne la fin du siècle, et célèbre (par sa grandeur même, et quoi que disent ses poèmes) la France républicaine, ou *La Légende* qui projette la dénonciation de la répression de 1848-1849 et le coup d'État de 1851 sur l'ensemble de l'Histoire universelle. Œuvre d'un exilé qui vient de refuser l'amnistie offerte par Napoléon III à

---

1. Derniers mots de « La vision d'où est sorti ce livre », somptueuse préface en vers rédigée pour *La Légende* de 1859. S'ajustant mal au projet des *Petites Épopées*, elle constituera finalement le poème liminaire de la *Nouvelle Série*, qui semble en être comme le développement. On trouvera une étude comparée de ces deux préfaces dans Cl. Millet, *Victor Hugo — La Légende des siècles*, p. 40 *sqq*. (PUF, coll. « Études littéraires », 1995).

ses opposants politiques[1], « Paroles dans l'épreuve »[2] qui joignent Tacite et Bossuet, ou plutôt, parce que l'Histoire — passée et présente — est infernale, Tacite et Dante, dans l'attente de la libération :

> Au-dessus des tyrans l'histoire est abondante
> En spectres que du doigt Tacite montre à Dante ;
> Tous ces fantômes sont la liberté planant,
> Et toujours prête à dire aux hommes : « Maintenant[3] ! »

*

La conception de l'Histoire qu'induisent ces vers n'est pas progressiste, parce que le progressisme suppose ce qu'ils ignorent, l'idée d'une évolution dans le temps. Rien n'évolue ici, mais au contraire tout se fige dans l'entassement du pluriel des tyrans. Le temps n'anime pas la marche de l'Homme dans le chemin du progrès, ne l'entraîne pas dans cet « immense mouvement d'ascension vers la lumière » qu'annonce la Préface de 1859. Le monde historique se divise : en dessous, une réalité qui dure, qui stagne tant qu'à vrai dire le devenir s'y dissout — car c'est *toujours la même histoire*, celle des tyrans ; au-dessus, des spectres, des fantômes qui *ont été* des héros de la liberté, et que l'historien de la « Rome des Césars » montre au visionnaire de la « Rome des papes »[4]. Dans cette nouvelle *Divine Comédie*, Tacite vient à la place de Virgile, l'historien qui accuse à la place du poète épique qui glorifie « César ». Il fait apparaître les fantômes héroïques du passé, afin qu'ils soient gardés en mémoire, en réserve pour le moment, totalement indéterminé, où la liberté qu'ils ont défendue réapparaîtra. La libération n'est pas progressive. Elle s'effectue dans le pur présent de l'événement, « Maintenant ! », déchirant la nappe coagulée du temps tyrannique. Elle est « toujours prête » à advenir, mais ses

---

1. Voir *Actes et Paroles*, II, 18 août 1859, I. « L'amnistie ». **2.** Titre de PS, XIII, 4. **3.** PS, XII, p. 445. **4.** *William Shakespeare*, I, II, 2, § 11, p. 277.

avènements ne sont ni cumulatifs, ni définitifs. C'est *toujours la même histoire* et il faut toujours tout recommencer. Roland sauve le petit roi de Galice (V, 1), Eviradnus sauve Mahaud (V, 2), un porc sauve Mourad (VI, 3), mais rien ni personne ne sauve ensuite Onfroy, Fabrice et sa petite Isora de Final (VII, 2 et 3). Philippe II est pire que Caïn et Iblis (IX). « Décadence de Rome » (II) rappelle en creux les temps vertueux de la République, et plus loin encore les temps innocents de l'Éden. « L'Italie. — Ratbert » (VII) déplore l'asservissement des anciennes cités libres de l'Italie médiévale. « Dix-septième Siècle. — Les Mercenaires » (XII) se retourne avec nostalgie vers l'époque héroïque de Guillaume Tell. Les « Paroles dans l'épreuve » du présent (XIII, 4) se souviennent des temps épiques où « Danton parlait » et où partaient, « chantant, les pâles volontaires ». L'idéal se retire dans le passé. Le présent est pourri, gangrené par l'obéissance et par la domination, mais c'est sur ce présent que se centre chaque poème, ressassant les mêmes désastres, la même déchéance.

Les réflexions que Hugo publiera plus tard, en 1864, dans *William Shakespeare*, au livre « L'histoire réelle — chacun remis à sa place », peuvent expliquer pourquoi les « despotes génies », « Cyrus, Sésostris, Alexandre, Annibal, César, Charlemagne, Napoléon », ces « laboureurs du glaive », que « nous admirons à condition de disparition »[1], sont ici relégués à l'arrière-plan (le César générique mis à part), et (Charlemagne excepté) détestés. Cependant *La Légende* n'est pas l'« Histoire réelle », et ces génies de la guerre ne sont pas remplacés par ceux de la pensée, mais par la « populace de la pourpre »[2], petits tyranneaux oubliés (ou affabulés), illustres inconnus du mal despotique, « monstres remarquables » par leur seule cruauté ; vermine dont les noms barbares emplissent le vers — « Blas-el-Matador, Gil, Francavel, Favilla »[3]. Platon, Franklin, Fulton, Euler, Newton ne font que de

---

1. *William Shakespeare*, III, III, 2, p. 444. **2.** *Ibid.*, p. 443. **3.** PS, IV, 5, 5, p. 165.

fugaces apparitions. *La Légende des siècles* ne raconte pas la vie des hommes illustres du progrès ; elle ne célèbre que de manière adjacente et rétrospective les grandes figures idéales de l'Humanité. Certes, il y a le couple superbe du « Sacre de la femme » (I, 1), et Daniel (I, 4), et Jésus (I, 8), et Mahomet (III, 1 et 2), et Roland (IV, 2 et V, 1), et Jeannie (XIII, 3). Reste que la « galerie de la médaille humaine »[1] ressemble plutôt à un cloaque de sang, et que les figures positives ne sont pas vraiment celles qu'on attend. Dans l'épopée du Moyen Âge, le Cid, Roland et le bel Olivier se voient concurrencés par des vieillards (V, 2), des enfants (IV, 3 et V, 1) et un crétin (IV, 5). Dans le tableau de la Renaissance (VIII), les Pic de la Mirandole, les Vinci, les Gutenberg sont remplacés par un chèvre-pieds. Christophe Colomb et Vasco de Gama ne sont cités qu'une fois, dans « Vingtième Siècle » (XIV). Napoléon Ier n'est pas même nommé, pas plus qu'aucun des grands rois de France.

Et de même les événements ne sont pas ce qu'on appelle de « grands » événements, de ces événements qui ont fait date en changeant la face du monde. Il y a bien « 1453 » (VI, 2), mais la prise de Constantinople par les Ottomans n'est pas racontée. Le naufrage de l'Invincible Armada ne se reflète que dans les eaux d'un bassin près duquel une petite infante songe, une rose à la main (IX). La Réforme, les révolutions anglaises de 1649 et de 1688 sont passées à la trappe. La Révolution française, nous l'avons dit, ne fait l'objet d'aucune « petite épopée », et des guerres napoléoniennes ne sera raconté, « après la bataille » (XIII, 1), qu'un geste de pitié de « mon père » à l'égard d'un blessé espagnol. Si l'on compare l'Histoire de Hugo à celles de ses contemporains, il est manifeste que c'est bien *à côté* de la grande Histoire que se situe *La Légende des siècles*.

Et cependant, *La Légende des siècles* de 1859 est bien une Histoire universelle, et une épopée du progrès.

---

1. PS, Préface, p. 45.

> Du reste, ces poèmes, divers par le sujet, mais inspirés par la même pensée, n'ont entre eux qu'un fil, ce fil qui s'atténue quelquefois au point de devenir invisible, mais qui ne casse jamais, le grand fil mystérieux du labyrinthe humain, le Progrès[1].

Ce « fil » du progrès qui assure la continuité entre les fragments de *La Légende* utilise les « sombres assonances de l'Histoire »[2] à ses fins : les assonances ne sont pas des rimes, et la répétition révèle la différence, l'avancée des temps. C'est en particulier l'extrême simplicité des personnages, et la réduction du « personnel »[3] de *La Légende* à un très petit nombre de types, d'emplois, de fonctions, la ressemblance des personnages et de leurs destins, bref, c'est toute l'affreuse monotonie de l'Histoire qui se retourne en principe de révélation du progrès, dans l'Histoire et dans son écriture. Barbey a raison, les vieillards du Moyen Âge hugolien, Eviradnus, Onfroy, Fabrice, « se ressemblent tous comme se ressemblent des armures », ils sont « un même type »[4] : le type du bon chevalier, protecteur des faibles, résistant aux puissants, défenseur des libertés anciennes, désintéressé, altier, héroïque. À première vue, la succession de ces trois vieillards ne marque aucune avancée du progrès : Eviradnus agit efficacement et positivement, sauve la douce reine Mahaud et jette aux oubliettes du burg et de l'Histoire l'empereur d'Allemagne et le roi polonais, qui s'étaient partagé la femme et son royaume (V, 2). Onfroy n'agit pas, sinon en paroles, paroles de résistance héroïque à l'empereur Ratbert, mais paroles impuissantes : le tyran le laisse dire puis le fait exécuter (VII, 2). Le destin de Fabrice est pire encore : non seulement son discours et ses actes sont inefficaces face aux ruses de Ratbert, mais

1. PS, Préface, p. 45. **2.** Projet de préface que l'Imprimerie nationale date de fin 1857. Publié dans l'édition de l'I.N. p. 616 (t. I) et par F. Lambert, *La Légende des siècles. Fragments*, p. 128 (Flammarion, 1978). **3.** Le mot est de Barbey. Voir Dossier, p. 527. **4.** Voir Dossier, p. 527.

il voit, avant de mourir lui-même, le cadavre sanglant de sa petite fille (VII, 3).

Aggravation du désastre : du dernier poème des « Chevaliers errants », « Eviradnus », à « L'Italie. — Ratbert », le XVe siècle est bien un temps où tout ce que le système féodal, dans son ambivalence, pouvait contenir d'idéaux, disparaît avec la montée en puissance des princes machiavéliens. On comprend pourquoi « Les trônes d'Orient » interrompent la peinture du XVe siècle européen : c'est que le despotisme oriental est cela même qui est en train de s'imposer en Occident. Et pourtant, malgré ses détours et ses retours en arrière dans le « labyrinthe humain », le « fil » du progrès se déroule. Final, au nom emblématique de ceux qui vivent la fin de tout, accomplit avec sa pauvre douleur de grand-père éploré une immense avancée du genre humain : un marquis est touché au « défaut de la cuirasse »[1] et fait entendre la voix brisée de l'Humanité souffrante. La violence historique a ruiné le bonheur domestique, massacré une petite fille. Mais, du coup, sont apparus un moment dans la sphère historique ce bonheur et cette petite fille. Ce qui était hors Histoire ne l'est plus, et Isora est le premier avatar palingénésique[2] de la petite fille — toutes les petites filles se ressemblent —, dont la réapparition rythmera l'« immense mouvement d'ascension vers la lumière »[3] dans l'ombre de l'Histoire. Isora renaîtra dans l'infante « toute petite », qui tient une rose ; Philippe II son père, même s'il est pire qu'Iblis et que Caïn, n'occupe plus que l'arrière-plan du poème, et l'infante Marie n'est pas Carlos, le fils tué par le roi espagnol : elle vivra. Et elle revivra dans Madeleine, la petite orpheline adoptée par les « pauvres gens » (XIII, 3). L'Histoire se démocratise, l'Histoire s'humanise jusqu'à pouvoir entrer dans la sphère privée, domestique, se fondre en elle

---

1. Titre de la deuxième partie du poème. **2.** La renaissance des êtres et des sociétés inscrite dans un progrès en spirale, fait de différences et de répétitions, est un des schémas directeurs de la pensée de l'Histoire romantique, en particulier sous l'influence de Ballanche. **3.** PS, Préface, p. 44.

sans la briser. L'adoption de Madeleine et de son frère signe la fin des infanticides, des fratricides, des parricides qui faisaient de l'Histoire un cauchemar sempiternel. La mort, la misère, les fléaux, le « diable » sont encore à la porte. Mais l'air est devenu respirable, l'Histoire vivable.

Première Série, La Légende des siècles de 1859 calcule l'*x* du progrès à partir d'opérations sur des séries de personnages et sur des séries d'histoires *presque* semblables : série des vieillards, série des enfants, série des femmes, série des lions-chevaliers-montagnes-pères [1], série des figures mythiques du Mal, tyrans, Olympiens, prêtres et soldats [2]. Série des figures du peuple. Série des ânes, série des pauvres bêtes immondes, du porc au crapaud [3]. Série des récits de sauvetage, série des récits d'avertissement, série des récits de châtiment. C'est *toujours la même histoire* — pas tout à fait cependant.

D'autant que change l'espace où se déroule le « fil » du progrès. À cet égard la composition en deux volumes de l'édition originale, qui clôt le premier sur « Les Trônes d'Orient » et ouvre le second avec « L'Italie. — Ratbert », n'est pas insignifiante [4]. « Les trônes d'Orient » achèvent une Histoire de l'Humanité centrée sur deux pôles de civilisation, l'Orient et l'Occident. Cette bipolarisation obéit à un principe d'alternance : Orient biblique (I), Occident de la Rome impériale (II), Orient de l'Islam primitif (III), Occident du « Cycle héroïque chrétien » et des « Chevaliers errants » (IV et V), Orient despotique (VI).

---

1. Les lions de Daniel et d'Androclès, les chevaliers des sections IV et V, en particulier Roland, le Cid, Eviradnus, le volcan Momotombo et les Alpes suisses, « nos pères », les « lions » de l'épopée révolutionnaire et impériale. **2.** Caïn, Iblis, Kanut, les tyrans de l'Espagne et de l'Italie médiévales, les despotes orientaux, Jupiter et ses complices, Philippe II, les mercenaires suisses de la guerre de Trente Ans. **3.** Les ânes de I, 7, III, 2, XIII, 2. Le porc de « Sultan Mourad » (VI, 3), le crapaud du XIXe siècle (XIII, 2). **4.** Hugo s'est toujours montré attentif à cette unité de lecture que constitue le tome, et le geste de fermer un volume pour en ouvrir un autre ne doit pas à ses yeux être décidé au hasard du nombre de signes, mais faire sens : quelque chose doit finir, autre chose doit débuter.

Ce principe d'alternance est compliqué de toutes sortes de rencontres, de fusions, d'ouvertures et de conflits qui lient ensemble le destin de ces deux espaces[1]. L'Orient biblique est le premier berceau de la civilisation européenne, en tant que judéo-chrétienne. Ce n'est pas l'Orient lointain qui ouvre (depuis les travaux, entre autres de Schlegel, sur le sanskrit) la civilisation occidentale à l'immensité peu connue de l'espace indo-européen. Ce n'est pas l'Orient barbare de Leconte de Lisle[2], mais un Orient familier, intégré, qui serait presque un Occident, si Hugo ne le peuplait de villes aux noms étranges (Jérimadeth[3]) et s'il ne mêlait, dans « Puissance égale bonté » (I, 3), à la tradition judéo-chrétienne la révélation zoroastrienne.

À cet Orient à peu près biblique succède une « Décadence de Rome » (II) qui appartient à l'autre socle de la civilisation européenne, l'antiquité gréco-romaine. Mais les Barbares sont à la porte, et le lion qui épargne Androclès, « né dans le désert fauve », est africain. Le spectre de Jean de Pathmos s'élève contre la volonté de puissance d'Omer, prêtre de Mahomet, à la fin de « L'Islam » (III, 3). Le cheval de Charlemagne est « syrien » (IV, 3) ; contre toute vraisemblance chronologique, Eviradnus a participé à la croisade — « Il vient de Palestine » (V, 2) ; la geste du Cid est racontée par un Maure (IV, 4). L'Europe du « Cycle héroïque chrétien » (IV) et des « Chevaliers errants » (V) est globalement une Europe des marges ombreuses et des marches guerrières — Scan-

---

1. Les remarques qui suivent sur les territoires de l'Histoire politique sont informées par la thèse de F. Laurent : *Le Territoire et l'Océan. Europe et civilisation, espace et politique dans l'œuvre de Victor Hugo des « Orientales » au « Rhin » (1829-1845)* ; J. Delabroy dir. ; Lille III, 1996. **2.** Voir tout le cycle indien des *Poèmes antiques*, publiés à partir de 1852. Il est certain que *La Légende des siècles* dialogue avec ces *Poèmes antiques*, comme avec les *Poèmes barbares*. Pour mesurer la différence entre les épopées de Hugo et celles de Leconte de Lisle, on peut confronter « La conscience » avec « Qaïn » (*Poèmes barbares* ; première publication : 1869). **3.** PS, I, 6, p. 85 et la note 2.

dinavie, Pyrénées, Lusace. Europe excentrée, pour ainsi dire, et centrifuge, polarisée sur ces espaces de contacts et de conflits que sont ses frontières, comme si précisément elle n'avait point de centres organisateurs. Cette Europe centrifuge est terre d'empire, en expansion, de Charlemagne, qui prend Narbonne grâce à Aymerillot, à l'empereur d'Allemagne Sigismond, qui entend prendre toute la terre, et laisser la mer à son acolyte, le roi de Pologne Ladislas. Mais Zim-Zizimi, soudan[1] d'Égypte, « dépasse en grandeur / Le césar d'Allemagne »[2], et 1453 date de la prise de Constantinople l'épanouissement de l'Empire ottoman. Au centre de la section des « Trônes d'Orient » cependant, le poème qui précisément s'intitule « 1453 » fait surgir la figure du chevalier au lion, pour affirmer la victoire de Dieu et de la France sur le despotisme. L'Empire ottoman est intrinsèquement despotique et c'est au XVe siècle, siècle des Princes, qu'il faut concentrer son Histoire. La chronologie voudrait cependant que le premier volume achève cette peinture du XVe siècle avec « L'Italie. — Ratbert ». La philosophie de l'Histoire en décide autrement. Le premier volume finit sur une triple défaite de l'Orient despotique : Zim-Zizimi est emmené par la Nuit, « 1453 » se retourne en prophétie du rôle missionnaire de la France, Sultan Mourad trouve son salut après la mort, et se transfigure « hors de ce qu'on appelle espace, et des contours / Des songes qu'ici-bas nous nommons nuits et jours »[3].

« Hors des temps », une « trompette du jugement »[4] résonne pour clore le premier volume, après quoi tout sera comme avant (Ratbert n'a rien à envier à Zim-Zizimi) et tout aura changé. Tout aura changé parce que l'espace de la politique va s'identifier peu à peu à l'espace européen, de la « Sainte Italie » qui garde en mémoire ses anciennes libertés (VII), à la Suisse, qui « dit au monde : Espère »,

---

1. PS, VI, 1, p. 267 et la note 2. **2.** *Ibid.* **3.** PS, VI, 4, p. 294. **4.** Titres de la dernière section et du dernier poème de la *Première Série*.

parce qu'elle se souvient de l'indépendance qu'elle a héroïquement obtenue au bord du lac des Quatre-Cantons[1] (XII). L'Occident se sépare de l'Orient, même si Philippe II est un despote oriental[2] (IX). L'Histoire se déplace vers l'Ouest. Elle n'ira pas, ou peu et sans optimisme (à la différence de ce qu'annonçait dans « Fragment d'histoire »[3] le jeune Hugo), dans le Nouveau Monde. Un seul poème, « Les raisons du Momotombo » (X), lui sera consacré, et l'inversion des perspectives souligne l'absence de progrès dans cette avancée de l'Europe sur de nouvelles terres : « Ce n'était pas la peine de changer », bougonne le vieux volcan qui met dos à dos les anciens dieux amérindiens et le dieu de l'Inquisition espagnole.

L'espace historique se confond avec l'espace européen ; ce sont bien les Européens qui font l'Histoire. Mais ils la font mal. Les puissants se fixent — Philippe II muré dans son Escurial —, le peuple erre toujours pour faire la guerre — « aventuriers de la mer » (XI), « mercenaires » de la guerre de Trente Ans (XII). Rivalités entre empires, pactes plus abominables encore, soutien mutuel des tyrans et des papes, répression des peuples aspirant à la liberté, toute cette Europe catastrophique des XVe-XVIIe siècles est bien connue du lecteur de 1859, puisque c'est son Europe. Mais à la fin de « Dix-septième Siècle. — Les Mercenaires » une voix s'élève pour calmer la colère de l'aigle des Alpes : « La Suisse dans l'histoire aura le dernier mot[4] ». L'avenir est à la paix, à la dissolution des frontières européennes, à l'idylle de « La jeune Humanité

---

1. Voir note 1, p. 431. **2.** Voir p. 399 et la note 5. **3.** *Littérature et philosophie mêlées*, « Journal des idées et des opinions d'un révolutionnaire » — 1827, « Fragment d'histoire », p. 172 : « Le moment ne serait-il pas venu où la civilisation, que nous avons vue tour à tour déserter l'Asie pour l'Afrique, l'Afrique pour l'Europe, va se mettre en route, et continuer son majestueux voyage autour du monde ? Ne semble-t-elle pas se pencher vers l'Amérique ? [...] Est-il si hasardé de supposer qu'usée et dénaturée dans l'ancien continent, elle aille chercher une terre neuve et vierge pour se rajeunir et la féconder ? » **4.** PS, XII, p. 442.

sous son chapeau de fleurs »[1], c'est-à-dire à la réconciliation de la Nature et de l'Histoire, à la « renaissance » annoncée par le satyre (VIII). La fin de « Dix-septième Siècle. — Les mercenaires » écrit à grandes enjambées de noms propres l'Histoire de l'Humanité, du XVIIe au début du XIXe siècle[2], en la concentrant dans l'Histoire des insurrections et des guerres d'indépendance nationale : le droit de chaque peuple à disposer de lui-même est le préalable nécessaire à l'Europe pacifique et démocratique.

L'Histoire pourrait alors se déplacer de la prophétie des États-Unis d'Europe à la célébration des États-Unis d'Amérique et de leur démocratie. Impensable sans doute avec l'esclavage, l'affaire John Brown[3] va rapidement le confirmer. Mais Hugo, après tout, sait retourner la célébration en « châtiment » : la raison de ce silence est à chercher ailleurs. L'Histoire pourrait aussi faire retour sur l'Orient, par exemple pour condamner la violence des armées coloniales anglaises et françaises (violence pourtant connue de Hugo, et qu'il a dénoncée), ou pour peindre un tableau apocalyptique de la toute récente guerre de Crimée[4]. Aucun fragment, aucun brouillon n'envisage dans les années de préparation intensive des *Petites Épopées* un tel élargissement de l'Histoire « universelle » hors de l'Europe au XIXe siècle. Le progrès se resserre sur la France — même s'il est vrai que ni « Le crapaud » ni « Les pauvres gens » ne sont spécifiquement français[5]. Ce recentrement exprime ce nationalisme typiquement français, hérité de la Révolution, qui fait de la France *la* nation à magnifier parce que précisément elle

---

1. PS, XII. **2.** Sans produire d'effet de continuité avec la section qui suit, « Maintenant », puisque la guerre d'indépendance de la Grèce dont l'évocation achève « Le régiment du baron Madruce » est postérieure à la guerre d'Espagne du général Hugo, sur laquelle s'ouvre la section du XIXe siècle. **3.** Anti-esclavagiste condamné à mort. Voir « John Brown », texte du 2 décembre 1859, *Actes et Paroles,* II. **4.** Hugo l'avait déjà écrit, en prose, dans un texte du 29 novembre 1854, « La guerre d'Orient », publié dans *Actes et Paroles*, II. **5.** Le détail de la « mauve » suggère cependant que le cadre des « Pauvres gens » est l'archipel de la Manche. Voir XIII, 3, 3, p. 460 et la note 5.

n'en est pas une, étant la terre des droits de l'Homme. « Ô France ! tu es trop grande pour n'être qu'une patrie ! » dira Hugo en 1867 dans *Paris*[1]. La concentration de l'Histoire universelle sur la France a en effet ceci de particulier qu'elle n'est pas définitive, qu'elle vaut pour « Maintenant » seul. Autrement dit, le nationalisme est un moment du texte. Le ballon aérien du « Vingtième Siècle » supprimera les patries, et « composer[a] là-haut l'unique nation, / À la fois première et dernière ». Le terme *nation* n'est le nom ultime de la communauté politique qu'à la condition d'être assorti de l'épithète *unique*. Mais pour que cet avenir pleinement universel se réalise, il faut que l'exilé dédie son épopée « à la France », afin que cette épopée transfigure la société du Second Empire, refonde cette France appelée à rayonner dans l'Europe, elle-même appelée à se dissoudre dans la « nation définitive[2] », l'Humanité épanouie dans « l'oubli généreux » du passé[3].

C'est dire que l'épopée de 1859 en appelle à sa propre dissipation[4], dissipation qu'elle anticipe en se projetant au « XXe siècle ». Le siècle à venir voit en effet le naufrage, en « pleine mer », d'un bateau à vapeur qui symbolise à la fois l'échec de la révolution technique annoncée par le satyre du XVIe siècle, le ratage d'un XIXe siècle qui n'a pas su accompagner sa révolution industrielle d'une révolution politique et religieuse[5], et le désastre de tout le passé — « grandeur, / Horreur » : engloutissement de toute l'Histoire, et de son épopée, *La Légende des siècles*.

*

Pour Hugo, le fait d'écrire une épopée de l'Homme n'est pas évident. Pour qu'il le soit, il faudrait que le genre épique ne soit pas problématique, en son essence

---

1. *Paris*, V, 6, p. 42. **2.** *Ibid.*, I, p. 6. **3.** PS, XIV, 2, p. 503 et la note 6. **4.** Voir D. Charles, *La Pensée technique dans l'œuvre de Victor Hugo*, pp. 65 *sqq*. PUF, coll. « Écrivains », 1997. **5.** Voir Cl. Millet, « Bateau à vapeur et aéroscaphe — les chimères de l'avenir dans la *Première Série* de *La Légende des siècles* » ; série *Victor Hugo 4 — Science et technique, Revue des lettres modernes*, Minard, 1999.

et historiquement, à la date du XIXe siècle. Or il l'est aux yeux de Hugo, pour des raisons à la fois d'ordre poétique et théologico-politique.

Hugo est comme Lamartine, Vigny, Géricault ou Delacroix : il travaille à défaire les frontières entre les genres, à contester surtout leur caractère prescriptif — l'appartenance à tel genre soumettant l'œuvre à tel canon —, et à remettre en cause l'adéquation forcée de la hiérarchie des genres à une hiérarchie des mondes représentés et des émotions suscitées. Pourtant, cette hiérarchie des genres est maintenue. Que Delacroix peigne *Les Massacres de Scio*, substituant au tableau de bataille, tout en muscles de chevaux et de héros, le pathétique affaissement des corps des victimes civiles, ne l'a pas empêché de toujours réclamer le titre de *peintre d'histoire*. Que Vigny tire ses sujets épiques pour ses *Poèmes antiques et modernes* non seulement du mythe, mais, comme Géricault, du fait divers maritime, ne l'a pas empêché de revendiquer avec insistance le titre de poète épique, et d'employer absolument le mot *poëme* pour désigner l'épopée. Lamartine est le poète du Lac, du Vallon et de l'Automne, mais il voudrait être le Dante du XIXe siècle, avec ses *Visions* qu'il n'achèvera jamais. Hugo, après *La Légende* de 1859, met « Pégase au vert » en publiant les *Chansons des rues et des bois* (1865), mais ne renonce pas à l'« hymne à mille strophes » de *La Légende des siècles* en ses multiples séries, complétées de *Dieu* et de *La Fin de Satan*. Le grand œuvre, c'est l'épopée.

Cette catégorie de la grandeur, catégorie à la fois esthétique et morale, a toujours fasciné Hugo. Il sait aussi, comme Michelet, que l'Humanité (et d'abord la France) a besoin d'une nouvelle Bible, d'une mythologie qui serait en même temps une nouvelle Histoire, pour fonder la foi moderne sur laquelle s'édifiera la démocratie universelle. Car « la démocratie veut croire » [1]. Le temps pré-

1. « Philosophie — Commencement d'un livre, 2 », *Proses philosophiques de 1860-1865*, p. 520.

sent n'a pas seulement besoin d'Histoire universelle, il a besoin de faire de cette Histoire universelle une épopée, un livre total, où « la jeune Humanité » pourra puiser son énergie, son savoir, sa conscience, sa puissance, c'est-à-dire sa bonté. Ni l'Homme, ni le poème ne doivent, parce que l'époque est désastreuse, et Napoléon « petit, petit » [1], renoncer à être grands.

Mais quelle grandeur pour le poème ? Celle que les néoclassiques du début du siècle recherchaient dans le poème épique et la peinture d'histoire, faisant du grand sur du grand, du noble sur du noble, du sublime sur du sublime ? Personne ne lit plus ces épopées néoclassiques — les a-t-on même jamais lues ? Qu'est-ce que la puissance d'un poème *ennuyeux ?* Trouver donc les moyens poétiques d'une grandeur énergique, dynamique. Et quelle grandeur pour l'Homme ? Nous l'avons vu, « les sublimes égorgeurs d'hommes ont fait leur temps » [2]. Il faut opérer un « Changement d'horizon » de l'épique :

> Homère était jadis le poëte ; la guerre
> Était la loi ; vieillir était d'un cœur vulgaire ;
> La hâte des vivants et leur unique effort
> Était l'embrassement tragique de la mort.
>
> [...]
>
> La muse avait toujours un vautour auprès d'elle ;
> Féroce, elle menait aux champs ce déterreur.
> Elle était la chanteuse énorme de l'horreur,
> La géante du mal, la déesse tigresse,
> Le grand nuage noir de l'azur de la Grèce.
> Elle poussait aux cieux des cris désespérés.
> Elle disait : Tuez ! tuez ! tuez ! mourez !
>
> [...]

---

1. *Châtiments*, VII, 6, « Chanson ». **2.** *William Shakespeare*, III, III, 1, p. 440.

> La muse est aujourd'hui la Paix, ayant les reins
> Sans cuirasse et le front sous les épis sereins ;
> Le poëte à la mort dit : Meurs, guerre, ombre, envie ! [1]

Très remarquable, dans ce texte comme dans la plupart des réflexions de Hugo sur l'épopée, l'identification du genre épique à Homère, et plus spécialement à l'*Iliade*, l'épopée de la guerre de Troie. Cette constitution de l'*Iliade* en paradigme de l'épopée n'est pas propre à Hugo : c'est la tendance profonde de l'épopée au XIXe, siècle qui tend à abandonner les modèles épiques du siècle précédent : l'*Odyssée* (et le voyage comme exploration du monde), l'*Énéide* de Virgile (épopée secondaire, suite plus raffinée de l'*Iliade*, jugée alors trop primitive), et, pour les « modernes », l'épopée « chrétienne » de l'Arioste, du Tasse, de Milton et de Klopstock, ou l'épopée allégorique, laïque et rationaliste de Voltaire. Tous ces modèles — qu'on voit encore très bien fonctionner comme tels dans le *Génie du christianisme* et *Les Martyrs* de Chateaubriand — peu à peu disparaissent, perdent de leur efficience. À la place émerge un système de références qui identifie l'épique à deux œuvres, l'*Iliade*, l'épopée des « sublimes égorgeurs d'hommes » [2], et *La Divine Comédie*, « l'épopée des spectres » [3]. Or, passant de l'Enfer au Purgatoire et au Paradis,

> l'épopée continue, et grandit encore ; mais l'homme ne la comprend plus. [...] on était bien de l'enfer ; mais on n'est plus du ciel ; on ne se reconnaît plus aux anges ; l'œil

---

1. « Changement d'horizon », *Nouvelle Série*, XVII. Extraits de la première partie du poème, rédigée en 1860. **2.** *William Shakespeare*, III, III, 1, p. 440. Dès la *Préface de Cromwell*, Hugo identifie l'épopée à l'*Iliade*. L'Histoire de l'Humanité se divise en trois époques : l'âge primitif, lyrique ; l'âge antique, épique ; l'âge moderne, dramatique. Ces trois époques ont trouvé respectivement leur expression dans la Genèse, l'*Iliade*, le drame shakespearien. Homère exprime l'Antiquité, caractérisée par la triple émergence des religions instituées, des États et de la guerre. **3.** *William Shakespeare*, I, II, 2, § XI, p. 277.

> humain n'est pas fait peut-être pour tant de soleil, et quand le poëme devient heureux, il ennuie. C'est un peu l'histoire de tous les heureux. Mariez les amants ou emparadisez les âmes, c'est bon, mais cherchez le drame ailleurs que là[1].

Le problème est donc le suivant : l'épique homérique correspond au règne tragique de la mort — assassinat et suicide : « Tuez ! tuez ! tuez ! mourez ! » Les acceptions du mot *épique* dans *La Légende* de 1859 le confirment, le mot étant presque systématiquement couplé avec le mot *tragique*, quand Hugo ne substitue pas l'un à l'autre comme deux synonymes. Il faut donc qu'aujourd'hui le « poëte pousse les hommes vers la vie », que l'épopée devienne un dispositif anti-tragique, mais sans cesser d'être dramatique.

> (Où est la tentative, où est la nouveauté ?)
>
> Ce livre a été écrit, l'esprit de l'auteur étant pour ainsi dire sur une des frontières les moins explorées et les plus vertigineuses de la pensée, au point de jonction de l'élément épique et de l'élément dramatique, à cet endroit mystérieux de l'art qu'on pourrait appeler, s'il était permis de citer de si grands noms à propos d'une œuvre si obscure, le confluent d'Homère et d'Eschyle ; lieu sombre où le Romancero rencontre Job, où Dante se heurte à Shakespeare qui écume.
>
> Tentative de mélange de deux courants, d'amalgame de deux souffles, de fusion de deux éléments ; plus une vue à travers les ténèbres sur l'homme ; voilà ce livre[2].

Concrètement, la fusion de « l'élément épique » et de « l'élément dramatique » implique ceci : ne marier Roland et la belle Aude qu'à l'extrême fin du poème,

---

1. *William Shakespeare*, I, II, 2, § XI, pp. 277-278. La leçon vaut pour Dante, mais Hugo pense sans doute aussi à *La Divine Épopée* (1840) de Soumet, ennuyeuse dès qu'elle abandonne l'Enfer pour le Purgatoire et le Paradis. **2.** Projet de préface pour *La Légende des siècles*, écrit en 1857. F. Lambert, *op. cit.*, p. 129.

raconter plutôt « le duel effrayant de deux spectres d'airain [1] » ; n'emparadiser les âmes en « Plein ciel » qu'après leur avoir fait subir le cauchemar infernal de « Pleine mer ». En réalité, une épopée de la paix n'aurait pas été tenable sur la longueur.

La longueur du poème épique est une question essentielle à l'époque romantique. Composante de la grandeur inhérente au genre, elle est en même temps déphasée par rapport à un processus lent mais irréversible de raccourcissement des textes poétiques. Aucun grand écrivain de l'époque ne donne de réponse univoque à cette question, tous hésitent entre les « petites épopées » et le « grand poème ». C'est vrai de Ballanche, de Quinet, de Vigny, de Lamartine (quoique chez lui la tentation du long l'emporte), de Hugo même, qui, rappelons-le, élabore en même temps que *Les Petites Épopées* les deux grands poèmes de *La Fin de Satan* et de *Dieu*. La tendance à l'abrègement est cependant si forte que, pour résumer les aléas de l'épopée romantique, on pourrait dire que les poètes rêvent de faire long, et qu'ils font court. Du grand poème de Vigny ne reste qu'un fragment, *Éloa* ; de celui de Lamartine (qui dans l'esprit du poète devait rivaliser en ampleur avec les épopées indiennes) ne subsiste que *La Chute d'un ange* et *Jocelyn* ; Hugo a laissé inachevés — fait rare chez cet écrivain tenace — *Dieu* comme *La Fin de Satan*. Les *Poèmes antiques et modernes* de Vigny, *La Légende des siècles*, les *Poèmes antiques* puis les *Poèmes barbares* de Leconte de Lisle échappent à cet enlisement grâce à la fragmentation du Grand Récit en une série de poèmes courts, ramassés, concentrés. Mais les contemporains voient dans cette solution des « petites épopées » une solution déceptive, par défaut. Gautier et Barbey sont d'accord : *La Légende des siècles n*'est *qu*'une suite de fragments [2]. Baudelaire seul reconnaît dans cette fragmentation du poème épique la source de cette énergie qui en fait une œuvre moderne. Si « Victor Hugo a créé le seul

1. PS, IV, 2, p. 127. **2.** Voir Dossier, p. 524 et 536.

poème épique qui pût être créé par un homme de son temps pour des lecteurs de son temps »[1], c'est d'abord parce qu'il a abandonné la longueur pour la vitesse.

Source d'énergie, la fragmentation ne l'est pas seulement par ces effets de concentration, mais aussi par la concrétude qu'elle permet de préserver à l'épopée humaine. Les épopées de l'Histoire universelle ont en effet, jusqu'à *La Légende*, choisi essentiellement de faire traverser les siècles par un être aussi désincarné que symbolique, le juif errant de Quinet, les anges Idamaël et Cédar de Soumet et de Lamartine[2]. Ces êtres immatériels peuvent bien se transfigurer d'époque en époque, souffrir les passions de l'Homme, ils passent dans l'Histoire plus qu'ils ne la vivent. Idamaël pas plus que Cédar ne peut se poser la question de Roland : « Pense-t-il à donner à boire à mon cheval ?[3] » La fragmentation de la figure humaine permet ce que les anges transhistoriques interdisent : une épopée philosophique *et* concrète de l'Histoire universelle, qui raconte l'Homme à travers les hommes, et ne fait jamais décoller l'idéal du réel historique. Très symptomatique est à cet égard l'usage différent du ballon aérien chez Soumet et Lamartine d'une part, chez Hugo d'autre part. Chez les deux premiers, l'aéroscaphe permet de *survoler* le monde historique ; dans *La Légende*, l'Histoire (en l'occurrence celle du XXe siècle) est tout entière contenue *dans* le ballon, avec ses treuils, ses cabestans, ses moufles.

Hugo sait que pour construire un temple il faut deux mains : l'une qui sculpte l'idéal, l'autre le réel[4]. Faire travailler les deux ensemble, c'est produire de ces signes synthétiques qu'on appelle *symboles*. Or Hugo depuis *Notre-Dame de Paris* sait aussi que l'art du XIXe siècle ne saurait créer des symboles nouveaux qu'à partir de la ruine des anciens. L'ancien régime des symboles est sacerdotal,

---

1. Voir Dossier, p. 534. **2.** Respectivement dans *Ahasvérus, La Divine Épopée, La Chute d'un ange.* **3.** PS, V, 1, 9, p. 205. **4.** PS, I, 5.

hiératique, hermétique, obscur. Claude Frollo explique de manière didactique les « figures », les symboles abscons sculptés dans les pierres de Notre-Dame de Paris[1]. L'araignée tissant sa toile est au contraire un symbole dramatiquement clair de sa propre destinée[2]. Le nouveau régime des symboles est humain, démocratique, mouvant, ouvert, « facile [...] à comprendre comme la nature »[3]. Kanut le Parricide abolit dans le même mouvement « l'horreur idolâtre, et la rune »[4]. Le tyran archaïque participe ainsi au progrès de la désymbolisation, au travail dans l'ensemble du recueil. L'écriture devient l'espace du progrès lorsqu'à l'aigle d'Autriche, monstrueux symbole héraldique, elle oppose la voix de l'aigle des montagnes : à la terreur de l'ancienne symbolique, la force libératrice de la nouvelle. La désymbolisation est le préalable à une resymbolisation, à l'élaboration d'une langue neuve pour l'épopée, dégagée du désastre historique qu'elle raconte par l'invention de symboles « pénétrables à toute âme, à toute intelligence, à toute imagination »[5].

Ce double mouvement de désymbolisation et de resymbolisation est indissociable du mouvement par lequel les mythologies anciennes se brisent pour faire émerger une mythologie nouvelle. Que l'épopée vive de fictions, c'est-à-dire avant tout de mythes, de fables dans lesquels la communauté peut projeter son imaginaire pour connaître ses origines et reconnaître son présent, Hugo en est bien d'accord. Mais quels mythes ? quelles fables ? quelles légendes ? Celles qui font trembler le peuple, l'enfermant dans la terreur superstitieuse, l'aliénation, l'obéissance épouvantée ?

> Car les gens des hameaux tremblent facilement ;
> Les légendes toujours mêlent quelque fantôme
> À l'obscure vapeur qui sort des toits de chaume,

---

1. *Notre-Dame de Paris*, VII, p. 696. 2. *Ibid.*, p. 695. 3. *Ibid.*, V, 2, p. 623. 4. PS, IV, 1, p. 120. 5. *Notre-Dame de Paris*, V, 2, p. 623.

L'âtre enfante le rêve, et l'on voit ondoyer
L'effroi dans la fumée errante du foyer [1].

Du monde légendaire de la chevalerie errante surgit Eviradnus (V, 2), fiction au carré puisqu'il est un héros mythique inventé. Eviradnus entre dans la salle à manger du burg Corbus, sorte de concentré fantomatique, mi-historique, mi-légendaire, du Moyen Âge. Pour combattre la ruse des deux tyrans démoniaques, Sigismond et Ladislas, il endosse une des vieilles armures qui s'y trouvent. Mais comprenant la terreur superstitieuse que suscite son apparition, Eviradnus leur dit : « Je suis homme et non spectre. » Le combat se fera d'homme à homme. Alors seulement, délivré de l'effroi légendaire, les hameaux peuvent se mettre en branle, et accourir vers le burg, « portant des branches de genêts » pour honorer leur « dame ». Dans le même mouvement, Eviradnus a débarrassé l'Histoire de la terreur des fables et de celle des tyrans. La légende épique s'achève dans l'idylle. Elle aura été l'instrument même de sa propre dissipation. « Eviradnus » démythifie le Moyen Âge. Par là même, c'est un mythe du progrès, reflet dans le passé du grand mythe de la sortie du mythe qu'est le « Satyre » de la Renaissance (VIII) [2]. Dans cette idylle truquée débouchant sur une épopée du vrai, le faune traversera, non pas comme Eviradnus toute l'Histoire de la féodalité, mais toute l'Histoire de l'Humanité, asservie par les Olympiens — dieux et tyrans. Il la dégagera de toute la mythologie qui transforme les cris de souffrance en clameur triomphale, la tragédie des dominés en épopée des dominants, et il annoncera la renaissance du *réel*. Fin du surnaturel terrifiant, renaissance de la grande nature prodigieuse du « Sacre de la femme », investie par le mystère de l'Imma-

1. PS, V, 2, 3, p. 218. **2.** Pour l'étude de ce double mouvement de mythification et démystification, voir Cl. Millet, *Victor Hugo — La Légende des siècles*, *op. cit.*, pp. 51 *sqq.* et 122 *sqq.*, ainsi que *Le Légendaire au* XIX*e* *siècle* II, 1, pp. 136 *sqq.* (PUF, coll. « Perspectives littéraires », 1997).

nence. Mythe et Histoire ne se délient pas, ils se joignent autrement. Les fantômes du passé, qui glaçaient le progrès dans la terreur, font place aux chimères de l'avenir qui le font désirer : le bateau à vapeur, l'aéroscaphe. L'Histoire était un cauchemar qui faisait reculer les Hommes d'effroi. Elle devient le rêve qui les fait avancer.

Cette transfiguration est l'œuvre d'un « garnement de dieu fort mal famé », voleur et de surcroît libertin. Pourtant, l'épopée du faune n'est pas un *Virgile* [ou un *Homère*] *travesti*[1]. Elle n'est pas une parodie burlesque qui rabat la grandeur épique dans les limites raisonnables du monde empirique, petit, trivial, prosaïque. Elle ne ramène pas l'idéal aux proportions du bon sens, ni le réel à celles de la matière. L'épopée du satyre engage une révolution de la célébration épique, à partir de la transfiguration du faune grotesque en héraut sublime du prodige.

Car il n'y a pas d'épopée sans grandeur, et plus précisément sans sublime : la démesure, l'excès, l'énergie formidable, tous ces traits de la distance qui sépare le sublime du quotidien banal pour en faire une expérience *numineuse*[2], confèrent à l'œuvre épique sa sacralité. Temple de la religion nouvelle (celle qui affirme l'Être en anéantissant les dieux, et l'Homme en ruinant la tyrannie), *La Légende des siècles* ne peut faire l'économie non pas d'une désublimation, mais d'une transformation radicale du sublime. Le sublime de la tradition épique (identifiée à son modèle homérique) est réactualisé de manière obsédante, de « petite épopée » en « petite épopée ». C'est le sublime des « grands égorgeurs d'hommes » : clairons, parades, cris de guerre, rires de triomphe. Ce sublime-là est un instrument d'aliénation, qui met à distance le peuple d'une Histoire qui se joue sans lui (les bateliers s'éloignent prudemment de Roland et d'Olivier pendant

---

1. *Virgile travesti* (1648-1652) est une parodie burlesque de Scarron.
2. Nous reprenons le terme qu'emploie R. Otto pour désigner le sacré tel qu'il s'éprouve en dehors des représentations des religions instituées. Voir *Le Sacré*, Payot, 1995.

leur duel), ou sur son dos (l'épopée, célébrant la domination, engage les « manants » à supporter en se terrant impôts, pillages et exactions de toutes sortes). La tyrannie est absolue parce qu'élevée à une distance incommensurable de l'Humanité par le sublime épique. Il faut réinventer celui-ci. Le démocratiser.

Le démocratiser, cela ne voudra pas dire le dégrader dans la vulgarité ou dans ce que le Hugo de la *Préface de Cromwell* nommait avec horreur le *commun* [1]. Cela voudra dire connecter en permanence le sublime et le familier, le lointain et le proche, l'immense et l'infime ; inventer les formes d'une « familiarité terrible » [2] ; déstabiliser la distance du lecteur au texte par des procédés d'éloignement et de rapprochement incessants. Que chacun puisse s'approprier *La Légende des siècles* comme *son* Histoire, mais que cette appropriation soit dans le même temps une expérience sacrée.

Cette tension de la familiarité et du sublime s'imprime dans le vers. Émile Deschamps, dans son introduction aux *Études françaises et étrangères* (grand manifeste romantique, aujourd'hui oublié, de l'année 1828), célèbre *Les Martyrs* de Chateaubriand comme la seule épopée moderne réalisée, parce qu'elle est en prose. Ballanche et Quinet hésitent entre prose et vers. Hugo n'hésite pas. Et à quelques rares exceptions près — dont deux chansons — [3], il choisit pour son épopée de 1859 le système

---

1. C'est-à-dire la littérature immédiatement consommable. **2.** Baudelaire, « Victor Hugo », dans *Réflexions sur quelques-uns de mes contemporains*, p. 141 (édition Cl. Pichois, Gallimard, la Pléiade, OC II, 1976). Voir Dossier, pp. 532-535. **3.** Quatrains d'alexandrins à rimes embrassées de « Booz endormi » (I, 6) ; chanson de Joss et Zéno, en quatrains d'heptasyllabes à rimes croisées (V, 2) ; « Chanson des Aventuriers de la mer » composée de sizains d'octosyllabes sur deux rimes croisées, avec en refrain un quatrain hétérométrique (8/4/8/4) à rimes plates (XI) ; mouvements en « Plein ciel » de sizains hétérométriques (12/12/8/12/12/8), quatre rimes embrassées suivant deux rimes plates. *La Légende* de 1859 est de loin le recueil le plus uniforme de Hugo du point de vue de la prosodie (même par comparaison avec *L'Année terrible*). La *Nouvelle Série* sera par contraste protéiforme, comme si elle voulait totaliser toutes les possibilités du vers.

prosodique tenu pour épique (après *La Franciade* de Ronsard, encore en décasyllabes) : l'alexandrin à rimes dites plates ou suivies, qui soulignent l'avancée de la narration, sans composition strophique (l'ordonnancement poétique se coulant dans l'ordre du récit). Ce choix prosodique tire *Les Petites Épopées* vers le grand poème épique. C'est aussi le choix de Lamartine dans *La Chute d'un ange*. Mais l'alexandrin de *La Chute d'un ange*, quoi qu'il en soit de ses incorrections, est uniformément noble, élevé, à distance des rythmes, du phrasé des paroles de tout le monde et de tous les jours — tandis que celui de *La Légende* a une vigueur de « vers noble » jeté « aux chiens noirs de la prose »[1]. Ceci ne signifie pas un travail homogène, continu, systématique de la prose dans le vers. L'effet que vise d'abord l'alexandrin de *La Légende*, c'est ce qu'on appelle *le souffle épique*. « Le satyre » le montre, ce n'est pas avec des pipeaux qu'on peut combattre les clairons olympiens, et le vers n'attend pas « la trompette du jugement » pour claironner. L'alexandrin est précisément choisi pour ces effets d'énergie pneumatique. Seulement cette ampleur de rythme est travaillée par des déplacements d'accents, des enjambements relativement rares mais spectaculaires, et des vers « *aussi beau[x] que de la prose* »[2]. La grandeur épique de l'alexandrin hugolien n'a pas la correction, la régularité du pas des mercenaires suisses. C'est l'ampleur d'un vers total, c'est-à-dire d'un vers qui peut tout faire entendre, qui peut rendre tous les rythmes, ces mystérieux principes d'organisation dynamique de l'univers. Le cœur de l'abîme bat à la césure. C'est dire que le vers peut absorber tout le langage : vocables étrangers, noms propres quasiment imprononçables, mots techniques, parlers familiers, langue sublime, grimaces du mauvais goût. L'alexandrin de *La Légende* est une Babel sauvée de la confusion : il dit tout en toutes langues, et tout le monde le comprend.

---

1. « J'ai jeté le vers noble aux chiens noirs de la prose » ; *Les Contemplations*, I, 7, p. 267. **2.** *Préface de Cromwell*, p. 29.

Il peut chanter, pleurer, rire, murmurer, crier. Ce vers n'ennoblit rien et transfigure « Tout »[1].

De même que *La Légende* n'est pas une entreprise de désymbolisation et de démythification sans reste, de même elle n'entend pas désublimer l'épopée de l'Homme, mais la sublimer autrement, en forçant le sublime à accepter l'épreuve de la proximité, par la familiarité, le pathétique, et le grotesque. « Les écrivains fils de la Révolution ont une tâche sainte. Ô Homère ! il faut que leur épopée pleure [...][2] ! » Car tant que dure la souffrance des Hommes, la poésie de la célébration n'est que l'expression abjecte de la servitude volontaire[3]. Certes, les larmes de Fabrice sont impuissantes. Mais l'impuissance du personnage et de sa douleur ne grève pas la puissance du poème. Elle l'alimente. Les pleurs de l'épopée sont mêlés d'un sentiment d'horreur qui est celui de tous les grands refus. Jamais ils ne dérivent dans les malheurs du drame amoureux[4]. C'est que, *Les Travailleurs de la mer* le diront en 1866, toutes les épopées du progrès ne peuvent rien contre « l'anankè suprême », la fatalité des cœurs, qui est aussi leur liberté[5]. Toujours ses pleurs se

---

1. On pourrait appliquer au vers de *La Légende* cette réflexion de Vigny, à propos de sa propre traduction, en 1829, du *More de Venise* de Shakespeare : « La prose, lorsqu'elle traduit les passages épiques, a un défaut bien grand, et visible surtout sur la scène, c'est de paraître boursouflée, guindée et mélodramatique, tandis que le vers, plus élastique, se ploie à toutes les formes : lorsqu'il vole on ne s'en étonne pas, car lorsqu'il marche, on sent qu'il a des ailes » (*Lettre à Lord*** sur la soirée du 24 octobre 1829 et sur un système dramatique*, pp. 341-342 ; édition de F. Baldensperger, Gallimard, la Pléiade, 1948). Le vers — et non la prose — permet l'oscillation des distances, le brouillage de leur mesure. **2.** *William Shakespeare*, III, II, p. 437. **3.** Voir par exemple l'éloge du despote au début de « Sultan Mourad », directement inspiré, dit la Préface de 1859, de Cantemir (p. 47 et la note 5). **4.** Malheurs qui ne sont pas étrangers au récit épique (qu'on songe à ceux de Didon et d'Énée dans Virgile), et que Lamartine au contraire de Hugo place au cœur de la trame narrative de *Jocelyn* comme de *La Chute d'un ange*. **5.** Gilliatt peut vaincre « l'anankè des choses », et sauver, avec la Durande, le Progrès ; il ne peut vaincre « l'anankè » des cœurs : ne peut se faire aimer de Déruchette. Mais l'« anankè » des cœurs est aussi le gage de leur liberté : rien ni personne ne peut contraindre Déruchette à aimer Gilliatt. Le

concentrent sur les malheurs que fait naître la violence tyrannique : l'Homme n'est pas forcé de tuer les enfants, ni d'écraser les crapauds. Il faut aussi que l'épopée prenne en compte ces monstres dérisoires. Et certes on riait et on pleurait aussi dans l'*Iliade*, mais dans l'épopée du XIXe siècle, il faut rire et pleurer autrement. Rire des fanfaronnades épiques[1]. Jouer avec les ficelles du suspense pour rire de toute littérature terrifiante[2]. S'en donner à cœur joie dans les scènes de combats — faire se battre les héros à coups de chênes (IV, 2), de pierres (V, 1), de cadavres (V, 2). Mais surtout faire entendre l'horreur du rire des Olympiens, et montrer comment un faune peut interrompre ce rire, et les faire trembler. Nouer enfin ensemble l'épique, le grotesque et le pathétique. Car la pitié ne prend sa véritable mesure — qui est celle de la démesure sublime — que si elle accepte le sacrifice héroïque de soi (sacrifice des « pauvres gens »), ou si elle prend pour objet le grotesque : être touché par ce qui repousse, apitoyé par ce qui fait rire, c'est faire de la pitié un amour sans limites ni mesures, *infini*. Et de « ce même geste énorme et surhumain / Dont il chassait les rois », sultan Mourad chasse les mouches qui dévorent le porc agonisant, et transfigure sa puissance en bonté, « pur rayon qui chauffe l'Inconnu »[3]. Tout cela manque évidemment de tact, de discernement et de mesure[4]. *La*

---

moins qu'on puisse dire, c'est que « Le mariage de Roland » (IV, 2) évacue la question, comme résolue d'entrée de jeu par « Le sacre de la femme ».

1. Celles des « Aventuriers de la mer » (XI) ou de Pacheco le Hardi (V, 1, 6, pp. 190 et suivantes). **2.** Voir p. ex. les intertitres en V, 2. **3.** PS, XIII, 2, p. 457. **4.** Hugo sait très bien que cette articulation du pathétique et du grotesque confirme le mot de Napoléon qu'il cite dans la *Préface de Cromwell* : « du sublime au ridicule, il n'y a qu'un pas ». Lorsque l'apollinien Phoebus voit Esmeralda prendre pitié du bossu de Notre-Dame, il éclate de rire et s'écrit : « Corne-de-bœuf ! voilà de la pitié aussi bien placée qu'une plume au cul d'un porc ! » (*Notre-Dame de Paris*, VII, 1, p. 670). La radicalité de l'articulation du pathétique au grotesque suppose que soit assumé le risque de franchir le pas qui sépare le sublime du ridicule aux yeux des Phoebus. Mais cette prise de risque est elle-même sublime.

Légende des siècles est une épopée de mauvais goût, comme l'œuvre de l'Infini.

Le sublime de *La Légende des siècles* est, pour reprendre une expression de Thomas Pavel, « un art de l'éloignement »[1]. C'est aussi un art du rapprochement, un art qui joue sans cesse sur la distance, les distances, rend familiers l'abîme, le prodige, l'étoilé, rend sublimes l'ignoble, le petit, le quotidien. Le porc et le crapaud sont sublimes, comme les « pauvres gens » ; le clairon de l'abîme semble « un réveil songeant près d'un chevet »[2]. Pour plagier la préface des *Orientales*, il n'y a pas de géographie précise du sublime épique, pas de frontières séparant ce qui est digne de figurer dans une épopée de ce qui ne l'est pas. Toute chose est sublime, parce que toute chose est un atome de l'infini, et participe mystérieusement à l'épopée du progrès vers la « lumière ». « Pas de monstre chétif, louche, impur, chassieux, / Qui n'ait l'immensité des astres dans les yeux »[3]. Le sublime est coextensif au réel, l'épique coextensif aux siècles. Le mystère est partout[4].

Claude MILLET

---

1. Voir *L'art de l'éloignement. Essai sur l'imagination classique*, Gallimard, « Folio », 1996. **2.** PS, XV, p. 514. **3.** PS, XIII, 2, p. 452. **4.** Hugo, écrit Baudelaire, « voit le mystère partout » (*Victor Hugo*, éd. cit., p. 132).

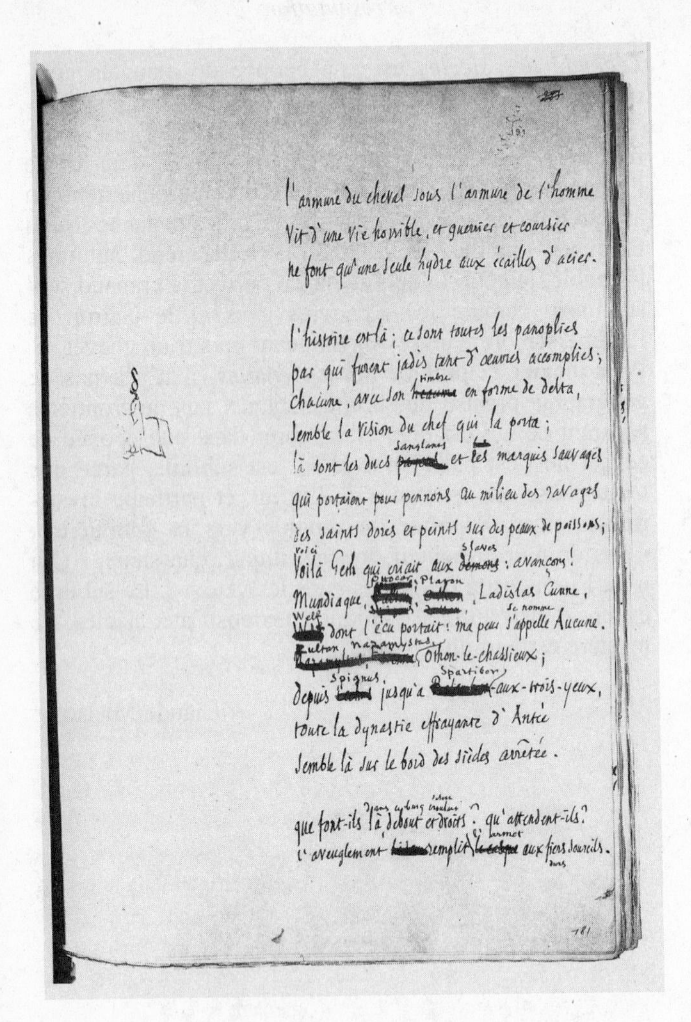
l'armure du cheval sous l'armure de l'homme
Vit d'une vie horrible, et guerrier et coursier
ne font qu'une seule hydre aux écailles d'acier.

l'histoire est là ; ce sont toutes les panoplies
par qui furent jadis tant d'œuvres accomplies ;
Chacune, avec son timbre en forme de delta,
semble la vision du chef qui la porta ;
là sont les ducs sanglants et les marquis sauvages
qui portaient pour pennons au milieu des ravages
des saints dorés et peints sur des peaux de poissons ;
Voici Geth qui criait aux Slaves : avançons !
Mundiaque, Ottocar, Playon, Ladislas Cunne,
Welf dont l'écu portait : ma peur se nomme Aucune.
Zultan, Nazamystus, Othon-le-chassieux ;
depuis Spignus jusqu'à Spartibor-aux-trois-yeux,
toute la dynastie effrayante d'Antée
semble là sur le bord des siècles arrêtée.

que font-ils là debout et droits ? qu'attendent-ils ?
l'aveuglement remplit l'armet aux fiers sourcils.

« L'histoire est là ; ce sont toutes les panoplies
Par qui furent jadis tant d'œuvres accomplies... »
(V, 2, « Eviradnus », 8, vv. 499-500)

Manuscrit de *La Légende des siècles*.

NOTE SUR L'ÉTABLISSEMENT DU TEXTE

Nous reproduisons ici l'édition parue en 1859, en deux volumes, chez Michel Lévy, Hetzel et Cie, et dont le titre complet est : *La Légende des siècles, Première Série / Histoire — Les Petites Épopées*.

Nos notes sont très redevables à l'immense œuvre d'érudition de Paul Berret (voir Bibliographie). On peut se moquer du mélange de néopositivisme et de néoclassicisme qui rendent certes bien souvent étroits ses commentaires. Son travail d'établissement des sources de *La Légende* a néanmoins informé les travaux de tous ses successeurs — le nôtre compris. Nous nous sommes reportée plus facilement grâce à lui au *Grand Dictionnaire historique* de Louis Moréri (1683), principale source d'érudition bizarre et sanglante de *La Légende*. Hugo a manifestement lu ce dictionnaire, évidemment très daté en 1859 (par rapport, en particulier, à la *Biographie universelle* de Michaud, publiée à partir de 1843), comme un grand réservoir de faits abominables et de noms étranges. Hugo semble souvent prendre au hasard ces noms dans le *Grand Dictionnaire historique*. Mais on pourrait montrer en particulier comment le frère d'Eugène va droit, dans la foule des personnages de Moréri, aux fratricides. Remarquons encore qu'à l'indignation causée par les criminels de l'Histoire s'ajoute celle que provoque en Hugo l'historiographie « courtisane ». Le chapitre sur « L'Histoire réelle » de *William Shakespeare* fait de Moréri un des exemples les plus atrocement imbéciles de ce type d'historiographie : « Moréri appelle la Saint-Barthélemy un « désordre » (III, III, 3, p. 445).

Nous faisons parfois également référence dans nos notes au *Dictionnaire de la fable* de Fr. Noël (Le Normant, 1803), maintes fois réédité au cours du XIXe siècle, en particulier en direction des lycéens. Si on ne peut être tout à fait certain des connaissances de Hugo en matière de mythologie, du moins grâce à Noël peut-on reconstituer celles du lecteur moyen de 1859.

Nous avons conservé l'orthographe d'époque de mots tels que *poëte*, *geÿser*, *Norvége*. Les mots tels que piège ou siège s'écrivent avec un accent aigu (*piége*, *siége*), mais se prononcent comme aujourd'hui *siège*, *piège*. C'est pourquoi Hugo peut les faire rimer avec des mots en *e* ouvert comme *neige*, par exemple.

À
LA FRANCE

Livre, qu'un vent t'emporte
En France où je suis né !
L'arbre déraciné
Donne sa feuille morte[1].
V. H.

---

1. Démarquage du début des *Tristes* d'Ovide : « Petit livre — je n'en suis pas jaloux — tu iras sans moi à Rome. Hélas, il est interdit à ton maître d'y aller. Va, mais sans ornement, comme il convient au livre d'un exilé. [...] Va, mon livre, et salue de mes paroles les lieux qui me sont chers ». Le recueil est dédié à la France, contre la société du Second Empire qui a exilé son auteur. Patriotisme et républicanisme sont indissociables.

« Livre, qu'un vent t'emporte
En France, où je suis né ! »

Victor Hugo sur un rocher, pris du coteau surplombant la jetée.

Préface de Victor Hugo[1]

Les personnes qui voudront bien jeter un coup d'œil sur ce livre ne s'en feraient pas une idée précise, si elles y voyaient autre chose qu'un commencement.

Ce livre est-il donc un fragment ? Non. Il existe à part. Il a, comme on le verra, son exposition, son milieu et sa fin[2].

Mais, en même temps, il est, pour ainsi dire, la première page d'un autre livre.

Un commencement peut-il être un tout ? Sans doute. Un péristyle est un édifice[3].

L'arbre, commencement de la forêt, est un tout. Il appartient à la vie isolée, par la racine, et à la vie en commun, par la séve. À lui seul, il ne prouve que l'arbre, mais il annonce la forêt[4].

---

1. Sans titre dans l'édition originale. Hugo, après *Châtiments* et *Les Contemplations*, renoue avec la pratique de la longue préface, qui marque les recueils antérieurs à l'exil. Cela non sans hésitation, puisqu'il achève en 1859 une sorte de long prologue en vers, « La vision d'où est sorti ce livre » *(Nouvelle Série)*, et qu'il pense aussi un temps ouvrir le recueil par un poème intitulé « Épître-Préface », où il affirme que « plusieurs des personnages / Qui vivent dans les chants de son [s]on poëme altier / Sont des rochers d'ici, debout dans les écumes ». **2.** Action ayant un début, un milieu et une fin, telle est la définition minimale du *mythos* dans la *Poétique* d'Aristote. **3.** Métaphore architecturale qui avec sa colonnade circulaire suggère l'image d'un temple antique. **4.** Métaphore organique, que Hugo avait déjà développée en 1826 dans sa préface aux *Odes et Ballades*, reprenant la conception kantienne vitaliste de l'œuvre d'art, telle qu'elle avait été diffusée en France par les traductions des textes de Schiller et de Schlegel. À l'idée de la construction des œuvres et de l'œuvre succède ainsi l'idée de leur poussée « naturelle », et de leur solidarité quasi érotique.

Ce livre, s'il n'y avait pas quelque affectation dans des comparaisons de cette nature, aurait, lui aussi, ce double caractère. Il existe solitairement et forme un tout ; il existe solidairement et fait partie d'un ensemble.

Cet ensemble, que sera-t-il ?

Exprimer l'humanité dans une espèce d'œuvre cyclique[1] ; la peindre successivement et simultanément sous tous ses aspects, histoire, fable[2], philosophie, religion, science[3], lesquels se résument en un seul et immense mouvement d'ascension vers la lumière ; faire apparaître, dans une sorte de miroir sombre et clair — que l'interruption naturelle des travaux terrestres[4] brisera probablement avant qu'il ait la dimension rêvée par l'auteur — cette grande figure une et multiple, lugubre et rayonnante, fatale et sacrée, l'Homme ; voilà de quelle pensée, de quelle ambition, si l'on veut, est sortie *la Légende des Siècles*.

Les deux premiers volumes[5] qu'on va lire n'en contiennent que la première partie, la première série[6], comme dit le titre.

Les poëmes qui composent ces deux volumes ne sont donc autre chose que des empreintes successives du profil humain, de date en date, depuis Ève, mère des hommes,

---

1. Par « cycles », groupements de poèmes, mais aussi par retour des mêmes motifs en une spirale ascendante d'avatars des mêmes faits, inspirée par les *corsi* et *ricorsi* de l'Histoire racontée dans la *Science nouvelle* (1725) de Vico. **2.** Variante : « fable, légende, philosophie ». Plus proche de la fabulation que son synonyme, mythe, la fable dans la série des « aspects » de l'Humanité, entre histoire et philosophie, au même degré de vérité, souligne le coup de force de la Préface et du recueil. **3.** Hugo juxtapose polémiquement les perspectives qui s'affrontent en son temps avec une violence toute particulière, histoire et fable, philosophie, religion et science : à partir de l'exil, tout le projet hugolien peut se résumer à la levée de leurs antagonismes dans la poésie visionnaire. **4.** Hugo a failli mourir d'un anthrax au printemps 1858. « Que de choses j'ai encore à faire ! notait-il déjà dans son agenda le 16 février 1859. Dépêchons-nous ! Je ne serai jamais prêt. Il faut que je meure cependant. » **5.** L'édition originale est en deux volumes, le second s'ouvrant sur « L'Italie. — Ratbert ». **6.** Voir Présentation, p. 9.

jusqu'à la Révolution, mère des peuples[1], empreintes prises, tantôt[2] sur la barbarie, tantôt sur la civilisation, presque toujours sur le vif de l'histoire ; empreintes moulées sur le masque des siècles[3].

Quand d'autres volumes se seront joints à ceux-ci, de façon à rendre l'œuvre un peu moins incomplète, cette série d'empreintes, vaguement disposées dans un certain ordre chronologique[4], pourra former une sorte de galerie de la médaille humaine[5].

Pour le poëte comme pour l'historien, pour l'archéologue comme pour le philosophe, chaque siècle est un changement de physionomie[6] de l'humanité. On trouvera dans ces deux volumes, qui, nous le répétons, seront continués et complétés, le reflet de quelques-uns de ces changements de physionomie.

On y trouvera quelque chose du passé, quelque chose du présent (XIII. *Maintenant*), et comme un vague mirage de l'avenir. Du reste, ces poëmes, divers par le sujet, mais inspirés par la même pensée, n'ont entre eux d'autre nœud qu'un fil, ce fil qui s'atténue quelquefois au point de devenir invisible, mais qui ne casse jamais, le grand fil mystérieux du labyrinthe humain, le Progrès[7].

Comme dans une mosaïque, chaque pierre a sa couleur

---

1. Image déformée du recueil, tant parce qu'il se prolonge au-delà de la période révolutionnaire que parce qu'il ne la traite qu'en creux. La Révolution est ici mythifiée en origine maternelle des « peuples », c'est-à-dire de l'Humanité constituée en communautés nationales potentiellement démocratiques. **2.** Alternance donc, et non succession. **3.** Le masque mortuaire du cadavre du passé. **4.** « Vaguement » et « certain » disent clairement à quel point la chronologie ne peut être le principe exclusif d'intelligibilité du progrès. **5.** Variante visionnaire et démocratique de la galerie des Médailles de Louis-Philippe, à la gloire de l'Homme, et non des hommes et des événements illustres. **6.** Aspect du visage. **7.** Dédale, Athénien exilé, est l'architecte du Labyrinthe où était enfermé le Minotaure, qui réclamait chaque année le sacrifice de jeunes gens. C'est Dédale qui conseilla à Ariane de se relier par une pelote de fil à Thésée, afin que celui-ci puisse tuer le monstre, puis retrouver le chemin de la sortie. La métaphore associe ainsi l'Humanité à l'héroïque Thésée, l'Histoire à la labyrinthique demeure du monstre sanguinaire, tyrannique, le progrès au fil d'Ariane, et le poète banni à l'architecte exilé.

et sa forme propre ; l'ensemble donne une figure. La figure de ce livre, on l'a dit plus haut, c'est l'homme.

Ces deux volumes d'ailleurs, qu'on veuille bien ne pas l'oublier, sont à l'ouvrage dont ils font partie, et qui sera mis au jour plus tard, ce que serait à une symphonie l'ouverture. Ils n'en peuvent donner l'idée exacte et complète, mais ils contiennent une lueur de l'œuvre entière.

Le poëme que l'auteur a dans l'esprit, n'est ici qu'entr'ouvert.

Quant à ces deux volumes pris en eux-mêmes, l'auteur n'a qu'un mot à en dire : le genre humain, considéré comme un grand individu collectif[1] accomplissant d'époque en époque une série d'actes sur la terre, a deux aspects : l'aspect historique et l'aspect légendaire[2]. Le second n'est pas moins vrai que le premier ; le premier n'est pas moins conjectural[3] que le second.

Qu'on ne conclue pas de cette dernière ligne — disons-le en passant — qu'il puisse entrer dans la pensée de l'auteur d'amoindrir la haute valeur de l'enseignement historique. Pas une gloire, parmi les splendeurs du génie humain, ne dépasse celle du grand historien philosophe. L'auteur, seulement, sans diminuer la portée de l'histoire, veut constater la portée de la légende. Hérodote[4] fait l'histoire, Homère fait la légende[5].

C'est l'aspect légendaire qui prévaut dans ces deux

---

1. Expression tensive d'un lieu commun de la pensée historique romantique : l'Humanité se développe comme un individu. **2.** Légende et Histoire sont moins des formes narratives que des manières dont le réel se laisse appréhender. **3.** Hypothétique. L'hypothèse est aux yeux de Hugo un instrument de connaissance privilégié, pour le poète comme pour l'homme de science. Œuvre de l'imagination, elle permet de décoller du réel pour le voir autrement, découvrir de nouvelles lois. Idée qu'on aurait tort d'opposer hâtivement au positivisme : Renan ne définit-il pas l'Histoire comme une « petite science conjecturale » ? **4.** Historien grec du ve siècle av. J.-C., dont *L'Enquête* repose en grande partie sur l'évacuation critique des légendes. **5.** Sur le modèle homérique, voir Présentation, p. 26. Affirmation qui tend à identifier épopée et légende (y compris dans le titre du recueil de Hugo), mais aussi à mettre l'accent sur la question de la vérité aux dépens de celle du genre.

volumes et qui en colore les poëmes. Ces poëmes se passent l'un à l'autre le flambeau de la tradition humaine. *Quasi cursores*[1]. C'est ce flambeau, dont la flamme est le vrai, qui fait l'unité de ce livre. Tous ces poëmes, ceux du moins qui résument le passé, sont de la réalité historique condensée ou de la réalité historique devinée. La fiction parfois, la falsification jamais ; aucun grossissement de lignes ; fidélité absolue à la couleur[2] des temps et à l'esprit des civilisations diverses. Pour citer des exemples, la décadence romaine (tome Ier, page 49[3]) n'a pas un détail qui ne soit rigoureusement exact ; la barbarie mahométane[4] ressort de Cantemir[5], à travers l'enthousiasme de l'historiographe turc, telle qu'elle est exposée dans les premières pages de *Zim-Zizimi* et de *Sultan Mourad*[6].

Du reste, les personnes auxquelles l'étude du passé est familière, reconnaîtront, l'auteur n'en doute pas, l'accent réel et sincère de tout ce livre. Un de ces poëmes (*Première rencontre du Christ avec le tombeau*) est tiré, l'auteur pourrait dire traduit, de l'Évangile[7]. Deux autres (*le*

---

1. Lucrèce, *De Natura rerum* 2, v. 79, à propos de la succession des générations : *Quasi cursores vitae lampada trahunt* : « Comme des coureurs passent le flambeau de la vie ». La citation met l'accent dans la tradition sur la transmission et la solidarité des générations successives à l'intérieur d'un progrès continu, et non révolutionnaire. **2.** Dans le même paragraphe, « l'aspect légendaire » « colore » les poèmes, et ceux-ci sont fidèles à la « couleur » des temps. L'Histoire symbolique ne saurait être seulement fidèle à « l'esprit des civilisations ». Il lui faut être aussi fidèle à la « couleur » : à la matière, à la chair des époques. La couleur locale n'est pas un pittoresque de surface, mais une incarnation. **3.** II, p. 110. Exemple de « réalité historique condensée ». **4.** Renvoi aux « Trônes d'Orient » (VI), non à « L'islam » (III). **5.** Berret montre que les poèmes des « Trônes d'Orient » ne doivent rien en réalité à Cantemir (mort en 1723). Mais ce qu'ils lui doivent, c'est le modèle de l'éloge courtisan, que très souvent ils imitent ironiquement. Dans *William Shakespeare* (III, III, 3), Hugo écrira : « Cantemir, [...] longtemps sujet turc, sent, quoique passé aux russes, qu'il ne déplaît point au czar Pierre en déifiant le despotisme, et il prosterne ses métaphores devant les sultans. [...] Le sang qu'ils versent fume dans Cantemir avec une odeur d'encens, et le vaste assassinat qui est leur règne s'épanouit en gloire. » **6.** VI, 1 et 3. **7.** Voir note 1, p. 88.

Mariage de Roland, Aymerillot[1]) sont des feuillets détachés de la colossale épopée du moyen âge (*Charlemagne, emperor à la barbe florie*)[2]. Ces deux poëmes jaillissent directement des livres de geste de la chevalerie[3]. C'est de l'histoire écoutée aux portes de la légende.

Quant au mode de formation de plusieurs des autres poëmes dans la pensée de l'auteur, on pourra s'en faire une idée en lisant les quelques lignes placées en note à la page 126 du tome II[4], lignes d'où est sortie la pièce intitulée : *les Raisons du Momotombo*. L'auteur en convient, un rudiment[5] imperceptible, perdu dans la chronique ou dans la tradition[6], à peine visible à l'œil nu, lui a souvent suffi. Il n'est pas défendu au poëte et au philosophe d'essayer sur les faits sociaux ce que le naturaliste essaie sur les faits zoologiques : la reconstruction du monstre d'après l'empreinte de l'ongle ou l'alvéole de la dent[7].

Ici lacune, là étude complaisante et approfondie d'un détail, tel est l'inconvénient de toute publication fractionnée. Ces défauts de proportion peuvent n'être qu'apparents. Le lecteur trouvera certainement juste d'attendre,

---

1. IV, 2 et 3. **2.** Épithète formulaire, trait d'oralité de la littérature épique, dont la tonalité naïve et familière corrige la grandeur sublime de la « colossale épopée du moyen âge » — toutes épopées et toutes époques confondues. **3.** Concaténation des chansons de geste et des romans de chevalerie. **4.** Voir p. 407. **5.** Au singulier : ébauche ou reste d'un organe. **6.** Consignation par écrit des faits historiques, dans l'ordre de leur succession et sans interprétation explicite, laissée par un contemporain, ou transmission orale légendaire. La chronique comme la tradition renvoie au traitement médiéval de la matière historique. **7.** Induction de l'ensemble significatif à partir du détail, du « rudiment », et non particularisation par le détail de l'idée préalablement conçue. Le poète revendique l'opération de pensée qui fonde la méthode de Cuvier, mais aussi des scientifiques de la seconde moitié du siècle. L'Histoire légendaire se donne pour modèle l'Histoire naturelle, à partir du point commun entre « faits sociaux » et « faits zoologiques » : ces faits ont une structure, qu'on peut dégager grâce au principe de « corrélation des caractères », qui avait effectivement permis à Cuvier dans ses *Recherches sur les ossements fossiles* (1812-1824) d'extrapoler la forme d'un animal disparu à partir de l'empreinte d'une de ses parties, et de fonder la paléontologie. Paléontologie et *Légende des siècles* ont une méthode commune et un objet commun : l'étude du monstre, du passé comme ère de la monstruosité.

pour les apprécier définitivement, que *la Légende des Siècles* ait paru en entier. Les usurpations, par exemple, jouent un tel rôle dans la construction des royautés au moyen âge, et mêlent tant de crimes à la complication des investitures [1], que l'auteur a cru devoir les présenter sous leurs trois principaux aspects dans les trois drames [2] : *le Petit Roi de Galice, Eviradnus, la Confiance du marquis Fabrice* [3]. Ce qui peut sembler aujourd'hui un développement excessif s'ajustera plus tard à l'ensemble [4].

Les tableaux riants sont rares dans ce livre ; cela tient à ce qu'ils ne sont pas fréquents dans l'histoire.

Comme on le verra, l'auteur, en racontant le genre humain, ne l'isole pas de son entourage terrestre. Il mêle quelquefois à l'homme, il heurte à l'âme humaine, afin de lui faire rendre son véritable son, ces êtres différents de l'homme que nous nommons bêtes, choses, nature morte, et qui remplissent on ne sait quelles fonctions fatales dans l'équilibre vertigineux de la création [5].

Tel est ce livre. L'auteur l'offre au public sans rien se dissimuler de sa profonde insuffisance. C'est une tentative vers l'idéal. Rien de plus.

Ce dernier mot a besoin peut-être d'être expliqué.

Plus tard, nous le croyons, lorsque plusieurs autres parties de ce livre auront été publiées, on apercevra le lien qui, dans la conception de l'auteur, rattache *la Légende des Siècles* à deux autres poëmes, presque terminés à cette heure, et qui en sont, l'un le dénoûment, l'autre le couronnement ; *la Fin de Satan*, et *Dieu* [6].

L'auteur, du reste, pour compléter ce qu'il a dit plus haut, ne voit aucune difficulté à faire entrevoir dès à pré-

---

1. Acte formaliste par lequel est transmis un fief, un bien-fonds. Complication des royautés du Moyen Âge, et du temps présent, à partir de l'usurpation du 2 décembre 1851. **2.** Variante : « les trois *poëmes* ». **3.** V, 1 et 2, VII, 3. La Préface continue le travail de composition du recueil, en suggérant d'autres groupements. **4.** Promesse d'un temps où la disproportion de la place accordée aux « drames » de l'usurpation s'abolira : d'une *Légende* d'après la chute de Napoléon III. **5.** Contrecoup de « Ce que dit la bouche d'ombre » dans *Les Contemplations*. **6.** Voir Présentation, p. 8-9.

sent, qu'il a esquissé dans la solitude une sorte de poëme[1] d'une certaine étendue où se réverbère le problème unique, l'Être, sous sa triple face ; l'Humanité, le Mal, l'Infini ; le progressif, le relatif, l'absolu ; en ce qu'on pourrait appeler trois chants : *la Légende des Siècles, la Fin de Satan, Dieu*[2].

Il publie aujourd'hui un premier carton[3] de cette esquisse. Les autres suivront.

Nul ne peut répondre d'achever ce qu'il a commencé, pas une minute de continuation certaine n'est assurée à l'œuvre ébauchée ; la solution de continuité, hélas ! c'est tout l'homme[4] ; mais il est permis, même au plus faible, d'avoir une bonne intention et de la dire.

Or, l'intention de ce livre est bonne[5].

L'épanouissement du genre humain de siècle en siècle, l'homme montant des ténèbres à l'idéal, la transfiguration paradisiaque de l'enfer terrestre, l'éclosion lente et suprême de la liberté[6], droit pour cette vie, responsabilité pour l'autre[7] ; une espèce d'hymne[8] religieux à mille strophes, ayant dans ses entrailles une foi profonde et sur son sommet[9] une haute prière ; le drame de la création éclairé par le visage du créateur, voilà ce que sera, ter-

---

1. Absolument : poème épique. **2.** Voir Présentation, p. 8-9. **3.** La métaphore renvoie à l'idée de série en peinture (« carton » désigne alors un premier portefeuille cartonné de dessins). Voir Présentation, p. 9. Elle suggère aussi que les séries seront les unes aux autres des corrections, puisqu'en termes d'imprimerie un « carton » est un feuillet supplémentaire qu'on insère dans un livre déjà imprimé pour le corriger. Seulement ici le livre publié est déjà lui-même un « carton ». **4.** Voir note 4, p. 44. **5.** Formulation à plat de l'engagement, par provocation volontairement simplifié, chacun sachant que l'enfer est pavé de bonnes intentions. **6.** Le recueil est plus inquiet dans son progressisme, d'Ève épanouie en son paradis de liberté amoureuse à la très sombre « trompette du Jugement », en passant par le naufrage, en « pleine mer », de tout le monstrueux passé du « xxe siècle ». **7.** La gradation de l'énumération fait de la question juridique la question suprême. **8.** Cantique. Voir note 3, p. 121. **9.** L'hymne a des entrailles et un sommet : Hugo prend une étrange liberté avec la loi de cohérence des analogies, pour affirmer que le poème de « l'Être » s'origine dans une foi physiquement vécue — ce que Rimbaud nommera « posséder la vérité dans une âme et un corps ».

miné, ce poëme[1] dans son ensemble ; si Dieu, maître des existences humaines, y consent[2].

Hauteville house. Septembre 1859.

« Ô peuple, million et million de bras,
[...] Est-ce que tu n'as pas des ongles, vil troupeau,
Pour ces démangeaisons d'empereurs sur ta peau ! »
(V, 2, « Eviradnus, 16 », vv. 1022-1026)

1. Voir note 1, p. 50. **2.** Voir note 4, p. 44. La Préface devient homologue au recueil qu'elle décrit en s'achevant dans la prière.

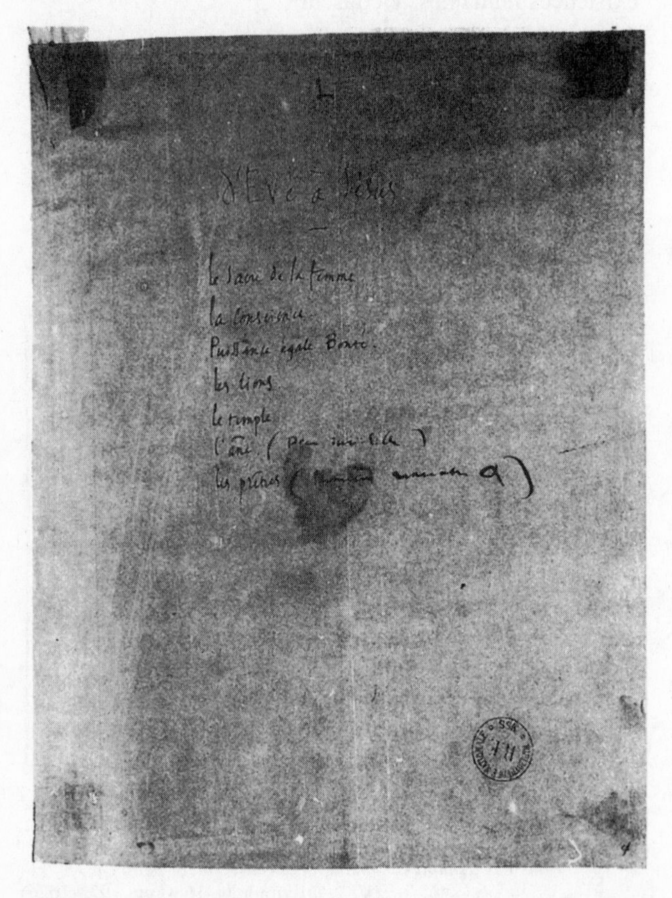
D'Ève à Jésus

Le Sacre de la Femme
La Conscience
Puissance égale Bonté
Les Lions
Le Temple
L'Âne ([illegible])
Les Prêtres ([illegible])

Page de titre(s) de la première section dans le manuscrit. Les titres définitifs des deux derniers poèmes ont été ajoutés après coup : « Dieu invisible [au philosophe] », « Première rencontre [du Christ avec le tombeau] ».

I

D'ÈVE À JÉSUS[1]

1. De la « mère des hommes » au prophète martyr de la loi d'amour, le titre fait de cette première section une Histoire de l'amour, par-delà les vicissitudes du mal. Il souligne le rattachement de ce premier cycle de « légendes » à la « mythologie » judéo-chrétienne. Ce rattachement ne doit cependant masquer ni le syncrétisme, ni l'esprit critique qui marquent cette libre réécriture de la Bible.

« L'amour épars flottait comme un parfum s'exhale... »
(I, 1, « Le sacre de la femme », 2, v. 125)

Papillon pénétrant un œillet, dessiné en marge du canevas des derniers vers de « La rose de l'infante » dans un carnet (mai 1859).

I

LE SACRE DE LA FEMME[1]

I

L'aurore apparaissait ; quelle aurore ? Un abîme
D'éblouissement, vaste, insondable, sublime ;
Une ardente lueur de paix et de bonté.
C'était aux premiers temps du globe ; et la clarté
5 Brillait sereine au front du ciel inaccessible,
Étant tout ce que Dieu peut avoir de visible ;
Tout s'illuminait, l'ombre et le brouillard obscur ;
Des avalanches d'or s'écroulaient dans l'azur ;
Le jour en flamme, au fond de la terre ravie,
10 Embrasait les lointains splendides de la vie ;
Les horizons pleins d'ombre et de rocs chevelus,
Et d'arbres effrayants que l'homme ne voit plus,
Luisaient comme le songe et comme le vertige,
Dans une profondeur d'éclair et de prodige[2] ;

---

1. Titre primitif : « Mater ». Dans la Genèse, Ève ne connaît l'amour et n'est enceinte que dans le péché, hors du paradis. Avant Hugo, Milton s'était déjà élevé, dans *Le Paradis perdu*, contre cette tradition qui condamne la féminité dans la sexualité et la maternité. En 1854, la bulle *Ineffabilis*, sur le dogme l'Immaculée-Conception, aggravait cette condamnation en affirmant que Marie avait été conçue sans péché. « Le sacre de la femme » est ainsi à lire comme un mythe critique, démystifiant la tradition judéo-chrétienne. Voir *L'Art d'être grand-père*, VII et XV, 7. **2.** Le prodige est pour Hugo l'envers naturaliste du miracle : merveille qui ne rompt pas les lois de la Nature, mais au contraire émane de leurs profondeurs inconnues, de l'Immanent (voir notes 3, p. 59 et 1, p. 519). « Le prodige, c'est le phénomène à l'état de chef-d'œuvre » (« La mer et le vent », *Proses philosophiques de 1860-1865*).

15 L'Éden pudique et nu s'éveillait mollement ;
Les oiseaux gazouillaient un hymne[1] si charmant,
Si frais, si gracieux, si suave et si tendre,
Que les anges distraits se penchaient pour l'entendre ;
Le seul rugissement du tigre était plus doux ;
20 Les halliers où l'agneau paissait avec les loups,
Les mers où l'hydre[2] aimait l'alcyon[3], et les plaines
Où les ours et les daims confondaient leurs haleines,
Hésitaient, dans le chœur des concerts infinis,
Entre le cri de l'antre et la chanson des nids.
25 La prière semblait à la clarté mêlée ;
Et sur cette nature encore immaculée
Qui du verbe éternel avait gardé l'accent,
Sur ce monde céleste, angélique, innocent,
Le matin, murmurant une sainte parole,
30 Souriait, et l'aurore était une auréole.
Tout avait la figure intègre du bonheur ;
Pas de bouche d'où vînt un souffle empoisonneur ;
Pas un être qui n'eût sa majesté première ;
Tout ce que l'infini peut jeter de lumière
35 Éclatait pêle-mêle à la fois dans les airs ;
Le vent jouait avec cette gerbe d'éclairs
Dans le tourbillon libre et fuyant des nuées ;
L'enfer balbutiait quelques vagues huées
Qui s'évanouissaient dans le grand cri joyeux
40 Des eaux, des monts, des bois, de la terre et des cieux !
Les vents et les rayons semaient de tels délires
Que les forêts vibraient comme de grandes lyres ;
De l'ombre à la clarté, de la base au sommet,
Une fraternité vénérable germait ;
45 L'astre était sans orgueil et le ver sans envie ;

---

1. Ici : cantique. Voir note 3, p. 121. **2.** Monstre fabuleux qui renvoie le lecteur au combat d'Hercule contre l'Hydre de Lerne et à celui de l'archange Michel contre le dragon dans l'Apocalypse (cf. V, 1, 9, p. 203). L'hydre est une des figures les plus fréquentes chez Hugo de la monstruosité archaïque, informe, abjecte, terrifiante. **3.** Oiseau marin de la mythologie, dont la rencontre était un présage de calme et de paix.

On s'adorait d'un bout à l'autre de la vie ;
Une harmonie égale à la clarté, versant
Une extase divine au globe adolescent,
Semblait sortir du cœur mystérieux du monde ;
50 L'herbe en était émue, et le nuage, et l'onde,
Et même le rocher qui songe et qui se tait ;
L'arbre, tout pénétré de lumière, chantait ;
Chaque fleur, échangeant son souffle et sa pensée
Avec le ciel serein d'où tombe la rosée,
55 Recevait une perle et donnait un parfum ;
L'Être resplendissait, Un dans Tout, Tout dans Un [1] ;
Le paradis brillait sous les sombres ramures
De la vie ivre d'ombre et pleine de murmures,
Et la lumière était faite de vérité ;
60 Et tout avait la grâce, ayant la pureté ;
Tout était flamme, hymen, bonheur, douceur, clémence,
Tant ces immenses jours avaient une aube immense !

II

Ineffable lever du premier rayon d'or !
Du jour éclairant tout sans rien savoir encor !
65 Ô matin des matins ! amour ! joie effrénée
De commencer le temps, l'heure, le mois, l'année !
Ouverture du monde ! instant prodigieux [2] !
La nuit se dissolvait dans les énormes cieux [3]
Où rien ne tremble, où rien ne pleure, où rien ne
[souffre ;

---

1. À rapprocher du cri final du satyre (p. 392) et de cette lettre du 31 juillet 1867 au directeur du *Croisé* : « Je ne suis pas panthéiste. Le panthéisme dit : *tout est Dieu*. Moi je dis : *Dieu est tout*. » La deuxième voix du « Seuil du gouffre » dans *Dieu* dit de manière très proche cette fusion de Tout dans l'unité : « Car tout est l'unité. Forme joyeuse ou triste, / Tout se confond dans Tout, et rien à part n'existe, / Ô vivant ! Et sais-tu ce que dit l'abîme ? UN. » **2.** Voir note 2, p. 55. **3.** Une synérèse (« cieux ») rime ici incorrectement avec une diérèse (« pro-di-gi-eux »).

70 Autant que le chaos la lumière était gouffre ;
Dieu se manifestait dans sa calme grandeur,
Certitude pour l'âme et pour les yeux splendeur ;
De faîte en faîte, au ciel et sur terre, et dans toutes
Les épaisseurs de l'être aux innombrables voûtes,
75 On voyait l'évidence adorable éclater ;
Le monde s'ébauchait ; tout semblait méditer ;
Les types primitifs [1], offrant dans leur mélange
Presque la brute informe et rude et presque l'ange,
Surgissaient, orageux, gigantesques, touffus ;
80 On sentait tressaillir sous leurs groupes confus
La terre, inépuisable et suprême matrice ;
La création sainte, à son tour créatrice [2],
Modelait vaguement des aspects merveilleux,
Faisait sortir l'essaim des êtres fabuleux [3]
85 Tantôt des bois, tantôt des mers, tantôt des nues,
Et proposait à Dieu des formes inconnues
Que le temps, moissonneur pensif, plus tard changea [4] ;

---

1. L'expression appartient au vocabulaire scientifique de l'époque : on la trouve p. ex. chez le transformiste finaliste Naudin au début du Second Empire. Hugo préfère aux « matériaux préexistants » du grand défenseur de l'idée d'évolution avant Darwin, Geoffroy Saint-Hilaire, les « types primitifs », expression qui permet d'articuler la foi en un Créateur ayant ordonné intellectuellement la Création, et l'affirmation de l'évolution, du processus de réalisation de ces types. Rappelons que Darwin ne publie *De l'origine des espèces* qu'en 1859. **2.** Hugo oppose la *natura naturata* (produite) et de la *natura naturans* (productrice). La Nature apparaît ainsi comme auto-créatrice. **3.** Hugo suggère ici une explication scientifique des monstres qui habitent les mythologies, qui seraient les traces de la créativité de la Nature primitive. Voir le début de la préface des *Burgraves* et la fin de « Promontorium somnii » (*Proses philosophiques de 1860-1865*). **4.** La tératologie — étude des phénomènes de monstruosité — tient une place essentielle dans l'Histoire naturelle aux XVIIIe et XIXe siècles pour rendre compte de la genèse des différences, des variations à l'intérieur des genres et des espèces. Hugo semble ici être proche des naturalistes de la seconde moitié du XVIIIe siècle comme J.-B. Robinet pour qui les monstres sont le signe des possibilités infinies de variation dont est susceptible la Nature, à partir du plan qui la pré-ordonne. « L'impossible d'aujourd'hui a été le possible d'autrefois » (« Promontorium somnii »). Le temps n'est pas le principe de ces variation, puisque ce n'est que « plus tard » qu'il intervient. « Moissonneur pensif », sa fonction est de recueillir les formes proposées à Dieu par la Nature dans sa

On sentait sourdre, et vivre, et végéter déjà
Tous les arbres futurs, pins, érables, yeuses,
90 Dans des verdissements[1] de feuilles monstrueuses ;
Une sorte de vie excessive gonflait
La mamelle du monde au mystérieux lait ;
Tout semblait presque hors de la mesure éclore ;
Comme si la nature, en étant proche encore,
95 Eût pris, pour ses essais sur la terre et les eaux,
Une difformité splendide au noir chaos[2].

Les divins paradis, pleins d'une étrange séve,
Semblent au fond des temps reluire dans le rêve,
Et, pour nos yeux obscurs, sans idéal, sans foi,
100 Leur extase aujourd'hui serait presque l'effroi ;
Mais qu'importe à l'abîme, à l'âme universelle[3]
Qui dépense un soleil au lieu d'une étincelle,
Et qui, pour y pouvoir poser l'ange azuré[4],
Fait croître jusqu'aux cieux l'Éden démesuré !

105 Jours inouïs ! le bien, le beau, le vrai, le juste[5],
Coulaient dans le torrent, frissonnaient dans l'arbuste ;

---

genèse, pour les changer. La Création « à son tour créatrice » est donc, comme Adam et Ève et comme le poème, au bord de l'Histoire.

1. Néologisme. **2.** L'ensemble du développement qui s'achève ici est à la fois une théorie de la genèse et une sorte d'art poétique de la Nature, ou du grotesque naturel, qui fait de la démesure et de la difformité les marques d'une créativité illimitée, d'une « dépense » poétique infinie. Cf. « Le poëme du Jardin des Plantes », *L'Art d'être grand-père*. **3.** Âme éparse dans l'univers et émanant de lui, cette « âme universelle », dont l'autre nom est « abîme », rompt tous les dualismes, et en particulier toute séparation de la Nature terrestre d'avec le ciel de la transcendance, pour affirmer l'immanence, ou séjour de l'âme (de l'Être, de Dieu) dans l'intériorité même de Tout. Voir les notes 1, p. 57, 1, p. 519 et, dans *Les Contemplations*, « Ce que dit la bouche d'ombre ». **4.** Couleur d'azur — bleu du ciel et des flots. **5.** À la triade *Du Vrai, du Beau et du Bien* (1854) que Cousin — le philosophe qui domine encore à la date de 1859 la philosophie française — a empruntée à Platon pour fonder son idéalisme éclectique, Hugo soustrait les majuscules et ajoute le « juste », le « beau » et le « vrai » étant encadrés par les principes éthiques du « bien » et du « juste ».

L'aquilon[1] louait Dieu de sagesse vêtu ;
L'arbre était bon ; la fleur était une vertu ;
C'est trop peu d'être blanc, le lys était candide[2] ;
110 Rien n'avait de souillure et rien n'avait de ride ;
Jours purs ! rien ne saignait sous l'ongle et sous la dent ;
La bête heureuse était l'innocence rôdant ;
Le mal n'avait encor rien mis de son mystère
Dans le serpent, dans l'aigle altier, dans la panthère ;
115 Le précipice ouvert dans l'animal sacré
N'avait pas d'ombre, étant jusqu'au fond éclairé ;
La montagne était jeune et la vague était vierge ;
Le globe, hors des mers dont le flot le submerge,
Sortait beau, magnifique, aimant, fier, triomphant,
120 Et rien n'était petit quoique tout fût enfant ;
La terre avait, parmi ses hymnes[3] d'innocence,
Un étourdissement de séve et de croissance ;
L'instinct fécond faisait rêver l'instinct vivant ;
Et, répandu partout, sur les eaux, dans le vent,
125 L'amour épars flottait comme un parfum s'exhale ;
La nature riait, naïve et colossale ;
L'espace vagissait ainsi qu'un nouveau-né.
L'aube était le regard du soleil étonné.

III

Or, ce jour-là, c'était le plus beau qu'eût encore
130 Versé sur l'univers la radieuse aurore ;
Le même séraphique[4] et saint frémissement
Unissait l'algue à l'onde et l'être à l'élément ;

---

1. Poétique : vent du nord. Avec une majuscule, « Aquilon » est le dieu grec de ce vent. **2.** Du latin *candidus*, « blanc ». **3.** Cantique. Voir note 3, p. 121. **4.** Propre aux séraphins, anges de la première hiérarchie (représentés avec trois paires d'ailes).

L'éther [1] plus pur luisait dans les cieux plus sublimes ;
Les souffles abondaient plus profonds sur les cimes ;
135 Les feuillages avaient de plus doux mouvements ;
Et les rayons tombaient caressants et charmants
Sur un frais vallon vert, où, débordant d'extase,
Adorant ce grand ciel que la lumière embrase,
Heureux d'être, joyeux d'aimer, ivres de voir,
140 Dans l'ombre, au bord d'un lac, vertigineux miroir,
Étaient assis, les pieds effleurés par la lame,
Le premier homme auprès de la première femme.

L'époux priait, ayant l'épouse à son côté.

IV

Ève offrait au ciel bleu la sainte nudité ;
145 Ève blonde admirait l'aube, sa sœur vermeille.

Chair de la femme ! argile idéale ! ô merveille !
Ô pénétration sublime de l'esprit
Dans le limon que l'Être ineffable pétrit !
Matière où l'âme brille à travers son suaire !
150 Boue où l'on voit les doigts du divin statuaire !
Fange auguste appelant le baiser et le cœur,
Si sainte, qu'on ne sait, tant l'amour est vainqueur,
Tant l'âme est vers ce lit mystérieux poussée,
Si cette volupté n'est pas une pensée,
155 Et qu'on ne peut, à l'heure où les sens sont en feu,
Étreindre la beauté sans croire embrasser Dieu !

Ève laissait errer ses yeux sur la nature.

---

1. Poétiquement : l'air le plus pur et, par extension, les espaces célestes. Dans *Les Contemplations*, la « bouche d'ombre » raconte comment l'éther, alourdi de matière, est devenu l'air.

Et, sous les verts palmiers à la haute stature,
Autour d'Ève, au-dessus de sa tête, l'œillet
160 Semblait songer, le bleu lotus se recueillait,
Le frais myosotis se souvenait[1] ; les roses
Cherchaient ses pieds avec leurs lèvres demi-closes ;
Un souffle fraternel sortait du lys vermeil ;
Comme si ce doux être eût été leur pareil,
165 Comme si de ces fleurs, ayant toutes une âme,
La plus belle s'était épanouie en femme.

V

Pourtant, jusqu'à ce jour, c'était Adam, l'élu
Qui dans le ciel sacré le premier avait lu,
C'était le Marié tranquille et fort, que l'ombre
170 Et la lumière, et l'aube, et les astres sans nombre,
Et les bêtes des bois, et les fleurs du ravin
Suivaient ou vénéraient comme l'aîné divin,
Comme le front ayant la lueur la plus haute ;
Et, quand tous deux, la main dans la main, côte à côte,
175 Erraient dans la clarté de l'Éden radieux,
La nature sans fond, sous ses millions d'yeux,
À travers les rochers, les rameaux, l'onde et l'herbe,
Couvait, avec amour pour le couple superbe,
Avec plus de respect pour l'homme, être complet,
180 Ève qui regardait, Adam qui contemplait[2].

Mais, ce jour-là, ces yeux innombrables qu'entr'ouvre
L'infini sous les plis du voile qui le couvre,
S'attachaient sur l'épouse et non pas sur l'époux,

---

1. Dans le langage des fleurs, le lotus est la fleur de l'oubli. Le myosotis s'appelle aussi « ne m'oubliez pas » (*Vergissmeinnicht*). Pour l'œillet, voir p. 280, v. 270. **2.** Contempler, c'est pour Hugo ajouter au regard qui observe le visible le songe, voie d'accès à l'invisible. Acte définitionnel du poète des *Contemplations*.

Comme si, dans ce jour religieux et doux,
185 Béni parmi les jours et parmi les aurores,
Aux nids ailés perdus sous les branches sonores,
Au nuage, aux ruisseaux, aux frissonnants essaims,
Aux bêtes, aux cailloux, à tous ces êtres saints
Que de mots ténébreux la terre aujourd'hui nomme,
190 La femme eût apparu plus auguste[1] que l'homme !

VI

Pourquoi ce choix ? pourquoi cet attendrissement
Immense du profond et divin firmament[2] ?
Pourquoi tout l'univers penché sur une tête ?
Pourquoi l'aube donnant à la femme une fête ?
195 Pourquoi ces chants ? Pourquoi ces palpitations
Des flots dans plus de joie et dans plus de rayons ?
Pourquoi partout l'ivresse et la hâte d'éclore,
Et les antres heureux de s'ouvrir à l'aurore,
Et plus d'encens sur terre et plus de flamme aux cieux ?

200 Le beau couple innocent songeait silencieux.

VII

Cependant la tendresse inexprimable et douce
De l'astre, du vallon, du lac, du brin de mousse,
Tressaillait plus profonde à chaque instant autour
D'Ève, que saluait du haut des cieux le jour ;

---

1. Digne d'une grande vénération, sacrée. **2.** Voûte céleste.

205 Le regard qui sortait des choses et des êtres[1],
Des flots bénis, des bois sacrés, des arbres prêtres[2],
Se fixait, plus pensif de moment en moment,
Sur cette femme au front vénérable et charmant ;
Un long rayon d'amour lui venait des abîmes,
210 De l'ombre, de l'azur, des profondeurs, des cimes,
De la fleur, de l'oiseau chantant, du roc muet.

Et, pâle, Ève sentit[3] que son flanc remuait.

---

1. Reprise de la méditation du dernier livre des *Contemplations* : « tout est plein d'âmes ». **2.** Ce type d'emploi adjectival d'un substantif est un des traits d'écriture du Hugo de l'exil qui scandalise la critique académique. Adjoint comme un adjectif à « arbres », « prêtres » désigne leur essence, leur identité, et tend à les personnifier. **3.** Premier passé simple du poème, « sentit » ouvre la durée édénique au temps des événements : à l'Histoire. L'événement qui rompt ainsi le temps étale du paradis, ce n'est pas le flanc d'Ève qui « remua », mais le fait qu'Ève « sentit que son flanc remuait ». L'enclenchement de l'Histoire est une sensation de ventre de femme enceinte, promesse toute physique d'un avenir heureux.

II

LA CONSCIENCE[1]

Lorsque avec ses enfants vêtus de peaux de bêtes[2],
Échevelé, livide au milieu des tempêtes,
Caïn se fut enfui de devant Jéhovah[3],
Comme le soir tombait, l'homme sombre arriva
5 Au bas d'une montagne en une grande plaine ;
Sa femme fatiguée et ses fils hors d'haleine
Lui dirent : « Couchons-nous sur la terre, et dormons. »
Caïn, ne dormant pas, songeait au pied des monts.
Ayant levé la tête, au fond des cieux funèbres,
10 Il vit un œil, tout grand ouvert dans les ténèbres,
Et qui le regardait dans l'ombre fixement.
« Je suis trop près », dit-il avec un tremblement.

---

1. Réécriture de la Genèse et du psaume CXXXIX, d'abord destinée aux *Châtiments*. La Chute est déplacée de la sensation heureuse du ventre d'Ève à la conscience malheureuse de son fils aîné, après le meurtre de son frère Abel. Nous sommes maintenant véritablement dans l'Histoire, c'est-à-dire dans la conscience de ce qui a été commis. L'Histoire s'identifie ainsi à la conscience historique, et celle-ci au remords. **2.** Après la Chute, Adam et Ève sont revêtus de tuniques de peaux dans la Genèse. Les « peaux de bêtes » signent ici la plongée de l'Humanité dans la sauvagerie, double négatif de l'intimité du « couple superbe » et d'Éden. Mais ce passage d'une version heureuse des temps primitifs à une version violente et malheureuse ne marque pas seulement la Chute. Il invite le lecteur à prendre conscience du progrès parcouru depuis Caïn, même si ce même lecteur est amené à reconnaître dans le meurtrier la première figure de la série des tyrans criminels qui mène jusqu'à Napoléon III. Le lecteur de 1859 est en effet habitué à ce type d'interprétation symbolique : les figures de Caïn et d'Abel ont hanté les représentations de la « guerre fratricide » de juin 1848. **3.** Ce nom du Dieu d'Israël accentue la coloration biblique de l'écriture.

Il réveilla ses fils dormant, sa femme lasse,
Et se remit à fuir sinistre dans l'espace.
15 Il marcha trente jours, il marcha trente nuits.
Il allait, muet, pâle et frémissant aux bruits,
Furtif, sans regarder derrière lui, sans trêve,
Sans repos, sans sommeil ; il atteignit la grève
Des mers dans le pays qui fut depuis Assur[1].
20 « Arrêtons-nous, dit-il, car cet asile est sûr.
Restons-y. Nous avons du monde atteint les bornes. »
Et, comme il s'asseyait, il vit dans les cieux mornes
L'œil à la même place au fond de l'horizon.
Alors il tressaillit en proie au noir frisson.
25 « Cachez-moi ! » cria-t-il ; et, le doigt sur la bouche,
Tous ses fils regardaient trembler l'aïeul farouche.
Caïn dit à Jabel, père de ceux qui vont
Sous des tentes de poil dans le désert profond[2] :
« Étends de ce côté la toile de la tente. »
30 Et l'on développa la muraille flottante ;
Et, quand on l'eut fixée avec des poids de plomb,
« Vous ne voyez plus rien ? » dit Tsilla[3], l'enfant blond,
La fille de ses fils, douce comme l'aurore ;
Et Caïn répondit : « Je vois cet œil encore ! »
35 Jubal[4], père de ceux qui passent dans les bourgs

---

1. La plus ancienne des villes assyriennes, sur le Tigre. Anachronique ici. **2.** Jabel, ou Yabal, est un descendant de Caïn à la sixième génération. « Ce fut lui le père de ceux qui habitent des tentes avec des troupeaux » (Genèse, IV, 20). Première étape dans le développement de l'Humanité : le nomadisme des sociétés pastorales. **3.** Hugo confond les générations et les parentés de la généalogie de la tribu de Caïn (Genèse IV, 20) : dans la Bible, « Cilla » est une des deux femmes de Lamek, le père de Jabel, et la mère de Tubalcaïn. Peu importe : Tsilla est la première figure de la lignée symbolique des petites filles que V. Hugo fait entrer dans la « grande » Histoire. **4.** Avec Jubal, ou Youbal, frère de Jabel et « père de tous ceux qui jouent de la cithare et du chalumeau » dans la Genèse, apparaît une deuxième étape dans le développement de l'Humanité : nomadisme toujours, mais de « bourg » en bourg, d'une société qui avec le bronze a accès aux arts techniques et à l'Art.

Soufflant dans des clairons et frappant des tambours[1],
Cria : « Je saurai bien construire une barrière. »
Il fit un mur de bronze et mit Caïn derrière.
Et Caïn dit : « Cet œil me regarde toujours ! »
40 Hénoch[2] dit : « Il faut faire une enceinte de tours
Si terrible, que rien ne puisse approcher d'elle.
Bâtissons une ville avec sa citadelle,
Bâtissons une ville, et nous la fermerons. »
Alors Tubalcaïn[3], père des forgerons,
45 Construisit une ville énorme et surhumaine.
Pendant qu'il travaillait, ses frères, dans la plaine,
Chassaient les fils d'Énos[4] et les enfants de Seth[5] ;
Et l'on crevait les yeux à quiconque passait ;
Et, le soir, on lançait des flèches[6] aux étoiles.
50 Le granit remplaça la tente aux murs de toiles,
On lia chaque bloc avec des nœuds de fer,
Et la ville semblait une ville d'enfer ;
L'ombre des tours faisait la nuit dans les campagnes ;
Ils donnèrent aux murs l'épaisseur des montagnes ;
55 Sur la porte on grava : « Défense à Dieu d'entrer[7]. »
Quand ils eurent fini de clore et de murer,

---

1. Les « clairons » et les « tambours » se substituent à la cithare et au chalumeau (flûte) de la Genèse pour symboliser, en dehors de tout souci de vérité factuelle, le caractère épique de la culture à ce stade du développement historique. **2.** Le fils de Caïn. Dans la Bible, Caïn donne le nom de son fils à la ville qu'il a fait lui-même construire. **3.** Fils de Cilla dans la Genèse, « qui aiguisait tout soc de bronze ou de fer », le « père des forgerons » renvoie à une nouvelle étape de l'Histoire de l'Humanité : le développement de l'industrie. Il est le premier avatar de la série des forgerons, figures mythiques de la fabrication technologique : Iblis et Vulcain. Le *Dictionnaire de la fable* de Noël fait de Tubalcaïn le type de tous les Vulcain. Voir note 2, p. 70. **4.** Fils de Seth. **5.** Le fils qu'eurent Adam et Ève après le meurtre d'Abel. **6.** Ces flèches font écho à celle que lance contre le ciel Nemrod dans la cinquième strophe (achevée le 8 mai 1854) du « Glaive » de *La Fin de Satan*. Voir note 2, p. 228. **7.** Bel exemple de ce que Baudelaire appelle la « familiarité terrible » de la poésie hugolienne, cette inscription rappelle celles qui sont destinées aux colporteurs et démarcheurs sur les portes des maisons bourgeoises. Familiarité sublime, et dérisoire parce que lui échappe la vérité que révèle le poème : Dieu n'est pas à l'extérieur, lui qui se confond avec la conscience intime.

On mit l'aïeul au centre en une tour de pierre ;
Et lui restait lugubre et hagard. « Ô mon père !
L'œil a-t-il disparu ? » dit en tremblant Tsilla.
60 Et Caïn répondit : « Non, il est toujours là. »
Alors il dit : « Je veux habiter sous la terre
Comme dans son sépulcre un homme solitaire ;
Rien ne me verra plus, je ne verrai plus rien. »
On fit donc une fosse, et Caïn dit : « C'est bien ! »
65 Puis il descendit seul sous cette voûte sombre ;
Quand il se fut assis sur sa chaise dans l'ombre
Et qu'on eut sur son front fermé le souterrain,
L'œil était dans la tombe et regardait Caïn.

III

PUISSANCE ÉGALE BONTÉ [1]

Au commencement [2], Dieu vit un jour dans l'espace
Iblis [3] venir à lui ; Dieu dit : « Veux-tu ta grâce ?
— Non, dit le Mal. — Alors que me demandes-tu ?
— Dieu, répondit Iblis de ténèbres vêtu,
5 Joutons à qui créera la chose la plus belle. »
L'Être dit : « J'y consens. — Voici, dit le Rebelle :
Moi, je prendrai ton œuvre et la transformerai.
Toi, tu féconderas ce que je t'offrirai ;
Et chacun de nous deux soufflera son génie
10 Sur la chose par l'autre apportée et fournie.
— Soit. Que te faut-il ? Prends, dit l'Être avec dédain.
— La tête du cheval et les cornes du daim.
— Prends. » Le monstre hésitant que la brume
[enveloppe
Reprit : « J'aimerais mieux celle de l'antilope.
15 — Va, prends. » Iblis entra dans son antre et forgea.

---

1. Autres titres envisagés : « Bonté égale puissance », « Iblis », « Allah / Brahma », « Le Puissant et l'Impuissant », « Impuissance du mal et puissance du bien », « Le mal condamné à la petitesse — la puissance se mesure à la bonté ». 2. Nouvelle Genèse donc avec ce mythe cosmogonique où Hugo mêle des souvenirs de la Bible, du Coran, et de ses lectures sur la religion de Zoroastre ou Zarathoustra (vers 1000 av. J.-C.), le réformateur de l'ancienne religion des Perses, qui en fit un monothéisme et un dualisme à la fois éthique et cosmologique. Ici, Hugo reprend en particulier de la mythologie zoroastrienne les créations et contre-créations d'Ormuzd, génie du Bien, et d'Ahriman, génie du Mal. Le registre grotesque du poème n'est pas étranger à cette mythologie. 3. Nom du diable dans le Coran, qui voit en lui un ange révolté : « le Rebelle », mais (p. 70) ce « Rebelle » devient « le Rampant » — Iblis n'a pas la grandeur sublime de Satan chez Hugo.

Puis il dressa le front. « Est-ce fini déjà ?
— Non. — Te faut-il encor quelque chose ? dit l'Être.
— Les yeux de l'éléphant, le cou du taureau, maître.
— Prends. — Je demande, en outre, ajouta le Rampant,
20 Le ventre du cancer [1], les anneaux du serpent,
Les cuisses du chameau, les pattes de l'autruche.
— Prends. » Ainsi qu'on entend l'abeille dans la ruche,
On entendait aller et venir dans l'enfer
Le démon remuant des enclumes de fer.
25 Nul regard ne pouvait voir à travers la nue
Ce qu'il faisait au fond de la cave inconnue.
Tout à coup, se tournant vers l'Être, Iblis hurla :
« Donne-moi la couleur de l'or. » Dieu dit : « Prends-
[la. »
Et, grondant et râlant comme un bœuf qu'on égorge,
30 Le démon se remit à battre dans sa forge [2] ;
Il frappait du ciseau, du pilon, du maillet,
Et toute la caverne horrible tressaillait ;
Les éclairs des marteaux faisaient une tempête ;
Ses yeux ardents semblaient deux braises dans sa tête ;
35 Il rugissait ; le feu lui sortait des naseaux,
Avec un bruit pareil au bruit des grandes eaux [3]
Dans la saison livide où la cigogne émigre.
Dieu dit : « Que te faut-il encor ? — Le bond du tigre.
— Prends. — C'est bien, dit Iblis debout dans son
[volcan.
40 — Viens m'aider à souffler », dit-il à l'ouragan.

---

1. Nom latin du crabe. **2.** Iblis est, après Tubalcaïn, le second forgeron de *La Légende*. Il associe plus nettement la technique à la création, à la *poïèsis*. La description du travail d'Iblis rappelle à la fois celle de la fabrication du bouclier d'Énée dans l'antre des Cyclopes, dans l'*Énéide* de Virgile, et les remuements du difforme et boiteux Vulcain dans la forge de l'Etna. La contamination d'Iblis par le souvenir de Vulcain contribue à sa dimension grotesque. À l'inverse, on peut voir dans Iblis (plus encore que dans Tubalcaïn) une diabolisation du dieu technicien. **3.** Cette image apocalyptique (Apocalypse, XIV, 2), que l'on retrouvera en XV (p. 515), est ici projetée dans une réalité à la fois commune (les grandes pluies de l'automne, qui accompagnent le départ des cigognes) et empreinte de mystère (l'automne est « la saison livide » — d'une pâleur plombée, terne, morbide).

L'âtre flambait ; Iblis, suant à grosses gouttes,
Se courbait, se tordait, et, sous les sombres voûtes,
On ne distinguait rien qu'une sombre rougeur
Empourprant le profil du monstrueux forgeur.
45 Et l'ouragan l'aidait, étant démon lui-même.
L'Être, parlant du haut du firmament[1] suprême,
Dit : « Que veux-tu de plus ? » Et le grand paria,
Levant sa tête énorme et triste, lui cria :
« Le poitrail du lion et les ailes de l'aigle. »
50 Et Dieu jeta, du fond des éléments qu'il règle,
À l'ouvrier d'orgueil et de rébellion
L'aile de l'aigle avec le poitrail du lion.
Et le démon reprit son œuvre sous les voiles.
« Quelle hydre[2] fait-il donc ? » demandaient les étoiles.
55 Et le monde attendait, grave, inquiet, béant,
Le colosse qu'allait enfanter ce géant ;
Soudain, on entendit dans la nuit sépulcrale
Comme un dernier effort jetant un dernier râle ;
L'Etna[3], fauve atelier du forgeron maudit,
60 Flamboya ; le plafond de l'enfer se fendit,
Et, dans une clarté blême et surnaturelle,
On vit des mains d'Iblis jaillir la sauterelle[4].

Et l'infirme effrayant, l'être ailé, mais boiteux,
Vit sa création et n'en fut pas honteux,
65 L'avortement étant l'habitude de l'ombre.
Il sortit à mi-corps de l'éternel décombre[5],
Et, croisant ses deux bras, arrogant, ricanant,
Cria dans l'infini : « Maître, à toi maintenant ! »
Et ce fourbe, qui tend à Dieu même une embûche,
70 Reprit : « Tu m'as donné l'éléphant et l'autruche,
Et l'or pour dorer tout ; et ce qu'ont de plus beau
Le chameau, le cheval, le lion, le taureau,

---

1. Voir note 2, p. 63. **2.** Voir note 2, p. 56. **3.** La référence à l'Etna achève l'identification d'Iblis à Vulcain et souligne le syncrétisme fantaisiste du poème. **4.** L'Ancien (en particulier Exode, X) et le Nouveau Testament (en particulier l'Apocalypse) évoquent souvent le fléau du passage dévastateur des sauterelles. **5.** Entassement de ruines.

Le tigre et l'antilope, et l'aigle et la couleuvre ;
C'est mon tour de fournir la matière à ton œuvre ;
75 Voici tout ce que j'ai. Je te le donne. Prends. »
Dieu, pour qui les méchants mêmes sont transparents,
Tendit sa grande main de lumière baignée
Vers l'ombre, et le démon lui donna l'araignée [1].

Et Dieu prit l'araignée et la mit au milieu
80 Du gouffre qui n'était pas encor le ciel bleu ;
Et l'Esprit regarda la bête ; sa prunelle,
Formidable, versait la lueur éternelle [2] ;
Le monstre, si petit qu'il semblait un point noir [3],
Grossit alors, et fut soudain énorme à voir ;
85 Et Dieu le regardait de son regard tranquille ;
Une aube étrange erra sur cette forme vile ;
L'affreux ventre devint un globe lumineux ;
Et les pattes, changeant en sphères d'or leurs nœuds,
S'allongèrent dans l'ombre en grands rayons de
[flamme ;
90 Iblis leva les yeux, et tout à coup l'infâme,
Ébloui, se courba sous l'abîme vermeil ;
Car Dieu, de l'araignée, avait fait le soleil.

---

1. L'araignée est un motif fréquent dans l'œuvre hugolienne. Elle symbolise, avec sa toile, la fatalité. **2.** Envers heureux de l'œil de Dieu dans « La conscience ». **3.** Le « point noir » qui grossit pour devenir une vision formidable est un leitmotiv de *Dieu*.

IV

LES LIONS[1]

Les lions dans la fosse étaient sans nourriture.
Captifs, ils rugissaient vers la grande nature
Qui prend soin de la brute au fond des antres sourds.
Les lions n'avaient pas mangé depuis trois jours.
5 Ils se plaignaient de l'homme, et, pleins de sombres [haines,
À travers leur plafond de barreaux et de chaînes,
Regardaient du couchant la sanglante rougeur ;
Leur voix grave effrayait au loin le voyageur
Marchant à l'horizon dans les collines bleues.

10 Tristes, ils se battaient le ventre de leurs queues ;
Et les murs du caveau tremblaient, tant leurs yeux roux
À leur gueule affamée ajoutaient de courroux !

La fosse était profonde ; et, pour cacher leur fuite,

---

1. L'épisode de Daniel, ministre juif du roi Darius, dans la fosse aux lions est raconté dans l'Ancien Testament (Daniel VI). Jaloux de sa supériorité — le prophète Daniel est un des grands visionnaires de l'Ancien Testament —, les autres ministres convainquent le roi de condamner à être jeté dans la fosse aux lions quiconque refuserait de l'adorer seul pendant trente jours. Daniel, fidèle au « Dieu vivant », est condamné, mais les lions ne le touchent pas, tandis qu'ils dévorent les ministres et leurs familles, lorsque Darius, après le miracle, les fait jeter dans la fosse. Alors Darius donne ordre dans tout le royaume de Babylone de vénérer le Dieu de Daniel.

Og[1] et ses vastes fils l'avaient jadis construite ;
15 Ces enfants de la terre avaient creusé pour eux
Ce palais colossal dans le roc ténébreux ;
Leurs têtes en ayant crevé la large voûte,
La lumière y tombait et s'y répandait toute,
Et ce cachot de nuit pour dôme avait l'azur.
20 Nabuchodonosor[2], qui régnait dans Assur[3],
En avait fait couvrir d'un dallage[4] le centre ;
Et ce roi fauve avait trouvé bon que cet antre,
Qui jadis vit les Chams[5] et les Deucalions[6],
Bâti par les géants, servît pour les lions.

25 Ils étaient quatre, et tous affreux. Une litière
D'ossements tapissait le vaste bestiaire[7] ;
Les rochers étageaient leur ombre au-dessus d'eux ;
Ils marchaient, écrasant sur le pavé hideux
Des carcasses de bête et des squelettes d'homme.

30 Le premier arrivait du désert de Sodome[8] ;
Jadis, quand il avait sa fauve liberté,

---

1. Une légende rabbinique, dit Moréri, veut que ce géant ait été emmené par Noé dans son arche, afin que les Hommes se souviennent des monstres qui peuplaient la terre avant le Déluge. Le Deutéronome l'évoque (III, 3). **2.** Grand roi de Babylone (604-562). Il est chronologiquement le premier des rois de Babylone à avoir eu Daniel pour ministre. **3.** Voir note 1, p. 66. **4.** Ce mot n'entrera dans le dictionnaire Littré qu'en 1878, avec pour exemple une citation des *Voix intérieures*, « À l'Arc de Triomphe ». Le « dallage » vient à la place de la pierre que Darius fait mettre à l'entrée de la fosse pour la boucher, dans Daniel. Voir note 3, p. 75. **5.** Fils de Noé, que son père maudit parce qu'il avait ri de sa nudité (Noé s'était enivré). On a considéré Cham comme le père des peuples censés être les plus éloignés de Dieu : Égyptiens, Cananéens, Noirs d'Afrique. **6.** Fils de Prométhée, qui régnait sur la Thessalie lorsque le Déluge arriva. Comme Noé, Deucalion est un juste qu'épargna la colère divine. L'emploi en antonomase des noms de Cham et de Deucalion renvoie donc au mythe du Déluge : comme Og, Deucalion et Cham sont des survivants de la catastrophe. Le fait que différentes mythologies aient fait état d'un déluge a été longtemps tenu comme une preuve du Déluge lui-même. **7.** Le sens courant du mot en 1859 est « gladiateur ». L'emploi dans le sens d'« antre des bêtes fauves » est nouveau, et *Le Grand Larousse universel du XIXe siècle* donne le vers de Hugo pour seul exemple de cette acception. **8.** Ville célèbre par ses débauches, et anéantie comme son double Gomorrhe par Dieu dans la Genèse.

Il habitait le Sin[1], tout à l'extrémité
Du silence terrible et de la solitude ;
Malheur à qui tombait sous sa patte au poil rude !
Et c'était un lion des sables.

35 Le second
Sortait de la forêt de l'Euphrate fécond[2] ;
Naguère, en le voyant vers le fleuve descendre,
Tout tremblait ; on avait eu du mal à le prendre,
Car il avait fallu les meutes de deux rois ;
40 Il grondait ; et c'était une bête des bois.

Et le troisième était un lion des montagnes.
Jadis il avait l'ombre et l'horreur pour compagnes ;
Dans ce temps-là, parfois, vers les ravins bourbeux
Se ruaient des galops de moutons et de bœufs ;
45 Tous fuyaient, le pasteur, le guerrier et le prêtre ;
Et l'on voyait sa face effroyable apparaître.

Le quatrième, monstre épouvantable et fier,
Était un grand lion des plages de la mer.
Il rôdait près des flots avant son esclavage.
50 Gur[3], cité forte, était alors sur le rivage ;
Ses toits fumaient ; son port abritait un amas
De navires mêlant confusément leurs mâts ;
Le paysan portant son gomor[4] plein de manne[5]
S'y rendait ; le prophète y venait sur son âne ;
55 Ce peuple était joyeux comme un oiseau lâché ;

---

1. Désert près du mont Sinaï dont il est question dans Exode et Nombres. **2.** Fleuve qui borde, avec le Tigre, la Mésopotamie et la Chaldée. **3.** Peut-être la ville d'Arabie évoquée dans le Deuxième Livre des Chroniques. Hugo avait d'abord choisi une autre ville d'Arabie, Syr. Est-ce parce que Gur est déjà présente dans le poème « À l'Arc de Triomphe », où Hugo avait aussi employé le néologisme « dallage » ? (Voir note 4, p. 74). **4.** Mesure de capacité des Hébreux (3,15 litres). **5.** Sorte de suc qui se recueille sur les feuilles de certains arbres. Le mot renvoie surtout à la *manne céleste* que Dieu accorda comme nourriture au peuple hébreu dans la traversée du désert.

Gur avait une place avec un grand marché,
Et l'Abyssin venait y vendre des ivoires ;
L'Amorrhéen, de l'ambre et des chemises noires [1] ;
Ceux d'Ascalon, du beurre, et ceux d'Aser, du blé [2].
60 Du vol de ses vaisseaux l'abîme était troublé.
Or, ce lion était gêné par cette ville ;
Il trouvait, quand le soir il songeait immobile,
Qu'elle avait trop de peuple et faisait trop de bruit.
Gur était très-farouche et très-haute ; la nuit,
65 Trois lourds barreaux fermaient l'entrée inabordable ;
Entre chaque créneau se dressait, formidable [3],
Une corne de buffle ou de rhinocéros ;
Le mur était solide et droit comme un héros ;
Et l'Océan roulait à vagues débordées
70 Dans le fossé, profond de soixante coudées.
Au lieu de dogues noirs jappant dans le chenil,
Deux dragons monstrueux pris dans les joncs du Nil
Et dressés par un mage [4] à la garde servile,
Veillaient des deux côtés de la porte de ville.
75 Or, le lion s'était une nuit avancé,
Avait franchi d'un bond le colossal fossé,
Et broyé, furieux, entre ses dents barbares [5],
La porte de la ville avec ses triples barres,
Et, sans même les voir, mêlé les deux dragons

---

1. L'ambre est inconnu en Chaldée, et les « chemises noires » sont un de ces détails à la fois concrets et de sens opaque tels que Hugo les aime. **2.** Les noms qui désignent la provenance des clients de Gur, mis à part « l'Abyssin », sont très étrangers au lecteur de 1859, et c'est sans doute pourquoi Hugo les a choisis. **3.** Terrible **4.** Prêtre et astrologue de la Babylone antique ; devin, magicien ; prophète de la religion de Zoroastre ; c'est un des noms que donne Hugo au génie, dans « Les mages » p. ex. des *Contemplations*. Un mot ambivalent, donc, qui peut désigner tout aussi bien un imposteur ou un véritable prophète. **5.** Ce vers aurait scandalisé le fondateur de la critique positiviste, Taine, qui aurait tenu ce propos : « Monsieur Victor Hugo est un malhonnête homme [...]. Il raconte qu'un lion furieux a broyé entre ses dents les portes d'une ville. Les félins ne peuvent pas broyer ! On ne broie qu'avec des molaires, et les molaires du lion ont évolué en canines pointues, toutes en crochet, sans surface mastificatrice » (M. Barrès, *Voyage à Sparte* — cité par Berret). Mais peut-être ce détail a-t-il été inspiré à Hugo par la quatrième bête de la première vision de Daniel.

80 Au vaste écrasement des verrous et des gonds ;
Et, quand il s'en était retourné vers la grève,
De la ville et du peuple il ne restait qu'un rêve,
Et, pour loger le tigre et nicher les vautours,
Quelques larves[1] de murs sous des spectres de tours.

85 Celui-là se tenait accroupi sur le ventre.
Il ne rugissait pas, il bâillait ; dans cet antre
Où l'homme misérable avait le pied sur lui,
Il dédaignait la faim, ne sentant que l'ennui.

Les trois autres allaient et venaient ; leur prunelle,
90 Si quelque oiseau battait leurs barreaux de son aile,
Le suivait ; et leur faim bondissait, et leur dent
Mâchait l'ombre à travers leur cri rauque et grondant.

Soudain, dans l'angle obscur de la lugubre étable,
La grille s'entr'ouvrit ; sur le seuil redoutable,
95 Un homme que poussaient d'horribles bras tremblants,
Apparut ; il était vêtu de linceuls blancs ;
La grille referma ses deux battants funèbres ;
L'homme avec les lions resta dans les ténèbres.
Les monstres, hérissant leur crinière, écumant,
100 Se ruèrent sur lui, poussant ce hurlement
Effroyable, où rugit la haine et le ravage
Et toute la nature irritée et sauvage
Avec son épouvante et ses rébellions ;
Et l'homme dit : « La paix soit avec vous, lions ! »
105 L'homme dressa la main ; les lions s'arrêtèrent.

Les loups qui font la guerre aux morts et les déterrent,
Les ours au crâne plat, les chacals convulsifs
Qui pendant le naufrage errent sur les récifs,
Sont féroces ; l'hyène infâme est implacable ;
110 Le tigre attend sa proie et d'un seul bond l'accable ;

---

1. Esprit des morts hantant les vivants, mais aussi germe, embryon. Hugo joue souvent sur les deux sens du mot.

Mais le puissant lion, qui fait de larges pas,
Parfois lève sa griffe et ne la baisse pas,
Étant le grand rêveur solitaire de l'ombre.

Et les lions, groupés dans l'immense décombre[1],
115 Se mirent à parler entre eux, délibérant ;
On eût dit des vieillards réglant un différend
Au froncement pensif de leurs moustaches blanches.
Un arbre mort pendait, tordant sur eux ses branches.

Et, grave, le lion des sables dit : « Lions,
120 Quand cet homme est entré, j'ai cru voir les rayons
De midi dans la plaine où l'ardent semoun[2] passe,
Et j'ai senti le souffle énorme de l'espace ;
Cet homme vient à nous de la part du désert. »

Le lion des bois dit : « Autrefois, le concert
125 Du figuier, du palmier, du cèdre et de l'yeuse,
Emplissait jour et nuit ma caverne joyeuse ;
Même à l'heure où l'on sent que le monde se tait,
Le grand feuillage vert autour de moi chantait.
Quand cet homme a parlé, sa voix m'a semblé douce
130 Comme le bruit qui sort des nids d'ombre et de mousse ;
Cet homme vient à nous de la part des forêts. »

Et celui qui s'était approché le plus près,
Le lion noir des monts dit : « Cet homme ressemble
Au Caucase[3], où jamais une roche ne tremble ;
135 Il a la majesté de l'Atlas[4] ; j'ai cru voir,
Quand son bras s'est levé, le Liban[5] se mouvoir

---

1. Voir note 5, p. 71. **2.** Forme arabe de *simoun*, vent chaud et violent des déserts d'Arabie, de Perse et du Sahara. **3.** Montagne sur laquelle le titan Prométhée a été enchaîné par ordre de Jupiter pour avoir donné aux hommes le feu. **4.** Montagne qui pèse sur un autre titan châtié par Jupiter, Atlas. **5.** Chaîne de montagnes au nord de la Palestine, qui a fourni en bois de cèdre Salomon pour la construction du Temple de Jérusalem et le royaume de Babylone pour ses édifications. Lamartine a écrit un très célèbre « Chœur des cèdres du Liban » pour *La Chute d'un ange*. Les monts qu'évoque le lion ont tous quelque chose d'épique.

Et se dresser, jetant l'ombre immense aux
[campagnes ;
Cet homme vient à nous de la part des montagnes. »

Le lion qui, jadis, au bord des flots rôdant,
140 Rugissait aussi haut que l'Océan grondant,
Parla le quatrième, et dit : « Fils, j'ai coutume,
En voyant la grandeur, d'oublier l'amertume,
Et c'est pourquoi j'étais le voisin de la mer.
J'y regardais — laissant les vagues écumer —
145 Apparaître la lune et le soleil éclore,
Et le sombre infini sourire dans l'aurore ;
Et j'ai pris, ô lions, dans cette intimité,
L'habitude du gouffre et de l'éternité ;
Or, sans savoir le nom dont la terre le nomme,
150 J'ai vu luire le ciel dans les yeux de cet homme ;
Cet homme au front serein vient de la part de Dieu[1]. »
Quand la nuit eut noirci le grand firmament bleu,
Le gardien voulut voir la fosse, et cet esclave,
Collant sa face pâle aux grilles de la cave,
155 Dans la profondeur vague aperçut Daniel
Qui se tenait debout et regardait le ciel,
Et songeait, attentif aux étoiles sans nombre,
Pendant que les lions léchaient ses pieds dans l'ombre.

---

1. Intimité des forces de la Nature (Océan et lions), du prophète et de Dieu, fréquente chez Hugo à partir de l'exil.

V

LE TEMPLE[1]

Moïse[2] pour l'autel cherchait un statuaire ;
Dieu dit : « Il en faut deux » ; et dans le sanctuaire
Conduisit Oliab avec Béliséel[3].
L'un sculptait l'idéal et l'autre le réel[4].

---

1. Poème à rapprocher pour sa structure de III, 2. Un poème de la *Nouvelle Série* portera ce même titre. Mais le temple dont il sera question sera programmatique de la Religion suprême qui dépasse toutes les religions instituées — y compris celle fondée par Moïse. Différence qui résume assez bien celle qui sépare la *Nouvelle* de la *Première Série*. **2.** Guide du peuple juif pendant l'exode d'Égypte (vers 1300 av. J.-C.). Éclairé par Dieu, il donna à son peuple une législation et le conduisit vers la Terre Promise. « Toute la Bible est entre deux visionnaires, Moïse et Jean », dira le *William Shakespeare*. **3.** Oliab et Béliséel ont été signalés à Moïse pour la construction du Tabernacle (voir Exode, XXXVI, 1), non du Temple, édification de Salomon, commanditaire d'Adoniram. Hugo le sait bien : voir les développements sur le Temple de Salomon dans le célèbre chapitre de *Notre-Dame de Paris* « Ceci tuera cela ». **4.** Dieu donne ici l'art poétique d'un autre « temple » (voir Présentation, p. 29), *La Légende des siècles*.

VI
BOOZ ENDORMI[1]

Booz[2] s'était couché de fatigue accablé ;
Il avait tout le jour travaillé dans son aire[3] ;
Puis avait fait son lit à sa place ordinaire ;
Booz dormait auprès des boisseaux[4] pleins de blé.

5 Ce vieillard possédait des champs de blés et d'orge ;
Il était, quoique riche, à la justice enclin ;
Il n'avait pas de fange en l'eau de son moulin ;
Il n'avait pas d'enfer dans le feu de sa forge[5].

Sa barbe était d'argent comme un ruisseau d'avril.
10 Sa gerbe n'était point avare ni haineuse ;
Quand il voyait passer quelque pauvre glaneuse :
« Laissez tomber exprès des épis », disait-il.

---

1. Le plus unanimement admiré des poèmes de *La Légende* est une réécriture du Livre de Ruth dans la Bible. Booz y apparaît comme un patriarche accompli, qui, touché par ses vertus, accepte que Ruth, une veuve moabite (voir note 2, p. 84), glane ses champs. Ruth passe une nuit à ses pieds et lui demande de l'épouser. Il rachète ses dettes et l'épouse. Leur fils Oved aura pour fils Jessé et pour petit-fils David. **2.** Le décompte du premier vers exige la prononciation « Bo-oz ». **3.** Surface unie et dure où l'on bat les blés. **4.** Ancienne mesure d'environ un décalitre. Désigne aussi le réceptacle qui sert à mesurer. **5.** Contrairement à Iblis (I, 3).

Cet homme marchait pur loin des sentiers obliques,
Vêtu de probité candide et de lin blanc [1] ;
15 Et, toujours du côté des pauvres ruisselant,
Ses sacs de grains semblaient des fontaines publiques.

Booz était bon maître et fidèle parent ;
Il était généreux, quoiqu'il fût économe ;
Les femmes regardaient Booz plus qu'un jeune
[homme,
20 Car le jeune homme est beau, mais le vieillard est grand.

Le vieillard, qui revient vers la source première,
Entre aux jours éternels et sort des jours changeants ;
Et l'on voit de la flamme aux yeux des jeunes gens,
Mais dans l'œil du vieillard on voit de la lumière.

*

25 Donc, Booz dans la nuit dormait parmi les siens.
Près des meules, qu'on eût prises pour des
[décombres [2],
Les moissonneurs couchés faisaient des groupes
[sombres ;
Et ceci se passait dans des temps très-anciens.

Les tribus d'Israël avaient pour chef un juge [3] ;
30 La terre, où l'homme errait sous la tente, inquiet
Des empreintes de pieds de géants qu'il voyait,
Était encor mouillée et molle du déluge [4].

---

1. Exemple célèbre de zeugma sémantique (attelage de mots peu compatibles par leur sens), construit sur une syllepse (« vêtu » y a un sens concret et un sens abstrait) et un jeu sur l'étymon de « candide » (voir note 2, p. 60). **2.** Voir note 5, p. 71. **3.** De la prise de la Palestine par Josué jusqu'à la période des rois (1200-1030 av. J.-C. env.), des juges dirigèrent le peuple juif. On nomme souvent cette période des juges « le siècle de fer d'Israël ». **4.** On notera la présence obsédante du Déluge et des temps antédiluviens, temps des géants, en ces débuts de *La Légende des siècles*. Ce catastrophisme rapproche Hugo de Cuvier, que Hugo s'est donné pour modèle dans la Préface.

*

Comme dormait Jacob[1], comme dormait Judith[2],
Booz, les yeux fermés, gisait sous la feuillée ;
35 Or, la porte du ciel s'étant entre-bâillée
Au-dessus de sa tête, un songe en descendit.

Et ce songe était tel, que Booz vit un chêne
Qui, sorti de son ventre, allait jusqu'au ciel bleu ;
Une race y montait comme une longue chaîne ;
40 Un roi chantait en bas, en haut mourait un Dieu[3].

Et Booz murmurait avec la voix de l'âme :
« Comment se pourrait-il que de moi ceci vînt ?
Le chiffre de mes ans a passé quatre-vingt,
Et je n'ai pas de fils, et je n'ai plus de femme.

45 « Voilà longtemps que celle avec qui j'ai dormi,
Ô Seigneur ! a quitté ma couche pour la vôtre ;
Et nous sommes encor tout mêlés l'un à l'autre,
Elle à demi vivante et moi mort à demi.

« Une race naîtrait de moi ! Comment le croire ?
50 Comment se pourrait-il que j'eusse des enfants ?
Quand on est jeune, on a des matins triomphants ;
Le jour sort de la nuit comme d'une victoire ;

---

1. Fils d'Isaac, et donc troisième ancêtre du peuple juif dans la Genèse. Dans un songe, Dieu lui fait voir une échelle qui mène jusqu'au ciel et lui promet sa protection pour lui et toute sa descendance. **2.** L'histoire de Judith, qui coupa la tête d'Holopherne, général en chef de Nabuchodonosor, est racontée dans le livre qui porte son nom. Le livre la célèbre comme un exemple de fidélité à la loi de Moïse. Héroïne du VIe s. av. J.-C., son évocation fait flotter les repères temporels de la narration, qui évoque les « temps très-anciens » de Ruth et Booz, et ceux, plus anciens encore, de Jacob. **3.** Cette vision évoque l'arbre de Jessé (voir note 1, p. 81) : au Moyen Âge la généalogie du Christ était figurée par un arbre sortant du ventre de Jessé (parfois d'Adam ou d'Abraham), en passant par le roi David, à qui on a attribué un bon nombre de psaumes, et qui a orienté la religion juive dans l'attente du Messie.

« Mais, vieux, on tremble ainsi qu'à l'hiver le bouleau ;
Je suis veuf, je suis seul, et sur moi le soir tombe,
55 Et je courbe, ô mon Dieu ! mon âme vers la tombe,
Comme un bœuf ayant soif penche son front vers
[l'eau[1]. »

Ainsi parlait Booz dans le rêve et l'extase,
Tournant vers Dieu ses yeux par le sommeil noyés ;
Le cèdre ne sent pas une rose à sa base,
60 Et lui ne sentait pas une femme à ses pieds.

*

Pendant qu'il sommeillait, Ruth, une moabite[2],
S'était couchée aux pieds de Booz, le sein nu,
Espérant on ne sait quel rayon inconnu,
Quand viendrait du réveil la lumière subite.

65 Booz ne savait point qu'une femme était là,
Et Ruth ne savait point ce que Dieu voulait d'elle.
Un frais parfum sortait des touffes d'asphodèle[3] ;
Les souffles de la nuit flottaient sur Galgala[4].

L'ombre était nuptiale, auguste[5] et solennelle ;
70 Les anges y volaient sans doute obscurément,
Car on voyait passer dans la nuit, par moment,
Quelque chose de bleu qui paraissait une aile.

---

1. C'est à peu près ce que dit Abraham à Dieu dans la Genèse (XVII, 17) lorsque celui-ci lui promet qu'il aura de Sara — elle a quatre-vingt-dix ans et lui cent — un fils. **2.** De Moab, nom du pays au S.-E. de la Palestine. Les Moabites, voisins des Israélites, entretenaient avec ces derniers des liens à la fois privilégiés et tendus, surtout à l'époque des juges. Ruth, dans la Bible, avait cependant déjà épousé un Israélite exilé en Moab avant de partir avec sa belle-famille en Palestine. **3.** Plante à grandes fleurs étoilées très décoratives, que les Grecs semaient autour des tombeaux, comme une plante agréable aux morts, qui la retrouvaient chez Hadès. **4.** Collines proches de Bethléem. **5.** Voir note 1, p. 63.

La respiration de Booz qui dormait,
Se mêlait au bruit sourd des ruisseaux sur la mousse.
75 On était dans le mois où la nature est douce,
Les collines ayant des lys sur leur sommet.

Ruth songeait et Booz dormait ; l'herbe était noire ;
Les grelots des troupeaux palpitaient vaguement ;
Une immense bonté tombait du firmament[1] ;
80 C'était l'heure tranquille où les lions vont boire.

Tout reposait dans Ur et dans Jérimadeth[2] ;
Les astres émaillaient le ciel profond et sombre ;
Le croissant fin et clair parmi ces fleurs de l'ombre
Brillait à l'occident, et Ruth se demandait,

85 Immobile, ouvrant l'œil à moitié sous ses voiles,
Quel dieu[3], quel moissonneur de l'éternel été,
Avait, en s'en allant, négligemment jeté
Cette faucille d'or dans le champ des étoiles[4].

---

1. Voûte céleste. **2.** Ur est une ville de Chaldée, mais Jérimadeth est une énigme pour les érudits. L'abbé Grillet, dans *La Bible dans Victor Hugo*, suggère un calembour sur la rime peu satisfaisante *deth/-dait : Je rime à dait* (on ne prononce pas le « th »), fantaisie bien dans l'esprit de Hugo. Berret, au nom de la dignité du poète et de son lecteur, suggère que le mot est une graphie déformée — et trouvée nulle part — des collines de Jerahmeel, très éloignées d'Ur et de Galgala, signifiant ainsi l'étendue de la nuit qui recouvre la Palestine — mais pour quel lecteur ? C'est en tout cas chez Hugo l'exemple le plus célèbre de la création poétique de noms propres, qui signe la liberté du poète face à la vérité factuelle, et fait du nom propre le lieu éminemment poétique — plus que la rime — d'un travail sur la matière sonore et rythmique du langage. **3.** La minuscule paganise ultimement le récit biblique, pour l'inscrire dans un univers poético-religieux autre. **4.** Inversion poétique d'une de ces périphrases néoclassiques que fustige le poète de « Réponse à un acte d'accusation » dans *Les Contemplations* : c'est un mot réputé prosaïque, *faucille*, qui vient remplacer le mot réputé poétique, *lune*, scellant ainsi l'unité du ciel et de la terre.

VII

DIEU INVISIBLE AU PHILOSOPHE [1]

Le philosophe allait sur son âne ; prophète,
Prunelle devant l'ombre horrible stupéfaite,
Il allait, il pensait.

Devin [2] des nations,
Il vendait aux païens des malédictions,
5 Sans savoir si des mains dans les ténèbres blêmes
S'ouvraient pour recevoir ses vagues anathèmes [3].
Il venait de Phétor [4] ; il allait chez Balac [5],
Fils des Gomorrhéens [6] qui dorment sous le lac,

---

1. Première entrée d'un personnage réapparaissant dans le recueil : l'âne. Autres titres envisagés : « L'Âne », « L'homme et la bête », « Balaam ». Balaam est le nom d'un devin de Nombres, XXII, qui gagne sa vie en proférant des malédictions. Sur son âne, il escorte les princes de Moab. Le philosophe du poème, avec ses inquiétudes métaphysiques, est assez loin de son modèle biblique. Il est plus proche, dans le couple qu'il forme avec son âne, du philosophe de *L'Âne*, Kant. Beaucoup d'échos relient en tout cas le poème de *La Légende* et *L'Âne* (rédigé dans sa majeure partie en 1857) : sagesse de la Nature, critique du savoir et du scepticisme, au nom de l'évidence de l'intuition ou de la vision. Critique d'une certaine pratique de la philosophie, non de la philosophie telle que Hugo la conçoit et la réalise dans ses œuvres, comme investigation poétique de l'Inconnu. **2.** Mot ambivalent qui désigne un prophète ou un imposteur prétendant faussement savoir les choses cachées du passé, du présent et de l'avenir. **3.** Excommunication majeure prononcée contre les ennemis de la foi catholique, et, au figuré, condamnation violente. **4.** Ville située sur l'Euphrate. **5.** Un descendant de Lot, seul rescapé de la destruction de Sodome et ancêtre des Moabites. **6.** Habitants de Gomorrhe, ville détruite par la colère divine pour la châtier, comme Sodome, de ses débauches.

Mage[1] d'Assur[2] et roi du peuple moabite[3].
10 Il avait quitté l'ombre où l'épouvante habite,
Et le hideux abri des chênes chevelus
Que l'ouragan secoue en ses larges reflux.
Morne, il laissait marcher au hasard sa monture,
Son esprit cheminant dans une autre aventure ;
15 Il se demandait : « Tout est-il vide ? et le fond
N'est-il que de l'abîme où des spectres s'en vont ?
L'ombre prodigieuse[4] est-elle une personne ?
Le flot qui murmure, est-ce une voix qui raisonne ?
Depuis quatre-vingts ans, je vis dans un réduit,
20 Regardant la sueur des antres de la nuit,
Écoutant les sanglots de l'air dans les nuées.
Le gouffre est-il vivant ? Larves[5] exténuées,
Qu'est-ce que nous cherchons ? Je sais l'assyrien,
L'arabe, le persan, l'hébreu ; je ne sais rien.
25 De quel profond néant sommes-nous les
[ministres ?... »
Ainsi, pâle, il songeait sous les branches sinistres,
Les cheveux hérissés par les souffles des bois.
L'âne s'arrêta court et lui dit : « Je le vois. »

---

1. Voir note 4, p. 76. **2.** Voir note 1, p. 66. **3.** Voir notes 2, p. 84 et 5, p. 86. **4.** Voir note 2, p. 55. **5.** Voir note 1, p. 77.

VIII

PREMIÈRE RENCONTRE DU CHRIST AVEC LE TOMBEAU [1]

En ce temps-là [2], Jésus était dans la Judée [3] ;
Il avait délivré la femme possédée,
Rendu l'ouïe aux sourds et guéri les lépreux [4] ;
Les prêtres l'épiaient et parlaient bas entre eux.
5 Comme il s'en retournait vers la ville bénie,
Lazare, homme de bien, mourut à Béthanie [5].
Marthe et Marie [6] étaient ses sœurs ; Marie, un jour,
Pour laver les pieds nus du maître plein d'amour,
Avait été chercher son parfum le plus rare.

---

1. Ce poème, daté d'octobre 1852, devait initialement s'inscrire, comme d'autres poèmes d'inspiration biblique, dans *Châtiments* (voir en particulier II, 2, où le peuple français est un nouveau Lazare). Le premier titre envisagé, « Les Prêtres », polarisait le poème sur la satire anticléricale. Satire toute d'actualité, puisqu'en octobre 1852 l'Église catholique se montre plus que favorable au Prince-Président, Prince-Président qui par ailleurs fait saisir la traduction allemande des œuvres de Hugo. Légende et satire, passé et présent, prêtres juifs et prêtres catholiques, Jésus et Hugo se superposent, en cette réécriture qui adhère à sa source : « Première rencontre du Christ avec le tombeau » est « tiré, l'auteur pourrait dire traduit, de l'Évangile » (Préface, p. 47). Le second titre envisagé, « Évangile selon Saint-Jean », soulignait ce rapport étroit entre ce poème et ses sources évangéliques, en privilégiant Jean, le prophète visionnaire de l'Apocalypse. Le titre retenu fait de l'épisode de Lazare une préfiguration de la seconde rencontre de Jésus avec le Tombeau : avec son tombeau. **2.** Formule récurrente de l'Évangile liturgique. **3.** Territoire comprenant une grande partie de la Palestine. **4.** Allusions aux miracles de Jésus racontés respectivement en Luc, XIII, Marc, VII et Marc, I et Luc, V. **5.** Bourg de Judée. **6.** Marie de Béthanie, sœur de Lazare. Cf. début de Jean, XI.

10 Or, Jésus aimait Marthe et Marie et Lazare[1].
Quelqu'un lui dit : « Lazare est mort. »

Le lendemain,
Comme le peuple était venu sur son chemin,
Il expliquait la loi, les livres, les symboles,
Et, comme Élie[2] et Job[3], parlait par paraboles[4].
15 Il disait : « Qui me suit, aux anges est pareil.
Quand un homme a marché tout le jour au soleil
Dans un chemin sans puits et sans hôtellerie,
S'il ne croit pas, quand vient le soir, il pleure, il crie,
Il est las : sur la terre il tombe haletant ;
20 S'il croit en moi, qu'il prie, il peut au même instant
Continuer sa route avec des forces triples. »
Puis il s'interrompit, et dit à ses disciples :
« Lazare, notre ami, dort ; je vais l'éveiller. »
Eux dirent : « Nous irons, maître, où tu veux aller. »
25 Or, de Jérusalem, où Salomon mit l'arche[5],
Pour gagner Béthanie, il faut trois jours de marche[6].
Jésus partit. Durant cette route souvent,
Tandis qu'il marchait seul et pensif en avant,
Son vêtement parut blanc comme la lumière[7].

30 Quand Jésus arriva, Marthe vint la première,
Et, tombant à ses pieds, s'écria tout d'abord :

---

1. « Or Jésus aimait Marthe, Marie sa sœur et Lazare », Jean XI, 5. **2.** Prophète de l'Ancien Testament, faiseur de miracles, qui lutta contre le culte de Baal à Tyr. Une croyance populaire voulait qu'Élie n'était pas mort, et aidait les fidèles en peine. **3.** Figure centrale du livre de sagesse qui porte son nom dans l'Ancien Testament. Job était un homme riche et puissant que Dieu plongea dans la pire des abjections pour éprouver sa fidélité, Satan ayant prétendu qu'elle ne durerait qu'avec sa prospérité. Il sera un des génies de *William Shakespeare*. **4.** Récits empruntés à la vie journalière, à fonction symbolique. **5.** Le roi Salomon mit dans le Temple qu'il fit construire l'Arche d'alliance, qui contenait les Tables de la Loi, arche que David avait apportée à Jérusalem. **6.** Berret note que Hugo fait une erreur sur l'unité de longueur, le stade, utilisée dans les Évangiles : Béthanie n'est qu'à deux kilomètres de Jérusalem. **7.** Détail emprunté à l'épisode de la transfiguration sur le Thabor (Luc, IX, Matthieu XVII, Marc IX).

« Si nous t'avions eu, maître, il ne serait pas mort. »
Puis reprit en pleurant : « Mais il a rendu l'âme.
Tu viens trop tard. » Jésus lui dit : « Qu'en sais-tu,
[femme ?
35 Le moissonneur est seul maître de la moisson. »

Marie était restée assise à la maison.

Marthe lui cria : « Viens, le maître te réclame. »
Elle vint. Jésus dit : « Pourquoi pleures-tu, femme ? »
Et Marie à genoux lui dit : « Toi seul es fort.
40 Si nous t'avions eu, maître, il ne serait pas mort. »
Jésus reprit : « Je suis la lumière et la vie.
Heureux celui qui voit ma trace et l'a suivie !
Qui croit en moi vivra, fût-il mort et gisant[1]. »
Et Thomas, appelé Didyme[2], était présent.

45 Et le Seigneur, dont Jean[3] et Pierre[4] suivaient l'ombre,
Dit aux Juifs accourus pour le voir en grand nombre :
« Où donc l'avez-vous mis ? » Ils répondirent :
[« Vois. »
Lui montrant de la main, dans un champ, près d'un bois,
À côté d'un torrent qui dans les pierres coule,
Un sépulcre.
Et Jésus pleura.

50 Sur quoi, la foule
Se prit à s'écrier : « Voyez comme il l'aimait !
Lui qui chasse, dit-on, Satan, et le soumet,
Eût-il, s'il était Dieu, comme on nous le rapporte,
Laissé mourir quelqu'un qu'il aimait de la sorte ? »

---

1. Réécriture presque littérale de Jean, XI, 25-26. **2.** Le « Jumeau » ; Thomas est un des douze disciples de Jésus, réputé pour ne croire que ce qu'il voit. **3.** Des douze disciples, celui qui fascine le plus Hugo. Auteur de l'Apocalypse, il sera un des génies de *William Shakespeare*. **4.** Autre disciple, celui qui reniera Jésus au troisième chant du coq, et qui après sa mort fondera l'Église romaine.

55 Or, Marthe conduisit au sépulcre Jésus.
Il vint. On avait mis une pierre dessus.
« Je crois en vous, dit Marthe, ainsi que Jean et Pierre ;
Mais voilà quatre jours qu'il est sous cette pierre. »

Et Jésus dit : « Tais-toi, femme, car c'est le lieu
60 Où tu vas, si tu crois, voir la gloire de Dieu. »
Puis il reprit : « Il faut que cette pierre tombe. »
La pierre ôtée, on vit le dedans de la tombe.

Jésus leva les yeux au ciel et marcha seul
Vers cette ombre où le mort gisait dans son linceul,
65 Pareil au sac d'argent qu'enfouit un avare.
Et, se penchant, il dit à haute voix : « Lazare ! »

Alors le mort sortit du sépulcre ; ses pieds
Des bandes du linceul étaient encor liés ;
Il se dressa debout le long de la muraille ;
70 Jésus dit : « Déliez cet homme, et qu'il s'en aille. »
Ceux qui virent cela crurent en Jésus-Christ.

Or, les prêtres, selon qu'au livre il est écrit,
S'assemblèrent, troublés, chez le préteur[1] de Rome ;
Sachant que Christ avait ressuscité cet homme,
75 Et que tous avaient vu le sépulcre s'ouvrir,
Ils dirent : « Il est temps de le faire mourir[2]. »

---

1. La Judée était alors province romaine, gouvernée par un préteur.
2. Jésus victime des « prêtres » apparaît comme une figure tragique de l'opposition entre la « Religion » (recherche de l'absolu divin en dehors de toute Église) et les « religions », avatars de la tyrannie.

« *Ils dirent : "Il est temps de le faire mourir."* »
(I, 8, « Première rencontre du Christ avec le tombeau », v. 76)

Victor Hugo, « Étude de crucifix ».

II

DÉCADENCE DE ROME [1]

1. Ce titre fonctionne comme une amputation de celui de Montesquieu, *Considérations sur les causes de la grandeur des Romains et de leur décadence*, amputation qui souligne que cette Histoire du progrès qu'est *La Légende* est en même temps une Histoire de la décadence. Il n'y a pas de grandeur de l'Empire romain (tous les césars se ressemblent) et la grandeur de la République ne se dit qu'en creux, comme ce qui n'est plus, passé du poème, et comme ce qui sera, avenir du poème, quand tous les césars, y compris Napoléon III et les empereurs d'Autriche et de Russie, auront disparu. « Décadence de Rome » est un fragment d'histoire légendaire, qui fait résonner les accents de la satire de Juvénal ; c'est aussi un fragment sur le présent de la « Décadence de Paris », le lecteur des *Châtiments* et de *Napoléon le Petit* étant habitué à cette superposition du Second Empire et du Bas-Empire, de Napoléon III et de Néron (cf. *Napoléon le Petit*, fin de VI).

« Et, l'homme étant le monstre, ô lion, tu fus l'homme »
(II, « Au lion d'Androclès », v. 96.)

Sur ce dessin d'un carnet spirite on peut lire : « GI GIT / HOMO SALVUS / lingua duplex. Verbum unum » (Ci-gît l'homme sauveur. La langue est double. Le verbe est un).

AU LION D'ANDROCLÈS[1]

La ville ressemblait à l'univers. C'était
Cette heure où l'on dirait que toute âme se tait,
Que tout astre s'éclipse et que le monde change.
Rome avait étendu sa pourpre sur la fange[2].
5 Où l'aigle avait plané, rampait le scorpion.
Trimalcion[3] foulait les os de Scipion[4].
Rome buvait, gaie, ivre et la face rougie ;
Et l'odeur du tombeau sortait de cette orgie.
L'amour et le bonheur, tout était effrayant.

---

1. Le 17 février 1854, lors d'une séance spirite, le lion d'Androclès demande à être interrogé en vers. Ce poème lui sera lu le 24 mars de la même année. Nulle trace ici cependant de spiritisme, et Hugo rédige deux notes à peu près redondantes dans les marges du manuscrit, dont voici la première : « On trouvera dans les volumes dictés à mon fils Charles par la table une réponse du *Lion d'Androclès* à cette pièce. Je mentionne ce fait ici en marge. Simple constatation d'un phénomène étrange auquel j'ai assisté plusieurs fois. C'est le phénomène du trépied antique. Une table à trois pieds dicte des vers par des frappements et des strophes sortent de l'ombre. Il va sans dire que jamais je n'ai mêlé à mes vers un seul de ces vers venus du mystère, ni à mes idées une seule de ces idées. Je les ai toujours religieusement laissés à l'Inconnu, qui en est l'unique auteur ; je n'en ai pas même admis le reflet ; j'en ai écarté jusqu'à l'influence. Le travail du cerveau humain doit rester à part et ne rien emprunter au phénomène. » Voir aussi, dans *Les Quatre Vents de l'esprit*, « Androclès ». **2.** L'histoire du lion d'Androclès est censée se situer au début du règne de Néron (voir note 2, p. 97), mais Hugo confond les années pour traiter de l'ensemble de la « décadence de Rome ». Voir note 2, p. 99. **3.** Personnage de parvenu qui donne un grand festin très « décadent » dans le *Satiricon* de Pétrone. **4.** Les Scipion forment une des plus illustres familles de la Rome antique. On se souvient surtout de Scipion l'Africain et de Scipion Émilien, vainqueurs de Carthage.

10 Lesbie, en se faisant coiffer, heureuse, ayant
Son Tibulle[1] à ses pieds qui chantait leurs tendresses,
Si l'esclave persane arrangeait mal ses tresses,
Lui piquait les seins nus de son épingle d'or.
Le mal à travers l'homme avait pris son essor ;
15 Toutes les passions sortaient de leurs orbites.
Les fils aux vieux parents faisaient des morts subites.
Les rhéteurs[2] disputaient les tyrans aux bouffons.
La boue et l'or régnaient. Dans les cachots profonds,
Les bourreaux s'accouplaient à des martyres mortes.
20 Rome horrible chantait. Parfois, devant ses portes,
Quelque Crassus[3], vainqueur d'esclaves et de rois,
Plantait le grand chemin de vaincus mis en croix,
Et, quand Catulle, amant que notre extase écoute,
Errait avec Délie[4], aux deux bords de la route,
25 Six mille arbres humains saignaient sur leurs amours.
La gloire avait hanté Rome dans les grands jours ;
Toute honte à présent était la bienvenue.
Messaline[5] en riant se mettait toute nue,
Et sur le lit public, lascive, se couchait.
30 Épaphrodite avait un homme pour hochet
Et brisait en jouant les membres d'Épictète[6].
Femme grosse, vieillard débile[7], enfant qui tette,
Captifs, gladiateurs, chrétiens, étaient jetés
Aux bêtes, et, tremblants, blêmes, ensanglantés,
35 Fuyaient, et l'agonie effarée et vivante
Se tordait dans le cirque, abîme d'épouvante.

---

1. Poète latin mort vers 19 av. J.-C., auteur d'*Élégies*. Hugo se trompe : c'est Catulle qui a célébré Lesbie. Voir note 4. **2.** Praticien de la rhétorique ou art de l'éloquence. **3.** Homme politique romain. Chargé en 71 av. J.-C., avec Pompée, de la répression de la révolte de l'esclave Spartacus, il fit mettre en croix un grand nombre d'esclaves prisonniers. Il fut, en 60, membre avec César et Pompée du premier triumvirat. Voir aussi note 4, p. 156. **4.** Le poète latin Catulle (v. 87-v. 54 J.-C.) chanta en réalité Lesbie. Voir note 1 ci-dessus. Une « idylle » lui sera attribuée dans la *Nouvelle Série*. **5.** Juvénal raconte les débauches de Messaline (25-48), femme de l'empereur Claude. **6.** Le philosophe Épictète fut l'esclave d'un affranchi de Néron, Épaphrodite, qui le torturait par plaisir, pour défier sa maîtrise de soi. **7.** Très faible.

Pendant que l'ours grondait, et que les éléphants,
Effroyables, marchaient sur les petits enfants,
La vestale[1] songeait dans sa chaise de marbre.
40 Par moments, le trépas, comme le fruit d'un arbre,
Tombait du front pensif de la pâle beauté ;
Le même éclair de meurtre et de férocité
Passait de l'œil du tigre au regard de la vierge.
Le monde était le bois, l'empire était l'auberge.
45 De noirs passants trouvaient le trône en leur chemin,
Entraient, donnaient un coup de dent au genre humain,
Puis s'en allaient. Néron[2] venait après Tibère[3].
César[4] foulait aux pieds le Hun, le Goth, l'Ibère[5] ;
Et l'empereur, pareil aux fleurs qui durent peu,
50 Le soir était charogne à moins qu'il ne fût dieu.
Le porc Vitellius[6] roulait aux gémonies[7].
Escalier des grandeurs et des ignominies,
Bagne effrayant des morts, pilori[8] des néants,
Saignant, fumant, infect, ce charnier de géants
55 Semblait fait pour pourrir le squelette du monde.
Des torturés râlaient sur cette rampe immonde,

---

1. Dans la religion romaine, prêtresse de Vesta, vouée à la chasteté et chargée d'entretenir le feu sacré. **2.** Empereur (37-68) de sinistre mémoire (il fit en particulier supplicier tous les chrétiens, qu'il accusa de l'incendie de Rome). Renan intitulera *L'Antéchrist* le livre qu'il lui consacrera en 1876. **3.** Autre empereur abominable (14-37). **4.** Caius Julius César, consul puis dictateur à vie du Ier siècle av. J.-C. Conquérant de la Gaule, remarquable historien, il est surtout pour Hugo l'homme qui, s'appuyant sur le peuple, ruina la République au profit de son pouvoir tout personnel, préparant ainsi le passage au régime impérial. À lire ici, de même que dans la plupart des occurrences, comme une antonomase, comme le nom (et le titre) de tous les « césars », de tous les empereurs de la Rome décadente, et de tous les temps. **5.** Les hordes de Huns n'apparaissent en Europe qu'au IVe siècle ; les Goths ne commencent à lutter contre l'Empire romain qu'au IIIe siècle ; les Ibères se révoltent à plusieurs reprises contre la domination romaine de la péninsule Ibérique au Ier siècle. **6.** Nommé empereur par ses légions en 69, ce commandant de l'armée de Germanie inférieure fut massacré par le peuple la même année. **7.** De *gemoniae scalae*, « escalier des gémissements », à Rome, où l'on exposait les cadavres des condamnés après leur strangulation avant de les jeter dans le Tibre. **8.** Poteau ou pilier portant une roue sur laquelle on attachait le condamné à l'exposition publique.

Juifs sans langue, poltrons sans poings, larrons sans
[yeux ;
Ainsi que dans le cirque atroce et furieux
L'agonie était là, hurlant sur chaque marche.
60 Le noir gouffre cloaque[1] au fond ouvrait son arche
Où croulait Rome entière ; et, dans l'immense égout,
Quand le ciel juste avait foudroyé coup sur coup,
Parfois deux empereurs, chiffres du fatal nombre[2],
Se rencontraient, vivants encore, et, dans cette ombre,
65 Où les chiens sur leurs os venaient mâcher leur chair,
Le César[3] d'aujourd'hui heurtait celui d'hier.
Le crime sombre était l'amant du vice infâme.
Au lieu de cette race en qui Dieu mit sa flamme,
Au lieu d'Ève et d'Adam, si beaux, si purs tous deux,
70 Une hydre[4] se traînait dans l'univers hideux ;
L'homme était une tête et la femme était l'autre.
Rome était la truie énorme qui se vautre.
La créature humaine, importune au ciel bleu,
Faisait une ombre affreuse à la cloison de Dieu[5] ;
75 Elle n'avait plus rien de sa forme première ;
Son œil semblait vouloir foudroyer la lumière,
Et l'on voyait, c'était la veille d'Attila[6],
Tout ce qu'on avait eu de sacré jusque-là
Palpiter sous son ongle ; et pendre à ses mâchoires
80 D'un côté les vertus et de l'autre les gloires.
Les hommes rugissaient quand ils croyaient parler.
L'âme du genre humain songeait à s'en aller ;
Mais, avant de quitter à jamais notre monde,
Tremblante, elle hésitait sous la voûte profonde,

---

1. Lieu destiné à recevoir les immondices. Cf. *Châtiments*, VII, 4, « L'égout de Rome ». La *cloaca maxima*, le grand égout de Rome, se fait ici abîme, du fait de son emploi adjectival, déterminant le nom gouffre. Voir note 2, p. 64. **2.** Peut-être une allusion au chiffre de la Bête de l'Apocalypse. **3.** Voir note 4, p. 97. **4.** Voir note 2, p. 56. **5.** Le retrait de Dieu, sa séparation d'avec l'humanité de la « décadence de Rome » s'exprime de manière étrangement concrète et familière — visionnaire. **6.** Le « fléau de Dieu », rois des Huns dont les hordes se sont déversées au ve siècle (voir note 5, p. 97). Un poème lui sera consacré dans la *Nouvelle Série* (V, 1, 7).

85 Et cherchait une bête où se réfugier.
On entendait la tombe appeler et crier.
Au fond, la pâle Mort riait sinistre et chauve[1].
Ce fut alors que toi, né dans le désert fauve,
Où le soleil est seul avec Dieu, toi, songeur
90 De l'antre que le soir emplit de sa rougeur,
Tu vins dans la cité toute pleine de crimes ;
Tu frissonnas devant tant d'ombre et tant d'abîmes ;
Ton œil fit, sur ce monde horrible et châtié,
Flamboyer tout à coup l'amour et la pitié,
95 Pensif, tu secouas ta crinière sur Rome,
Et, l'homme étant le monstre, ô lion, tu fus l'homme[2].

---

1. Dans cette allégorie de la Mort, un trait exprime une hantise de Hugo : le rire. **2.** Dans « L'apologie de Raimond Sebond » (*Essais*, II, 12), Montaigne illustre la gratitude des animaux en racontant, après Aulu-Gelle, Élien et Sénèque, l'histoire de ce lion qui épargna dans les arènes de Rome un esclave condamné aux bêtes : cet esclave, maltraité par son maître, dignitaire de l'Empire en Afrique, s'était enfui dans le désert et avait partagé un antre avec un lion dont il avait soigné les blessures. Ce même lion, le reconnaissant dans les arènes, lui fit fête. Sur la demande du peuple, l'empereur gracia l'esclave. Cette histoire du lion d'Androclès est une répétition, dans les spirales du progrès, du poème « Les lions » (I, 4) : à la place d'un ministre, un esclave ; à la place d'un événement merveilleux, un fait curieux, qui rentre davantage dans l'ordre de l'expérience commune. La barbarie tyrannique qui fait que des hommes sont jetés aux lions est la même — stagnation de l'Histoire —, elle est peut-être même pire — décadence. Mais ce qui s'oppose à cette barbarie se démocratise et s'humanise, en rentrant dans une histoire plus familière — le « fil » du progrès n'est pas perdu.

« *Il vint à la mosquée à son heure ordinaire...* »
(III, 1, « L'an neuf de l'Hégire », v. 34)

« Fantaisie orientale » de Victor Hugo, 1837.

III

L'ISLAM[1]

1. L'islam aux yeux de Hugo n'est pas une hérésie, mais un prolongement du monothéisme judéo-chrétien, et Mahomet entre positivement dans la série des génies prophétiques. Déjà dans *Les Orientales* (1829), il avait marqué toutes sortes de distances par rapport à l'esprit de croisade, si prégnant chez les romantiques à l'époque de la guerre de Grèce. Hugo a depuis approfondi sa connaissance de la religion musulmane. Le Mahomet de Hugo est en particulier nettement plus positif que celui de son principal informateur, Pauthier. Le dernier poème de la section redonne cependant la parole de vérité au voyant de l'Apocalypse. Voir note 2, p. 115.

« *Omer, cheik de l'Islam et de la loi nouvelle*
Que Mahomet ajoute à ce qu'Issa révèle... »
(III, 3, « Le cèdre », vv. 1-2)

Dessin de Victor Hugo.

I

L'AN NEUF DE L'HÉGIRE[1]

Comme s'il pressentait que son heure était proche,
Grave, il ne faisait plus à personne un reproche ;
Il marchait en rendant aux passants leur salut ;
On le voyait vieillir chaque jour, quoiqu'il eût
5 À peine vingt poils blancs à sa barbe encor noire ;
Il s'arrêtait parfois pour voir les chameaux boire,
Se souvenant du temps qu'il était chamelier.

Il songeait longuement devant le saint pilier[2] ;
Par moments, il faisait mettre une femme nue[3]
10 Et la regardait, puis il contemplait la nue,
Et disait : « La beauté sur terre, au ciel le jour. »

Il semblait avoir vu l'Éden, l'âge d'amour,

---

1. En 622, Mahomet fuit à Médine pour échapper à l'hostilité des Mecquois. Cet événement appelé *Hijra*, « Émigration » (Hégire), marque le début de l'ère islamique. L'an neuf date la mort de Mahomet. Le titre souligne que l'islam est une nouvelle ère, un nouveau commencement ; il souligne aussi un point commun entre Mahomet et Hugo : l'expérience de l'exil. **2.** Confusion entre les cinq piliers (les cinq vertus) de la foi musulmane et la Notre-Dame du Pilier (Pilar) espagnole ? **3.** Les fantasmes érotiques qui s'attachent à la représentation occidentale de l'Orient musulman depuis les Croisades affleurent, mais déchargés de leur lascivité souvent obscène : le spectacle du corps féminin a ici un rôle initiatique. Voir note 4, p. 108 et, dans le *Dictionnaire des idées reçues* de Flaubert, « KORAN : Livre de Mahomet où il n'est question que de femmes ».

Les temps antérieurs, l'ère immémoriale[1].
Il avait le front haut, la joue impériale,
15 Le sourcil chauve, l'œil profond et diligent,
Le cou pareil au col d'une amphore d'argent[2],
L'air d'un Noé qui sait le secret du déluge[3].
Si des hommes venaient le consulter, ce juge
Laissant l'un affirmer, l'autre rire et nier,
20 Écoutait en silence et parlait le dernier.
Sa bouche était toujours en train d'une prière ;
Il mangeait peu, serrant sur son ventre une pierre ;
Il s'occupait lui-même à traire ses brebis[4] ;
Il s'asseyait à terre et cousait ses habits.
25 Il jeûnait plus longtemps qu'autrui les jours de jeûne,
Quoiqu'il perdît sa force et qu'il ne fût plus jeune.

À soixante-trois ans, une fièvre le prit.
Il relut le Koran de sa main même écrit,
Puis il remit au fils de Séid[5] la bannière,
30 En lui disant : « Je touche à mon aube dernière,
Il n'est pas d'autre Dieu que Dieu. Combats pour lui. »
Et son œil, voilé d'ombre, avait ce morne ennui
D'un vieux aigle forcé d'abandonner son aire.
Il vint à la mosquée à son heure ordinaire,
35 Appuyé sur Ali[6], le peuple le suivant ;

---

1. Retour positif vers le passé absolu, immémorial, c'est-à-dire si ancien qu'il est sorti de la mémoire, « l'âge d'amour » dont « Décadence de Rome » avait trahi le souvenir en mettant « au lieu d'Ève et d'Adam, si beaux, si purs tous deux », « une hydre » abjectement androgyne. **2.** L'écriture s'orientalise en adhérant à sa source — un portrait de Mahomet par son historien, Aboulfeda (cité par Pauthier), qui évoque « le cou semblable à une urne d'argent » du Prophète. **3.** Tout commencement dans les premiers poèmes de *La Légende* s'accompagne d'un renvoi au Déluge. **4.** Berret a retrouvé ce vers tel quel dans *Les Livres sacrés de l'Orient* de Pauthier. **5.** Esclave de Mahomet, Séid fut un des premiers à voir en lui un prophète. Mahomet en récompense l'affranchit. Son nom est devenu, à travers le personnage de Voltaire dans la tragédie de *Mahomet*, Séïde, synonyme de dévouement aveugle et fanatique. Tel n'est pas ici Séid. **6.** Cousin de Mahomet, il fut dès son enfance un de ses premiers disciples. Après sa mort, il sera l'un des quatre premiers califes à lui succéder. Il sera à l'origine du schisme des chiites, mais le poème de Hugo n'en dit

Et l'étendard sacré se déployait au vent.
Là, pâle, il s'écria, se tournant vers la foule :
« Peuple, le jour s'éteint, l'homme passe et s'écoule ;
La poussière et la nuit, c'est nous. Dieu seul est grand.
40 Peuple, je suis l'aveugle et je suis l'ignorant.
Sans Dieu je serais vil plus que la bête immonde. »
Un scheik[1] lui dit : « Ô chef des vrais croyants ! le
[monde,
Sitôt qu'il t'entendit, en ta parole crut ;
Le jour où tu naquis une étoile apparut,
45 Et trois tours du palais de Chosroès tombèrent[2]. »
Lui, reprit : « Sur ma mort les anges délibèrent ;
L'heure arrive. Écoutez. Si j'ai de l'un de vous
Mal parlé, qu'il se lève, ô peuple, et devant tous
Qu'il m'insulte et m'outrage avant que je m'échappe ;
50 Si j'ai frappé quelqu'un, que celui-là me frappe. »
Et, tranquille, il tendit aux passants son bâton.
Une vieille, tondant la laine d'un mouton,
Assise sur un seuil, lui cria : « Dieu t'assiste ! »

Il semblait regarder quelque vision triste,
55 Et songeait ; tout à coup, pensif[3], il dit : « Voilà,
Vous tous : je suis un mot dans la bouche d'Allah[4] ;
Je suis cendre comme homme et feu comme prophète.
J'ai complété d'Issa la lumière imparfaite[5].

---

rien, évacuant les conflits externes et internes du premier islam pour conférer une atmosphère tout « évangélique » à la mort de Mahomet.

1. Chef de tribu arabe. **2.** Hugo a lu dans Pauthier les signes de prédestination qui entourèrent la naissance de Mahomet, dont l'écroulement du portique de Chosroès. Chosroès est le nom de plusieurs rois de Perse, à l'époque où l'Arabie était à la fois menacée par les Perses et les Romains, double menace dont Mahomet la sauva. Mais le caractère guerrier du Prophète est ici effacé. **3.** « Vision », « songeait », « pensif », ces trois mots définissent dans le lexique hugolien Mahomet comme un génie visionnaire. **4.** Nom de Dieu dans le Coran. Comme « Jéhovah » dans « La conscience », « Allah » donne une « couleur locale » à l'écriture, mais sans ôter à Dieu sa dimension universelle dans le reste du poème. **5.** Issa est le nom de Jésus dans le Coran. L'idée que l'islam complète le christianisme est une idée de Mahomet lui-même. C'est aussi une idée-force de Vaillant.

Je suis la force, enfants ; Jésus fut la douceur[1].
60 Le soleil a toujours l'aube pour précurseur.
Jésus m'a précédé, mais il n'est pas la Cause[2].
Il est né d'une vierge aspirant une rose[3].
Moi, comme être vivant, retenez bien ceci,
Je ne suis qu'un limon[4] par les vices noirci ;
65 J'ai de tous les péchés subi l'approche étrange ;
Ma chair a plus d'affront qu'un chemin n'a de fange,
Et mon corps par le mal est tout déshonoré ;
Ô vous tous, je serai bien vite dévoré
Si dans l'obscurité du cercueil solitaire
70 Chaque faute de l'homme engendre un ver de terre.
Fils, le damné renaît au fond du froid caveau,
Pour être par les vers dévoré de nouveau ;
Toujours sa chair revit, jusqu'à ce que la peine,
Finie, ouvre à son vol l'immensité sereine.
75 Fils, je suis le champ vil des sublimes combats,
Tantôt l'homme d'en haut, tantôt l'homme d'en bas,
Et le mal dans ma bouche avec le bien alterne
Comme dans le désert le sable et la citerne ;
Ce qui n'empêche pas que je n'aie, ô croyants !
80 Tenu tête dans l'ombre aux anges effrayants
Qui voudraient replonger l'homme dans les ténèbres ;
J'ai parfois dans mes poings tordu leurs bras
[funèbres ;
Souvent, comme Jacob[5], j'ai la nuit, pas à pas,
Lutté contre quelqu'un que je ne voyais pas ;

---

1. Reprise d'une citation de Mahomet par Mathieu : « Chaque prophète a son caractère ; celui de Jésus fut la douceur ; le mien est la force. » **2.** La Cause première, Dieu : l'islam reproche au christianisme de retourner au polythéisme en divinisant Jésus. Voir cependant note 2, p. 110. **3.** Autre reprise d'une citation de Mahomet par Mathieu : « Il est né d'une vierge, qui l'a conçu en aspirant le parfum d'une rose. » **4.** Alluvion, dépôt de terre entraînée par les eaux sur les rives d'un fleuve. **5.** Allusion au combat de Jacob avec l'ange de Dieu — ou avec Dieu lui-même — dans la Genèse (XXXII).

85 Mais les hommes surtout ont fait saigner ma vie[1] ;
Ils ont jeté sur moi leur haine et leur envie,
Et, comme je sentais en moi la vérité,
Je les ai combattus, mais sans être irrité ;
Et, pendant le combat, je criais : « Laissez faire !
90 » Je suis seul, nu, sanglant, blessé ; je le préfère.
» Qu'ils frappent sur moi tous ! que tout leur soit
[permis !
» Quand même, se ruant sur moi, mes ennemis
» Auraient, pour m'attaquer dans cette voie étroite,
» Le soleil à leur gauche et la lune à leur droite,
95 » Ils ne me feraient point reculer ! » C'est ainsi
Qu'après avoir lutté quarante ans, me voici
Arrivé sur le bord de la tombe profonde,
Et j'ai devant moi Dieu, derrière moi le monde.
Quant à vous qui m'avez dans l'épreuve suivi,
100 Comme les grecs Hermès[2] et les hébreux Lévi[3],
Vous avez bien souffert, mais vous verrez l'aurore.
Après la froide nuit, vous verrez l'aube éclore ;
Peuple, n'en doutez pas ; celui qui prodigua
Les lions aux ravins du Jebel-Kronnega[4],
105 Les perles à la mer et les astres à l'ombre,
Peut bien donner un peu de joie à l'homme sombre. »

Il ajouta : « Croyez, veillez ; courbez le front.
Ceux qui ne sont ni bons ni mauvais resteront

---

1. Trait du génie dans l'œuvre de Hugo pendant et après l'exil : c'est un martyr des opinions de la foule. **2.** Plus qu'à l'Olympien Hermès, dieu de toutes les communications — éloquence, commerce, voyage —, Hugo pense sans doute à Hermès Trismégiste, l'équivalent du Thot égyptien, dieu de l'initiation. Voir note suivante. **3.** Un des douze fils de Jacob, fondateur de la tribu sacerdotale des lévites. La référence à Hermès et Lévi a surtout pour fonction de raccorder l'islam dans une chaîne de révélations. L'islam prolonge le christianisme, mais aussi les religions antiques. Simultanément, la référence à Hermès bascule Mahomet dans le territoire indécis du mythe : vérité absolue ou fable mensongère. **4.** Bel exemple d'invention de nom propre.

Sur le mur qui sépare Éden d'avec l'abîme[1],
110 Étant trop noirs pour Dieu, mais trop blancs pour le [crime ;
Presque personne n'est assez pur de péchés
Pour ne pas mériter un châtiment ; tâchez,
En priant, que vos corps touchent partout la terre ;
L'enfer ne brûlera dans son fatal mystère
115 Que ce qui n'aura point touché la cendre, et Dieu
À qui baise la terre obscure, ouvre un ciel bleu ;
Soyez hospitaliers ; soyez saints ; soyez justes ;
Là-haut sont les fruits purs dans les arbres augustes[2] ;
Les chevaux sellés d'or, et, pour fuir aux sept cieux[3],
120 Les chars vivants ayant des foudres pour essieux ;
Chaque houri, sereine, incorruptible, heureuse,
Habite un pavillon fait d'une perle creuse[4] ;
Le Gehennam[5] attend les réprouvés ; malheur !
Ils auront des souliers de feu dont la chaleur
125 Fera bouillir leur tête ainsi qu'une chaudière.
La face des élus sera charmante et fière. »

Il s'arrêta, donnant audience à l'esprit.
Puis, poursuivant sa marche à pas lents, il reprit :
« Ô vivants ! je répète à tous que voici l'heure
130 Où je vais me cacher dans une autre demeure ;
Donc, hâtez-vous. Il faut, le moment est venu,
Que je sois dénoncé par ceux qui m'ont connu,

---

1. Hugo a lu dans Pauthier qu'un mur sépare le paradis de l'enfer musulman. Il avait d'abord écrit au lieu d'*Éden* le nom arabe correspondant, *Al Djannat* : tentation de faire entrer toutes les langues dans la langue poétique, à laquelle il renonce ici, sans doute pour raccorder le poème une seconde fois au « Sacre de la femme ». **2.** Voir note 1, p. 63. **3.** Les sept cieux à traverser pour accéder au paradis musulman. **4.** Reprise presque littérale de Pauthier pour cette description des houris (les femmes qui peuplent le paradis musulman). « Incorruptible » (qu'on ne peut corrompre), la houri n'a pas la lascivité qu'elle a dans les représentations occidentales communes. Voir note 3, p. 103 et, dans le *Dictionnaire des idées reçues* de Flaubert : « OPÉRA (coulisses de) : Est le Paradis de Mahomet sur la terre ». **5.** Le nom arabe est tout proche de la *Géhenne*, qui désigne l'enfer dans l'Ancien Testament.

Et que, si j'ai des torts, on me crache au visage. »

La foule s'écartait muette à son passage.
135 Il se lava la barbe au puits d'Aboulféia [1].
Un homme réclama trois drachmes [2], qu'il paya,
Disant : « Mieux vaut payer ici que dans la tombe. »
L'œil du peuple était doux comme un œil de colombe
En regardant cet homme auguste [3], son appui ;
140 Tous pleuraient ; quand, plus tard, il fut rentré chez lui,
Beaucoup restèrent là sans fermer la paupière,
Et passèrent la nuit couchés sur une pierre.
Le lendemain matin, voyant l'aube arriver :
« Aboubèkre [4], dit-il, je ne puis me lever,
145 Tu vas prendre le livre et faire la prière. »
Et sa femme Aïscha [5] se tenait en arrière ;
Il écoutait pendant qu'Aboubèkre lisait,
Et souvent à voix basse achevait le verset ;
Et l'on pleurait pendant qu'il priait de la sorte.
150 Et l'ange de la mort [6] vers le soir à la porte
Apparut, demandant qu'on lui permît d'entrer.
« Qu'il entre. » On vit alors son regard s'éclairer
De la même clarté qu'au jour de sa naissance ;
Et l'ange lui dit : « Dieu désire ta présence.
155 — Bien », dit-il. Un frisson sur ses tempes courut,
Un souffle ouvrit sa lèvre, et Mahomet mourut.

---

1. Berret hésite pour l'identification de ce nom propre : déformation soit du nom de l'historien de Mahomet Aboulfeda, soit du mot arabe *Aboulafiya*, « le Père du bonheur ». Le plus vraisemblable est que Hugo s'aide de ses lectures pour inventer des noms « arabes ». **2.** Monnaie grecque longtemps en cours dans l'ensemble du bassin méditerranéen, et en usage en Grèce jusqu'à aujourd'hui. **3.** Voir note 1, p. 63. **4.** Abou-Bèkr était un homme puissant qui fit partie des premiers disciples de Mahomet. Il lui donna, pour ses secondes noces, sa fille Aïscha. Il fut le premier calife à lui succéder. **5.** Fille d'Abou-Bèkr et seconde femme de Mahomet. Elle accompagna seule, d'après la tradition musulmane, les derniers moments du Prophète. **6.** Hugo efface son nom : Gabriel. Tantôt donc la réécriture des « livres sacrés » ajoute des noms, tantôt elle en efface, à la recherche d'un étrange équilibre entre exotisme pittoresque et universalisme.

II

MAHOMET[1]

Le divin[2] Mahomet enfourchait tour à tour
Son mulet Daïdol et son âne Yafour[3] ;
Car le sage lui-même a, selon l'occurrence,
Son jour d'entêtement et son jour d'ignorance.

---

1. Ce poème très ancien résonne nettement avec I, 5 pour sa structure et I, 7 pour sa signification. **2.** Liberté prise par rapport à la théologie musulmane, qui insiste sur le caractère humain, non divin, de Mahomet. Voir note 2, p. 106. **3.** L'anecdote du don de ce mulet et de cet âne est très répandue dans la littérature orientaliste de l'époque.

III

LE CÈDRE[1]

Omer[2], scheik[3] de l'Islam et de la loi nouvelle
Que Mahomet ajoute à ce qu'Issa révèle[4],
Marchant, puis s'arrêtant, et sur son long bâton,
Par moments, comme un pâtre, appuyant son menton,
5 Errait près de Djeddah la sainte[5], sur la grève
De la mer Rouge, où Dieu luit comme au fond d'un
[rêve,
Dans le désert jadis noir de l'ombre des cieux,
Où Moïse[6] voilé passait mystérieux.
Tout en marchant ainsi, plein d'une grave idée,
10 Par-dessus le désert, l'Égypte et la Judée[7],
À Pathmos[8], au penchant d'un mont, chauve sommet,
Il vit Jean qui, couché sur le sable, dormait.

Car saint Jean n'est pas mort, l'effrayant solitaire ;

---

1. Pour cette confrontation de l'islam et du christianisme, Hugo puise dans la légende musulmane des arbres venant se prosterner devant Mahomet (poème du Borda, cité par Pauthier dans *Les Livres sacrés de l'Orient*). « Le cèdre » est par ailleurs proche dans son inspiration religieuse — d'affirmation de l'unité de l'harmonie divine et de l'ordre naturel — du « Chœur des cèdres du Liban » dans *La Chute d'un ange*. Il est possible que « Le cèdre » soit un hommage à Lamartine. **2.** Hugo pense peut-être au calife Omar Ier, successeur d'Abou-Bèkr (voir note 4, p. 109) — mais « Omer » déborde l'individualité d'Omar Ier. **3.** Voir note 1, p. 105. **4.** Voir note 5, p. 105. **5.** Port d'embarquement et de débarquement des pèlerins de La Mecque. **6.** Voir note 2, p. 80. **7.** Voir note 3, p. 88. **8.** Île grecque, rocher d'exil où Jean eut les visions de l'Apocalypse.

Dieu le tient en réserve ; il reste sur la terre[1]
15 Ainsi qu'Énoch le Juste[2], et, comme il est écrit,
Ainsi qu'Élie[3], afin de vaincre l'Antéchrist[4].

Jean dormait ; ces regards étaient fermés qui virent
Les océans du songe où les astres chavirent ;
L'obscur sommeil couvrait cet œil illuminé,
20 Le seul chez les vivants auquel il fut donné
De regarder, par l'âpre ouverture du gouffre,
Les anges noirs vêtus de cuirasses de soufre,
Et de voir les Babels[5] pencher, et les Sions[6]
Tomber, et s'écrouler les blêmes visions,
25 Et les religions rire prostituées,
Et des noms de blasphème errer dans les nuées.

Jean dormait, et sa tête était nue au soleil.

Omer, le puissant prêtre, aux prophètes pareil,
Aperçut, tout auprès de la mer Rouge, à l'ombre
30 D'un santon[7], un vieux cèdre au grand feuillage sombre
Croissant dans un rocher qui bordait le chemin ;
Scheik Omer étendit à l'horizon sa main
Vers le nord habité par les aigles rapaces,
Et, montrant au vieux cèdre, au delà des espaces,
35 La mer Égée, et Jean endormi dans Pathmos,
Il poussa du doigt l'arbre et prononça ces mots :

---

1. Cf. *William Shakespeare*, I, II, 2, 9 : « Selon la tradition, il n'est pas mort, il est réservé, et Jean est toujours vivant à Pathmos comme Barberousse à Kaiserslautern. Il y a des cavernes d'attente pour ces mystérieux vivants-là. » **2.** Voir note 4, p. 67. **3.** Voir note 2, p. 89 et 1, p. 115. **4.** Adversaire direct du Christ dans l'Histoire. **5.** Babel est le nom de la ville de Babylone dans l'Ancien Testament. La Tour de Babel est le symbole de l'ambition démesurée des Hommes à vouloir atteindre le ciel, ambition punie par Dieu qui mit « la confusion dans leur langage, afin qu'ils ne comprennent plus la langue les uns des autres » (Genèse, XI). « La vision d'où est sorti ce livre » (*Nouvelle Série*) définit *La Légende* comme une Babel « âpre, immense, — écroulée ». **6.** Sion est la montagne sainte de Jérusalem où le Temple avait été construit ; elle a chez Jean une signification apocalyptique : cf. Apocalypse, XIV, 1. **7.** Sorte de petite chapelle servant de sépulture à un moine mahométan.

« Va, cèdre ! va couvrir de ton ombre cet homme. »

Le blanc spectre de sel qui regarde Sodome[1]
N'est pas plus immobile au bord du lac amer
40 Que ne le fut le cèdre à qui parlait Omer ;
Plus rétif que l'onagre[2] à la voix de son maître,
L'arbre n'agita pas une branche.
Le prêtre
Dit : « Va donc ! » et frappa l'arbre de son bâton.

Le cèdre, enraciné sous le mur du santon,
45 N'eut pas même un frisson et demeura paisible.

Le scheik alors tourna ses yeux vers l'invisible,
Fit trois pas, puis, ouvrant sa droite[3] et la levant :
« Va ! cria-t-il, va, cèdre, au nom du Dieu vivant !

— Que n'as-tu prononcé ce nom plus tôt ? » dit l'arbre.
50 Et, frissonnant, brisant le dur rocher de marbre,
Dressant ses bras ainsi qu'un vaisseau ses agrès[4],
Fendant la vieille terre aïeule des forêts,
Le grand cèdre, arrachant aux profondes crevasses
Son tronc et sa racine et ses ongles vivaces,
55 S'envola comme un sombre et formidable oiseau.
Il passa le mont Gour[5] posé comme un boisseau[6]
Sur la rouge lueur des forgerons d'Érèbe[7] ;
Laissa derrière lui Gophna, Jéricho, Thèbe[8],
L'Égypte aux dieux sans nombre, informe panthéon[9],

---

1. Voir note 8, p. 74. **2.** Âne sauvage. **3.** Dans la Bible, « la droite » désigne habituellement la main droite de Dieu. **4.** Gréement : ensemble des objets nécessaires à la manœuvre des navires. **5.** Voir note 3, p. 75. **6.** Voir note 4, p. 81. **7.** L'endroit le plus sombre et le plus inaccessible des Enfers de la mythologie grecque. Les forgerons rappellent Tubalcaïn (I, 2) et Iblis/Vulcain (I, 3). **8.** Deux villes de Judée, et la capitale de la Béotie, fondée par un héros fabuleux de la mythologie grecque, et rendue surtout célèbre par les poètes tragiques, qui racontèrent les malheurs de ses rois (Œdipe, Étéocle, etc.). **9.** Temple rassemblant les dieux et ensemble des divinités d'une religion polythéiste.

60 Le Nil, fleuve d'Éden, qu'Adam nommait Gehon[1],
Le champ de Galgala[2] plein de couteaux de pierre,
Ur, d'où vint Abraham[3], Bethsad, où naquit Pierre[4],
Et, quittant le désert d'où sortent les fléaux[5],
Traversa Chanaan d'Arphac à Borcéos[6] ;
65 Là, retrouvant la mer, vaste, obscure, sublime,
Il plongea dans la nue énorme de l'abîme,
Et, franchissant les flots, sombre gouffre ennemi,
Vint s'abattre à Pathmos près de Jean endormi.

Jean, s'étant réveillé, vit l'arbre, et le prophète
70 Songea, surpris d'avoir de l'ombre sur sa tête ;
Puis il dit, redoutable en sa sérénité :
« Arbre, que fais-tu là ? pourquoi t'es-tu hâté
De sourdre, de germer, de grandir dans une heure ?
Pourquoi donner de l'ombre au roc où je demeure ?
75 L'ordre éternel n'a point de ces rapidités ;
Jéhovah[7], dont les yeux s'ouvrent de tous côtés,
Veut que l'œuvre soit lente, et que l'arbre se fonde
Sur un pied fort, scellé dans l'argile profonde ;
Pendant qu'un arbre naît, bien des hommes mourront ;
80 La pluie est sa servante, et, par le bois du tronc,
La racine aux rameaux frissonnants distribue
L'eau qui se change en séve aussitôt qu'elle est bue.

---

1. Second fleuve d'Éden dans Genèse, II, 13. Nouvelle involution du texte vers ses premières pages, et de l'Histoire vers l'origine. **2.** Ville forte dont le territoire fut délimité par Josué avec douze pierres apportées par les douze tribus d'Israël. Voir Josué, V, 2-9. **3.** Ancêtre de la tribu d'Israël, et père des croyants dans les théologies juive et chrétienne, Abraham vient effectivement d'Ur dans la Genèse. Voir note 2, p. 85. **4.** L'apôtre Pierre était pêcheur à Bethsaïde avant sa rencontre avec Jésus. **5.** Allusion sans doute aux dix plaies d'Égypte, miracles de Moïse pour punir le cœur endurci du pharaon, qui refuse de laisser partir les Juifs. (Exode, VII-XII). **6.** Arphac et Borcéos sont les limites de la Judée que donne Moréri. Canaan est la partie de la Palestine située à l'ouest du Jourdain, sur la côte — la Terre promise par Dieu à Moïse pour le peuple juif. **7.** Jean dans l'Apocalypse n'emploie pas ce nom de Dieu, qui appartient à l'Ancien Testament. L'opposition de la Bible et du Coran, la rupture entre les religions juive et chrétienne et l'islam sont ainsi soulignées.

Dieu le nourrit de terre, et, l'en rassasiant,
Veut que l'arbre soit dur, solide et patient,
85 Pour qu'il brave, à travers sa rude carapace,
Les coups de fouet du vent tumultueux qui passe,
Pour qu'il porte le temps comme l'âne son bât,
Et qu'on puisse compter, quand la hache l'abat,
Les ans de sa durée aux anneaux de sa séve ;
90 Un cèdre n'est pas fait pour croître comme un rêve ;
Ce que l'heure a construit, l'instant peut le briser. »
Le cèdre répondit : « Jean, pourquoi m'accuser ?
Jean, si je suis ici, c'est par l'ordre d'un homme. »
Et Jean, fauve songeur qu'en frémissant on nomme,
95 Reprit : « Quel est cet homme à qui tout se soumet ? »
L'arbre dit : « C'est Omer, prêtre de Mahomet.
J'étais près de Djeddah depuis des ans sans nombre ;
Il m'a dit de venir te couvrir de mon ombre. »

Alors Jean, oublié par Dieu chez les vivants,
100 Se tourna vers le sud et cria dans les vents
Par-dessus le rivage austère de son île :
« Nouveaux venus [1], laissez la nature tranquille [2]. »

---

1. Le progrès accompli par Mahomet, complétant « d'Issa la lumière imparfaite » (III, 1, p. 105), se retourne ici en négatif : ces « nouveaux venus » brisent de manière illégitime ce que la tradition judéo-chrétienne avait instauré. Abandon ici par Hugo du progressisme au profit d'une forme de traditionalisme ? Plutôt changement de conception du progrès, non plus développement linéaire et cumulatif de la vérité, mais réalisation discontinue de ce que Dieu tient en « réserve » — dans ce poème, Énoch, Élie, Jean ; ailleurs dans l'œuvre « légendaire » de Hugo, Barberousse *(Les Burgraves)* ou la Révolution (*Nouvelle Série*).
2. Dans son identification aux visions de Jean, « communication entre [le génie] et l'abîme », dira le *William Shakespeare* (II, II, 2, 9), le christianisme, bien loin d'être une religion contre nature (comme il le sera en X en particulier), ou même seulement une religion de la transcendance, séparant Dieu de la Nature, est une religion du prodige à la fois immanent et transcendant, qui unit l'ordre de Dieu et l'ordre de la Nature. L'islam apparaît par opposition comme une religion qui ne respecte pas la Nature, une religion du miracle, qui rompt précisément l'ordre de la Nature prodigieuse (voir note 2, p. 55). C'est avec cette condamnation prodigieuse des miracles qu'est abandonnée, dans *La Légende* de 1859, la réécriture des textes sacrés. Place aux légendes épiques du Moyen Âge chrétien.

« *C'est le duel effrayant de deux spectres d'airain...* »
(IV, 2, « Le mariage de Roland », v. 14)

« Le combat de Roland et d'Olivier », par N.-F. Chifflart.

IV

LE CYCLE HÉROÏQUE CHRÉTIEN[1]

---

1. Un « cycle » est un regroupement de chansons de geste, qui associe famille de héros et événements fondateurs. Il n'existe pas de « cycle héroïque chrétien » dans la geste médiévale. Néanmoins, le titre met l'accent sur le caractère second de l'écriture : la section représente le Moyen Âge à travers ses chansons de geste. Hugo a souligné cette tentative de résurrection des épopées médiévales dans la Préface (p. 48), particulièrement pour deux des poèmes de cette section, « Le mariage de Roland » et « Aymerillot ». En sous-titre, le manuscrit comporte une série de titres, dont certains sont biffés (en italique) : « *Les rois des Pyrénées* [sans doute « Masferrer », *Nouvelle Série*, XV, 2], Le Parricide, *Gaïffer-Jorge, duc d'Aquitaine* [*Nouvelle Série*, XV, 1], *Roland petit, [Les Noces de Roland]* — Le mariage de Roland, Aymerillot, Bivar, *Comment le Cid reçut don Sanche* [« Le Romancero du Cid », *Nouvelle Série*, V, 2, 2], *Le mendiant* [« Le jour des rois »] ».

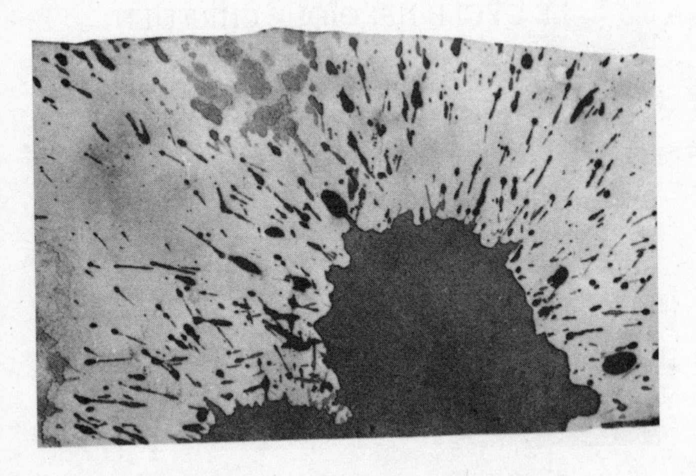

« *Une goutte de sang se détachait de l'ombre,*
Implacable, et tombait sur cette blancheur sombre. »
(IV, 1, « Le parricide », vv. 119-120)

« Taches et éclaboussures », de Victor Hugo.

I

LE PARRICIDE[1]

Un jour, Kanut[2], à l'heure où l'assoupissement
Ferme partout les yeux sous l'obscur firmament[3],
Ayant pour seul témoin la nuit, l'aveugle immense,
Vit son père Swéno[4], vieillard presque en démence,
5 Qui dormait, sans un garde à ses pieds, sans un chien ;
Il le tua, disant : « Lui-même n'en sait rien. »
Puis il fut un grand roi.

Toujours vainqueur, sa vie
Par la prospérité fidèle fut suivie ;
Il fut plus triomphant que la gerbe des blés ;

---

1. Hugo s'était déjà familiarisé avec la mythologie scandinave à l'époque de *Han d'Islande*, mais il a approfondi ses connaissances à Guernesey. Cette mythologie ancre le Moyen Âge des *Petites Épopées* dans une primitivité tout archaïque, qu'on trouve aussi chez Leconte de Lisle. Le poème est pour une large part la projection, dans l'univers de la mythologie scandinave, de « Sacer esto » (*Châtiments*) où le parricide est Napoléon III, condamné comme Kanut à errer éternellement. C'est aussi une répétition du second poème du recueil, « La conscience ». Polémiquement, Hugo unit ici en un seul personnage la figure sacrée du roi saint et la figure taboue du parricide. « Le cycle héroïque chrétien » est aussi un cycle anti-héroïque et anti-chrétien. **2.** Kanut (Knut, Canut) Ier monta sur le trône danois vers 1014, et régna sur le Danemark, l'Angleterre et une partie de la Scandinavie. Il est un héros de la christianisation. Nullement parricide, mais violent dans l'exercice de son pouvoir, il fut assassiné par des paysans. Peu après sa mort, il fut cependant canonisé. Il y eut à sa suite d'autres Kanut sur le trône danois, souvent violents, souvent criminels. L'effacement du chiffre ramasse tous les Kanut en un seul symbole. **3.** Voûte céleste. **4.** Berret voit dans « Swéno » une extrapolation hugolienne à partir de Suénon, ce dernier étant, dans Moréri, l'assassin de Kanut V.

10 Quand il passait devant les vieillards assemblés,
Sa présence éclairait ces sévères visages ;
Par la chaîne des mœurs pures et des lois sages
À son cher Danemark natal il enchaîna
Vingt îles, Fionie, Arnhout, Folster, Mona ;
15 Il bâtit un grand trône en pierres féodales ;
Il vainquit les Saxons, les Pictes, les Vandales,
Le Celte, et le Borusse, et le Slave aux abois,
Et les peuples hagards qui hurlent dans les bois [1] ;
Il abolit l'horreur idolâtre, et la rune [2],
20 Et le menhir féroce [3] où le soir, à la brune,
Le chat sauvage vient frotter son dos hideux ;
Il disait en parlant du grand César [4] : « Nous deux » ;
Une lueur sortait de son cimier polaire ;
Les monstres expiraient partout sous sa colère ;
25 Il fut, pendant vingt ans qu'on l'entendit marcher,
Le cavalier superbe et le puissant archer ;
L'hydre morte, il mettait le pied sur la portée [5] ;
Sa vie, en même temps bénie et redoutée,
Dans la bouche du peuple était un fier récit [6] ;
30 Rien que dans un hiver, ce chasseur détruisit
Trois dragons en Écosse, et deux rois en Scanie [7] ;

---

1. Kanut est un roi civilisateur : il triomphe de hordes barbares — tels les Vandales —, voire sauvages, enfoncées dans une animalité associée au régime de la peur — tels les Slaves « aux abois », et, pire, ces peuples sans nom qui « hurlent dans les bois ». Kanut répète Caïn, mais à un niveau supérieur du progrès, parce que Caïn, « vêtu de peaux de bêtes », figure une humanité encore proche de la sauvagerie, tandis que Kanut civilise le Danemark. **2.** Christianisation et civilisation vont de pair. Les runes sont les caractères de l'ancienne écriture des Scandinaves. « Runes » vient de *runa*, « secret, mystère ». Dotées de vertus magiques, les runes sont de ces signes théocratiques qui expriment « l'horreur du progrès », évoqués dans le célèbre chapitre de *Notre-Dame de Paris* « Ceci tuera cela ». **3.** De *ferus*, « bête sauvage ». Cruel par instinct, inhumain. **4.** Voir note 4, p. 97. **5.** La « portée » rapproche étrangement l'hydre (voir note 2, p. 56) de mammifères familiers. **6.** Épopée populaire aliénée, dont l'épopée démocratique du « Parricide » est la réécriture critique. **7.** Le parallèle entre les deux hémistiches suggère que deux rois valent trois dragons.

Il fut héros, il fut géant, il fut génie[1] ;
Le sort de tout un monde au sien semblait lié ;
Quant à son parricide, il l'avait oublié[2].
35 Il mourut. On le mit dans un cercueil de pierre ;
Et l'évêque d'Aarhus vint dire une prière,
Et chanter sur sa tombe un hymne[3], déclarant
Que Kanut était saint, que Kanut était grand,
Qu'un céleste parfum sortait de sa mémoire,
40 Et qu'ils le voyaient, eux, les prêtres, dans la gloire,
Assis comme un prophète à la droite de Dieu.

Le soir vint ; l'orgue en deuil se tut dans le saint lieu ;
Et les prêtres, quittant la haute cathédrale,
Laissèrent le roi mort dans la paix sépulcrale.
45 Alors il se leva, rouvrit ses yeux obscurs,
Prit son glaive[4], et sortit de la tombe, les murs
Et les portes étant brumes pour les fantômes ;
Il traversa la mer qui reflète les dômes
Et les tours d'Altona, d'Aarhus et d'Elseneur[5] ;
50 L'ombre écoutait les pas de ce sombre seigneur ;
Mais il marchait sans bruit étant lui-même un songe ;
Il alla droit au mont Savo[6] que le temps ronge,
Et Kanut s'approcha de ce farouche aïeul,

---

1. Ce trimètre, qui mime rythmiquement la fierté du récit populaire, jette la suspicion sur toute sublimation du grand homme. **2.** En ce sens, Kanut est pire que Caïn. **3.** Dans une lettre à Noël Parfait citée par Berret, Hugo distingue *hymne* au féminin, synonyme de cantique, d'*hymne* au masculin, synonyme de poème de célébration. « L'évêque d'Aarhus chante non *une* hymne d'église, mais *un* hymne à la gloire de Kanut. L'oraison à l'état sauvage s'appelle hymne ou épopée. » Dans l'esprit de Hugo, civilisation et sauvagerie se mêlent dans les temps primitifs du Moyen Âge. Dans la *Préface de Cromwell*, l'hymne au masculin, équivalent de l'ode, est le poème lyrique de l'Homme primitif, « en présence des merveilles qui l'éblouissent ». Dans la Préface de *La Légende*, ce recueil forme avec *La Fin de Satan* et *Dieu* une « espèce d'hymne à mille strophes ». **4.** Longue épée à deux tranchants, très utilisée par les chevaliers du Moyen Âge ; vieilli ou littéraire : symbole de la guerre ou de la justice, soit humaine, soit divine. **5.** Renvoi à la tragédie *Hamlet* de Shakespeare. **6.** Mont qui figure dans la grande épopée scandinave, l'*Edda*. Moréri en fait une frontière naturelle de la Norvège.

Et lui dit : « Laisse-moi, pour m'en faire un linceul,
55 Ô montagne Savo que la tourmente assiége,
Me couper un morceau de ton manteau de neige. »
Le mont le reconnut et n'osa refuser.
Kanut prit son épée impossible à briser,
Et sur le mont, tremblant devant ce belluaire[1],
60 Il coupa de la neige et s'en fit un suaire ;
Puis il cria : « Vieux mont, la mort éclaire peu ;
De quel côté faut-il aller pour trouver Dieu ? »
Le mont au flanc difforme, aux gorges obstruées,
Noir, triste dans le vol éternel des nuées,
65 Lui dit : « Je ne sais pas, spectre ; je suis ici. »
Kanut quitta le mont par les glaces saisi ;
Et, le front haut, tout blanc dans son linceul de neige,
Il entra, par delà l'Islande et la Norvége,
Seul dans le grand silence et dans la grande nuit ;
70 Derrière lui le monde obscur s'évanouit ;
Il se trouva, lui, spectre, âme, roi sans royaume,
Nu, face à face avec l'immensité fantôme ;
Il vit l'infini, porche horrible et reculant[2]
Où l'éclair, quand il entre, expire triste et lent,
75 L'ombre, hydre[3] dont les nuits sont les pâles ver-
[tèbres,
L'informe se mouvant dans le noir ; les Ténèbres ;
Là, pas d'astre ; et pourtant on ne sait quel regard
Tombe de ce chaos immobile et hagard ;
Pour tout bruit, le frisson lugubre que fait l'onde
80 De l'obscurité, sourde, effarée et profonde ;
Il avança disant : « C'est la tombe ; au delà
C'est Dieu. » Quand il eut fait trois pas, il appela ;
Mais la nuit est muette ainsi que l'ossuaire[4],
Et rien ne répondit : pas un pli du suaire
85 Ne s'émut, et Kanut avança ; la blancheur

---

1. Mot récent en 1859 : gladiateur qui combattait les bêtes féroces. **2.** La vision du « porche » de l'infini par le « génie » Kanut est très proche de celle du « Je » visionnaire en XV. **3.** Voir note 2, p. 56. **4.** Excavation où sont conservés des ossements humains.

Du linceul rassurait le sépulcral marcheur ;
Il allait ; tout à coup, sur son livide voile
Il vit poindre et grandir comme une noire étoile[1] ;
L'étoile s'élargit lentement, et Kanut,
90 La tâtant de sa main de spectre, reconnut
Qu'une goutte de sang était sur lui tombée[2] ;
Sa tête, que la peur n'avait jamais courbée,
Se redressa ; terrible, il regarda la nuit,
Et ne vit rien ; l'espace était noir ; pas un bruit ;
95 « En avant ! » dit Kanut levant sa tête fière ;
Une seconde tache auprès de la première
Tomba, puis s'élargit ; et le chef cimbrien[3]
Regarda l'ombre épaisse et vague, et ne vit rien ;
Comme un limier[4] à suivre une piste s'attache,
100 Morne, il reprit sa route ; une troisième tache
Tomba sur le linceul. Il n'avait jamais fui ;
Kanut pourtant cessa de marcher devant lui,
Et tourna du côté du bras qui tient le glaive[5] ;
Une goutte de sang, comme à travers un rêve,
105 Tomba sur le suaire et lui rougit la main ;
Pour la seconde fois il changea de chemin,
Comme en lisant on tourne un feuillet d'un registre,
Et se mit à marcher vers la gauche sinistre[6] ;
Une goutte de sang tomba sur le linceul ;
110 Et Kanut recula, frémissant d'être seul,
Et voulut regagner sa couche mortuaire ;
Une goutte de sang tomba sur le suaire ;
Alors il s'arrêta livide, et ce guerrier,

---

1. L'espace est oxymorique, à l'image du héros. **2.** Cet autre souvenir de Shakespeare, la tache de sang dans la main de Lady Macbeth, se mêle à celui des pluies de venin ou de sang, prodiges fréquents dans les mythes scandinaves. **3.** Cimbres : peuple germanique qui envahit, en particulier au début du IIe siècle, la Gaule, défendue par les Romains. Ils sont comme l'emblème de la barbarie menaçant la civilisation. Nouveau brouillage de l'opposition entre celles-ci. Dans la *Nouvelle Série*, Attila sera « le Cimbre » (V, 1, 7). **4.** Grand chien de chasse employé à suivre la piste d'un animal et à le rabattre. **5.** Voir note 4, p. 121. **6.** Expression redondante : « sinistre » vient de *sinister*, « qui est à gauche ».

Blême, baissa la tête et tâcha de prier ;
115 Une goutte de sang tomba sur lui. Farouche,
La prière effrayée expirant dans sa bouche,
Il se remit en marche ; et, lugubre, hésitant,
Hideux, ce spectre blanc passait ; et, par instant,
Une goutte de sang se détachait de l'ombre,
120 Implacable, et tombait sur cette blancheur sombre[1].
Il voyait, plus tremblant qu'au vent le peuplier,
Ces taches s'élargir et se multiplier ;
Une autre, une autre, une autre, une autre, ô cieux
[funèbres !
Leur passage rayait vaguement les ténèbres ;
125 Ces gouttes, dans les plis du linceul, finissant
Par se mêler, faisaient des nuages de sang ;
Il marchait, il marchait ; de l'insondable voûte
Le sang continuait à pleuvoir goutte à goutte,
Toujours, sans fin, sans bruit, et comme s'il tombait
130 De ces pieds noirs qu'on voit la nuit pendre au gibet ;
Hélas ! qui donc pleurait ces larmes formidables ?
L'infini[2]. Vers les cieux, pour le juste abordables,
Dans l'océan de nuit sans flux et sans reflux,
Kanut s'avançait, pâle et ne regardant plus ;
135 Enfin, marchant toujours comme en une fumée,
Il arriva devant une porte fermée
Sous laquelle passait un jour mystérieux ;
Alors sur son linceul il abaissa les yeux ;
C'était l'endroit sacré, c'était l'endroit terrible ;
140 On ne sait quel rayon de Dieu semble visible[3] ;
De derrière la porte on entend l'hosanna[4].

Le linceul était rouge et Kanut frissonna.

---

1. Voir note 1, p. 123. **2.** Ces pleurs de l'infini, à rapprocher des « Pleurs dans la nuit » des *Contemplations*, disent que le châtiment, pour horrible qu'il soit, n'est pas dissociable de la pitié. **3.** Dieu suprême, au-delà des religions instituées, dont le rayonnement accable le roi parricide *et chrétien.* **4.** Hymne à la gloire de Dieu, qui se distingue de l'hymne de l'évêque d'Aarhus.

Et c'est pourquoi Kanut, fuyant devant l'aurore
Et reculant, n'a pas osé paraître encore
145 Devant le juge[1] au front duquel le soleil luit ;
C'est pourquoi ce roi sombre est resté dans la nuit,
Et, sans pouvoir rentrer dans sa blancheur première,
Sentant, à chaque pas qu'il fait vers la lumière,
Une goutte de sang sur sa tête pleuvoir,
150 Rôde[2] éternellement sous l'énorme ciel noir.

---

1. On retrouvera cette identification de Dieu au magistrat, en particulier en XV. Elle fait penser au Juge des portails d'églises romanes.
2. Errer au hasard, mais aussi errer avec une intention suspecte, comme un rôdeur.

II

LE MARIAGE DE ROLAND[1]

Ils se battent — combat terrible ! — corps à corps.
Voilà déjà longtemps que leurs chevaux sont morts ;
Ils sont là seuls tous deux dans une île du Rhône,
Le fleuve à grand bruit roule un flot rapide et jaune[2],
5 Le vent trempe en sifflant les brins d'herbe dans l'eau.
L'archange saint Michel attaquant Apollo
Ne ferait pas un choc plus étrange et plus sombre[3] ;

---

1. Un des plus anciens poèmes du recueil : il a vraisemblablement été écrit en 1846, après la lecture d'un article du *Journal du Dimanche* d'un vulgarisateur de l'épopée médiévale, Jubinal, qui y traduit et y analyse des extraits de trois chansons de geste : *Girart de Vienne, Aimeri de Narbonne* et *Raoul de Cambrai* (l'extrait de *Girart de Vienne* est reproduit par Berret et par Moreau dans leurs éditions). C'est la première de ces trois chansons qui évoque le duel de Roland et d'Olivier. Le titre décentre le poème vers son dernier vers. Mais Hugo efface Aude. Le Roland de la *Chanson de Roland* n'est connu que plus tard de Hugo (et du public cultivé) grâce à la publication, en 1852, d'une traduction parue dans la *Revue de Paris*, qu'il conserva dans sa bibliothèque. **2.** Le récit de Jubinal évoque le Rhône comme un « fleuve bruyant, eau merveilleuse et grande ». Hugo substitue à la merveille un paysage concret et pittoresque. **3.** Hugo va multiplier ce type de fusion syncrétique de la mythologie païenne (Apollo, ou Apollon, dieu de l'Olympe vainqueur du monstre Python) et de la légende chrétienne (l'archange Michel, terrassant le Dragon), qui semble l'avoir frappé comme un trait de la culture médiévale. « Un paganisme chrétien pullule sur l'Évangile. La défroque olympique est utilisée. Saint Michel prend à Apollon sa pique. Python est baptisé Satan » (« Promontorium somnii », *Proses philosophiques de 1860-1865)*. Mais les êtres surnaturels ici, contrairement à ce qui se passe dans les extraits de *Girart de Vienne* publiés par Jubinal, ne sont que les comparants épiques de héros bien humains. Ces comparants épiques soulignent cependant l'ambivalence des héros : si Roland et Olivier sont l'un à l'autre Michel et Apollon, alors ils sont aussi l'un à l'autre le Dragon et Python.

Déjà, bien avant l'aube, ils combattaient dans l'ombre.
Qui, cette nuit, eût vu s'habiller ces barons [1],
10 Avant que la visière eût dérobé leurs fronts,
Eût vu deux pages [2] blonds, roses comme des filles.
Hier, c'étaient deux enfants riant à leurs familles,
Beaux, charmants ; — aujourd'hui, sur ce fatal terrain,
C'est le duel effrayant de deux spectres d'airain,
15 Deux fantômes auxquels le démon prête une âme,
Deux masques dont les trous laissent voir de la
[flamme.
Ils luttent, noirs, muets, furieux, acharnés.
Les bateliers pensifs qui les ont amenés,
Ont raison d'avoir peur et de fuir dans la plaine,
20 Et d'oser, de bien loin, les épier à peine [3],
Car de ces deux enfants, qu'on regarde en tremblant,
L'un s'appelle Olivier et l'autre a nom Roland.

Et, depuis qu'ils sont là, sombres, ardents, farouches,
Un mot n'est pas encor sorti de ces deux bouches.

25 Olivier, sieur de Vienne et comte souverain,
A pour père Gérard [4] et pour aïeul Garin [5].
Il fut pour ce combat habillé par son père.
Sur sa targe [6] est sculpté Bacchus [7] faisant la guerre

---

1. Terme féodal : grand seigneur tenant fief (domaine concédé par le seigneur à son vassal en échange de services) et dépendant du roi ou d'un des principaux vassaux de la couronne. **2.** Jeune noble qui était placé au service d'un grand seigneur pour apprendre le métier des armes. **3.** La réécriture de l'épopée médiévale est une réécriture critique, qui souligne non pas l'osmose enthousiaste du héros épique et du peuple (les bateliers), mais la terreur de ce dernier à la vue des héros — et les bateliers sont « pensifs », trait chez Hugo de ceux dont la pensée, en son indétermination, saisit davantage que la claire réflexion des évidences. Dans la geste de *Girart de Vienne*, le duel a lieu pendant le long siège de Vienne, alors que les Girart sont en guerre contre l'empereur Charlemagne. **4.** Gérard ou Girart de Vienne, le héros éponyme de la geste dont s'inspire Hugo *via* Jubinal. Il y est l'oncle d'Olivier. **5.** Garin de Monglane, père de Gérard. **6.** Petit bouclier en usage au Moyen Âge. **7.** Divinité romaine de la vigne, du vin et de la débauche.

Aux Normands, Rollon ivre et Rouen consterné [1],
30 Et le dieu souriant par des tigres traîné
Chassant, buveur de vin, tous ces buveurs de cidre.
Son casque est enfoui sous les ailes d'une hydre [2] ;
Il porte le haubert [3] que portait Salomon [4] ;
Son estoc [5] resplendit comme l'œil d'un démon ;
35 Il y grava son nom afin qu'on s'en souvienne ;
Au moment du départ, l'archevêque de Vienne [6]
A béni son cimier [7] de prince féodal.

Roland a son habit de fer, et Durandal [8].

Ils luttent de si près avec de sourds murmures,
40 Que leur souffle âpre et chaud s'empreint sur leurs
[armures [9] ;
Le pied presse le pied ; l'île à leurs noirs assauts
Tressaille au loin ; l'acier mord le fer ; des morceaux
De heaume [10] et de haubert, sans que pas un s'émeuve,
Sautent à chaque instant dans l'herbe et dans le fleuve,

---

1. Le siège de Rouen par Rollon est postérieur aux événements racontés. L'anachronisme souligne le fait que le poème n'est pas une représentation du duel de Roland et d'Olivier, mais une représentation d'une chanson de geste le racontant, les chansons de geste étant fécondes en anachronismes. Le texte apparaît comme une réécriture d'épopée, d'autant que la description du bouclier du héros, où figurent les événements futurs qui marqueront sa patrie, est un lieu commun de la littérature épique, depuis la description du bouclier d'Énée dans l'*Énéide* de Virgile. **2.** Voir note 2, p. 56. **3.** Chemise de mailles qui protège le buste, les bras, le cou et la tête des hommes d'armes du Moyen Âge. **4.** Hugo a pris dans Jubinal cette référence au roi constructeur du Temple de Jérusalem. Nouvel exemple de syncrétisme caractéristique de la culture médiévale aux yeux de Hugo. Ce syncrétisme n'est pas étranger à la philosophie de l'Histoire du recueil : le temps historique n'est pas encore nettement différencié dans la culture du Moyen Âge, culture traditionnelle où le présent adhère au passé. **5.** Épée longue et droite ; pointe de l'épée. **6.** Hugo s'inspire étroitement du texte de Jubinal pour cette bénédiction de l'archevêque de Vienne (ville voisine de Lyon). **7.** Ornement qui forme la cime d'un casque. **8.** C'est un trait du héros de l'épopée médiévale que d'avoir une épée (et un cheval) individualisée, humanisée par un nom propre. **9.** Le métal de leurs armures fond à la chaleur de leur souffle : exemple d'exagération épique. **10.** Grand casque qui couvrait la tête et le visage des guerriers.

45 Leurs brassards[1] sont rayés de longs filets de sang
Qui coule de leur crâne et dans leurs yeux descend.
Soudain, sire Olivier, qu'un coup affreux démasque,
Voit tomber à la fois son épée et son casque.
Main vide et tête nue, et Roland l'œil en feu !
50 L'enfant songe à son père et se tourne vers Dieu.
Durandal sur son front brille. Plus d'espérance !
« Çà, dit Roland, je suis neveu du roi de France[2],
Je dois me comporter en franc[3] neveu de roi.
Quand j'ai mon ennemi désarmé devant moi,
55 Je m'arrête. Va donc chercher une autre épée,
Et tâche, cette fois, qu'elle soit bien trempée.
Tu feras apporter à boire en même temps,
Car j'ai soif.

— Fils, merci, dit Olivier.

— J'attends,
Dit Roland, hâte-toi. »

Sire Olivier appelle
60 Un batelier caché derrière une chapelle.

« Cours à la ville, et dis à mon père qu'il faut
Une autre épée à l'un de nous, et qu'il fait chaud. »

Cependant les héros, assis dans les broussailles,

---

1. Pièce d'armure qui protégeait le bras des hommes d'armes. Le mot est attesté pour la première fois en 1562. **2.** Hugo appelle ainsi, à plusieurs reprises dans le recueil, Charlemagne, roi des Francs et empereur d'Occident (742-814). Dans *Hernani*, il est la figure ancestrale du pouvoir impérial, clément, sublime et supranational, auquel aspire Don Carlos/Charles Quint. Il est également célébré par Ruy Blas. Dans *Les Petites Épopées*, son empire apparaît davantage comme une extension de la France. Hugo participe ainsi à l'annexion de cette grande figure impériale (une des très rares à être positives dans le recueil) à l'Histoire nationale. **3.** Archaïsme : noble, libre. Mais Hugo joue aussi sur le sens moderne, « qui s'exprime ouvertement », et sur la résonance entre cet adjectif et le nom de la France.

S'aident à délacer leurs capuchons de mailles,
65 Se lavent le visage et causent un moment.
Le batelier revient ; il a fait promptement ;
L'homme a vu le vieux comte ; il rapporte une épée
Et du vin, de ce vin qu'aimait le grand Pompée[1]
Et que Tournon[2] récolte au flanc de son vieux mont.
70 L'épée est cette illustre et fière Closamont
Que d'autres quelquefois appellent Haute-Claire[3].
L'homme a fui. Les héros achèvent sans colère
Ce qu'ils disaient ; le ciel rayonne au-dessus d'eux ;
Olivier verse à boire à Roland ; puis tous deux
75 Marchent droit l'un vers l'autre, et le duel
[recommence.
Voilà que par degrés de sa sombre démence
Le combat les enivre ; il leur revient au cœur
Ce je ne sais quel dieu qui veut qu'on soit vainqueur[4],
Et qui, s'exaspérant aux armures frappées,
80 Mêle l'éclair des yeux aux lueurs des épées.

Ils combattent, versant à flots leur sang vermeil.
Le jour entier se passe ainsi. Mais le soleil
Baisse vers l'horizon. La nuit vient.

« Camarade,
Dit Roland, je ne sais, mais je me sens malade.
85 Je ne me soutiens plus, et je voudrais un peu
De repos.

— Je prétends, avec l'aide de Dieu,

---

1. Général et homme d'État romain (106-48 av. J.-C.). La grandeur de l'empire de Charlemagne fait resurgir la grandeur romaine, effacée par sa décadence en II. Pourtant, Pompée aurait pu figurer avec Crassus dans « Au lion d'Androclès », puisqu'ils collaborèrent dans la répression de la révolte de Spartacus. Hugo souligne ici la permanence de la Rome antique dans l'empire de Charlemagne, et de la culture antique dans l'épopée médiévale. **2.** C'est un côtes-du-rhône que boivent Olivier et Roland, après Pompée. **3.** Voir note 8, p. 128. **4.** L'expression lexicalisée « je ne sais quel » permet d'introduire un « je » à un moment où le « cycle héroïque chrétien » se paganise.

Dit le bel Olivier, le sourire à la lèvre,
Vous vaincre par l'épée et non point par la fièvre.
Dormez sur l'herbe verte, et cette nuit, Roland,
90 Je vous éventerai de mon panache[1] blanc.
Couchez-vous, et dormez.

— Vassal[2], ton âme est neuve[3],
Dit Roland. Je riais, je faisais une épreuve.
Sans m'arrêter et sans me reposer, je puis
Combattre quatre jours encore, et quatre nuits. »

95 Le duel reprend. La mort plane, le sang ruisselle.
Durandal heurte et suit Closamont ; l'étincelle
Jaillit de toutes parts sous leurs coups répétés.
L'ombre autour d'eux s'emplit de sinistres clartés.
Ils frappent ; le brouillard du fleuve monte et fume ;
100 Le voyageur s'effraye et croit voir dans la brume
D'étranges bûcherons qui travaillent la nuit[4].

Le jour naît, le combat continue à grand bruit ;
La pâle nuit revient, ils combattent ; l'aurore
Reparaît dans les cieux, ils combattent encore.

105 Nul repos. Seulement, vers le troisième soir,
Sous un arbre, en causant, ils sont allés s'asseoir ;
Puis ont recommencé.

Le vieux Gérard dans Vienne
Attend depuis trois jours que son enfant revienne.
Il envoie un devin[5] regarder sur les tours ;
110 Le devin dit : « Seigneur, ils combattent toujours. »

---

1. Plumet sur le casque. **2.** Homme lié à son suzerain, seigneur qui lui concède un fief, un domaine, en échange de sa fidélité. Roland se met donc ici en position de pouvoir par rapport à Olivier. **3.** Inexpérimentée, novice. **4.** L'atmosphère fantastique, qui mêle étrangeté et familiarité dans ce que *croit voir* le voyageur, vient à la place du merveilleux chrétien. **5.** Voir note 2, p. 86.

Quatre jours sont passés, et l'île et le rivage
Tremblent sous ce fracas monstrueux et sauvage.
Ils vont, viennent, jamais fuyant, jamais lassés,
Froissent le glaive au glaive[1] et sautent les fossés,
115 Et passent, au milieu des ronces remuées,
Comme deux tourbillons et comme deux nuées.
Ô chocs affreux ! terreur ! tumulte étincelant !
Mais, enfin, Olivier saisit au corps Roland
Qui de son propre sang en combattant s'abreuve,
120 Et jette d'un revers Durandal dans le fleuve.

« C'est mon tour maintenant, et je vais envoyer
Chercher un autre estoc[2] pour vous, dit Olivier.
Le sabre du géant Sinnagog[3] est à Vienne.
C'est, après Durandal, le seul qui vous convienne.
125 Mon père le lui prit alors qu'il le défit.
Acceptez-le. »

Roland sourit. « Il me suffit
De ce bâton. » Il dit, et déracine un chêne.

Sire Olivier arrache un orme dans la plaine
Et jette son épée, et Roland, plein d'ennui,
130 L'attaque. Il n'aimait pas qu'on vînt faire après lui
Les générosités[4] qu'il avait déjà faites.

Plus d'épée en leurs mains, plus de casque à leurs têtes.
Ils luttent maintenant, sourds, effarés, béants[5],

---

1. Voir note 4, p. 121. **2.** Voir note 5, p. 128. **3.** Déformation de *Sinagos* (nom fréquemment donné à des Sarrasins dans les chansons de geste) dans Jubinal. L'humour hugolien n'a sans doute pas résisté au comique de cette incongruité. On notera par ailleurs que le continu temporel du Moyen Âge s'étend non seulement jusqu'à Pompée, mais jusqu'aux temps antédiluviens des géants. **4.** Actes de grandeur et de noblesse d'âme. Roland se rapproche ici des héros de Corneille. **5.** L'admiration que ressentent l'un pour l'autre les héros s'exprime à travers l'ouverture de leurs yeux et de leurs bouches. La série d'épithètes dans laquelle s'inscrit l'adjectif « béants » élève cependant la notation comique au sublime.

À grands coups de troncs d'arbre, ainsi que des géants[1].

135 Pour la cinquième fois, voici que la nuit tombe.
Tout à coup, Olivier, aigle aux yeux de colombe[2],
S'arrête, et dit :

« Roland, nous n'en finirons point.
Tant qu'il nous restera quelque tronçon au poing,
Nous lutterons ainsi que lions et panthères.
140 Ne vaudrait-il pas mieux que nous devinssions frères ?
Écoute, j'ai ma sœur, la belle Aude au bras blanc,
Épouse-la.

— Pardieu ! je veux bien, dit Roland.
Et maintenant buvons, car l'affaire était chaude. »

C'est ainsi que Roland épousa la belle Aude[3].

---

1. La comparaison épique suggère la continuité des temps héroïques, des géants aux chevaliers, continuité qui structurera le premier volume du recueil de 1877. Le motif des héros se battant avec des arbres est fréquent dans les épopées médiévales et les contes. Voir, dans *Odes et Ballades*, « Le géant ». « On peut regretter cette addition au texte de Jubinal et cette exagération épique qui nuit à la simplicité », fait dire à Berret sa formation toute néoclassique... **2.** La part féminine d'Olivier fait de lui un modèle de héros. **3.** Dans Jubinal, Roland, qui l'aimait déjà lors du duel avec son frère, épouse Aude quand Charlemagne fait la paix avec Gérard ; et le combat entre les deux héros ne s'arrête que grâce à l'intervention d'un messager céleste. Ici, le mariage scelle la fraternité entre les deux combattants : dans la spirale du progrès, on se bat maintenant à mort avant de devenir frères à vie — le cauchemar de Caïn s'est éloigné. Voir note 3, p. 134.

III

AYMERILLOT[1]

Charlemagne, empereur à la barbe fleurie[2],
Revient d'Espagne ; il a le cœur triste, il s'écrie :
« Roncevaux ! Roncevaux ! ô traître Ganelon ! »
Car son neveu Roland est mort dans ce vallon
5 Avec les douze pairs et toute son armée[3].
Le laboureur des monts qui vit sous la ramée[4]
Est rentré chez lui, grave et calme, avec son chien ;
Il a baisé sa femme au front, et dit : « C'est bien. »

---

1. « Aymerillot » est issu du même article de Jubinal que « Le mariage de Roland ». Voir note 1, p. 126. Aymery y est un de ces « héros d'*enfances* » fréquents dans les chansons de geste, et inspire ainsi à Hugo une épopée des petits. Le poème retient de sa source la structure dramatique, beaucoup de détails pittoresques, et surtout la tonalité très familière d'une écriture épique qui ne se limite pas au registre noble. « À coup sûr, écrit Jubinal, cette scène est grandiose ; elle a un caractère homérique, et forme un magnifique portail à l'épopée d'Aymery de Narbonne. À part quelques détails peu dignes, appartenant à un art non développé, et qui aujourd'hui nous paraîtrait abaisser la poésie jusqu'à la trivialité, on peut dire que nos romanciers modernes ne procéderaient point autrement. » Ces « détails peu dignes », Hugo les a non seulement repris, mais il en a même inventé d'autres, pour libérer l'épopée du « bon goût », et réinventer un registre épique libre d'allure, au point de jonction sublime de la grandeur et de la petitesse, du « grandiose » et de la « trivialité ». **2.** Voir note 2, p. 48. **3.** La déploration de Charlemagne renvoie à l'épisode central de la première des chansons de geste, *La Chanson de Roland* (voir note 1, p. 126) : la trahison de Ganelon et la défaite de Roland, des douze pairs de France (voir note 5, p. 135) et de leur armée au col de Roncevaux, dans les montagnes basques. Elle achève aussi, dans *La Légende*, le poème précédent, en conférant au destin de Roland, après le dénouement de comédie — le mariage —, un dénouement de tragédie — l'échec et la mort. **4.** Les feuillages des arbres.

Il a lavé sa trompe et son arc aux fontaines ;
10 Et les os des héros blanchissent dans les plaines.

Le bon roi Charle[1] est plein de douleur et d'ennui[2] ;
Son cheval syrien[3] est triste comme lui.
Il pleure ; l'empereur pleure de la souffrance
D'avoir perdu ses preux[4], ses douze pairs de France[5],
15 Ses meilleurs chevaliers qui n'étaient jamais las,
Et son neveu Roland, et la bataille, hélas !
Et surtout de songer, lui, vainqueur des Espagnes,
Qu'on fera des chansons[6] dans toutes ces montagnes
Sur ses guerriers tombés devant des paysans,
20 Et qu'on en parlera plus de quatre cents ans[7] !

Cependant, il chemine ; au bout de trois journées
Il arrive au sommet des hautes Pyrénées.
Là, dans l'espace immense il regarde en rêvant ;
Et sur une montagne, au loin, et bien avant
25 Dans les terres, il voit une ville très forte,
Ceinte de murs avec deux tours à chaque porte.
Elle offre à qui la voit ainsi dans le lointain
Trente maîtresses tours avec des toits d'étain
Et des mâchicoulis de forme sarrasine[8]

---

1. Roi de France (voir note 2, p. 129), et « bon roi », objet d'amour de ses sujets, et du poète du Moyen Âge dont Hugo mime la voix et la perspective. **2.** Sens ancien : chagrin profond. **3.** Voir Présentation, p. 19. **4.** Archaïque : vaillant. **5.** Titre donné aux douze grands vassaux du roi de France qui revendiquaient le droit de n'être jugés que par leurs égaux. **6.** Des chansons de geste, des épopées. **7.** Effectivement, l'épisode de Roncevaux vit la victoire de paysans basques alliés aux Sarrasins contre les troupes des pairs de France, et fut à l'origine d'un des cycles épiques du Moyen Âge les plus importants — dont *La Chanson de Roland*. Hugo semble souligner ici le paradoxe de l'épopée médiévale, qui s'est développée à partir de sa première « chanson », *La Chanson de Roland* (voir note 1, p. 126), sur le souvenir d'une défaite militaire peu glorieuse. **8.** Ces ouvertures des murailles de la ville, pratiquées pour voir l'ennemi et lui lancer des projectiles, ou encore de la poix et de la résine, rappellent par leur forme sarrasine (arabe), comme le cheval syrien de Charlemagne, la perméabilité de cet Orient et de cet Occident qui s'affrontent mais se mêlent aussi : c'est que les Hautes Pyrénées sont un espace de marches (voir note 9, p. 145), de frontières, qui séparent mais aussi

30 Encor tout ruisselants de poix et de résine.
Au centre est un donjon si beau, qu'en vérité,
On ne le peindrait pas dans tout un jour d'été.
Ses créneaux sont scellés de plomb ; chaque embrasure
Cache un archer dont l'œil toujours guette et mesure ;
35 Ses gargouilles[1] font peur ; à son faîte vermeil
Rayonne un diamant gros comme le soleil,
Qu'on ne peut regarder fixement de trois lieues.

Sur la gauche est la mer aux grandes ondes bleues
Qui, jusqu'à cette ville, apporte ses dromons[2].

40 Charle, en voyant ces tours, tressaille sur les monts.

« Mon sage conseiller, Naymes, duc de Bavière[3],
Quelle est cette cité près de cette rivière ?
Qui la tient la peut dire unique sous les cieux.
Or, je suis triste, et c'est le cas d'être joyeux.
45 Oui, dussé-je rester quatorze ans dans ces plaines,
Ô gens de guerre, archers, compagnons[4], capitaines,
Mes enfants ! mes lions[5] ! saint Denis[6] m'est témoin
Que j'aurai cette ville avant d'aller plus loin ! »

---

mettent en relation Francs et Sarrasins, de même que le Moyen Âge est un temps de conflits et de contacts entre eux. À la logique nationaliste qui fonde l'annexion de l'Empire d'Occident par le royaume de France à travers le « bon roi Charle », se superpose une tout autre pensée géopolitique, non plus centrée sur la question de l'identité, mais sur celle de la communication.

1. Déversoir en saillie des eaux de pluie recueillies dans les gouttières, souvent sculpté en monstres dans les édifices médiévaux. **2.** Hugo dans le manuscrit note le sens de ce mot qu'il a rencontré dans Jubinal : « navires ». **3.** Le texte de Jubinal parle du « duc Naymes, [...] sage conseiller » de Charlemagne et roi de Bavière. Un des héros de *Girart de Vienne*. **4.** Gens de guerre rassemblés en une compagnie. **5.** Dans la série des personnages de *La Légende*, les chevaliers sont des avatars des lions, dans la progressive humanisation de l'Histoire. **6.** L'invocation au premier évêque de Paris (IIIe siècle) se trouve dans Jubinal. Saint Denis, le patron de la dynastie capétienne, est associé à la basilique qui porte son nom et qui renferma jusqu'à la Révolution la sépulture des rois de France.

Le vieux Naymes frissonne à ce qu'il vient d'entendre.

50 « Alors, achetez-la, car nul ne peut la prendre.
Elle a pour se défendre, outre ses béarnais,
Vingt mille turcs ayant chacun double harnais[1].
Quant à nous, autrefois, c'est vrai, nous triomphâmes ;
Mais, aujourd'hui, vos preux[2] ne valent pas des
[femmes,
55 Ils sont tous harassés et du gîte envieux,
Et je suis le moins las, moi qui suis le plus vieux.
Sire, je parle franc et je ne farde guère.
D'ailleurs, nous n'avons point de machines de
[guerre[3] ;
Les chevaux sont rendus[4], les gens rassasiés ;
60 Je trouve qu'il est temps que vous vous reposiez,
Et je dis qu'il faut être aussi fou que vous l'êtes
Pour attaquer ces tours avec des arbalètes[5]. »

L'empereur répondit au duc avec bonté :
« Duc, tu ne m'as pas dit le nom de la cité ?

65 — On peut bien oublier quelque chose à mon âge.
Mais, sire, ayez pitié de votre baronnage[6] ;
Nous voulons nos foyers, nos logis, nos amours.
C'est ne jouir jamais que conquérir toujours.
Nous venons d'attaquer bien des provinces, sire,
70 Et nous en avons pris de quoi doubler l'empire.
Ces assiégés riraient de vous du haut des tours.
Ils ont, pour recevoir sûrement des secours
Si quelque insensé vient heurter leurs citadelles,
Trois souterrains creusés par les turcs[7] infidèles,

---

1. Harnais au sens ancien d'ensemble de l'armure de l'homme ou du cheval. Le « double harnais » est une erreur de la traduction de Jubinal reprise par Hugo. Les « turcs » sont un anachronisme que le poète ajoute à sa source. **2.** Voir note 4, p. 135. **3.** Anciennement : armes complexes d'attaque ou de défense. **4.** Épuisés. **5.** Sorte d'arc à ressort. **6.** Ensemble des barons. Voir note 1, p. 127. **7.** Voir note 1.

75 Et qui vont, le premier, dans le val de Bastan[1],
Le second, à Bordeaux, le dernier, chez Satan[2]. »

L'empereur, souriant, reprit d'un air tranquille :
« Duc, tu ne m'as pas dit le nom de cette ville ?

— C'est Narbonne.

— Narbonne est belle, dit le roi,
80 Et je l'aurai ; je n'ai jamais vu, sur ma foi,
Ces belles filles-là sans leur rire au passage,
Et me piquer un peu les doigts à leur corsage[3]. »

Alors, voyant passer un comte de haut lieu[4],
Et qu'on appelait Dreus de Montdidier[5] : « Pardieu !
85 Comte, ce bon duc Nayme expire de vieillesse !
Mais vous, ami, prenez Narbonne, et je vous laisse
Tout le pays d'ici jusques à Montpellier ;
Car vous êtes le fils d'un gentil[6] chevalier ;
Votre oncle, que j'estime, était abbé de Chelles[7] ;
90 Vous même êtes vaillant ; donc, beau sire, aux échelles !
L'assaut !

— Sire empereur, répondit Montdidier,
Je ne suis désormais bon qu'à congédier ;
J'ai trop porté haubert[8], maillot[9], casque et salade[10] ;

---

1. Val proche de Roncevaux, séjour réputé de sorciers et de monstres maudits. **2.** Le caractère satanique des Sarrasins est bien dans l'esprit de la geste de Charlemagne, mais s'accorde aussi à celui de *La Légende des siècles*, dans le lien qui l'unit à *La Fin de Satan*. **3.** Ce registre galant est absent de la source du poème. Le pouvoir royal est presque systématiquement lié chez Hugo au libertinage, ici léger, le plus souvent sadien. **4.** De grande naissance. **5.** Personnage présent dans Jubinal. **6.** Noble et vaillant. **7.** Détail ajouté par Hugo. L'abbaye de Chelles était jusqu'à la Révolution une abbaye de femmes en concurrence avec l'abbaye de Saint-Denis. **8.** Voir note 3, p. 128. **9.** Montdidier parle de sa cotte de mailles, mais Hugo donne à celle-ci un nom qui désigne anciennement les langes du nourrisson et, depuis 1820, le vêtement souple et moulant que portent acrobates et danseurs. **10.** Coiffure des arbalétriers en France au XIIIe siècle. Souligné à la rime, le mot accentue le registre grotesque du discours.

J'ai besoin de mon lit, car je suis fort malade ;
95 J'ai la fièvre ; un ulcère aux jambes m'est venu ;
Et voilà plus d'un an que je n'ai couché nu.
Gardez tout ce pays, car je n'en ai que faire. »

L'empereur ne montra ni trouble ni colère.
Il chercha du regard Hugo de Cotentin[1].
100 Ce seigneur était brave et comte palatin[2].

« Hugues, dit-il, je suis aise de vous apprendre
Que Narbonne est à vous ; vous n'avez qu'à la
[prendre. »

Hugo de Cotentin salua l'empereur.

« Sire, c'est un manant[3] heureux qu'un laboureur !
105 Le drôle[4] gratte un peu la terre brune ou rouge,
Et, quand sa tâche est faite, il rentre dans son bouge[5].
Moi, j'ai vaincu Tryphon[6], Thessalus[7], Gaïffer[8] ;
Par le chaud, par le froid, je suis vêtu de fer ;
Au point du jour, j'entends le clairon pour antienne[9] ;
110 Je n'ai plus à ma selle une boucle qui tienne ;

---

1. D'abord « Hugues » sur le manuscrit (« Hue » dans Jubinal, « Hoel » dans la *Chanson d'Aimeri*), « Hugo » – de même que le Hugo Tête-d'Aigle de V, 2 (voir note 1, p. 214), ou l'Ugo de VII, 1 (voir p. 304 et la note 6) – fonctionne comme une signature de l'auteur, inscrit dans l'Histoire racontée. Ce n'est peut-être pas un hasard si ce « Hugo » est le prénom choisi pour le chevalier « de Cotentin » : de terre chouanne, comme la mère du poète. **2.** Les comtes palatins d'Allemagne sont institués par l'empereur. **3.** Roturier assujetti à la justice d'un seigneur ; dans la langue classique : paysan (péjoratif). **4.** Coquin, qui suscite amusement, défiance et mépris. **5.** Logement étroit et misérable. **6.** Dans *Les Misérables* II, 2, 2, « Tryphon » sera « un mauvais moine normand, un peu sorcier ». **7.** Moréri cite deux médecins de ce nom, qui a dû plaire à Hugo en raison de sa ressemblance avec la « Thessalie », région grecque dominée par les monts de l'Olympe. **8.** Duc d'Aquitaine du VIIIe siècle vaincu par Pépin, qui réapparaît en V, 1. Un poème écrit pour IV (voir note 1, p. 117), mais finalement publié dans la *Nouvelle Série* (XV, 1), est consacré à cet avatar de Caïn. **9.** Refrain repris par le chœur dans les psaumes, et, au figuré, chose ressassée.

Voilà longtemps que j'ai pour unique destin
De m'endormir fort tard pour m'éveiller matin,
De recevoir des coups pour vous et pour les vôtres[1].
Je suis très fatigué. Donnez Narbonne à d'autres. »

115 Le roi laissa tomber sa tête sur son sein.
Chacun songeait, poussant du coude son voisin.
Pourtant Charle, appelant Richer de Normandie[2] :
« Vous êtes grand seigneur et de race[3] hardie,
Duc ; ne voudrez-vous pas prendre Narbonne un peu ?

120 — Empereur, je suis duc par la grâce de Dieu.
Ces aventures-là vont aux gens de fortune[4].
Quand on a ma duché[5], roi Charle, on n'en veut
[qu'une. »

L'empereur se tourna vers le comte de Gand[6] :

« Tu mis jadis à bas Maugiron le brigand[7].
125 Le jour où tu naquis sur la plage marine,
L'audace avec le souffle entra dans ta poitrine :

---

1. Cet « Hugo » donne ici une étrange et très grotesque définition de l'action guerrière. **2.** Moréri dans sa généalogie des ducs de Normandie évoque Richard Ier, mort à la fin du xe siècle ; « Richer » fait plus archaïque. **3.** Famille, considérée dans la succession des générations et la transmission d'un même « sang ». Ne s'emploie que pour les grandes familles. **4.** Aventuriers. **5.** Seigneurie attachée au titre de duc. Le féminin est un archaïsme précieux, pour « faire Moyen Âge ». **6.** Le comte de cette ville de Flandre est un homme très puissant, tant la Flandre fait figure de terre d'abondance. Ce Gantois est absent de l'ensemble du cycle carolingien. Hugo a sans doute ajouté ce personnage pour inscrire dans le « cycle héroïque » un discours hédoniste et grotesque, les Flamands, comme leur ambassadeur Coppenole dans *Notre-Dame de Paris*, étant réputés pour leurs appétits matériels — joies du ventre, du sexe et de la bourse — et pour l'esprit carnavalesque de leurs kermesses. **7.** Personnage de fantaisie, dont le nom sonne comme un nom médiéval (mauvais giron), et qui rappelle l'importance des conflits entre seigneurs et brigands au Moyen Âge (tel que se le figurent beaucoup de romantiques). Hugo avait d'abord écrit : « Tu fis jadis la guerre à Canut le brigand. »

Bavon[1], ta mère était de fort bonne maison ;
Jamais on ne t'a fait choir que par trahison ;
Ton âme après la chute était encor meilleure.
130 Je me rappellerai jusqu'à ma dernière heure
L'air joyeux qui parut dans ton œil hasardeux,
Un jour que nous étions en marche seuls tous deux,
Et que nous entendions dans les plaines voisines
Le cliquetis confus des lances sarrasines.
Le péril fut toujours de toi bien accueilli,
Comte ; eh bien, prends Narbonne, et je t'en fais bailli[2].

— Sire, dit le Gantois, je voudrais être en Flandre.
J'ai faim, mes gens ont faim ; nous venons
[d'entreprendre
Une guerre à travers un pays endiablé[3] ;
140 Nous y mangions, au lieu de farine de blé,
Des rats et des souris, et, pour toutes ribotes[4],
Nous avons dévoré beaucoup de vieilles bottes.
Et puis votre soleil d'Espagne m'a hâlé
Tellement, que je suis tout noir et tout brûlé ;
145 Et, quand je reviendrai de ce ciel insalubre
Dans ma ville de Gand avec ce front lugubre,
Ma femme, qui déjà peut-être a quelque amant,
Me prendra pour un maure et non pour un flamand[5] !
J'ai hâte d'aller voir là-bas ce qui se passe.
150 Quand vous me donneriez, pour prendre cette place,
Tout l'or de Salomon et tout l'or de Pépin[6],
Non ! je m'en vais en Flandre, où l'on mange du pain.

---

1. Saint flamand. Saint-Bavon est le nom de la cathédrale de Gand. Ce nom a évidemment quelque chose de grotesque à l'oreille. **2.** Officier qui rendait la justice pour un seigneur ou un roi. Au Normand, Charlemagne propose de prendre la ville ; au Gantois, d'être le maître de ses institutions juridiques. **3.** Pays possédé par le diable, mais aussi pays dont le peuple est d'une vivacité extrême. **4.** Vieilli ou par plaisanterie : excès de table et de boisson. **5.** La grivoiserie du Gantois accentue le caractère grotesque de son discours. **6.** Le trésor du roi Salomon, l'édificateur du temple de Jérusalem, est légendaire. L'or de Pépin (715-768) est une fiction pour la symétrie, qui suggère l'égalité entre le grand roi biblique et le premier des Carolingiens.

— Ces bons flamands, dit Charle, il faut que cela
[mange[1] ! »
Il reprit :

« Ça, je suis stupide. Il est étrange
155 Que je cherche un preneur de ville, ayant ici
Mon vieil oiseau de proie, Eustache de Nancy[2].
Eustache, à moi ! Tu vois, cette Narbonne est rude ;
Elle a trente châteaux, trois fossés, et l'air prude ;
À chaque porte un camp, et, pardieu ! j'oubliais,
160 Là-bas, six grosses tours en pierre de liais[3].
Ces douves-là[4] nous font parfois si grise mine
Qu'il faut recommencer à l'heure où l'on termine
Et que, la ville prise, on échoue au donjon.
Mais qu'importe ! es-tu pas[5] le grand aigle ?

— Un pigeon,
165 Un moineau, dit Eustache, un pinson dans la haie !
Roi, je me sauve au nid. Mes gens veulent leur paye ;
Or, je n'ai pas le sou ; sur ce, pas un garçon[6]
Qui me fasse crédit d'un coup d'estramaçon[7] ;
Leurs yeux me donneront à peine une étincelle
170 Par sequin[8] qu'ils verront sortir de l'escarcelle[9].
Tas de gueux ! Quant à moi, je suis très ennuyé ;
Mon vieux poing tout sanglant n'est jamais essuyé ;
Je suis moulu[10]. Car, sire, on s'échine à la guerre ;
On arrive à haïr ce qu'on aimait naguère,

---

1. Le registre de la première adresse de Charlemagne au comte de Gand est épique ; celui de la seconde est « trivial ». **2.** Personnage absent de la *Chanson d'Aimeri* et de Jubinal. Avec lui Hugo introduit la Lorraine, terre d'origine de son père, qui fit lui aussi la guerre en Espagne. Voir notes 8, p. 145 et 2, p. 449. **3.** Pierre calcaire très dure. **4.** Fossé rempli d'eau autour d'un château. **5.** Syntaxe archaïque de tonalité familière. **6.** En ancien français : soldat. **7.** Longue et lourde épée à deux tranchants. **8.** Ancienne monnaie d'or de Venise en cours en Italie et dans le Levant à la fin du Moyen Âge. L'anachronisme permet d'accentuer l'ouverture de l'espace impérial. **9.** Grande bourse qu'on portait suspendue à la ceinture. **10.** Expression familière et comique de la fatigue.

175 Le danger qu'on voyait tout rose, on le voit noir ;
On s'use, on se disloque, on finit par avoir
La goutte aux reins, l'entorse aux pieds, aux mains
[l'ampoule,
Si bien, qu'étant parti vautour, on revient poule.
Je désire un bonnet de nuit. Foin du cimier[1] !
180 J'ai tant de gloire, ô roi, que j'aspire au fumier[2]. »

Le bon cheval du roi frappait du pied la terre
Comme s'il comprenait ; sur le mont solitaire
Les nuages passaient. Gérard de Roussillon[3]
Était à quelques pas avec son bataillon ;
Charlemagne en riant[4] vint à lui.

185 « Vaillant homme,
Vous êtes dur et fort comme un Romain de Rome[5] ;
Vous empoignez le pieu sans regarder aux clous ;
Gentilhomme de bien, cette ville est à vous ! »

Gérard de Roussillon regarda d'un air sombre
190 Son vieux gilet de fer rouillé, le petit nombre
De ses soldats marchant tristement devant eux,
Sa bannière trouée et son cheval boiteux.

« Tu rêves, dit le roi, comme un clerc en Sorbonne[6].

---

1. Voir note 7, p. 128. **2.** Toute la réponse d'Eustache a été rajoutée d'un seul tenant en 1859. Elle reprend des *Châtiments* une partie de leur bestiaire carnavalesque, ainsi que la pratique volontairement triviale du jeu de mots (« foin » est une interjection qui marque le mépris et le dégoût, mais le « foin » peut entrer — avec les déjections animales — dans la composition du fumier). **3.** Les détails attachés à ce personnage sont très exactement empruntés au texte de Jubinal. Après avoir été occupé par les Sarrasins, le Roussillon est constitué par Charlemagne en marche d'Espagne (voir note 9, p. 145), pour endiguer les musulmans : Gérard de Roussillon aurait tout intérêt à prendre Narbonne. **4.** Dans le texte de Jubinal, Charlemagne éclate en sanglots à la réponse de Hue de Cotentin avant de se tourner vers Gérard de Roussillon. **5.** Citoyen de Rome, et non seulement sujet de l'Empire romain. **6.** Étudiant de la Sorbonne (université fondée en 1257). L'anachronisme est de Hugo.

Faut-il donc tant songer pour accepter Narbonne ?

195 — Roi, dit Gérard, merci, j'ai des terres ailleurs. »

Voilà comme parlaient tous ces fiers batailleurs
Pendant que les torrents mugissaient sous les chênes.

L'empereur fit le tour de tous ses capitaines ;
Il appela les plus hardis, les plus fougueux,
200 Eudes, roi de Bourgogne, Albert de Périgueux[1],
Samo, que la légende aujourd'hui divinise[2],
Garin, qui, se trouvant un beau jour à Venise,
Emporta sur son dos le lion de Saint-Marc[3],
Ernaut de Beauléande, Ogier de Danemark[4],
205 Roger[5] enfin, grande âme au péril toujours prête.

Ils refusèrent tous.

Alors, levant la tête,
Se dressant tout debout sur ses grands étriers,
Tirant sa large épée aux éclairs meurtriers,

---

1. Eudes, *duc* de Bourgogne, est dans le texte de Jubinal, non Albert de Périgueux. **2.** *Le Rhin* (XIV) évoque, aux côtés d'un Thassilo, un Samo, roi des Vendes. Dans « Promontorium somnii » (*Proses philosophiques de 1860-1865*), il figure entre la dame blanche et le moine bourru, et illustre ces êtres légendaires en qui « l'histoire ne se superpose qu'en se déformant ». La légende qui le divinise est une légende « d'aujourd'hui », embrayeur qui inscrit nettement la narration dans le Moyen Âge des chansons de geste, et rappelle que ce poème est une réécriture d'une épopée médiévale, sa « traduction » (voir Préface p. 48 et note 1, p. 126). Le merveilleux épique est ainsi assumé par un poète du Moyen Âge, non par l'écrivain du XIXe siècle. **3.** Nouvelle inscription d'une légende médiévale. Saint Marc, dont l'emblème est le lion, est le patron de Venise. **4.** Ces deux personnages se trouvent dans le texte de Jubinal. Leurs noms emplissent à eux seuls l'alexandrin de leurs sonorités étranges, et allongent la liste épique des « plus hardis ». *La Chevalerie Ogier de Danemarche* célèbre la révolte de ce héros solitaire contre Charlemagne, avec qui cependant il finit par se réconcilier. **5.** Ce personnage, absent de Jubinal, est en fait le seul (avec Roland et Olivier) à résonner sûrement avec la culture du lecteur de 1859, qui le connaît à travers le *Roland furieux* de l'Arioste.

Avec un âpre accent plein de sourdes huées[1],
210 Pâle, effrayant, pareil à l'aigle des nuées,
Terrassant du regard son camp épouvanté,
L'invincible empereur s'écria : « Lâcheté !
Ô comtes palatins[2] tombés dans ces vallées,
Ô géants qu'on voyait debout dans les mêlées,
215 Devant qui Satan même aurait crié merci[3],
Olivier et Roland, que n'êtes-vous ici[4] !
Si vous étiez vivants, vous prendriez Narbonne,
Paladins[5] ! vous, du moins, votre épée était bonne,
Votre cœur était haut, vous ne marchandiez pas !
220 Vous alliez en avant sans compter tous vos pas !
Ô compagnons couchés dans la tombe profonde,
Si vous étiez vivants, nous prendrions le monde !
Grand Dieu ! que voulez-vous que je fasse à présent[6] ?
Mes yeux cherchent en vain un brave au cœur puissant,
225 Et vont, tout effrayés de nos immenses tâches,
De ceux-là qui sont morts à ceux-ci qui sont lâches !
Je ne sais point comment on porte des affronts !
Je les jette à mes pieds, je n'en veux pas ! — Barons[7],
Vous qui m'avez suivi jusqu'à cette montagne,
230 Normands, Lorrains[8], marquis des marches[9]
[d'Allemagne,
Poitevins, Bourguignons, gens du pays Pisan[10],

---

1. Cris de réprobation poussés par un groupe. **2.** Voir note 2, p. 139. **3.** Crier pitié. **4.** Le vers est une reprise textuelle de Jubinal. L'évocation d'Olivier et de Roland accentue leur agrandissement épique par rapport au poème précédent. Hugo suggère ainsi comment l'idéalisation épique est un processus rétroactif. **5.** Chevaliers errants du Moyen Âge en quête d'actions glorieuses et généreuses. La section suivante chantera la défense des faibles par les paladins. **6.** L'interrogation, d'une platitude prosaïque voulue, contamine rétroactivement le vocatif initial, qui hésite entre l'invocation solennelle et le juron familier. **7.** Voir note 1, p. 127. **8.** La Lorraine n'existe pas encore du temps de Charlemagne. L'anachronisme est dans la *Chanson d'Aimeri*. Voir note 2, p. 142. **9.** Province frontière d'un État. **10.** De Pise, ville de Toscane.

Bretons, Picards, Flamands, Français[1], allez-vous-en !
Guerriers, allez-vous-en d'auprès de ma personne,
Des camps où l'on entend mon noir clairon[2] qui
[sonne,
235 Rentrez dans vos logis, allez-vous-en chez vous,
Allez-vous-en d'ici, car je vous chasse tous !
Je ne veux plus de vous ! Retournez chez vos femmes !
Allez vivre cachés, prudents, contents, infâmes !
C'est ainsi qu'on arrive à l'âge d'un aïeul.
240 Pour moi, j'assiégerai Narbonne à moi tout seul.
Je reste ici, rempli de joie et d'espérance !
Et, quand vous serez tous dans notre douce France[3],
Ô vainqueurs des Saxons et des Aragonais[4] !
Quand vous vous chaufferez les pieds à vos chenets,
245 Tournant le dos aux jours de guerres et d'alarmes,
Si l'on vous dit, songeant à tous vos grands faits d'armes
Qui remplirent longtemps la terre de terreur :
« Mais où donc avez-vous quitté votre empereur ? »
Vous répondrez, baissant les yeux vers la muraille :
250 « Nous nous sommes enfuis le jour d'une bataille,
Si vite et si tremblants et d'un pas si pressé
Que nous ne savons plus où nous l'avons laissé ! »

Ainsi Charles de France appelé Charlemagne,

---

1. Les Français sont le dernier peuple dans la liste du Charlemagne de Hugo, parce que leur territoire, l'Île-de-France, est la matrice de la France à venir, mais aussi parce que cette France à venir intégrera, au moins en partie, Normands, Lorrains, Alsaciens, Poitevins, Bourguignons, Picards et Flamands. Les « gens du pays Pisan » sont donc des intrus dans cette liste ; ils soulignent l'éclatement des territoires féodaux, et le fait que dans la bouche même du « roi de France » la France n'est pas encore. **2.** L'instrument de la musique guerrière, épique, est « noir » : funèbre. **3.** Épithète formulaire (voir note 2, p. 48) présente dans le texte de Jubinal. **4.** La « douce France » s'étend vers la Germanie et vers le nord-est de l'Espagne. Charlemagne a soumis les Saxons.

Exarque de Ravenne, empereur d'Allemagne[1],
255 Parlait dans la montagne avec sa grande voix ;
Et les pâtres lointains, épars au fond des bois,
Croyaient en l'entendant que c'était le tonnerre[2].

Les barons[3] consternés fixaient leurs yeux à terre[4].
Soudain, comme chacun demeurait interdit,
260 Un jeune homme bien fait sortit des rangs, et dit :

« Que monsieur saint Denis[5] garde le roi de France ! »
L'empereur fut surpris de ce ton d'assurance.

Il regarda celui qui s'avançait, et vit,
Comme le roi Saül lorsque apparut David[6],
265 Une espèce d'enfant au teint rose, aux mains blanches,
Que d'abord les soudards[7] dont l'estoc[8] bat les hanches
Prirent pour une fille habillée en garçon,
Doux, frêle, confiant, serein, sans écusson[9]
Et sans panache[10], ayant, sous ses habits de serge[11],

1. Avant d'être empereur d'Allemagne, Charlemagne est essentiellement « roi de France » (voir note 2, p. 129), et vice-roi de la partie de l'Italie soumise jusqu'à Pépin le Bref à l'Empire d'Orient, au centre de laquelle est Ravenne. Charlemagne dans l'Histoire la dépouilla au profit d'Aix-la-Chapelle. **2.** Hugo paraphrase en le démythifiant un commentaire de Jubinal précédant sa traduction : « Charlemagne est une espèce de Jupiter tonnant qui se dresse au sommet de l'Olympe. » **3.** Voir note 1, p. 127. **4.** Dans le texte de Jubinal, ils poussent une grande lamentation et se regardent fixement. **5.** Au Moyen Âge, « monsieur » est un titre réservé aux très hauts personnages. Sous la plume de Hugo, c'est un trait de naïveté vaguement médiéval. Sur saint Denis, voir note 6, p. 136. **6.** Sur David, voir note 3, p. 83. Saül est le premier roi d'Israël. La fin de son règne fut mélancolique, Saül prenant ombrage de la montée en puissance du jeune David, qui lui succédera. Se superpose aussi ici l'image du petit David vainqueur du géant Goliath. La comparaison fait d'Aymery une figure de l'avenir, et de la puissance des petits. **7.** Anciennement : mercenaire (voir note 1, p. 421), puis homme de guerre brutal et grossier. **8.** Voir note 5, p. 128. **9.** Bouclier orné des armoiries d'un guerrier noble. **10.** Voir note 1, p. 131. **11.** Tissu à côtes obliques.

270 L'air grave d'un gendarme[1] et l'air froid d'une vierge.

« Toi, que veux-tu, dit Charle, et qu'est-ce qui t'émeut ?

— Je viens vous demander ce dont pas un ne veut :
L'honneur d'être, ô mon roi, si Dieu ne m'abandonne,
L'homme dont on dira : « C'est lui qui prit Narbonne. »

275 L'enfant parlait ainsi d'un air de loyauté,
Regardant tout le monde avec simplicité.

Le Gantois, dont le front se relevait très vite,
Se mit à rire et dit aux reîtres[2] de sa suite :
« Hé ! c'est Aymerillot, le petit compagnon[3] !
280 — Aymerillot, reprit le roi, dis-nous ton nom.

— Aymery[4]. Je suis pauvre autant qu'un pauvre [moine ;
J'ai vingt ans, je n'ai point de paille et point d'avoine,
Je sais lire en latin, et je suis bachelier[5].
Voilà tout, sire. Il plut au sort de m'oublier
285 Lorsqu'il distribua les fiefs héréditaires[6].

---

1. Au sens ancien d'homme de guerre à cheval ayant sous ses ordres un certain nombre de cavaliers se superpose sans doute pour le lecteur de 1859 le sens moderne d'agent militaire du maintien de l'ordre : avec le sens, c'est la distance historique qui flotte ici. **2.** Homme de guerre brutal, mais aussi, à l'origine, guerrier allemand. **3.** Voir note 4, p. 136. **4.** Le jeu sur le prénom et son diminutif éclaire le titre et l'enjeu principal du poème, « petite épopée » et épopée du petit. **5.** Hugo ne semble pas avoir compris le sens du mot « bachelier » (jeune gentilhomme au service d'un chevalier), ce qui explique qu'il fasse dire à Aymerillot qu'il sait lire en latin (le sens de titulaire du premier grade d'un cursus universitaire est plus tardif). **6.** Voir note 2 p. 131. Aymerillot, dont l'héritage est dérisoire, apparaît comme une sorte de self-made-man, contrastant avec les hommes de guerre précédents, tous héritiers d'une lignée. Il introduit ainsi, en pleine féodalité, un principe de rupture de la transmission. Son héroïsme fait que le présent n'est plus seulement la confirmation du passé, le résultat de sa transmission.

Deux liards[1] couvriraient fort bien toutes mes terres,
Mais tout le grand ciel bleu n'emplirait pas mon cœur.
J'entrerai dans Narbonne et je serai vainqueur.
Après, je châtierai les railleurs, s'il en reste[2]. »

290 Charles, plus rayonnant que l'archange céleste,
S'écria :

« Tu seras, pour ce propos hautain,
Aymery de Narbonne et comte palatin[3],
Et l'on te parlera d'une façon civile.
Va, fils[4] ! »

Le lendemain Aymery prit la ville[5].

---

1. Petite monnaie qui n'apparaît qu'au XVe siècle. C'est le nom chez Hugo de l'argent du petit peuple. L'épopée se démocratise. **2.** Interruption du processus de « carnavalisation » de l'épique, de renversement du grandiose en grotesque par le héros, mais à partir d'un autre renversement, positif, de l'épopée des grands en épopée du petit. **3.** Voir note 2, p. 139. **4.** L'adoption est un motif récurrent dans l'œuvre de Hugo. En la personne d'Aymerillot, Charlemagne trouve mieux qu'un remplaçant de son *neveu* Roland. **5.** Le dénouement elliptique fait de l'action victorieuse une sorte de résultat de la parole de Charlemagne — « Va, fils ! ». Se rapprochant de la forme dramatique, l'épopée d'« Aymerillot » est moins une épopée de l'action que de la parole.

IV

BIVAR[1]

Bivar était, au fond d'un bois sombre, un manoir[2]
Carré, flanqué de tours, fort vieux, et d'aspect noir.
La cour était petite et la porte était laide
Quand le scheik Jabias, depuis roi de Tolède[3],
5 Vint visiter le Cid au retour de Cintra[4].
Dans l'étroit patio[5] le prince maure entra ;
Un homme, qui tenait à la main une étrille[6],
Pansait une jument attachée à la grille ;
Cet homme, dont le scheik ne voyait que le dos,
10 Venait de déposer à terre des fardeaux,
Un sac d'avoine, une auge, un harnais, une selle ;

---

1. Château de don Diègue et de son fils, Rodrigue Ruy Diaz de Bivar, dit le Cid (XIe siècle). Héros mi-historique mi-légendaire de la Reconquête de l'Espagne contre les Maures, il est l'objet de deux autres poèmes de 1856-1859 de *La Légende*, publiés en 1877 : « Le Romancero du Cid » et « Le Cid exilé », qui exaltent aussi l'indépendance du chevalier face au roi. Écrit en 1876, « Quand le Cid fut entré dans le Généralife » entrera dans la *Dernière Série*. C'est à Bivar que le Cid se retire lors de son exil. L'admiration de Hugo pour Corneille, mais aussi le souvenir du temps où son frère Abel traduisait des fragments du *Romancero general* expliquent en grande partie la fascination qu'exerce sur lui ce héros espagnol. Dans « Romance mauresque » (*Les Orientales*), la perspective adoptée pour dire la grandeur d'un autre Rodrigue, Rodrigue de Lara, était déjà celle d'un Maure. **2.** Petit château ancien à la campagne. **3.** Le nom de ce cheikh (voir note 1, p. 105) est une variation poétique de Hugo, à partir d'une liste de noms propres établie pour les poèmes consacrés à l'Espagne. Tolède sera prise par le Cid. **4.** Le premier jet était syntaxiquement plus clair : « le Cid revenu de Cintra », après sa reconquête (provisoire). **5.** Mot espagnol, d'introduction récente dans la langue française : jardin intérieur à ciel ouvert. **6.** Brosse de fer utilisée pour panser les chevaux.

La bannière arborée au donjon était celle
De don Diègue, ce père étant encor vivant ;
L'homme, sans voir le scheik, frottant, brossant, lavant,
15 Travaillait, tête nue et bras nus, et sa veste
Était d'un cuir farouche et d'une mode agreste[1] ;
Le scheik, sans ébaucher même un *buenos dias*[2],
Dit : « Manant[3], je viens voir le seigneur Ruy Diaz,
Le grand campéador[4] des Castilles. » Et l'homme,
Se retournant, lui dit : « C'est moi.

20 — Quoi ! vous qu'on nomme
Le héros, le vaillant, le seigneur des pavois[5],
S'écria Jabias, c'est vous qu'ainsi je vois !
Quoi ! c'est vous qui n'avez qu'à vous mettre en [campagne
Et qu'à dire : « Partons ! » pour donner à l'Espagne,
25 D'Avis à Gibraltar, d'Algarve à Cadafal[6],
Ô grand Cid, le frisson du clairon triomphal,
Et pour faire accourir au-dessus de vos tentes,
Ailes au vent, l'essaim des victoires chantantes[7] !
Lorsque je vous ai vu, seigneur, moi prisonnier,
30 Vous vainqueur, au palais du roi, l'été dernier,
Vous aviez l'air royal du conquérant de l'Èbre[8] ;
Vous teniez à la main la Tizona célèbre[9] ;
Votre magnificence emplissait cette cour,

---

1. Rustique. **2.** Ce *bonjour* en espagnol est une licence à la date de 1859, qui participe à la couleur locale du poème. **3.** Voir note 3, p. 139. **4.** Autre surnom de Rodrigue, « l'excellent ». **5.** Grand bouclier long. Les Francs avaient pour usage de faire monter sur un bouclier le nouveau roi. D'où les expressions comme *hisser quelqu'un sur le pavois*. **6.** Hugo associe deux toponymes célèbres, Gibraltar et Algarve, respectivement à l'extrême sud de l'Espagne et du Portugal, à deux toponymes obscurs, mais assonants de manière éclatante. Le vers suggère que l'ensemble de la péninsule Ibérique a été reconquis. **7.** Les chants épiques sont encore une fois l'ailleurs de la « petite épopée ». **8.** Fleuve du nord de l'Espagne. **9.** Voir note 8, p. 128. Une des deux épées du Cid, prise au roi maure à Valence. Hugo mêle les exploits du Cid, sans souci de la chronologie.

Comme il sied quand on est celui d'où vient le jour[1] ;
35 Cid, vous étiez vraiment un Bivar très-superbe ;
On eût dans un brasier cueilli des touffes d'herbe,
Seigneur, plus aisément, certes, qu'on n'eût trouvé
Quelqu'un qui devant vous prît le haut du pavé[2] ;
Plus d'un richomme[3] avait pour orgueil d'être membre
40 De votre servidumbre[4] et de votre antichambre[5] ;
Le Cid dans sa grandeur allait, venait, parlait,
La faisant boire à tous, comme aux enfants le lait[6] ;
D'altiers[7] ducs, tout enflés de faste[8] et de tempête,
Qui, depuis qu'ils avaient le chapeau sur la tête[9],
45 D'aucun homme vivant ne s'étaient souciés,
Se levaient, sans savoir pourquoi, quand vous passiez ;
Vous vous faisiez servir par tous les gentilshommes ;
Le Cid comme une altesse avait ses majordomes[10] ;
Lerme était votre archer[11] ; Gusman, votre frondeur[12] ;
50 Vos habits étaient faits avec de la splendeur[13] ;
Vous si bon, vous aviez la pompe de l'armure ;

---

1. L'alliance du concret et de l'abstrait et les hyperboles rappellent vaguement la poésie de Gongora : « font espagnol » pour le lecteur de 1859. **2.** La partie de la rue revêtue de pavés, et protégeant le piéton des eaux d'écoulement du milieu : Hugo réactive le sens littéral et concret de l'expression « tenir le haut du pavé » (être du premier rang). **3.** *Ricos hombres*, grands seigneurs féodaux d'Espagne, ayant conquis eux-mêmes leur domaine sur les Maures, et indépendants du roi dans une très large mesure. **4.** Mot espagnol désignant l'ensemble des personnes, même gentilshommes, appartenant à la maison d'un roi ou d'un prince. **5.** Pièce attenante à une salle de réception, et où attendent serviteurs et solliciteurs. **6.** Voir note 1. **7.** Qui marque de la hauteur, de l'orgueil. **8.** Déploiement de pompe et de magnificence. Voir note 1. **9.** Privilège des grands d'Espagne, des *ricos hombres*. **10.** Chef du service intérieur de la maison d'un souverain. **11.** Soldat armé de l'arc. Lerme est peut-être une allusion anachronique au duc de Lerma, maître de l'Espagne de 1598 à 1618, et qui provoqua une catastrophe économique en expulsant d'Espagne les derniers Morisques. Plus sûrement, le nom est compris par le lecteur de 1859 comme un nom illustre pour le cheikh et le Cid, mais aujourd'hui oublié. **12.** Soldat armé d'une fronde. Le nom *Gusman* fonctionne comme le nom *Lerme*. **13.** Voir note 1.

Votre miel semblait or comme l'orange mûre[1].
Sans cesse autour de vous vingt coureurs étaient prêts.
Nul n'était au-dessus du Cid, et nul auprès.
55 Personne, eût-il été de la royale estrade[2],
Prince, infant, n'eût osé vous dire : Camarade[3] !
Vous éclatiez, avec des rayons jusqu'aux cieux,
Dans une préséance éblouissante aux yeux ;
Vous marchiez entouré d'un ordre de bataille ;
60 Aucun sommet n'était trop haut pour votre taille,
Et vous étiez un fils d'une telle fierté
Que les aigles volaient tous de votre côté.
Vous regardiez ainsi que néants et fumées
Tout ce qui n'était pas commandement d'armées,
65 Et vous ne consentiez qu'au nom de général ;
Cid était le baron[4] suprême et magistral[5] ;
Vous dominiez tout, grand, sans chef, sans joug, sans
[digue[6],
Absolu, lance au poing, panache[7] au front. »

Rodrigue[8]
Répondit : « Je n'étais alors que chez le roi. »

70 Et le scheik s'écria : « Mais, Cid, aujourd'hui, quoi,
Que s'est-il donc passé ? quel est cet équipage[9] ?
J'arrive, et je vous trouve en veste, comme un page[10],
Dehors, bras nus, nu-tête, et si petit garçon[11]
Que vous avez en main l'auge et le caveçon[12] !

---

1. L'éloge du cheikh fait ici davantage entendre la poésie orientale, telle que la décrit, par exemple, la note manuscrite de « Nourmahal-la-rousse » dans *Les Orientales*. **2.** De ceux qui ont le privilège de monter sur l'estrade qui élève le trône royal. **3.** Compagnon de chambrée, familier ; mot d'origine espagnole, comme « estrade ». **4.** Voir note 1, p. 127. **5.** Souverain. **6.** Sans barrière pour le retenir, comme une digue retient les eaux. **7.** Voir note 1, p. 131. **8.** L'emploi du prénom souligne l'inscription du héros dans la sphère privée. **9.** Tenue. **10.** Voir note 2, p. 127. **11.** Voir note 6, p. 142 ; mais Hugo joue aussi sur le sens actuel, qui fait du Cid un enfant. **12.** Demi-cercle de métal enserrant les naseaux d'un cheval qu'on veut dompter.

75 Et faisant ce qu'il sied aux écuyers[1] de faire !

— Scheik, dit le Cid, je suis maintenant chez mon [père[2]. »

1. Gentilhomme au service d'un chevalier. 2. Un poème écrit en 1875 pour la *Nouvelle Série*, « Paternité », associera encore l'Espagne, le Moyen Âge et la fidélité filiale. Ici, le principe dynastique de la filiation est retourné en principe démocratique, qui fait du « campéador » un « petit garçon » et de l'espace féodal épique, Bivar, un espace privé — « chez mon père ». Rappelons que Victor a suivi le général Hugo à Madrid lors de la guerre d'Espagne : à « Bivar » fera écho, dans la section du « Temps présent », « Après la bataille ». La date du manuscrit est un hommage secret à la première nuit passée avec Juliette Drouet : « 16 février 1859. / (mon doux anniversaire) ».

V

LE JOUR DES ROIS[1]

I

L'aube sur les grands monts se leva frémissante
Le six janvier de l'an du Christ huit cent soixante[2],
Comme si dans les cieux cette clarté savait
Pourquoi l'homme de fer et d'acier se revêt
5 Et quelle ombre il prépare aux livides journées.

Une blême blancheur baigne les Pyrénées ;
Le louche point du jour de la morne saison,
Par places, dans le large et confus horizon,
Brille, aiguise un clocher, ébauche un monticule ;
10 Et la plaine est obscure, et dans le crépuscule

---

1. C'est aussi au « jour des rois » que débute *Notre-Dame de Paris*, avec l'élection carnavalesque de Quasimodo en pape des fous. Le « jour des rois », ou Épiphanie — apparition aux Rois Mages de Jésus —, est ici retourné en jour de fête pour les rois-tyrans. Le christianisme du Moyen Âge est bien une dégradation abominable du christianisme primitif, en ce dernier poème du « cycle héroïque *chrétien* ». **2.** Le 6 janvier est le « jour des rois ». La date, qui occupe l'ensemble du vers, confère un caractère historique aux faits inventés et inscrit la narration dans le temps du Moyen Âge chrétien, en fait une pseudo-résurrection d'un récit de troubadour. Elle souligne aussi le caractère non chronologique de la composition, puisque ce IXe siècle succède au XIe siècle de « Bivar ». L'Histoire recule, et pourtant du progrès se réalise en cette nouvelle épiphanie, où se manifestent la violence des rois, mais aussi, pour la première fois, la voix révoltée du misérable.

L'Egba, l'Arga, le Cil[1], tous ces cours d'eau rampants,
Font des fourmillements d'éclairs et de serpents ;
Le bourg Chagres[2] est là près de sa forteresse.

II

Le mendiant[3] du pont de Crassus[4], où se dresse
15 L'autel d'Hercule[5] offert aux Jeux Aragonaux[6],
Est, comme à l'ordinaire, entre deux noirs créneaux,
Venu s'asseoir, tranquille et muet, dès l'aurore.
La larve[7] qui n'est plus ou qui n'est pas encore
Ressemble à ce vieillard, spectre aux funèbres yeux,
20 Grelottant dans l'horreur d'un haillon monstrueux ;
C'est le squelette ayant faim et soif dans la tombe.
Dans ce siècle où sur tous l'esclavage surplombe,
Où tout être, perdu dans la nuit, quel qu'il soit,
Même le plus petit, même le plus étroit,
25 Offre toujours assez de place pour un maître,
Où c'est un tort de vivre, où c'est un crime d'être,

---

1. L'Egba et l'Arga sont deux noms de fleuves cités par Moréri à l'article « Navarre ». « Cil » appartient à la liste des noms recopiés par Hugo à l'article « Galice ». **2.** Hugo avait d'abord choisi Monçon, située au nord de l'Èbre et à l'ouest de Girone. Il a finalement préféré Chagres, que Berret a retrouvé dans l'isthme de Panama... **3.** Le mendiant espagnol est un type consacré par le roman picaresque, la tradition picturale (*Le Pied-bot* de Ribera est bien connu du visiteur du Louvre) et les récits de voyage en Espagne de l'époque romantique. **4.** Voir note 3, p. 96. Crassus aida financièrement le départ de César pour l'Espagne, et s'y réfugia un temps. Il est l'envers du mendiant : « les proscriptions, les rapines, le pillage des provinces, l'usure, le trafic des esclaves, les calamités publiques, les malheurs privés, tout servit à l'accroissement de sa fortune » (*Grand Dictionnaire universel du XIXe siècle* de P. Larousse). **5.** Un des plus célèbres héros de la mythologie antique (Héraclès pour les Grecs), fils de Jupiter et de la femme d'Amphitryon ; il est un modèle d'énergie et de courage, honoré comme un dieu. **6.** Le détail des Jeux Aragonaux, tiré d'une faute d'impression de Moréri, et l'utilisation dans tout ce début du présent soulignent l'importance des marques de l'antique présence romaine en cette Espagne du IXe siècle. **7.** Voir note 1, p. 77.

Ce pauvre homme est chétif[1] au point qu'il est absous ;
Il habite le coin du néant, au-dessous
Du dernier échelon de la souffrance humaine,
30 Si bas, que les heureux ne prennent pas la peine
D'ajouter sa misère à leur joyeux orgueil,
Ni les infortunés d'y confronter leur deuil ;
Penché sur le tombeau plein de l'ombre mortelle,
Il est comme un cheval attendant qu'on dételle ;
35 Abject au point que l'homme et la femme, les pas,
Les bruits, l'enterrement, la noce, les trépas,
Les fêtes, sans l'atteindre, autour de lui s'écoulent ;
Et le bien et le mal, sans le voir, sur lui roulent ;
Tout au plus raille-t-on ce gueux[2] sur son fumier[3] ;
40 Tout le tumulte humain, soldats au fier cimier[4],
Moines tondus, l'amour, le meurtre, la bataille,
Ignore cette cendre ou rit de cette paille ;
Qu'est-il ? Rien, ver de terre, ombre ; et même l'ennui
N'a pas le temps de perdre un coup de pied sur lui[5].
45 Il rampe entre la chose et la bête de somme ;
Tibère[6], sans marcher dessus, verrait cet homme,
Cet être obscur, infect, pétrifié, dormant,
Ne valant pas l'effort de son écrasement ;
Celui qui le voit, dit : « C'est l'idiot[7] ! » et passe ;
50 Son regard fixe semble effaré par l'espace ;

---

1. Malingre et misérable. **2.** Va-nu-pieds, en un sens péjoratif renforcé par le deuxième sens que peut avoir le mot : fripon. **3.** Renvoi symbolique du mendiant espagnol au fumier sur lequel Job élève sa plainte (voir note 3, p. 89). **4.** Voir note 7, p. 128. **5.** Projection des registres nobles de l'allégorique et du pathétique dans le comique familier — et inversement. **6.** Voir note 3, p. 97. Le renvoi symbolique à cet empereur romain annule toute distance temporelle — « le fil du Progrès » échappe. **7.** Crétin. Revient ici, dans l'esprit du poète, le souvenir de la rencontre, lors de son voyage de 1843 en Espagne, d'un idiot au cirque de Gavarnie (voir *Alpes et Pyrénées* : « Quelle est la chose la plus grande aux yeux de Dieu, cette montagne en travail qui enfante une création à part, ou cette âme en ruine ? La montagne s'écroule, il reste un édifice prodigieux. L'âme s'écroule, il ne reste pas même un homme. Il reste plus qu'un homme peut-être ; il reste une créature misérable, impeccable [sans péché] et sacrée, un innocent. [...] Je lui donne une pièce de monnaie. / Il la tourne, la retourne dans ses mains, l'approche de ses lèvres, puis part d'un éclat de rire inexprimable.

Infirme, il ne pouvait manier des outils ;
C'est un de ces vivants lugubres, engloutis
Dans cette extrémité de l'ombre où se termine
La maladie en lèpre et l'ordure en vermine.
55 C'est à lui que les maux en bas sont limités ;
Du rendez-vous des deuils et des calamités [1]
Sa loque, au vent flottante, est l'effroyable enseigne [2] ;
Sous ses ongles crispés sa peau s'empourpre et saigne ;
Il regarde, voit-il ? il écoute, entend-il ?
60 Si cet être aperçoit l'homme, c'est de profil,
Nul visage n'étant tourné vers ses ténèbres ;
La famine et la fièvre ont ployé ses vertèbres ;
On [3] voudrait balayer son ombre du pavé ;
Au passant qui lui donne, il bégaie un Ave [4] ;
65 Sa parole ébauchée en murmure s'achève ;
Et si, dans sa stupeur et du fond de son rêve,
Parfois à quelque chose, ici-bas, il répond,
C'est à ce que dit l'eau sous les arches du pont.

Sa maigreur est hideuse aux trous de sa guenille.
70 Et le seul point par où ce fantôme chenille [5]
Touche aux hommes courbés le soir et le matin,
C'est, à l'aube, au couchant, sa prière en latin,
Dans l'ombre, d'une voix lente psalmodiée [6].

[...] Cerveau où vacille à peine une infime lueur de l'intelligence, mais qui par cela seul est plus devant Dieu que tous les océans et toutes les montagnes. Dans la balance de Dieu toute la création inanimée pèse moins qu'un crétin. [...] Le rire. »).

1. Fléaux. **2.** Drapeau. **3.** « Quand je dis On, je désigne Tous, la foule. On, c'est *Omnes*. J'enregistre [...] les sentiments généraux, parce que, seuls, ils constituent un état mental de l'humanité ; ce qui fait leur valeur philosophique » (« Philosophie commencement d'un livre » II, *Proses philosophique de 1860-1865*). **4.** Le salut des antiques Romains se superpose à la prière mariale, *Ave Maria*... **5.** Voir la note 2, p. 64. « Fantôme chenille » répond à l'alternative de « La larve qui n'est plus ou qui n'est pas encore » (voir note 1, p. 77) : l'idiot est un germe de l'avenir. **6.** Récitée comme un psaume, sur une seule note, en une diction rituelle d'autant plus monotone que l'idiot ne saurait comprendre le latin.

III

Flamme au septentrion[1]. C'est Vich incendiée[2].
75 Don Pancho[3] s'est rué sur Vich au point du jour ;
Pancho, roi d'Oloron[4], commande au carrefour
Des trois pertuis[5] profonds qui vont d'Espagne en [France ;
Voulant piller, il a donné la préférence
À Vich, qui fait commerce avec Tarbe et Cahors[6] ;
80 Pancho, fauve au dedans, est difforme au dehors ;
Il est camard[7], son nez étant sans cartilages,
Et si méchant, qu'on dit que[8] les gens des villages
Ramassent du poil d'ours où cet homme a passé.
Il a brisé la porte, enjambé le fossé,
85 Est entré dans l'église, et sous les sombres porches
S'est dressé, rouge spectre, ayant aux poings deux [torches ;
Et maintenant, maisons, tours, palais spacieux,
Toute la ville monte en lueur dans les cieux.

---

1. Au nord. **2.** Vich-en-Bigorre est au nord de Tarbes. La violence de la première guerre carliste (1833-1839) se superpose à celle des féodaux espagnols. La Navarre traversée par Hugo en 1843 était encore marquée par les incendies qui l'avaient dévastée lors de cette guerre. « Cette guerre a laissé ici sa trace partout. [...] Les paysans ont vécu cinq ans, dispersés dans les bois et dans la montagne, sans mettre le pied dans leurs maisons. [...] Les cristinos brûlaient les carlistes et les carlistes les cristinos. C'est la vieille loi, la vieille histoire, le vieil esprit humain » (*Alpes et Pyrénées*). Mais dans le poème du IXe siècle, la guerre dynastique aux implications politiques (absolutisme rétrograde des « carlistes » contre les compromis libéraux de la régente Marie-Christine et des « cristinos ») s'efface au profit de la solidarité des tyrans féodaux. **3.** Nom espagnol courant. **4.** Au nord des Pyrénées. L'exiguïté de ce royaume, comme de ceux des autres « rois » du poème, souligne l'éclatement des territoires féodaux. **5.** Étranglement d'un cours d'eau. **6.** Les villes, commerçantes, ignorent les frontières, là où les guerriers féodaux les multiplient et les creusent. **7.** Qui a le nez plat, écrasé. La Camarde : la Mort. **8.** La rumeur transforme l'Histoire en légende.

Flamboiement[1] au midi. C'est Girone[2] qui brûle.
90 Le roi Blas[3] a jadis eu d'Inez la matrulle[4],
Deux bâtards, ce qui fait qu'à cette heure l'on a
Gil, roi de Luz, avec Jean, duc de Cardona[5] ;
L'un règne à Roncevâux[6] et l'autre au col d'Andorre[7].
Quiconque voit des dieux dans les loups, les adore.
95 Ils ont, la veille au soir, quitté leurs deux donjons,
Ensemble, avec leur bande, en disant : « Partageons ! »
N'étant pas trop de deux pour ce qu'ils ont à faire.
En route, le plus jeune a crié : « Bah ! mon frère[8],
Rions ; et renonçons à la chose, veux-tu ?
100 Revenons sur nos pas ; je ne suis point têtu,
Si tu veux t'en ôter, c'est dit, je me retire.
— Ma règle, a dit l'aîné, c'est de ne jamais rire
Ni reculer, ayant derrière moi l'enfer. »
Et c'est ainsi qu'ils ont, ces deux princes de fer,
105 Après avoir rompu le mur qui la couronne,
Brûlé la belle ville heureuse de Girone,
Et fait noir l'horizon que le Seigneur fait bleu.

Rougeur à l'orient. C'est Lumbier[9] en feu.
Ariscat[10] l'est venu piller pour se distraire.

---

1. Néologisme employé fréquemment par Hugo. **2.** En Catalogne. **3.** Nom courant en Espagne, mais que le lecteur de 1859 peut facilement associer au « héros » du roman picaresque *Gil Blas de Santillane*, et à Ruy Blas. **4.** Le prénom Inez (Inès) est courant. « Matrulle » : tenancière de maison de prostitution. Le narrateur évoque tous ces personnages pseudo-historiques, de même que ceux qui suivent, comme s'ils étaient célèbres. **5.** Ces tyranneaux sont presque anonymes tant leurs noms les individualisent peu, et Luz comme Cardona ne sont que des bourgs, l'un en Navarre, l'autre en Catalogne. **6.** La reconquête de Roncevaux (voir note 3, p. 134) par les chrétiens sur les Sarrasins, après la défaite de Roland et d'Olivier, n'est au fond qu'une victoire de la tyrannie. « Le cycle héroïque chrétien » fait cercle de Kanut à Gil. **7.** Gil et Jean, en dépit de la petitesse de Luz et de Cardona, règnent donc sur les marches d'Espagne (voir note 9, p. 145), de l'ouest à l'est. **8.** Nouvelle plongée du lien de fraternité dans le mal. **9.** Ville de l'Ouest pyrénéen. **10.** Surnom d'un roi de Navarre de l'époque où est censée se situer l'action du « jour des rois », et que Hugo a rencontré dans Moréri.

110 Ariscat est le roi d'Aguas[1] ; ce téméraire,
Car, en basque, Ariscat veut dire le Hardi[2],
A son donjon debout près du pic du Midi[3],
Comme s'il s'égalait à la montagne immense.
Il brûle Lumbier comme on brûla Numance[4] ;
115 L'histoire est quelquefois l'infidèle espion :
Elle oublie Ariscat et vante Scipion[5] ;
N'importe ! le roi basque est invincible, infâme,
Superbe, comme un autre, et fait sa grande flamme ;
Cette ville n'est plus qu'un bûcher ; il est fier ;
120 Et le tas de tisons d'Ariscat, Lumbier,
Vaut bien Tyr, le monceau de braises d'Alexandre[6].

Fumée à l'occident. C'est Teruel[7] en cendre.
Le roi du mont Jaxa, Gesufal le Cruel[8],
Pour son baiser terrible a choisi Teruel ;
125 Il vient d'en approcher ses deux lèvres funèbres,
Et Teruel se tord dans un flot de ténèbres.
Le fort que sur un pic Gesufal éleva

---

1. Au nord et au centre des Pyrénées, le bourg d'Aguas est assez éloigné de Lumbier. Ces rois investissent l'ensemble de l'espace pyrénéen. **2.** Détail trouvé dans Moréri. Don Santos Pacheco aura le même surnom en V, 1, p. 180. **3.** Ce sommet des Pyrénées est l'objet d'un parallèle avec le Cid dans « Le Cid exilé », poème daté du 11 février 1859 (*Nouvelle Série*). **4.** Scipion Émilien assiégea et pris Numance en 133 av. J.-C., mettant ainsi fin à la révolte de l'Espagne contre l'envahisseur romain. **5.** Hugo refait doublement l'Histoire : en soulignant qu'elle est oubli tout autant que mémoire, et en mettant à l'épreuve son système de valeurs, qui lui fait vanter Scipion comme elle vanterait Ariscat si elle ne l'avait oublié. **6.** Alexandre le Grand de Macédoine (356-323 av. J.-C) a étendu son empire de la Grèce à la Perse, à l'Égypte et jusqu'à l'Inde. Tyr était un grand centre commercial et intellectuel phénicien (dans l'actuel Liban), pris par Alexandre en 332. **7.** Teruel est en réalité bien plus à l'est (et au sud) que Lumbier. **8.** Jaxa est sans doute une déformation des *Montes Iacca* de l'article « Pirénées » de Moréri, Gesufal une variation sur un nom tenu en réserve pour le *Théâtre en liberté*. Matériaux malléables pour faire entendre dans le vers l'étrangeté du monde raconté. À la place de Gesufal, Hugo avait d'abord écrit « Masferrer », héros éponyme (positif) d'un poème daté du 3 mars 1859 (*Nouvelle Série*).

Est si haut, que du faîte on voit tout l'Alava[1],
Tout l'Èbre[2], les deux mers[3], et le merveilleux golfe
130 Où tombe Phaéton[4] et d'où s'envole Astolphe[5].
Gesufal est ce roi, gai comme les démons,
Qui disait aux pays gisant au pied des monts,
Sol inquiet, tremblant comme une solfatare[6] :
« Je suis ménétrier[7] ; je mets à ma guitare
135 La corde des gibets dressés sur le chemin ;
Dansez, peuples ! j'ai deux royaumes dans ma main ;
Aragon et Léon[8] sont mes deux castagnettes. »
C'est lui qui dit encor : « Je fais les places nettes. »
Et Teruel, hier une ville, aujourd'hui
140 Est de l'ombre. Ô désastre ! ô peuple sans appui !
Des tourbillons de nuit et d'étincelles passent,
Les façades au fond des fournaises s'effacent,
L'enfant cherche la femme et la femme l'enfant,
Un râle horrible sort du foyer étouffant ;
145 Les flammèches au vent semblent d'affreux
[moustiques ;
On voit dans le brasier le comptoir des boutiques
Où le marchand vendait la veille, et les tiroirs
Sont là béants, montrant de l'or dans leurs coins noirs.
Le feu poursuit la foule et sur les toits s'allonge ;
150 On crie, on tombe, on fuit, tant la vie est un songe[9] !

---

1. Une des trois provinces basques. **2.** Voir note 8, p. 151. **3.** L'océan Atlantique et la mer Méditerranée ? L'amplification épique décolle l'espace de Gesufal de toute vraisemblance géographique. **4.** Fils du Soleil qui voulut conduire son char pendant une journée, frôlant la catastrophe planétaire jusqu'à ce que Jupiter intervînt en le renversant par un coup de foudre dans l'eau de l'embouchure du Pô. **5.** Personnage du *Roland furieux* de l'Arioste, qui, chevauchant l'hippogriffe, vola au-dessus de la Biscaye, de la Castille et de la Galice. Le « merveilleux golfe » est ainsi un espace de rencontre des mythologies de l'envol. **6.** Terrain volcanique qui dégage des émanations de gaz sulfureux chauds. **7.** Violoniste de village qui accompagnait les noces. **8.** Deux grandes provinces du nord de l'Espagne. **9.** *La vie est un songe* (1635) est un des drames les plus célèbres de Calderon, dramaturge espagnol du Siècle d'or redécouvert par les romantiques.

IV

Qu'est-ce que ce torrent de rois ? Pourquoi ce choix,
Quatre villes ? Pourquoi toutes quatre à la fois ?
Sont-ce des châtiments, ou n'est-ce qu'un carnage ?
Pas de choix. Le hasard, ou bien le voisinage,
155 Voilà tout ; le butin pour but et pour raison ;
Quant aux quatre cités brûlant à l'horizon,
Regardez : vous verrez bien d'autres rougeurs sombres.
Toute la perspective est un tas de décombres [1].
La montagne a jeté sur la plaine ses rois,
160 Rien de plus. Quant au fait, le voici : Navarrois,
Basques, Aragonais, Catalans, ont des terres ;
Pourquoi ? Pour enrichir les princes. Monastères
Et seigneurs sont le but du paysan. Le droit
Est l'envers du pouvoir dont la force est l'endroit [2] ;
165 Depuis que le puissant sur le faible se rue,
Entre l'homme d'épée et l'homme de charrue,
Il existe une loi dont l'article premier
C'est que l'un est le maître et l'autre le fermier [3] ;
Les enfants sont manants [4], les femmes sont servantes.
170 À quoi bon discuter ? Sans cessions [5] ni ventes,
La maison appartient au fort, source des lois,
Et le bourg est à qui peut pendre le bourgeois [6] ;
Toute chose est à l'homme armé ; les cimeterres [7]
Font les meilleurs contrats et sont les bons notaires ;
175 Qui peut prendre doit prendre ; et le tabellion [8]
Qui sait le mieux signer un bail [9], c'est le lion.

---

1. Voir note 5, p. 71. **2.** Définition machiavélienne du pouvoir royal, qui appelle à son retournement : ce sera l'œuvre des « chevaliers errants ». **3.** Celui qui exploite un domaine moyennant une redevance au propriétaire, au « maître ». Au fondement du politique ici, l'économique. **4.** Voir note 3, p. 139. **5.** Transfert négocié. **6.** La tyrannie féodale ne pèse pas seulement sur le peuple pauvre — paysans et mendiants —, mais aussi sur la bourgeoisie, que Hugo définira dans *Les Misérables* comme « la fraction du peuple contentée ». **7.** Sabre oriental, à lame large et recourbée. **8.** Notaire subalterne. **9.** Contrat de location.

Cela posé, qu'ont fait ces peuples ? Leur délire
Fut triste. L'autre mois, les rois leur ont fait dire
D'alimenter les monts d'où l'eau vers eux descend,
180 Et d'y mener vingt bœufs et vingt moutons sur cent,
Plus, une fanéga[1] d'orge et de blé par homme.
La plaine est ouvrière et partant économe ;
Les pays plats se sont humblement excusés,
Criant grâce, alléguant qu'ils n'ont de rien assez,
185 Que maigre est l'Aragon et pauvre la Navarre.
Peuple pauvre, les rois prononcent peuple avare ;
De là, frémissement et colère là-haut.
Ordre aux arrière-bans[2] d'accourir au plus tôt ;
Et Gesufal, celui d'où tombent les sentences[3],
190 A fait venir devant un monceau de potences
Les alcades[4] des champs et les anciens des bourgs,
Affirmant qu'il irait, au son de ses tambours,
Pardieu ! chercher leurs bœufs chez eux sous des [arcades
Faites de pieds d'anciens et de jambes d'alcades.
195 Le refus persistant, les rois sont descendus.

V

Et c'est pourquoi, s'étant par message entendus,
En bons cousins, étant convenus en famille
De sortir à la fois, vers l'heure où l'aube brille,
Chacun de sa montagne et chacun de sa tour,
200 Ils vont fêtant le jour des rois, car c'est leur jour,
Par un grand brûlement de villes dans la plaine.

---

1. Mesure espagnole pour les substances sèches, allant, suivant les provinces, de 27 à 55 litres. **2.** Service armé dû au roi, en cas de nécessité, par tout homme libre apte à combattre. Ensemble des troupes convoquées par un roi ou un grand suzerain. **3.** Jugement, arrêt. **4.** Magistrat municipal en Espagne.

Déroute ; enfants, vieillards, bœufs, moutons ; [clameur vaine,
Trompettes, cris de guerre : exterminons ! frappons !
Chariots s'accrochant aux passages des ponts ;
205 Les champs hagards sont pleins de sombres [débandades ;
La même flamme court sur les cinq Mérindades[1] ;
Olite tend les bras à Tudela qui fuit
Vers la pâle Estrella sur qui le brandon[2] luit ;
Et Sanguesa frémit, et toutes quatre ensemble
210 Appellent au secours Pampelune qui tremble.
Comme on sait tous les noms de ces rois[3], Gilimer,
Torismondo, Garci, grand-maître de la mer,
Harizetta, Wermond, Barbo[4], l'homme égrégore[5],
Juan, prince de Héas, Guy, comte de Bigorre,
215 Blas-el-Matador[6], Gil, Francavel, Favilla,
Et qu'enfin, c'est un flot terrible qui vient là[7],
Devant toutes ces mains dans tant d'horreurs trempées,
On n'a pas songé même à courir aux épées ;
On sent qu'en cet essaim que la rage assembla,
220 Chaque monstre est un grain de cendre d'Attila[8],
Qu'ils sont fléaux, qu'ils ont en eux l'esprit de guerre ;

---

1. La Navarre était divisée en cinq grandes régions ou Mérindades. **2.** Au sens vieilli de torche de paille utilisée pour mettre le feu. **3.** « On sait tous les noms de ces rois » dans le monde raconté, mais non dans celui du lecteur, pour qui la liste qui suit est totalement obscure, et voulue telle par Hugo. Les deux premiers, Gilimer et Torismondo, font reculer le temps jusqu'aux invasions des Vandales et des Wisigoths. **4.** Hugo puise avec désinvolture dans une liste de noms propres tirés de Moréri : Wermond et Barbo sont des noms de villes. **5.** Terme de la langue spirite, qui désigne la matérialisation du « corps astral ». C'est un synonyme pour Hugo de « fantôme ». **6.** Les matadors sont les cartes maîtresses d'un ancien jeu de cartes espagnol, l'*hombre*. Par extension, personnage très haut placé. Dans l'art de la tauromachie (qui apparaît au XVIIIe siècle), torero chargé de la mise à mort. **7.** Familiarité prosaïque et embrayeur (« là ») confondent la voix du narrateur avec celle du peuple victime. **8.** Voir note 6, p. 98.

Qu'ouverts comme Oyarzun, fermés comme Figuère[1],
Tous les bourgs sont égaux devant l'effrayant vol
De ces chauves-souris du noir ciel espagnol,
225 Et que tours et créneaux croulent comme des rêves
Au tourbillonnement farouche de leurs glaives[2] ;
Nul ne résiste ; on meurt. Tas d'hommes poursuivis !
Pas une ville n'a dressé son pont-levis,
Croyant fléchir les rois écumants de victoire
230 Par l'acceptation tremblante de leur gloire.
On se cache, on s'enfuit, chacun avec les siens.
Ils ont vers Gesufal envoyé leurs anciens,
Pieds nus, la corde au cou, criant miséricorde ;
Fidèle à sa promesse, il a serré la corde.

235 On n'a pas même à Reuss[3], ô fureur de ces rois !
Épargné le couvent des Filles de la Croix[4] ;
Comme on force un fermoir[5] pour feuilleter un livre,
Ils en ont fait briser la porte au soldat ivre.
Hélas ! Christ abritait sous un mur élevé
240 Ces anges où Marie est lisible, où l'Ave
Est écrit, mot divin, sur des pages fidèles,
Vierges pures ayant la Vierge sainte en elles[6],
Reliure d'ivoire à l'exemplaire d'or !
La grille ouverte, ils ont franchi le corridor ;
245 Les nonnes frémissaient au fond du sanctuaire ;
En vain le couvent sombre agitait son suaire,

---

1. Oyarzun n'est qu'un groupement de hameaux, tandis que Figuère est une fastueuse citadelle. **2.** Voir note 4, p. 121. **3.** Ville au sud de Barcelone. Il faut, comme toujours, prononcer à la française. **4.** L'ordre des Filles de la Croix, fondé en France au XVIIe siècle avec la participation de saint Vincent de Paul, aboli sous la Révolution mais rétabli dès 1806, est un ordre enseignant. Ce nom a valeur symbolique : il associe le christianisme et la féminité — là où le titre de la section l'associe à l'héroïsme (viril) ; « Fille » est un terme ambivalent, désignant fréquemment le membre d'une communauté religieuse féminine, mais aussi l'enfant de sexe féminin, la femme non mariée, la vierge, et la prostituée. **5.** Les manuscrits médiévaux sont fermés par cette sorte d'agrafe, souvent richement ornée. **6.** Le caractère marial de la dévotion des Filles de la Croix souligne l'intrusion du féminin dans l'épopée des rois « mécréants », et accentue le scandale de leur viol.

En vain grondait au seuil le vieux foudre romain[1],
En vain l'abbesse, blanche, en deuil, la crosse en main,
Sinistre, protégeait son tremblant troupeau d'âmes ;
250 Devant des mécréants, des saintes sont des femmes ;
L'homme parfois à Dieu jette d'affreux défis ;
L'autel, l'horreur du lieu, le sanglant crucifix,
Le cloître avec sa nuit, l'abbesse avec sa crosse,
Tout s'est évanoui dans un rire féroce.
255 Et ceci fut l'exploit de Blas-el-Matador.

Partout on voit l'alcade et le corrégidor[2]
Pendus, leurs noms au dos, à la potence vile,
L'un, devant son hameau, l'autre devant sa ville.

Tous les bourgs ont tendu leurs gorges au couteau.
260 Chagres, comme le reste, est mort sur son coteau.
Ô deuil ! ce fut pendant une journée entière,
Entre les parapets de l'étroit pont de pierre
Que bâtit là Crassus, lieutenant de César[3],
Comme l'écrasement d'un peuple sous un char.
265 Ils voulaient s'évader, les manants[4] misérables ;
Mais les pointes d'épée, âpres, inexorables,
Comme des becs de flamme, accouraient derrière eux ;
Les bras levés, les cris, les pleurs, étaient affreux ;
On n'avait jamais vu peut-être une contrée
270 D'un tel rayonnement de meurtre pénétrée ;
Le pont, d'un bout à l'autre, était un cliquetis ;
Les soldats arrachaient aux mères leurs petits ;
Et l'on voyait tomber morts et vivants dans l'Èbre,
Pêle-mêle, et pour tous, hélas ! ce pont funèbre
275 Qui sortait de la ville, entrait dans le tombeau.

---

1. Le masculin de *foudre* est poétique. Les *foudres du Vatican* sont essentiellement les sentences d'excommunication. **2.** Premier magistrat d'une ville espagnole. Hugo comprend l'alcade comme le magistrat d'une très petite municipalité, et le corrégidor comme celui d'une ville. **3.** Voir notes 4, p. 156 et 3, p. 96. **4.** Voir note 3, p. 139.

VI

Le couchant empourpra le mont Tibidabo[1] ;
Le soir vint ; tirant l'âne obstiné qui recule[2],
Le soldat se remit en route au crépuscule,
Heure trouble assortie au cri du chat-huant ;
280 Lourds de butin, le long des chemins saluant
Les images des saints que les passants vénèrent[3],
Vainqueurs, sanglants, joyeux, les rois s'en
[retournèrent
Chacun avec ses gens[4], chacun vers son état[5] ;
Et, reflet du couchant, ou bien de l'attentat,
285 La chaîne des vieux monts, funeste et vaste bouge[6],
Apparaissait, dans l'ombre horrible, toute rouge ;
On eût dit que, tandis qu'en bas on triomphait,
Quelque archange[7] vengeur de la plaine avait fait
Remonter tout ce sang au front de la montagne.
290 Chaque bande, à travers la brumeuse campagne,
Dans des directions diverses s'enfonça ;
Ceux-là vers Roncevaux, ceux-ci vers Tolosa ;
Et les pillards tâtaient leurs sacs, de peur que l'ombre
N'en fît tomber l'enflure ou décroître le nombre,
295 La crainte du voleur étant d'être volé.
Meurtre du laboureur et pillage du blé,

---

1. Nom d'une montagne qui domine Barcelone, aux sonorités comiques pour tout lecteur de 1859 passé par l'apprentissage du latin (*tibi dabo* : je te donnerai). **2.** Notation pittoresque, mais aussi symbolique, dans la reprise du « personnage » de I, 7 et III, 2, l'âne. **3.** Christianisme formel et proche de la superstition, avec lequel les rois sanglants composent sans mal. **4.** Au sens ancien de l'ensemble des serviteurs d'un grand, et au sens moderne de masse anonyme, désindividualisée. **5.** Territoire défini par le pouvoir auquel il est soumis. **6.** Voir note 5, p. 139. **7.** Ange de la première hiérarchie, qui exécute les volontés de Dieu. Mais cet archange « vengeur de la plaine », et non du ciel, n'est guère catholique, lui qui est — à l'irréel — l'instrument de la vengeance de ce qui souffre en bas : la plaine et le peuple des victimes. Au merveilleux chrétien Hugo substitue le prodige de l'immanent, de la justice immanente (voir notes 3, p. 59 et 1, p. 519). Mais en ces temps de désastre, le prodige n'est sans doute qu'une fantasmagorie.

La journée était bonne, et les files de lances
Serpentaient dans les champs pleins de sombres
[silences ;
Les montagnards[1] disaient : « Quel beau coup de
Après avoir tué la plaine qui râlait, [filet ! »
300 Ils rentraient dans leurs monts, comme une flotte au
[havre,
Et, riant et chantant, s'éloignaient du cadavre.
On vit leurs dos confus reluire quelque temps,
Et leurs rangs se grouper sous les drapeaux flottants
305 Ainsi que des chaînons ténébreux se resserrent,
Puis ces farouches voix dans la nuit s'effacèrent.

VII

Le pont de Crassus[2], morne et tout mouillé de sang,
Resta désert.

Alors, tragique[3] et se dressant,
Le mendiant, tendant ses deux mains décharnées,
310 Montra sa souquenille[4] immonde aux Pyrénées,
Et cria dans l'abîme et dans l'immensité[5] :

---

1. L'opposition des *bellatores* et des *laboratores*, des gens de guerre et de ceux qui travaillent dans les champs ou les villes, se résume à une opposition entre montagnards et gens de plaine : les sauvages, ce sont les rois. **2.** Voir note 4, p. 156. **3.** Inspirant la terreur et la pitié par la lutte héroïque qu'il engage contre le destin. L'adjectif définit le personnage, le poème et la section. À la tragédie des rois se substitue celle du mendiant idiot : élévation insurrectionnelle du crétin au sublime, et nouvelle épiphanie, qui annonce en creux un jour où Montagne et guenille seront les acteurs d'une tout autre Histoire : la Révolution. **4.** Longue blouse de cocher ou de palefrenier. **5.** Le cri du crétin ne saurait avoir pour lors de destinataire. Mais criant « *dans* l'abîme et *dans* l'immensité », il fait, lui l'infime, de l'infini le réservoir de la vérité. Aucune parole de justice n'est à jamais perdue, et le satyre (VIII) reprendra le cri du mendiant.

« Confrontez-vous. Sentez votre fraternité,
Ô mont superbe, ô loque infâme ! neige, boue !
Comparez, sous le vent des cieux qui les secoue,
315 Toi, tes nuages noirs, toi, tes haillons hideux,
Ô guenille, ô montagne ; et cachez toutes deux,
Pendant que les vivants se traînent sur leurs ventres[1],
Toi, les poux dans tes trous, toi, les rois dans tes
[antres[2] ! »

---

1. Hugo rappelle sans cesse, depuis *Châtiments*, combien les tyrans doivent au lâche aplatissement de leurs victimes. **2.** Parallèle qui fait des rois des bêtes sauvages. La solennité du rythme de ce vers de clausule entre en conflit avec le mauvais goût délibéré de la comparaison des rois à des poux — à des parasites. Sur les rapports entre tyrannie et parasitisme, voir [La civilisation], *Proses philosophiques de 1860-1865*.

V

LES CHEVALIERS ERRANTS[1]

---

1. La seconde section des *Petites Épopées* consacrée au Moyen Âge se rattache très librement à l'inspiration des paladins (voir note 5, p. 145) de la Table ronde et plus généralement à celle des romans de chevalerie, dont le souvenir s'est maintenu en France dans la culture populaire à travers les livres de colportage de la « Bibliothèque bleue ». À la fin du XVIIIe siècle, le comte de Tressan en avait proposé des adaptations pour le public cultivé, ouvrant la voie de la littérature « troubadour » dans le premier quart du XIXe siècle (courant qui s'accompagne d'une redécouverte plus savante de ces textes, qu'on commence à éditer). D'autre part, le *Don Quichotte* de Cervantès est lu par les romantiques comme un mythe de la lutte dérisoire et sublime des principes chevaleresques, aspiration à l'idéal, contre une réalité prosaïque, matérialiste, cynique. « Les chevaliers errants » résonnent relativement davantage avec la culture — les cultures — des lecteurs de 1859 que « Le cycle héroïque chrétien ». L'effacement de la thématique courtoise (si l'on met à part la galanterie sadique de Joss et de Zéno dans « Eviradnus ») et l'évacuation du merveilleux au profit de motifs (très hugoliens) initiatiques (les paladins sont ouverts à l'Inconnu) et politiques (ce sont des protecteurs des faibles) sont donc susceptibles d'être perçus par le(s) public(s) des *Petites Épopées*. Non numéroté, et portant le même titre que la section, le premier poème a cependant pour fonction de préfacer les deux suivants en présentant au lecteur, de manière synthétique, le monde de la chevalerie errante — tel que le conçoit Hugo.

« ... il vint seul
De Hugo Tête-d'Aigle affronter la caverne »
(V, 2, « Eviradnus », 2, vv. 62-63)

Encre de Victor Hugo.

LES CHEVALIERS ERRANTS

La terre a vu jadis errer des paladins[1] ;
Ils flamboyaient ainsi que des éclairs soudains,
Puis s'évanouissaient, laissant sur les visages
La crainte, et la lueur de leurs brusques passages ;
5 Ils étaient, dans des temps d'oppression, de deuil,
De honte, où l'infamie étalait son orgueil,
Les spectres[2] de l'honneur, du droit, de la justice ;
Ils foudroyaient le crime, ils souffletaient le vice ;
On voyait le vol fuir, l'imposture hésiter,
10 Blêmir la trahison, et se déconcerter
Toute puissance injuste, inhumaine, usurpée,
Devant ces magistrats sinistres de l'épée[3] ;
Malheur à qui faisait le mal ! Un de ces bras
Sortait de l'ombre avec ce cri : « Tu périras ! »
15 Contre le genre humain et devant la nature,

---

1. Voir note 5, p. 145. L'errance des paladins marque d'entrée de jeu un progrès de l'Histoire, en regard de Kanut, le rôdeur éternel, et de Caïn fuyant Dieu. **2.** Ces revenants « de l'honneur, du droit, de la justice » suggèrent qu'antérieurement ces principes étaient respectés : l'épopée du progrès raconte une série de décadences. Leur caractère fantomatique dit aussi que la défense du droit requiert la familiarité avec la mort et le prodige. Voir « 1851 — Choix entre deux passants » *(Nouvelle Série)*. **3.** Le mal se mêle au bien dans ces juges qui imposent le droit par la force : « Le mal au bien était lié / Ainsi que la vertèbre est jointe à la vertèbre » (« La vision d'où est sorti ce livre », *Nouvelle Série*).

De l'équité[1] suprême ils tentaient l'aventure[2] ;
Prêts à toute besogne, à toute heure, en tout lieu,
Farouches, ils étaient les chevaliers de Dieu.

Ils erraient dans la nuit ainsi que des lumières.

20 Leur seigneurie était tutrice des chaumières ;
Ils étaient justes, bons, lugubres, ténébreux ;
Quoique gardé par eux, quoique vengé par eux,
Le peuple en leur présence avait l'inquiétude
De la foule devant la pâle solitude ;
25 Car on a peur de ceux qui marchent en songeant[3],
Pendant que l'aquilon[4], du haut des cieux plongeant,
Rugit, et que la pluie épand à flots son urne[5]
Sur leur tête entrevue au fond du bois nocturne.

Ils passaient effrayants, muets, masqués de fer.

30 Quelques-uns ressemblaient à des larves d'enfer[6] ;
Leurs cimiers[7] se dressaient difformes sur leurs
[heaumes[8],
On ne savait jamais d'où sortaient ces fantômes ;
On disait : « Qui sont-ils ? d'où viennent-ils ? Ils sont

---

1. Dans le vocabulaire hugolien, nom de la Justice comme manifestation morale de l'équilibre de Tout, contre les déséquilibres de la loi humaine. « Une providence est visible ; elle a pour manifestation l'équilibre, que le philosophe appelle d'un plus grand nom : Équité » (« Préface de mes œuvres... », *Proses philosophiques de 1860-1865*). **2.** À un premier niveau, le mot rattache la quête de « l'équité suprême » des romans de chevalerie — et de leur réécriture en V — au genre populaire du roman d'aventures, avec ses rebondissements arbitraires — selon un principe de jonction du romanesque et du philosophique qu'on retrouvera dans tous les romans de l'exil. À un second niveau, le mot souligne l'indétermination de l'équité : rien ne peut assurer du moment où elle advient. **3.** La figure du chevalier est proche de celle du génie. Mais le temps n'est pas encore venu où ce dernier sortira la foule du régime de la peur pour la transformer en peuple. Les chevaliers du Moyen Âge sont de ténébreuses et effrayantes lumières, et le progrès travaille *dans* l'ambivalence. **4.** Voir note 1, p. 60. **5.** Vase funéraire. **6.** Voir notes 1, p. 77 et 5, p. 158. **7.** Voir note 7, p. 128. **8.** Voir note 10, p. 128.

Ceux qui punissent, ceux qui jugent, ceux qui vont. »
35 Tragiques[1], ils avaient l'attitude du rêve.
Ô les noirs chevaucheurs ! ô les marcheurs sans trêve !
Partout où reluisait l'acier de leur corset,
Partout où l'un d'eux, calme et grave, apparaissait
Posant sa lance au coin ténébreux de la salle,
40 Partout où surgissait leur ombre colossale,
On sentait la terreur des pays inconnus ;
Celui-ci vient du Rhin ; celui-là du Cydnus[2] ;
Derrière eux cheminait la Mort, squelette chauve[3] ;
Il semblait qu'aux naseaux de leur cavale[4] fauve
45 On entendît la mer ou la forêt gronder ;
Et c'est aux quatre vents qu'il fallait demander
Si ce passant était roi d'Albe ou de Bretagne[5],
S'il sortait de la plaine ou bien de la montagne,
S'il avait triomphé du maure, ou du chenil[6]
50 Des peuples monstrueux qui hurlent près du Nil[7] ;
Quelle ville son bras avait prise ou sauvée ;
De quel monstre il avait écrasé la couvée.

Les noms de quelques-uns jusqu'à nous[8] sont venus ;

---

1. Voir note 3, p. 169. Le mot n'a cependant pas tout à fait le même sens ici : les chevaliers errants sont « tragiques » en cela qu'ils suscitent l'effroi, et surtout en cela que leur bonté, leur sens du droit ne se manifestent qu'en restant enfermés dans le royaume de la peur, de la violence et de la mort. **2.** La Germanie domine ici avec ces deux fleuves, le second étant un fleuve d'Asie Mineure dont l'empereur Barberousse s'échappa par miracle, dit la légende, pour sauver l'Allemagne de l'oppression des Burgraves. **3.** Souvenir d'une gravure de Dürer, *Le Chevalier et la Mort*, qui a beaucoup marqué Hugo. **4.** Poétique : jument de race. **5.** De Bretagne comme les chevaliers de la Table ronde, ou d'Albe, établie par Ascagne, le fils d'Énée, ville du Latium considérée comme la souche troyenne du peuple romain dans l'*Énéide* de Virgile. La tradition épique antique ou antiquisante se mêle à l'épopée du Moyen Âge. **6.** Abri pour les chiens de chasse. **7.** L'errance des chevaliers ouvre l'espace historique jusqu'en ses bords où l'Histoire se dissout dans la sauvagerie mythique de ces hommes-chiens, peut-être inspirés d'Anubis l'Aboyeur, que l'antique Égypte adorait sous la forme d'un homme à tête de chacal ou de chien. **8.** « Nous » flottant entre XIXe siècle et Moyen Âge, roman de chevalerie et *Légende des siècles*.

Ils s'appelaient Bernard, Lahire, Eviradnus[1] ;
55 Ils avaient vu l'Afrique ; ils éveillaient l'idée
D'on ne sait quelle guerre effroyable en Judée[2],
Rois dans l'Inde, ils étaient en Europe barons[3] ;
Et les aigles, les cris des combats, les clairons,
Les batailles, les rois, les dieux, les épopées[4],
60 Tourbillonnaient dans l'ombre au vent de leurs épées ;
Qui les voyait passer à l'angle de son mur
Pensait à ces cités d'or, de brume et d'azur,
Qui font l'effet d'un songe à la foule effarée[5] :
Tyr, Héliopolis, Solyme, Césarée[6].
65 Ils surgissaient du sud ou du septentrion[7],
Portant sur leur écu l'hydre[8] ou l'alérion[9],
Couverts des noirs oiseaux du taillis héraldique[10],
Marchant seuls au sentier que le devoir indique,
Ajoutant au bruit sourd de leur pas solennel

---

1. Bernard del Carpio a déjà été célébré dans *Hernani* (I, 3) comme un chevalier errant ; Lahire est une des figures les plus populaires de l'ancienne chevalerie, du fait de sa truculence. Les noms de ces deux chevaliers permettent d'attester le troisième, de l'invention de Hugo, ou plutôt d'aggraver le trouble de la frontière entre Histoire et légende, propre à l'épopée et au roman médiévaux. C'est ce personnage intégralement fictif qui sera le héros choisi pour V, 2. **2.** Renvoi aux Croisades. **3.** Voir note 1, p. 127. **4.** L'énumération suggère que les épopées sont ici un des éléments du monde épique, comme les cris guerriers, les aigles (césariennes et napoléoniennes) ou les clairons (voir note 2, p. 146). Elle fait de l'épopée guerrière, avec ses batailles, ses dieux et ses rois, le modèle définissant le genre épique (voir Présentation, p. 26). La métaphore du tourbillon, aux limites de la cohérence, projette monde et forme épiques dans le monde visionnaire — « l'ombre ». **5.** Voir note 3, p. 174. Les chevaliers errants sont associés à un Orient où se mêlent, comme souvent depuis *Les Orientales*, l'admiration, le rêve et l'effroi. **6.** Nouvel exemple de vers uniquement formé de noms propres exotiques, pour faire de l'étrangeté du monde historique une étrangeté sonore. Tyr : voir note 6, p. 161. Héliopolis : trois villes d'Orient portent ce nom, en Égypte, en Phénicie et en Cilicie. Solyme : ancien nom de Jérusalem. Césarée : il y a plusieurs Césarée en Orient, dont l'une est célèbre dans l'histoire des Croisades ; l'autre dans l'histoire romaine : Racine dans *Bérénice* en a fait le nom de « l'Orient désert » où erre le triste Antiochus. **7.** Voir note 1, p. 159. **8.** Voir note 2, p. 56. **9.** En termes de blason, petite aigle sans bec ni pattes. **10.** Du monde touffu des symboles de l'art des blasons. La métaphore tend à la désymbolisation de cet art éminemment symbolique.

70 La vague obscurité d'un voyage éternel[1],
Ayant franchi les flots, les monts, les bois horribles,
Ils venaient de si loin, qu'ils en étaient terribles ;
Et ces grands chevaliers mêlaient à leurs blasons
Toute l'immensité des sombres horizons[2].

---

1. Ces chevaliers sont bien des avatars positifs, sur la voie du progrès, de Kanut. Voir note 1, p. 173. **2.** Ils ouvrent ainsi ces signes clos et obscurs que sont les symboles héraldiques à une autre obscurité : celle de l'infini. (Hugo avait d'abord écrit : « Toute l'*obscurité* des sombres horizons. »)

I

LE PETIT ROI DE GALICE[1]

I

LE RAVIN D'ERNULA[2]

Ils sont là tous les dix, les infants d'Asturie[3].
La même affaire unit dans la même prairie
Les cinq de Santillane aux cinq d'Oviedo[4].
C'est midi ; les mulets, très las, ont besoin d'eau,
5 L'âne a soif, le cheval souffle et baisse un œil terne,
Et la troupe a fait halte auprès d'une citerne ;
Tout à l'heure on ira plus loin, bannière au vent ;
Ils atteindront le fond de l'Asturie avant
Que la nuit ait couvert la sierra[5] de ses ombres ;
10 Ils suivent le chemin qu'à travers ces monts sombres
Un torrent, maintenant à sec, jadis creusa,
Comme s'il voulait joindre Espos à Tolosa[6] ;

---

1. Ce poème est informé par la lecture de la traduction récente de *La Chanson de Roland* (voir note 1, p. 126). L'épithète qui qualifie le roi renvoie au projet d'ensemble des *Petites Épopées*. La Galice est une des provinces du nord-ouest de l'Espagne. **2.** Les divisions avec leurs titres ont été ajoutées sur le manuscrit à l'encre rouge. **3.** À partir de la réunification du royaume d'Espagne, « prince des Asturies » sera le titre donné aux fils aînés des rois espagnols. **4.** La province des Asturies était anciennement divisée en deux régions : Asturia de Oviedo, vers la Galice, Asturia de Santillana du côté de la Biscaye. **5.** Dans les pays de langue espagnole, montagne allongée. **6.** Une ville du pays Basque et une ville de Navarre.

Un prêtre est avec eux qui lit son bréviaire[1].

Entre eux et Compostelle[2] ils ont mis la rivière[3].

15 Ils sont près d'Ernula, bois où le pin verdit,
Où Pélage[4] est si grand, que le chevrier dit :
« Les Arabes faisaient la nuit sur la patrie.
— Combien sont-ils ? criaient les peuples d'Asturie.
Pélage en sa main prit la forêt d'Ernula,
20 Alluma cette torche, et, tant qu'elle brûla,
Il put voir et compter, du haut de la montagne,
Les maures ténébreux jusqu'au fond de l'Espagne[5]. »

II

Leurs Altesses

L'endroit est désolé, les gens sont triomphants.
C'est un groupe tragique[6] et fier que ces infants,
25 Précédés d'un clairon[7] qu'à distance accompagne
Une bande des gueux les plus noirs de l'Espagne ;

---

1. Livre des prières pour chaque jour et chaque heure. Comme celle du Second Empire, la tyrannie du Moyen Âge espagnol a le soutien du clergé. Voir note 3, p. 186. **2.** Capitale de la Galice, sur le chemin des croisés, troisième haut lieu de pèlerinage après Jérusalem et Rome. **3.** Précaution instinctive des bêtes pourchassées, qui veulent effacer leurs traces. **4.** Grand héros de la résistance dans les montagnes des Asturies contre les conquérants maures au VIIIe siècle. **5.** Ajout hugolien à la légende de Pélage, dans lequel s'imprime le souvenir de l'Espagne dévastée par la première guerre carliste. Voir note 2, p. 159. **6.** Voir notes 3, p. 169 et 1, p. 175. Le sens du mot s'infléchit du fait de son inscription entre les adjectifs « triomphants » et « fier » : les infants sont objectivement tragiques, parce qu'infligeant au Moyen Âge espagnol un destin violent et funèbre, et subjectivement épiques — « triomphants » et « fiers », comme des héros d'épopée guerrière. **7.** L'instrument épique confirme ici l'articulation critique de l'épopée et de la tragédie, soulignant l'ambivalence du genre épique aux yeux de Hugo. Mais le détail rappelle aussi les « chevaliers errants », qui font tourbillonner « au vent de leurs épées » « épopées » et « clairons ». Voir p. 176 et la note 4. La musique du triomphe ne recouvre qu'en partie la promesse d'une mise en échec des rois.

Sur le front des soldats, férocement[1] vêtus,
La montera[2] de fer courbe ses crocs pointus,
Et Mauregat[3] n'a point d'estafiers[4] plus sauvages,
30 Et le forban Dragut[5] n'a pas sur les rivages
Écumé de forçats pires, et Gaïffer[6]
N'a pas, dans le troupeau qui le suit, plus d'enfer ;
Les casques sont d'acier et les cœurs sont de bronze ;
Quant aux infants, ce sont dix noms sanglants[7] : Alonze,
35 Don Santos Pacheco le Hardi[8], Froïla[9],
Qui, si l'on veut Satan, peut dire : Me voilà !
Ponce, qui tient la mer d'Irun à Biscarosse[10],
Rostabat le Géant, Materne le Féroce[11],
Blas, Ramon, Jorge et Ruy le Subtil[12], leur aîné,
40 Blond, le moins violent et le plus acharné.

Le mont, complice et noir[13], s'ouvre en gorges désertes.

Ils sont frères ; c'est bien ; sont-ils amis ? Non, certes.

---

1. Voir note 3, p. 120. **2.** Couvre-chef utilisé par les toreros et les paysans espagnols, mais non au Moyen Âge, et jamais comme casque. **3.** Nom qui fait entendre le préfixe péjoratif « mau- » et le mot « maure ». Mauregat est un roi espagnol du VIIIe siècle, détesté par le peuple du fait de son alliance avec les Maures. **4.** Laquais armé, garde du corps. **5.** Un forban est un pirate à son compte. Dragut est le nom d'un capitaine des corsaires de Barbarie ; c'est aussi, à l'oreille, un Kanut fait dragon. **6.** Voir note 8, p. 139. **7.** Réduction métonymique des princes à leurs noms, qui retourne leur renom en chef d'accusation. La liste qui suit mêle comme toujours l'érudition volontairement obscure et la fantaisie. **8.** Voir note 2, p. 161. **9.** Froïla Ier, fondateur d'Oviedo, est le petit-fils de Pélage. Il fit assassiner un de ses frères dont il était jaloux. Son troisième frère le fit assassiner lui-même. C'est donc un Caïn de l'Espagne du VIIIe siècle qu'a trouvé Hugo avec Froïla dans Moréri. **10.** Les gens de Gascogne (où se situe Biscarosse) ont eu à la fin du VIIe siècle des ducs venus du nord de l'Espagne (où se situe Irun). **11.** Les « noms sanglants » sont des calembours, qui introduisent un rire de tonalité rabelaisienne dans l'épopée. Voir note 2, p. 182. **12.** Hugo décompose Ruy Blas, Ruy étant un nom de grand seigneur et Blas un nom populaire. **13.** Dans les moments de grands désastres, l'Histoire n'est pas contre nature, ce qui ferait de la Nature un réservoir de positivités latentes : au contraire, elle aliène celle-ci, la rendant « complice » de ses crimes.

Ces Caïns [1] pour lien ont la perte d'autrui.
Blas, du reste, est l'ami de Materne, et don Ruy
45 De Ramon, comme Atrée est l'ami de Thyeste [2].

III

NUÑO [3]

Les chefs parlent entre eux, les soldats font la sieste.

Les chevaux sont parqués à part, et sont gardés
Par dix hommes, riant, causant, jouant aux dés [4],
Qui sont dix intendants [5], ayant titres de maîtres,
50 Armés d'épieux [6], avec des poignards à leurs guêtres [7].

Le sentier a l'air traître et l'arbre a l'air méchant [8] ;
Et la chèvre qui broute au flanc du mont penchant,
Entre les grès lépreux trouve à peine une câpre,
Tant la ravine est fauve et tant la roche est âpre ;
55 De distance en distance, on voit des puits bourbeux
Où finit le sillon des chariots à bœufs ;
Hors un peu d'herbe autour des puits, tout est aride ;
Tout du grand midi sombre a l'implacable ride ;

---

1. L'antonomase, l'utilisation symbolique, en nom commun, d'un nom propre, est une expression du désespoir dans *La Légende* : le temps n'avance plus, et tous les fratricides s'empilent dans « ces Caïns », du Caïn de I, 2 aux infants du Moyen Âge. **2.** Le roi d'Argos Atrée, pour se venger de son frère, Thyeste, qui s'était fait aimer de son épouse, lui fit manger à table les membres du fils issu de leur adultère. **3.** Le diminutif relie le « petit roi » au « petit » chevalier Aymerillot. Mais autant Charlemagne laisse une place au héros enfant, autant les rois espagnols le condamnent au rôle de victime. **4.** L'iconographie chrétienne a souvent représenté les gardes de Jésus, lors de la crucifixion, jouant aux dés ses vêtements. Eviradnus évoquera cette scène (p. 258). Hugo a voulu à travers ce détail donner une dimension christique au personnage de Nuño. **5.** En charge de l'administration des troupes. **6.** Gros et long bâton terminé par un fer plat : arme grossière donc. **7.** Enveloppe qui protège le haut de la chaussure et parfois, comme ici, le bas de la jambe. **8.** Qui fait délibérément le mal. Le mot a à la fois quelque chose de littéraire et d'enfantin, de naïf, pleinement assumé. Voir note 13, p. 180.

Les arbres sont gercés, les granits sont fendus.
60 L'air rare et brûlant manque aux oiseaux éperdus[1].
On distingue des tours sur l'épine dorsale
D'un mont lointain qui semble une ourse colossale[2] ;
Quand, où Dieu met le roc, l'homme bâtit le fort,
Quand à la solitude il ajoute la mort,
65 Quand de l'inaccessible il fait l'inexpugnable,
C'est triste. Dans des plis d'ocre rouge et de sable,
Les hauts sentiers des cols, vagues linéaments[3],
S'arrêtent court, brusqués par les escarpements.
Vers le nord, le troupeau des nuages qui passe,
70 Poursuivi par le vent, chien hurlant de l'espace,
S'enfuit, à tous les pics laissant de sa toison[4].
Le Corcova remplit le fond de l'horizon.

On entend dans les pins que l'âge use et mutile
Lutter le rocher hydre[5] et le torrent reptile[6],
75 Près du petit pré vert pour la halte choisi,
Un précipice obscur, sans pitié, sans merci,
Aveugle, ouvre son flanc, plein d'une pâle brume
Où l'Ybaïchalval[7], épouvantable, écume.
De vrais brigands n'auraient pas mieux trouvé
[l'endroit.
80 Le col de la vallée est tortueux, étroit,
Rude, et si hérissé de broussaille et d'ortie,
Qu'un seul homme en pourrait défendre la sortie.

---

1. Souvenir de Virgile, *Églogues*, VII (*Vitio moriens sitit aeris herba*), où les oiseaux remplacent l'herbe des prairies. **2.** « Qu'on regarde les dessins, faits par V. Hugo en Espagne [...] : V. Hugo, dans tous les paysages de montagnes, esquisse, en silhouettant les rochers, des visages d'hommes étranges, des figures ou des corps d'animaux » (Berret). Après « Materne le Féroce », cette « ourse colossale » suggère une abominable dégradation de la maternité dans la bestialité et la sauvagerie. **3.** Trait à l'état d'ébauche. **4.** Réseau analogique visionnaire : le pelage du chien qu'est le vent s'effiloche en nuages accrochés aux pics. **5.** Voir notes 2, p. 56 et 2, p. 64. **6.** Voir note 2, p. 64. **7.** Hugo a dû prendre grand plaisir à déformer un nom basque de torrent, Ybaïcaval, pour le rendre un peu plus imprononçable encore *et* le fondre dans l'alexandrin.

De quoi sont-ils joyeux ? D'un exploit. Cette nuit,
Se glissant dans la ville avec leurs gens, sans bruit,
85 Avant l'heure où commence à poindre l'aube grise,
Ils ont dans Compostelle enlevé par surprise
Le pauvre petit roi de Galice, Nuño [1].
Les loups sont là, pesant dans leur griffe l'agneau.
En cercle près du puits, dans le champ d'herbe verte,
90 Cette collection de monstres se concerte.

Le jeune roi captif a quinze ans ; ses voleurs
Sont ses oncles ; de là son effroi ; pas de pleurs ;
Il se tait ; il comprend le but qui les rassemble ;
Il bâille, et par moments ferme les yeux, et tremble.
95 Son front triste est meurtri d'un coup de gantelet.
En partant, on l'avait lié sur un mulet ;
Grave et sombre, il a dit : « Cette corde me blesse. »
On l'a fait délier, dédaignant sa faiblesse.
Mais ses oncles hagards fixent leurs yeux sur lui.
100 L'orphelin sent le vide horrible et sans appui.
À sa mort, espérant dompter les vents contraires,
Le feu roi don Garci [2] fit venir ses dix frères,
Supplia leur honneur, leur sang, leur cœur, leur foi,
Et leur recommanda ce faible enfant, leur roi [3].
105 On discute, en baissant la voix avec mystère,
Trois avis : le cloîtrer au prochain monastère,

---

1. Le vers accumule les marques d'une démocratisation de l'épique dans le passage à l'épopée des petits : antéposition de « pauvre », épithète « petit », sonorités du prénom de Nuño, proche du mot espagnol qui désigne les jeunes enfants : « niño ». Ce prénom est par ailleurs celui d'un des légendaires infants de Lara, mis à mort par leur oncle Rodrigue de Lara. **2.** Hugo a retenu ce nom de la généalogie des rois de l'article « Léon » de Moréri, sans se soucier de l'ordre chronologique. **3.** La juxtaposition éclaire tout l'enjeu du poème : la conjonction de la faiblesse de l'enfant et du pouvoir royal n'est pas tenable à cette date de l'Histoire — à moins d'une intervention d'un paladin.

L'aller vendre à Juzaph[1], prince des sarrasins,
Le jeter simplement dans un des puits voisins.

IV

La conversation des infants

« La vie est un affront alors qu'on nous la laisse,
110 Dit Pacheco ; qu'il vive, et meure de vieillesse !
Tué, c'était le roi ; vivant, c'est un bâtard[2].
Qu'il vive ! au couvent !

— Mais s'il reparaît plus tard ?

Dit Jorge.

— Oui, s'il revient ? dit Materno l'Hyène[3].

— S'il revient ? disent Ponce et Ramon.

— Qu'il revienne !

115 Réplique Pacheco. Frères, si maintenant
Nous le laissons vivant, nous le faisons manant[4].
Je lui dirais : « Choisis : la mort, ou bien le cloître. »
Si, pouvant disparaître, il aime mieux décroître,
Je vous l'enferme au fond d'un moutier[5] vermoulu,
120 Et je lui dis : C'est bon. C'est toi qui l'as voulu.
Un roi qu'on avilit tombe ; on le destitue
Bien quand on le méprise et mal quand on le tue.

---

1. Juzaph, « prince des sarrasins » dans l'article « Galice » de Moréri, rappelle à Hugo l'histoire de Joseph, « l'homme aux songes », jeté par ses frères dans une citerne (Genèse, XXXVII), histoire dont il avait pensé faire une « petite épopée ». **2.** Tout le débat sur la mise à mort de Nuño fait écho à la question obsédante, au XIXe siècle, de l'opportunité de l'exécution de Louis XVI. Pacheco est, au fond, de l'avis d'historiens progressistes comme Michelet et Quinet, pour qui cette exécution a refait roi celui qui n'était plus qu'un homme, Louis Capet. **3.** Le vers n'est juste qu'à la condition de faire la diérèse à la lecture de « Hy-ène », qui du coup rime de manière fautive avec la synérèse « revienne ». Et le dialogue fait entendre des vers « aussi beau[x] que de la prose » (*Préface de Cromwell*). **4.** Voir note 3, p. 139. **5.** Vieilli : monastère.

Nuño mort, c'est un spectre ; il reviendrait. Mais, bah !
Ayant plié le jour où mon bras le courba,
125 Mais s'étant laissé tondre, ayant eu la paresse
De vivre, que m'importe après qu'il reparaisse !
Je dirais : « Le feu roi hantait les filles ; bien ;
» A-t-il eu quelque part ce fils ? Je n'en sais rien ;
» Mais depuis quand, bâtard et lâche, est-on des nôtres ?
130 » Toute la différence entre un rustre [1] et nous autres,
» C'est que, si l'affront vient à notre choix s'offrir,
» Le rustre voudra vivre et le prince mourir ;
» Or, ce drôle [2] a vécu. » Les manants [3] ont envie
De devenir caducs [4], et tiennent à la vie ;
135 Ils sont bourgeois, marchands, bâtards [5], vont aux [sermons,
Et meurent vieux ; mais nous, les princes, nous aimons
Une jeunesse courte et gaie à fin sanglante ;
Nous sommes les guerriers ; nous trouvons la mort lente,
Et nous lui crions : « Viens ! » et nous accélérons
140 Son pas lugubre avec le bruit de nos clairons [6].
Le peuple nous connaît, et le sait bien ; il chasse
Quiconque prouve mal sa couronne et sa race [7],
Quiconque porte mal sa peau de roi. Jamais

---

1. Homme grossier ; vieilli : paysan. **2.** Voir note 4, p. 139. **3.** Voir note 3, p. 139. **4.** Vieux. L'adjectif insiste sur la dégradation physique des vieillards. **5.** Dans le discours féodal de Pacheco, le terme « bâtard » est d'abord associé à un caractère moral (« bâtard et lâche »), avant d'être associé à des caractéristiques sociologiques (« bourgeois, marchands, bâtards »). Cette caractérisation des « manants » fonctionne en antithèse avec celle des princes, de sang pur, courageux et guerriers. Ce discours féodal rapporté fait entendre en creux un autre discours, le discours démocratique de Hugo, qui est son double inverse : double, parce que Hugo lui aussi tend à confondre caractéristiques morales et caractéristiques sociologiques ; double, parce que la bourgeoisie étant « la fraction du peuple contentée » (*Les Misérables*), Hugo lui aussi ne dissocie pas ceux que Pacheco nomme « manants » et « marchands » ; inverse, dans son évaluation des deux groupes antithétiques : car les « manants » en tenant à la vie résistent positivement au règne de la mort. **6.** La musique épique est ainsi l'instrument d'une précipitation de la mort. **7.** Voir note 3, p. 140. Pacheco exprime euphoriquement l'aliénation du peuple au système de valeurs de ses bourreaux, les princes.

Un roi n'est ressorti d'un cloître ; et je promets
145 De donner aux bouviers qui sont dans la prairie
Tous mes états d'Algarve et tous ceux d'Asturie[1],
Si quelqu'un, n'importe où, dans les pays de mer
Ou de terre, en Espagne, en France, dans l'enfer,
Me montre un capuchon[2] d'où sort une couronne.
150 Le froc[3] est un linceul que la nuit environne.
Après que vous avez blémi dans un couvent,
On ne veut plus de vous ; un moine, est-ce un vivant ?
On ne vous trouve plus la mine assez féroce.
« Moine, reprends ta robe ! Abbé, reprends ta crosse !
155 » Va-t'en ! » Voilà le cri qu'on vous jette. Laissons
Vivre l'enfant. »

Don Ruy, le chef des trahisons,
Froid, se parle à lui-même et dit :

« Cette mesure
Aurait ceci de bon qu'elle serait très sûre.

— Laquelle ? » dit Ramon.

Mais Ruy, sans se hâter :

---

1. L'Algarve : petite province du sud-ouest du Portugal. Asturie : voir note 3, p. 178. Le domaine de Pacheco est donc très étendu. Surtout, l'Asturie fait partie de ce nord de l'Espagne qui résiste aux Sarrasins, en ce VIIIe siècle qui est censé être le cadre de l'action, tandis que l'Algarve est un royaume maure : Hugo déforme les faits historiques de manière polémique — Pacheco, roi espagnol et sarrasin, est un traître, et sa violence ne saurait être justifiée par l'idéal de la « Reconquête » de l'Espagne chrétienne contre les Maures musulmans. **2.** Métonymiquement : un moine. **3.** L'habit des moines. Notez le caractère très anticlérical, et anti-chrétien du discours de Pacheco. Si l'épopée moderne doit se détourner du monde du paganisme antique pour se ressourcer dans le Moyen Âge, le Moyen Âge de *La Légende* est peu chrétien, ou plutôt traversé par une opposition entre chrétiens (Nuño, Roland) et athées (les infants) — et non par une opposition entre chrétiens et musulmans (cf. IV, 4) ou chrétiens et païens (cf. le syncrétisme des paganismes et du christianisme en IV). Cette opposition est elle-même compliquée par la compromission de l'Église catholique dans la tyrannie. Voir note 1, p. 179.

160 « Je ne sais rien de mieux, dit-il, pour compléter
Les choses de l'état et de la politique[1],
Et les actes prudents qu'on fait et qu'on pratique,
Et qui ne doivent pas du vulgaire être sus,
Qu'un puits profond, avec une pierre dessus. »

165 Cela se dit pendant que les gueux[2], pêle-mêle,
Boivent l'ombre et le rêve à l'obscure mamelle
Du sommeil ténébreux et muet ; et, pendant
Que l'enfant songe, assis sous le soleil ardent.
Le prêtre mange, avec les prières d'usage[3].

V

LES SOLDATS CONTINUENT DE DORMIR ET LES INFANTS DE CAUSER

170 Une faute : on n'a point fait garder le passage.
Ô don Ruy le Subtil, à quoi donc pensez-vous ?
Mais don Ruy répondrait : « J'ai la ronce et le houx,
Et chaque pan de roche est une sentinelle ;
La fauve solitude est l'amie éternelle
175 Des larrons[4], des voleurs et des hommes de nuit ;
Ce pays ténébreux comme un antre est construit.
Et nous avons ici notre aire[5] inabordable ;
C'est un vieux recéleur que ce mont formidable ;
Sinistre, il nous accepte, et, quoi que nous fassions,
180 Il cache dans ses trous toutes nos actions ;

---

1. Le recours aux expressions « choses [ou affaires] de l'état » et « politique » est presque toujours le fait des princes chez Hugo à partir de l'exil. « Politique » est pris en un sens péjoratif (au regard de Hugo, non de Ruy le Subtil, l'infant proto-machiavélien), de gestion occulte, rusée et violente du pouvoir. Hugo est un grand admirateur du *Prince* de Machiavel, qu'il lit au second degré, comme une exposition critique de la tyrannie. **2.** Voir note 2, p. 157. Ici : les soldats. **3.** Voir notes 1, p. 179 et 3, p. 186. **4.** Voleur. Le mot est associé dans la tradition chrétienne au bon et au mauvais larrons crucifiés avec le Christ. **5.** Au sens d'espace élevé où nichent les oiseaux de proie.

Et que pouvons-nous donc craindre dans ces
[provinces,
Étant bandits aux champs et dans les villes princes[1] ? »

Le débat sur le roi continue. « Il faudrait,
Dit l'infant Ruy, trouver quelque couvent discret,
185 Quelque in-pace[2] bien calme où cet enfant vieillisse ;
Soit. Mais il vaudrait mieux abréger le supplice,
Et s'en débarrasser dans l'Ybaïchalval[3].
Prenez vite un parti, vite ! Ensuite à cheval !
Dépêchons. »

Et, voyant que l'infant don Materne
190 Jette une pierre, et puis une autre, à la citerne,
Et qu'il suit du regard les cercles qu'elles font,
L'infant Ruy s'interrompt, dit : « Pas assez profond.
J'ai regardé. » Puis, calme, il reprend :

« Une affaire
Perd sa première forme alors qu'on la diffère ;
195 Un point est décidé dès qu'il est éclairci.
Nous sommes tous d'accord en bons frères ici,
L'enfant nous gêne. Il faut que de la vie il sorte ;
Le cloître n'est qu'un seuil, la tombe est une porte.
Choisissez. Mais que tout soit fait avant demain. »

---

1. Le motif du roi voleur traverse toute l'œuvre de Hugo, depuis *Hernani* (1830) jusqu'à la *Dernière Série* de *La Légende* (1883).
2. « En-paix ». Cachot de couvent où l'on enfermait à perpétuité certains coupables particulièrement scandaleux. **3.** Voir note 7, p. 182.

VI

Quelqu'un [1]

200 Alerte ! un cavalier passe dans le chemin.

C'est l'heure où les soldats, aux yeux lourds, aux [fronts blêmes,
La sieste finissant, se réveillent d'eux-mêmes.
Le cavalier qui passe est habillé de fer ;
Il vient par le sentier du côté de la mer ;
205 Il entre dans le val, il franchit la chaussée ;
Calme, il approche. Il a la visière baissée ;
Il est seul ; son cheval est blanc.

Bon chevalier [2],
Qu'est-ce que vous venez faire dans ce hallier [3] ?
Bon passant, quel hasard funeste vous amène
210 Parmi ces rois ayant de la figure humaine
Tout ce que les démons peuvent en copier ?
Quelle abeille êtes-vous pour entrer au guêpier ?
Quel archange êtes-vous pour entrer dans l'abîme [4] ?

Les princes, occupés de bien faire leur crime,
215 Virent, hautains d'abord, sans trop se soucier,
Passer cet inconnu sous son voile d'acier ;
Lui-même, il paraissait, traversant la clairière,

---

1. C'est le mot qui, en son indétermination, désigne fréquemment chez Hugo l'agent héroïque de l'événement salvateur. Personne n'est déterminé comme héros. Mais « quelqu'un », le passant, l'anonyme, peut se révéler comme héros, et se nommer Roland. Le mal est la situation historique — la toute-puissance des infants — qui programme la mort de Nuño ; le bien — le salut de Nuño — est la résultante imprévisible du fait qu'« un cavalier passe ». **2.** L'adresse de style « Moyen Âge » inscrit le narrateur dans l'univers du poème. **3.** Groupe de buissons serrés et touffus. **4.** Voir note 7, p. 168. Les deux dernières questions raccordent le familier et le sublime. La dernière suggère une sorte d'équivalence entre V, 2 et XV, entre la brève légende héroïque et la vision apocalyptique.

Regarder vaguement leur bande aventurière ;
Comme si ses poumons trouvaient l'air étouffant,
220 Il se hâtait ; soudain il aperçut l'enfant ;
Alors il marcha droit vers eux, mit pied à terre,
Et, grave, il dit :

« Je sens une odeur de panthère,
Comme si je passais dans les monts de Tunis[1] ;
Je vous trouve en ce lieu trop d'hommes réunis ;
225 Fait-on le mal ici par hasard ? Je soupçonne
Volontiers les endroits où ne passe personne.
Qu'est-ce que cet enfant ? Et que faites-vous là ? »

Un rire, si bruyant qu'un vautour s'envola,
Fut du fier Pacheco la première réponse ;
Puis il cria :

230 — Pardieu, mes frères ! Jorge, Ponce,
Ruy, Rostabat, Alonze, avez-vous entendu ?
Les arbres du ravin demandent un pendu ;
Qu'ils prennent patience, ils l'auront tout à l'heure ;
Je veux d'abord répondre à l'homme. Que je meure
235 Si je lui cèle rien de ce qu'il veut savoir[2] !
Devant moi d'ordinaire, et dès que l'on croit voir
Quelque chose qui semble aux manants[3] mon
[panache[4],
Vite, on clôt les volets des maisons, on se cache,
On se bouche l'oreille et l'on ferme les yeux ;
240 Je suis content d'avoir enfin un curieux.
Il ne sera pas dit que quelqu'un sur la terre,

---

1. Le Roland de Hugo est un grand voyageur, comme celui de l'Arioste. Que les infants lui rappellent les panthères de Tunisie brouille l'opposition entre les infants espagnols et chrétiens et leurs ennemis sarrasins. Voir note 3, p. 186. **2.** Le secret n'est qu'un instrument de la ruse pour le tyran hugolien (voir note 1, p. 187). L'exposé cynique du mal commis ou projeté est au contraire le trait caractéristique de son discours. Le méchant chez Hugo veut des témoins de sa méchanceté — voir Clubin dans *Les Travailleurs de la mer*. **3.** Voir notes 3, p. 139 et 5, p. 185. **4.** Voir note 1, p. 131.

Princes, m'aura vu faire une chose et la taire,
Et que, questionné, j'aurai balbutié.
Le hardi qui fait peur, muet, ferait pitié.
245 Ma main s'ouvre toujours, montrant ce qu'elle sème.
J'étalerais mon âme à Dieu, vînt-il lui-même
M'interroger du haut des cieux, moi, Pacheco,
Ayant pour voix la foudre et l'enfer pour écho.
Çà, qui que tu sois, homme, écoute, misérable.
250 Nous choisirons après ton chêne ou ton érable,
Selon qu'il peut te plaire, en ce bois d'Ernula,
Pendre à ces branches-ci plutôt qu'à celles-là.
Écoute : ces seigneurs à mines téméraires,
Et moi, le Pacheco, nous sommes les dix frères ;
255 Nous sommes les infants d'Asturie[1] ; et ceci,
C'est Nuño, fils de feu notre frère Garci,
Roi de Galice, ayant pour ville Compostelle[2] ;
Nous, ses oncles, avons sur lui droit de tutelle ;
Nous l'allons verrouiller dans un couvent. Pourquoi ?
260 C'est qu'il est si petit, qu'il est à peine roi ;
Et que ce peuple-ci veut de fortes épées ;
Tant de haines autour du maître sont groupées
Qu'il faut que le seigneur ait la barbe au menton ;
Donc, nous avons ôté du trône l'avorton[3],
265 Et nous l'allons offrir au bon Dieu. Sur mon âme,
Cela vous a la peau plus blanche qu'une femme[4] !
Mes frères, n'est-ce pas ? c'est mou, c'est grelottant ;
On ignore s'il voit, on ne sait s'il entend ;
Un roi, ça ! rien qu'à voir ce petit, on s'ennuie.
270 Moi, du moins, j'ai dans l'œil des flammes, et la pluie,
Le soleil et le vent, ces farouches tanneurs,
M'ont fait le cuir robuste et ferme, messeigneurs !
Ah ! pardieu, s'il est beau d'être prince, c'est rude :
Avoir du combattant l'éternelle attitude,

---

1. Voir note 3, p. 178. **2.** Voir note 2, p. 179. **3.** Prématuré, et par extension, péjorativement, être dont le développement normal s'est interrompu, être petit et mal conformé. **4.** Cette analogie de l'enfance et de la féminité participe à l'unité de la section, de Nuño à Mahaud.

275 Vivre casqué, suer l'été, geler l'hiver,
Être le ver affreux d'une larve[1] de fer,
Coucher dans le harnais, boire à la calebasse[2],
Le soir être si las qu'on va la tête basse,
Se tordre un linge aux pieds, les souliers vous [manquant,
280 Guerroyer tout le jour, la nuit garder le camp,
Marcher à jeun, marcher vaincu, marcher malade,
Sentir suinter le sang par quelque estafilade[3],
Manger des oignons crus[4] et dormir par hasard,
Voilà. Vissez-moi donc le heaume[5] et le brassard[6]
285 Sur ce fœtus, à qui bientôt on verra croître
Par derrière une mitre et par devant un goître[7] !
À la bonne heure, moi ! je suis le compagnon
Des coups d'épée, et j'ai la Colère pour nom,
Et les poils de mon bras font peur aux bêtes fauves[8].
290 Ce nain vivra tondu parmi les vieillards chauves ;
Il se pourrait aussi, pour le bien de l'état,
Si l'on trouvait un puits très-creux, qu'on l'y jetât ;
Moi, je l'aimerais mieux moine en quelque cachette,
Servant la messe au prêtre avec une clochette.
295 Pour nous, chacun de nous étant prince et géant,

---

1. Voir note 1, p. 77. **2.** Sorte de gourde. Le mot est d'origine espagnole. **3.** Entaille faite avec une arme tranchante. **4.** La « crudité » du détail et la familiarité soldatesque de l'ensemble du discours de Pacheco révèlent la proximité étrange entre les infants guerriers et les misérables de tous les temps. Comme leurs soldats, les princes sont des « gueux ». La domination féodale est exploitation des manants par des gueux. Et elle n'apparaît ici « politique » que pour autant qu'elle est physique. Pour Ruy le Subtil, la « politique » est une affaire de ruse de l'esprit. Pour Pacheco le Hardi, c'est une affaire de résistance du corps. Voir note 1, p. 187. **5.** Voir note 10, p. 128. **6.** Voir note 1, p. 129. **7.** Tumeur qui forme une grosse bosse sur le devant du cou. Elle apparaît dans l'enfance ou l'adolescence, et était jusqu'à une date récente une maladie réputée fréquente dans les pays de montagne, pauvres en sel. **8.** L'ornementation allégorique de l'épopée (néo)classique est ici minée : d'une part, parce qu'elle est le fait du personnage énonciateur, Pacheco (l'amplification épique relève de la rodomontade soldatesque) ; d'autre part, parce que le discours de ce Pacheco associe la Colère et les poils de bras. L'infant-gueux fait entendre un discours épique de *mauvais goût*.

Nous gardons sceptre et lance, et rien n'est mieux
[séant[1]
Qu'aux enfants la chapelle et la bataille aux hommes.
Il a précisément dix comtés, et nous sommes
Dix princes ; est-il rien de plus juste ? À présent,
300 N'est-ce pas, tu comprends cette affaire, passant ?
Elle est simple, et l'on peut n'en pas faire mystère ;
Et le jour ne va pas s'éclipser, et la terre
Ne va pas refuser aux hommes le maïs,
Parce que dix seigneurs partagent un pays[2],
305 Et parce qu'un enfant rentre dans la poussière. »

Le chevalier leva lentement sa visière :
« Je m'appelle Roland, pair de France[3], » dit-il.

VII

Don Ruy le Subtil

Alors, l'aîné prudent, le chef, Ruy le Subtil,
Sourit :

« Sire Roland, ma pente naturelle
310 Étant de ne chercher à personne querelle,
Je vous salue, et dis : Soyez le bienvenu !

---

1. Convenable. **2.** Exemple de rime « normande » (le « s » de « maïs » est sonore, celui de « pays » sourd), dont l'usage est en train de se perdre en poésie, à la date de *La Légende*, parce qu'il entraîne des prononciations vieillies. C'est ici l'effet voulu par Hugo : suivant « maïs », « pays » se prononce « païs », conférant une couleur vaguement médiévale et tout aussi vaguement espagnole au discours de Pacheco — d'autant plus vaguement que le maïs n'est connu qu'à partir de la découverte de l'Amérique ! **3.** La nomination, qui permet de rompre l'indétermination de « quelqu'un » (voir note 1, p. 189), est souvent dramatisée dans l'œuvre de Hugo. Le titre qui suit cette nomination (voir note 5, p. 135) confère au poème une signification patriotique. La présence de Roland en Espagne ne surprend pas le lecteur du *Roland furieux* de l'Arioste, bien mieux connu en 1859 que le Roland de la chanson de geste (qui, rappelons-le, n'est pas un « chevalier errant »).

Je vous fais remarquer que ce pays est nu,
Rude, escarpé, désert, brutal, et que nous sommes
Dix infants bien armés avec dix majordomes[1],
315 Ayant derrière nous cent coquins[2] fort méchants ;
Et que, s'il nous plaisait, nous pourrions dans ces
[champs
Laisser de la charogne en pâture aux volées
De corbeaux que le soir chasse dans les vallées ;
Vous êtes dans un vrai coupe-gorge ; voyez :
320 Pas un toit, pas un mur, des sentiers non frayés,
Personne ; aucun secours possible ; et les cascades
Couvrent le cri des gens tombés aux embuscades.
On ne voyage guère en ce val effrayant.
Les songe-creux, qui vont aux chimères bayant[3],
325 Trouvent les âpretés de ces ravins fort belles ;
Mais ces chemins pierreux aux passants sont rebelles,
Ces pics repoussent l'homme, ils ont des coins hagards
Hantés par des vivants aimant peu les regards,
Et, quand une vallée est à ce point rocheuse,
330 Elle peut devenir aux curieux fâcheuse.
Bon Roland, votre nom est venu jusqu'à nous,
Nous sommes des seigneurs bien faisants et très-doux,
Nous ne voudrions pas vous faire de la peine,
Allez-vous-en. Parfois la montagne est malsaine.
335 Retournez sur vos pas, ne soyez pas trop lent,
Retournez.

— Décidez mon cheval, dit Roland ;
Car il a l'habitude étrange et ridicule
De ne pas m'obéir quand je veux qu'il recule[4]. »

Les infants un moment se parlèrent tout bas.
Et Ruy dit à Roland :

---

1. Voir note 10, p. 152. **2.** Gueux, fripons misérables. **3.** Transformation de l'expression lexicalisée « bayer aux corneilles », regarder en l'air en rêvassant. **4.** L'héroïsation des montures (comme des épées) est un trait épique que Hugo emprunte aux chansons de geste.

340 « Tant d'illustres combats
Font luire votre gloire[1], ô grand soldat sincère,
Que nous vous aimons mieux compagnon
[qu'adversaire.
Seigneur, tout invincible et tout Roland qu'on est[2],
Quand il faut, pied à pied, dans l'herbe et le genêt,
345 Lutter seul, et, n'ayant que deux bras, tenir tête
À cent vingt durs garçons[3], c'est une sombre fête ;
C'est un combat d'un sang généreux empourpré,
Et qui pourrait finir, sur le sinistre pré,
Par les os d'un héros réjouissant les aigles.
350 Entendons-nous plutôt. Les états ont leurs règles ;
Et vous êtes tombé dans un arrangement
De famille, inutile à conter longuement ;
Seigneur, Nuño n'est pas possible ; je m'explique :
L'enfantillage nuit à la chose publique[4] ;
355 Mettre sur un tel front la couronne, l'effroi,
La guerre, n'est-ce pas stupide ? Un marmot roi[5] !
Allons donc ! en ce cas, si le contre-sens règne,
Si l'absurde fait loi, qu'on me donne une duègne,
Et dites aux brebis de rugir, ordonnez
360 Aux biches d'emboucher les clairons forcenés[6] ;
En même temps, soyez conséquent, qu'on affuble
L'ours des monts et le loup des bois d'une chasuble,
Et qu'aux pattes du tigre on plante un goupillon[7].
Seigneur, pour être un sage, on n'est pas un félon[8] ;
365 Et les choses qu'ici je vous dis sont certaines

---

1. La glorification épique est rendue problématique du fait qu'elle s'inscrit dans le discours de Ruy le Subtil. **2.** Le nom propre du héros fonctionne comme épithète de sa nature. **3.** Voir note 6, p. 142. Le nombre de cent vingt vient de l'Arioste, dans le récit de la délivrance du jeune Zerbine par Roland. **4.** Affaires de l'État. Jeu avec l'étymologie de « république », *res publica*. **5.** L'antithèse de l'enfant-roi est accentuée par la collision des registres de langue. En outre, un marmot est un *petit* enfant. **6.** Qualification de l'instrument épique : fou furieux. Voir p. 179 et la note 7. **7.** Aspersoir d'eau bénite. L'évocation du « goupillon » « aux pattes du tigre » achève la reprise d'un *topos* très présent dans la culture médiévale, mais encore dans la culture populaire du XIXe siècle : le monde renversé. **8.** Terme féodal : qui agit contre la fidélité due à son seigneur, traître.

Pour les docteurs autant que pour les capitaines.
J'arrive au fait ; soyons amis. Nous voulons tous
Faire éclater l'estime où nous sommes de vous ;
Voici : Leso n'est pas une bourgade vile,
370 La ville d'Oyarzun est une belle ville,
Toutes deux sont à vous. Si, pesant nos raisons,
Vous nous prêtez main-forte en ce que nous faisons,
Nous vous donnons les gens[1], les bois, les métairies[2].
Donc vous voilà seigneur de ces deux seigneuries ;
375 Il ne nous reste plus qu'à nous tendre la main.
Nous avons de la cire, un prêtre, un parchemin[3],
Et, pour que Votre Grâce en tout point soit contente,
Nous allons vous signer ici votre patente[4] ;
C'est dit.

— Avez-vous fait ce rêve ? » dit Roland.
380 Et, présentant au roi son beau destrier[5] blanc :

« Tiens, roi ! pars au galop, hâte-toi, cours, regagne
Ta ville, et saute au fleuve et passe la montagne,
Va ! »

L'enfant-roi bondit en selle éperdument,
Et le voilà qui fuit sous le clair firmament,
385 À travers monts et vaux, pâle, à bride abattue.

« Çà, le premier qui monte à cheval, je le tue[6]. »
Dit Roland.

Les infants se regardaient entre eux,
Stupéfaits.

---

1. Voir note 4, p. 168. **2.** Domaine agricole dont le propriétaire et l'exploitant se partagent les produits. **3.** Le prêtre est, comme la cire et le parchemin, un objet pour signer le contrat. **4.** Écrit émanant d'un roi ou d'un corps pour attribuer un droit, ou un privilège. **5.** Cheval de bataille au Moyen Âge. **6.** Le Roland de l'Arioste profère aussi des menaces de ce genre, mais moins familièrement.

VIII

PACHECO, FROÏLA, ROSTABAT

Et Roland :

« Il serait désastreux
Qu'un de vous poursuivît cette proie échappée ;
390 Je ferais deux morceaux de lui d'un coup d'épée,
Comme le Duero coupe Léon en deux [1]. »

Et, pendant qu'il parlait, à son bras hasardeux [2]
La grande Durandal [3] brillait toute joyeuse.
Roland s'adosse au tronc robuste d'une yeuse,
395 Criant : « Défiez-vous de l'épée. Elle mord.

— Quand tu serais femelle ayant pour nom la Mort [4],
J'irai ! J'égorgerai Nuño dans la campagne ! »
Dit Pacheco, sautant sur son genêt [5] d'Espagne.

Roland monte au rocher qui barre le chemin.

400 L'infant pique des deux [6], une dague [7] à la main,
Une autre entre les dents, prête à la repartie ;
Qui donc l'empêcherait de franchir la sortie ?
Ses poignets sont crispés d'avance du plaisir
D'atteindre le fuyard et de le ressaisir,
405 Et de sentir trembler sous l'ongle inexorable
Toute la pauvre chair de l'enfant misérable [8].
Il vient, et sur Roland il jette un long lacet [9] ;
Roland, surpris, recule, et Pacheco passait...

---

1. Le cours d'eau Duero traverse la province du León. **2.** Vieilli : qui s'expose volontiers, aventureux. **3.** Voir note 8, p. 128. **4.** Opération stylistique comparable à celle que commente la note 8 de la page 192. **5.** Petit cheval (d'Espagne). **6.** Des deux éperons : éperonner vivement son cheval. **7.** Épée courte. **8.** L'enfant-roi victime rejoint le peuple par la pitié qu'il inspire. **9.** Lasso.

Mais le grand paladin[1] se roidit[2], et l'assomme
410 D'un coup prodigieux qui fendit en deux l'homme
Et tua le cheval, et si surnaturel[3]
Qu'il creva le chanfrein[4] et troua le girel[5].

« Qu'est-ce que j'avais dit ? » fit Roland.

« Qu'on soit sage,
Reprit-il ; renoncez à forcer le passage.
415 Si l'un de vous, bravant Durandal à mon poing,
A le cerveau heurté de folie à ce point,
Je lui ferai descendre au talon sa fêlure[6] ;
Voyez. »

Don Froïla, caressant l'encolure
De son large cheval au mufle de taureau,
Crie : « Allons !

420 — Pas un pas de plus, caballero[7] ! »
Dit Roland.

Et l'infant répond d'un coup de lance ;
Roland, atteint, chancelle, et Froïla s'élance ;
Mais Durandal se dresse, et jette Froïla
Sur Pacheco, dont l'âme en ce moment hurla.
425 Froïla tombe, étreint par l'angoisse dernière ;

---

1. Voir note 5, p. 145. **2.** Forme vieillie de « raidit ». **3.** « Prodigieux », « surnaturel », ces épithètes aux enjeux si importants pour Hugo (voir note 2, p. 55) sont ici ambiguës, du fait que le récit de l'exploit de Roland se situe sur une crête entre amplification épique et exagération comique. Les deux adjectifs renvoient ici de manière indécidable au sens de « miraculeux » et d'« extraordinaire ». Eviradnus tranchera entre les deux sens, en refusant de se faire prendre pour un fantôme, afin de se faire reconnaître comme un héros. **4.** Armure de tête du cheval. **5.** Plaque de fer qui aux XVe et XVIe siècles protégeait le corps du cheval de guerre. **6.** Roland fait preuve de sens du comique dans cette variation familière sur le talon d'Achille (héros de l'*Iliade*, invincible sauf à son talon). **7.** Gentilhomme de bonnes manières en espagnol. « Caballero » rime avec « taureau » : Hugo s'amuse avec la couleur locale.

Son casque, dont l'épée a brisé la charnière,
S'ouvre, et montre sa bouche où l'écume apparaît.
Bave épaisse et sanglante ! Ainsi, dans la forêt,
La sève, en mai, gonflant les aubépines blanches,
430 S'enfle et sort en salive à la pointe des branches[1].

« Vengeance ! mort ! rugit Rostabat le Géant,
Nous sommes cent contre un. Tuons ce mécréant[2] !

— Infants ! cria Roland, la chose est difficile ;
Car Roland n'est pas un[3]. J'arrive de Sicile,
435 D'Arabie et d'Égypte[4], et tout ce que je sais,
C'est que des peuples noirs devant moi sont passés ;
Je crois avoir plané dans le ciel solitaire ;
Il m'a semblé parfois que je quittais la terre
Et l'homme, et que le dos monstrueux des griffons[5]
440 M'emportait au milieu des nuages profonds ;
Mais, n'importe, j'arrive, et votre audace est rare,
Et j'en ris. Prenez garde à vous, car je déclare,
Infants, que j'ai toujours senti Dieu près de moi.
Vous êtes cent contre un ! Pardieu ! le bel effroi !
445 Fils, cent maravédis valent-ils une piastre[6] ?
Cent lampions sont-ils plus farouches qu'un astre ?

---

1. La comparaison homérique serait ici à sa place et de « bon goût » si elle n'avait pour objet la « bave » de Froïla, et si, en elle-même, elle ne mêlait scandaleusement au poétisme, totalement incongru, des « aubépines blanches », le prosaïsme de la métaphore de la sève-salive. Hugo s'en donne à cœur joie avec les codes épiques — ce qui ne fait pas pour autant du poème une parodie. **2.** Infidèle, qui ne professe pas la foi tenue pour vraie ; en l'occurrence, le catholicisme. Mot de l'esprit de croisade que le lecteur est à même d'évaluer comme discours de façade. **3.** Parce que Dieu est en lui et avec lui. **4.** « Pair de France » mais « chevalier errant », Roland centre l'épopée du progrès historique sur la France, tout en ouvrant son espace aux contrées lointaines de l'Orient. **5.** Monstre à tête de lion et à corps d'aigle ; libre allusion à l'hippogriffe que chevauchent Astolphe et Roger dans *Roland furieux* de l'Arioste. **6.** Maravédis : ancienne monnaie de cuivre (de faible valeur donc) espagnole. Piastre : monnaie, ancienne ou actuelle, en cours dans divers pays.

Combien de poux faut-il pour manger un lion[1] ?
Vous êtes peu nombreux pour la rébellion
Et pour l'encombrement du chemin, quand je passe[2].
Arrière ! »

450 Rostabat le Géant, tête basse,
Crachant les grognements rauques d'un sanglier,
Lourd colosse, fondit sur le bon chevalier,
Avec le bruit d'un mur énorme qui s'écroule[3] ;
Près de lui, s'avançant comme une sombre foule,
455 Les sept autres infants, avec leurs intendants[4],
Marchent, et derrière eux viennent, grinçant des dents,
Les cent coupe-jarrets[5] à faces renégates[6],
Coiffés de monteras[7] et chaussés d'alpargates[8],
Demi-cercle féroce, agile, étincelant ;
460 Et tous font converger leurs piques sur Roland.

L'infant, monstre de cœur, est monstre de stature ;

---

1. « L'image est peu noble », remarque Berret, non sans dégoût. Elle raccorde le discours de Roland à celui du mendiant de IV, 5 (voir p. 170), signalant ainsi la solidarité du paladin avec le misérable, qu'il soit enfant-roi (voir p. 197 et la note 8) ou vieil idiot. Mais dans le système métaphorique du mendiant, les poux étaient mis en équivalence avec les rois. Dans celui de Roland, les rois *sont* des poux : la subversion fait des progrès. On remarquera en outre que le paladin est ici un lion : preuve que dans la série des personnages de *La Légende*, les chevaliers du Moyen Âge sont bien des avatars des lions de l'Antiquité biblique (voir « Les lions ») et romaine (voir « Au lion d'Androclès ») — le Bien progressivement s'humanise. **2.** Hugo s'amuse peut-être ici à rapprocher le discours de Roland de celui de la préface des *Voix intérieures*, qui évoque « cet embarras de charrettes qu'on appelle les événements politiques ». **3.** Le personnage de Rostabat est peut-être informé par le souvenir du géant Cacus luttant contre Hercule (voir note 5, p. 156) au livre VIII de l'*Énéide*, que Hugo avait traduit en vers, alors qu'il était encore écolier, et que les anciens lycéens imbibés de Virgile (c'est-à-dire la majorité des lecteurs de 1859) connaissaient très bien. Lourdeur et énormité sont ici un point de bascule entre l'épique et le grotesque. **4.** Voir note 5, p. 181. **5.** Vieilli et/ou par plaisanterie : bandit, assassin. **6.** Traître, et d'abord traître à sa religion. L'expression, comme celle, plus haut, de « bon chevalier », « fait Moyen Âge ». **7.** Voir note 2, p. 180. **8.** Chaussures en jonc ou en corde dont se servaient les paysans espagnols.

Le rocher de Roland lui vient à la ceinture ;
Leurs fronts sont de niveau dans ces puissants combats,
Le preux [1] étant en haut et le géant en bas.

465 Rostabat prend pour fronde, ayant Roland pour cible,
Un noir grappin [2] qui semble une araignée horrible,
Masse affreuse oscillant au bout d'un long anneau ;
Il lance sur Roland cet arrache-créneau [3] ;
Roland l'esquive, et dit au géant : « Bête brute ! »
470 Le grappin égratigne un rocher dans sa chute,
Et le géant bondit, deux haches aux deux poings.

Le colosse et le preux, terribles, se sont joints.

« Ô Durandal, ayant coupé Dol en Bretagne [4],
Tu peux bien me trancher encor cette montagne »,
475 Dit Roland, assenant l'estoc [5] sur Rostabat.

Comme sur ses deux pieds de devant l'ours s'abat,
Après s'être dressé pour étreindre le pâtre,
Ainsi Rostabat tombe ; et sur son cou d'albâtre [6]
Laïs [7] nue avait moins d'escarboucles [8] luisant
480 Que ces fauves rochers n'ont de flaques de sang.
Il tombe ; la bruyère écrasée est remplie

---

1. Voir note 4, p. 135. **2.** Crochet d'abordage d'un bâtiment, à l'extrémité d'un cordage. **3.** Fantaisie hugolienne. **4.** Un marais sépare Dol de l'îlot du Mont-Dol. La conquête de la Bretagne figure parmi les exploits du Roland de la chanson de geste, mais Hugo avait d'abord écrit « Dol en Espagne ». **5.** Voir note 5, p. 128. **6.** Pierre très blanche, utilisée dans la statuaire, et image poétique stéréotypée de la blancheur. **7.** Célèbre courtisane antique de Corinthe. **8.** Variété de grenat rouge foncé d'un très vif éclat. Toutes sortes de propriétés magiques lui ont été conférées depuis l'Antiquité. La comparaison des « fauves rochers » au « cou d'albâtre » de Laïs et des « flaques de sang » à des « escarboucles » parant ce cou est une incongruité voulue : la référence à l'Antiquité, au lieu de conforter les codes académiques de l'épopée, vise à heurter leur souci de cohérence et de bon goût. En outre, l'apparition de Laïs confirme l'association des infants à une féminité très négative (appelée à contraster avec celle de Mahaud). Voir notes 2, p. 182 et 4, p. 191.

De cette monstrueuse et vaste panoplie[1] ;
Relevée en tombant, sa chemise d'acier
Laisse nu son poitrail de prince carnassier,
485 Cadavre au ventre horrible, aux hideuses mamelles[2],
Et l'on voit le dessous de ses noires semelles.

Les sept princes vivants regardent les trois morts.

Et, pendant ce temps-là, lâchant rênes et mors,
Le pauvre[3] enfant sauvé fuyait vers Compostelle[4].

490 Durandal brille et fait refluer devant elle
Les assaillants, poussant des souffles d'aquilon[5] ;
Toujours droit sur le roc qui ferme le vallon,
Roland crie au troupeau qui sur lui se resserre :

« Du renfort vous serait peut-être nécessaire.
495 Envoyez-en chercher. À quoi bon se presser ?
J'attendrai jusqu'au soir avant de commencer.

— Il raille ! Tous sur lui ! dit Jorge, et pêle-mêle !
Nous sommes vautours ; l'aigle est notre sœur jumelle ;
Fils, courage ! et ce soir, pour son souper sanglant,
500 Chacun de nous aura son morceau de Roland. »

IX

DURANDAL TRAVAILLE

Laveuses qui, dès l'heure où l'orient se dore,
Chantez, battant du linge aux fontaines d'Andorre,
Et qui faites blanchir des toiles sous le ciel,

---

1. Ensemble d'armes présenté sur un panneau et servant de trophée, d'ornement. Le mot désigne ici le trophée de l'armure de Rostabat. **2.** Voir note 8, p. 201. **3.** Voir note 8, p. 197. Le « pauvre enfant » royal préfigure l'entrée, dans l'histoire de « Maintenant », de l'enfant pauvre (XIII, 3). **4.** Voir note 2, p. 179. **5.** Voir note 1, p. 60.

Chevriers qui roulez sur le Jaïzquivel[1]
505 Dans les nuages gris votre hutte isolée,
Muletiers qui poussez de vallée en vallée
Vos mules sur les ponts que César[2] éleva,
Sait-on ce que là-bas le vieux mont Corcova[3]
Regarde par-dessus l'épaule des collines ?

510 Le mont regarde un choc hideux de javelines[4],
Un noir buisson vivant de piques, hérissé,
Comme au pied d'une tour que ceindrait un fossé,
Autour d'un homme, tête altière, âpre, escarpée[5],
Que protège le cercle immense d'une épée.
515 Tous d'un côté ; de l'autre, un seul ; tragique[6] duel !
Lutte énorme ! combat de l'Hydre et de Michel[7] !

---

1. Nouveau coup de force dans la langue poétique, d'une étrangeté sonore difficilement prononçable, surtout pour un public français presque totalement fermé à la pratique des langues étrangères, les mortes exceptées. **2.** Hugo avait d'abord écrit *Pélage* (voir note 4, p. 179). « César » (voir note 4, p. 97) met l'accent sur la permanence de l'Empire romain dans l'Europe médiévale, mais surtout invite à associer une fois de plus « Le petit roi de Galice » à IV, 5, et à la révolte du mendiant du pont de Crassus. **3.** Ce « vieux mont » s'oppose aux montagnes complices des infants comme souvent dans *La Légende* les vieillards aux jeunes dégénérés. Progressisme et passéisme s'articulent ainsi bizarrement. D'autre part, Corcova entre dans la série des montagnes que leur altitude protège de la corruption historique, comme celles de XII. Enfin, ce n'est pas un hasard si son évocation est préparée par l'adresse au petit peuple travailleur, qui propose une autre conception du courage et rappelle qu'un autre monde existe que celui du combat à mort. Bucolique à côté de l'épique, pour suggérer, après les noires compromissions du peuple et de la Nature avec la tyrannie, leur indépendance possible. **4.** Javelot mince et léger. **5.** En pente raide, et, au figuré, d'accès difficile. La tête de Roland est ici qualifiée par une épithète qui conviendrait plus évidemment au « vieux mont Corcova » : solidarité des montagnes et des chevaliers. **6.** Voir les notes 3, p. 169, 1, p. 175 et 6, p. 179. Très sensible est ici, du fait du chiasme entre le « tragique duel » et la « lutte énorme », la quasi-synonymie entre l'épique et le tragique. « Tragique » cependant vient à la place d'« épique », pour souligner le caractère désespéré de la situation de Roland. **7.** Voir note 2, p. 56. La substitution de l'hydre au dragon induit la superposition de l'archange Michel et du héros grec, Hercule (voir note 5, p. 156), vainqueur de l'Hydre de Lerne. Hugo a déjà associé Michel et Roland (voir p. 126).

Qui pourrait dire, au fond des cieux pleins de huées,
Ce que fait le tonnerre au milieu des nuées,
Et ce que fait Roland entouré d'ennemis ?
520 Larges coups, flots de sang par des bouches vomis,
Faces se renversant en arrière livides,
Casques brisés roulant comme des cruches vides,
Flot d'assaillants toujours repoussés, blessés, morts,
Cris de rage ; ô carnage ! ô terreur ! corps à corps
525 D'un homme contre un tas de gueux épouvantable !
Comme un usurier met son or sur une table,
Le meurtre sur les morts jette les morts, et rit.
Durandal flamboyant semble un sinistre esprit ;
Elle va, vient, remonte et tombe, se relève,
530 S'abat, et fait la fête effrayante du glaive[1] :
Sous son éclair, les bras, les cœurs, les yeux, les fronts,
Tremblent, et les hardis, nivelés aux poltrons,
Se courbent ; et l'épée éclatante et fidèle
Donne des coups d'estoc[2] qui semblent des coups [d'aile ;
535 Et sur le héros, tous ensemble, le truand,
Le prince, furieux, s'acharnent, se ruant,
Frappant, parant, jappant, hurlant, criant : Main-forte !
Roland est-il blessé ? Peut-être. Mais qu'importe ?
Il lutte. La blessure est l'altière[3] faveur
540 Que fait la guerre au brave illustre, au preux[4] sauveur,
Et la chair de Roland, mieux que l'acier trempée[5],
Ne craint pas ce baiser farouche de l'épée.
Mais, cette fois, ce sont des armes de goujats[6],
Lassos plombés[7], couteaux catalans, navajas[8],
545 Qui frappent le héros, sur qui cette famille
De monstres se reploie et se tord et fourmille ;
Le héros sous son pied sent onduler leurs nœuds

1. Voir note 4, p. 121. **2.** Voir note 5, p. 128. **3.** Qui marque de la hauteur, de l'orgueil. **4.** Voir note 4, p. 135. **5.** L'acier peut être durci par la trempe, l'immersion dans une eau froide. **6.** Vieilli : valet d'armée ; sens moderne : mufle. **7.** Plombé, le lasso est une arme américaine. **8.** Long couteau espagnol, à lame fine et courbe.

Comme les gonflements d'un dragon épineux [1] ;
Son armure est partout bosselée et fêlée ;
550 Et Roland par moments songe dans la mêlée :
« Pense-t-il à donner à boire à mon cheval [2] ? »

Un ruisseau de pourpre [3] erre et fume dans le val,
Et sur l'herbe partout des gouttes de sang pleuvent [4] ;
Cette clairière aride et que jamais n'abreuvent
555 Les urnes de la pluie et les vastes seaux d'eau
Que l'hiver jette au front des monts d'Urbistondo [5],
S'ouvre, et toute brûlée et toute crevassée,
Consent joyeusement à l'horrible rosée ;
Fauve, elle dit : « C'est bon. J'ai moins chaud
[maintenant. »
560 Des satyres [6], couchés sur le dos, égrenant
Des grappes de raisin au-dessus de leur tête,
Des ægipans [7] aux yeux de dieux, aux pieds de bête,

---

1. Jeu sur le sens concret, qui dote de piquants végétaux le dragon, et sur un sens figuré et vieilli : hargneux, irritable. **2.** Préoccupation prosaïque, mais aussi symbolique : pour Hugo comme pour Toussenel, Michelet, ou plus tard Rimbaud, le rapport qu'entretient l'Homme à l'animal est une question centrale. Voir XIII, 2. **3.** Chez les Anciens, les étoffes teintes en pourpre, d'un rouge très vif, étaient la marque d'une haute dignité sociale. Couleur du pouvoir, tyrannique ou ecclésiastique, la pourpre ici accuse la violence infâme des rois. **4.** Retour de la pluie de sang de IV, 1, mais non sans un certain progrès, du moins de l'écriture : sortie de la mythologie scandinave, la pluie de sang n'est plus qu'une métaphore, une manière de parler. L'horreur est toujours là, mais le processus libérateur de démythification et de désymbolisation avance. **5.** Nom d'une ville espagnole des Philippines, mais aussi d'un chef de l'insurrection libérale de 1836, qui contraignit la Régente espagnole à accepter — pour un temps très bref — la Constitution dite de Cadix. Le XIXe siècle se superpose ici au Moyen Âge comme une promesse. **6.** Divinités grecques des montagnes et des bois, souvent figurées comme de petits hommes laids à cornes, sabots et queue de chèvre. Ils personnifient la fertilité spontanée de la nature sauvage, aimant tout particulièrement poursuivre les nymphes (voir note 2, p. 206). Au festival de Dionysos, les poètes avaient coutume de clore leur trilogie tragique par une pièce mettant en scène ces personnages comiques et triviaux. Première apparition, au pluriel, du héros de VIII. **7.** Ægipan : fils de Zeus et d'une nymphe, qui se transforma en être mi-poisson mi-chèvre pour échapper au monstre Typhon.

Joutant avec le vieux Silène[1], s'essoufflant
À se vider quelque outre énorme dans le flanc,
565 Tétant la nymphe Ivresse[2] en leur riante envie,
N'ont pas la volupté de la soif assouvie
Plus que ce redoutable et terrible ravin[3].
La terre boit le sang mieux qu'un faune[4] le vin.

Un assaut est suivi d'un autre assaut. À peine
570 Roland a-t-il broyé quelque gueux qui le gêne,
Que voilà de nouveau qu'on lui mord le talon[5].
Noir fracas ! la forêt, la lande, le vallon,
Les cols profonds, les pics que l'ouragan insulte,
N'entendent plus le bruit du vent dans ce tumulte ;
575 Un vaste cliquetis sort de ce sombre effort ;
Tout l'écho retentit. Qu'est-ce donc que la mort
Forge dans la montagne et fait dans cette brume,
Ayant ce vil ramas de bandits pour enclume,
Durandal pour marteau, Roland pour forgeron[6] ?

X

LE CRUCIFIX

580 Et, là-bas, sans qu'il fût besoin de l'éperon,

---

1. Souvent associé aux satyres, Silène était réputé pour son savoir pratique, ses vues prophétiques, sa connaissance des légendes. Dans la *Bucolique* VI de Virgile, son chant surpasse en charme, en puissance sur les forces naturelles, celui d'Orphée. **2.** Les nymphes étaient de jolies femmes semi-divines, associées à des lieux précis de la nature, et vivant amoureusement en compagnie des dieux et des satyres. Hugo adjoint librement à ce mythologisme une allégorie : Ivresse, dit Noël dans son *Dictionnaire de la fable*, est représentée sous les traits d'un enfant avec un cor et une couronne de verre — et non sous l'aspect d'une nymphe. **3.** L'évocation euphorique du monde des satyres se retourne en une érotisation angoissante du sang versé. Cf. *Les Orientales*, « Le ravin ». **4.** Équivalent romain du satyre (voir note 6, p. 205), à petites cornes, queue et sabots de bouc. **5.** Nouvelle allusion au talon d'Achille (voir note 6, p. 198). **6.** Premier retournement positif de cette figure de l'homme technicien, après son association au Mal. Voir note 7, p. 113.

Le cheval galopait toujours à perdre haleine ;
Il passait la rivière, il franchissait la plaine,
Il volait ; par moments, frémissant et ravi,
L'enfant se retournait, tremblant d'être suivi,
585 Et de voir, des hauteurs du monstrueux repaire,
Descendre quelque frère horrible de son père.

Comme le soir tombait, Compostelle apparut.
Le cheval traversa le pont de granit brut
Dont saint Jacque[1] a posé les premières assises.
590 Les bons clochers sortaient des brumes indécises ;
Et l'orphelin revit son paradis natal[2].

Près du pont se dressait, sur un haut piédestal,
Un Christ en pierre ayant à ses pieds la madone[3] ;
Un blanc cierge éclairait sa face qui pardonne,
595 Plus douce à l'heure où l'ombre au fond des cieux grandit.
Et l'enfant arrêta son cheval, descendit,
S'agenouilla, joignit les mains devant le cierge,
Et dit :

« Ô mon bon Dieu, ma bonne sainte Vierge,
J'étais perdu ; j'étais le ver sous le pavé ;
600 Mes oncles me tenaient ; mais vous m'avez sauvé ;
Vous m'avez envoyé ce paladin de France[4],
Seigneur ; et vous m'avez montré la différence
Entre les hommes bons et les hommes méchants[5].
J'avais peut-être en moi bien des mauvais penchants,

---

1. La légende veut que la chapelle puis la cathédrale de Saint-Jacques-de-Compostelle (voir note 2, p. 179) aient été bâties là où reposaient les restes de saint Jacques le Majeur. **2.** Le plus grand centre de pèlerinage du Moyen Âge est constitué en « paradis natal » : tout le poème exprime une grande ambivalence à l'égard du christianisme. Après son dévoiement tyrannique, il va apparaître avec Nuño comme une religion protectrice des faibles. **3.** Représentation de la Vierge, le plus souvent avec Jésus enfant : celle du poème, aux pieds du Christ, évoque davantage une *Mater dolorosa*. **4.** Voir notes 5, p. 145 et 3, p. 193. **5.** Voir note 8, p. 181.

605 J'eusse plus tard peut-être été moi-même infâme,
Mais, en sauvant la vie, ô Dieu, vous sauvez l'âme ;
Vous m'êtes apparu dans cet homme, Seigneur ;
J'ai vu le jour, j'ai vu la foi, j'ai vu l'honneur,
Et j'ai compris qu'il faut qu'un prince compatisse
610 Au malheur, c'est-à-dire, ô Père ! à la justice.
Ô madame Marie ! ô Jésus ! à genoux
Devant le crucifix où vous saignez pour nous,
Je jure de garder ce souvenir, et d'être
Doux au faible, loyal au bon, terrible au traître,
615 Et juste et secourable à jamais, écolier
De ce qu'a fait pour moi ce vaillant chevalier.
Et j'en prends à témoin vos saintes auréoles[1]. »

Le cheval de Roland entendit ces paroles,
Leva la tête, et dit à l'enfant : « C'est bien, roi[2]. »

620 L'orphelin remonta sur le blanc palefroi[3],
Et rentra dans sa ville au son joyeux des cloches.

XI

Ce qu'a fait Ruy le Subtil

Et dans le même instant, entre les larges roches,
À travers les sapins d'Ernula, frémissant
De ce défi superbe et sombre, un contre cent,

---

1. Le « tragique duel » de Roland et des infants débouche sur la promesse de fondation d'un nouvel ordre politique, totalement identifié à un nouvel ordre moral, celui d'une royauté protégeant les valeurs de Roland — des « chevaliers errants ». Et Nuño sera « doux au faible », ayant fait lui-même l'expérience de la faiblesse. *Mangeront-ils ?* s'achève sur une espérance similaire. 2. Le cheval prenant la parole est un trait épique, dont l'exemple le plus célèbre se trouve au chant XIX de l'*Iliade*, lorsque le cheval Xanthos s'adresse à son maître, Achille. Mais c'est pour lui annoncer, de la part d'Héra, sa mort prochaine, tandis qu'ici le cheval de Roland est la voix de la Nature, qui confirme l'ordre politique « juste et secourable » que Nuño s'engage à instaurer. 3. Au Moyen Âge, cheval de parade, de cérémonie.

625 On pouvait voir encor, sous la nuit étoilée,
Le groupe formidable au fond de la vallée.
Le combat finissait ; tous ces monts radieux
Ou lugubres, jadis hantés des demi-dieux,
S'éveillaient, étonnés, dans le blanc crépuscule,
630 Et, regardant Roland, se souvenaient d'Hercule[1].
Plus d'infants ; neuf étaient tombés ; un avait fui ;
C'était Ruy le Subtil ; mais la bande sans lui
Avait continué, car rien n'irrite comme
La honte et la fureur de combattre un seul homme ;
635 Durandal, à tuer ces coquins[2] s'ébréchant,
Avait jonché de morts la terre, et fait ce champ
Plus vermeil qu'un nuage où le soleil se couche ;
Elle s'était rompue en ce labeur farouche ;
Ce qui n'empêchait pas Roland de s'avancer ;
640 Les bandits, le croyant prêt à recommencer,
Tremblants comme des bœufs qu'on ramène à l'étable
À chaque mouvement de son bras redoutable,
Reculaient, lui montrant de loin leurs coutelas[3] ;
Et, pas à pas, Roland, sanglant, terrible, las,
645 Les chassait devant lui parmi les fondrières[4] ;
Et, n'ayant plus d'épée, il leur jetait des pierres[5].

---

1. Voir notes 5, p. 156, 3, p. 200, 7, p. 203. **2.** Voir note 2, p. 194. **3.** Épée courte à un seul tranchant pour le combat corps à corps. **4.** Trou plein d'eau ou de boue dans un chemin défoncé. **5.** L'imparfait souligne la ténacité héroïque de Roland, ce « pair de France » qui continue le combat avec l'arme qu'ont toujours eue les enfants et les pauvres dans l'Histoire : les pierres. Grandeur épique débarrassée de toute dignité, de toute noblesse de convention, la grandeur de Roland participe ici à la démocratisation de la figure du héros.

II

EVIRADNUS[1]

I

DÉPART DE L'AVENTURIER POUR L'AVENTURE[2]

Qu'est-ce que Sigismond et Ladislas[3] ont dit ?
Je[4] ne sais si la roche ou l'arbre l'entendit ;
Mais, quand ils ont tout bas parlé dans la broussaille,
L'arbre a fait un long bruit de taillis qui tressaille,
5 Comme si quelque bête en passant l'eût troublé,
Et l'ombre du rocher ténébreux a semblé
Plus noire, et l'on dirait qu'un morceau de cette ombre
A pris forme et s'en est allé dans le bois sombre,
Et maintenant on voit comme un spectre marchant
10 Là-bas dans la clarté sinistre du couchant.

Ce n'est pas une bête en son gîte éveillée,

---

1. Voir note 1, p. 176. Titres envisagés sur le manuscrit : « L'aventure d'Eviradnus », « La légende d'Eviradnus ». **2.** Voir note 2, p. 174. **3.** Les noms des protagonistes induisent un changement de décor abrupt, de l'Espagne à l'Europe orientale, et un saut temporel : l'empereur d'Allemagne Sigismond est mort en 1437 (c'est lui qui signa la perte de Jean Huss, le grand réformateur tchèque, qui fait partie des héros hugoliens de la liberté de pensée), le roi de Pologne Ladislas Jagellon en 1434. La section s'achève sur la fin du Moyen Âge, dans un univers beaucoup plus raffiné que ne l'est celui de Roland et de Nuño, mais non moins inique, et non moins violent. **4.** Pronom ambigu, qui renvoie au trouvère et à Hugo.

Ce n'est pas un fantôme éclos sous la feuillée,
Ce n'est pas un morceau de l'ombre du rocher
Qu'on voit là-bas au fond des clairières marcher ;
15 C'est un vivant qui n'est ni stryge[1] ni lémure[2] ;
Celui qui marche là, couvert d'une âpre armure,
C'est le grand chevalier d'Alsace[3], Eviradnus[4].

Ces hommes qui parlaient, il les a reconnus ;
Comme il se reposait dans le hallier[5], ces bouches
20 Ont passé, murmurant des paroles farouches,
Et jusqu'à son oreille un mot est arrivé ;
Et c'est pourquoi ce juste et ce preux[6] s'est levé.

Il connaît ce pays qu'il parcourut naguère.

Il rejoint l'écuyer[7] Gasclin, page[8] de guerre,
25 Qui l'attend dans l'auberge, au plus profond du val,
Où tout à l'heure il vient de laisser son cheval
Pour qu'en hâte on lui donne à boire[9], et qu'on le
[ferre.
Il dit au forgeron[10] : « Faites vite. Une affaire
M'appelle. » Il monte en selle et part.

---

1. Ou strige : vampire. **2.** Spectre d'un mort venant tourmenter les vivants. **3.** Territoire frontière entre l'Allemagne et la France, qui relève au XVe siècle, hors Strasbourg, de l'Empire d'Allemagne. **4.** La rime induit que le « s » n'est pas prononcé. Surtout, la nomination du héros achève le mouvement de démythification : « celui qui marche là » n'est pas un de ces êtres épouvantables que les superstitions font inventer à la légende, mais un héros bien humain. **5.** Voir note 3, p. 189. **6.** Voir note 4, p. 135. **7.** Titre porté par les jeunes nobles jusqu'à la cérémonie de l'adoubement qui les faisait chevaliers. **8.** Voir note 2, p. 127. **9.** Même préoccupation que Roland. Voir note 2, p. 205. **10.** Nouvelle scansion dans la démythification du forgeron. Voir notes 7, p. 113 et 6, p. 206.

II

EVIRADNUS

Eviradnus,
30 Vieux, commence à sentir le poids des ans chenus[1] ;
Mais c'est toujours celui qu'entre tous on renomme,
Le preux[2] que nul n'a vu de son sang économe ;
Chasseur du crime, il est nuit et jour à l'affût ;
De sa vie il n'a fait d'action qui ne fût
35 Sainte, blanche et loyale, et la grande pucelle[3],
L'épée, en sa main pure et sans tache, étincelle.
C'est le Samson chrétien[4] qui, survenant à point,
N'ayant pour enfoncer la porte que son poing,
Entra, pour la sauver, dans Sickingen[5] en flamme ;
40 Qui, s'indignant de voir honorer un infâme,
Fit, sous son dur talon, un tas d'arceaux rompus
Du monument bâti pour l'affreux duc Lupus[6],
Arracha la statue, et porta la colonne
Du munster[7] de Strasbourg au pont de Wasselonne[8],
45 Et là, fier, la jeta dans les étangs profonds ;
On vante Eviradnus d'Altorf à Chaux-de-Fonds[9] ;

---

1. Qui est devenu blanc de vieillesse. **2.** Voir note 4, p. 135. **3.** L'héroïsation de l'épée — trait épique — renvoie à un autre personnage du XVe siècle, Jeanne d'Arc, et associe, comme très souvent chez Hugo, l'héroïsme à la chasteté. **4.** L'Ancien Testament considère ce juge comme un libérateur du peuple d'Israël. Il tirait sa force prodigieuse de ses cheveux, que coupa sa maîtresse Dalila. Nul équivalent de cette traîtresse dans le poème. **5.** Ville rhénane, incendiée comme Vich, Girone, Lumbier et Teruel en IV, 5. L'Histoire se répète, et progresse, puisque Eviradnus vient sauver Sickingen. **6.** Ce duc porte le nom latin du loup ; « lupus » est aussi le nom d'une maladie de peau repoussante. Il y a déjà dans *Les Burgraves* (I, 5) un affreux comte Lupus. **7.** Cathédrale de Strasbourg, le Munster a déjà été célébré dans *Le Rhin* : « le sommet le plus haut qu'ait bâti la main de l'homme après la grande pyramide ». **8.** Aux environs de Strasbourg, Wasselonne est décrite dans *Le Rhin* comme un « long boyau de maisons étranglées dans la dernière gorge des Vosges ». **9.** Altorf : voir note 2, p. 430. La Chaux-de-Fonds, en Suisse, ne sera érigée en paroisse qu'en 1550 — anachronisme indifférent pour qui travaille dans la longue durée d'une Histoire symbolique.

Quand il songe et s'accoude, on dirait Charlemagne[1] ;
Rôdant[2], tout hérissé, du bois à la montagne,
Velu, fauve, il a l'air d'un loup qui serait bon[3] ;
50 Il a sept pieds[4] de haut comme Jean de Bourbon[5] ;
Tout entier au devoir qu'en sa pensée il couve,
Il ne se plaint de rien, mais seulement il trouve
Que les hommes sont bas et que les lits sont courts[6] ;
Il écoute partout si l'on crie au secours ;
55 Quand les rois courbent trop le peuple[7], il le redresse
Avec une intrépide et superbe tendresse ;
Il défendit Alix comme Diègue Urraca[8] ;
Il est le fort ami du faible ; il attaqua
Dans leurs antres les rois du Rhin[9], et dans leurs
[bauges[10]
60 Les barons[11] effrayants et difformes des Vosges ;
De tout peuple orphelin il se faisait l'aïeul ;
Il mit en liberté les villes[12] ; il vint seul

---

1. Comme dans « Le cycle héroïque chrétien », Charlemagne est le grand ancêtre vénéré à l'aune duquel se mesure toute valeur héroïque. Mais voir note 2 p. 317. **2.** L'écho est ici net entre l'errance des chevaliers redresseurs de torts et celle de Kanut. Voir note 1, p. 173. **3.** Bon loup contre duc Lupus : le progrès hugolien joue sur la proximité des opposés. **4.** Mesure équivalente à 0,324 mètre. Eviradnus est gigantesque. **5.** Hugo pense sans doute à Jean Ier de Bourbon, guerrier célèbre fait prisonnier à Azincourt (1415). Il pense surtout à associer son héros alsacien à l'Histoire de France. **6.** Un certain aristocratisme typiquement hugolien se lit ici, naturellement plus proche, dans sa libre franchise, des rudes familiarités du peuple, que d'une dignité bourgeoise de convention. **7.** Notez le pluriel des « rois » et le singulier du « peuple ». **8.** Manuscrit : « Il défendit Mahaud comme Cid Urraca ». Le *Poëme du Cid* raconte comment don Alphonse, roi de León, attaqua Zamora défendue par son frère don Sanche et sa sœur doña Urraca, et s'empara de leurs titres et héritages. L'intervention du Cid ne plut pas à don Alphonse, qui l'exila dans ses terres de Bivar. **9.** Eviradnus est un avatar de Frédéric Barberousse, l'empereur allemand victorieux des burgraves du Rhin. Voir *Les Burgraves*. **10.** Gîte fangeux de certains animaux comme le sanglier ou le cochon. **11.** Voir note 1, p. 127. **12.** Il en fit des communes autonomes des seigneuries dans les territoires desquelles elles se situaient.

De Hugo Tête-d'Aigle[1] affronter la caverne ;
Bon, terrible, il brisa le carcan[2] de Saverne,
65 La ceinture de fer de Schelestadt, l'anneau
De Colmar, et la chaîne au pied de Haguenau[3].
Tel fut Eviradnus. Dans l'horrible balance
Où les princes jetaient le dol[4], la violence,
L'iniquité, l'horreur, le mal, le sang, le feu,
70 Sa grande épée était le contre-poids de Dieu.
Il est toujours en marche, attendu qu'on moleste[5]
Bien des infortunés sous la voûte céleste,
Et qu'on voit dans la nuit bien des mains supplier ;
Sa lance n'aime pas moisir au râtelier[6] ;
75 Sa hache de bataille aisément se décroche ;
Malheur à l'action mauvaise qui s'approche
Trop près d'Eviradnus, le champion d'acier !
La mort tombe de lui comme l'eau du glacier.
Il est héros ; il a pour cousine la race
80 Des Amadis de France[7] et des Pyrrhus de Thrace[8] ;
Il rit des ans. Cet homme à qui le monde entier

---

1. Hugo inscrit ce nom sur ou sous quatre dessins de *Burg* rhénan : « Souvenir d'un burg des Vosges » (1857), « Burg Des-Cris-La-Nuit », « Souvenir des Vosges » (1870), et sur un dessin d'un monument à « Hugo teste d'aigle ». Le nom le fascine, comme tous les effets hasardeux de proximité entre lui et les acteurs du mal historique. Inquiétude et humour se mêlent ici. Voir note 1, p. 139. **2.** Collier de fer fixé à un poteau pour y attacher un condamné à l'exposition publique. **3.** Saverne, Schelestadt, Colmar et Haguenau sont des villes alsaciennes. **4.** Fraude pour amener quelqu'un à signer un contrat. **5.** Tourmenter, persécuter. **6.** Support servant à ranger verticalement les armes longues. **7.** Amadis de Gaule, le « chevalier au lion », est le héros d'un des plus célèbres romans de chevalerie. Il est le type même du chevalier errant, dont on retrouvera le souvenir dans « 1453 ». **8.** L'équivalence entre les Amadis et les Pyrrhus n'aurait pas de sens dans le poème si le nom du fils d'Achille, qui ne fut en rien un redresseur de torts, n'était associé au cheval de Troie, dans lequel il entra le premier, comme Eviradnus entre dans une armure pour vaincre ses ennemis. À ce premier Pyrrhus se superpose sans doute le Pyrrhus roi d'Épire du IIIe siècle, dont Plutarque fera une figure exemplaire de l'ambition démesurée, mais qui vainquit ses ennemis romains par la terreur que suscitèrent ses éléphants — victoire sans lendemain, d'où l'expression de « victoire à la Pyrrhus ». Or Eviradnus ne voudra pas d'une telle victoire.

N'eût pas fait dire grâce ! et demander quartier[1],
Ira-t-il pas[2] crier au temps : Miséricorde !
Il s'est, comme Baudoin[3], ceint les reins d'une corde ;
85 Tout vieux qu'il est, il est de la grande tribu ;
Le moins fier des oiseaux n'est pas l'aigle barbu.

Qu'importe l'âge ! il lutte. Il vient de Palestine[4],
Il n'est point las. Les ans s'acharnent ; il s'obstine.

III

Dans la forêt

Quelqu'un qui s'y serait perdu ce soir, verrait
90 Quelque chose d'étrange au fond de la forêt ;
C'est une grande salle éclairée et déserte.
Où ? Dans l'ancien manoir de Corbus[5].

L'herbe verte,
Le lierre, le chiendent, l'églantier sauvageon,
Font, depuis trois cents ans, l'assaut de ce donjon ;
95 Le burg[6], sous cette abjecte et rampante escalade,
Meurt, comme sous la lèpre un sanglier malade ;
Il tombe ; les fossés s'emplissent des créneaux ;
La ronce, ce serpent, tord sur lui ses anneaux ;
Le moineau franc[7], sans même entendre ses murmures,

---

1. Demander la vie sauve. **2.** L'absence de « ne » dans les interrogations négatives est un trait de la langue classique. **3.** Sans doute Baudouin II, roi de Jérusalem du XIIe siècle, qui pratiqua une vie monacale. Eviradnus est un chevalier chrétien. **4.** Nouvelle association d'Eviradnus à l'héroïsme des croisés, en dépit du fait que les Croisades ont depuis longtemps pris fin, si l'histoire que le poème raconte se situe au XVe siècle. **5.** Nom emprunté à l'article « Lusace » de Moréri, sans doute pour ses sonorités qui associent le manoir à Lupus et à ces oiseaux de malheur que sont les corbeaux. **6.** En allemand : forteresse. **7.** Variété de moineau. Mais l'adjectif « franc » à un sens politique, qui renvoie ici à la liberté de la Nature face à ce symbole de l'aliénation qu'est le burg, et peut-être à la France.

100 Sur ses vieux pierriers[1] morts vient becqueter les [mûres ;
L'épine sur son deuil prospère insolemment ;
Mais, l'hiver, il se venge ; alors, le burg dormant
S'éveille, et, quand il pleut pendant des nuits entières,
Quand l'eau glisse des toits et s'engouffre aux [gouttières,
105 Il rend grâce à l'ondée, aux vents, et, content d'eux,
Profite, pour cracher sur le lierre hideux,
Des bouches de granit de ses quatre gargouilles[2].

Le burg est aux lichens comme le glaive[3] aux rouilles ;
Hélas ! et Corbus, triste, agonise. Pourtant
110 L'hiver lui plaît ; l'hiver, sauvage combattant,
Il se refait, avec les convulsions sombres
Des nuages hagards croulant sur ses décombres[4],
Avec l'éclair qui frappe et fuit comme un larron[5],
Avec les souffles noirs qui sonnent du clairon[6],
115 Une sorte de vie effrayante, à sa taille ;
La tempête est la sœur fauve de la bataille ;
Et le puissant donjon, féroce, échevelé,
Dit : Me voilà ! sitôt que la bise a sifflé ;
Il rit quand l'équinoxe[7] irrité le querelle
120 Sinistrement, avec son haleine de grêle ;
Il est joyeux, ce burg, soldat encor debout,
Quand, jappant comme un chien poursuivi par un loup,
Novembre, dans la brume errant de roche en roche,
Répond au hurlement de Janvier qui s'approche.
125 Le donjon crie : « En guerre ! ô tourmente, es-tu là ? »
Il craint peu l'ouragan, lui qui vit Attila[8].
Oh ! les lugubres nuits ! Combat dans la bruine !

---

1. Machine de guerre qui lançait des pierres ou des boulets. **2.** Voir note 1, p. 136. **3.** Voir note 4, p. 121. **4.** Voir note 5, p. 71. **5.** Voir note 4, p. 187. **6.** Cette dimension épique de la tempête sera développée dans *Les Travailleurs de la mer*. **7.** L'équinoxe d'automne comme l'équinoxe de printemps, soit les deux moments où le jour est d'une durée égale à la nuit, s'accompagnent souvent de violentes tempêtes. **8.** Voir note 6, p. 98.

La nuée attaquant, farouche, la ruine !
Un ruissellement vaste, affreux, torrentiel,
130 Descend des profondeurs furieuses du ciel ;
Le burg brave la nue ; on entend les gorgones [1]
Aboyer aux huit coins de ses tours octogones ;
Tous les monstres sculptés sur l'édifice épars,
Grondent, et les lions de pierre des remparts
135 Mordent la brume, l'air et l'onde, et les tarasques [2]
Battent de l'aile au souffle horrible des bourrasques ;
L'âpre averse en fuyant vomit sur les griffons [3] ;
Et, sous la pluie entrant par les trous des plafonds,
Les guivres [4], les dragons, les méduses [5], les drées [6],
140 Grincent des dents au fond des chambres effondrées ;
Le château de granit, pareil aux preux [7] de fer,
Lutte toute la nuit, résiste tout l'hiver ;
En vain le ciel s'essouffle, en vain Janvier se rue ;
En vain tous les passants de cette sombre rue
145 Qu'on nomme l'infini, l'ombre et l'immensité [8],
Le tourbillon, d'un fouet invisible hâté,
Le tonnerre, la trombe où le typhon [9] se dresse,
S'acharnent sur la fière et haute forteresse ;
L'orage la secoue en vain comme un fruit mûr ;
150 Les vents perdent leur peine à guerroyer ce mur,
Le Fôhn [10] bruyant s'y lasse, et sur cette cuirasse

---

1. Tête décorative de femme à la bouche ouverte et à la chevelure de serpent, empruntée à la mythologie grecque. Les Gorgones sont trois sœurs effrayantes d'aspect, dont le regard changeait en pierre quiconque les fixait. Ici, les pierres s'animent de manière terrifiante, comme dans *Notre-Dame de Paris* (IV, 1). **2.** « Promontorium somnii » (*Proses philosophiques de 1860-1865*) évoque, à propos des monstres de la « chimère gothique », « les tarasques, toutes couvertes de conferves », c'est-à-dire d'algues filamenteuses. **3.** Voir note 5, p. 199. **4.** Nom vieilli d'un serpent et terme de blason. **5.** Méduse est une des trois Gorgones (voir note 1). **6.** Monstre appartenant au « chimérisme gothique » décrit dans « Promontorium somnii » : « les drées, dents grinçantes dans une phosphorescence ». **7.** Voir note 4, p. 135. **8.** Coup de force de l'identification du familier et du sublime. **9.** Cyclone des mers de Chine et de l'océan Indien. Dans le développement, c'est le seul nom de vent à ne point comporter de majuscule, par opposition au monstre Typhon (voir note 3 p. 163). **10.** Nom d'un vent suisse sec et chaud.

L'Aquilon[1] s'époumonne et l'Autan[2] se harasse,
Et tous ces noirs chevaux de l'air sortent fourbus
De leur bataille avec le donjon de Corbus.

155 Aussi, malgré la ronce et le chardon et l'herbe,
Le vieux burg est resté triomphal et superbe[3] ;
Il est comme un pontife[4] au cœur du bois profond ;
Sa tour lui met trois rangs de créneaux sur le front ;
Le soir, sa silhouette immense se découpe ;
160 Il a pour trône un roc, haute et sublime croupe ;
Et, par les quatre coins, sud, nord, couchant, levant,
Quatre monts, Crobius, Bléda, géants du vent,
Aptar où croît le pin, Toxis que verdit l'orme[5],
Soutiennent au-dessus de sa tiare[6] énorme
165 Les nuages, ce dais[7] livide de la nuit.

Le pâtre a peur, et croit que cette tour le suit ;
Les superstitions ont fait Corbus terrible[8] ;
On dit que l'Archer Noir[9] a pris ce burg pour cible,
Et que sa cave est l'antre où dort le Grand Dormant[10] ;
170 Car les gens des hameaux tremblent facilement ;
Les légendes toujours mêlent quelque fantôme
À l'obscure vapeur qui sort des toits de chaume,
L'âtre enfante le rêve, et l'on voit ondoyer
L'effroi dans la fumée errante du foyer.

---

1. Voir note 1, p. 60. **2.** Vent orageux du sud-ouest de la France. Poétique : vent chaud et violent. **3.** Plein d'orgueil. Le verbe « est resté » souligne le fait que ce burg est une survivance de la féodalité, alors que celle-ci est ruinée par la montée en puissance des « princes ». Nous sommes bien au XVe siècle. **4.** Grand dignitaire religieux. **5.** Ces quatre noms de montagnes sont des jeux sur l'érudition : le premier est le surnom d'un roi de Pologne, les autres des noms de rois de Hongrie. La tyrannie est dans la Nature. **6.** Pontife, le burg porte la coiffe des papes. **7.** Ouvrage de bois ou de tissu au-dessus d'un autel ou d'un trône. **8.** Amorce d'un développement central pour comprendre et le poème et le recueil. Voir Présentation, p. 30-31. **9.** Le Chasseur noir des légendes rhénanes, connu du public français grâce au *Freischütz* de Weber, devient ici soldat. **10.** L'empereur allemand Frédéric Barberousse, endormi dans la caverne de Kyffhausen. Cf. *Les Burgraves*, I, 2.

175 Aussi, le paysan rend grâce à sa roture [1]
Qui le dispense, lui, d'audace et d'aventure [2],
Et lui permet de fuir ce burg de la forêt
Qu'un preux [3], par point d'honneur belliqueux,
[chercherait.

Corbus voit rarement au loin passer un homme.
180 Seulement, tous les quinze ou vingt ans, l'économe [4]
Et l'huissier du palais, avec des cuisiniers
Portant tout un festin dans de larges paniers,
Viennent, font des apprêts mystérieux, et partent ;
Et, le soir, à travers les branches qui s'écartent,
185 On voit de la lumière au fond du burg noirci ;
Et nul n'ose approcher. Et pourquoi ? Le voici :

IV

La coutume de Lusace [5]

C'est l'usage, à la mort d'un marquis de Lusace,
Que l'héritier du trône, en qui revit la race,
Avant de revêtir les royaux attributs,
190 Aille, une nuit, souper dans la tour de Corbus ;
C'est de ce noir souper qu'il sort prince et margrave [6] ;
La marquise n'est bonne et le marquis n'est brave
Que s'ils ont respiré les funèbres parfums
Des siècles dans ce nid des vieux maîtres défunts :
195 Les marquis de Lusace ont une haute tige [7],
Et leur source est profonde à donner le vertige ;

1. Condition de ceux qui ne sont pas nobles, soumis donc au devoir d'impôt, mais non au devoir de guerre. 2. Au sens d'exploit. Voir note 2, p. 174. 3. Voir note 4, p. 135. 4. Intendant. 5. Région du sud-ouest de l'Allemagne, débordant sur l'actuelle Tchéquie. 6. Comte d'une marche, d'un espace frontière. Le titre était donné à certains princes souverains d'Allemagne. 7. Il s'agit de la tige de l'arbre généalogique.

Ils ont pour père Antée[1], ancêtre d'Attila[2] ;
De ce vaincu d'Alcide[3] une race coula ;
C'est la race, autrefois païenne, puis chrétienne,
200 De Lechus[4], de Platon[5], d'Othon[6], d'Ursus[7],
[d'Étienne[8],
Et de tous ces seigneurs des rocs et des forêts
Bordant l'Europe au nord, flot d'abord, digue après[9].
Corbus est double : il est burg au bois, ville en plaine ;
Du temps où l'on montait sur la tour châtelaine,
205 On voyait, au delà des pins et des rochers,
Sa ville perçant l'ombre au loin de ses clochers ;
Cette ville a des murs ; pourtant, ce n'est pas d'elle
Que relève l'antique et noble citadelle ;
Fière, elle s'appartient ; quelquefois un château
210 Est l'égal d'une ville ; en Toscane, Prato,
Barletta dans la Pouille, et Crême en Lombardie[10],
Valent une cité, même forte et hardie ;
Corbus est de ce rang. Sur ses rudes parois
Ce burg a le reflet de tous les anciens rois ;
215 Tous leurs avénements, toutes leurs funérailles,
Ont, chantant ou pleurant, traversé ses murailles ;
Tous s'y sont mariés, la plupart y sont nés ;
C'est là que flamboyaient ces barons[11] couronnés ;

---

1. Le géant Antée tuait tous les hommes qu'il rencontrait dans le désert libyen pour construire à son père Neptune un temple fait d'ossements humains. Hercule le tua. **2.** Voir note 6, p. 98. **3.** Premier nom d'Hercule. **4.** Nom de plusieurs rois de Pologne. **5.** Un Platon est margrave dans *Les Burgraves*. Ce Platon est au philosophe ce que Hugo Tête-d'Aigle et Hugo de Cotentin sont au poète : un double qui fait sourire et qui inquiète. **6.** Nom de plusieurs princes et empereurs allemands. **7.** Avant d'être le nom du saltimbanque de *L'Homme qui rit*, le nom d'Ursus avait été noté avec celui de Lupus pour *Les Burgraves*, mais sans être retenu pour cette pièce. Ici, comme dans la note de Hugo, Ursus répond à Lupus. **8.** Cinq rois de Hongrie s'appellent ainsi, dont le premier, saint Étienne, héros de la christianisation de la Hongrie, mort en 1038. **9.** D'abord envahisseurs, ils ont ensuite endiguer les invasions ultérieures. **10.** Les détails de cette digression qui ouvre l'espace à l'Italie sont tirés de l'article « Creme » de Moréri. **11.** Voir note 1, p. 127.

Corbus est le berceau de la royauté scythe[1].
220 Or, le nouveau marquis doit faire une visite
À l'histoire qui va continuer[2]. La loi
Veut qu'il soit seul pendant la nuit qui le fait roi.
Au seuil de la forêt, un clerc[3] lui donne à boire
Un vin mystérieux versé dans un ciboire[4],
225 Qui doit, le soir venu, l'endormir jusqu'au jour ;
Puis on le laisse, il part et monte dans la tour ;
Il trouve dans la salle une table dressée ;
Il soupe et dort ; et l'ombre envoie à sa pensée
Tous les spectres des rois depuis le duc Bela[5] ;
230 Nul n'oserait entrer au burg cette nuit-là ;
Le lendemain, on vient en foule, on le délivre ;
Et, plein des visions du sommeil, encore ivre
De tous ses grands aïeux qui lui sont apparus,
On le mène à l'église où dort Borivorus[6] ;
235 L'évêque lui bénit la bouche et la paupière,
Et met dans ses deux mains les deux haches de pierre
Dont Attila[7] frappait, juste comme la mort,
D'un bras sur le Midi, de l'autre sur le Nord.

Ce jour-là, sur les tours de la ville, on arbore
240 Le menaçant drapeau du marquis Swantibore[8]
Qui lia dans les bois et fit manger aux loups

---

1. Attila, dit Moréri, est « roy des Huns, Scythe de nation ». Les Scythes ont prospéré en Orient du VIIIe siècle av. J.-C. au VIIe siècle de notre ère. Corbus remonte ainsi à la plus haute Antiquité, et scelle l'appartenance, pour un Hugo comme pour un Michelet, de l'Allemagne à l'Orient. **2.** Involution vers le passé dans le moment de relance de l'avenir : la coutume de Lusace réfléchit sombrement *La Légende*. **3.** Membre (tonsuré) du clergé. **4.** Vase destiné à contenir les hosties pour la communion catholique. **5.** Nom de quatre rois de Hongrie entre le XIe et le XIIIe siècle. Le nom a dû plaire à Hugo, du fait de sa consonance à la fois féminine et guerrière. **6.** Deux rois de Bohême portent ce nom. **7.** Voir note 6, p. 98. **8.** Hugo a lu dans Moréri que ce duc de Poméranie avait condamné les femmes adultères à allaiter des chiens au lieu de leurs enfants. Par association, il a prêté à la femme de Swantibore une partie du destin de celle de Minos, Pasiphaé, qui eut de son accouplement avec un taureau passionnément aimé un monstre, le Minotaure.

Sa femme et le taureau dont il était jaloux.

Même quand l'héritier du trône est une femme,
Le souper de la tour de Corbus la réclame ;
245 C'est la loi ; seulement, la pauvre femme a peur.

V

LA MARQUISE MAHAUD [1]

La nièce du dernier marquis, Jean le Frappeur [2],
Mahaud est aujourd'hui marquise de Lusace.
Dame, elle a la couronne, et, femme, elle a la grâce ;
Une reine n'est pas reine sans la beauté.
250 C'est peu que le royaume, il faut la royauté.
Dieu dans son harmonie également emploie
Le cèdre qui résiste et le roseau qui ploie,
Et, certes, il est bon qu'une femme parfois
Ait dans sa main les mœurs, les esprits et les lois [3],
255 Succède au maître altier [4], sourie au peuple, et mène,
En lui parlant tout bas, la sombre troupe humaine [5] ;
Mais la douce Mahaud, dans ces temps de malheur,
Tient trop le sceptre, hélas ! comme on tient une fleur ;
Elle est gaie, étourdie, imprudente et peureuse.
260 Toute une Europe obscure autour d'elle se creuse ;
Et, quoiqu'elle ait vingt ans, on a beau la prier,
Elle n'a pas encor voulu se marier.
Il est temps cependant qu'un bras viril l'appuie ;
Comme l'arc-en-ciel rit entre l'ombre et la pluie,

1. Ce prénom participe à la « couleur » médiévale du poème. **2.** Surnom terrifiant parce qu'il dit toute la brutalité physique de la tyrannie féodale, que ne peut exercer la douce Mahaud, mais aussi surnom comique, qui tourne en dérision cette brutalité. **3.** Le pouvoir du marquis ou de la marquise de Lusace est politique (les lois), spirituel (les esprits), et moral (les mœurs). **4.** Voir note 3, p. 204. **5.** Positivité de la reine après celle de l'enfant-roi Nuño. Enfance et féminité sont des principes d'adoucissement de la violence politique. Cependant, comme le montre la suite du développement, Mahaud est *trop* femme.

265 Comme la biche joue entre le tigre et l'ours,
Elle a, la pauvre belle aux purs et chastes jours
Deux noirs voisins qui font une noire besogne :
L'empereur d'Allemagne et le roi de Pologne.

VI

Les deux voisins[1]

Toute la différence entre ce sombre roi
270 Et ce sombre empereur, sans foi, sans Dieu, sans loi,
C'est que l'un est la griffe et que l'autre est la serre ;
Tous deux vont à la messe et disent leur rosaire[2] ;
Ils n'en passent pas moins pour avoir fait tous deux
Dans l'enfer un traité d'alliance hideux ;
275 On va même jusqu'à chuchoter à voix basse,
Dans la foule où la peur d'en haut tombe et s'amasse,
L'affreux texte d'un pacte entre eux et le pouvoir
Qui s'agite sous l'homme au fond du monde noir[3] ;
Quoique l'un soit la haine et l'autre la vengeance,
280 Ils vivent côte à côte en bonne intelligence ;
Tous les peuples qu'on voit saigner à l'horizon
Sortent de leur tenaille et sont de leur façon ;
Leurs deux figures sont lugubrement grandies
Par de rouges reflets de sacs[4] et d'incendies ;
285 D'ailleurs, comme David[5], suivant l'usage ancien,
L'un est poëte, et l'autre est bon musicien ;
Et les déclarant dieux, la renommée allie

---

1. Titre du manuscrit : « Charybde et Scylla ». Monstres légendaires gardant le détroit de Messine ; les navigateurs qui échappaient à l'un étaient victimes de l'autre. Hugo a écarté cette mythification pour au contraire choisir un registre familier. **2.** Grand chapelet composé de quinze dizaines d'*Ave*, précédées chacune d'un *Pater*. La dévotion de façade est un trait quasi systématique des tyrans hugoliens — Napoléon III en tête. **3.** Nouvelle légende produite par la terreur que les tyrans exercent sur la masse, « on », celle d'un pacte qui renvoie à une légende germanique qui hante les romantiques : la légende de Faust. **4.** Pillage, saccage. **5.** Voir note 3, p. 83.

Leurs noms dans les sonnets qui viennent d'Italie[1].
L'antique hiérarchie a l'air mise en oubli ;
290 Car, suivant le vieil ordre en Europe établi,
L'empereur d'Allemagne est duc, le roi de France
Marquis ; les autres rois ont peu de différence ;
Ils sont barons autour de Rome, leur pilier,
Et le roi de Pologne est simple chevalier[2] ;
295 Mais dans ce siècle on voit l'exception unique
Du roi sarmate égal au césar germanique[3].
Chacun s'est fait sa part ; l'allemand n'a qu'un soin,
Il prend tous les pays de terre ferme au loin ;
Le polonais, ayant le rivage baltique,
300 Veut des ports ; il a pris toute la mer celtique[4] ;
Sur tous les flots du nord il pousse ses dromons[5] ;
L'Islande voit passer ses navires démons ;
L'allemand brûle Anvers et conquiert les deux Prusses,
Le polonais secourt Spotocus, duc des Russes,

---

1. L'allusion aux sonnets italiens (forme savante d'abord illustrée par Pétrarque au XIVe siècle) renvoie le XVe siècle du poème à la Renaissance italienne. Sauvagerie archaïque et raffinement culturel se mêlent non pas pour neutraliser la première, mais pour pervertir le second. Le champ culturel est divisé en deux perversions de la poésie : une poésie populaire, enracinée dans la zone germanique, mais qui est l'expression de la superstition, de l'effroi, de l'aliénation du peuple ; une poésie aristocratique importée, raffinée, mais qui elle aussi est aliénée à la tyrannie. L'épanouissement de la culture des puissants et son ouverture cosmopolite peuvent très bien n'être que le masque de la permanence de leur violence. **2.** Ce vieil ordre de l'Europe fait de celle-ci un empire structuré par la hiérarchie féodale des seigneuries : ducs, marquis, barons, chevaliers. Hiérarchie doublement caduque en 1859, puisqu'elle donne la suprématie à l'Allemagne sur la France, et que la France est appelée par Hugo à devenir le centre de rayonnement des « États-Unis d'Europe ». Cette hiérarchie est cependant valorisée parce qu'elle enracine l'utopie d'un nouvel ordre européen dans la réalité passée. **3.** La fin du Moyen Âge est sa décadence, et non la lente et positive émergence des Temps modernes. Et l'égalité entre le roi polonais et l'empereur d'Allemagne est doublement stigmatisée : par le fait qu'elle rompe « le vieil ordre européen » sans le refonder, et par les périphrases qui les désignent (les Sarmates se sont assimilés aux Scythes — Ladislas est un Barbare antique ; l'antonomase « césar » fait de Sigismond un avatar de la figure sempiternelle du tyran). **4.** Cette façon de désigner la mer du Nord tire le Moyen Âge du poème vers l'Antiquité barbare. **5.** Voir note 2, p. 136.

305 Comme un plus grand boucher en aide un plus petit[1] ;
Le roi prend, l'empereur pille, usurpe, investit[2] ;
L'empereur fait la guerre à l'ordre teutonique[3].
Le roi sur le Jutland[4] pose son pied cynique ;
Mais, qu'ils brisent le faible ou qu'ils trompent le fort,
310 Quoi qu'ils fassent, ils ont pour loi d'être d'accord ;
Des geÿsers[5] du pôle aux cités transalpines,
Leurs ongles monstrueux, crispés sur des rapines[6],
Égratignent le pâle et triste continent.
Et tout leur réussit. Chacun d'eux, rayonnant,
315 Mène à fin tous ses plans lâches ou téméraires,
Et règne ; et, sous Satan paternel, ils sont frères[7] ;
Ils s'aiment ; l'un est fourbe et l'autre est déloyal ;
Ils sont les deux bandits du grand chemin royal.
Ô les noirs conquérants ! et quelle œuvre éphémère !
320 L'ambition, branlant ses têtes de chimère[8],
Sous leur crâne brumeux, fétide et sans clarté,
Nourrit la pourriture et la stérilité ;
Ce qu'ils font est néant et cendre ; une hydre[9] allaite,
Dans leur âme nocturne et profonde, un squelette.
325 Le polonais sournois, l'allemand hasardeux[10],
Remarquent qu'à cette heure une femme est près d'eux ;

---

1. Déformation d'un Stopocus duc des Russiens trouvé dans Moréri, Spotocus est une curiosité étrange pour le lecteur : par la bizarrerie sonore de son nom bien peu illustre, et par le secours que lui apporte le roi polonais. Car la question de l'indépendance de la Pologne martyre face à l'empire de Russie et celle de l'aide que pourrait lui apporter la France sont une des grandes préoccupations des esprits progressistes depuis 1815. **2.** Encercler par des troupes. **3.** Ordre créé en Terre sainte, composé uniquement d'aristocrates allemands, qui constitua peu à peu, en luttant contre la Pologne (et non l'Empire allemand), un puissant État, déclinant au XVe siècle. La déformation hugolienne de l'Histoire suggère que la solidarité du monde germanique éclate en cette décadence du Moyen Âge. **4.** Selon Berret, Hugo possédait un atlas historique comportant une carte de l'Europe au IXe siècle où effectivement le territoire polonais s'étendait jusqu'à cette région danoise. Le détail confirme la superposition des époques du Moyen Âge. Le XVe siècle est une version décadente du IXe. **5.** « Geÿsers » se prononce en trois syllabes. **6.** Pillage. **7.** Comme les infants du « Petit roi de Galice ». **8.** Monstre à tête de lion soufflant des flammes ; illusion de l'imagination. **9.** Voir note 2, p. 56. **10.** Voir note 2, p. 197.

Tous deux guettent Mahaud. Et naguère, avec rage,
De sa bouche qu'empourpre une lueur d'orage
Et d'où sortent des mots pleins d'ombre ou teints de sang,
330 L'empereur a jeté cet éclair menaçant :
« L'empire est las d'avoir au dos cette besace
Qu'on appelle la haute et la basse Lusace,
Et dont la pesanteur, qui nous met sur les dents [1],
S'accroît, quand, par hasard, une femme est dedans [2]. »
335 Le polonais se tait, épie et patiente.

Ce sont deux grands dangers ; mais cette insouciante
Sourit, gazouille et danse, aime les doux propos,
Se fait bénir du pauvre et réduit les impôts ;
Elle est vive, coquette, aimable et bijoutière [3] ;
340 Elle est femme toujours ; dans sa couronne altière,
Elle choisit la perle, elle a peur du fleuron [4] ;
Car le fleuron tranchant, c'est l'homme et le baron [5].
Elle a des tribunaux d'amour qu'elle préside [6] ;
Aux copistes d'Homère elle paye un subside [7] ;
345 Elle a tout récemment accueilli dans sa cour
Deux hommes, un luthier avec un troubadour [8],
Dont on ignore tout, le nom, le rang, la race [9],
Mais qui, conteurs charmants, le soir, sur la terrasse,

---

1. Locution familière : épuiser. **2.** La suite fera comprendre pourquoi le pouvoir au féminin est plus lourd à supporter pour les tyrans : c'est qu'il accable moins le peuple. **3.** Une note du manuscrit signale que l'adjectif est emprunté aux *Mémoires* de la princesse Palatine. Mahaud aime les bijoux. **4.** Ornement en forme de feuille ou de fleur fréquent sur les couronnes et sur les livres ; par extension, le fer qui sert au typographe à faire cet ornement. **5.** Voir note 1, p. 127. **6.** Se confondent ici en Mahaud la tradition courtoise et, sans doute, le souvenir anachronique de la marquise de Rambouillet, qui fit de son hôtel le centre de la préciosité, mouvement caractérisé par l'importance des femmes, soucieuses de policer et le langage et l'amour, préciosité que Hugo connaissait assez bien grâce à Gautier. **7.** Subvention. **8.** Musicien jouant du luth et poète lyrique courtois des XIIe et XIIIe siècles, de langue d'oc. Le mot « troubadour » renvoie le lecteur de 1859 à la littérature et à la mode dite « troubadour » du début du XIXe siècle, imitation largement fantaisiste de la poésie chevaleresque et courtoise. **9.** Voir note 3, p. 140.

À l'heure où les vitraux aux brises sont ouverts,
350 Lui font de la musique et lui disent des vers.

Or, en juin, la Lusace, en août[1], les Moraves[2],
Font la fête du trône et sacrent leurs margraves[3] ;
C'est aujourd'hui le jour du burg[4] mystérieux :
Mahaud viendra ce soir souper chez ses aïeux.

355 Qu'est-ce que tout cela fait à l'herbe des plaines,
Aux oiseaux, à la fleur, au nuage, aux fontaines ?
Qu'est-ce que tout cela fait aux arbres des bois ?
Que le peuple ait des jougs et que l'homme ait des rois,
L'eau coule, le vent passe et murmure : Qu'importe !

VII

La salle a manger

360 La salle est gigantesque ; elle n'a qu'une porte ;
Le mur fuit dans la brume et semble illimité ;
En face de la porte, à l'autre extrémité,
Brille, étrange et splendide, une table adossée
Au fond de ce livide et froid rez-de-chaussée ;
365 La salle a pour plafond les charpentes du toit ;
Cette table n'attend qu'un convive ; on n'y voit
Qu'un fauteuil sous un dais[5] qui pend aux poutres
[noires ;
Les anciens temps ont peint sur le mur leurs histoires[6] :

---

1. La dierèse « a-oût » (nécessaire ici pour que le vers soit juste) est attestée dans la liste des « principales *diérèses* très-anciennement usitées » du *Traité de versification française* de L. Quicherat (Hachette, 2e édition, 1850). **2.** La Moravie se situe entre la Bohême et la Slovaquie. **3.** Voir note 6, p. 219. **4.** Voir note 6, p. 215. **5.** Voir note 7, p. 218. **6.** La description de ce « mur [qui] fuit dans la brume » et où « les anciens temps ont peint [...] leurs histoires » est une variante de « La vision d'où est sorti ce livre » *(Nouvelle Série)*, et une mise en abyme cauchemardesque du recueil : parce que l'Histoire s'identifie à un enchaînement fatal de dieux et de princes terrifiants, et parce qu'elle ne s'ouvre sur aucun avenir qui romprait cet enchaînement.

Le fier combat du roi des Vendes Thassilo[1],
370 Contre Nemrod[2] sur terre et Neptune[3] sur l'eau,
Le fleuve Rhin trahi par la rivière Meuse[4],
Et, groupes blêmissants sur la paroi brumeuse,
Odin[5], le loup Fenris et le serpent Asgar[6] ;
Et toute la lumière éclairant ce hangar,
375 Qui semble d'un dragon avoir été l'étable,
Vient d'un flambeau sinistre allumé sur la table ;
C'est le grand chandelier aux sept branches de fer
Que l'archange Attila[7] rapporta de l'enfer
Après qu'il eut vaincu le Mammon[8], et sept âmes
380 Furent du noir flambeau les sept premières flammes.
Toute la salle semble un grand linéament[9]
D'abîme, modelé dans l'ombre vaguement ;
Au fond, la table éclate avec la brusquerie
De la clarté heurtant des blocs d'orfévrerie ;
385 De beaux faisans tués par les traîtres faucons,
Des viandes froides, force aiguières[10] et flacons,
Chargent la table où s'offre une opulente agape[11] ;
Les plats, bordés de fleurs, sont en vermeil ; la nappe
Vient de Frise[12], pays célèbre par ses draps ;
390 Et, pour les fruits, brugnons, fraises, pommes, cédrats[13],

---

1. Manuscrit : « du roi des Vandales Samo ». Voir note 2, p. 144. Vendes : peuple d'origine slave qui s'est répandu dans l'antique Germanie. **2.** Premier potentat dans la Genèse, à qui est attribuée la construction de Babel. Dans *La Fin de Satan*, il est le « noir chasseur » qui ouvre l'ère de la violence historique. **3.** Divinité latine des Mers. **4.** La Meuse et le Rhin ont un delta commun sur la mer du Nord. Compromission des forces de la Nature dans l'Histoire funèbre des « anciens temps ». **5.** Le père des dieux de la mythologie scandinave. **6.** Deux monstres, fils de Loke, la divinité du Mal (Hugo se trompe, comme ses sources, en confondant le serpent et la ville des dieux, Asgard). **7.** Voir note 6, p. 98. Dans l'archange se confondent les figures d'Attila et de Michel. Voir note 7, p. 203. **8.** Dans *Dieu* et *La Fin de Satan*, nom du mammouth, associé ici au démon vaincu par l'archange. **9.** Voir note 3, p. 182. **10.** Ancien vase à eau. **11.** Repas que les premiers chrétiens faisaient en commun ; 1847 : festin dont les convives sont unis par la fraternité. **12.** Plaines bordant la mer du Nord dans un territoire chevauchant Allemagne et Pays-Bas. **13.** Agrume.

Les pâtres de la Murg[1] ont sculpté les sébiles[2] ;
Ces orfévres du bois sont des rustres habiles
Qui font sur une écuelle ondoyer des jardins
Et des monts où l'on voit fuir des chasses aux daims.
395 Sur une vasque d'or aux anses florentines,
Des actéons cornus et chaussés de bottines[3]
Luttent, l'épée au poing, contre des lévriers ;
Des branches de glaïeuls et de genévriers,
Des roses, des bouquets d'anis, une jonchée
400 De sauge[4] tout en fleur nouvellement fauchée,
Couvrent d'un frais parfum de printemps répandu
Un tapis d'Ispahan[5] sous la table étendu.
Dehors, c'est la ruine et c'est la solitude.
On entend, dans sa rauque et vaste inquiétude,
405 Passer sur le hallier[6], par l'été rajeuni,
Le vent, onde de l'ombre et flot de l'infini.
On a remis partout des vitres aux verrières
Qu'ébranle la rafale arrivant des clairières ;
L'étrange, dans ce lieu ténébreux et rêvant,
410 Ce serait que celui qu'on attend fût vivant[7] ;
Aux lueurs du sept-bras[8], qui fait flamboyer presque
Les vagues yeux épars sur la lugubre fresque,
On voit le long des murs, par place, un escabeau,
Quelque long coffre obscur à meubler le tombeau,
415 Et des buffets, chargés de cuivre et de faïence ;
Et la porte, effrayante et sombre confiance,
Est formidablement ouverte sur la nuit.

Rien ne parle en ce lieu, d'où tout homme s'enfuit.
La terreur, dans les coins accroupie, attend l'hôte.

---

1. Vallée de la Forêt-Noire. **2.** Petit plat en bois. **3.** Actéon : grand chasseur de la mythologique grecque, qui, ayant surpris Diane au bain, fut métamorphosé en cerf et aussitôt dévoré par ses chiens. Il est ordinairement représenté cornu et chaussé. **4.** L'ancienne médecine attribuait au glaïeul et à la sauge des vertus merveilleuses. Cette dernière passait au Moyen Âge pour préserver de la mort. **5.** Ouverture du vieux burg de Lusace à l'Orient. **6.** Voir note 3, p. 189. **7.** Définition de la logique de retournement du merveilleux dans le poème. **8.** Le chandelier à sept branches évoqué plus haut.

420 Cette salle à manger de titans[1] est si haute,
Qu'en égarant, de poutre en poutre, son regard
Aux étages confus de ce plafond hagard,
On est presque étonné de n'y pas voir d'étoiles.
L'araignée est géante en ces hideuses toiles
425 Flottant là-haut, parmi les madriers[2] profonds
Que mordent aux deux bouts les gueules des griffons[3].
La lumière a l'air noire et la salle a l'air morte.
La nuit retient son souffle. On dirait que la porte
A peur de remuer tout haut ses deux battants.

VIII

Ce qu'on y voit encore

430 Mais ce que cette salle, antre obscur des vieux temps,
A de plus sépulcral et de plus redoutable,
Ce n'est pas le flambeau, ni le dais[4], ni la table ;
C'est, le long de deux rangs d'arches et de piliers,
Deux files de chevaux avec leurs chevaliers.

435 Chacun à son pilier s'adosse et tient sa lance ;
L'arme droite, ils se font vis-à-vis en silence ;
Les chanfreins[5] sont lacés ; les harnais sont bouclés ;
Les chatons des cuissards[6] sont barrés de leurs clés ;
Les trousseaux de poignards sur l'arçon[7] se répandent ;
440 Jusqu'aux pieds des chevaux les caparaçons[8]
[pendent ;
Les cuirs sont agrafés ; les ardillons[9] d'airain

---

1. Dieux gigantesques ayant régné au commencement du monde, jusqu'à ce que Zeus terrasse leur rébellion. **2.** Planche très épaisse. **3.** Voir note 5, p. 199. **4.** Voir note 7, p. 218. **5.** Voir note 4, p. 198. **6.** Anachronisme et impropriété pour désigner les attaches des deux parties de la cuirasse protégeant les cuisses. **7.** La selle est composée de deux pièces de bois cintrées, les arçons. **8.** Housse d'apparat pour le cheval. **9.** Pointe de métal qui sert à arrêter dans la boucle la courroie qu'on y introduit.

Attachent l'éperon, serrent le gorgerin[1] ;
La grande épée à mains brille au croc de la selle ;
La hache est sur le dos, la dague[2] est sous l'aisselle ;
445 Les genouillères ont leur boutoir[3] meurtrier ;
Les mains pressent la bride, et les pieds l'étrier ;
Ils sont prêts ; chaque heaume[4] est masqué de son
[crible[5] ;
Tous se taisent ; pas un ne bouge ; c'est terrible.

Les chevaux monstrueux ont la corne au frontail[6].
450 Si Satan est berger, c'est là son noir bétail.
Pour en voir de pareils dans l'ombre, il faut qu'on
[dorme ;
Ils sont comme engloutis sous la housse difforme ;
Les cavaliers sont froids, calmes, graves, armés,
Effroyables ; les poings lugubrement fermés ;
455 Si l'enfer tout à coup ouvrait ces mains fantômes,
On verrait quelque lettre affreuse dans leurs paumes.
De la brume du lieu leur stature s'accroît.
Autour d'eux l'ombre a peur et les piliers ont froid.
Ô nuit, qu'est-ce que c'est que ces guerriers livides ?
460 Chevaux et chevaliers sont des armures vides,
Mais debout. Ils ont tous encor le geste fier,
L'air fauve, et, quoique étant de l'ombre, ils sont du
[fer.
Sont-ce des larves[7] ? Non ; et sont-ce des statues ?
Non. C'est de la chimère[8] et de l'horreur, vêtues
465 D'airain, et, des bas-fonds de ce monde puni,
Faisant une menace obscure à l'infini ;
Devant cette impassible et morne chevauchée,
L'âme tremble et se sent des spectres approchée,

---

1. Pièce d'armure couvrant le devant du cou. **2.** Épée courte. **3.** À la lettre : extrémité du groin et canines avec lesquelles le sanglier, le porc fouissent la terre. **4.** Voir note 10, p. 128. **5.** Visière mobile et grillée du casque. **6.** Milieu du chanfrein (voir note 4, p. 198). **7.** Voir note 1, p. 77. **8.** Voir note 8, p. 225.

Comme si l'on voyait la halte des marcheurs
470 Mystérieux que l'aube efface en ses blancheurs.
Si quelqu'un, à cette heure, osait franchir la porte,
À voir se regarder ces masques de la sorte,
Il croirait que la mort, à de certains moments,
Rhabillant l'homme, ouvrant les sépulcres dormants,
475 Ordonne, hors du temps, de l'espace et du nombre[1],
Des confrontations de fantômes dans l'ombre.

Les linceuls ne sont pas plus noirs que ces armets[2] ;
Les tombeaux, quoique sourds et voilés pour jamais,
Ne sont pas plus glacés que ces brassards[3] ; les bières
480 N'ont pas leurs ais[4] hideux mieux joints que ces [jambières ;
Le casque semble un crâne, et, de squammes[5] couverts,
Les doigts des gantelets[6] luisent comme des vers ;
Ces robes de combat ont des plis de suaires ;
Ces pieds pétrifiés siéraient aux ossuaires[7] ;
485 Ces piques ont des bois lourds et vertigineux
Où des têtes de mort s'ébauchent dans les nœuds.
Ils sont tous arrogants sur la selle, et leurs bustes
Achèvent les poitrails des destriers[8] robustes ;
Les mailles sur leurs flancs croisent leurs durs tricots ;
490 Le mortier[9] des marquis près des tortils[10] ducaux
Rayonne, et sur l'écu, le casque et la rondache[11],
La perle triple alterne avec les feuilles d'ache[12] ;
La chemise de guerre et le manteau de roi

---

1. « Le profond mot Nombre est à la base de la pensée de l'homme ; il est, pour notre intelligence, élément ; il signifie harmonie aussi bien que mathématique » (*William Shakespeare*, I, III, 2). **2.** Petit casque fermé. **3.** Voir note 1, p. 129. **4.** Planche de bois. **5.** Écailles ; lamelles qui se détachent de la peau dans certaines maladies de peau. Le mot appartient en 1859 à la terminologie scientifique. **6.** Gants recouverts de mailles métalliques. **7.** Voir note 4, p. 122. **8.** Voir note 5, p. 196. Les chevaliers sont ici des versions humanisées des Centaures. **9.** Bonnet de velours écarlate rehaussé d'hermine des princes du Saint Empire, non des marquis. **10.** Couronne, ordinairement des barons. **11.** Grand bouclier circulaire des hommes à pied au XVIe siècle. **12.** Les marquis ont la couronne avec feuilles d'ache et triple perle.

Sont si larges, qu'ils vont du maître au palefroi[1] ;
495 Les plus anciens harnais[2] remontent jusqu'à Rome ;
L'armure du cheval sous l'armure de l'homme
Vit d'une vie horrible, et guerrier et coursier[3]
Ne font qu'une seule hydre[4] aux écailles d'acier.

L'histoire est là ; ce sont toutes les panoplies[5]
500 Par qui furent jadis tant d'œuvres accomplies ;
Chacune, avec son timbre[6] en forme de delta,
Semble la vision du chef qui la porta ;
Là sont les ducs sanglants et les marquis sauvages
Qui portaient pour pennons[7] au milieu des ravages
505 Des saints dorés et peints sur des peaux de poissons.
Voici Geth, qui criait aux Slaves : « Avançons ! »
Mundiaque, Ottocar, Platon[8], Ladislas Cunne,
Welf[9], dont l'écu portait : « Ma peur se nomme
[Aucune. »
Zultan, Nazamystus, Othon le Chassieux[10] ;
510 Depuis Spignus jusqu'à Spartibor-aux-trois-yeux[11],
Toute la dynastie effrayante d'Antée[12]
Semble là sur le bord des siècles arrêtée.

Que font-ils là, debout et droits ? Qu'attendent-ils ?
L'aveuglement remplit l'armet[13] aux durs sourcils.
515 L'arbre est là sans la séve et le héros sans l'âme ;

---

1. Voir note 3, p. 208. **2.** Voir note 1, p. 137. **3.** Grand cheval de bataille ou de tournoi. **4.** Voir note 2, p. 56. **5.** Voir note 1, p. 202. **6.** Partie du casque protégeant le crâne. **7.** Drapeau à longue pointe porté par les chevaliers au bout de leur lance. **8.** Dans la série de ces noms obscurs et étranges tirés de Moréri, « Platon » est plus étrange encore. Voir note 5, p. 220. **9.** Welf sera le héros d'un drame de la pitié dans la *Nouvelle Série*, « Welf, castellan d'Osbor ». **10.** Dont les yeux sont infectés de cette matière gluante qu'est la chassie. **11.** Spartibor fait la paire (et la rime) avec Othon. La fantaisie des noms propres souligne le caractère tératologique des chevaliers, mais aussi leur néant de petits personnages historiques. Le grotesque travaille cette totalisation de l'Histoire, terrible et dérisoire. **12.** Voir note 1, p. 220. **13.** Petit casque fermé.

Où l'on voit des yeux d'ombre on vit des yeux de
[flamme ;
La visière aux trous ronds sert de masque au néant ;
Le vide s'est fait spectre et rien s'est fait géant ;
Et chacun de ces hauts cavaliers est l'écorce
520 De l'orgueil, du défi, du meurtre et de la force ;
Le sépulcre glacé les tient ; la rouille mord
Ces grands casques, épris d'aventure [1] et de mort,
Que baisait leur maîtresse auguste, la bannière ;
Pas un brassard [2] ne peut remuer sa charnière ;
525 Les voilà tous muets, eux qui rugissaient tous,
Et, grondant et grinçant, rendaient les clairons fous [3] ;
Le heaume [4] affreux n'a plus de cri dans ses gencives ;
Ces armures, jadis fauves et convulsives,
Ces hauberts [5], autrefois pleins d'un souffle irrité,
530 Sont venus s'échouer dans l'immobilité,
Regarder devant eux l'ombre qui se prolonge,
Et prendre dans la nuit la figure du songe.

Ces deux files, qui vont depuis le morne seuil
Jusqu'au fond où l'on voit la table et le fauteuil,
535 Laissent entre leurs fronts une ruelle étroite ;
Les marquis sont à gauche et les ducs sont à droite ;
Jusqu'au jour où le toit que Spignus crénela,
Chargé d'ans, croulera sur leur tête, ils sont là,
Inégaux, face à face, et pareils, côte à côte.
540 En dehors des deux rangs, en avant, tête haute,
Comme pour commander le funèbre escadron
Qu'éveillera le bruit du suprême clairon [6],
Les vieux sculpteurs ont mis un cavalier de pierre,
Charlemagne [7], ce roi qui de toute la terre

---

1. Voir note 2, p. 174 **2.** Voir note 1, p. 129. **3.** Association de l'épique et de la folie. Voir p. 195 et la note 6. **4.** Voir note 10, p. 128. **5.** Voir note 3, p. 128. **6.** La totalisation de l'Histoire débouche, comme le recueil, sur la promesse du Jugement dernier. Voir XV. **7.** Compromission dans le mal féodal de la figure impériale de Charlemagne, si positive dans « Le cycle héroïque chrétien ».

545 Fit une table ronde à douze chevaliers[1].

Les cimiers[2] surprenants, tragiques, singuliers,
Cauchemars entrevus dans le sommeil sans bornes,
Sirènes aux seins nus, mélusines[3], licornes,
Farouches bois de cerfs, aspics[4], alérions[5],
550 Sur la rigidité des pâles morions[6],
Semblent une forêt de monstres qui végète ;
L'un penche en avant, l'autre en arrière se jette ;
Tous ces êtres, dragons, cerbères[7] orageux,
Que le bronze et le rêve ont créés dans leurs jeux,
555 Lions volants, serpents ailés, guivres[8] palmées,
Faits pour l'effarement des livides armées,
Espèces de démons composés de terreur,
Qui, sur le heaume[9] altier[10] des barons[11] en fureur,
Hurlaient, accompagnant la bannière géante,
560 Sur les cimiers[12] glacés songent, gueule béante,
Comme s'ils s'ennuyaient, trouvant les siècles longs ;
Et, regrettant les morts saignant sous les talons,
Les trompettes, la poudre immense, la bataille,
Le carnage, on dirait que l'Épouvante bâille[13].
565 Le métal fait reluire, en reflets durs et froids,
Sa grande larme au mufle obscur des palefrois[14] ;
De ces spectres pensifs l'odeur des temps s'exhale ;
Leur ombre est formidable au plafond de la salle ;
Aux lueurs du flambeau frissonnant, au-dessus
570 Des blêmes cavaliers vaguement aperçus,

---

1. Extension fantaisiste et visionnaire de la table ronde du roi Arthur, où s'asseyaient ses chevaliers pour éviter tout problème de préséance ; le chiffre douze renvoie au nombre des pairs de France. Voir note 5, p. 135. **2.** Voir note 7, p. 128. **3.** Terme de blason : figure nue, échevelée, demi-femme et demi-serpent. Mélusine est dans les romans de chevalerie une fille de fée qui peut se transformer partiellement en serpent. **4.** Vipère. **5.** Voir note 9, p. 176. **6.** Forme de casque en usage au XVIe siècle. **7.** Cerbère, frère de l'Hydre et de la Chimère, est le chien de garde des Enfers de la mythologie grecque. **8.** Couleuvre ou dragon, dans le bestiaire monstrueux des blasons. **9.** Voir note 10, p. 128. **10.** Voir note 3, p. 204. **11.** Voir note 1, p. 127. **12.** Voir note 7, p. 128. **13.** Cet ennui de l'Épouvante épique est à la fois cauchemar et signe de progrès. **14.** Voir note 3, p. 208.

Elle remue et croît dans les ténébreux faîtes ;
Et la double rangée horrible de ces têtes
Fait, dans l'énormité des vieux combles fuyants,
De grands nuages noirs aux profils effrayants.

575 Et tout est fixe, et pas un coursier ne se cabre
Dans cette légion de la guerre macabre[1] ;
Oh ! ces hommes masqués sur ces chevaux voilés,
Chose affreuse !

À la brume éternelle mêlés,
Ayant chez les vivants fini leur tâche austère,
580 Muets, ils sont tournés du côté du mystère ;
Ces sphinx[2] ont l'air, au seuil du gouffre où rien ne luit,
De regarder l'énigme en face dans la nuit,
Comme si, prêts à faire, entre les bleus pilastres[3],
Sous leurs sabots d'acier étinceler les astres,
585 Voulant pour cirque l'ombre, ils provoquaient d'en bas,
Pour on ne sait quels fiers et funèbres combats,
Dans le champ sombre où n'ose aborder la pensée,
La sinistre visière au fond des cieux baissée.

IX

Bruit que fait le plancher[4]

C'est là qu'Eviradnus entre ; Gasclin le suit.

---

1. L'usage de l'adjectif détaché de l'expression « danse macabre » ne sera attesté que dans le *Dictionnaire de l'Académie* de 1878. Le mot confère une dimension grotesque au cauchemar de l'Histoire épique. **2.** Chez les Égyptiens, monstre fabuleux à tête d'homme, d'épervier ou de bélier, le plus connu étant celui qui est sculpté près de la pyramide de Chéops. Dans la mythologie grecque, divinité infernale : lion ailé à tête de femme qui tuait à Thèbes les voyageurs qui, à la différence d'Œdipe, ne résolvaient pas son énigme. Le Sphinx prédit à Œdipe son sort tragique, sans que celui-ci puisse le conjurer. Au figuré, personnage énigmatique. **3.** Pilier engagé dans un mur et formant une légère saillie. **4.** Détail de la vie familière et ficelle mélodramatique pour créer un effet de suspense. Hugo brouille les distances, les registres et les émotions. Voir note 1, p. 254.

590 Le mur d'enceinte étant presque partout détruit,
Cette porte, ancien seuil des marquis patriarches[1],
Qu'au-dessus de la cour exhaussent quelques marches,
Domine l'horizon, et toute la forêt
Autour de son perron comme un gouffre apparaît.
595 L'épaisseur du vieux roc de Corbus est propice
À cacher plus d'un sourd et sanglant précipice ;
Tout le burg[2], et la salle elle-même, dit-on,
Sont bâtis sur des puits faits par le duc Platon[3] ;
Le plancher sonne ; on sent au-dessous des abîmes.

600 « Page[4], dit ce chercheur d'aventures[5] sublimes[6],
Viens. Tu vois mieux que moi, qui n'ai plus de bons
[yeux[7],
Car la lumière est femme et se refuse aux vieux ;
Bah ! voit toujours assez qui regarde en arrière.
On découvre d'ici la route et la clairière ;
605 Garçon[8], vois-tu là-bas venir quelqu'un ? » Gasclin
Se penche hors du seuil ; la lune est dans son plein,
D'une blanche lueur la clairière est baignée.
« Une femme à cheval. Elle est accompagnée.
— De qui ? » Gasclin répond : « Seigneur, j'entends
[les voix
610 De deux hommes parlant et riant, et je vois
Trois ombres de chevaux qui passent sur la route.
— Bien, dit Eviradnus. Ce sont eux. Page, écoute :
Tu vas partir d'ici. Prends un autre chemin.
Va-t'en, sans être vu. Tu reviendras demain
615 Avec nos deux chevaux, frais, en bon équipage,
Au point du jour. C'est dit. Laisse-moi seul. » Le page
Regardant son bon maître avec des yeux de fils,

---

1. Les marquis de Lusace, ancêtres de Mahaud, ancrent la féodalité dans le temps primitif des patriarches. **2.** Voir note 6, p. 215. **3.** Voir note 5, p. 220. **4.** Voir note 2, p. 127. **5.** Voir notes 2, p. 174 et 2, p. 219. **6.** Ici : d'une grandeur héroïque qui dépasse la mesure humaine. **7.** Le « chercheur d'aventures sublimes » parle comme un vieux bonhomme. **8.** Voir note 6, p. 142.

Dit : « Si je demeurais ? Ils sont deux. — Je suffis.
Va. »

X

Eviradnus immobile[1]

Le héros est seul sous ces grands murs sévères.
620 Il s'approche un moment de la table où les verres
Et les hanaps[2], dorés et peints, petits et grands,
Sont étagés, divers pour les vins différents ;
Il a soif ; les flacons tentent sa lèvre avide ;
Mais la goutte qui reste au fond d'un verre vide
625 Trahirait que quelqu'un dans la salle est vivant ;
Il va droit aux chevaux. Il s'arrête devant
Celui qui le plus près de la table étincelle,
Il prend le cavalier et l'arrache à la selle ;
La panoplie[3] en vain lui jette un pâle éclair,
630 Il saisit corps à corps le fantôme de fer,
Et l'emporte au plus noir de la salle ; et, pliée
Dans la cendre et la nuit, l'armure humiliée
Reste adossée au mur comme un héros vaincu ;
Eviradnus lui prend sa lance et son écu[4],
635 Monte en selle à sa place, et le voilà statue.

Pareil aux autres, froid, la visière abattue,
On n'entend pas un souffle à sa lèvre échapper,
Et le tombeau pourrait lui-même s'y tromper.

Tout est silencieux dans la salle terrible.

---

1. Variante : « Eviradnus a soif ». Le titre soulignait le refus de boire d'Eviradnus, que Moreau rapproche de celui du Commandeur dans le *Don Giovanni* de Mozart. **2.** Grand vase à boire en métal, muni d'un pied et d'un couvercle. **3.** Voir note 1, p. 202. **4.** Bouclier.

XI

Un peu de musique [1]

640 Écoutez ! — Comme un nid qui murmure invisible,
Un bruit confus s'approche, et des rires, des voix,
Des pas, sortent du fond vertigineux des bois.

Et voici qu'à travers la grande forêt brune
Qu'emplit la rêverie immense de la lune,
645 On entend frissonner et vibrer mollement,
Communiquant aux bois son doux frémissement,
La guitare des monts d'Inspruck [2], reconnaissable
Au grelot de son manche où sonne un grain de sable ;
Il s'y mêle la voix d'un homme, et ce frisson
650 Prend un sens et devient une vague chanson [3] :

« Si tu veux, faisons un rêve :
Montons sur deux palefrois [4] ;
Tu m'emmènes, je t'enlève.
L'oiseau chante dans les bois.

655 » Je suis ton maître et ta proie ;
Partons, c'est la fin du jour ;
Mon cheval sera la joie,
Ton cheval sera l'amour.

» Nous ferons toucher leurs têtes ;
660 Les voyages sont aisés ;
Nous donnerons à ces bêtes
Une avoine de baisers [5].

---

1. Rupture de registre. **2.** Innsbruck en Autriche. **3.** Première chanson des *Petites Épopées*, démarquée de son contexte, en particulier par le choix du vers de sept syllabes, qui convient bien à ce genre poétique mineur et populaire — pour lors dévoyé par les tyrans. **4.** Voir note 3, p. 208. **5.** Préciosité charmante et non pédante, pour séduire Mahaud. Voir note 6, p. 226.

» Viens ! nos doux chevaux mensonges [1]
Frappent du pied tous les deux,
665 Le mien au fond de mes songes,
Et le tien au fond des cieux.

» Un bagage est nécessaire ;
Nous emporterons nos vœux,
Nos bonheurs, notre misère [2],
670 Et la fleur de tes cheveux.

» Viens, le soir brunit les chênes ;
Le moineau rit ; ce moqueur
Entend le doux bruit des chaînes
Que tu m'as mises au cœur.

675 » Ce ne sera point ma faute
Si les forêts et les monts,
En nous voyant côte à côte,
Ne murmurent pas : « Aimons [3] ! »

» Viens, sois tendre, je suis ivre.
680 Ô les verts taillis mouillés !
Ton souffle te fera suivre
Des papillons réveillés.

» L'envieux oiseau nocturne,
Triste, ouvrira son œil rond ;
685 Les nymphes [4], penchant leur urne,
Dans les grottes souriront ;

---

1. Équivalents, dans le registre mineur de la poésie galante, des chevaux fantomatiques de la salle de Corbus. **2.** C'est l'empereur d'Allemagne, Sigismond, déguisé en Joss, qui chante cela à la marquise Mahaud. **3.** Pour plaire à Mahaud et la perdre, Sigismond/Joss chante l'amour comme Hugo. Proximité inquiétante des voix du poète progressiste et de son personnage de tyran fourbe : la poésie, et plus spécialement le lyrisme amoureux dans le registre mineur de la chanson, est ici compromise dans les ruses de l'empereur usurpateur. Le désastre historique est à la fois éthique, politique et poétique. **4.** Voir note 2, p. 206.

» Et diront : « Sommes-nous folles !
» C'est Léandre avec Héro[1] ;
» En écoutant leurs paroles
690 » Nous laissons tomber notre eau. »

» Allons-nous-en par l'Autriche !
Nous aurons l'aube à nos fronts ;
Je serai grand, et toi riche,
Puisque nous nous aimerons.

695 » Allons-nous-en par la terre,
Sur nos deux chevaux charmants,
Dans l'azur, dans le mystère,
Dans les éblouissements !

» Nous entrerons à l'auberge,
700 Et nous paîrons l'hôtelier
De ton sourire de vierge
De mon bonjour d'écolier[2].

» Tu seras dame, et moi comte[3] ;
Viens, mon cœur s'épanouit ;
705 Viens, nous conterons ce conte
Aux étoiles de la nuit. »

La mélodie encor quelques instants se traîne
Sous les arbres bleuis par la lune sereine,
Puis tremble, puis expire, et la voix qui chantait
710 S'éteint comme un oiseau se pose ; tout se tait.

---

1. Prêtresse de Vénus qui se précipita dans la mer pour ne pas survivre à son amant Léandre. **2.** Étudiant. **3.** La fiction amoureuse est en dessous de la réalité, puisque le chanteur est empereur et la destinatrice marquise.

XII

LE GRAND JOSS ET LE PETIT ZÉNO [1]

Soudain, au seuil lugubre apparaissent trois têtes
Joyeuses, et d'où sort une lueur de fêtes ;
Deux hommes, une femme en robe de drap d'or.
L'un des hommes paraît trente ans ; l'autre est encor
715 Plus jeune, et, sur son dos, il porte en bandoulière
La guitare où s'enlace une branche de lierre ;
Il est grand et blond ; l'autre est petit, pâle et brun ;
Ces hommes, qu'on dirait faits d'ombre et de parfum,
Sont beaux, mais le démon dans leur beauté grimace ;
720 Avril a de ces fleurs où rampe une limace.

« Mon grand Joss, mon petit Zéno, venez ici.
Voyez. C'est effrayant. »

Celle qui parle ainsi
C'est madame Mahaud ; le clair de lune semble
Caresser sa beauté qui rayonne et qui tremble,
725 Comme si ce doux être était de ceux que l'air
Crée, apporte et remporte en un céleste éclair.

« Passer ici la nuit ! Certe, un trône s'achète !
Si vous n'étiez venus m'escorter en cachette,
Dit-elle, je serais vraiment morte de peur. »

---

1. On trouve, dans la liste des proscrits signataires de la lettre de protestation de Hugo contre l'expulsion de trois des leurs de Jersey en 1855, un Zéno Swietoslawski de Pologne (*Actes et paroles*, II, 1855). Sombre revanche de l'Histoire : la Pologne depuis le XVIIIe siècle subit ce que tentent de faire subir à la Lusace du XVe siècle l'empereur d'Allemagne et le roi polonais. Le petit Zéno rappelle un trait du roi de Pologne Ladislav III, dit parfois le Nain. Il rappelle surtout Napoléon le Petit. Le grand Joss, *alias* Sigismond, empereur d'Allemagne, s'appelait d'abord sur le manuscrit « le grand Fritz », et cela dans toute la suite du poème : « le grand Joss » ne comporte pas la même nuance germanophobe.

730 La lune éclaire auprès du seuil, dans la vapeur,
Un des grands chevaliers adossés aux murailles.

« Comme je vous vendrais à l'encan[1] ces ferrailles !
Dit Zéno ; je ferais, si j'étais le marquis,
De ce tas de vieux cloux sortir des vins exquis,
735 Des galas[2], des tournois[3], des bouffons et des
[femmes[4]. »

Et, frappant cet airain d'où sort le bruit des âmes,
Cette armure où l'on voit frémir le gantelet[5],
Calme et riant, il donne au sépulcre un soufflet[6].

« Laissez donc mes aïeux, dit Mahaud, qui murmure.
740 Vous êtes trop petit pour toucher cette armure. »

Zéno pâlit. Mais Joss : « Ça, des aïeux ! J'en ris.
Tous ces bonshommes noirs sont des nids de souris.
Pardieu ! pendant qu'ils ont l'air terrible, et qu'ils
[songent,
Écoutez, on entend le bruit des dents qui rongent.
745 Et dire qu'en effet autrefois tout cela
S'appelait Ottocar, Othon, Platon[7], Bela[8] !
Hélas ! la fin n'est pas plaisante, et déconcerte.
Soyez donc ducs et rois ! je ne voudrais pas, certe,
Avoir été colosse, avoir été héros,
750 Madame, avoir empli de morts des tombereaux,
Pour que, sous ma farouche et fière bourguignotte[9],

---

1. Aux enchères publiques. **2.** Grande fête, souvent de caractère officiel. **3.** Les combats courtois entre chevaliers sont dégradés par la série des jouissances dans laquelle ils s'inscrivent. Le discours de Zéno confirme la décadence de l'esprit chevaleresque au XVe siècle. Or, ce qui va sortir des « vieux clous », c'est le vieux chevalier courtois Eviradnus. **4.** Discours de bouffon rêvant d'être marquis, et de roi feignant d'être bouffon. L'esprit carnavalesque, associé au libertinage sexuel, est un trait récurrent des rois et des puissants chez Hugo. **5.** Voir note 6, p. 232. **6.** Provocation proche de celle de Dom Juan défiant la statue du Commandeur. **7.** Voir note 5, p. 221. **8.** Voir note 6, p. 220. **9.** Casque de la fin du XVe siècle. Le mot, de coloration grotesque, dissone avec ses épithètes, « farouche » et « fière ».

Moi, prince et spectre, un rat paisible me grignote[1] !

— C'est que ce n'est point là votre état, dit Mahaud.
Chantez, soit ; mais ici ne parlez pas trop haut.

755 — Bien dit, reprend Zéno. C'est un lieu de prodiges[2].
Et, quant à moi, je vois des serpentes[3], des stryges[4],
Tout un fourmillement de monstres, s'ébaucher
Dans la brume qui sort des fentes du plancher. »

Mahaud frémit.

« Ce vin que l'abbé m'a fait boire,
760 Va bientôt m'endormir d'une façon très-noire ;
Jurez-moi de rester près de moi.

— J'en réponds »,
Dit Joss ; et Zéno dit : « Je le jure. Soupons. »

XIII

Ils soupent[5]

Et, riant et chantant, ils s'en vont vers la table.

« Je fais Joss chambellan[6] et Zéno connétable[7]. »

---

1. Le discours de Joss démystifie les spectres en armure par le burlesque. Eviradnus les démystifiera (et démystifiera Joss/Sigismond) de manière sublime. **2.** Voir note 2, p. 55. L'ironie de Zéno, en recourant à ce vocable très hugolien, ne vise pas seulement Mahaud, mais l'auteur du poème. Ce type d'auto-ironie par la médiation d'un personnage est assez fréquent chez Hugo. Le discours de Zéno est une nouvelle démystification burlesque des chevaliers fantômes. Il pourrait être signé par un parodiste de Hugo. Voir note 1. **3.** Berret n'a retrouvé ce féminin de serpent que dans *Psyché* de La Fontaine. Cette féminisation du monstrueux n'est pas indifférente dans un poème sur le pouvoir royal au féminin. **4.** Vampire tenant de la femme et de la chienne. **5.** Les rois étant les « mangeurs », le motif du souper royal est fréquent chez Hugo. **6.** Gentilhomme de la cour chargé du service de la chambre du souverain. Promotion ambiguë, de la part de la future reine, de celui qui la charme par ses poèmes. **7.** Grand officier de la couronne, chef suprême de l'armée.

765 Dit Mahaud. Et tous trois causent, joyeux et beaux,
Elle sur le fauteuil, eux sur des escabeaux ;
Joss mange, Zéno boit, Mahaud rêve. La feuille
N'a pas de bruit distinct qu'on note et qu'on recueille,
Ainsi va le babil sans forme et sans lien ;
770 Joss par moment fredonne un chant tyrolien,
Et fait rire ou pleurer la guitare ; les contes
Se mêlent aux gaîtés fraîches, vives et promptes.
Mahaud dit : « Savez-vous que vous êtes heureux ?
— Nous sommes bien portants, jeunes, fous,
[amoureux ;
775 C'est vrai. — De plus, tu sais le latin comme un prêtre,
Et Joss chante fort bien. — Oui, nous avons un maître
Qui nous donne cela par-dessus le marché.
— Quel est son nom ? — Pour nous Satan, pour vous
[Péché [1] ;
Dit Zéno, caressant jusqu'en sa raillerie.
780 — Ne riez pas ainsi, je ne veux pas qu'on rie.
Paix, Zéno ! Parle-moi, toi, Joss, mon chambellan.
— Madame, Viridis comtesse de Milan [2],
Fut superbe ; Diane [3] éblouissait le pâtre ;
Aspasie [4], Isabeau de Saxe [5], Cléopâtre [6],
785 Sont des noms devant qui la louange se tait [7] ;

---

1. Cynisme à double niveau, puisque ce que Mahaud entend comme une plaisanterie d'un goût douteux est sérieux dans la perspective de Zéno, qui confirme ainsi la rumeur d'un pacte satanique. Le mal pour Mahaud se nomme « Péché », parce que le mal au féminin est sexuel. **2.** L'énumération des femmes célèbres commence par un nom de fantaisie bien viril, qui raccorde le poème à l'Italie de Ratbert. **3.** Diane séduisit le beau berger Endymion. Sous sa forme lunaire, elle s'accouplait à lui chaque soir sans le réveiller. **4.** Grande courtisane de Corinthe (Ve siècle av. J.-C.), protectrice des arts et conseillère en politique de son époux Périclès. Femme remarquable, certes, mais courtisane. L'intégrer dans l'éloge de Mahaud est donc d'un goût pervers. **5.** Isabeau de Bavière était célèbre pour sa beauté. **6.** Cette reine d'Égypte, qui perdit Antoine et rompit l'union de l'Orient et de l'Occident dans l'Empire romain, symbolise à elle seule le versant négatif, lascif et morbide, du pouvoir royal au féminin. **7.** Propos à double sens selon que l'on se place du point de vue du poète courtisan (Joss) ou du poète républicain (Hugo).

Rhodope[1] fut divine ; Érylésis[2] était
Si belle, que Vénus[3], jalouse de sa gorge,
La traîna toute nue en la céleste forge
Et la fit sur l'enclume écraser par Vulcain[4] ;
790 Eh bien, autant l'étoile éclipse le sequin[5],
Autant le temple éclipse un monceau de décombres[6],
Autant vous effacez toutes ces belles ombres !
Ces coquettes qui font des mines dans l'azur,
Les elfes[7], les péris[8], ont le front jeune et pur
795 Moins que vous, et pourtant le vent et ses bouffées
Les ont galamment d'ombre et de rayons coiffées.
— Flatteur, tu chantes bien », dit Mahaud. Joss reprend :
« Si j'étais, sous le ciel splendide et transparent,
Ange, fille ou démon, s'il fallait que j'apprisse
800 La grâce, la gaîté, le rire et le caprice,
Altesse, je viendrais à l'école chez vous.
Vous êtes une fée aux yeux divins et doux,
Ayant pour un vil sceptre échangé sa baguette. »
Mahaud songe : « On dirait que ton regard me guette,
805 Tais-toi. Voyons, de vous tout ce que je connais,
C'est que Joss est Bohême[9] et Zéno Polonais,
Mais vous êtes charmants ; et pauvres ; oui, vous
[l'êtes ;
Moi, je suis riche ; eh bien, demandez-moi, poëtes,
Tout ce que vous voudrez. — Tout ? Je vous prends
[au mot,

---

1. Courtisane qu'épousa le pharaon Psamméticus. Même remarque que pour Aspasie. **2.** Invention hugolienne. **3.** La déesse de l'Amour, épouse de Vulcain. **4.** Voir notes 2, p. 70 et 6, p. 206. Dans le discours de ce vrai empereur usurpateur et de ce faux poète courtisan, le savoir-faire technique dont Vulcain est la figure mythique est pris, comme l'amour, dans la violence. Mais viendra un temps, « Seizième siècle. — Renaissance. Paganisme », où un satyre, épouvantant Vénus et faisant dire à Vulcain : « Antée », prophétisera la libération de l'Homme par la révolution technologique. **5.** Voir note 8, p. 142. **6.** Voir note 1, p. 78. **7.** Génie de l'air dans la mythologie nordique. **8.** Figure féminine surnaturelle de la mythologie orientale. Voir *Ballades*, XV, « La fée et la péri ». **9.** De fait Sigismond est roi de Bohême avant que d'être empereur d'Allemagne.

810 Répond Joss. Un baiser. — Un baiser ! dit Mahaud
Surprise en ce chanteur d'une telle pensée[1] ;
Savez-vous qui je suis ? » Et fière et courroucée,
Elle rougit. Mais Joss n'est pas intimidé :
« Si je ne le savais, aurais-je demandé
815 Une faveur qu'il faut qu'on obtienne, ou qu'on prenne ?
Il n'est don que de roi ni baiser que de reine.
— Reine ! » et Mahaud sourit.

XIV

Après souper

Cependant, par degrés,
Le narcotique éteint ses yeux d'ombre enivrés ;
Zéno l'observe, un doigt sur la bouche ; elle penche
820 La tête, et, souriant, s'endort, sereine et blanche.

Zéno lui prend la main qui retombe.

« Elle dort !
Dit Zéno ; maintenant, vite, tirons au sort.
D'abord à qui l'état ? Ensuite, à qui la fille ? »

Dans ces deux profils d'homme un œil de tigre brille.

825 « Frère[2], dit Joss, parlons politique[3] à présent.
La Mahaud dort et fait quelque rêve innocent ;
Nos griffes sont dessus. Nous avons cette folle.
L'ami de dessous[4] terre est sûr et tient parole ;
Le hasard, grâce à lui, ne nous a rien ôté

---

1. Corollaire de la poésie d'éloge courtisan : le mépris des rois, et même de la douce reine Mahaud, pour les poètes. **2.** Voir note 7, p. 225. **3.** Voir note 1, p. 187. **4.** Le hasard, chaos causal, seconde « l'ami de dessous terre », Satan, dans le soutien qu'il accorde au complot de Sigismond et Ladislas, tandis que c'est l'ordre providentiel voulu par Dieu qui prend pour instrument le chevalier errant.

830 De ce que nous avons construit et comploté ;
Tout nous a réussi. Pas de puissance humaine
Qui nous puisse arracher la femme et le domaine.
Concluons. Guerroyer, se chamailler pour rien[1],
Pour un oui, pour un non, pour un dogme arien[2]
835 Dont le pape sournois rira dans la coulisse,
Pour quelque fille ayant une peau fraîche et lisse,
Des yeux bleus et des mains blanches comme le lait,
C'était bon dans le temps où l'on se querellait
Pour la croix byzantine ou pour la croix latine[3],
840 Et quand Pépin[4] tenait un synode à Leptine[5],
Et quand Rodolphe et Jean, comme deux hommes soûls,
Glaive[6] au poing, s'arrachaient leur Agnès de deux
[sous[7] ;
Aujourd'hui, tout est mieux et les mœurs sont plus
[douces[8] ;
Frère, on ne se met plus ainsi la guerre aux trousses,
845 Et l'on sait en amis régler un différend ;
As-tu des dés[9] ?

---

1. La dégradation burlesque de l'épique, à l'œuvre dans le discours de Joss, est le double infâme de l'entreprise hugolienne de révolution de l'écriture épique par la familiarité et le grotesque. **2.** Hérésie du IVe siècle qui affirmait que le Fils n'était pas de même nature que Dieu. Dans *Daphné*, Vigny a superposé au dogme arien la théologie de l'Allemand Strauss, qui affirmait l'humanité du Christ, et faisait une lecture historienne, démythifiante, des Évangiles. **3.** L'Église d'Orient, orthodoxe, s'est séparée de l'Église d'Occident, catholique, en 451. **4.** Pépin le Bref, roi des Francs de 751 à 768, père de Charlemagne et des Carolingiens. Sacré à deux reprises, c'est un usurpateur légitimé par l'Église. Sa royauté, « fondée par les prêtres, fut dévouée aux prêtres » (Michelet, [*Le Moyen Âge*]). **5.** Le synode (concile) de Leptine, auquel assista (et non que présida) Pépin, eut lieu en 743. Le détail a surtout valeur symbolique, de confusion des rôles du pape et du roi. **6.** Voir note 4, p. 121. **7.** Rodolphe, Jean et Agnès sont des mystères pour l'érudition. L'anecdote de Joss en tout cas dégrade l'univers chevaleresque et prépare dramatiquement la suite. **8.** C'est un des enjeux du poème : l'adoucissement des mœurs et l'épanouissement de la culture n'interdisent aucunement la désastreuse répétition de la tyrannie. Voir note 1, p. 224. **9.** Le motif des dés associe Mahaud à Nuño, Sigismond et Ladislas aux soldats des infants, et le tout au Calvaire. Voir note 4, p. 181.

— J'en ai.

— Celui qui gagne prend
Le marquisat ; celui qui perd a la marquise.

— Bien.

— J'entends du bruit.

— Non, dit Zéno, c'est la
[bise
Qui souffle bêtement, et qu'on prend pour quelqu'un.
As-tu peur ?

850 — Je n'ai peur de rien, que d'être à jeun,
Répond Joss, et sur moi que les gouffres s'écroulent !

— Finissons. Que le sort décide. »

Les dés roulent.
« Quatre. »

Joss prend les dés.

« Six. Je gagne tout net.
J'ai trouvé la Lusace au fond de ce cornet.
855 Dès demain, j'entre en danse avec tout mon orchestre.
Taxes partout. Payez. La corde ou le séquestre [1].
Des trompettes d'airain seront mes galoubets [2].
Les impôts, cela pousse en plantant des gibets. »

---

1. Saisie. La peine de mort est un instrument commode d'exploitation économique, celle-ci étant le seul programme politique de l'empereur concernant son nouveau territoire. **2.** Petit instrument à vent populaire, dont on joue de la main gauche tandis que la droite frappe sur un tambourin, pour rythmer la danse. Identifiées aux galoubets, les trompettes d'airain de Sigismond-Joss confirment la dégradation carnavalesque de l'épique par les tyrans, sur le dos du peuple. Mais la trompette du Jugement dernier (XV) n'aura rien d'un galoubet.

Zéno dit : « J'ai la fille. Eh bien, je le préfère.

860 — Elle est belle, dit Joss.

— Pardieu !

— Qu'en vas-tu
[faire ?

— Un cadavre[1]. »

Et Zéno reprend :

« En vérité,
La créature m'a tout à l'heure insulté.
Petit ! voilà le mot qu'a dit cette femelle.
Si l'enfer m'eût crié, béant sous ma semelle,
865 Dans la sombre minute où je tenais les dés :
« Fils, les hasards ne sont pas encor décidés ;
» Je t'offre le gros lot : la Lusace aux sept villes ;
» Je t'offre dix pays de blés, de vins et d'huiles,
» À ton choix, ayant tous leur peuple diligent ;
870 » Je t'offre la Bohême et ses mines d'argent,
» Ce pays le plus haut du monde, ce grand antre
» D'où plus d'un fleuve sort, où pas un ruisseau
[n'entre ;
» Je t'offre le Tyrol aux monts d'azur remplis,
» Et je t'offre la France avec les fleurs de lys ;
» Qu'est-ce que tu choisis ? » J'aurais dit : « La
[vengeance. »
Et j'aurais dit : « Enfer, plutôt que cette France,

---

1. Cette scène est un reflet inversé du « Mariage de Roland ». Notez que ce n'est pas le chambellan-empereur qui gagne Mahaud, mais le connétable-roi. Le hasard ne sert pas les relations psychologiques ambiguës de Mahaud et de son poète, mais la nature expansionniste de tout pouvoir impérial. Restent donc au roi la femme, l'amour, le sadisme, cet équivalent dans la sphère privée de la politique impériale de Sigismond.

» Et que cette Bohême, et ce Tyrol si beau,
» Mets à mes ordres l'ombre et les vers du
[tombeau ! »
Mon frère, cette femme, absurdement marquise
880 D'une marche[1] terrible où tout le Nord se brise,
Et qui, dans tous les cas, est pour nous un danger,
Ayant été stupide au point de m'outrager,
Il convient qu'elle meure ; et puis, s'il faut tout dire,
Je l'aime ; et la lueur que de mon cœur je tire,
885 Je la tire du tien : tu l'aimes aussi, toi[2].
Frère, en faisant ici, chacun dans notre emploi,
Les bohêmes[3], pour mettre à fin cette équipée,
Nous sommes devenus, près de cette poupée,
Niais, toi comme un page[4], et moi comme un barbon[5],
890 Et, de galants pour rire, amoureux pour de bon ;
Oui, nous sommes tous deux épris de cette femme ;
Or, frère, elle serait entre nous une flamme ;
Tôt ou tard, et, malgré le bien que je te veux,
Elle nous mènerait à nous prendre aux cheveux ;
895 Vois-tu, nous finirions par rompre notre pacte[6].
Nous l'aimons. Tuons-la.

— Ta logique est exacte,
Dit Joss rêveur ; mais quoi, du sang ici ? »

Zéno
Pousse un coin de tapis, tâte, prend un anneau,
Le tire, et le plancher se soulève ; un abîme
900 S'ouvre ; il en sort de l'ombre ayant l'odeur du crime ;
Joss marche vers la trappe, et, les yeux dans les yeux,

---

1. Voir note 9, p. 145. **2.** Complication psychologique remarquable de la « petite épopée ». **3.** Joss est « bohême » — du royaume de Bohême (voir note 9, p. 246). Joss et Zéno ont fait les bohèmes — comme la jeunesse artiste romantique. **4.** Voir note 2, p. 127. **5.** Vieillard, souvent amoureux et abusivement jaloux, en particulier dans les comédies de Molière. Ladislas/Zéno est jeune. Le terme indique donc que les jeux galants de Mahaud et de Joss n'étaient pas de son goût. **6.** Voir note 3, p. 223.

Zéno muet la montre à Joss silencieux ;
Joss se penche, approuvant de la tête le gouffre.

XV

Les oubliettes

S'il sortait de ce puits une lueur de soufre,
905 On dirait une bouche obscure de l'enfer.
La trappe est large assez pour qu'en un brusque éclair
L'homme étonné qu'on pousse y tombe à la renverse ;
On distingue les dents sinistres d'une herse,
Et, plus bas, le regard flotte dans de la nuit ;
910 Le sang sur les parois fait un rougeâtre enduit ;
L'Épouvante [1] est au fond de ce puits toute nue ;
On sent qu'il pourrit là de l'histoire inconnue [2] ;
Et que ce vieux sépulcre, oublié maintenant,
Cuve du meurtre, est plein de larves [3] se traînant,
915 D'ombres tâtant le mur et de spectres reptiles.

« Nos aïeux ont parfois fait des choses utiles »,
Dit Joss. Et Zéno dit : « Je connais le château ;
Ce que le mont Corbus cache sous son manteau,
Nous le savons, l'orfraie [4] et moi ; cette bâtisse
920 Est vieille ; on y rendait autrefois la justice.

— Es-tu sûr que Mahaud ne se réveille point ?

— Son œil est clos ainsi que je ferme mon poing ;

---

1. Seconde allégorisation de l'épouvante dans le poème. Associée à l'épique dans la première (voir note 13, p. 235), elle s'identifie ici à la vérité (historique), la phrase transformant la métaphore du « puits de la vérité ». **2.** Les oubliettes sont l'espace cauchemardesque de l'oubli, du refoulement d'une Histoire trop épouvantable pour être conservée dans la mémoire, la conscience historique. Ouvrir la trappe de ces oubliettes est un des gestes essentiels de l'action dramatique du poème ; à un niveau symbolique, c'est une des opérations capitales de *La Légende*. **3.** Voir note 1, p. 77. **4.** Oiseau de proie.

Elle dort d'une sorte âpre et surnaturelle,
L'obscure volonté du philtre étant sur elle.

925 — Elle s'éveillera demain au point du jour ?

— Dans l'ombre.

— Et que va dire ici toute la cour
Quand, au lieu d'une femme, ils trouveront deux
[hommes ?

— Tous se prosterneront en sachant qui nous sommes.

— Où va cette oubliette ?

— Aux torrents, aux
[corbeaux,
Au néant[1]. Finissons. »

930 Ces hommes, jeunes, beaux,
Charmants, sont à présent difformes, tant s'efface
Sous la noirceur du cœur le rayon de la face,
Tant l'homme est transparent à l'enfer qui l'emplit.
Ils s'approchent : Mahaud dort comme dans un lit.

« Allons ! »

935 Joss la saisit sous les bras, et dépose
Un baiser monstrueux sur cette bouche rose ;
Zéno, penché devant le grand fauteuil massif,
Prend ses pieds endormis et charmants ; et, lascif,
Lève la robe d'or jusqu'à la jarretière.

---

1. Inversion athée de la logique naturaliste hugolienne, qui fait des éléments de la Nature une voie d'accès à Tout et au « moi de l'infini », Dieu.

940 Le puits, comme une fosse au fond d'un cimetière,
Est là béant.

XVI

Ce qu'ils font devient plus difficile à faire [1]

Portant Mahaud, qui dort toujours,
Ils marchent lents, courbés, en silence, à pas sourds,
Zéno tourné vers l'ombre et Joss vers la lumière ;
La salle aux yeux de Joss apparaît tout entière ;
945 Tout à coup il s'arrête, et Zéno dit : « Eh bien ? »
Mais Joss est effrayant ; pâle, il ne répond rien
Et fait signe à Zéno, qui regarde en arrière... —
Tous deux semblent changés en deux spectres de pierre ;
Car tous deux peuvent voir, là, sous un cintre [2] obscur,
950 Un des grands chevaliers rangés le long du mur
Qui se lève et descend de cheval ; ce fantôme,
Tranquille sous le masque horrible de son heaume [3],
Vient vers eux, et son pas fait trembler le plancher :
On croit entendre un dieu de l'abîme marcher ;
955 Entre eux et l'oubliette, il vient barrer l'espace,
Et dit, le glaive [4] haut et la visière basse,
D'une voix sépulcrale et lente comme un glas [5] :
« Arrête, Sigismond ! Arrête, Ladislas ! »
Tous deux laissent tomber la marquise, de sorte [6]
960 Qu'elle gît à leurs pieds et paraît une morte.

La voix de fer parlant sous le grillage noir

---

1. Comme tous les intertitres du poème, celui-ci est remarquable par sa familiarité prosaïque. L'ironie est ici peut-être plus nette, à la fois à l'égard des tyrans et à l'égard du poème lui-même, récit terrifiant habité par le souvenir des mélodrames et des romans noirs, machine à faire trembler le lecteur, mais pour le délivrer de l'épouvante. Voir note 4, p. 236. **2.** Arc d'une voûte. **3.** Voir note 10, p. 128. **4.** Voir note 4, p. 121. **5.** Tintement des cloches d'église pour annoncer l'agonie, la mort ou les obsèques d'une personne. **6.** Contre-rejet très libre, brisant une locution conjonctive.

Reprend, pendant que Joss blêmit, lugubre à voir,
Et que Zéno chancelle ainsi qu'un mât qui sombre :

« Hommes qui m'écoutez, il est un pacte sombre [1]
965 Dont tout l'univers parle et que vous connaissez ;
Le voici : « Moi, Satan, dieu des cieux éclipsés,
» Roi des jours ténébreux, prince des vents contraires [2],
» Je contracte alliance avec mes deux bons frères [3],
» L'empereur Sigismond et le roi Ladislas ;
970 » Sans jamais m'absenter ni dire : Je suis las,
» Je les protégerai dans toute conjoncture ;
» De plus, je cède, en libre et pleine investiture [4],
» Étant seigneur de l'onde et souverain du mont,
» La mer à Ladislas, la terre à Sigismond [5],
975 » À la condition que, si je le réclame,
» Le roi m'offre sa tête et l'empereur son âme. »

— Serait-ce lui ? dit Joss. Spectre aux yeux fulgurants,
Es-tu Satan ?

— Je suis plus et moins [6]. Je ne prends
Que vos têtes [7], ô rois des crimes et des trames,
980 Laissant sous l'ongle noir [8] se débattre vos âmes. »

Ils se regardent, fous, brisés, courbant le front,
Et Zéno dit à Joss : « Hein ! qu'est-ce que c'est donc ? »

---

1. C'est le pacte de Faust. **2.** Les attributs de Satan sont de souveraineté, à l'échelle cosmique. **3.** Aggravation métaphysique de la fraternité des êtres voués au mal. **4.** Voir note 1, p. 49. **5.** Extension de la puissance maritime polonaise à partir de la Baltique ; expansion territoriale de l'Empire germanique en Europe, tels sont les enjeux du pacte. Mais l'indétermination confère une dimension cosmique à ces enjeux : Ladislas et Sigismond seront à eux seuls maîtres de la terre. Dans les faits, Sigismond affirma en 1412 que Dieu l'appelait au gouvernement du monde entier (*ad totius orbis regimen*). **6.** Plus parce que conduit par Dieu, moins parce que simplement humain. **7.** Le chevalier médiéval montre en actes et en paroles la valeur politique et morale des décapitations de rois. **8.** Métonymie de Satan.

Joss bégaye : « Oui, la nuit nous tient. Pas de refuge.
De quelle part viens-tu ? Qu'es-tu, spectre ?

— Le juge[1].

— Grâce[2] ! »

La voix reprend :

985 « Dieu conduit par la [main
Le vengeur en travers de votre affreux chemin ;
L'heure où vous existiez est une heure sonnée ;
Rien ne peut plus bouger dans votre destinée ;
L'idée inébranlable et calme est dans le joint[3].
990 Oui, je vous regardais. Vous ne vous doutiez point
Que vous aviez sur vous l'œil fixe de la peine[4] ;
Et que quelqu'un savait dans cette ombre malsaine
Que Joss fût kayser[5] et que Zéno fût roi.
Vous venez de parler tout à l'heure, pourquoi ?
995 Tout est dit. Vos forfaits sont sur vous, incurables,
N'espérez rien. Je suis l'abîme[6], ô misérables[7] !

---

1. Ailleurs, c'est Dieu lui-même qui est le juge. Voir note 1, p. 125. **2.** Un des traits du tyran hugolien est le refus de faire grâce. Le cri de Sigismond et de Ladislas, confondus en une seule voix, signale qu'ils ont déjà tout perdu. **3.** Surface ou ligne où se rejoignent les éléments d'un assemblage. Complot de Ladislas et Sigismond, ruse d'Eviradnus et « idée » de Dieu se joignent pour se retourner contre les comploteurs. De telles alliances du concret et de l'abstrait, du familier et du sublime, pour les lecteurs de 1859, qui n'ont pas encore eu la possibilité de lire Shakespeare dans la première traduction française non édulcorée — celle de François-Victor Hugo —, sont vraisemblablement stupéfiantes. **4.** Avatar de l'œil de Dieu dans la tombe de Caïn (I, 2). **5.** Mot allemand, issu de « césar » : empereur, encore en usage en 1859 pour désigner l'empereur d'Allemagne. **6.** Gouffre insondable de l'immanence où se love l'équité suprême. Voir notes 3, p. 59, 1, p. 174 et 1, p. 519. Notez l'amplitude des registres du personnage, du discours de vieux bonhomme (voir p. 237 et la note 7) à cette profération visionnaire. **7.** Le mot fascine Hugo en raison même de sa capacité à accuser les puissants ou à désigner leurs victimes.

Ah ! Ladislas est roi, Sigismond est césar[1] ;
Dieu n'est bon qu'à servir de roue à votre char ;
Toi, tu tiens la Pologne avec ses villes fortes ;
1000 Toi, Milan t'a fait duc, Rome empereur, tu portes
La couronne de fer et la couronne d'or ;
Toi, tu descends d'Hercule[2], et toi, de Spartibor[3] ;
Vos deux tiares[4] sont les deux lueurs du monde ;
Tous les monts de la terre et tous les flots de l'onde
1005 Ont, altiers ou tremblants, vos deux ombres sur eux ;
Vous êtes les jumeaux du grand vertige heureux ;
Vous avez la puissance et vous avez la gloire ;
Mais, sous ce ciel de pourpre[5] et sous ce dais[6] de moire[7],
Sous cette inaccessible et haute dignité,
1010 Sous cet arc de triomphe au cintre[8] illimité,
Sous ce royal pouvoir, couvert de sacrés voiles,
Sous ces couronnes, tas de perles et d'étoiles,
Sous tous ces grands exploits, prompts, terribles,
[fougueux,
Sigismond est un monstre et Ladislas un gueux !
1015 Ô dégradation du sceptre et de l'épée[9] !
Noire main de justice aux cloaques[10] trempée !
Devant l'hydre[11], le seuil du temple ouvre ses gonds.
Et le trône est un siége aux croupes des dragons !
Siècle infâme ! ô grand ciel étoilé, que de honte !
1020 Tout rampe ; pas un front où le rouge ne monte ;
C'est égal, on se tait, et nul ne fait un pas.
Ô peuple, million et million de bras,

---

1. Voir note 4, p. 97. Antonomase qui souligne le caractère autoritaire et personnel du pouvoir de Sigismond, et son fondement illégitime. **2.** Voir note 5, p. 156. Hercule est dans la mythologie grecque le vainqueur d'Antée — dont descendent les marquis de Lusace. **3.** Voir p. 233 et la note 11. **4.** Coiffe des papes. **5.** Voir note 3, p. 205. **6.** Voir note 7, p. 218. **7.** Anachronisme : de tissu moiré, aux reflets changeants. **8.** Voir note 2, p. 254. **9.** Charlemagne déjà regrettait le temps de Roland et d'Olivier. Mais Aymerillot prenait la relève, tandis qu'en ce XVe siècle, c'est un vieillard qui maintient vivante la tradition héroïque, et condamne la décadence des valeurs chevaleresques. Eviradnus est le premier d'une série de vieillards critiques, dont le passéisme se retourne en principe de progrès (voir note 2, p. 173). **10.** Égout. **11.** Voir note 2, p. 56.

Toi, que tous ces rois-là mangent et déshonorent,
Toi, que Leurs Majestés les vermines dévorent[1],
1025 Est-ce que tu n'as pas des ongles, vil troupeau,
Pour ces démangeaisons d'empereurs sur ta peau[2] !
Du reste, en voilà deux de pris ; deux âmes telles
Que l'enfer même rêve étonné devant elles !
Sigismond, Ladislas, vous étiez triomphants,
1030 Splendides, inouïs, prospères, étouffants ;
Le temps d'être punis arrive ; à la bonne heure.
Ah ! le vautour larmoie et le caïman pleure[3].
J'en ris. Je trouve bon qu'à de certains instants,
Les princes, les heureux, les forts, les éclatants,
1035 Les vainqueurs, les puissants, tous les bandits suprêmes,
À leurs fronts cerclés d'or, chargés de diadèmes,
Sentent l'âpre sueur de Josaphat[4] monter.
Il est doux de voir ceux qui hurlaient, sangloter.
La peur après le crime ; après l'affreux, l'immonde.
C'est bien. Dieu tout-puissant ! quoi, des maîtres du [monde,
C'est ce que, dans la cendre et sous mes pieds, j'ai là !
Quoi, ceci règne ! Quoi, c'est un césar[5], cela !
En vérité, j'ai honte, et mon vieux cœur se serre
De les voir se courber plus qu'il n'est nécessaire.
1045 Finissons. Ce qui vient de se passer ici,
Princes, veut un linceul promptement épaissi ;
Ces mêmes dés hideux qui virent le Calvaire[6],
Ont roulé, dans mon ombre indignée et sévère,
Sur une femme, après avoir roulé sur Dieu[7].
1050 Vous avez joué là, rois, un lugubre jeu.
Mais, soit. Je ne vais pas perdre à de la morale

---

1. Voir p. 200 et la note 1. **2.** Parasitisme des rois et servitude volontaire du peuple, « vil troupeau », sont les deux versants d'un même fait : la tyrannie. **3.** Variante : « Ah ! *Béhémoth* larmoie et *Léviathan* pleure. » **4.** Selon le prophète Joël, la vallée de Josaphat sera le lieu où Dieu prononcera le Jugement dernier contre ses ennemis. **5.** Voir notes 3, p. 224 et 1, p. 257. **6.** Voir note 4, p. 181. **7.** Joss se moque page 248 (voir note 2) de la question de l'arianisme. Eviradnus, lui, tranche dans le débat, en affirmant, contre ce dogme, la nature divine du Christ.

Ce moment que remplit la brume sépulcrale.
Vous ne voyez plus clair dans vos propres chemins,
Et vos doigts ne sont plus assez des doigts humains
1055 Pour qu'ils puissent tâter vos actions funèbres ;
À quoi bon présenter le miroir aux ténèbres ?
À quoi bon vous parler de ce que vous faisiez ?
Boire de l'ombre, étant de nuit rassasiés,
C'est ce que vous avez l'habitude de faire,
1060 Rois, au point de ne plus sentir dans votre verre
L'odeur des attentats et le goût des forfaits.
Je vous dis seulement que ce vil portefaix [1],
Votre siècle, commence à trouver vos altesses
Lourdes d'iniquités et de scélératesses ;
1065 Il est las, c'est pourquoi je vous jette au monceau
D'ordures que des ans emporte le ruisseau [2] !
Ces jeunes gens penchés sur cette jeune fille,
J'ai vu cela ! Dieu bon, sont-ils de la famille
Des vivants, respirant sous ton clair horizon ?
1070 Sont-ce des hommes ? Non [3]. Rien qu'à voir la façon
Dont votre lèvre touche aux vierges endormies,
Princes, on sent en vous des goules [4], des lamies [5],
D'affreux êtres sortis des cercueils soulevés.
Je vous rends à la nuit. Tout ce que vous avez
1075 De la face de l'homme est un mensonge infâme ;
Vous avez quelque bête effroyable au lieu d'âme ;
Sigismond l'assassin, Ladislas le forban [6],

---

1. Porteur de fardeaux. **2.** Image prosaïque du ruisseau qui coulait encore à l'époque de Hugo au milieu des rues pour en emporter les immondices, prise dans une inversion qui tord la syntaxe pour la faire entrer dans l'alexandrin (le ruisseau des ans emporte les ordures historiques). En utilisant le procédé (néo)classique de l'inversion, qu'il désapprouve depuis la *Préface de Cromwell*, Hugo ici met en tension rythme poétique et image prosaïque. **3.** Que les tyrans soient inhumains ne signifie pas seulement qu'ils sont très cruels, mais à la lettre qu'ils sont hors humanité. **4.** Vampire femelle des légendes orientales. **5.** Monstre de la mythologie grecque qui passait pour dévorer les enfants. L'exclusion des tyrans hors de l'Humanité est l'étape préalable à leur mythification en monstres fabuleux. **6.** Voir note 5, p. 180.

Vous êtes des damnés en rupture de ban[1] ;
Donc lâchez les vivants et lâchez les empires !
1080 Hors du trône, tyrans ! à la tombe, vampires !
Chiens du tombeau, voici le sépulcre. Rentrez. »

Et son doigt est tourné vers le gouffre.

Atterrés,
Ils s'agenouillent.

« Oh ! dit Sigismond, fantôme,
Ne nous emmène pas dans ton morne royaume !
1085 Nous t'obéirons. Dis, qu'exiges-tu de nous ?
Grâce ! »

Et le roi dit : « Vois, nous sommes à genoux,
Spectre ! »

Une vieille femme a la voix moins débile[2].

La figure qui tient l'épée est immobile,
Et se tait, comme si cet être souverain
1090 Tenait conseil en lui sous son linceul d'airain ;
Tout à coup, élevant sa voix grave et hautaine :

« Princes, votre façon d'être lâches me gêne.
Je suis homme et non spectre. Allons, debout ! mon bras
Est le bras d'un vivant ; il ne me convient pas
1095 De faire une autre peur que celle où j'ai coutume.
Je suis Eviradnus[3]. »

---

1. Interdits de séjour sur terre, bannis dans la nuit de l'enfer, Sigismond et Ladislas ont enfreint leur condamnation en vivant parmi les hommes. **2.** Faible. **3.** Voir la déclaration de Roland page 193 et la note 3. Après avoir dit aux tyrans qu'ils étaient des spectres, et non des hommes, Eviradnus déclare à l'inverse : « Je suis homme et non spectre. » La mythification critique, satirique, qui exclut les tyrans de l'Humanité, laisse place à la démythification héroïque, qui identifie le sujet de l'action historique salvatrice à un homme. Héros légendaire, élevant sa voix du « linceul d'airain » de l'armure d'un ancien féodal,

XVII

La massue

Comme sort de la brume
Un sévère sapin, vieilli dans l'Appenzell[1],
À l'heure où le matin au souffle universel
Passe, des bois profonds balayant la lisière,
1100 Le preux[2] ouvre son casque, et hors de la visière
Sa longue barbe blanche et tranquille apparaît.

Sigismond s'est dressé comme un dogue en arrêt[3] ;
Ladislas bondit, hurle, ébauche une huée,
Grince des dents et rit[4], et, comme la nuée
1105 Résume en un éclair le gouffre pluvieux,
Toute sa rage éclate en ce cri : C'est un vieux !
Le grand chevalier dit, regardant l'un et l'autre :
« Rois, un vieux de mon temps vaut deux jeunes du [vôtre[5],
Je vous défie à mort, laissant à votre choix
1110 D'attaquer l'un sans l'autre ou tous deux à la fois ;
Prenez au tas quelque arme ici qui vous convienne ;
Vous êtes sans cuirasse et je quitte la mienne ;
Car le châtiment doit lui-même être correct. »

Eviradnus n'a plus que sa veste d'Utrecht[6].

Eviradnus profère la sortie de l'épique hors du régime de la terreur superstitieuse qui inspire les légendes médiévales. L'épopée humaniste se passe de merveilleux. Aussi le discours d'Eviradnus fait-il événement dans l'Histoire, mais aussi dans son écriture. L'épopée fait des progrès.

1. Province helvétique. **2.** Voir note 4, p. 135. **3.** Le chien d'arrêt lève le gibier en plaine et le ramène quand il est abattu. **4.** Ultime relance de l'entreprise burlesque de dégradation de l'épique par le rire. **5.** Arithmétique de la décadence. **6.** En velours de laine (et non de soie) de différentes couleurs, spécialité de la ville hollandaise d'Utrecht.

1115 Pendant que, grave et froid, il déboucle sa chape[1],
Ladislas, furtif, prend un couteau sur la nappe,
Se déchausse, et, rapide et bras levé, pieds nus,
Il se glisse en rampant derrière Eviradnus ;
Mais Eviradnus sent qu'on l'attaque en arrière,
1120 Se tourne, empoigne et tord la lame meurtrière,
Et sa main colossale étreint comme un étau
Le cou de Ladislas, qui lâche le couteau :
Dans l'œil du nain royal[2] on voit la mort paraître.

« Je devrais te couper les quatre membres, traître,
1125 Et te laisser ramper sur tes moignons sanglants
Tiens, dit Eviradnus, meurs vite ! »

Et sur ses flancs
Le roi s'affaisse, et, blême et l'œil hors de l'orbite,
Sans un cri, tant la mort formidable est subite,
Il expire.

L'un meurt, mais l'autre s'est dressé.
1130 Le preux[3], en délaçant sa cuirasse, a posé
Sur un banc son épée, et Sigismond l'a prise.

Le jeune homme effrayant rit de la barbe grise ;
L'épée au poing, joyeux, assassin rayonnant,
Croisant les bras, il crie : « À mon tour maintenant ! »
1135 Et les noirs chevaliers, juges de cette lice[4],
Peuvent voir, à deux pas du fatal précipice,
Près de Mahaud, qui semble un corps inanimé,
Eviradnus sans arme et Sigismond armé.
Le gouffre attend. Il faut que l'un des deux y tombe.

1140 « Voyons un peu sur qui va se fermer la tombe,
Dit Sigismond. C'est toi le mort ! c'est toi le chien ! »

---

1. Vieilli : cape. **2.** À la place de la figure du nain bouffon du roi, Ladislas fait surgir celle du roi bouffon. **3.** Voir note 4, p. 135. **4.** Champ clos où se déroulaient les tournois.

Le moment est funèbre ; Eviradnus sent bien
Qu'avant qu'il ait choisi dans quelque armure un
[glaive[1],
Il aura dans les reins la pointe qui se lève ;
1145 Que faire ? Tout à coup sur Ladislas gisant
Son œil tombe ; il sourit terrible, et, se baissant
De l'air d'un lion pris qui trouve son issue :
« Hé ! dit-il, je n'ai pas besoin d'autre massue ! »
Et, prenant aux talons le cadavre du roi,
1150 Il marche à l'empereur, qui chancelle d'effroi ;
Il brandit le roi mort comme une arme, il en joue,
Il tient dans ses deux poings les deux pieds, et secoue
Au-dessus de sa tête, en murmurant : Tout beau !
Cette espèce de fronde horrible du tombeau,
1155 Dont le corps est la corde et la tête la pierre.
Le cadavre éperdu se renverse en arrière,
Et les bras disloqués font des gestes hideux[2].

Lui, crie : « Arrangez-vous, princes, entre vous deux.
Si l'enfer s'éteignait, dans l'ombre universelle,
1160 On le rallumerait, certe, avec l'étincelle
Qu'on peut tirer d'un roi heurtant un empereur[3]. »

Sigismond, sous ce mort qui plane, ivre d'horreur,
Recule, sans la voir, vers la lugubre trappe ;
Soudain le mort s'abat et le cadavre frappe... —
1165 Eviradnus est seul. Et l'on entend le bruit
De deux spectres tombant ensemble dans la nuit.

---

1. Voir note 4, p. 121. **2.** Retourner l'obstacle en aide, tel est un des principes de dégagement du progrès, que le Gilliat des *Travailleurs de la mer* appliquera de manière exemplaire. **3.** Dans *Hernani*, la transformation du roi Don Carlos en empereur Charles Quint est une transfiguration, dans l'espace du tombeau de Charlemagne. Ici, la hiérarchie entre roi et empereur ne tient plus qu'au fait que le premier sert de massue pour assommer le second. Après la figure positive de l'empereur Charlemagne, roi de France, toutes les figures royales et impériales du recueil sont soumises à la détestation.

Le preux[1] se courbe au seuil du puits, son œil y plonge,
Et, calme, il dit tout bas, comme parlant en songe :
« C'est bien ! disparaissez, le tigre et le chacal[2] ! »

XVIII

Le jour reparaît[3]

1170 Il reporte Mahaud sur le fauteuil ducal,
Et, de peur qu'au réveil elle ne s'inquiète,
Il referme sans bruit l'infernale oubliette ;
Puis remet tout en ordre autour de lui, disant :

« La chose n'a pas fait une goutte de sang ;
C'est mieux. »

1175 Mais, tout à coup, la cloche au loin [éclate ;
Les monts gris sont bordés d'un long fil écarlate ;
Et voici que, portant des branches de genêt,
Le peuple vient chercher sa dame[4], l'aube naît.
Les hameaux sont en branle, on accourt, et, vermeille,
1180 Mahaud, en même temps que l'aurore, s'éveille ;
Elle pense rêver, et croit que le brouillard
A pris ces jeunes gens pour en faire un vieillard,
Et les cherche des yeux, les regrettant peut-être ;
Eviradnus salue, et le vieux vaillant maître,
1185 S'approchant d'elle avec un doux sourire ami :
« Madame, lui dit-il, avez-vous bien dormi[5] ? »

---

1. Voir note 4, p. 135. **2.** Dans le bestiaire hugolien, aux chevaliers lions s'opposent les tyrans tigres ou chacals. **3.** Le titre sur le manuscrit, « Ave, Mahaud », sacralisait la féminité (et la virginité) de Mahaud. Le titre finalement retenu souligne le caractère optimiste du dénouement. **4.** Le peuple est le chevalier courtois de Mahaud, sans trace d'aliénation ni de servitude volontaire. **5.** Chute à effet de surprise, où l'héroïsme « courtois » est d'autant plus sublime qu'il s'efface en une politesse banale. La douceur du sourire fait d'Eviradnus une préfiguration de « mon père » (XIII, 1).

VI

LES TRÔNES D'ORIENT[1]

---

1. En dépit de l'expression « barbarie mahométane » qu'il emploie dans la Préface (p. 47), Hugo disjoint nettement par la composition du recueil la religion musulmane (III. « L'islam ») de la barbarie du despotisme oriental (VI. « Les trônes d'Orient »). Disjonction très remarquable chez un penseur qui, comme la plupart de ses contemporains, ne dissocie pas les questions théologiques des questions politiques, d'autant que l'explication du despotisme des « trônes d'Orient » par le caractère à la fois théocratique et fataliste de l'islam est un des traits fondamentaux de la conception occidentale de l'Orient. « L'Islam » s'inscrit dans une histoire de la Révélation. « Les trônes d'Orient » du XVe siècle s'intègrent dans le tableau de la fin du Moyen Âge, entre « Eviradnus » et « L'Italie. — Ratbert ». Voir note 1, page 285 et Présentation, p. 20. Le XVe siècle ottoman est un miroir de condensation de la violence tyrannique. Hugo n'entre pas dans la campagne d'opinion qui entreprend de défendre l'Empire turc contre les menaces du czar, comme le fait à la même époque Lamartine avec sa volumineuse *Histoire de la Turquie* (1854-1855). Ce serait aller dans le sens d'une justification de la guerre d'Orient.

« *Des femmes ont dansé devant lui toutes nues* »
(VI, 1, « Zim-Zizimi », v. 76)

Ingres, « Le Bain turc » (détail), 1862.

I

ZIM-ZIZIMI[1]

Zim-Zizimi, soudan[2] d'Égypte, commandeur
Des croyants, padischah[3] qui dépasse en grandeur
Le césar d'Allemagne[4] et le sultan d'Asie[5],
Maître que la splendeur énorme rassasie,
5 Songe. C'est le moment de son festin du soir ;
Toute la table fume ainsi qu'un encensoir ;
Le banquet est dressé dans la plus haute crypte
D'un grand palais bâti par les vieux rois d'Égypte ;
Les plafonds sont dorés et les piliers sont peints ;
10 Les buffets sont chargés de viandes et de pains,
Et de tout ce que peut rêver la faim humaine[6] ;
Un roi mange en un jour plus qu'en une semaine
Le peuple d'Ispahan, de Byzance et de Tyr[7] ;
Et c'est l'art des valets que de faire aboutir
15 La mamelle du monde à la bouche d'un homme ;
Tous les mets qu'on choisit, tous les vins qu'on
[renomme,

---

1. Nom grotesque formé à partir de celui du frère de Bajazet II (au pouvoir en 1481), Zizimi (ou Zizim). Dans Moréri, Zizim disputa la couronne à son frère ; celui-ci le fit empoisonner. **2.** Variante de sultan, souverain. **3.** Titre persan : grand roi. **4.** Voir notes 4, p. 97 et 3, p. 224 : ce « césar » est peut-être le « césar germanique » Sigismond (V, 2). On peut comprendre que Zim-Zizimi lui succède en le dépassant en grandeur : progrès de la tyrannie. **5.** Le titre de souverain de l'Empire ottoman s'étend à la vaste Asie. **6.** Répétition de la salle à manger de V, 2. **7.** Reprise hyperbolique du motif du roi-mangeur : ces trois villes d'Orient sont très peuplées.

Sont là, car le sultan Zizimi boit du vin[1] ;
Il rit du livre austère et du texte divin
Que le derviche[2] triste, humble et pâle, vénère ;
20 L'homme sobre est souvent cruel, et, d'ordinaire,
L'économe de vin est prodigue de sang ;
Mais Zim est à la fois ivrogne et malfaisant.

Ce qui n'empêche pas qu'il ne soit plein de gloire.
Il règne ; il a soumis la vieille Afrique noire ;
25 Il règne par le sang, la guerre et l'échafaud ;
Il tient l'Asie ainsi qu'il tient l'Afrique ; il faut
Que celui qui veut fuir son empire, s'exile
Au nord, en Thrace[3], au sud, jusqu'au fleuve Baxile[4] ;
Toujours vainqueur, fatal, fauve, il a pour vassaux
30 Les batailles, les camps, les clairons[5], les assauts ;
L'aigle en l'apercevant crie et fuit dans les roches[6].
Les rajahs de Mysore et d'Agra sont ses proches[7],
Ainsi qu'Omar[8] qui dit : « Grâce à moi, Dieu [vaincra. »
Son oncle est Hayraddin, sultan de Bassora[9],
35 Les grands cheiks[10] du désert sont tous de sa famille,
Le roi d'Oude[11] est son frère, et l'épée est sa fille.

---

1. L'islam interdit la consommation d'alcool. Sur la dissociation de l'islam et du despotisme, voir note 1, p. 265. **2.** Religieux musulman. **3.** Région qui recouvre une partie de la Bulgarie, de la Grèce et de la Turquie : l'Orient et l'Occident s'y mêlent. **4.** Affluent du Nil. **5.** Soumission de l'instrument épique au despote fatal. **6.** Première dissociation de cet autre symbole épique qu'est l'aigle de la sphère tyrannique, avant l'insurrection de celui de XII. **7.** Souverains de deux villes indiennes. **8.** Nom de plusieurs califes. **9.** Hugo donne à ce supposé sultan du principal port d'Iraq le nom arabe du corsaire d'Alger Barberousse (qui lutta contre Charles Quint), selon le procédé qu'il appelle « condensation » dans sa Préface. **10.** Voir note 1, p. 105. Dans la section III, Hugo utilise la graphie « scheik ». **11.** Une des causes de la révolte des Indes, en 1857, avait été l'annexion par l'Empire britannique du royaume d'Oudh, faits qui produisirent une émotion considérable en Europe.

Il a dompté Bagdad, Trébizonde, et Mossul[1],
Que conquit le premier Duilius, ce consul
Qui marchait précédé de flûtes tibicines[2] ;
40 Il a soumis Gophna[3], les forêts abyssines[4],
L'Arabie, où l'aurore a d'immenses rougeurs,
Et l'Hedjaz[5], où, le soir, les tremblants voyageurs,
De la nuit autour d'eux sentant rôder les bêtes,
Allument de grands feux, tiennent leurs armes prêtes,
45 Et se brûlent un doigt pour ne pas s'endormir.
Mascate et son iman, la Mecque et son émir[6],
Le Liban, le Caucase et l'Atlas[7] font partie
De l'ombre de son trône, ainsi que la Scythie[8],
Et l'eau de Nagaïn[9] et le sable d'Ophir[10],
50 Et le Sahara fauve, où l'oiseau vert asfir[11],
Vient becqueter la mouche aux pieds des dromadaires ;
Pareils à des vautours forcés de changer d'aires,
Devant lui, vingt sultans, reculant hérissés,
Se sont dans la fournaise africaine enfoncés ;
55 Quand il étend son sceptre, il touche aux âpres zones

---

1. Capitale de l'Iraq, au centre de l'univers des *Mille et Une Nuits* ; port turc marqué par le souvenir de l'empire grec de Trébizonde, après la prise de Constantinople par les croisés en 1204 ; capitale de l'Assyrie dans Moréri. **2.** Consul en 261 av. J.-C., Duilius n'a pas conquis ces villes, mais fut vainqueur des Carthaginois. Il perpétua son triomphe en se faisant escorter chaque soir pour rentrer chez lui par une tibicine, une joueuse de flûte. Entre le vainqueur romain de la puissance africaine et le despote oriental, il n'y a pas de solution de continuité. **3.** Voir note 8, p. 113. **4.** Éthiopienne. **5.** Berceau de l'islam, désert près de la mer Rouge. **6.** La capitale du sultanat d'Oman et son chef de prière ; le centre religieux de l'islam, en Arabie saoudite, et son souverain. Le vers joue sur une double hypallage, puisqu'on parlerait plus volontiers de l'imam de La Mecque et de l'émir de Mascate. **7.** Trois montagnes épiques. Voir notes 3, 4 et 5, p. 78. **8.** Voir note 1, p. 221. **9.** Le lac africain Nagaïn est cité dans « Promontorium somnii » (*Proses philosophiques de 1860-1865*) comme une des merveilles de l'*Africa portentosa* (« monstrueuse et prodigieuse ») ; dans *La Fin de Satan*, « Nemrod était profond comme l'eau Nagaïn ». **10.** Pays mystérieux où se rendaient les navires du roi Salomon pour en ramener de l'or, des pierres et des bois précieux. **11.** Peut-être une déformation du mot arabe « asfour », petit oiseau. Selon une tradition mahométane, l'âme des martyrs reposent dans le gosier des oiseaux verts nourris et abreuvés par le paradis.

Où luit la nudité des fières amazones[1] ;
En Grèce, il fait lutter chrétiens contre chrétiens,
Les chiens contre les porcs, les porcs contre les chiens[2] ;
Tout le craint ; et sa tête est de loin saluée
60 Par le lama[3] debout dans la sainte nuée,
Et son nom fait pâlir parmi les Kassburdars[4]
Le sophi[5] devant qui flottent sept étendards ;
Il règne ; et le morceau qu'il coupe de la terre
S'agrandit chaque jour sous son noir cimeterre[6] ;
65 Il foule les cités, les achète, les vend,
Les dévore ; à qui sont les hommes, Dieu vivant ?
À lui, comme la paille est au bœuf dans l'étable.

*

Cependant, il s'ennuie. Il est seul à sa table,
Le trône ne pouvant avoir de conviés ;
70 Grandeur, bonheur, les biens par la foule enviés,
L'alcôve où l'on s'endort, le sceptre où l'on s'appuie,
Il a tout ; c'est pourquoi ce tout-puissant s'ennuie ;
Ivre, il est triste.

Il vient d'épuiser les plaisirs ;
Il a donné son pied à baiser aux vizirs[7] ;
75 Sa musique a joué les fanfares[8] connues ;
Des femmes ont dansé devant lui toutes nues[9] ;
Il s'est fait adorer par un tas prosterné

---

1. Guerrières fabuleuses de la mythologie grecque, qui vivaient dans le Caucase et l'Asie Mineure ; figures angoissantes d'une féminité castratrice et autosuffisante. **2.** « Chiens » et « porcs » sont deux termes injurieux que les musulmans emploient pour désigner les chrétiens. **3.** Dieu vivant, chef religieux des Tartares, près de la Chine. **4.** Ce mot persan, étrangement sonore, désigne les portefaix du roi de Perse. **5.** Titre du roi de Perse. **6.** Voir note 7, p. 163. **7.** Ministre siégeant au Divan, le gouvernement central de l'Empire ottoman. **8.** Musique guerrière, épique, plaisir de tyran, mais plaisir lassant. **9.** Sur l'érotisme attaché à l'Orient musulman, voir note 3, p. 103. Le despote oriental était beaucoup plus érotisé dans *Les Orientales*.

De cheiks et d'ulémas décrépits[1], étonné
Que la barbe fût blanche alors que l'âme est vile ;
80 Il s'est fait amener, des prisons de la ville,
Deux voleurs qui se sont traînés à ses genoux,
Criant grâce, implorant l'homme maître de tous,
Agitant à leurs poings de pesantes ferrailles,
Et, curieux de voir s'échapper leurs entrailles,
85 Il leur a lentement lui-même ouvert le flanc ;
Puis il a renvoyé ses esclaves, bâillant.

Zim regarde, en sa molle et hautaine attitude,
Cherchant à qui parler dans cette solitude.

*

Le trône où Zizimi s'accoude est soutenu
90 Par dix sphinx au front ceint de roses, au flanc nu[2] ;
Tous sont en marbre blanc ; tous tiennent une lyre[3] ;
L'énigme dans leurs yeux semble presque sourire ;
Chacun d'eux porte un mot sur sa tête sculpté,
Et ces dix mots sont : Gloire, Amour, Jeu, Volupté,
95 Santé, Bonheur, Beauté, Grandeur, Victoire, Joie[4].

Et le sultan s'écrie :

« Ô sphinx dont l'œil flamboie,
Je suis le Conquérant[5], mon nom est établi

---

1. Voir note 1, p. 105. Les ulémas sont les docteurs de la loi musulmane. Ces vieillards sont le signe que l'Histoire empire : face à Zim-Zizimi, plus grand que le césar germanique — Sigismond —, nul Eviradnus, mais des vieillards « décrépits » et « vil[s] ». **2.** Couronne de roses et flanc nu accentuent la féminité des sphinx — grecs plutôt qu'égyptiens (voir note 2, p. 236) —, et les rapprochent des femmes qui viennent de danser « toutes nues ». **3.** Attribut du poète, et du poète lyrique tout particulièrement. La série des prosopopées va effectivement tendre à la confusion du lyrique et de l'épique. **4.** Ces dix mots résument le désespérant triomphe du tyran. Le mot « Jeu » dissone dans la série, et y a cependant bien sa place, signifiant le plaisir de l'exercice *arbitraire* du pouvoir. **5.** Zim-Zizimi est un avatar de Nemrod et d'Attila.

Dans l'azur des cieux, hors de l'ombre et de l'oubli ;
Et mon bras porte un tas de foudres qu'il secoue ;
100 Mes exploits fulgurants[1] passent comme une roue ;
Je vis ; je ne suis pas ce qu'on nomme un mortel ;
Mon trône vieillissant se transforme en autel[2] ;
Quand le moment viendra que je quitte la terre,
Étant le jour, j'irai rentrer dans la lumière ;
105 Dieu dira : « Du sultan je veux me rapprocher. »
L'aube prendra son astre et viendra me chercher.
L'homme m'adore avec des faces d'épouvante ;
L'Orgueil est mon valet, la Gloire est ma servante ;
Elle se tient debout quand Zizimi s'assied ;
110 Je dédaigne et je hais les hommes ; et mon pied
Sent le mou de la fange en marchant sur leurs nuques.
À défaut des humains, tous muets, tous eunuques[3],
Tenez-moi compagnie, ô sphinx qui m'entourez
Avec vos noms joyeux sur vos têtes dorés,
115 Désennuyez le roi redoutable qui tonne[4] ;
Que ma splendeur en vous autour de moi rayonne ;
Chantez-moi votre chant de gloire et de bonheur ;
Ô trône triomphal dont je suis le seigneur,
Parle-moi ! Parlez-moi, sphinx couronnés de roses ! »

120 Alors les sphinx, avec la voix qui sort des choses,
Parlèrent : tels ces bruits qu'on entend en dormant[5].

*

1. Hugo revendiquait ce néologisme. **2.** Idolâtrie hétérodoxe par rapport à la théocratie musulmane. **3.** Extension de la castration des serviteurs du sérail à tous les sujets de Zim-Zizimi, à tous les « humains ». **4.** Avatar de Jupiter tonnant. **5.** Le poème tient tout entier du cauchemar, et cela dans sa genèse même : sa première page est emplie par des vers d'une écriture troublée, qui sont accompagnés de ces mots : « Écrit dans l'insomnie de la nuit du 23 au 24 9bre 1858. »

LE PREMIER SPHINX[1]

La reine Nitocris[2], près du clair firmament,
Habite le tombeau de la haute terrasse ;
Elle est seule, elle est triste ; elle songe à sa race,
125 À tous ces rois, terreur des Grecs et des Hébreux,
Durs, sanglants, et sortis de son flanc ténébreux ;
Au milieu de l'azur son sépulcre est farouche ;
Les oiseaux tombent morts quand leur aile le touche ;
Et la reine est muette, et les nuages font
130 Sur son royal silence un bruit sombre et profond.
Selon l'antique loi, nul vivant, s'il ne porte
Sur sa tête un corps mort, ne peut franchir la porte[3]
Du tombeau, plein d'enfer et d'horreur pénétré.
La reine ouvre les yeux la nuit ; le ciel sacré
135 Apparaît à la morte à travers les pilastres[4] ;
Son œil sinistre et fixe importune les astres ;
Et jusqu'à l'aube, autour des os de Nitocris,
Un flot de spectres passe avec de vagues cris.

LE DEUXIÈME SPHINX

Si grands que soient les rois, les pharaons, les mages[5]
140 Qu'entoure une nuée éternelle d'hommages,

---

1. Les discours des chimères infernales de la fable vont ici délivrer l'Histoire de la terreur que suscitent les monstres tyranniques, en donnant le mot de leur énigme : la vanité de leur pouvoir, et la toute-puissance de la mort. L'égalitarisme de la mort n'est cependant pas l'égalité démocratique. **2.** Reine de Babylone qui avait fait placer au-dessus de son tombeau une inscription avertissant ses successeurs de ne l'ouvrir qu'en cas d'extrême nécessité, pour puiser dans le trésor qu'il contenait. Le tombeau resta fermé jusqu'à Darius, qui n'y trouva que cette inscription : « Si tu n'étais pas un homme insatiable et cupide, tu n'ouvrirais pas la demeure des morts » (Hérodote, *L'Enquête*, I). **3.** Hugo déforme l'histoire, transmise par Hérodote, selon laquelle les descendants de Nitocris répugnaient à franchir la porte sous ce tombeau « suspendu en l'air », « pour ne pas avoir à passer sous un cadavre ». Pour plagier la Préface de 1859, Hérodote fait l'histoire, Hugo la légende. **4.** Voir note 3, p. 236. **5.** Voir note 4, p. 76.

Personne n'est plus haut que Téglath-Phalasar[1].
Comme Dieu même, à qui l'étoile sert de char[2],
Il a son temple avec un prophète pour prêtre ;
Ses yeux semblent de pourpre[3], étant les yeux du
[maître ;
145 Tout tremble ; et, sous son joug redouté, le héros[4]
Tient les peuples courbés ainsi que des taureaux ;
Pour les villes d'Assur[5] que son pas met en cendre,
Il est ce que sera pour l'Asie Alexandre[6],
Il est ce que sera pour l'Europe Attila[7] ;
150 Il triomphe, il rayonne ; et, pendant ce temps-là,
Sans savoir qu'à ses pieds toute la terre tombe,
Pour le mur qui sera la cloison de sa tombe,
Des potiers font sécher de la brique au soleil.

LE TROISIÈME SPHINX

Nemrod[8] était un maître aux archanges[9] pareil ;
155 Son nom est sur Babel, la sublime masure[10] ;
Son sceptre altier couvrait l'espace qu'on mesure
De la mer du couchant à la mer du levant ;
Baal[11] le fit terrible à tout être vivant
Depuis le ciel sacré jusqu'à l'enfer immonde[12],
160 Ayant rempli ses mains de l'empire du monde.
Si l'on eût dit : « Nemrod mourra », qui l'aurait cru ?
Il vivait ; maintenant cet homme a disparu.
Le désert est profond et le vent est sonore.

---

1. Roi assyrien, trouvé dans Moréri. L'obscurité toute sonore de son nom dit d'emblée la vanité de son pouvoir, effacé par l'oubli. **2.** Détermination toute païenne de Dieu. **3.** La couleur honorifique est une fois de plus celle de la monstruosité sanguinaire des tyrans. Voir note 3, p. 205. **4.** L'enjambement accentue le mot, et le caractère problématique de son usage. **5.** Voir note 1, p. 66. **6.** Voir note 6, p. 161. **7.** Voir note 6, p. 98. **8.** Voir note 2, p. 228. **9.** Voir note 7, p. 168. **10.** Voir note 5, p. 112. Le terme de « masure » dit la vanité de ce symbole de l'ambition humaine, cependant « sublime », dans une tension maximale de la démesure et du familier. **11.** Nom collectif des dieux païens dans l'Ancien Testament. **12.** Impur selon la loi religieuse.

Le quatrième sphinx

165 Chrem[1] fut roi ; sa statue était d'or ; on ignore
La date de la fonte et le nom du fondeur ;
Et nul ne pourrait dire à quelle profondeur
Ni dans quel sombre puits, ce pharaon sévère
Flotte, plongé dans l'huile, en son cercueil de verre[2].
Les rois triomphent, beaux, fiers, joyeux, courroucés,
170 Puissants, victorieux : alors Dieu dit : « Assez ! »

Le temps, spectre debout sur tout ce qui s'écroule,
Tient et par moments tourne un sablier, où coule
Une poudre qu'il a prise dans les tombeaux
Et ramassée aux plis des linceuls en lambeaux,
175 Et la cendre des morts mesure aux vivants l'heure.

Rois, le sablier tremble et la clepsydre[3] pleure ;
Pourquoi ? le savez-vous, rois ? C'est que chacun d'eux
Voit au delà de vous, ô princes hasardeux,
Le dedans du sépulcre et de la catacombe[4],
180 Et la forme que prend le trône dans la tombe.

Le cinquième sphinx

Les quatre conquérants de l'Asie étaient grands ;
Leurs colères roulaient ainsi que des torrents ;
Quand ils marchaient, la terre oscillait sur son axe ;
Thuras tenait le Phase[5], Ochus avait l'Araxe[6],

---

1. Personnage fictif. L'enjambement qui accentue « on ignore » est ironique. **2.** Les détails de l'huile et du cercueil de verre sont empruntés à l'histoire de l'ouverture du tombeau de Bélus par Xerxès. Voir note 2, p. 277. **3.** Horloge à eau. Le développement sur le sablier et la clepsydre fait du discours du quatrième sphinx une prophétie apocalyptique. **4.** Cavité souterraine ayant servi de sépulture. **5.** Roi assyrien trouvé dans Moréri ; le fleuve Phase prend sa source au Caucase pour déboucher dans la mer Noire. **6.** Nom de deux rois de Perse ; Araxe est le nom de trois fleuves, dont le principal, et le plus violent, est un fleuve arménien qui débouche dans la mer Caspienne (Moréri).

185 Gour[1] la Perse, et le roi fatal, Phul-Bélézys,
Sur l'Inde monstrueuse et triste était assis[2],
Quand Cyrus[3] les lia tous quatre à son quadrige[4],
L'Euphrate[5] eut peur ; Ninive[6], en voyant ce prodige,
Disait : « Quel est ce char étrange et radieux
190 Que traîne un formidable attelage de dieux ? »
Ainsi parlait le peuple, ainsi parlait l'armée ;
Tout s'est évanoui, puisque tout est fumée.

LE SIXIÈME SPHINX

Cambyse[7] ne fait plus un mouvement ; il dort ;
Il dort sans même voir qu'il pourrit ; il est mort.
195 Tant que vivent les rois, la foule est à plat ventre[8] ;
On les contemple, on trouve admirable leur antre ;
Mais, sitôt qu'ils sont morts, ils deviennent hideux,
Et n'ont plus que les vers pour ramper autour d'eux.
Oh ! de Troie à Memphis, et d'Ecbatane à Tarse[9],
200 La grande catastrophe éternelle est éparse
Avec Pyrrhus le grand[10], avec Psamméticus[11] !

---

1. Ville indienne disparue sous la jungle, déjà évoquée dans « À l'Arc de Triomphe », 6 (*Les Voix intérieures*). **2.** Phul-Bélézis en réalité participa au renversement de Sardanapale (voir note 5, p. 279). Mais la monstruosité sonore de son nom s'accorde avec celle de son royaume, l'Inde, qui chez Hugo, comme chez Michelet, est l'espace originaire, archaïque et tératologique de la civilisation. **3.** Fondateur de l'Empire perse (VIe siècle av. J.-C.). Hugo se moque ici franchement de toute exactitude historique. **4.** Char attelé de quatre chevaux de front. L'image développée du quadrige associe Cyrus à Apollon-Phébus, conducteur du char du Soleil. **5.** Voir note 4, p. 66. **6.** Ancienne ville de Mésopotamie. **7.** Roi de Perse fils de Cyrus, conquérant de l'Égypte aux méthodes tyranniques. **8.** Contre la servitude volontaire, la familiarité prosaïque de la satire. **9.** De la ville prise par les Grecs dans l'*Iliade* à l'ancienne capitale de la Basse-Égypte, de la capitale mède prise par Cyrus puis Alexandre à la ville fondée par Sardanapale, et prise successivement par ce même Cyrus et ce même Alexandre. **10.** Voir note 8, p. 214. **11.** Roi du VIIe siècle av. J.-C., fondateur de la grandeur et de l'unité de l'Égypte, père de Nitocris.

Les rois vainqueurs sont morts plus que les rois
[vaincus ;
Car la mort rit[1], et fait, quand sur l'homme elle monte,
Plus de nuit sur la gloire, hélas ! que sur la honte.

LE SEPTIÈME SPHINX

205 La tombe où l'on a mis Bélus[2] croule au désert ;
Ruine, elle a perdu son mur de granit vert,
Et sa coupole, sœur du ciel, splendide et ronde ;
Le pâtre y vient choisir des pierres pour sa fronde ;
Celui qui, le soir, passe en ce lugubre champ
210 Entend le bruit que fait le chacal en mâchant ;
L'ombre en ce lieu s'amasse et la nuit est là toute ;
Le voyageur, tâtant de son bâton la voûte,
Crie en vain : « Est-ce ici qu'était le dieu Bélus ? »
Le sépulcre est si vieux qu'il ne s'en souvient plus.

LE HUITIÈME SPHINX

215 Aménophis, Éphrée et Cherbron[3] sont funèbres ;
Rhamsès[4] est devenu tout noir dans les ténèbres ;
Les satrapes[5] s'en vont dans l'ombre, ils s'en vont tous ;
L'ombre n'a pas besoin de clefs ni de verrous,
L'ombre est forte. La mort est la grande geôlière ;
220 Elle manie un dieu d'une main familière,
Et l'enferme ; les rois sont ses noirs prisonniers ;
Elle tient les premiers, elle tient les derniers ;

---

1. Ce rire de la mort dans le tombeau des rois se retrouvera dans « Les Sept Merveilles du monde » et « L'Épopée du ver » (*Nouvelle Série*). La mort est un principe d'égalité (effroyable) par le grotesque. **2.** La plus grande des divinités babyloniennes, dont le temple est parfois identifié à la tour de Babel. Enrichi par les rois du pays, ce temple contenait des trésors immenses quand Xerxès le pilla. **3.** Rois d'Égypte, cités dans un ordre non chronologique. **4.** Le plus fameux des pharaons est Ramsès II, qui assura à partir de 1254 av. J.-C. l'hégémonie égyptienne en Asie et fut un grand constructeur. **5.** Gouverneur d'une province dans l'Empire perse à partir de Cyrus ; au figuré : homme despotique, riche et voluptueux.

Dans une gaine étroite elle a roidi leurs membres ;
Elle les a couchés dans de lugubres chambres
225 Entre des murs bâtis de cailloux et de chaux ;
Et, pour qu'ils restent seuls dans ces blêmes cachots,
Méditant sur leur sceptre et sur leur aventure,
Elle a pris de la terre et bouché l'ouverture.

LE NEUVIÈME SPHINX

Passants, quelqu'un veut-il voir Cléopâtre[1] au lit ?
230 Venez ; l'alcôve[2] est morne, une brume l'emplit ;
Cléopâtre est couchée à jamais ; cette femme
Fut l'éblouissement de l'Asie et la flamme
Que tout le genre humain avait dans le regard ;
Quand elle disparut, le monde fut hagard ;
235 Ses dents étaient de perle et sa bouche était d'ambre ;
Les rois mouraient d'amour en entrant dans sa chambre ;
Pour elle Ephractæus[3] soumit l'Atlas[4], Sapor[5]
Vint d'Osymandias[6] saisir le cercle d'or,
Mamylos[7] conquit Suse et Tentyris détruite,
240 Et Palmyre[8], et pour elle Antoine[9] prit la fuite ;
Entre elle et l'univers qui s'offraient à la fois
Il hésita, lâchant le monde dans son choix.
Cléopâtre égalait les Junons[10] éternelles ;
Une chaîne sortait de ses vagues prunelles ;
245 Ô tremblant cœur humain, si jamais tu vibras,

---

1. Voir note 6, p. 245. **2.** Renfoncement ménagé dans une chambre pour le lit ; lieu des rapports voluptueux. **3.** Roi d'Assyrie. **4.** Voir note 4, p. 78. **5.** Roi de Perse très postérieur aux autres rois cités. **6.** Nom qui désigne Ramsès II dans les travaux archéologiques du début du XIXe siècle. **7.** Roi assyrien. **8.** Magnifique résidence royale de Cyrus, Darius, Xerxès... Des fouilles avaient commencé en 1851 ; ancienne ville d'Égypte ; somptueuse ville des déserts syriens. **9.** Général romain, membre du second triumvirat, il reçoit en partage l'Orient, et poursuit l'expansion romaine. Sa suprématie est ruinée par ses pillages et plus encore par sa passion pour Cléopâtre, qui veut avec lui raffermir le royaume d'Égypte. Vaincu par Octave, il se suicide. **10.** Sœur et femme de Jupiter, qui forme avec lui un couple très conflictuel. Elle a en partage les royaumes, les empires et les richesses.

C'est dans l'étreinte altière et douce de ses bras ;
Son nom seul enivrait ; Strophus[1] n'osait l'écrire ;
La terre s'éclairait de son divin sourire,
À force de lumière et d'amour, effrayant ;
250 Son corps semblait mêlé d'azur ; en la voyant,
Vénus[2], le soir, rentrait jalouse sous la nue ;
Cléopâtre embaumait l'Égypte ; toute nue,
Elle brûlait les yeux ainsi que le soleil ;
Les roses enviaient l'ongle de son orteil ;
255 Ô vivants, allez voir sa tombe souveraine ;
Fière, elle était déesse et daignait être reine ;
L'amour prenait pour arc sa lèvre aux coins moqueurs ;
Sa beauté rendait fous les fronts, les sens, les cœurs,
Et plus que les lions rugissants était forte ;
260 Mais bouchez-vous le nez si vous passez la porte.

LE DIXIÈME SPHINX

Que fait Sennachérib[3], roi plus grand que le sort ?
Le roi Sennachérib fait ceci qu'il est mort.
Que fait Gad[4] ? Il est mort. Que fait Sardanapale[5] ?
Il est mort.

*

Le sultan écoutait, morne et pâle.
265 « Voilà de sombres voix, dit-il ; et je ferai
Dès demain jeter bas ce palais effaré
Où le démon répond quand on s'adresse aux anges.

Il menaça du poing les sphinx aux yeux étranges.

---

1. Beau nom pour un poète... **2.** Voir note 3, p. 246. **3.** Roi assyrien évoqué par l'Ancien Testament ; assassiné par ses fils dans un temple. **4.** Dans l'Ancien Testament, nom d'un fils de Jacob, d'un prophète du temps de David, d'une vallée et d'une divinité sémitique. **5.** Roi légendaire assyrien de la tradition grecque, qui, voyant son royaume perdu par l'invasion des Mèdes, aurait lui-même incendié son palais, et péri dans le feu avec ses femmes et ses trésors. *La Mort de Sardanapale* est un des tableaux les plus célèbres de Delacroix.

*

Et son regard tomba sur sa coupe où brillait
270 Le vin semé de sauge[1] et de feuilles d'œillet.

« Ah ! toi, tu sais calmer ma tête fatiguée ;
Viens, ma coupe, dit-il. Ris, parle-moi, sois gaie.
Chasse de mon esprit ces nuages hideux.
Moi, le pouvoir, et toi, le vin, causons tous deux. »

275 La coupe étincelante, embaumée et fleurie,
Lui dit :

« Phur[2], roi soleil, avait Alexandrie[3] ;
Il levait au-dessus de la mer son cimier[4] ;
Il tirait de son peuple orageux, le premier
D'Afrique après Carthage[5] et du monde après Rome,
280 Des soldats plus nombreux que les rêves que l'homme
Voit dans la transparence obscure du sommeil ;
Mais à quoi bon avoir été l'homme soleil ?
Puisqu'on est le néant, que sert d'être le maître ?
Que sert d'être calife[6] ou mage[7] ? À quoi bon être
285 Un de ces pharaons, ébauches des sultans[8],
Qui, dans la profondeur ténébreuse des temps,
Jettent la lueur vague et sombre de leurs mitres ?
À quoi bon être Arsès, Darius, Armamithres,
Cyaxare, Séthos, Dardanus, Dercylas,
290 Xercès, Nabonassar, Asar-Addon[9], hélas !
On a des légions qu'à la guerre on exerce ;

---

1. Voir note 4, p. 229. **2.** Mot de l'hébreu biblique : mauvais sort. **3.** Grand port égyptien fondé par Alexandre, métropole culturelle du monde grec au IVe siècle av. J.-C. **4.** Voir note 7, p. 128. **5.** La grande puissance commerciale africaine, rivale de Rome. Des trois guerres puniques résulta finalement la destruction totale de la ville en 146 av. J.-C. **6.** Souverain théocratique musulman, successeur de Mahomet. **7.** Voir note 4, p. 76. **8.** Voir note 5, p. 267. **9.** La liste mêle des noms de rois assyriens, mèdes, perses, babyloniens. Les uns sont célèbres comme Xerxès ou Darius, d'autres obscurs comme Asar-Addon. Tous sont mis au même niveau par l'énumération.

On est Antiochus, Chosroès, Artaxerce,
Sésostris, Annibal, Astyage, Sylla,
Achille, Omar, César [1], on meurt, sachez cela.
295 Ils étaient dans le bruit, ils sont dans le silence.
Vivants, quand le trépas sur un de vous s'élance,
Tout homme, quel qu'il soit, meurt tremblant ; mais le [roi
Du haut de plus d'orgueil tombe dans plus d'effroi ;
Cet esprit plus noir trouve un juge plus farouche ;
300 Pendant que l'âme fuit, le cadavre se couche,
Et se sent sous la terre opprimer et chercher
Par la griffe de l'arbre et le poids du rocher ;
L'orfraie [2] à son côté se tapit défiante ;
Qu'est-ce qu'un sultan mort ? Les taupes font leur [fiente
305 Dans de la cendre à qui l'empire fut donné,
Et dans des ossements qui jadis ont régné ;
Et les tombeaux des rois sont des trous à panthère. »

Zim, furieux, brisa la coupe contre terre.

---

1. Cette nouvelle liste obéit au même principe d'arasement des grands individus historiques (après Xerxès : Annibal, César) et des grands hommes menacés par l'oubli — moins cependant que dans la première énumération. Ces noms appartiennent à une antiquité moins éloignée, plus connue. Sésostris est intégré dans *William Shakespeare* à une liste des grands « laboureurs du glaive » (III, III, 3) ; et s'il appartient à la lointaine antiquité égyptienne (les auteurs grecs le confondent souvent avec Ramsès II), Astyage, dernier roi mède, est du VIe siècle av. J.-C., comme le fils de Xerxès, Artaxerxès ; le plus ancien des rois syriens portant le nom d'Antiochus est du IIIe siècle av. J.-C., comme le grand général carthaginois Annibal ; Sylla et César (voir note 4, p. 97) évoquent la dégradation de la République romaine au Ier siècle av. J.-C. ; les Chosroès sont des rois perses des VIe et VIIe siècles ap. J.-C. ; Omar fait avancer le temps jusqu'au VIIe siècle, des débuts de l'islam. Toutes les différences, de temps, d'espace, de civilisation, sont vaines dans cet « À quoi bon ? » qui fait du discours de la coupe embaumée un nouvel Ecclésiaste. Le héros de l'*Iliade* Achille, le deuxième calife musulman et le grand dictateur romain achèvent une série de noms propres qui s'annule en « on » : « on meurt ». **2.** Oiseau de proie.

*

Pour éclairer la salle, on avait apporté
310 Au centre de la table un flambeau d'or sculpté
À Sumatra[1], pays des orfévres célèbres ;
Cette lampe splendide étoilait les ténèbres.

Zim lui parla :

« Voilà de la lumière au moins !
Les sphinx sont de la nuit les funèbres témoins ;
315 La coupe, étant toujours ivre, est à peu près folle ;
Mais, toi, flambeau, tu vis dans ta claire auréole ;
Tu jettes aux banquets un regard souriant ;
Ô lampe, où tu parais tu fais un orient ;
Quand tu parles, ta voix doit être un chant d'aurore ;
320 Dis-moi quelque chanson divine que j'ignore,
Parle-moi, ravis-moi, lampe du paradis[2] !
Que la coupe et les sphinx monstrueux soient maudits ;
Car les sphinx ont l'œil faux, la coupe a le vin traître. »

Et la lampe parla sur cet ordre du maître :

325 « Après avoir eu Tyr, Babylone, Ilion[3],
Et pris Delphe à Thésée[4] et l'Athos au lion[5],

---

1. La plus lointaine des îles de la Malaisie. L'Orient est un ailleurs infiniment ouvert, un principe d'ouverture de l'espace historique, plus que l'Europe qui ne s'ouvre précisément qu'en passant par lui. **2.** La lampe de Zim-Zizimi évoque celle d'Aladin, dans le monde féerique des *Mille et Une Nuits*. **3.** À deux grandes villes de l'Antiquité orientale de l'Ancien Testament succède Ilion-Troie, la ville assiégée par les Grecs dans l'*Iliade*. **4.** Un des plus grands héros athéniens, vainqueur du Minotaure, des Amazones, et participant avec les Argonautes à la quête de la Toison d'or. Delphes, le plus grand centre religieux du monde grec, est indirectement associé à Thésée. Des ouvriers qui travaillaient à la construction d'un temple à Apollon Delphinien se moquèrent de son allure virginale. Sans répondre, Thésée se saisit d'un lourd char à bœufs et le lança bien au-dessus du temple. **5.** En quittant le canal creusé dans le mont Athos, raconte Hérodote, les chameaux de Xerxès furent dévorés par des lions.

Conquis Thèbe[1], et soumis le Gange tributaire[2],
Ninus[3] le fratricide est perdu sous la terre ;
Il est muré, selon le rite assyrien,
330 Dans un trou formidable où l'on ne voit plus rien.
Où ? Qui le sait ? Les puits sont noirs, la terre est creuse.
L'homme est devenu spectre. À travers l'ombre
[affreuse,
Si le regard de ceux qui sont vivants pouvait
Percer jusqu'au lit triste au lugubre chevet
335 Où gît ce roi, jadis éclair dans la tempête,
On verrait, à côté de ce qui fut sa tête,
Un vase de grès rouge, un doigt de marbre blanc[4] ;
Adam le trouverait à Caïn ressemblant[5].
La vipère frémit quand elle s'aventure
340 Jusqu'à cette effrayante et sombre pourriture ;
Il est gisant ; il dort ; peut-être qu'il attend.

Par moments, la Mort vient dans sa tombe, apportant
Une cruche et du pain qu'elle dépose à terre ;
Elle pousse du pied le dormeur solitaire,
345 Et lui dit : « Me voici, Ninus. Réveille-toi.
Je t'apporte à manger. Tu dois avoir faim, roi.
Prends. — Je n'ai plus de mains, répond le roi farouche.
— Allons, mange. » Et Ninus dit : « Je n'ai plus de
[bouche[6]. »
Et la Mort, lui montrant le pain, dit : « Fils des dieux,

---

1. Capitale de la Béotie, une des plus célèbres villes de la mythologie grecque. **2.** Jeu sur le sens du mot « tributaire », qui qualifie un cours d'eau affluent — ce que n'est pas l'immense fleuve indien — et un pays dépendant d'un autre pays. **3.** Sous le nom de Ninus le fratricide, Hugo condense plusieurs rois conquérants d'Asie. **4.** Détails empruntés à une description du tombeau de Sardanapale (voir note 5, p. 279). **5.** Régression jusqu'au premier Homme historique, et jusqu'au premier fratricide, parce que la ressemblance des fratricides annule précisément la progression de l'Homme dans l'Histoire. **6.** Le comble de l'horreur est atteint lorsque le tyran — le roi-mangeur — ne peut plus manger. Après quoi Zim-Zizimi peut briser la lampe qui l'éclairait, et rejoindre la Nuit.

350 Vois ce pain. » Et Ninus répond : « Je n'ai plus
[d'yeux. »

*

Zim se dressa terrible, et, sur les dalles sombres
Que le festin couvrait de ses joyeux décombres,
Jeta la lampe d'or sculptée à Sumatra.
La lampe s'éteignit.

Alors la Nuit[1] entra ;
355 Et Zim se trouva seul avec elle ; la salle,
Comme en une fumée obscure et colossale,
S'effaça ; Zim tremblait, sans gardes, sans soutiens :
La Nuit lui prit la main dans l'ombre, et lui dit :
[Viens[2].

---

1. La Nuit est répertoriée parmi les plus anciennes divinités grecques par Fr. Noël. Mais la Nuit est ici le prodige (voir note 2, p. 55), qui tient, au cœur même du négatif, la promesse d'un châtiment pour le despote. **2.** Dénouement inverse de V, 2, où le jour reparaît et où Eviradnus, prenant la main de Mahaud, la fait sortir de la nuit. Ici, la Nuit triomphe, en une invite érotique qui signe la mort du tyran. Optimisme sombre, car seules la Nuit et la Mort peuvent vaincre le despote. À lire aussi avec le dénouement de « Sultan Mourad », voir la note 1, p. 300 et Cl. Millet, *Le Despote oriental*.

II

1453[1]

Les Turcs, devant Constantinople,
Virent un géant chevalier
À l'écu d'or et de sinople[2],
Suivi d'un lion familier[3].

5 Mahomet Deux[4], sous les murailles,
Lui cria : « Qu'es-tu ? » Le géant
Dit : « Je m'appelle Funérailles,
Et toi, tu t'appelles Néant[5].

» Mon nom sous le soleil est France.
10 Je reviendrai dans la clarté,

---

1. La prise de Constantinople en 1453 marque le début de l'apogée de l'Empire ottoman, et son irrésistible expansion en Europe, jusqu'à la fin du règne de Soliman le Magnifique (1566). « Depuis cette fatale année 1453, écrivait Hugo dans la « Conclusion » du *Rhin*, la Turquie [...] avait représenté en Europe la barbarie. » Au cœur des « trônes d'Orient », « 1453 » souligne l'effet de composition des pièces consacrées au xve siècle : décadence de l'Europe médiévale (« Eviradnus », « L'Italie. — Ratbert »), sombre épanouissement des « trônes d'Orient » — mais avec la promesse, faite par un chevalier du Moyen Âge plus proche des temps glorieux des Croisades que du xve siècle, d'une victoire de la France, de la liberté, de Dieu. **2.** Mot rapporté par les croisés pour désigner la couleur verte en armoirie. **3.** Reflet d'Amadis de Gaule. Voir note 7, p. 214. **4.** Mehmed II, qui a pris Constantinople, devient l'avatar despotique du Mahomet de « L'Islam ». L'islam primitif — comme le christianisme primitif de la première section — a dégénéré en religion instituée, tyrannique. **5.** Le chevalier dit au despote la même chose que les sphinx de « Zim-Zizimi ».

J'apporterai la délivrance,
J'amènerai la liberté[1].

»Mon armure est dorée et verte
Comme la mer sous le ciel bleu ;
15 Derrière moi l'ombre est ouverte ;
Le lion qui me suit, c'est Dieu[2]. »

---

1. Berret raccroche ce poème à l'inspiration philhellène des *Orientales*. Il nous semble peu probable que ce texte soit un fond de tiroir du recueil de 1829, pour des raisons poétiques (la fable symbolique, très stylisée, est très éloignée de la veine des *Orientales*, et proche de l'inspiration de « 1851 — Choix entre deux passants » (rédigé en octobre 1859, publié dans la *Nouvelle Série*) et pour des raisons politiques (nulle part le nationalisme n'apparaît si crûment dans le recueil de 1829). Si l'Histoire se déplace en Orient, ce déplacement comporte en son centre l'affirmation du rôle émancipateur (sur le mode chevaleresque) de la France des Lumières et de la liberté dans l'Histoire.
2. Le « lion familier » est Dieu. Progression dans la série des lions, depuis la première section, mais surtout affirmation du caractère providentiel de la mission de la France dans l'Histoire.

III

SULTAN MOURAD[1]

I

Mourad, fils du sultan Bajazet[2], fut un homme
Glorieux, plus qu'aucun des Tibères[3] de Rome ;
Dans son sérail veillaient les lions accroupis[4] ;
Et Mourad en couvrit de meurtres les tapis ;
5 On y voyait blanchir des os entre les dalles ;
Un long fleuve de sang de dessous ses sandales
Sortait, et s'épandait sur la terre, inondant
L'Orient, et fumant dans l'ombre à l'Occident.
Il fit un tel carnage avec son cimeterre[5]
10 Que son cheval semblait au monde une panthère ;
Sous lui Smyrne[6] et Tunis, qui regretta ses beys[7],

---

1. Berret a montré que ce poème s'inspirait d'un conte mogol, *Les Balances*, publié, sans doute par Abel Hugo, dans les *Tablettes romantiques* de 1823. Dans l'édition de 1859, ce poème achevait le premier volume. **2.** Ce Mourad et ce Bajazet du XVe siècle sont fictifs. « Il a pu arriver quelque fois à l'auteur d'incarner toute une série d'hommes dans un homme et toute une dynastie dans un prince : *Sultan Mourad*. Mais cela a toujours été dans un but de clémence et dans une pensée de pardon » (brouillon de la Préface). **3.** Voir note 3, page 97. **4.** Contraste désespérant avec le « lion familier » de la France de « 1453 ». **5.** Voir note 7, p. 163. **6.** Aujourd'hui Izmir en Turquie, prise par les Ottomans en 1322. **7.** Prise d'abord par les Espagnols, Tunis est annexée à l'Empire ottoman en 1574. Les beys ne prirent la suprématie sur les autres instances de pouvoir qu'au début du XVIIIe siècle. Peut-être Hugo fait-il une allusion biaisée à la politique d'Ahmad Bey (1837-1855), de détachement de la Tunisie de l'Empire ottoman. Son successeur Mohammed dut, sous la pression française, prêter serment à une Constitution, le Pacte fondamental, et accélérer la modernisation.

Furent comme des corps qui pendent aux gibets ;
Il fut sublime[1] ; il prit, mêlant la force aux ruses,
Le Caucase[2] aux Kirghis[3] et le Liban[4] aux Druses[5] ;
15 Il fit, après l'assaut, pendre les magistrats
D'Éphèse[6], et rouer vifs les prêtres de Patras[7] ;
Grâce à Mourad, suivi des victoires rampantes,
Le vautour essuyait son bec fauve aux charpentes
Du temple de Thésée[8] encor pleines de clous ;
20 Grâce à lui, l'on voyait dans Athènes des loups[9],
Et la ronce couvrait de sa verte tunique
Tous ces vieux pans de murs écroulés, Salonique,
Corinthe, Argos, Varna, Tyr, Didymotichos[10],
Où l'on n'entendait plus parler que les échos ;
25 Mourad fut saint ; il fit étrangler ses huit frères[11] ;
Comme les deux derniers, petits, cherchaient leurs [mères
Et s'enfuyaient, avant de les faire mourir,
Tout autour de la chambre il les laissa courir[12] ;
Mourad, parmi la foule invitée à ses fêtes,

---

1. Le porc grotesque *et* sublime le sauvera. **2.** Voir note 3, p. 78. **3.** Peuple turc définitivement dominé par l'Empire russe en 1860. **4.** Voir note 5, p. 78. **5.** Population de Syrie, du Liban, d'Israël, pratiquant une religion initiatique issue de l'islam chiite. En 1845, le Liban avait été divisé en deux *kaïmakhan*, maronite et druse. L'Empire ottoman, en désarmant les seuls chrétiens maronites, encourageait leur persécution par les Druses, persécution à peu près évitée grâce à l'intervention anglaise. Comme souvent, le renvoi à l'actualité est trouble. **6.** Grande ville, à l'origine grecque, d'Asie Mineure. **7.** Ville du Péloponnèse prise par Méhemet II (voir note 4, p. 285) en 1455. **8.** Voir note 4, p. 282. La figure de Thésée contraste avec la dégradation de l'épique — « victoires rampantes » et « vautour ». **9.** Souvenir du sac d'Athènes, lors de la guerre d'indépendance. **10.** Salonique a été prise en 1430, Corinthe en 1458, Varna en 1444, Didymotichos sous le règne d'Amurat Ier (1357-1390). Argos renvoie à la haute antiquité homérique de Mycènes ; Tyr, démolie au XIIIe siècle par le soudan d'Égypte, à la Phénicie de l'Ancien Testament. **11.** Il est pire que Zim-Zizimi, « à Caïn ressemblant ». **12.** Hugo accentue nettement l'horreur de ce détail trouvé chez un historien français de la Turquie, en le traitant de manière plus concrète. Dans « La ville prise » des *Orientales*, l'évocation des « petits enfants écrasés sous les dalles » participait aussi à l'éloge du despote, par la même dissociation de l'énonciation, qui permet d'exposer l'aberration atroce de tout discours soumis au despotisme. Voir note 5, p. 47.

30 Passait le cangiar[1] à la main, et les têtes
S'envolaient de son sabre ainsi que des oiseaux ;
Mourad, qui ruina Delphe, Ancyre et Naxos[2],
Comme on cueille un fruit mûr, tuait une province ;
Il anéantissait le peuple avec le prince,
35 Les temples et les dieux, les rois et les donjons[3] ;
L'eau n'a pas plus d'essaims d'insectes dans ses joncs
Qu'il n'avait de rois morts et de spectres épiques[4]
Volant autour de lui dans les forêts de piques ;
Mourad, fils étoilé des sultans triomphants,
40 Ouvrit, l'un après l'autre et vivants, douze enfants
Pour trouver dans leur ventre une pomme volée ;
Mourad fut magnanime ; il détruisit Élée,
Mégare et Famagouste[5] avec l'aide d'Allah[6] ;
Il effaça de terre Agrigente[7] ; il brûla
45 Fiume et Rhode[8], voulant avoir des femmes blanches ;
Il fit scier son oncle Achmet entre deux planches
De cèdre[9], afin de faire honneur à ce vieillard ;
Mourad fut sage et fort ; son père mourut tard,

---

1. Poignard oriental à lame tranchante des deux côtés. **2.** L'île de Naxos passa aux Turcs en 1566. Mais la ville de Naxos, en Sicile, renvoie au rayonnement culturel de la Grèce antique, comme Delphes, quoique de façon moins nette. Hugo a trouvé le nom d'Ancyre dans Moréri. Comme toujours, il met sur le même plan ce que l'Histoire garde en mémoire et ce qu'elle a oublié, et mêle les époques. **3.** L'Orient est un espace de fusion de l'Antiquité et du Moyen Âge. **4.** L'épique est fantomatique : du royaume de la mort. **5.** Mourad détruit avec Élée le centre de la philosophie parménidienne (ve siècle av. J.-C.), avec Mégare une grande cité grecque antique, florissante entre le VIIIe et le IVe siècle av. J.-C., avec Famagouste une ville prise de manière particulièrement violente par les Turcs en 1571. **6.** Dévoiement de l'islam : la grande époque de la civilisation musulmane, ce n'est pas l'Empire ottoman de 1453 à Soliman le Magnifique, c'est le VIIe siècle de l'islam primitif. **7.** Ville antique, fondée par des Grecs doriens en Sicile, et qui n'attendit pas Mourad pour s'effacer de terre. **8.** Fiume est une ville hongroise, au-delà de l'expansion maximale des Turcs en Austro-Hongrie ; Rhodes a été prise par Soliman, mais évoque surtout le colosse de Rhodes, une des Sept Merveilles du monde, et de l'Antiquité. **9.** Poétique de l'humour noir : l'enjambement scie en deux les « planches / De cèdre ». Le détail de ce bois relie ce poème à III, 3.

Mourad l'aida[1] ; ce père avait laissé vingt femmes,
50 Filles d'Europe ayant dans leurs regards des âmes,
Ou filles de Tiflis[2] au sein blanc, au teint clair ;
Sultan Mourad jeta ces femmes à la mer
Dans des sacs convulsifs que la houle profonde
Emporta, se tordant confusément sous l'onde[3] ;
55 Mourad les fit noyer toutes ; ce fut sa loi ;
Et, quand quelque santon[4] ; lui demandait pourquoi,
Il donnait pour raison : « C'est qu'elles étaient
[grosses. »
D'Aden et d'Erzeroum[5] il fit de larges fosses,
Un charnier de Modon[6] vaincue, et trois amas
60 De cadavres d'Alep, de Brousse et de Damas[7] ;
Un jour, tirant de l'arc, il prit son fils pour cible,
Et le tua ; Mourad sultan fut invincible :
Vlad, boyard de Tarvis, appelé Belzébuth[8],
Refuse de payer au sultan le tribut,
65 Prend l'ambassade turque et la fait périr toute
Sur trente pals, plantés aux deux bords d'une route ;

---

1. Régression de l'Histoire vers le parricide Kanut. **2.** Ville et région caucasiennes, investies par les Turcs en 1604, annexées à l'Empire russe en 1801. **3.** Même supplice dans « Clair de lune » (*Les Orientales*). **4.** Voir note 7, p. 112. **5.** Ville d'Arabie méridionale, prise par les Turcs en 1538, qui appartenait à l'Angleterre depuis 1839, et ville de l'Arménie turque, prise par les Turcs en 1400, par les Perses en 1430, qui la cédèrent à l'Empire ottoman en 1514. Les Russes l'avaient annexée en 1828, mais ils avaient été obligés de la céder aux Turcs au traité d'Andrinople (1829), première base, à la suite des accords de Londres, de la reconfiguration des équilibres géopolitiques après la guerre de Grèce. **6.** Hugo a lu dans une de ses principales sources que lors du siège de Modon cinq cents officiers furent sciés en deux. **7.** Alep et Damas se rendirent ensemble à l'Empire ottoman en 1516. Brousse fut de 1327 à 1453 la capitale de l'Empire ottoman. En 1856, elle fut ravagée par un grand tremblement de terre. **8.** Une certaine Hélène Vacaresco racontera en 1911 comment, enfant, elle s'était insurgée devant tant d'inexactitudes sur Vlad l'Empaleur — qui mérite bien le nom du diable, mais non le titre de boyard (noble russe). Victor Hugo lui aurait répondu : « Hé ! [...], c'est grâce à moi qu'on se souviendra de cet homme et de cette ville. J'ai bien le droit de les appeler comme bon me semble » (Berret). Il faut attendre la fin du siècle pour que Bram Stoker popularise en Europe occidentale Vlad l'Empaleur, comte Dracula.

Mourad accourt, brûlant moissons, granges, greniers ;
Bat le boyard[1], lui fait vingt mille prisonniers,
Puis, autour de l'immense et noir champ de bataille,
70 Bâtit un large mur tout en pierre de taille,
Et fait dans les créneaux, pleins d'affreux cris plaintifs,
Maçonner et murer les vingt mille captifs,
Laissant des trous par où l'on voit leurs yeux dans
[l'ombre ;
Et part, après avoir écrit sur le mur sombre :
75 « Mourad, tailleur de pierre, à Vlad, planteur de pieux. »
Mourad était croyant, Mourad était pieux[2] ;
Il brûla cent couvents de chrétiens en Eubée[3],
Où par hasard sa foudre était un jour tombée ;
Mourad fut quarante ans l'éclatant meurtrier
80 Sabrant le monde, ayant Dieu sous son étrier ;
Il eut le Rhamséïon[4] et le Généralife[5] ;
Il fut le padischah[6], l'empereur, le calife[7],
Et les prêtres disaient : « Allah ! Mourad est grand[8]. »

II

Législateur horrible et pire conquérant,
85 N'ayant autour de lui que des troupeaux infâmes,
De la foule, de l'homme en poussière, des âmes
D'où des langues sortaient pour lui lécher les pieds[9],
Loué pour ses forfaits toujours inexpiés[10],
Flatté par ses vaincus et baisé par ses proies,

---

1. Voir note 8, p. 290. **2.** La rime équivoquée souligne la rupture de registre et de perspective. **3.** Île conquise en 1470. **4.** À Thèbes (Louxor), le temple de Ramsès et ses annexes. **5.** Palais des rois maures à Grenade. Ce ne sera qu'en 1492 que tombera le royaume de Grenade, marquant la fin de l'Islam en Europe occidentale. **6.** Titre persan : grand roi. **7.** Voir note 6, page 280. **8.** La compromission des prêtres est de tous les temps et de toutes les civilisations. **9.** Voir note 8, p. 276. **10.** Description du fonctionnement énonciatif de la première section.

90 Il vivait dans l'encens, dans l'orgueil, dans les joies,
Avec l'immense ennui du méchant adoré.

Il était le faucheur[1], la terre était le pré.

III

Un jour, comme il passait à pied dans une rue
À Bagdad[2], tête auguste[3] au vil peuple apparue,
95 À l'heure où les maisons, les arbres et les blés
Jettent sur les chemins de soleil accablés
Leur frange d'ombre au bord d'un tapis de lumière,
Il vit, à quelques pas du seuil d'une chaumière,
Gisant à terre, un porc fétide[4] qu'un boucher
100 Venait de saigner vif avant de l'écorcher[5] ;
Cette bête râlait devant cette masure ;
Son cou s'ouvrait, béant d'une affreuse blessure ;
Le soleil de midi brûlait l'agonisant ;
Dans la plaie implacable et sombre dont le sang
105 Faisait un lac fumant à la porte du bouge[6],
Chacun de ses rayons entrait comme un fer rouge ;
Comme s'ils accouraient à l'appel du soleil,
Cent moustiques suçaient la plaie au bord vermeil ;
Comme autour de leur nid voltigent les colombes,
110 Ils allaient et venaient, parasites des tombes,
Les pattes dans le sang, l'aile dans le rayon ;
Car la mort, l'agonie et la corruption,
Sont ici-bas le seul mystérieux désastre

---

1. Comme la Mort est la Faucheuse. **2.** Voir note 1, p. 269. **3.** Voir note 1, p. 63. **4.** Puant. Pestilence qui suscite le rejet, l'éloignement, défie le rapprochement de la compassion. **5.** Hugo néglige toute vraisemblance : à qui ce boucher de Bagdad la musulmane compte-t-il vendre de la viande de porc ? **6.** Voir note 5, p. 139.

Où la mouche travaille en même temps que l'astre[1] ;
115 Le porc ne pouvait faire un mouvement, livré
Au féroce soleil, des mouches dévoré ;
On voyait tressaillir l'effroyable coupure ;
Tous les passants fuyaient loin de la bête impure ;
Qui donc eût eu pitié de ce malheur hideux ?
120 Le porc et le sultan étaient seuls tous les deux ;
L'un torturé, mourant, maudit, infect, immonde[2] ;
L'autre, empereur, puissant, vainqueur, maître du
[monde,
Triomphant aussi haut que l'homme peut monter,
Comme si le destin eût voulu confronter
125 Les deux extrémités sinistres des ténèbres[3].
Le porc, dont un frisson agitait les vertèbres,
Râlait, triste, épuisé, morne ; et le padischah[4]
De cet être difforme et sanglant s'approcha,
Comme on s'arrête au bord d'un gouffre qui se creuse ;
130 Mourad pencha son front vers la bête lépreuse,
Puis la poussa du pied dans l'ombre du chemin,
Et, de ce même geste énorme et surhumain
Dont il chassait les rois, Mourad chassa les mouches[5].
Le porc mourant rouvrit ses paupières farouches,
135 Regarda d'un regard ineffable, un moment,
L'homme qui l'assistait dans son accablement ;
Puis son œil se perdit dans l'immense mystère.
Il expira[6] !

---

1. Ambivalence de l'œuvre de la mort, qui est aussi le travail de la vie. Voir « Cadaver » dans *Les Contemplations*. **2.** L'évaluation de cette figure de la victime, du « torturé », se brouille du fait qu'il est « infect » (pestilentiel, ignoble) et surtout « maudit », « immonde » (voir note 12, p. 274), comme Satan. « Sultan Mourad » se donne ainsi à lire comme une étrange *Fin de Satan*, relevant, par un seul geste de pitié, les misérables grotesques et les triomphants sublimes. **3.** L'antithèse du porc et du sultan ne conjoint pas le Bien et le Mal, la Lumière et l'Ombre, mais les deux points extrêmes des ténèbres : du Mal, tendu entre l'abjection grotesque et un sublime triomphal, épique. **4.** Voir note 6, p. 291. **5.** Le geste de pitié prend une dimension héroïque, et du coup révolutionne l'épopée. Mais l'identité de ce geste et du geste de conquête dit aussi la mystérieuse unité de Mourad. **6.** Mort sublime, qui confère à l'animal une conscience, une âme.

IV

Le jour où ceci sur la terre
S'accomplissait, voici ce que voyait le ciel :

140 C'était dans l'endroit calme, apaisé, solennel,
Où luit l'astre idéal sous l'idéal nuage,
Au delà de la vie, et de l'heure, et de l'âge,
Hors de ce qu'on appelle espace, et des contours
Des songes qu'ici-bas nous nommons nuits et jours ;
145 Lieu d'évidence où l'âme enfin peut voir les causes,
Où, voyant le revers inattendu des choses,
On comprend, et l'on dit : « C'est bien ! » l'autre côté
De la chimère[1] sombre étant la vérité ;
Lieu blanc, chaste, où le mal s'évanouit et sombre.
150 L'étoile en cet azur semble une goutte d'ombre.
Ce qui rayonne là, ce n'est pas un vain jour
Qui naît et meurt, riant et pleurant tour à tour,
Jaillissant, puis rentrant dans la noirceur première,
Et, comme notre aurore, un sanglot de lumière ;
155 C'est un grand jour divin, regardé dans les cieux
Par les soleils, comme est le nôtre par les yeux ;
Jour pur, expliquant tout, quoiqu'il soit le problème ;
Jour qui terrifierait, s'il n'était l'espoir même,
De toute l'étendue éclairant l'épaisseur,
160 Foudre par l'épouvante, aube par la douceur.
Là, toutes les beautés tonnent épanouies ;
Là, frissonnent en paix les lueurs inouïes ;
Là, les ressuscités ouvrent leur œil béni
Au resplendissement de l'éclair infini ;
165 Là, les vastes rayons passent comme des ondes[2].

---

1. Voir note 8, p. 225. L'illusion associée à la monstruosité archaïque. **2.** Tout ce début de la quatrième section sera repris en écho l'année suivante dans « La Trompette du jugement ».

C'était sur le sommet du Sinaï[1] des mondes ;
C'était là.

Le nuage auguste[2], par moments,
Se fendait, et jetait des éblouissements.
Toute la profondeur entourait cette cime.
170 On distinguait, avec un tremblement sublime[3],
Quelqu'un d'inexprimable au fond de la clarté.

Et tout frémissait, tout, l'aube et l'obscurité,
Les anges, les soleils, et les êtres suprêmes[4],
Devant un vague front couvert de diadèmes.
Dieu méditait.

175 Celui qui crée et qui sourit,
Celui qu'en bégayant nous appelons Esprit,
Bonté, Force, Équité, Perfection, Sagesse[5],
Regarde devant lui, toujours, sans fin, sans cesse
Fuir les siècles ainsi que des mouches d'été[6].
180 Car il est éternel avec tranquillité[7].

Et dans l'ombre hurlait tout un gouffre : la terre.

En bas, sous une brume épaisse, cette sphère
Rampait, monde lugubre où les pâles humains

---

1. Mont sur lequel Dieu se révéla à Moïse. **2.** Voir note 1, p. 63. **3.** Sublime visionnaire du mystère qui fait frissonner, bien différent du sublime épique du tyran Mourad. Voir p. 288 et la note 1. **4.** Cette expression renvoie à l'hypothèse de deux naturalistes de la fin du XVIIIe siècle, Robinet et Bonnet, d'une échelle des êtres qui, allant du caillou à l'Homme pour se prolonger dans une série d'êtres supérieurs à lui, jusqu'à Dieu, est prise dans le temps de l'évolution. Idée d'une « Temporalisation de l'échelle des êtres » (Arthur O. Lovejoy) sur laquelle Hugo greffe, depuis l'expérience spirite et *Les Contemplations*, la croyance en la métempsycose. **5.** Approximation de la nomination de l'Inconnu sans nom par sa qualification. **6.** Analogie de Dieu et du porc. **7.** Quelque chose du Dieu « bonhomme » de *L'Art d'être grand-père* apparaît ici, qui disjoint la « Force » de l'instance suprême de châtiment, du déchaînement panique de la violence répressive.

Passaient et s'écroulaient et se tordaient les mains ;
185 On apercevait l'Inde et le Nil[1], des mêlées
D'exterminations et de villes brûlées,
Et des champs ravagés et des clairons soufflant[2],
Et l'Europe livide ayant un glaive[3] au flanc ;
Des vapeurs de tombeau, des lueurs de repaire ;
190 Cinq frères tout sanglants[4] ; l'oncle, le fils, le père ;
Des hommes dans des murs, vivants, quoique pourris ;
Des têtes voletant, mornes chauves-souris,
Autour d'un sabre nu, fécond en funérailles ;
Des enfants éventrés soutenant leurs entrailles ;
195 Et de larges bûchers fumaient, et des tronçons
D'êtres sciés en deux rampaient dans les tisons ;
Et le vaste étouffeur des plaintes et des râles,
L'Océan, échouait dans les nuages pâles
D'affreux sacs noirs faisant des gestes effrayants ;
200 Et ce chaos de fronts hagards, de pas fuyants,
D'yeux en pleurs, d'ossements, de larves[5], de
[décombres[6],
Ce brumeux tourbillon de spectres, et ces ombres
Secouant des linceuls, et tous ces morts, saignant
Au loin, d'un continent à l'autre continent,
205 Pendant aux pals, cloués aux croix, nus sur les claies[7],
Criaient, montrant leurs fers, leur sang, leurs maux,
[leurs plaies :

« C'est Mourad ! c'est Mourad ! justice, ô Dieu
[vivant[8] ! »

À ce cri, qu'apportait de toutes parts le vent,

---

1. Les deux berceaux de l'Humanité. **2.** Identification de l'Histoire à l'épopée, au souffle destructeur. **3.** Voir note 4, p. 121. **4.** Début de la mise en abyme cauchemardesque de la première section du poème. **5.** Voir note 1, p. 77. **6.** Voir note 1, p. 71. **7.** Treillage en bois ou en fer, sur lequel on traînait les condamnés, dont le corps était atrocement écorché. **8.** Ce cri accusateur ressemble à ceux qui s'élèvent dans « La Vision de Dante » (rédigée en 1853 pour *Châtiments* ; *Dernière Série*).

Les tonnerres jetaient des grondements étranges,
210 Des flamboiements passaient sur les faces des anges,
Les grilles de l'enfer s'empourpraient, le courroux
En faisait remuer d'eux-mêmes les verrous,
Et l'on voyait sortir de l'abîme insondable
Une sinistre main[1] qui s'ouvrait formidable ;
215 « Justice ! » répétait l'ombre, et le châtiment
Au fond de l'infini se dressait lentement[2].

Soudain, du plus profond des nuits, sur la nuée,
Une bête difforme, affreuse, exténuée,
Un être abject et sombre, un pourceau[3], s'éleva,
220 Ouvrant un œil sanglant qui cherchait Jéhovah[4] ;
La nuée apporta le porc dans la lumière,
À l'endroit même où luit l'unique sanctuaire,
Le saint des saints, jamais décru, jamais accru ;
Et le porc murmura : « Grâce ! il m'a secouru. »
225 Le pourceau misérable et Dieu se regardèrent[5].

Alors, selon des lois que hâtent ou modèrent
Les volontés de l'Être effrayant qui construit
Dans les ténèbres l'aube et dans le jour la nuit[6],
On vit, dans le brouillard où rien n'a plus de forme,
230 Vaguement apparaître une balance énorme ;
Cette balance vint d'elle-même, à travers
Tous les enfers béants, tous les cieux entr'ouverts,

---

1. Image biblique, que reprendra XV. **2.** Le châtiment est l'œuvre de Dieu pour autant que celui-ci est le « moi de l'infini » (*Les Misérables*), et l'infini la réserve de l'Immanent, ou équité suprême, ou équilibre cosmique. **3.** Le mot est synonyme de « porc », mais désigne aussi le jouisseur, l'épicurien (le pourceau d'Épicure). **4.** Le nom biblique de Dieu désigne assez souvent (et ici, comme par contraste avec Allah, l'Oriental) l'Inconnu sans nom. **5.** Regard réciproque, intersubjectif, chacun advenant par le regard de l'autre, le porc par Dieu et Dieu par le porc. « De certaines familiarités, des tutoiements altiers, des insolences, si vous voulez, ne se rencontrent que dans les œuvres souveraines, et en sont le signe. Une fiente d'aigle révèle un sommet » (« Le goût », *Proses philosophiques de 1860-1865*). **6.** L'image invalide toute croyance au progrès.

Se placer sous la foule immense des victimes[1] ;
Au-dessus du silence horrible des abîmes,
235 Sous l'œil du seul vivant, du seul vrai, du seul grand,
Terrible, elle oscillait, et portait, s'éclairant
D'un jour mystérieux plus profond que le nôtre,
Dans un plateau le monde et le pourceau dans l'autre.

Du côté du pourceau la balance pencha[2].

V

240 Mourad, le haut calife[3] et l'altier[4] padischah[5],
En sortant de la rue où les gens de la ville
L'avaient pu voir toucher à cette bête vile,
Fut le soir même pris d'une fièvre, et mourut.

Le tombeau des soudans[6], bâti de jaspe[7] brut,
245 Couvert d'orfévrerie, auguste[8], et dont l'entrée
Semble l'intérieur d'une bête éventrée
Qui serait tout en or et tout en diamants,
Ce monument, superbe entre les monuments,
Qui hérisse, au-dessus d'un mur de briques sèches,
250 Son faîte plein de tours comme un carquois de flèches,
Ce turbé[9] que Bagdad[10] montre encore aujourd'hui,
Reçut le sultan mort et se ferma sur lui.

Quand il fut là, gisant et couché sous la pierre,
Mourad ouvrit les yeux et vit une lumière ;

---

1. Même identification de l'Humanité aux victimes de la tyrannie dans « La vision de Dante » (voir note 8, p. 296). **2.** L'équité suprême est une sorte de passage à la limite de la justice distributive. **3.** Voir note 6, p. 280. **4.** Voir note 3, p. 204. **5.** Voir note 6, p. 291. **6.** Voir note 2, p. 267. **7.** Pierre précieuse verte, rouge, brune ou noire. **8.** Voir note 1, p. 63. **9.** De l'arabe *turbé* : tombe ; tombeau des princes et des saints personnages. **10.** Voir note 1, p. 269.

255 Sans qu'on pût distinguer l'astre ni le flambeau,
Un éblouissement remplissait son tombeau ;
Une aube s'y levait, prodigieuse[1] et douce ;
Et sa prunelle éteinte eut l'étrange secousse
D'une porte de jour qui s'ouvre dans la nuit :
260 Il aperçut l'échelle immense qui conduit
Les actions de l'homme à l'œil qui voit les âmes ;
Et les clartés étaient des roses et des flammes ;
Et Mourad entendit une voix qui disait :

« Mourad, neveu d'Achmet et fils de Bajazet[2],
265 Tu semblais à jamais perdu ; ton âme infime
N'était plus qu'un ulcère et ton destin qu'un crime ;
Tu sombrais parmi ceux que le mal submergea ;
Déjà Satan était visible en toi[3] ; déjà,
Sans t'en douter, promis aux tourbillons funèbres
270 Des spectres sous la voûte infâme des ténèbres,
Tu portais sur ton dos les ailes de la nuit ;
De ton pas sépulcral l'enfer guettait le bruit ;
Autour de toi montait, par ton crime attirée,
L'obscurité du gouffre ainsi qu'une marée ;
275 Tu penchais sur l'abîme où l'homme est châtié ;
Mais tu viens d'avoir, monstre, un éclair de pitié ;
Une lueur suprême et désintéressée
A, comme à ton insu, traversé ta pensée,
Et je t'ai fait mourir dans ton bon mouvement ;
280 Il suffit, pour sauver même l'homme inclément,
Même le plus sanglant des bourreaux et des maîtres,
Du moindre des bienfaits sur le dernier des êtres ;
Un seul instant d'amour rouvre l'Éden fermé[4] ;
Un pourceau secouru pèse un monde opprimé ;
285 Viens ! le ciel s'offre, avec ses étoiles sans nombre,
En frémissant de joie, à l'évadé de l'ombre !

---

1. Voir note 2, p. 55. **2.** Voir note 2, p. 287. **3.** Transparence des méchants. **4.** Dénouement du premier tome de l'édition originale — de la fermeture de l'Éden par Caïn à sa réouverture par le fratricide sauvé, Mourad. « Fin de Satan » dans l'Histoire, que raturera au début du second tome « L'Italie. — Ratbert ».

Viens ! tu fus bon un jour, sois à jamais heureux.
Entre, transfiguré ! tes crimes ténébreux,
Ô roi, derrière toi s'effacent dans les gloires [1] ;
290 Tourne la tête, et vois blanchir tes ailes noires [2]. »

---

1. Ici : manifestations splendides du divin. **2.** Le premier volume de l'édition originale s'achève ainsi sur une transfiguration, décidée par le Juge. Cette transfiguration annonce celle qui adviendra le jour où sonnera « La trompette du jugement ».

VII

L'ITALIE. — RATBERT[1]

1. Composé fin 1857, ce que Hugo intitule d'abord « Les quatre romances de Ratbert » est une projection dans le Moyen Âge finissant (globalement le XVe siècle, mais avec des détails des XIIIe et XIVe siècles) des malheurs de l'Italie actuelle. Malheurs d'une nation soumise au pouvoir tout « féodal » de l'Empire autrichien : l'arriération tyrannique commande la projection du présent dans le Moyen Âge — car le *Quattrocento* hugolien ne se confond pas avec la Renaissance (voir note 1, p. 224), Hugo voyant essentiellement dans le XVe siècle italien l'agonie des républiques, et la montée en puissance des « princes », indigènes ou étrangers : un reflet du présent dans le passé. Après la répression de la révolution de 1848, les Autrichiens sont — hors le Piémont, le royaume de Naples et Rome — maîtres partout, s'aidant de la bassesse des petits gouvernants italiens pour faire triompher durement la réaction. La condamnation des puissances européennes, initiée par Napoléon III, incite en 1857 l'empereur François-Joseph à quelques adoucissements. Cette politique italienne de Louis-Napoléon Bonaparte est complexe, inspirée à la fois par le souci de ne pas s'aliéner le Vatican et les catholiques — attachés au maintien du pouvoir temporel du pape — et par la volonté d'encourager le nationalisme italien, en aidant en particulier le Piémont contre l'Autriche. Du discours de 1849 sur « L'affaire de Rome » à la lettre « À l'Italie » de 1856, en passant par « L'anniversaire du 24 février 1848 » (1855) et jusqu'à « L'Italie. — Ratbert », la position de Hugo est constante : solidarité des républiques italienne et française, complicité des Empires autrichien et français, danger des adoucissements, piège des compromis dus à la bonne volonté des tyrans. « Le devoir pour tous, pour vous comme pour nous, c'est l'agitation aujourd'hui, l'insurrection demain » (« À l'Italie »).

« *Je te suivrai, mon maître, et j'aimerai ta chaîne,*
Et je la porterai. »
(VII, 1, « Les conseillers probes et libres », v. 137)

Caricature de Victor Hugo, vers 1864-1869.

I

LES CONSEILLERS PROBES ET LIBRES [1]

Ratbert [2], fils de Rodolphe et petit-fils de Charles [3],
Qui se dit empereur et qui n'est que roi d'Arles [4],
Vêtu de son habit de patrice romain [5],
Et la lance du grand saint Maurice [6] à la main,
5 Est assis au milieu de la place d'Ancône [7].

---

1. Titre antiphrastique, à la manière de ceux des *Châtiments*. Sur le manuscrit, il est précédé de cette indication : *Première Romance*, et au-dessous : *Ratbert*. La romance, qui se développe aux XVIIIe et XIXe siècles, est un poème simple de facture, souvent d'inspiration populaire ou pseudo-populaire, et de tonalité sentimentale. **2.** Nom d'un abbé de Corbie et d'un comte de Genève, tous deux du IXe siècle, trouvé dans Moréri. Ratbert est une fiction qui permet de concentrer la figure du Prince machiavélien. **3.** Rodolphe et Charles sont tirés des articles « Arles » et « Bourgogne » de Moréri. Rodolphe, roi d'Arles et de Bourgogne, protégea son autonomie relative. Charles I, comte de Provence, la soumit entièrement. Ces deux noms délimitent ainsi la période pendant laquelle on a pu dire qu'Arles était une sorte de république. **4.** L'exténuation du pouvoir impérial est une réalité du XVe siècle. Mais Arles a depuis longtemps cessé d'être terre d'empire, comme elle a cessé d'être « presque République ». C'est au XIe et jusqu'au début du XIIIe siècle que le royaume d'Arles fut florissant et libre. « La ville d'Arles était presque République sous les empereurs qui s'en disaient rois », écrit Moréri. Au XVe siècle, plus rien de tout cela ne survit. Mais les préoccupations actuelles sans doute l'emportent : empereur allemand et roi d'Arles, Ratbert est à la fois François-Joseph et Napoléon III. **5.** Dignité, créée par l'empereur Constantin, et conférée au Moyen Âge par les papes. **6.** L'ordre des chevaliers de Saint-Maurice, conservateur de la lance du martyr, fut fondé par le premier duc de Savoie, en 1434. Saint Maurice renvoie le lecteur de 1859 à la Savoie alors piémontaise, l'une des pièces importantes de la question italienne. Napoléon III l'annexera en 1860 avec Nice. **7.** Port italien sur l'Adriatique. Pris en 1797 par le général Victor, il devint république. Mais les armées de la Coalition l'attaquèrent, et les troupes françaises évacuèrent la ville en 1799. En 1832, la monarchie

Sa couronne est l'armet[1] de Didier, et son trône
Est le fauteuil de fer de Henri l'Oiseleur[2].
Sont présents cent barons[3] et chevaliers, la fleur
Du grand arbre héraldique et généalogique
10 Que ce sol noir nourrit de sa séve tragique[4].
Spinola, qui prit Suze et qui la ruina,
Jean de Carrara, Pons, Sixte Malaspina
Au lieu de pique ayant la longue épine noire[5] ;
Ugo[6], qui fit noyer ses sœurs dans leur baignoire,
15 Regardent dans leurs rangs entrer avec dédain
Guy, sieur de Pardiac et de l'Île-en-Jourdain[7],
Guy, parmi tous ces gens de lustre et de naissance,
N'ayant encor pour lui que le sac[8] de Vicence,
Et, du reste, n'étant qu'un batteur de pavé[9],
20 D'origine quelconque et de sang peu prouvé.
L'exarque[10] Sapaudus que le saint-siége envoie,
Sénèque[11], marquis d'Ast ; Bos, comte de Savoie[12] ;
Le tyran de Massa, le sombre Albert Cibo

---

de Juillet, inquiète des ambitions autrichiennes, envoya une expédition militaire à Ancône, reçue en armée libératrice. Le drapeau français flotta sur la ville jusqu'en 1838. L'abandon d'Ancône au Vatican fut perçue par l'opposition comme une concession faite à l'Autriche. Enfin, en 1848 les insurgés y furent atrocement réprimés par les Autrichiens.

1. Armure de tête. **2.** Roi de Germanie de 919 à 936. **3.** Voir note 1, p. 127. **4.** Association remarquable de l'art des blasons, de l'histoire des grandes familles et du tragique. La continuité des dynasties s'impose comme un fait de nature, fatal. **5.** Une branche d'épine figure dans les armoiries des Malespine. **6.** Humour noir pour une nouvelle signature de l'auteur dans *La Légende*. Voir notes 1, p. 139 et 1, p. 214. **7.** Seigneuries trouvées à l'article « Armagnac » de Moréri. Hugo continue à brouiller les frontières, ou plutôt à montrer à travers la carte de l'Europe du XVe siècle l'historicité des territoires nationaux. **8.** Pillage. **9.** Qui erre dans les rues. **10.** Voir note 1 p. 147. Exarque est à prendre ici au sens d'ambassadeur du Vatican. **11.** Homonyme troublant du philosophe stoïcien latin. Hugo songe sans doute ici moins au héros du suicide serein, qu'au précepteur de Néron : comme Néron, Ratbert a, parmi ses « conseillers », un Sénèque. Mais Sénèque a affirmé que rien n'est plus agréable aux dieux que l'assassinat d'un roi inique. Le Sénèque de Ratbert ne dit rien de tel. **12.** Voir note 6, p. 303.

Que le marbre aujourd'hui fait blanc sur son tombeau [1] ;
25 Ranuce caporal de la ville d'Anduze [2] ;
Foulque [3], ayant pour cimier la tête de Méduse [4] ;
Marc, ayant pour devise : IMPERIUM FIT JUS [5] ;
Entourent Afranus, évêque de Fréjus [6].
Là sont Farnèse, Ursin, Cosme [7] à l'âme avilie ;
30 Puis les quatre marquis [8] souverains d'Italie ;
L'archevêque d'Urbin, Jean, bâtard de Rodez [9],
Alonze de Silva, ce duc dont les cadets
Sont rois, ayant conquis l'Algarve [10] portugaise,
Et Visconti [11], seigneur de Milan, et Borghèse [12],
35 Et l'homme, entre tous faux, glissant, habile, ingrat,
Avellan, duc de Tyr et sieur de Montferrat [13] ;
Près d'eux Prendiparte, capitaine de Sienne ;
Pic, fils d'un astrologue et d'une égyptienne [14] ;
Alde Aldobrandini ; Guiscard, sieur de Beaujeu,
40 Et le gonfalonier [15] du saint-siége et de Dieu,
Gandolfe, à qui, plus tard, le pape Urbain fit faire
Une statue équestre en l'église Saint-Pierre,
Complimentent Martin de la Scala, le roi

---

1. Le narrateur semble ici un chroniqueur proche des temps racontés, qui dénonce les falsifications de la mémoire. **2.** Anduze est en Languedoc, et la dignité de *caporale* est une magistrature civile italienne et corse. **3.** Nom de plusieurs comtes souverains d'Anjou au Moyen Âge. **4.** Voir notes 7, p. 128 et 5, p. 217. **5.** « Le pouvoir [ou l'empire] se fait droit. » **6.** Hugo a trouvé dans Moréri un évêque de Fréjus (dans le Var), Acceptus, et l'a transformé en Afranus. Acceptus sera réutilisé pour le dénouement, en double positif d'Afranus. **7.** Voir « Le comte Félibien » dans la *Nouvelle Série*. **8.** Seigneurs des quatre marches, États frontières d'Italie. **9.** En Aveyron. **10.** La plus méridionale des provinces portugaises. **11.** Nom d'une puissante famille gibeline (du parti de l'Empire) de Milan. **12.** Grande famille originaire de Sienne au XVe siècle, protectrice des arts et des lettres, dont l'éclat commencera au début du XVIIe siècle. Borghèse comme Visconti est un nom fameux, à la différence de ceux qui suivent, obscurs personnages de Moréri. **13.** Ce seigneur italien étend avec le duché de Tyr la zone impériale à l'Orient phénicien. **14.** Il est presque le fruit de Claude Frollo et de la Esmeralda. Son nom évoque Pic de la Mirandole, grand humaniste italien du XVe siècle. La Renaissance du *Quattrocento* est une fois de plus absorbée dans le régime tyrannique. **15.** Titre du magistrat des villes-États de Florence, Lucques et Sienne — ici, de Rome.

De Vérone, et le roi de Tarente, Geoffroy ;
45 À quelques pas se tient Falco, comte d'Athène,
Fils du vieux Muzzufer, le rude capitaine
Dont les clairons semblaient des bouches d'aquilon[1] ;
De plus, deux petits rois, Agrippin et Gilon[2].

Tous jeunes, beaux, heureux, pleins de joie et [farouches[3].

50 Les seigneurs vont aux rois ainsi qu'au miel les [mouches.
Tous sont venus, des burgs[4], des châteaux, des [manoirs[5] ;
Et la place autour d'eux est déserte ; et cent noirs,
Tous nus, et cent piquiers[6] aux armures persanes[7]
En barrent chaque rue avec leurs pertuisanes[8].
55 Geoffroy, Martin, Gilon, l'enfant Agrippin Trois,
Sont assis sous le dais[9] près du maître, étant rois.

Dans ce réseau de chefs qui couvrait l'Italie,
Je passe[10] Théodat, prince de Trente ; Élie,
Despote d'Avenzo, qu'a réclamé l'oubli[11] ;

---

1. Voir note 1, p. 60. Enclenchement du motif de la dégénérescence du Moyen Âge en tant que monde épique destructeur, mais non sans grandeur. **2.** La liste s'achève humoristiquement sur un ultime ajout, qui souligne le ludisme de la (pseudo) érudition déployée : les noms qui précèdent sont de bien petits personnages, à l'aune de la grande Histoire. Mais Agrippin et Gilon sont aussi petits en ce qu'ils sont enfants : fin de l'espoir ouvert par le marmot-roi, le petit roi de Galice (V, 1). **3.** Les puissants, les violents ont pour eux le bonheur, et l'accomplissement de soi jusque dans la beauté de leurs corps. **4.** Voir note 6, p. 215. **5.** Logis seigneurial à la campagne. **6.** Soldat armé d'une pique. **7.** La sauvagerie des « noirs, / Tous nus », et la barbarie orientale sont au service de Ratbert. **8.** Arme munie d'un long fer triangulaire. **9.** Voir note 7, p. 218. **10.** « J'en passe et des meilleurs », disait Don Ruy Gomez montrant la galerie des tableaux de ses ancêtres dans *Hernani*. « Je passe » est un mot d'auteur, prétérition ironique qui joue de l'impatience du lecteur « sérieux », à lire ce fatras de noms propres étrangers au répertoire de la grande Histoire. **11.** L'oubli est un juge, pour ce despote au nom de prophète biblique.

60 Ce borgne Ordelafo, le bourreau de Forli ;
Lascaris, que sa tante Alberte fit eunuque [1] ;
Othobon, sieur d'Assise, et Tibalt, sieur de Lucque ;
C'est que, bien que mêlant aux autres leurs drapeaux,
Ceux-là ne comptaient point parmi les principaux ;
65 Dans un filet on voit les fils moins que les câbles ;
Je nomme seulement les monstres remarquables [2].

Derrière eux, sur la pierre auguste [3] d'un portail,
Est sculpté Satan, roi, forçat, épouvantail,
L'effrayant ramasseur de haillons de l'abîme,
70 Ayant sa hotte au dos, pleine d'âmes, son crime
Sur son aile qui ploie, et son croc noir qui luit
Dans son poing formidable, et, dans ses yeux, la nuit [4].

Pour qui voudrait peser les droits que donne au maître
La pureté du sang dont le ciel l'a fait naître,
75 Ratbert est fils d'Agnès, comtesse d'Elseneur [5] ;
Or, c'est la même gloire et c'est le même honneur
D'être enfanté d'Agnès [6] que né de Messaline [7].

Malaspina, portant l'épine javeline [8],
Redoutable marquis [9] à l'œil fauve et dévot,
80 Est à droite du roi, comme comte et prévôt [10].

C'est un de ces grands jours où les bannières sortent.
Dix chevaliers de l'ordre Au Droit Désir apportent

---

1. Détail comique et désespérant : Alberte la castratrice (comme le despote oriental) ferme l'espoir ouvert par la douce Mahaud. **2.** Fin de l'intrusion d'auteur, qui confère une tonalité humoristique au poème, et identifie Histoire et tératologie. **3.** Voir note 1, p. 63. **4.** Étrange mythification du Mal, qui concrétise le thème de la misère de Satan, sublimement déployé dans *La Fin de Satan* : Satan roi est aussi forçat, et chiffonnier de l'abîme. **5.** Voir note 5, p. 121. **6.** Agnès reçoit le même traitement qu'Hortense de Beauharnais, la mère de Napoléon III, dans *Châtiments* **7.** Voir note 5, p. 96. **8.** L'épine de ses armoiries est aussi un mince javelot. **9.** Voir note 8, p. 305. **10.** Grand magistrat ou officier chargé d'une juridiction ou préposé à une haute surveillance.

Le Nœud d'Or[1], précédés d'Énéas[2], leur massier[3],
Et d'un héraut[4] de guerre en soutane d'acier[5].

85 Le roi brille, entouré d'une splendeur d'épées.
Plusieurs femmes sont là, près du trône groupées ;
Élise d'Antioche, Ana, Cubitosa,
Fille d'Azon, qu'Albert de Mantoue épousa ;
La plus belle, Matha, sœur du prince de Cumes,
90 Est blonde ; et, l'éventant d'un éventail de plumes,
Sa naine[6], par moments, lui découvre les seins ;
Couchée et comme lasse au milieu des coussins,
Elle enivre le roi d'attitudes lascives ;
Son rire jeune et fou laisse voir ses gencives ;
95 Elle a ce vêtement ouvert sur le côté,
Qui, plus tard, fut au Louvre effrontément porté
Par Bonne de Berry[7], fille de Jean de France[8].

Dans Ancône[9], est-ce deuil, terreur, indifférence ?
Tout se tait ; les maisons, les bouges[10], les palais,
100 Ont bouché leur lucarne ou fermé leurs volets ;
Le cadran qui dit l'heure a l'air triste et funeste.

Le soleil luit aux cieux comme dans une peste ;
Que l'homme soit foulé par les rois ou saisi
Par les fléaux, l'azur n'en a point de souci ;

---

1. Cet ordre et son insigne ne sont pas de l'invention de Hugo. L'érudition ici sert le comique grivois. **2.** Variante : « Virgile ». Nom du héros de l'*Énéide*, épopée commandée à Virgile par Auguste. **3.** Huissier porteur d'une masse dans certaines cérémonies. **4.** Porte-drapeau. **5.** Image dégradée du moine-soldat. **6.** Aliénation du grotesque à la tyrannie. **7.** Le corset fendu sur les côtés, qui laisse voir la chair, a été à la mode aux XIIIe et XIVe siècles. Impudeur des femmes de la sphère tyrannique, en France comme en Italie. Bonne de Berry vient peut-être intentionnellement à la place de Bonne, héroïne italienne du XVe siècle, fille de paysans, et hardie amazone ayant combattu le duc de Milan puis les Ottomans. Cela dit, Hugo semble accuser les traits de la fille de Jean de France, dont Moréri dit seulement qu'elle était bien faite et qu'elle eut plusieurs enfants de ses deux mariages. **8.** Jean de France, duc de Berry et d'Armagnac. **9.** Voir note 7, p. 303. **10.** Voir note 5, p. 139.

105 Le soleil, qui n'a pas d'ombre et de lueurs fausses,
Rit devant les tyrans comme il rit sur les fosses.

Ratbert vient d'inventer, en se frappant le front,
Un piège où ceux qu'il veut détruire tomberont ;
Il en parle tout bas aux princes, qui sourient.

110 La prière — le peuple aime que les rois prient —
Est faite par Tibère[1], évêque de Verceil.

Tous étant réunis, on va tenir conseil.

Les deux huissiers de l'Ordre, Anchise[2] avec
[Trophime[3],
Invitent le plus grand comme le plus infime
115 À parler, l'empereur voulant que les avis,
Mauvais, soient entendus, et, justes, soient suivis ;
Puis il est répété par les huissiers, Anchise
Et Trophime, qu'il faut avec pleine franchise
Sur la guerre entreprise offrir son sentiment ;
120 Que chacun doit parler à son tour librement ;
Que c'est jour de chapitre[4] et jour de conscience ;
Et que, dans ces jours-là, les rois ont patience,
Vu que, devant le Christ, Thomas Didyme a pu
Parler insolemment sans être interrompu[5].
125 Et puisse l'empereur vivre longues années !

On voit devant Ratbert trois haches destinées,
La première, au quartier de bœuf rouge et fumant
Qu'un grand brasier joyeux cuit à son flamboiement,

---

1. Personnage pris dans Moréri, pour renvoyer « L'Italie. — Ratbert » à l'un des empereurs romains les plus monstrueux (14-37). **2.** Père d'Énée dans l'*Énéide*. Voir note 2, p. 308. **3.** Nom d'un compagnon de Paul lors de son dernier voyage à Jérusalem (Actes, XX). **4.** Assemblée de religieux. **5.** Déformation de Jean, XIV : lors de la Cène, Jésus dit à ses disciples qu'ils savaient le chemin qui conduit à lui. « Thomas lui dit : Seigneur, nous ne savons où tu vas ; comment en saurions-nous le chemin ? Jésus répondit : "Je suis le chemin, la vérité et la vie." ».

La deuxième, au tonneau de vin que sur la table
130 A placé l'échanson[1] aidé du connétable[2],
La troisième, à celui dont l'avis déplaira.

Un se lève. On se tait. C'est Jean de Carrara.

« Ta politique est sage et ta guerre est adroite,
Noble empereur, et Dieu te tient dans sa main droite.
135 Qui te conteste est traître et qui te brave est fou.
Je suis ton homme lige[3], et, toujours, n'importe où,
Je te suivrai, mon maître, et j'aimerai ta chaîne,
Et je la porterai.

— Celle-ci, capitaine,
Dit Ratbert, lui jetant au cou son collier d'or[4].
140 De plus, j'ai Perpignan, je t'en fais régidor[5]. »

L'archevêque d'Urbin salue, il examine
Le plan de guerre, sac[6] des communes, famine,
Les moyens souterrains, les rapports d'espions.
« Sire, vous êtes grand comme les Scipions[7] ;
145 En vous voyant, le flanc de l'Église tressaille.

— Archevêque, pardieu ! dit Ratbert, je te baille[8]
Un sou par muid[9] de vin qu'on boit à Besançon[10]. »

Cibo, qui parle avec un accent brabançon,
S'en excuse, ayant fait à Louvain ses études[11],
Et dit :

---

1. Officier de maison royale ou seigneuriale chargé du service du vin. **2.** Voir note 7, p. 244. **3.** Terme féodal : qui s'est engagé à une fidélité absolue envers son seigneur. **4.** Les honneurs sont des chaînes. **5.** Administrateur municipal espagnol. **6.** Pillage. **7.** Voir notes 4, p. 95 et 2 et 3 p. 324. **8.** Archaïsme : donner. **9.** Ancienne capacité (variable) de mesure du grain, du sel et des liquides. **10.** Hugo y est né. **11.** Déformation de l'Histoire, pour inscrire la Belgique dans le poème.

150 « Sire, les gens à fières attitudes
Sont des félons [1] ; pieds nus et la chaîne aux poignets,
Qu'on les fouette. Ô mon roi ! par votre mère Agnès [2],
Vous êtes empereur ; vous avez les trois villes,
Arles, Rome de Gaule [3] et la mère des Milles [4],
155 Bordeaux en Aquitaine [5] et les îles de Ré,
Naple, où le mont Vésuve est fort considéré [6].
Qui vous résiste essaye une lutte inutile ;
Noble, qu'on le dégrade, et, serf, qu'on le mutile ;
Vous affronter est crime, orgueil, lâche fureur ;
160 Quiconque ne dit pas : Ratbert est l'empereur,
Doit mourir ; nous avons des potences, j'espère.
Quant à moi, je voudrais, fût-ce mon propre père,
S'il osait blasphémer César [7] que Dieu conduit,
Voir les corbeaux percher sur ses côtes la nuit,
165 Et la lune passer à travers son squelette. »

Ratbert dit : « Bon marquis, je te donne Spolète. [8] »

C'est à Malaspina de parler. Un vieillard
Se troublerait devant ce jeune homme ; il sait l'art

---

1. Traître. **2.** Voir notes 7, p. 248 et 6, p. 307. **3.** Ce titre laudatif, trait de pédantisme (trouvé par Hugo dans Moréri) de l'ancien étudiant de Louvain, fait d'Arles la capitale de la Gaule : « L'Italie. — Ratbert [roi d'Arles] », c'est aussi la France-Ratbert. **4.** Autre éloge pédant, qui renvoie l'Arles du XVᵉ siècle à la gloire de l'Antiquité romaine : un préfet de prétoire établit Arles comme *mère des Milles* ou des colonnes qu'on mettait sur les chemins pour en marquer la distance, à l'exemple de la Rome d'Auguste, dont le Millier d'or était le point d'aboutissement de tous les grands chemins. Tous les chemins mènent à Arles, borne de référence pour tout l'espace de l'empire tyrannique. **5.** Une des trois grandes provinces de la Gaule romaine. L'Aquitaine, passée à la couronne d'Angleterre au XIIᵉ siècle, fut définitivement rattachée à la France en 1453. **6.** Le royaume de Naples appartient au XVᵉ siècle à celui d'Aragon, mais il a été envahi par le roi de France Charles VIII en 1494-1495. La platitude de l'éloge fait entendre le rire de Hugo : au XVᵉ siècle comme en 1857-1859, les forces latentes de destruction du Vésuve sont bien la seule chose à respecter à Naples. **7.** Antonomase qui fait de Ratbert un avatar de César (voir note 4, p. 97), identification élogieuse pour Cibo, accablante pour Hugo. **8.** Ville d'Ombrie.

D'évoquer le démon, la stryge[1], l'égrégore[2] ;
170 Il teint sa dague avec du suc de mandragore[3] ;
Il sait des palefrois[4] empoisonner le mors ;
Dans une guerre, il a rempli de serpents morts
Les citernes de l'eau qu'on boit dans les Abruzzes ;
Il dit : « La guerre est sainte[5] ! » Il rend compte des [ruses,
175 À voix basse, et finit à voix haute en priant :
« Fais régner l'empereur du nord à l'orient !
Mon Dieu, c'est par sa bouche auguste[6] que tu parles.

— Je te fais capischol de mon chapitre d'Arles[7] »,
Dit Ratbert.

Afranus se lève le dernier.
180 Cet évêque est pieux, charitable, aumônier[8] ;
Quoique jeune, il voulait se faire anachorète[9] ;
Il est grand casuiste[10] et très-savant ; il traite
Les biens du monde en homme austère et détaché ;
Jadis, il a traduit en vers latins Psyché[11] ;
185 Comme il est humble, il a les reins ceints d'une corde.

Il invoque l'esprit divin ; puis il aborde
Les questions : — Ratbert, par stratagème, a mis
Son drapeau sur les murs d'Ancône[12] ; c'est permis ;

---

1. Revenant. **2.** Revenant vampire. **3.** Plante à la racine de forme phallique, objet de nombreuses croyances superstitieuses. **4.** Voir note 3, p. 208. **5.** Dégradation de l'esprit de croisade. Malaspina est le double inverse du chevalier de « 1453 ». **6.** Voir note 1, p. 63. **7.** Dignitaire de l'assemblée religieuse de l'église d'Arles. **8.** Qui fait volontiers l'aumône. **9.** Religieux contemplatif retiré dans la solitude. **10.** Théologien qui s'applique à résoudre les cas de conscience par les règles de la raison et du christianisme. **11.** La *Psyché* d'Ovide (*Les Métamorphoses*) s'accorde mal avec le caractère édifiant du personnage que se compose Afranus. En outre, traduire en vers un texte en prose est une de ces pratiques académiques, encore en usage au XIXe siècle, qu'invalide la réflexion hugolienne sur « la forme et le fond [qui] sont aussi indivisibles que la chair et le sang » (« Le Goût », *Proses philosophiques de 1860-1865*). **12.** Voir note 7, p. 303.

Ancône étant peu sage ; et la ruse est licite
190 Lorsqu'elle a glorieuse et pleine réussite,
Et qu'au bonheur public on la voit aboutir ;
Et ce n'est pas tromper, et ce n'est pas mentir
Que mettre à la raison les discordes civiles ;
Les prétextes sont bons pour entrer dans les villes. —
195 Il ajoute : « La ruse, ou ce qu'on nomme ainsi,
Fait de la guerre, en somme, un art plus adouci [1] ;
Moins de coups, moins de bruit ; la victoire plus sûre.
J'admire notre prince, et, quand je le mesure
Aux anciens Alarics [2], aux antiques Cyrus [3]
200 Passant leur vie en chocs violents et bourrus,
Je l'estime plus grand, faisant la différence
D'Ennius à Virgile et de Plaute à Térence [4].
Je donne mon avis, sire, timidement ;
Je suis d'Église, et n'ai que l'humble entendement
205 D'un pauvre clerc [5], mieux fait pour chanter des
[cantiques
Que pour parler devant de si grands politiques [6] ;
Mais, beau sire, on ne peut voir que son horizon,
Et raisonner qu'avec ce qu'on a de raison ;
Je suis prêtre, et la messe est ma seule lecture ;

---

1. L'adoucissement du *Quattrocento* n'est qu'un avilissement de l'héroïsme par la ruse machiavélienne. **2.** Deux grands rois wisigoths portent ce nom, l'un envahisseur de l'Italie à la fin du IVe siècle, l'autre envahisseur de l'Espagne et d'une partie de la Gaule au siècle suivant. **3.** Voir note 3, p. 276. **4.** Ennius est un écrivain latin (239-169) ami de Caton l'Ancien, de style assez rude. Auteur d'une histoire épique de Rome, les *Annales*, de Rhéa jusqu'à son époque. Virgile (70-19), le poète épique d'Auguste, pour se justifier de l'avoir parfois copié disait qu'il trouvait « des perles dans son fumier », expression devenue proverbiale. Plaute (254-184) a écrit de nombreuses comédies farcesques, moins élégantes et fines que celles de Térence (190-159). Afranus croit, à la différence de Hugo, que le progrès existe en histoire littéraire. Ses jugements sont de « bon » goût : c'est bien un homme de la Renaissance italienne. Mais si Hugo est un grand admirateur de Térence et surtout de Virgile, c'est aussi un grand amateur de rugosités stylistiques et d'éclats de rire farcesque. « Lisez Plaute », dit-il dans « Le Goût », pour comprendre ce qu'est le « goût incorruptible, manifestation du beau » (*Proses philosophiques de 1860-1865*). **5.** Voir note 3, p. 221. **6.** Voir note 1, p. 187.

210 Je suis très-ignorant ; chacun a sa monture
Qu'il monte avec audace ou bien avec effroi ;
Il faut pour l'empereur le puissant palefroi [1]
Bardé de fer, nourri d'orge blanche et d'épeautre [2],
Le dragon pour l'archange et l'âne pour l'apôtre [3].
215 Je poursuis, et je dis qu'il est bon que le droit
Soit, pour le roi, très-large, et, pour le peuple, étroit ;
Le peuple étant bétail et le roi, berger [4]. Sire,
L'empereur ne veut rien sans que Dieu le désire.
Donc, faites ! Vous pouvez, sans avertissements,
220 Guerroyer les chrétiens comme les ottomans ;
Les ottomans étant hors de la loi vulgaire,
On peut les attaquer sans déclarer la guerre ;
C'est si juste et si vrai, que, pour premiers effets,
Vos flottes, sire, ont pris dix galères de Fez [5] ;
225 Quant aux chrétiens, du jour qu'ils sont vos
[adversaires,
Ils sont de fait païens, sire, et de droit corsaires [6].
Il serait malheureux qu'un scrupule arrêtât
Sa majesté, quand c'est pour le bien de l'État [7].
Chaque affaire a sa loi ; chaque chose a son heure.
230 La fille du marquis de Final est mineure [8] ;
Peut-on la détrôner ? En même temps, peut-on
Conserver, à la sœur de l'empereur, Menton ?
Sans doute. Les pays ont des mœurs différentes.
Pourvu que de l'Église on maintienne les rentes,
235 On le peut. Les vieux temps, qui n'ont plus d'avocats,
Agissaient autrement ; mais je fais peu de cas

---

1. Voir note 3, p. 208. **2.** Variété de blé dur. **3.** Afranus confirme de manière ambiguë *La Légende*, et en particulier « Dieu invisible au philosophe » et « Mahomet ». **4.** Version cynique de l'image traditionnelle du roi-pasteur, protecteur du peuple-troupeau. **5.** Rappel, avec ces galères marocaines, du conflit entre l'Empire ottoman et l'Europe occidentale. **6.** Au sens ici de pirates sans légitimité, attaquables hors des règles du droit international. **7.** Voir note 1, p. 187. Le début de l'État moderne, marqué par le développement des administrations au XVe siècle, n'est guère valorisé par Hugo. **8.** Première apparition de la pauvre petite héroïne du troisième poème de la section.

De ces temps-là ; c'étaient des temps de république[1].
L'empereur, c'est la règle ; et, bref, la loi salique[2],
Très-mauvaise à Menton, est très-bonne à Final[3].

240 — Évêque, dit le roi, tu seras cardinal[4]. »

Pendant que le conseil se tenait de la sorte,
Et qu'ils parlaient ainsi dans cette ville morte,
Et que le maître avait sous ses pieds ces prélats,
Ces femmes, ces barons[5] en habits de galas[6],
245 Et l'Italie au loin comme une solitude[7],
Quelques seigneurs, ainsi qu'ils en ont l'habitude,
Regardant derrière eux d'un regard inquiet,
Virent que le Satan de pierre souriait[8].

---

1. La satire du temps présent, et de la répression des insurrections républicaines de 1848, se fait ici plus que jamais lisible. Nouvelle « Décadence de Rome ». **2.** Corps de lois qui exclut les femmes du pouvoir royal. **3.** Aux lois relatives, qui dépendent des intérêts cyniques des tyrans, Hugo opposera toujours l'absolu du droit. **4.** Prélat électeur et conseiller du pape, désigné par lui. Les souverains des principales nations catholiques ont acquis cependant le droit, à partir du XIIe siècle, de nommer des cardinaux dits *de la couronne*. **5.** Voir note 1, p. 127. **6.** Voir note 2, p. 243. **7.** Lieu solitaire, de retraite. **8.** Triple transformation du merveilleux chrétien pour ce triomphe de Satan : par la ténuité du mouvement de la statue, qui contraste avec l'ampleur de la plupart des machines de l'épopée chrétienne ; par la profondeur mystérieuse de ce sourire, qui fait du symbole un signe ouvert ; par l'ambiguïté fantastique du miracle : soit les courtisans constatent à ce moment que le Satan sculpté est souriant, soit ils voient que maintenant ce Satan sourit — sourire effectif ou hallucination du « regard inquiet ».

II

LA DÉFIANCE D'ONFROY[1]

Parmi les noirs déserts et les mornes silences,
250 Ratbert, pour l'escorter n'ayant que quelques lances,
Et le marquis Sénèque[2] et l'évêque Afranus[3],
Traverse, presque seul, des pays inconnus ;
Mais il sait qu'il est fort de l'effroi qu'il inspire,
Et que l'empereur porte avec lui tout l'empire.

255 Un soir, Ratbert s'arrête aux portes de Carpi[4] ;
Sur ce seuil formidable un dogue est accroupi ;
Ce dogue, c'est Onfroy, le baron[5] de la ville ;
Calme et fier, sous la dent d'une herse incivile[6],
Onfroy s'adosse aux murs qui bravaient Attila[7] ;
260 Les femmes, les enfants et les soldats sont là ;
Et voici ce que dit le vieux podestat[8] sombre

---

1. Dans un plan initial, ce poème était la troisième « romance » (voir note 1, p. 301), après « Les quatre jours d'Elciis », finalement publié dans la *Dernière Série*. Ces deux poèmes reprennent un motif qui traverse toute l'œuvre de Hugo, à partir du « Derviche en colère » des *Orientales* et du discours du marquis de Nangis dans *Marion de Lorme* : la libre parole du grand face au puissant, et son inefficacité. À ce motif s'ajoute celui, déjà présent dans « Eviradnus », de la condamnation de la « décadence » du XVe siècle par un chevalier d'un autre âge. Onfroy est une fiction. **2.** Voir note 11, p. 304. **3.** Voir note 6, p. 305. **4.** Ville du duché de Modène, au centre de l'Italie, ayant titre de principauté. Un de ses princes fut dépouillé par l'empereur Charles Quint, alors même qu'il lui avait rendu de grands services. **5.** Voir note 1, p. 127. Ici, synonyme de *prince, baron* associe Onfroy aux valeurs féodales. **6.** Synecdoque de la féodalité, la herse ignore la politesse, la civilité des cours princières du XVe siècle. Elle est aussi, en un sens juridique (vieilli), contraire aux lois civiles. **7.** Voir note 6, p. 98. **8.** Premier magistrat (élu) d'une ville libre d'Italie ou du sud de la France au Moyen Âge.

Qui parle haut, ayant son peuple dans son ombre[1] :

« Roi, nous te saluons sans plier les genoux.
Nous avons une chose à te dire. Quand nous,
265 Gens de guerre et barons[2] qui tenions la province,
Nous avons bien voulu de toi pour notre prince,
Quand nous t'avons donné ce peuple et cet état,
Sire, ce n'était point pour qu'on les maltraitât.
Jadis nous étions forts. Quand tu nous fis des offres,
270 Nous étions très-puissants ; de l'argent plein nos [coffres ;
Et nous avions battu tes plus braves soldats ;
Nous étions tes vainqueurs. Roi, tu ne marchandas
Aucun engagement, sire, aucune promesse ;
On traita ; tu juras par ta mère[3] et la messe ;
275 Nous alors, las d'avoir de l'acier sur la peau,
Comptant que tu serais bon berger du troupeau[4],
Et qu'on abolirait les taxes et les dîmes,
Nous vînmes te prêter hommage, et nous pendîmes
Nos casques, nos hauberts[5] et nos piques aux clous.
280 Roi, nous voulons des chiens qui ne soient pas des loups.
Tes gens se sont conduits d'une telle manière
Qu'aujourd'hui toute ville, altesse, est prisonnière
De la peur que ta suite et tes soldats lui font,
Et que pas un fossé ne semble assez profond.
285 Vois, on se garde. Ici, dans les villes voisines,
On ne lève jamais qu'un pieu des sarrasines[6]
Pour ne laisser passer qu'un seul homme à la fois,
À cause des brigands et de vous autres rois[7].
Roi, nous te remontrons que ta bande à toute heure
290 Dévalise ce peuple, entre dans sa demeure,
Y met tout en tumulte et sens dessus dessous,

---

1. Solidarité, fréquente chez Hugo, du grand aristocrate et du peuple contre le tyran. **2.** Voir note 1, p. 127. **3.** Voir, page 307, la comparaison de la mère de Ratbert et de Messaline. **4.** Afranus a donné, page 314, la version cynique de cette image du roi-pasteur. **5.** Voir note 3, p. 128. **6.** Herse de gros pieux de bois. **7.** Voir note 1, p. 188.

Puis s'en va, lui volant ses misérables sous ;
Cette horde en ton nom incessamment réclame
Le bien des pauvres gens qui nous fait saigner l'âme,
295 Et puisque, nous présents avec nos compagnons,
On le prend sous nos yeux, c'est nous qui le donnons ;
Oui, c'est nous qui, trouvant qu'il vous manque des
[filles,
Des meutes, des chevaux, des reîtres [1], des bastilles [2],
Lorsque vous guerroyez et lorsque vous chassez,
300 Et qu'ayant trop de tout, vous n'avez point assez,
Avons la bonté rare et touchante de faire
Des charités, à vous, les heureux de la terre
Qui dormez dans la plume et buvez dans l'or fin,
Avec tous les liards de tous les meurt-de-faim !
305 Or, il nous reste encore, il faut que tu le saches,
Assez de vieux pierriers [3], assez de vieilles haches,
Assez de vieux engins [4] au fond de nos greniers,
Sire, pour ne pas être à ce point aumôniers [5],
Et pour ne faire point, comme dans ton Autriche [6],
310 Avec l'argent du pauvre une largesse au riche.
Nous pouvons, en creusant, retrouver aujourd'hui
Nos estocs [7] sous la rouille et nos cœurs sous l'ennui ;
Nous pouvons décrocher, de nos mains indignées,
Nos bannières parmi les toiles d'araignées,
315 Et les faire flotter au vent, si nous voulons.

Sire, en outre, tu mets l'opprobre à nos talons.
Nous savons bien pourquoi tu combles de richesses
Nos filles et nos sœurs dont tu fais des duchesses,
Étoiles d'infamie au front de nos maisons.
320 Roi, nous n'acceptons pas sur nos durs écussons
Des constellations faites avec des taches ;

---

1. Voir note 2, p. 148. **2.** Château fort. Toutes les bastilles renvoient en creux à celle qui fut prise en 1789. **3.** Voir note 1, p. 216. **4.** Arme lançant des projectiles. **5.** Voir note 8, p. 312. **6.** Première apparition explicite de l'Empire autrichien. **7.** Voir note 5, p. 128.

La honte est mal mêlée à l'ombre des panaches[1] ;
Le soldat a le pied si maladroit, seigneur,
Qu'il ne peut sans boiter traîner le déshonneur.
325 Nos filles sont nous-même ; au fond de nos tours noires,
Leur beauté chaste est sœur de nos anciennes gloires ;
C'est pourquoi nous trouvons qu'on fait mal à propos
Les rideaux de ton lit avec nos vieux drapeaux.

Tes juges sont des gueux[2] ; bailliage[3] ou cour plénière[4].
330 On trouve, et ce sera ma parole dernière[5],
Dans nos champs, où l'honneur antique est au rabais,
Pas assez de chemins, sire, et trop de gibets.
Ce luxe n'est pas bon. Nos pins et nos érables
Voyaient jadis, parmi leurs ombres vénérables,
335 Les bûcherons et non les bourreaux pénétrer ;
Nos grands chênes n'ont point l'habitude d'entrer
Dans l'exécution des lois et des sentences,
Et n'aiment pas donner tant de bois aux potences.

Nous avons le cœur gros[6], et nous sommes, ô roi,
340 Tout près de secouer la corde du beffroi[7] ;
Ton altesse nous gêne et nous n'y tenons guère.
Roi, ce n'est pas pour voir nos compagnons de guerre
Accrochés à la fourche et devenus hideux,
Qui, morts, échevelés, quand nous passons près d'eux,
345 Semblent nous regarder et nous faire un reproche ;
Ce n'est pas pour subir ton burg[8] sur notre roche,
Plein de danses, de chants et de festins joyeux ;
Ce n'est pas pour avoir ces pitiés sous les yeux

---

1. Voir note 1, p. 131. **2.** Voir note 2, p. 157. **3.** Circonscription d'un bailli (voir note 2, p. 141). **4.** Assemblée générale que tenaient les souverains à l'occasion d'une fête solennelle. **5.** Ironie : Onfroy ne croit pas si bien dire. **6.** La solidarité du peuple et du grand « baron » s'entend dans la langue familière, naïve et altière d'Onfroy. Solidarité sentimentale, communauté des cœurs « gros » qui exclut cependant, telle est la « défiance » d'Onfroy, tout appel à la pitié de Ratbert. **7.** Tour de guet de la ville. Onfroy envisage de faire sonner les cloches du beffroi, non de l'église. **8.** Voir note 6, p. 215.

Que nous venons ici, courbant nos vieilles âmes,
350 Te saluer, menant à nos côtés nos femmes ;
Ce n'est pas pour cela que nous humilions
Dans elles les agneaux et dans nous les lions[1].
Et, pour rachat du mal que tu fais, quand tu donnes
Des rentes aux moutiers[2], des terres aux madones[3],
355 Quand, plus chamarré d'or que le soleil du soir,
Tu vas baiser l'autel, adorer l'ostensoir[4],
Prier, ou quand tu fais quelque autre simagrée,
Ne te figure pas que ceci nous agrée.
Engraisser des abbés ou doter des couvents,
360 Cela fait-il que ceux qui sont morts soient vivants ?
Roi, nous ne le pensons en aucune manière.
Roi, le chariot verse à trop creuser l'ornière[5] ;
L'appétit des rois donne aux peuples appétit ;
Si tu ne changes pas d'allure, on t'avertit,
365 Prends garde. Et c'est cela que je voulais te dire[6].

— Bien parlé ! dit Ratbert avec un doux sourire[7] » ;
Et, penché vers l'oreille obscure d'Afranus[8] :
« Nous sommes peu nombreux et follement venus ;
Cet homme est fort.

— Très-fort, dit le marquis Sénèque[9].
370 — Laissez-moi l'inviter à souper », dit l'évêque.

Et c'est pourquoi l'on voit maintenant à Carpi[10]

---

1. Les grands chevaliers du Moyen Âge sont les avatars des lions de l'Antiquité. **2.** Voir note 5, p. 184. **3.** Voir note 3, p. 207. **4.** Pièce d'orfèvrerie destinée à contenir l'hostie consacrée. **5.** Trace que les roues des véhicules creusent dans les chemins. Onfroy parle par proverbe : son discours est investi par la parole du peuple, et par sa sagesse. **6.** Ultime héroïsme de la parole d'Onfroy, le passage du *nous* au *je* signale que si Onfroy parle au nom de tous les « gens de guerre » de la province, « ayant son peuple dans son ombre », c'est seul qu'il entend assumer la responsabilité de son discours. **7.** Reflet du sourire du « Satan de pierre » de la fin du poème précédent. **8.** Voir note 6, p. 305. **9.** Voir note 11, p. 304. **10.** Voir note 4, p. 316.

Un grand baron de marbre en l'église assoupi[1] ;
C'est le tombeau d'Onfroy, ce héros d'un autre âge,
Avec son épitaphe[2] exaltant son courage,
375 Sa vertu, son fier cœur plus haut que les destins,
Faite par Afranus, évêque, en vers latins[3].

---

1. Euphémisme et ellipse soulignent le cynisme de l'évêque empoisonneur. **2.** Inscription funéraire. **3.** Compromission de l'éloge du héros, du récit historique et des vers, l'épitaphe d'Afranus est le double fallacieux et cynique du poème. Sur les rapports d'Afranus à la littérature, voir aussi notes 11, p. 312 et 4, p. 313. Globalement, Afranus figure la mauvaise articulation de la poésie à la religion et à la politique.

III

LA CONFIANCE DU MARQUIS FABRICE[1]

I

Isora de Final[2]. — Fabrice d'Albenga[3].

Tout au bord de la mer de Gênes, sur un mont
Qui jadis vit passer les Francs de Pharamond[4],
Un enfant, un aïeul, seuls dans la citadelle
380 De Final sur qui veille une garde fidèle,
Vivent, bien entourés de murs et de ravins ;
Et l'enfant a cinq ans et l'aïeul quatre-vingts.

L'enfant est Isora de Final, héritière
Du fief[5] dont Witikind[6] a tracé la frontière ;

---

1. Sur le manuscrit, le titre est précédé de l'indication *Quatrième Romance*. Voir notes 1, p. 301 et 1, p. 316. **2.** Les « conseillers probes et libres » l'ont désignée comme la victime prochaine de Ratbert (p. 314). **3.** C'est la petite Isora qui porte le nom de la ville de Final, à laquelle est attaché le titre de marquisat, tandis que l'aïeul porte le nom d'une ville voisine — trouvée à l'article « Final » de Moréri. **4.** Premier roi de France, selon l'ancienne école historique, dont on situe le règne entre 420 et 428. Se fondant sur les travaux d'Henri Martin, le *Grand Dictionnaire universel du* XIX*e siècle* de Pierre Larousse y voit un personnage fabuleux. **5.** Voir note 1, p. 127. **6.** Détail qui souligne la continuité dynastique que va briser Ratbert : c'est tout le Moyen Âge dans sa grandeur ambivalente qui sera pris au piège avec la petite héritière, par le « prince » machiavélique — rusé, fourbe — du XVe siècle. Ce Witikind brouille autant la frontière qu'il ne la trace : son nom germanique de prince saxon dit l'inextricable lien des nations italienne et germanique (autrichienne). Mais ce chef des rebelles saxons soumis par Charlemagne suggère que pour Hugo la véritable frontière ne sépare pas des nations, mais oppose chevaliers et empereurs. Dans les faits, Charlemagne gracia Witikind.

385 L'orpheline n'a plus près d'elle que l'aïeul.
L'abandon sur Final a jeté son linceul ;
L'herbe, dont, par endroits, les dalles sont couvertes,
Aux fentes des pavés fait des fenêtres vertes ;
Sur la route oubliée on n'entend plus un pas ;
390 Car le père et la mère, hélas ! ne s'en vont pas
Sans que la vie autour des enfants s'assombrisse.

L'aïeul est le marquis d'Albenga, ce Fabrice
Qui fut bon ; cher au pâtre, aimé du laboureur,
Il fut, pour guerroyer le pape ou l'empereur,
395 Commandeur de la mer et général des villes[1] ;
Gênes le fit abbé du peuple[2], et, des mains viles
Ayant livré l'état aux rois, il combattit.
Tout homme auprès de lui jadis semblait petit ;
L'antique Sparte[3] était sur son visage empreinte ;
400 La loyauté mettait sa cordiale étreinte
Dans la main de cet homme à bien faire obstiné.
Comme il était bâtard d'Othon, dit le Non-Né[4]
Parce qu'on le tira, vers l'an douze cent trente[5],
Du ventre de sa mère Honorate expirante,
405 Les rois faisaient dédain de ce fils belliqueux ;
Fabrice s'en vengeait en étant plus grand qu'eux.
À vingt ans, il était blond et beau ; ce jeune homme

---

1. Chef de la flotte et des soldats armés par les villes-États, contre le pape *ou* l'empereur, indifféremment puisque d'eux procède la même tyrannie, au temps de Fabrice comme de Hugo (voir note 1, p. 301). **2.** Curieux titre, trouvé dans l'article « Gênes » de Moréri, et qui fait de Fabrice le double positif de l'évêque de l'empereur, Afranus. **3.** Première occurrence de cette ville de la Grèce antique qui figure un idéal ascétique, « spartiate » de la république. En arrière ou en avant, l'idéal n'adhère jamais au présent. Héros passéistes contre empereur décadent : « L'Italie. — Ratbert » raconte bien la fin d'un monde. **4.** Le détail d'Honorate et de son fils le Non-Né est tiré de l'article « Armagnac » de Moréri. Bâtard du Non-Né, Fabrice est doublement coupé « Du grand arbre héraldique et généalogique / Que ce sol noir nourrit de sa sève tragique » (p. 304). La continuité dynastique soulignée au début du poème se complique d'une rupture qui rend possible le rapport positif de Fabrice à la liberté. **5.** La date historique (inventée) participe à la mythification de l'Histoire, dont la chronologie suppose ici à Othon une longévité de géant ou de patriarche.

Avait l'air d'un tribun militaire de Rome[1] ;
Comme pour exprimer les détours du destin
410 Dont le héros triomphe, un graveur florentin[2]
Avait sur son écu sculpté le labyrinthe[3] ;
Les femmes l'admiraient, se montrant avec crainte
La tête de lion[4] qu'il avait dans le dos.
Il a vu les plus fiers, Requesens et Chandos[5],
415 Et Robert, avoué d'Arras, sieur de Béthune[6],
Fuir devant son épée et devant sa fortune ;
Les princes pâlissaient de l'entendre gronder ;
Un jour, il a forcé le pape à demander
Une fuite rapide aux galères de Gênes ;
420 C'était un grand briseur de lances et de chaînes,
Guerroyant volontiers, mais surtout délivrant[7] ;
Il a par tous été proclamé le plus grand
D'un siècle fort auquel succède un siècle traître ;
Il a toujours frémi quand des bouches de prêtre
425 Dans les sombres clairons de la guerre ont soufflé ;
Et souvent de saint Pierre il a tordu la clé[8]
Dans la vieille serrure horrible de l'Église.
Sa bannière cherchait la bourrasque et la bise ;
Plus d'un monstre a grincé des dents sous son talon ;
430 Son bras se roidissait chaque fois qu'un félon[9]

---

1. Magistrat chargé de défendre les intérêts et les droits du peuple romain. **2.** Suggestion fugace de la renaissance culturelle, ce graveur florentin évoque la figure, mythique au XIXe siècle, de Cellini (1500-1571). **3.** Voir note 7, p. 45. **4.** Voir note 1, p. 320. **5.** Requesens est un général espagnol gouverneur de Milan sous l'empereur Philippe II (voir IX) ; Chandos est un célèbre chevalier anglais qui s'illustra à la bataille de Poitiers (1356). Hugo se moque ici profondément de toute exactitude historique. Chandos est aussi, à la date de rédaction du poème, le nom d'un lord anglais, représentant conservateur à la chambre des Communes. **6.** Détail trouvé à l'article « Arras » de Moréri. « Avoué » est un mot « faux ami » pour le lecteur : le titre de ces seigneurs de Béthune est pour lui d'abord le nom d'une profession juridique répandue, celle des officiers ministériels chargés de représenter les parties devant les tribunaux et de faire les actes de procédure. **7.** Infléchissement de la figure du bon chevalier. Les chevaliers errants combattaient surtout pour la justice. L'Italien Final est un héros de la liberté. **8.** Saint Pierre détient les clefs du paradis. **9.** Traître.

Déformait quelque état populaire [1] en royaume ;
Allant, venant dans l'ombre ainsi qu'un grand fantôme,
Fier, levant dans la nuit son cimier [2] flamboyant,
Homme auguste [3] au dedans, ferme au dehors, ayant
435 En lui toute la gloire et toute la patrie,
Belle âme invulnérable et cependant meurtrie,
Sauvant les lois, gardant les murs, vengeant les droits,
Et sonnant dans la nuit sous tous les coups des rois,
Cinquante ans, ce soldat, dont la tête enfin plie,
440 Fut l'armure de fer de la vieille Italie [4],
Et ce noir siècle, à qui tout rayon semble ôté,
Garde quelque lueur encor de son côté.

II

LE DÉFAUT DE LA CUIRASSE.

Maintenant il est vieux ; son donjon, c'est son cloître ;
Il tombe, et, déclinant, sent dans son âme croître
445 La confiance honnête et calme des grands cœurs ;
Le brave ne croit pas au lâche, les vainqueurs
Sont forts, et le héros est ignorant du fourbe.
Ce qu'osent les tyrans, ce qu'accepte la tourbe [5],
Il ne le sait ; il est hors de ce siècle vil ;
450 N'en étant vu qu'à peine, à peine le voit-il ;
N'ayant jamais de ruse, il n'eut jamais de crainte ;
Son défaut fut toujours la crédulité sainte,
Et, quand il fut vaincu, ce fut par loyauté ;
Plus de péril lui fait plus de sécurité.
455 Comme dans un exil il vit seul dans sa gloire [6] ;
Oublié ; l'ancien peuple a gardé sa mémoire,

---

1. Ces « états populaires » renvoient plus exactement à l'Italie de 1848 qu'aux principautés du Moyen Âge. **2.** Voir note 7, p. 128. **3.** Voir note 1, p. 63 **4.** Le territoire de la patrie recouvre celui de la nation italienne, « vieille » et à venir, dans le temps de Final comme dans celui des lecteurs de 1859. **5.** La foule avilie participe à la tyrannie. **6.** La gloire est une forme d'exil quand la société présente est infâme.

Mais le nouveau la perd dans l'ombre[1], et ce vieillard
Qui fut astre, s'éteint dans un morne brouillard.

Dans sa brume, où les feux du couchant se dispersent,
460 Il a cette mer vaste et ce grand ciel qui versent
Sur le bonheur la joie et sur le deuil l'ennui.

Tout est derrière lui maintenant ; tout a fui ;
L'ombre d'un siècle entier devant ses pas s'allonge ;
Il semble des yeux suivre on ne sait quel grand songe ;
465 Parfois, il marche et va sans entendre et sans voir.
Vieillir, sombre déclin ! l'homme est triste le soir ;
Il sent l'accablement de l'œuvre finissante.
On dirait par instants que son âme s'absente,
Et va savoir là-haut s'il est temps de partir.

470 Il n'a pas un remords et pas un repentir ;
Après quatre-vingts ans son âme est toute blanche ;
Parfois, à ce soldat qui s'accoude et se penche,
Quelque vieux mur, croulant lui-même[2], offre un appui ;
Grave, il pense, et tous ceux qui sont auprès de lui
475 L'aiment ; il faut aimer pour jeter sa racine
Dans un isolement et dans une ruine ;
Et la feuille de lierre a la forme d'un cœur.

III

AÏEUL MATERNEL[3].

Ce vieillard, c'est un chêne adorant une fleur.
À présent un enfant est toute sa famille.

---

1. L'oubli est obscurité des consciences. Le poème accomplit un devoir de mémoire. **2.** Analogie du personnage et de son milieu. Final, burg et marquis, symbolise la fin de la féodalité. **3.** Aïeul prenant la place de la mère morte (figure fantasmatique qui traverse toute l'œuvre de Hugo à partir de l'exil), et aïeul par la mère d'Isora : Afranus a deux raisons pour trouver la loi salique « très-bonne à Final » (p. 315). Fabrice est sans descendance masculine : il est un de ces héros que Barbey d'Aurevilly appelle les « derniers ».

480 Il la regarde, il rêve ; il dit : « C'est une fille,
Tant mieux ! » étant aïeul du côté maternel.
La vie en ce donjon a le pas solennel ;
L'heure passe et revient ramenant l'habitude.

Ignorant le soupçon, la peur, l'inquiétude,
485 Tous les matins, il boucle à ses flancs refroidis
Son épée, aujourd'hui rouillée, et qui jadis
Avait la pesanteur de la chose publique [1] ;
Quand, parfois, du fourreau, vénérable relique,
Il arrache la lame illustre avec effort,
490 Calme, il y croit toujours sentir peser le sort.
Tout homme ici-bas porte en sa main une chose
Où, du bien et du mal, de l'effet, de la cause,
Du genre humain, de Dieu, du gouffre, il sent le poids [2] ;
Le juge au front morose a son livre des lois,
495 Le roi son sceptre d'or, le fossoyeur sa pelle.

Tous les soirs, il conduit l'enfant à la chapelle ;
L'enfant prie et regarde avec ses yeux si beaux,
Gaie, et questionnant l'aïeul sur les tombeaux ;
Et Fabrice a dans l'œil une humide étincelle.
500 La main qui tremble aidant la marche qui chancelle,
Ils vont sous les portails et le long des piliers
Peuplés de séraphins [3] mêlés aux chevaliers ;
Chaque statue, émue à leur pas doux et sombre,
Vibre, et toutes ont l'air de saluer dans l'ombre,
505 Les héros le vieillard, et les anges l'enfant [4].

Parfois Isoretta, que sa grâce défend,
S'échappe dès l'aurore et s'en va jouer seule

---

1. Domaine public, bien de la communauté, mais aussi *ré*-publique. **2.** C'est ainsi toute l'Histoire et tout l'abîme qui pèsent sur chaque individu. Principe démocratique, dont le marquis de Final a seul conscience, en ce « siècle vil ». **3.** Voir note 4, p. 60. **4.** L'angélisme de l'enfant ne tient pas seulement à son innocence, mais aussi au fait qu'il garde la trace de l'ombre dont il vient, et des morts qui revivent en lui. Voir « L'idylle du vieillard » (*Nouvelle Série*).

Dans quelque grande tour qui lui semble une aïeule,
Et qui mêle, croulante au milieu des buissons,
510 La légende romane aux souvenirs saxons[1].
Pauvre être qui contient toute une fière race,
Elle trouble, en passant, le bouc, vieillard vorace,
Dans les fentes des murs broutant le câprier ;
Pendant que derrière elle on voit l'aïeul prier,
515 — Car il ne tarde pas à venir la rejoindre,
Et cherche son enfant dès qu'il voit l'aube [poindre, —
Elle court, va, revient, met sa robe en haillons,
Erre de tombe en tombe et suit des papillons[2],
Ou s'assied, l'air pensif, sur quelque âpre architrave[3] ;
520 Et la tour semble heureuse et l'enfant paraît grave ;
La ruine et l'enfance ont de secrets accords,
Car le temps sombre y met ce qui reste des morts[4].

---

1. Syncrétisme des traditions, qui mêle à la légende les souvenirs historiques, l'Italie romane et les grands ancêtres saxons (Witikind). La légende n'apparaît ici comme création spontanée, naturelle (et non aliénante) que pour autant qu'elle s'inscrit dans une vieille tour, « croulante au milieu des buissons ». Ce dernier poème avant la Renaissance souligne en même temps ce qu'il n'est pas, et ce que n'est aucun poème du Moyen Âge hugolien : une réécriture fascinée des légendes médiévales mythifiées en créations populaires et naturelles. La légende ici ne s'unit à la nature que dans les ruines de l'aristocratique tour. **2.** Les enfants précédents dans le recueil, Aymerillot, Nuño, étaient des adolescents. Isora introduit dans la grande Histoire la petite enfance, avec sa poésie, « inventée » par l'auteur des *Feuilles d'automne*, et surtout par celui des *Contemplations* : en Isora le lecteur reconnaît ici le fantôme de Léopoldine. **3.** Partie du linteau qui porte directement sur le chapiteau des colonnes. **4.** Voir note 4, p. 327. Berret a retrouvé un fragment sur « les Feuillantines » et l'enfance de Hugo, antérieur à 1850, dont Hugo s'est manifestement servi ici.

IV

UN SEUL HOMME SAIT OÙ EST CACHÉ LE TRÉSOR[1].

Dans ce siècle où tout peuple a son chef qui le broie,
Parmi les rois vautours et les princes de proie,
525 Certe, on n'en trouverait pas un qui méprisât
Final, donjon splendide et riche marquisat ;
Tous les ans, les alleux[2], les rentes, les censives[3],
Surchargent vingt mulets de sacoches massives ;
La grande tour surveille au milieu du ciel bleu,
530 Le sud, le nord, l'ouest et l'est, et saint Mathieu,
Saint Marc, saint Luc, saint Jean, les quatre
[évangélistes,
Sont sculptés et dorés sur les quatre balistes[4] ;
La montagne a pour garde, en outre, deux châteaux,
Soldats de pierre ayant du fer sous leurs manteaux.
535 Le trésor, quand du coffre on détache les boucles,
Semble à qui l'entrevoit un rêve d'escarboucles[5] ;
Ce trésor est muré dans un caveau discret
Dont le marquis régnant garde seul le secret,
Et qui fut autrefois le puits d'une sachette[6] ;
540 Fabrice maintenant connaît seul la cachette ;

---

1. Comme ceux de V, 2 les intertitres ici reprennent ludiquement les ficelles du roman noir et du roman d'aventures, et créent des effets de dissonance comiques, néanmoins non burlesques. **2.** Terre de pleine propriété, affranchie précisément de toutes redevances au seigneur. Hugo fait-il involontairement ce contresens ? En tout cas, cet afflux d'impôts complique le personnage de Final. **3.** Terre dépendant du domaine d'un seigneur et devant lui payer un impôt (le cens). **4.** Machine de guerre qui lance des projectiles. Le donjon de Final participe au dévoiement du christianisme. Autre complication du personnage. **5.** Voir note 8, p. 201. **6.** Recluse qui s'enfermait pour la vie dans la cellule d'une église de Paris. Le mot renvoie à Guanhumara dans *Les Burgraves*, vieille mendiante dépossédée de son enfant, et surtout à la sachette de *Notre-Dame de Paris*, la mère d'Esmeralda : face au cadavre de sa petite-fille, Final va bientôt s'exprimer avec la même pathétique maladresse que cette ancienne prostituée, affolée par la perte de sa fille.

Le fils de Witikind[1] vieilli dans les combats,
Othon[2], scella jadis dans les chambres d'en bas
Vingt caissons dont le fer verrouille les façades,
Et qu'Anselme, plus tard, fit remplir de cruzades[3]
545 Pour que, dans l'avenir[4], jamais on n'en manquât ;
Le casque du marquis est en or de ducat[5] ;
On a sculpté deux rois persans, Narse et Tigrane[6],
Dans la visière aux trous grillés de filigrane,
Et sur le haut cimier[7], taillé d'un seul onyx[8],
550 Un brasier de rubis brûle l'oiseau Phénix[9] ;
Et le seul diamant du sceptre pèse une once[10].

V

Le corbeau.

Un matin, les portiers sonnent du cor. Un nonce[11]
Se présente ; il apporte, assisté d'un coureur,
Une lettre du roi qu'on nomme l'empereur[12] ;
555 Ratbert écrit qu'avant de partir pour Tarente,
Il viendra visiter Isora, sa parente,
Pour lui baiser le front et pour lui faire honneur.

Le nonce, s'inclinant, dit au marquis : « Seigneur,
Sa majesté ne fait de visites qu'aux reines. »

1. Voir note 6, p. 322. **2.** Voir note 4, p. 323. **3.** Petite monnaie d'or du Portugal, portant une croix. **4.** L'ouverture sur l'avenir est totalement flottante, du fait de l'obscurité de l'expression « plus tard ». Comme Final est fils d'Othon, Anselme vient logiquement après Final. Mais l'utilisation du passé simple, « fit remplir », suggère que Final descend d'Anselme. Voir note 8, p. 338. **5.** Or pur, au titre de ducat d'or, à l'origine monnaie des ducs de Venise et de Parme. **6.** Ils furent tous deux vaincus par l'empire romain. **7.** Voir note 7, p. 128. **8.** Variété d'agate. **9.** Oiseau de la mythologie grecque, qui vivait plusieurs siècles et, mort, renaissait de ses cendres : comme l'Italie à venir, non comme Isora et son grand-père. **10.** Ancienne division de la livre, mesurant un poids variable, *grosso modo* entre 50 et 80 grammes. **11.** Diplomate, et plus spécialement, au XIXe siècle, diplomate du Saint-Siège. **12.** Seul Charlemagne a pleinement le droit d'être nommé ainsi aux yeux de Hugo. Voir note 4, p. 303.

560 Au message émané de ses mains très-sereines
L'empereur joint un don splendide et triomphant ;
C'est un grand chariot plein de jouets d'enfant ;
Isora bat des mains avec des cris de joie[1].

Le nonce, retournant vers celui qui l'envoie,
565 Prend congé de l'enfant, et, comme procureur[2]
Du très-victorieux et très-noble empereur,
Fait le salut qu'on fait aux têtes souveraines.

« Qu'il soit le bienvenu ! Bas le pont ! bas les chaînes !
Dit le marquis ; sonnez, la trompe et l'olifant[3] ! »
570 Et, fier de voir qu'on traite en reine son enfant,
La joie a rayonné sur sa face loyale.

Or, comme il relisait la lettre impériale,
Un corbeau qui passait fit de l'ombre dessus.
« Les oiseaux noirs guidaient Judas cherchant Jésus[4] ;
575 Sire, vois ce corbeau », dit une sentinelle.
Et, regardant l'oiseau planer sur la tournelle :
« Bah ! dit l'aïeul, j'étais[5] pas plus haut que cela,
Compagnon[6], que déjà ce corbeau que voilà,
Dans la plus fière tour de toute la contrée
580 Avait bâti son nid, dont on voyait l'entrée ;
Je le connais ; le soir, volant dans la vapeur,
Il criait ; tous tremblaient ; mais, loin d'en avoir peur,

---

1. Réaction qu'aurait *n'importe quel* enfant. **2.** Représentant, dans l'exercice de la justice, du souverain. **3.** Cor d'ivoire, fait dans une trompe d'éléphant. Le plus célèbre est celui de Roland. **4.** La sentinelle prédit indirectement que Fabrice sera un nouveau Jésus, livré par le nonce-Judas à la puissance de mort-Ratbert. Berret signale que de nombreuses légendes rhénanes, avec lesquelles Hugo s'est familiarisé pour *Le Rhin*, évoquent des corbeaux annonciateurs. Le héros ne croit pas à ces superstitions. Mais la sentinelle a de fait raison. **5.** Le vers est correct, mais non cette syntaxe familière. La critique conservatrice de 1859 s'offusquera du parler « peuple » du grand marquis. **6.** Qui partage le même pain. Le marquis parle d'égal à égal avec la sentinelle.

Moi petit, je l'aimais, ce corbeau centenaire
Étant un vieux voisin de l'astre et du tonnerre. »

VI

LE PÈRE ET LA MÈRE.

585 Les marquis de Final ont leur royal tombeau
Dans une cave où luit, jour et nuit, un flambeau ;
Le soir, l'homme qui met de l'huile dans les lampes
À son heure ordinaire en descendit les rampes ;
Là, mangé par les vers dans l'ombre de la mort,
590 Chaque marquis auprès de sa marquise dort,
Sans voir cette clarté qu'un vieil esclave apporte.
À l'endroit même où pend la lampe, sous la porte,
Était le monument des deux derniers défunts ;
Pour raviver la flamme et brûler des parfums,
595 Le serf[1] s'en approcha ; sur la funèbre table,
Sculpté très-ressemblant, le couple lamentable
Dont Isora, sa dame, était l'unique enfant,
Apparaissait ; tous deux, dans cet air étouffant,
Silencieux, couchés côte à côte, statues
600 Aux mains jointes, d'habits seigneuriaux vêtues,
L'homme avec son lion, la femme avec son chien.
Il vit que le flambeau nocturne brûlait bien ;
Puis, courbé, regarda, des pleurs dans la paupière,
Ce père de granit, cette mère de pierre ;
605 Alors il recula, pâle ; car il crut voir
Que ces deux fronts, tournés vers la voûte au fond noir,
S'étaient subitement assombris sur leur couche,
Elle ayant l'air plus triste et lui l'air plus farouche[2].

1. Le mot *serf*, après le mot *esclave*, souligne la « complication » du personnage de Fabrice, héros de la liberté, qui anticipe à bien des égards la démocratie, et reste un chevalier féodal, servi par des hommes attachés à ses terres, et assujettis à lui. **2.** Au sourire du « Satan de pierre » des « conseillers probes et libres » succède l'assombrissement des visages des deux gisants, parents d'Isora. Le serf « croit voir » ce miracle : peut-être est-ce une illusion. Voir la note 8, p. 315.

VII

JOIE AU CHÂTEAU.

Une file de longs et pesants chariots
610 Qui précède ou qui suit les camps impériaux,
Marche là-bas avec des éclats de trompette
Et des cris que l'écho des montagnes répète ;
Un gros[1] de lances brille à l'horizon lointain.

La cloche de Final tinte, et c'est ce matin
615 Que du noble empereur on attend la visite.

On arrache des tours la ronce parasite ;
On blanchit à la chaux en hâte les grands murs ;
On range dans la cour des plateaux de fruits mûrs,
Des grenades venant des vieux monts Alpujarres[2],
620 Le vin dans les barils et l'huile dans les jarres ;
L'herbe et la sauge[3] en fleur jonchent tout l'escalier ;
Dans la cuisine un feu rôtit un sanglier ;
On voit fumer les peaux des bêtes qu'on écorche ;
Et tout rit ; et l'on a tendu sous le grand porche
625 Une tapisserie où Blanche d'Est[4], jadis,
A brodé trois héros, Macchabée[5], Amadis[6],
Achille[7], et le fanal de Rhode[8], et le quadrige
D'Aétius[9], vainqueur du peuple latobrige[10] ;
Et, dans trois médaillons marqués d'un chiffre en or,

---

1. Une masse. **2.** Montagnes du royaume de Grenade. **3.** Voir note 4, p. 229. **4.** La maison d'Este est une des plus illustres d'Italie. **5.** Héros de la révolte du peuple juif contre la domination syrienne dans l'Ancien Testament. **6.** Voir notes 7, p. 214 et 3, p. 285. **7.** Héros de l'*Iliade*. **8.** Voir note 8, p. 289. **9.** Patrice des Gaules, surnommé le « dernier des Romains », qui soumit les peuples germaniques, avec l'appui desquels il arrêta l'invasion d'Attila en 451. Moréri dit d'Arles que « des historiens fabuleux la font descendre d'Actius le roy d'Albe ». Confusion de Hugo ? Toutefois, Aetius délivra Arles de l'invasion des Wisigoths en 429. **10.** Peuple germanique.

630 Trois poëtes, Platon[1], Plaute[2] et Scæva Memor[3].
Ce tapis autrefois ornait la grande chambre ;
Au dire des vieillards, l'effrayant roi sicambre[4],
Witikind, l'avait fait clouer en cet endroit
De peur que dans leur lit ses enfants n'eussent froid[5].

VIII

LA TOILETTE D'ISORA.

635 Cris, chansons ; et voilà ces vieilles tours vivantes.
La chambre d'Isora se remplit de servantes ;
Pour faire un digne accueil au roi d'Arle[6], on revêt
L'enfant de ses habits de fête ; à son chevet,
L'aïeul, dans un fauteuil d'orme incrusté d'érable,
640 S'assied, songeant aux jours passés, et, vénérable,
Il contemple Isora : front joyeux, cheveux d'or,
Comme les chérubins peints dans le corridor,
Regard d'enfant Jésus que porte la madone[7],
Joue ignorante où dort le seul baiser qui donne
645 Aux lèvres la fraîcheur, tous les autres étant
Des flammes, même, hélas ! quand le cœur est content.
Isore est sur le lit assise, jambes nues ;
Son œil bleu rêve avec des lueurs ingénues ;
L'aïeul rit, doux reflet de l'aube sur le soir !
650 Et le sein de l'enfant, demi-nu, laisse voir
Ce bouton rose, germe auguste des mamelles[8] ;

---

1. Platon est très souvent considéré comme un poète au XIXe siècle. **2.** Voir p. 313 et la note 4. **3.** Poète latin trouvé dans Moréri. La série est ironique, puisque des trois poètes Memor est l'oublié de l'Histoire. **4.** Peuple germain soumis par l'abominable empereur romain Tibère. **5.** Remarquable ambivalence du grand ancêtre, de traits plus accusés, comme agrandis par la légende des vieillards, que celle de Fabrice. Et remarquable détournement d'usage de l'épopée. **6.** Le narrateur refuse le titre d'empereur à Ratbert. Voir p. 330 et la note 12. **7.** Voir note 3, p. 207. **8.** L'érotisation des petites filles est de plus en plus fréquente et marquée à mesure que Hugo vieillit. Le « germe auguste » (voir note 1, p. 63) « des mamelles » est à lire, en regard du « Sacre de la femme », comme un sacre de la petite fille, promesse de fécondité.

Et ses beaux petits bras ont des mouvements d'ailes.
Le vétéran[1] lui prend les mains, les réchauffant ;
Et, dans tout ce qu'il dit aux femmes, à l'enfant,
655 Sans ordre, en en laissant deviner davantage,
Espèce de murmure enfantin du grand âge,
Il semble qu'on entend parler toutes les voix
De la vie, heur, malheur, à présent, autrefois,
Deuil, espoir, souvenir, rire et pleurs, joie et peine ;
660 Ainsi tous les oiseaux chantent dans le grand chêne[2].

« Fais-toi belle ; un seigneur va venir ; il est bon ;
C'est l'empereur ; un roi ; ce n'est pas un barbon[3]
Comme nous ; il est jeune ; il est roi d'Arle, en
[France[4] ;
Vois-tu, tu lui feras ta belle révérence,
665 Et tu n'oublieras pas de dire : monseigneur.
Vois tous les beaux cadeaux qu'il nous[5] fait ! Quel
[bonheur !
Tous nos bons paysans viendront, parce qu'on t'aime ;
Et tu leur jetteras des sequins[6] d'or, toi-même,
De façon que cela tombe dans leur bonnet. »

670 Et le marquis, parlant aux femmes, leur prenait
Les vêtements des mains :

« Laissez, que je l'habille !
Oh ! quand sa mère était toute petite fille,
Et que j'étais déjà barbe grise, elle avait
Coutume de venir dès l'aube à mon chevet ;
675 Parfois, elle voulait m'attacher mon épée,
Et, de la dureté d'une boucle occupée,

---

1. Soldat qui a de longues années de service. **2.** La parole de l'aïeul est ici un modèle poétique. **3.** Voir note 5, p. 251. **4.** Et non empereur. Voir note 6, p. 334. **5.** Grotesque sublime de ce *nous*, qui inclut le grand vétéran dans la joie de recevoir des jouets. Le poème est bien un drame de la « confiance », de la naïveté, grande, sublime, grotesque, et tragique, en ce temps de ruse et de cynisme machiavéliques. **6.** Voir note 8, p. 142.

Ou se piquant les doigts aux clous du ceinturon,
Elle riait[1]. C'était le temps où mon clairon
Sonnait superbement à travers l'Italie[2].
680 Ma fille est maintenant sous terre, et nous oublie.
D'où vient qu'elle a quitté sa tâche, ô dure loi !
Et qu'elle dort déjà quand je veille encor, moi ?
La fille qui grandit sans la mère, chancelle.
Oh ! c'est triste, et je hais la mort. Pourquoi prend-elle
685 Cette jeune épousée et non mes pas tremblants ?
Pourquoi ces cheveux noirs et non mes cheveux
[blancs[3] ? »

Et, pleurant, il offrait à l'enfant des dragées.

« Les choses ne sont pas ainsi bien arrangées ;
Celui qui fait le choix se trompe ; il serait mieux
690 Que l'enfant eût la mère et la tombe le vieux.
Mais de la mère au moins il sied qu'on se souvienne ;
Et, puisqu'elle a ma place, hélas ! je prends la sienne.

Vois donc le beau soleil et les fleurs dans les prés !
C'est par un jour pareil, les Grecs étant rentrés
695 Dans Smyrne[4], le plus grand de leurs ports maritimes,
Que, le bailli de Rhode[5] et moi, nous les battîmes.
Mais regarde-moi donc tous ces beaux jouets-là !
Vois ce reître[6], on dirait un archer d'Attila[7].

---

1. Voir *Les Contemplations*, IV, 5. Même désinvolture de la petite fille, là à l'égard du bureau du poète, ici à l'égard de l'armure du héros. Avec la petite enfance apparaît pour la première fois dans l'Histoire un rire innocent — mais au passé, dans une élégie où Léopoldine se mêle à Isora, Hugo à Final. **2.** L'épopée nationale « superbe » ne *se dit* qu'au passé. L'épopée qui *s'écrit* intrique quant à elle le souvenir épique et le souvenir intime dans la même nostalgie. **3.** La transposition des « Pauca meae » des *Contemplations* continue. **4.** Les souvenirs de guerre de Fabrice sont obsolètes, vains : à l'heure où il parle, les Grecs de Smyrne, l'actuelle Izmir, ont été battus par les Ottomans (1424), ennemis de l'empereur et de toute l'Europe occidentale. **5.** Voir notes 2, p. 141 et 8, p. 289. **6.** Voir note 2, p. 148. **7.** Voir note 6, p. 98.

Mais c'est qu'il est vêtu de soie et non de serge[1] !
700 Et le chapeau d'argent de cette sainte Vierge !
Et ce bonhomme en or ! Ce n'est pas très-hideux.
Mais comme nous allons jouer demain tous deux !
Si ta mère était là, qu'elle serait contente !
Ah ! quand on est enfant, ce qui plaît, ce qui tente,
705 C'est un hochet qui sonne un moment dans la main,
Peu de chose le soir et rien le lendemain ;
Plus tard, on a le goût des soldats véritables,
Des palefrois[2] battant du pied dans les étables,
Des drapeaux, des buccins[3] jetant de longs éclats,
710 Des camps, et c'est toujours la même chose, hélas !
Sinon qu'alors on a du sang à ses chimères[4].
Tout est vain. C'est égal, je plains les pauvres mères
Qui laissent leurs enfants derrière elles ainsi. »

Ainsi parlait l'aïeul, l'œil de pleurs obscurci,
715 Souriant cependant, car telle est l'ombre humaine.
Tout à l'ajustement de son ange de reine,
Il habillait l'enfant, et, tandis qu'à genoux
Les servantes chaussaient ces pieds charmants et doux,
Et, les parfumant d'ambre, en lavaient la poussière,
720 Il nouait gauchement la petite brassière,
Ayant plus d'habitude aux chemises d'acier.

IX

Joie hors du château.

Le soir vient, le soleil descend dans son brasier ;
Et voilà qu'au penchant des mers, sur les collines,
Partout, les milans[5] roux, les chouettes félines,

---

1. Voir note 11, p. 147. **2.** Voir note 3, p. 208. **3.** Trompette militaire romaine. **4.** La concrétude du sang fait osciller le sens de ces chimères, illusions d'enfance et monstres mythiques ensanglantés. Voir note 8, p. 225. **5.** Milan roux et non royal, cet oiseau de proie évoque Milan et son seigneur Visconti, « probe » conseiller de Ratbert.

725 L'autour[1] glouton, l'orfraie[2] horrible dont l'œil luit
Avec du sang le jour, qui devient feu, la nuit,
Tous les tristes oiseaux mangeurs de chair humaine,
Fils de ces vieux vautours, nés de l'aigle romaine[3],
Que la louve d'airain aux cirques appela[4],
730 Qui suivaient Marius et connaissaient Sylla[5],
S'assemblent ; et les uns, laissant un crâne chauve,
Les autres, aux gibets essuyant leur bec fauve,
D'autres, d'un mât rompu quittant les noirs agrès[6],
D'autres, prenant leur vol du mur des lazarets[7],
735 Tous, joyeux et criant, en tumulte et sans nombre,
Ils se montrent Final, la grande cime sombre
Qu'Othon, fils d'Aleram le Saxon[8], crénela,
Et se disent entre eux : Un empereur est là[9] !

X

SUITE DE LA JOIE.

Cloche ; acclamations ; gémissements ; fanfares ;
740 Feux de joie ; et les tours semblent toutes des phares,
Tant on a, pour fêter ce jour grand à jamais,

---

1. Oiseau de proie. **2.** Oiseau de proie. **3.** Aucun des rapaces précédemment cités n'est un charognard. L'affiliation des vautours à l'aigle est aberrante, si elle n'est prise à un niveau symbolique : au féminin, « aigle » est un symbole héraldique. La dégradation de l'épique vaut dans la Nature comme dans l'Histoire. **4.** La louve qui, aux origines fabuleuses de Rome, nourrit ses deux fondateurs, Remus et Romulus, n'est plus ici que le mythe à la fois statufié et abominablement vivant de la Rome des cirques, de la Rome impériale. **5.** Variante : « *ou préféraient* Sylla ». Le sens de la référence n'est pas clair. Marius (156-86) et Sylla (138-78) forment un couple d'opposés, l'un du parti démocratique, l'autre du parti aristocratique. Sylla fut un dictateur sanglant. Leur conflit et la victoire de Sylla marquent un seuil dans la crise de la République, derrière laquelle se profile l'Empire. **6.** Voir note 4, p. 113. **7.** Établissement où étaient isolés les malades contagieux. **8.** Nouveau brouillage de la chronologie généalogique, qui introduit entre Witikind et Othon cet Aleram. Dans Moréri, l'ordre généalogique est le suivant : Witikind, Aleram, Othon, et plus tard Anselme. **9.** Ce sont les charognards qui reconnaissent dans le roi d'Arles un empereur.

De brasiers frissonnants encombré leurs sommets !
La table colossale en plein air est dressée ;
Ce qu'on a sous les yeux répugne à la pensée
745 Et fait peur ; c'est la joie effrayante du mal ;
C'est plus que le démon, c'est moins que l'animal ;
C'est la cour du donjon tout entière rougie
D'une prodigieuse et ténébreuse orgie ;
C'est Final, mais Final vaincu, tombé, flétri ;
750 C'est un chant dans lequel semble se tordre un cri ;
Un gouffre où les lueurs de l'enfer sont voisines
Du rayonnement calme et joyeux des cuisines ;
Le triomphe de l'ombre, obscène, effronté, cru ;
Le souper de Satan dans un rêve apparu [1].

755 À l'angle de la cour, ainsi qu'un témoin sombre,
Un squelette de tour, formidable décombre,
Sur son faîte vermeil d'où s'enfuit le corbeau,
Dresse et secoue aux vents, brûlant comme un flambeau,
Tout le branchage et tout le feuillage d'un orme ;
760 Valet géant portant un chandelier énorme.

Le drapeau de l'empire, arboré sur ce bruit,
Gonfle son aile immense au souffle de la nuit.

Tout un cortége étrange est là ; femmes et prêtres ;
Prélats parmi les ducs, moines parmi les reîtres [2] ;
765 Les crosses et les croix d'évêques, au milieu
Des piques et des dards [3], mêlent aux meurtres Dieu,
Les mitres figurant de plus gros fers de lance.
Un tourbillon d'horreur, de nuit, de violence,
Semble emplir tous ces cœurs ; que disent-ils entre eux,
770 Ces hommes ? En voyant ces convives affreux,
On doute si l'aspect humain est véritable ;

---

1. Le merveilleux chrétien apparaît ici comme une sorte de dilatation cauchemardesque de l'Histoire. **2.** Voir note 2, p. 148. **3.** Pique de bois à pointe de fer. Mais le mot évoque aussi les bêtes venimeuses, et, en langue grivoise, le phallus.

Un sein charmant se dresse au-dessus de la table,
On redoute au-dessous quelque corps tortueux ;
C'est un de ces banquets du monde monstrueux
775 Qui règne et vit depuis les Héliogabales[1] ;
Le luth lascif s'accouple aux féroces cymbales[2] ;
Le cynique baiser cherche à se prodiguer ;
Il semble qu'on pourrait à peine distinguer
De ces hommes les loups, les chiennes de ces femmes ;
780 À travers l'ombre, on voit toutes les soifs infâmes,
Le désir, l'instinct vil, l'ivresse aux cris hagards,
Flamboyer dans l'étoile horrible des regards.

Quelque chose de rouge entre les dalles fume ;
Mais, si tiède que soit cette douteuse écume,
785 Assez de barils sont éventrés et crevés
Pour que ce soit du vin qui court sur les pavés.

Est-ce une vaste noce ? est-ce un deuil morne et triste ?
On ne sait pas à quel dénoûment on assiste,
Si c'est quelque affreux monde à la terre étranger ;
790 Si l'on voit des vivants ou des larves[3] manger ;
Et si ce qui dans l'ombre indistincte surnage
Est la fin d'un festin ou la fin d'un carnage[4].

Par moments le tambour, le cistre[5], le clairon[6],
Font ces rages de bruit qui rendaient fou Néron[7].
795 Ce tumulte rugit, chante, boit, mange, râle.

---

1. Empereur romain (v. 204-222) fou, cruel, débauché. **2.** Le luth est avec la harpe l'équivalent médiéval de la lyre antique, tandis que les cymbales sont avec les clairons l'instrument de la musique guerrière, épique. La musique du banquet des tyrans est le double pervers de celle du poème : même intrication des registres intime et héroïque, du lyrisme et de l'épique, mais « lasci[ve] » et « féroce ». **3.** Voir note 1, p. 77. **4.** Le motif sadien de l'orgie des tyrans, exploité par Hugo au théâtre et en poésie (*Châtiments*), acquiert ici, par approfondissement de l'horreur, une dimension visionnaire. La suite dira que ce qu'« on voit » est la fin d'un festin *et* d'un carnage. **5.** Instrument proche du luth. Voir note 2. **6.** Voir note 2. **7.** Voir note 2, p. 97.

Sur un trône est assis Ratbert, content et pâle.

C'est, parmi le butin, les chants, les arcs de fleurs,
Dans un antre de rois un Louvre de voleurs[1].

Presque nue au milieu des montagnes de roses,
800 Comme les déités dans les apothéoses[2],
Altière, recevant vaguement les saluts,
Marquant avec ses doigts la mesure des luths[3],
Ayant dans le gala[4] les langueurs de l'alcôve[5],
Près du maître sourit Matha[6], la blonde fauve ;
805 Et sous la table, heureux, du genou la pressant,
Le roi cherche son pied dans les mares de sang.

Les grands brasiers, ouvrant leur gouffre d'étincelles,
Font resplendir les ors d'un chaos de vaisselles ;
On ébrèche aux moutons, aux lièvres montagnards,
810 Aux faisans, les couteaux tout à l'heure poignards ;
Sixte Malaspina[7], derrière le roi, songe ;
Toute lèvre se rue à l'ivresse et s'y plonge ;
On achève un mourant en perçant un tonneau ;
L'œil[8] croit, parmi les os de chevreuil et d'agneau,
815 Aux tremblantes clartés que les flambeaux prolongent,
Voir des profils humains dans ce que les chiens
[rongent ;
Des chanteurs grecs, portant des images d'étain
Sur leurs chapes, selon l'usage byzantin[9],
Chantent Ratbert, césar[10], roi, vainqueur, dieu, génie[11] ;
820 On entend sous les bancs des soupirs d'agonie ;

---

1. Dans « On loge la nuit » *(Châtiments)*, l'orgie a lieu à « l'auberge Louvre ». Voir note 1, p. 188. **2.** Déification des empereurs romains et, par extension, épanouissement sublime. **3.** Voir note 2, p. 340. **4.** Voir note 2, p. 243. **5.** Voir note 2, p. 278. **6.** Présentée en VII, 1, p. 308. **7.** *Idem*, p. 307. **8.** « L'œil », décroché par son indétermination de toute logique réaliste, est souvent chez Hugo l'embrayeur de la vision. **9.** La puissance de Ratbert réunit ici les Empires d'Orient et d'Occident. **10.** Voir note 4, p. 97. **11.** Ratbert est glorifié comme Kanut et Mourad. Voir p. 121 et la note 1, p. 288 et la note 12.

Une odeur de tuerie et de cadavres frais
Se mêle au vague encens brûlant dans les coffrets
Et les boîtes d'argent sur des trépieds de nacre ;
Les pages[1], les valets, encor chauds du massacre[2],
825 Servent dans le banquet leur empereur[3], ravi
Et sombre, après l'avoir dans le meurtre servi ;
Sur le bord des plats d'or on voit des mains
[sanglantes ;
Ratbert s'accoude avec des poses indolentes ;
Au-dessus du festin, dans le ciel blanc du soir,
830 De partout, des hanaps[4], du buffet, du dressoir,
Des plateaux où les paons ouvrent leurs larges queues,
Des écuelles où brûle un philtre aux lueurs bleues,
Des verres, d'hypocras[5] et de vin écumants,
Des bouches des buveurs, des bouches des amants,
835 S'élève une vapeur, gaie, ardente, enflammée,
Et les âmes des morts sont dans cette fumée.

XI

TOUTES LES FAIMS SATISFAITES.

C'est que les noirs oiseaux de l'ombre ont eu raison,
C'est que l'orfraie[6] a bien flairé la trahison,
C'est qu'un fourbe a surpris le vaillant sans défense,
840 C'est qu'on vient d'écraser la vieillesse et l'enfance.
En vain quelques soldats fidèles ont voulu
Résister à l'abri d'un créneau vermoulu ;
Tous sont morts ; et de sang les dalles sont trempées ;

---

1. Les jeunes nobles n'apprennent plus le métier des armes (voir note 2, p. 127) : ils font le service d'honneur ; c'est pourquoi le mot peut être juxtaposé au mot « valets ». **2.** Ce ne sont pas les cadavres des victimes qui sont « encor chauds », mais les serviteurs sanguinaires : excitation sadique des assassins. **3.** Après les vautours, ce sont les valets assassins qui reconnaissent dans le roi d'Arles l'empereur. **4.** Voir note 2, p. 238. **5.** Vin sucré et épicé. **6.** Oiseau de proie.

Et la hache, l'estoc[1], les masses, les épées,
845 N'ont fait grâce à pas un, sur l'ordre que donna
Le roi d'Arle au prévôt Sixte Malaspina[2].
Et, quant aux plus mutins[3], c'est ainsi que les nomme
L'aventurier royal fait empereur par Rome[4],
Trente sur les crochets et douze sur le pal[5]
850 Expirent au-dessus du porche principal.

Tandis qu'en joyeux chants les vainqueurs se répandent,
Auprès de ces poteaux et de ces croix où pendent
Ceux que Malaspina vient de supplicier,
Corbeaux, hiboux, milans[6], tout l'essaim carnassier,
855 Venus des monts, des bois, des cavernes, des havres,
S'abattent par volée et font sur les cadavres
Un banquet, moins hideux que celui d'à côté.

Ah ! le vautour est triste à voir, en vérité,
Déchiquetant sa proie et planant ; on s'effraie
860 Du cri de la fauvette aux griffes de l'orfraie ;
L'épervier est affreux rongeant des os brisés ;
Pourtant, par l'ombre immense on les sent excusés,
L'impénétrable faim est la loi de la terre,
Et le ciel, qui connaît la grande énigme austère,
865 La nuit, qui sert de fond au guet mystérieux
Du hibou promenant la rondeur de ses yeux
Ainsi qu'à l'araignée ouvrant ses pâles toiles,
Met à ce festin sombre une nappe d'étoiles ;
Mais l'être intelligent, le fils d'Adam[7], l'élu
870 Qui doit trouver le bien après l'avoir voulu,
L'homme, exterminant l'homme et riant, épouvante
Même au fond de la nuit, l'immensité vivante,

---

1. Voir note 5, p. 128. **2.** Voir note 8, p. 307. **3.** Rebelle violent, dont la révolte est illégitime. **4.** Définition de Napoléon le Petit. **5.** Supplice qui rapproche Ratbert de Sultan Mourad et de son double, Vlad l'Empaleur. **6.** Voir note 5, p. 337. **7.** Définition de l'Homme qui induit que la Chute n'est pas le fait d'Adam (confirmant ainsi I, 1), mais des décadents du xve siècle.

Et, que le ciel soit noir ou que le ciel soit bleu,
Caïn tuant Abel est la stupeur de Dieu[1].

XII

QUE C'EST FABRICE QUI EST UN TRAÎTRE.

875 Un homme qu'un piquet de lansquenets[2] escorte,
Qui tient une bannière inclinée, et qui porte
Une jacque[3] de vair[4] taillée en éventail,
Un héraut[5], fait ce cri devant le grand portail :

« Au nom de l'empereur clément et plein de gloire,
880 — Dieu le protège ! — peuple ! il est pour tous notoire
Que le traître marquis Fabrice d'Albenga
Jadis avec les gens des villes se ligua,
Et qu'il a maintes fois guerroyé le saint-siége[6] ;
C'est pourquoi l'empereur très-clément — Dieu protége
885 L'empereur ! — le citant à son haut tribunal,
A pris possession de l'état de Final. »

L'homme ajoute, dressant sa bannière penchée :
« Qui me contredira soit sa tête tranchée,
Et ses biens confisqués à l'empereur. J'ai dit. »

---

1. L'Histoire de la tyrannie n'en finit pas d'involuer vers le fratricide fondateur (I, 2). **2.** Un groupe de soldats allemands mercenaires (à la solde de la France). *Piquet* et *lansquenets* sont tous deux des jeux de cartes. **3.** Justaucorps porté par les hommes du Moyen Âge. Le mot vient de « jacques », sobriquet du paysan puis du niais. **4.** Fourrure de petit-gris, mais aussi une des deux fourrures dans l'art du blason. Le héraut est un blason vivant. **5.** Voir note 4, p. 308. **6.** Solidarité du pape et de l'empereur, des papes et des empereurs de tous les temps.

XIII

SILENCE.

890 Tout à coup on se tait ; ce silence grandit,
Et l'on dirait qu'au choc brusque d'un vent qui tombe,
Cet enfer a repris sa figure de tombe ;
Ce pandémonium[1], ivre d'ombre et d'orgueil,
S'éteint ; c'est qu'un vieillard a paru sur le seuil ;
895 Un prisonnier, un juge, un fantôme ; l'ancêtre !

C'est Fabrice.

On l'amène à la merci du maître.
Ses blêmes cheveux blancs couronnent sa pâleur ;
Il a les bras liés au dos comme un voleur ;
Et, pareil au milan[2] qui suit des yeux sa proie,
900 Derrière le captif, marche, sans qu'il le voie,
Un homme qui tient haute une épée à deux mains.

Matha, fixant sur lui ses beaux yeux inhumains,
Rit sans savoir pourquoi, rire étant son caprice[3].
Dix valets de la lance[4] environnent Fabrice.
905 Le roi dit : « Le trésor est caché dans un lieu
Qu'ici tu connais seul, et je jure par Dieu
Que, si tu dis l'endroit, marquis, ta vie est sauve. »

Fabrice lentement lève sa tête chauve
Et se tait.

Le roi dit : « Es-tu sourd, compagnon ? »

---

1. Capitale imaginaire de l'enfer et, par extension, lieu de débauche et de corruption. **2.** Voir note 5, p. 337. **3.** Comment délier le rire de la puissance arbitraire, sadique ? Cette question traverse l'ensemble de l'œuvre hugolienne. **4.** Archaïsme : soldats armés de lances.

910 Un reître[1] avec le doigt fait signe au roi que non.
« — Marquis, parle ! ou sinon, vrai comme je me
[nomme
Empereur des Romains, roi d'Arle et gentilhomme,
Lion[2], tu vas japper ainsi qu'un épagneul.
Ici, bourreaux ! — Réponds, le trésor ? »

Et l'aïeul
915 Semble, droit et glacé parmi les fers de lance,
Avoir déjà pris place en l'éternel silence.

Le roi dit : « Préparez les coins et les crampons[3].
Pour la troisième fois, parleras-tu ? Réponds. »

Fabrice, sans qu'un mot d'entre ses lèvres sorte,
920 Regarde le roi d'Arle et d'une telle sorte,
Avec un si superbe éclair, qu'il l'interdit ;
Et Ratbert, furieux sous ce regard, bondit
Et crie, en s'arrachant le poil de la moustache[4] :
« Je te trouve idiot et mal en point, et sache
925 Que les jouets d'enfant étaient pour toi, vieillard[5] !
Çà, rends-moi ce trésor, fruit de tes vols, pillard !
Et ne m'irrite pas, ou ce sera ta faute,
Et je vais envoyer sur ta tour la plus haute
Ta tête au bout d'un pieu se taire dans la nuit. »

930 Mais l'aïeul semble d'ombre et de pierre construit ;
On dirait qu'il ne sait pas même qu'on lui parle.

« Le brodequin[6] ! à toi, bourreau ! » dit le roi d'Arle.

Le bourreau vient, la foule effarée écoutait.

---

1. Voir note 2, p. 148. **2.** Voir note 1, p. 320. **3.** Instruments de torture. **4.** Grotesque critique, libérateur. **5.** Fabrice l'a déjà dit, d'une certaine manière. Voir p. 335 et la note 4. **6.** Instrument de torture.

On entend l'os crier, mais la bouche se tait.

935 Toujours prêt à frapper le prisonnier en traître,
Le coupe-tête jette un coup d'œil à son maître.

« Attends que je te fasse un signe », dit Ratbert.
Et, reprenant :

« Voyons, toi chevalier haubert[1],
Mais cadet, toi marquis, mais bâtard[2], si tu donnes
940 Ces quelques diamants de plus à mes couronnes,
Si tu veux me livrer ce trésor, je te fais
Prince, et j'ai dans mes ports dix galères de Fez
Dont je te fais présent avec cinq cents esclaves[3]. »

Le vieillard semble sourd et muet.

« Tu me braves !
945 Eh bien ! tu vas pleurer[4] », dit le fauve empereur.

XIV

Ratbert rend l'enfant à l'aïeul.

Et voici qu'on entend comme un souffle d'horreur
Frémir, même en cette ombre et même en cette horde.
Une civière passe, il y pend une corde ;
Un linceul la recouvre ; on la pose à l'écart ;
950 On voit deux pieds d'enfant qui sortent du brancard.
Fabrice, comme au vent se renverse un grand arbre,
Tremble, et l'homme de chair sous cet homme de marbre
Reparaît ; et Ratbert fait lever le drap noir.

---

1. Chevalier portant un haubert (voir note 3, p. 128), signe de noblesse. **2.** Voir note 4, p. 323. **3.** Roi d'Arles, tyran italien, empereur d'Allemagne, Ratbert semble ici être aussi un despote des « trônes d'Orient ». **4.** Les larmes qui vont couler des yeux de Fabrice seront la manifestation de la puissance tyrannique. Cependant, le sanglot de Fabrice va bientôt « rugir » (p. 349).

C'est elle ! Isora ! pâle, inexprimable à voir,
955 Étranglée, et sa main crispée, et cela navre[1],
Tient encore un hochet ; pauvre petit cadavre !

L'aïeul tressaille avec la force d'un géant ;
Formidable[2], il arrache au brodequin[3] béant
Son pied dont le bourreau vient de briser le pouce ;
960 Les bras toujours liés, de l'épaule il repousse
Tout ce tas de démons, et va jusqu'à l'enfant,
Et sur ses deux genoux tombe, et son cœur se fend.
Il crie en se roulant sur la petite morte[4] :

« Tuée ! ils l'ont tuée ! et la place était forte,
965 Le pont avait sa chaîne et la herse ses poids,
On avait des fourneaux pour le soufre et la poix,
On pouvait mordre avec ses dents le roc farouche,
Se défendre, hurler, lutter, s'emplir la bouche
De feu, de plomb fondu, d'huile, et les leur cracher
970 À la figure avec les éclats du rocher !
Non ! on a dit : « Entrez ! » et, par la porte ouverte,
Ils sont entrés ! la vie à la mort s'est offerte !
On a livré la place, on n'a point combattu !
Voilà la chose ; elle est toute simple ; ils n'ont eu[5]
975 Affaire qu'à ce vieux misérable[6] imbécile !
Égorger un enfant, ce n'est pas difficile.

---

1. Toucher, blesser cruellement. L'incise oralise l'écriture, qui se rapproche du parler populaire. **2.** Terrifiant. **3.** Instrument de torture. **4.** Le discours qui va suivre est un avatar de celui de la grand-mère dans « Souvenir de la nuit du 4 » décembre 1851 (*Châtiments*), pleurant son petit-fils mort dans la répression des quartiers populaires de Paris, lui-même reprenant le discours du bouffon Triboulet devant le cadavre de sa fille, dont il a involontairement scellé la mort (*Le Roi s'amuse*, V, 5). Il est aussi un écho des cris de la sachette (voir note 6, p. 329), et le sombre reflet, au plus-que-parfait, des cris du satyre (VIII) et de l'aigle (XII). **5.** Les cris de Final désarticulent les phrases par la multiplication des enjambements. Le vers est ainsi, *avec* le prosaïsme du style, l'instrument lyrique de l'expression des émotions trop accablantes et trop révoltantes pour ne pas briser l'ordre du beau langage. **6.** Le malheur des grands leur fait rejoindre le monde de la misère, de la « pauvre femme » qu'est Doña Sol à la fin

Tout à l'heure, j'étais tranquille, ayant peu vu
Qu'on tuât des enfants, et je disais : « Pourvu[1]
» Qu'Isora vive, eh bien ! après cela, qu'importe ! »
980 Mais l'enfant ! Ô mon Dieu ! c'est donc vrai qu'elle
[est morte !
Penser que nous étions là tous deux hier encor !
Elle allait et venait dans un gai rayon d'or ;
Cela jouait toujours, pauvre mouche éphémère !
C'était la petite âme errante de sa mère[2] !
985 Le soir, elle posait son doux front sur mon sein,
Et dormait... — Ah ! brigand ! assassin ! assassin ! »

Il se dressait, et tout tremblait dans le repaire,
Tant c'était la douleur d'un lion[3] et d'un père,
Le deuil, l'horreur, et tant ce sanglot rugissait[4] !

990 « Et moi qui, ce matin, lui nouais son corset !
Je disais : « Fais-toi belle, enfant ! » Je parais l'ange
Pour le spectre ! — Oh ! ris donc là-bas, femme de
[fange !
Riez tous[5] ! Idiot, en effet, moi qui crois
Qu'on peut se confier aux paroles des rois
995 Et qu'un hôte n'est pas une bête féroce !
Le roi, les chevaliers, l'évêque avec sa crosse,
Ils sont venus, j'ai dit : « Entrez » ; c'étaient des loups !
Est-ce qu'ils ont marché sur elle avec des clous
Qu'elle est toute meurtrie ? Est-ce qu'ils l'ont battue ?
1000 Et voilà maintenant nos filles qu'on nous tue

---

d'*Hernani* à ce « vieux misérable imbécile ». Solidarité des souffrances, contre tous les heureux, les tyrans, les Olympiens. La fraternité positive du marquis et du peuple s'assombrit.

1. Autre enjambement particulièrement violent, puisqu'il coupe en deux une locution conjonctive. Voir note 5, p. 348. **2.** Voir note 4, p. 327. **3.** Voir note 1, p. 320. **4.** Fusion de l'héroïque et du pathétique. Voir *William Shakespeare*, II, 2 : « Les écrivains fils de la Révolution ont une tâche sainte. Ô Homère, il faut que leur épopée pleure... » et Présentation, p. 35-36. **5.** Le public des rieurs théâtralise le discours de Fabrice. Voir note 3, p. 345.

Pour voler un vieux casque en vieil or de ducat[1] !
Je voudrais que quelqu'un d'honnête m'expliquât
Cet événement-ci, voilà ma fille morte !
Dire qu'un empereur vient avec une escorte,
1005 Et que des gens nommés Farnèse, Spinola,
Malaspina, Cibo[2], font de ces choses-là,
Et qu'on se met à cent, à mille, avec ce prêtre,
Ces femmes, pour venir prendre un enfant en traître,
Et que l'enfant est là, mort, et que c'est un jeu ;
1010 C'est à se demander s'il est encore un Dieu,
Et si, demain, après de si lâches désastres,
Quelqu'un osera faire encor lever les astres !
M'avoir assassiné ce petit être-là !
Mais c'est affreux d'avoir à se mettre cela
1015 Dans la tête, que c'est fini, qu'ils l'ont tuée,
Qu'elle est morte ! — Oh ! ce fils de la prostituée[3],
Ce Ratbert, comme il m'a hideusement trompé !
Ô Dieu ! de quel démon est cet homme échappé ?
Vraiment ! est-ce donc trop espérer que de croire
1020 Qu'on ne va point, par ruse et par trahison noire,
Massacrer des enfants, broyer des orphelins,
Des anges, de clarté céleste encor tout pleins[4] !
Mais c'est qu'elle est là morte, immobile, insensible !
Je n'aurais jamais cru que cela fût possible.
1025 Il faut être le fils de cette infâme Agnès[5] !
Rois ! j'avais tort jadis quand je vous épargnais,
Quand, pouvant vous briser au front le diadème,
Je vous lâchais, j'étais un scélérat moi-même,
J'étais un meurtrier d'avoir pitié de vous[6] !
1030 Oui, j'aurais dû vous tordre entre mes serres, tous !
Est-ce qu'il est permis d'aller dans les abîmes
Reculer la limite effroyable des crimes,

---

1. Voir note 5, p. 330. **2.** Tous ces très grands noms de l'Italie d'alors ont été présentés en VII, 1, pp. 304 *sqq.* **3.** Voir note 7, p. 307. **4.** Voir note 4, p. 327. **5.** Voir note 7, p. 307. **6.** Question centrale des limites de la pitié et de l'amour en politique. La pitié des héros peut aider les tyrans. Voir « Welf, castellan d'Osbor » (*Nouvelle Série*).

De voler, oui, ce sont des vols, de faire un tas
D'abominations, de maux et d'attentats,
1035 De tuer des enfants et de tuer des femmes,
Sous prétexte qu'on fut, parmi les oriflammes
Et les clairons[1], sacré devant le monde entier
Par Urbain Quatre, pape et fils d'un savetier[2] !
Que voulez-vous qu'on fasse à de tels misérables[3] !
1040 Avoir mis son doigt noir sur ces yeux adorables !
Ce chef-d'œuvre du Dieu vivant, l'avoir détruit !
Quelle mamelle d'ombre et d'horreur et de nuit,
Dieu juste, a donc été de ce monstre nourrice ?
Un tel homme suffit pour qu'un siècle pourrisse.
1045 Plus de bien ni de mal, plus de droit, plus de lois.
Est-ce que le tonnerre est absent quelquefois ?
Est-ce qu'il n'est pas temps que la foudre se prouve,
Cieux profonds, en broyant ce chien, fils de la louve ?
Oh ! sois maudit, maudit, maudit, et sois maudit,
1050 Ratbert, empereur, roi, césar[4], escroc, bandit[5] !
Ô grand vainqueur d'enfants de cinq ans ! maudits
[soient
Les pas que font tes pieds, les jours que tes yeux voient,
Et la gueuse[6] qui t'offre en riant son sein nu,
Et ta mère publique[7], et ton père inconnu !
1055 Terre et cieux ! c'est pourtant bien le moins qu'un
[doux être
Qui joue à notre porte et sous notre fenêtre,
Qui ne fait rien que rire et courir dans les fleurs,
Et qu'emplir de soleil nos pauvres yeux en pleurs,
Ait le droit de jouir de l'aube qui l'enivre,
1060 Puisque les empereurs laissent les forçats vivre,

---

1. Les oriflammes (petits étendards, à l'origine du roi de France) et les clairons font ici de l'épique un instrument de sacralisation des tyrans. **2.** Détail emprunté à Moréri, sur lequel se superpose la satire de Pie IX. Voir *Châtiments*, V, 2. **3.** Voir note 7, p. 256. **4.** Voir note 4, p. 97. **5.** À lire en regard de l'éloge des chanteurs grecs qui « Chantent Ratbert, césar, roi, vainqueur, dieu, génie », p. 341. **6.** Matha est ici une prostituée. **7.** Voir note 7, p. 307. La mère publique a remplacé la ré-publique.

Et puisque Dieu, témoin des deuils et des horreurs,
Laisse sous le ciel noir vivre les empereurs[1] ! »

XV

LES DEUX TÊTES.

Ratbert, en ce moment, distrait jusqu'à sourire[2],
Écoutait Afranus à voix basse lui dire :
1065 « Majesté, le caveau du trésor est trouvé[3]. »

L'aïeul pleurait.

« Un chien, au coin des murs crevé,
Est un être enviable auprès de moi. Va, pille,
Vole, égorge, empereur ! Ô ma petite fille,
Parle-moi ! Rendez-moi mon doux ange, ô mon Dieu !
1070 Elle ne va donc pas me regarder un peu ?
Mon enfant ! tous les jours nous allions dans les lierres.
Tu disais : « Vois les fleurs », et moi : « Prends garde [aux pierres. »
Et je la regardais, et je crois qu'un rocher
Se fût attendri rien qu'en la voyant marcher.
1075 Hélas ! avoir eu foi dans ce monstrueux drôle[4] !
Mets ta tête adorée auprès de mon épaule.
Est-ce que tu m'en veux ? C'est moi qui suis là ! Dis,
Tu n'ouvriras donc plus tes yeux du paradis !
Je n'entendrai donc plus ta voix, pauvre petite !

---

1. L'horreur historique est un défi à la foi. **2.** Nouveau sourire de Ratbert, dans lequel se réverbère celui de Satan. Voir p. 315 et la note 8, p. 320 et la note 7. Comme le plus souvent chez Hugo, le discours pathétique, efficace sur le lecteur, ne l'est pas sur son destinataire premier. Distorsion révoltante qui relève d'une politique de l'émotion, dans la conjonction de la compassion et de la rébellion. **3.** Ironie des conditions d'énonciation : pendant que le « sanglot [de Fabrice] rugissait », les hommes de Ratbert, sous la surveillance de l'évêque, cherchaient le trésor des Final. **4.** Voir note 4, p. 139. Utilisation d'un vocable classique pour pointer de manière révolutionnaire (mais sans efficacité) le caractère grotesque du tyran.

1080 Tout ce qui me tenait aux entrailles me quitte ;
Et ce sera mon sort, à moi, le vieux vainqueur,
Qu'à deux reprises Dieu m'ait arraché le cœur,
Et qu'il ait retiré de ma poitrine amère
L'enfant, après m'avoir ôté du flanc la mère !
1085 Mon Dieu, pourquoi m'avoir pris cet être si doux ?
Je n'étais pourtant pas révolté contre vous,
Et je consentais presque à ne plus avoir qu'elle[1].
Morte ! et moi, je suis là, stupide, qui l'appelle !
Oh ! si je n'avais pas les bras liés, je crois
1090 Que je réchaufferais ses pauvres membres froids ;
Comme ils l'ont fait souffrir ! La corde l'a coupée.
Elle saigne. »

Ratbert, blême et la main crispée,
Le voyant à genoux sur son ange dormant,
Dit : « Porte-glaive[2], il est ainsi commodément. »
1095 Le porte-glaive fit, n'étant qu'un misérable[3],
Tomber sur l'enfant mort la tête vénérable.

Et voici ce qu'on vit dans ce même instant-là :
La tête de Ratbert sur le pavé roula,
Hideuse, comme si le même coup d'épée,
1100 Frappant deux fois, l'avait avec l'autre coupée[4].

L'horreur fut inouïe ; et, tous se retournant,
Sur le grand fauteuil d'or du trône rayonnant
Aperçurent le corps de l'empereur sans tête,
Et son cou d'où sortait, dans un bruit de tempête,

---

1. Nouvelle reprise de l'élégie de « Pauca meae » *(Les Contemplations)*, ultime communion de Hugo et de son dernier grand héros du Moyen Âge dans la souffrance intime. Voir note 2, p. 328. **2.** Voir note 4, p. 121. **3.** Voir note 7, p. 256. **4.** Le dernier poème de « L'Italie. — Ratbert » pourrait s'intituler, comme la section IX de la *Nouvelle Série*, « Avertissements et châtiments », ou, comme le recueil de 1853, « Châtiments ».

1105 Un flot rouge, un sanglot de pourpre[1], éclaboussant
Les convives, le trône et la table, de sang.

Alors, dans la clarté d'abîme et de vertige
Qui marque le passage énorme d'un prodige[2],
Des deux têtes on vit l'une, celle du roi,
1110 Entrer sous terre et fuir dans le gouffre d'effroi
Dont l'expiation[3] formidable est la règle,
Et l'autre s'envoler avec des ailes d'aigle.

XVI

Après justice faite.

L'ombre couvre à présent Ratbert, l'homme de nuit.
Nos pères — c'est ainsi qu'un nom s'évanouit —
1115 Défendaient d'en parler, et du mur de l'histoire
Les ans ont effacé cette vision noire[4].

Le glaive[5] qui frappa ne fut point aperçu ;
D'où vint ce sombre coup, personne ne l'a su[6] ;
Seulement, ce soir-là, bêchant pour se distraire[7],
1120 Héraclius le Chauve, abbé de Joug-Dieu[8], frère

---

1. Voir note 3, p. 205. Ce sanglot de pourpre est la façon dont le tyran pleure, après avoir ordonné à Fabrice de pleurer. La loi que le prodige accomplit est celle, archaïque, du talion, en ces temps de désastres où la pitié et la « confiance » sont piégées. **2.** Voir note 2, p. 55. Le prodige ici cependant tient bien du miracle de la légende médiévale, et du merveilleux des épopées chrétiennes : la sortie hors du Moyen Âge (non pas machiavélienne et infâme, mais progressiste et épique) se fait *avec les moyens du bord*. **3.** Autre raccordement net aux *Châtiments*, dont l'un des plus célèbres poèmes épico-satiriques, « Expiation », évoque l'expiation du 18 Brumaire de Napoléon Ier par la farce de l'homme du 2 Décembre. **4.** *La Légende* brise les tabous de l'Histoire. **5.** Voir note 4, p. 121. **6.** Le « sombre coup » du prodige est invisible et inconnaissable. **7.** Le détail évoque à lui seul un tout autre christianisme que celui qui marque le reste du poème. Sa distraction est l'envers positif de celle de Ratbert, page 352. **8.** Noms trouvés à l'article « Beaujeu » de Moréri. Cet évêque est sous le joug de Dieu.

D'Acceptus [1], archevêque et primat [2] de Lyon [3],
Étant aux champs avec le diacre [4] Pollion,
Vit, dans les profondeurs par les vents remuées,
Un archange [5] essuyer son épée aux nuées.

---

1. Voir note 6, p. 305. **2.** Prélat ayant prééminence sur plusieurs archevêques et évêques. Le titre de primat des Gaules, initialement attribué à l'archevêque d'Arles, est dévolu à l'archevêque de Lyon depuis 1079. **3.** L'archange du châtiment est visible en France. **4.** Clerc qui n'a pas encore reçu la prêtrise. **5.** Voir notes 7, p. 168 et 2, p. 354.

« Sournois, pour se jeter sur elle, il profitait
Du moment où la nymphe, à l'heure où tout se tait,
Éclatante, apparaît dans le miroir des sources... »
(VIII, « Le satyre », vv. 33-35)

« Regardant dans le bain des femmes », dessin à l'encre brune de Victor Hugo, vers 1864-1869.

VIII

SEIZIÈME SIÈCLE. — RENAISSANCE. — PAGANISME[1]

1. La division séculaire du temps historique apparaît pour la première fois dans cette section qui, à travers la « Renaissance », se situe tout entière dans le monde de la mythologie gréco-romaine, absent des premières sections. Après la lente traversée de la mort du Moyen Âge, le XVIe siècle apparaît — à la place de la Révolution — comme la grande relance de l'énergie du Progrès. Relance à la lettre révolutionnaire, et pivot du recueil, puisque c'est à partir du retour au paganisme antique, du « mystère païen retrouvé », du « monde païen retrouvé », du « poëme païen retrouvé » (sous-titres envisagés par Hugo) que s'inventent les Temps modernes et que se transfigure l'Histoire. Ce n'est pas la Réforme, c'est une révolution mythologique qui fait du XVIe siècle la plaque tournante des siècles. Mythe de la sortie du mythe, « Le satyre » fait involuer l'Histoire dans l'espace-temps des Olympiens (figures de toutes les tyrannies), pour les anéantir et laisser place à « Tout ». Victoire de l'immanence, de la grande Nature, de l'Homme, de l'Inconnu. La prophétie du satyre désormais travaillera irréversiblement tous les désastres, jusqu'à sa confirmation en « plein ciel » du « XXe siècle ».

« *Faune ayant de la terre encore à ses sabots...* »
(VIII, « Le satyre », 1, v. 81)

Victor Hugo, dessin d'homme à tête de bouc (1865).

LE SATYRE[1]

PROLOGUE[2]

LE SATYRE

Un satyre habitait l'Olympe[3], retiré
Dans le grand bois sauvage au pied du mont sacré ;
Il vivait là, chassant, rêvant, parmi les branches ;
Nuit et jour, poursuivant les vagues formes blanches,
5 Il tenait à l'affût les douze ou quinze sens
Qu'un faune peut braquer sur les plaisirs passants.
Qu'était-ce que ce faune[4] ? On l'ignorait ; et Flore[5]
Ne le connaissait point, ni Vesper[6], ni l'Aurore[7]
Qui sait tout, surprenant le regard du réveil ;
10 On avait beau parler à l'églantier vermeil,
Interroger le nid, questionner le souffle,
Personne ne savait le nom de ce maroufle[8].
Les sorciers dénombraient presque tous les sylvains[9] ;
Les ægipans[10] étant fameux comme les vins,

---

1. Voir note 6, p. 205. **2.** Texte introductif, en particulier dans le théâtre antique. **3.** Montagne grecque, demeure des dieux antiques. Le modèle de tous les espaces tyranniques chez Hugo. **4.** Voir note 4, p. 206. **5.** Divinité latine des fleurs et du printemps. **6.** Noël renvoie *Vesper* au titan Hesper, « le plus recommandable par sa justice et sa bonté ». Le peuple lui consacra la plus brillante des étoiles, nommée Vénus le matin et Hesper ou *Vesper* le soir. **7.** La déesse « matinale », « aux doigts de rose », que chante Homère. **8.** Homme grossier, fripon (le mot date de la Renaissance, et est archaïque). Le satyre est « le dieu des bas-fonds » (Albouy). **9.** Divinités latines des forêts. **10.** Voir note 7, p. 205.

15 En voyant la colline on nommait le satyre ;
On connaissait Stulcas, faune de Pallantyre[1],
Gès[2], qui, le soir, riait sur le Ménale[3] assis,
Bos[4], l'ægipan de Crète ; on entendait Chrysis[5],
Sylvain du Ptyx[6] que l'homme appelle Janicule[7],
20 Qui jouait de la flûte au fond du crépuscule ;
Anthrops[8], faune du Pinde[9], était cité partout ;
Celui-ci, nulle part ; les uns le disaient loup ;
D'autres le disaient dieu, prétendant s'y connaître ;
Mais, en tout cas, qu'il fût tout ce qu'il pouvait être,
25 C'était un garnement de dieu fort mal famé[10].

Tout craignait ce sylvain à toute heure allumé ;
La bacchante[11] elle-même en tremblait ; les napées[12]
S'allaient blottir aux trous des roches escarpées ;
Écho[13] barricadait son antre trop peu sûr ;
30 Pour ce songeur velu, fait de fange et d'azur,
L'andryade[14] en sa grotte était dans une alcôve[15] ;
De la forêt profonde il était l'amant fauve ;
Sournois, pour se jeter sur elle, il profitait
Du moment où la nymphe[16], à l'heure où tout se tait,
35 Éclatante, apparaît dans le miroir des sources ;
Il arrêtait Lycère et Chloé[17] dans leurs courses :

---

1. Ces deux noms propres semblent des inventions hugoliennes. **2.** Invention inspirée de « γῆ », la terre, dont sont issus les satyres. **3.** Montagne de l'Arcadie, séjour prétendu du bonheur pastoral. **4.** Nom du bœuf en latin. **5.** Nom d'une prêtresse de Junon. **6.** Invention hugolienne. **7.** Colline romaine. **8.** Nom forgé, sur le modèle des noms des Centaures, à partir du mot grec « ανθρωπος » (l'Homme). **9.** Montagne thessalienne, consacrée aux Muses et à Apollon. **10.** Qui a mauvaise réputation — la *fama* est la gloire qui accompagne le héros. Ce « garnement » a quelque chose d'un Gavroche qui ne mourrait pas sur les barricades. **11.** Femme du cortège de Dionysos, chantant et dansant dans un délire extatique sans frein. **12.** Nymphes des prairies et des bocages. **13.** Une légende veut que cette nymphe, aimée de Pan sans retour, fut frappée par lui de mutisme, ne gardant que le pouvoir de répétition. **14.** Invention ou confusion de Hugo. **15.** Voir note 2, p. 278. **16.** Voir note 2, page 206. **17.** Lycère est une fantaisie hugolienne et Chloé l'héroïne du célèbre roman grec de Longus, *Daphnis et Chloé*. Elles sont ici des nymphes.

Il guettait, dans les lacs qu'ombrage le bouleau,
La naïade[1] qu'on voit radieuse sous l'eau
Comme une étoile ayant la forme d'une femme ;
40 Son œil lascif errait la nuit comme une flamme ;
Il pillait les appas[2] splendides de l'été ;
Il adorait la fleur, cette naïveté ;
Il couvait d'une tendre et vaste convoitise
Le muguet, le troëne embaumé, le cytise,
45 Et ne s'endormait pas même avec le pavot[3] ;
Ce libertin était à la rose dévot ;
Il était fort infâme au mois de mai ; cet être
Traitait, regardant tout comme par la fenêtre,
Flore[4] de mijaurée[5] et Zéphir[6] de marmot ;
50 Si l'eau murmurait : « J'aime ! » il la prenait au mot,
Et saisissait l'Ondée en fuite sous les herbes ;
Ivre de leurs parfums, vautré parmi leurs gerbes,
Il faisait une telle orgie avec les lys,
Les myrtes[7], les sorbiers de ses baisers pâlis,
55 Et de telles amours, que, témoin du désordre,
Le chardon, ce jaloux, s'efforçait de le mordre ;
Il s'était si crûment dans les excès plongé
Qu'il était dénoncé par la caille et le geai ;
Son bras, toujours tendu vers quelque blonde tresse,
60 Traversait l'ombre ; après les mois de sécheresse,
Les rivières, qui n'ont qu'un voile de vapeur,
Allant remplir leur urne à la pluie, avaient peur
De rencontrer sa face effrontée et cornue ;
Un jour, se croyant seule et s'étant mise nue

---

1. Nymphe des sources. **2.** Attraits charnels. **3.** Le troène est un arbuste à fleurs blanches et à baies noires. Cytise est le nom d'un arbrisseau de la même famille que le genêt, fréquemment évoqué dans les *Bucoliques* de Virgile. On extrait l'opium du pavot. **4.** Voir note 5, p. 359. **5.** Familier : fille ou femme aux manières prétentieuses. **6.** Personnification divine du vent printanier sous la forme d'un jeune homme amoureux. **7.** Arbrisseau dont le feuillage était dans l'Antiquité emblème de gloire.

65 Pour se baigner au flot d'un ruisseau clair, Psyché [1]
L'aperçut tout à coup dans les feuilles caché,
Et s'enfuit, et s'alla plaindre dans l'empyrée [2] ;
Il avait l'innocence impudique de Rhée [3] ;
Son caprice, à la fois divin et bestial,
70 Montait jusqu'au rocher sacré de l'idéal,
Car partout où l'oiseau vole, la chèvre y grimpe [4] ;
Ce faune débraillait la forêt de l'Olympe ;
Et, de plus, il était voleur, l'aventurier [5].
Hercule [6] l'alla prendre au fond de son terrier,
75 Et l'amena devant Jupiter [7] par l'oreille.

---

1. Traitement ironique du mythe de Psyché, cette belle fille de roi, promise à un monstre par Vénus, mais aimée de Cupidon et finalement, après bien des épreuves, acceptée dans le monde des dieux. Mythe de l'âme humaine accédant à l'amour spiritualisé après être passée par les épreuves de la passion, Psyché est congédiée par le poème, au nom d'un naturalisme qui entend mettre à bas tous les olympes, figures d'une transcendance répressive. On se souvient que l'affreux Afranus traduit en vers *Psyché* (VII, 1, p. 312 et la note 11). **2.** La plus élevée des quatre sphères célestes, habitée par les dieux. **3.** Fille du Ciel et de la Terre, sœur des Titans et mère de Jupiter, elle figure ici de manière positive l'éros primitif, « l'innocence impudique » la rapprochant d'Ève. **4.** Jonction du réel jugé trivial et de l'idéal, du charnel et du divin, du grotesque et du sublime, qui préfère l'escalade du faune à l'élévation de Psyché, au nom de ce « goût supérieur » « qui, au milieu du *Printemps* de Jordaëns, où se dresse debout une Ève qui est aussi une Hébé, assoit le satyre à terre, dirige étrangement ce regard sauvage, et révèle par l'éclair d'un œil de faune le mystère ineffable qui est dans la chair » (« Le Goût », *Proses philosophiques de 1860-1865*). **5.** Le terme d'*aventurier* le rapproche d'Eviradnus, celui de *voleur* de toute la série des personnages de gueux qui s'opposent dans l'œuvre de Hugo aux grands bandits — dieux, rois, tyrans, et en particulier ici au « brigandage » de Cupidon (p. 367). **6.** Voir note 5, p. 156. **7.** Le maître du panthéon romain, souverain du Ciel et de la Terre. Il s'incarna dans la personne des empereurs, qui, pour augmenter leur prestige, n'hésitèrent pas à s'attribuer ses titres.

I

LE BLEU [1]

Quand le satyre fut sur la cime vermeille,
Quand il vit l'escalier céleste commençant,
On eût dit qu'il tremblait, tant c'était ravissant !
Et que, rictus ouvert au vent, tête éblouie
80 À la fois par les yeux, l'odorat et l'ouïe,
Faune ayant de la terre encore à ses sabots,
Il frissonnait devant les cieux sereins et beaux ;
Quoique à peine fût-il au seuil de la caverne
De rayons et d'éclairs que Jupiter gouverne,
85 Il contemplait l'azur, des pléiades [2] voisin ;
Béant [3], il regardait passer, comme un essaim
De molles nudités sans fin continuées,
Toutes ces déités que nous nommons nuées.
C'était l'heure où sortaient les chevaux du soleil [4].
90 Le ciel, tout frémissant du glorieux réveil,
Ouvrait les deux battants de sa porte sonore ;
Blancs, ils apparaissaient formidables d'aurore ;
Derrière eux, comme un orbe [5] effrayant, couvert [d'yeux,
Éclatait la rondeur du grand char radieux ;
95 On distinguait le bras du dieu qui les dirige ;
Aquilon [6] achevait d'atteler le quadrige ;
Les quatre ardents chevaux dressaient leur poitrail d'or ;
Faisant leurs premiers pas, ils se cabraient encor
Entre la zone obscure et la zone enflammée ;

---

1. La couleur du bonheur comme réconciliation de l'Homme avec la Nature, dans « le langage de la vraie poésie », selon le philosophe Ursus : « Avoir des petits, c'est là le bleu » (*L'Homme qui rit*, II, II, 11). **2.** Les sept filles du titan Atlas transformées en étoiles dans la constellation du Taureau, à la place des poètes de la Pléiade, et du tableau direct de la Renaissance. **3.** Voir note 5, p. 132. **4.** Les chevaux du quadrige (voir note 4, p. 276) d'Apollon-Phébus, dieu solaire. **5.** Espace circonscrit par la courbe d'un corps céleste. **6.** Voir note 1, p. 60.

100 De leur crins, d'où semblait sortir une fumée
De perles, de saphyrs, d'onyx, de diamants,
Dispersée et fuyante au fond des éléments,
Les trois premiers, l'œil fier, la narine embrasée,
Secouaient dans le jour des gouttes de rosée ;
105 Le dernier secouait des astres dans la nuit.

Le ciel, le jour qui monte et qui s'épanouit,
La terre qui s'efface et l'ombre qui se dore,
Ces hauteurs, ces splendeurs, ces chevaux de l'aurore
Dont le hennissement provoque l'infini,
110 Tout cet ensemble auguste[1], heureux, calme, béni,
Puissant, pur, rayonnait ; un coin était farouche ;
Là brillaient, près de l'antre où Gorgone[2] se couche,
Les armes de chacun des grands dieux que l'autan[3]
Gardait sévère, assis sur des os de titan[4] ;
115 Là reposait la Force avec la Violence[5] ;
On voyait, chauds encor, fumer les fers de lance ;
On voyait des lambeaux de chair aux coutelas[6]
De Bellone[7], de Mars[8], d'Hécate[9] et de Pallas[10],
Des cheveux au trident[11] et du sang à la foudre[12].

---

1. Voir note 1, p. 63. **2.** Voir note 1, p. 117. **3.** Voir note 2, p. 218. **4.** Souvenir de la répression des Titans (voir note 1, p. 218), sur laquelle s'est fondée la puissance olympienne. Voir, dans la *Nouvelle Série*, « Entre géants et dieux ». **5.** Eschyle dans *Prométhée* montre ces deux divinités enchaînant le titan Prométhée. En creux, le texte suggère de lire « Le satyre » comme un nouveau *Prométhée* — comme lui « du parti des titans », mais plus hanté des nymphes que des Euménides, pour plagier *William Shakespeare* (I, II, 3). Le souvenir de la révolte vaincue des titans en appelle à la révolution du « garnement de dieu ». **6.** Voir note 3, p. 209. Les Olympiens ont la même arme que les infants du « Petit Roi de Galice ». **7.** « Sœur ou femme de Mars, auquel elle était égale en puissance » (Noël). **8.** Première apparition dans l'épopée hugolienne du dieu antique de la guerre. **9.** Autre nom de Diane. Divinité infernale, vénérée comme divinité de la magie et des enchantements. Diane est d'abord la déesse de la chasse. **10.** Surnom d'Athéna, une des douze grandes divinités de l'Olympe, dont la sagesse aida les Olympiens à vaincre les Géants. Déesse de la guerre et protectrice de l'État. **11.** De Poséidon, dieu des eaux. **12.** De Jupiter.

120 Si le grain pouvait voir la meule prête à moudre,
Si la ronce du bouc apercevait la dent,
Ils auraient l'air pensif du sylvain [1], regardant
Les armures des dieux dans le bleu vestiaire [2] ;
Il entra dans le ciel ; car le grand bestiaire [3]
125 Tenait sa large oreille et ne le lâchait pas ;
Le bon faune crevait l'azur à chaque pas ;
Il boitait, tout gêné de sa fange première [4] ;
Son pied fourchu faisait des trous dans la lumière,
La monstruosité brutale du sylvain
130 Étant lourde et hideuse au nuage divin [5].
Il avançait, ayant devant lui le grand voile
Sous lequel le matin glisse sa fraîche étoile ;
Soudain il se courba sous un flot de clarté,
Et, le rideau s'étant tout à coup écarté,
135 Dans leur immense joie il vit les dieux terribles.

Ces êtres surprenants et forts, ces invisibles,
Ces inconnus profonds de l'abîme, étaient là.
Sur douze trônes d'or que Vulcain [6] cisela,
À la table où jamais on ne se rassasie,
140 Ils buvaient le nectar [7] et mangeaient l'ambroisie [8].
Vénus [9] était devant et Jupiter au fond.
Cypris [10], sur la blancheur d'une écume qui fond,
Reposait mollement, nue et surnaturelle,
Ceinte du flamboiement des yeux fixés sur elle,
145 Et, par moments, avec l'encens, les cœurs, les vœux,
Toute la mer semblait flotter dans ses cheveux.

---

1. Voir note 9, p. 359. **2.** Nouvelle salle d'armes, après celle du burg Corbus (V, 2). **3.** Hercule apparaît ici en gladiateur romain luttant contre les bêtes féroces du cirque des Olympiens. **4.** Les satyres sont nés de la terre. **5.** Opposition du rustre grotesque, « lourd », au sublimé, à l'aérien « nuage divin », que récusera le grandissement sublime du satyre. **6.** Voir les notes 2, p. 70, 7, p. 113 et 6, p. 206. **7.** Boisson des dieux. **8.** Nourriture des dieux, source d'immortalité, comme le nectar. **9.** La déesse de l'amour est au premier plan du festin et du poème : la révolution du satyre est une révolution érotique. **10.** Autre nom de Vénus/Aphrodite. La déesse de l'amour se dédouble.

Jupiter aux trois yeux[1] songeait, un pied sur l'aigle[2] ;
Son sceptre était un arbre ayant pour fleur la règle ;
On voyait dans ses yeux le monde commencé ;
150 Et dans l'un le présent, dans l'autre le passé ;
Dans le troisième errait l'avenir comme un songe[3] ;
Il ressemblait au gouffre où le soleil se plonge ;
Des femmes, Danaé[4], Latone[5], Sémélé[6],
Flottaient dans son regard[7] ; sous son sourcil voilé,
155 Sa volonté parlait à sa toute-puissance ;
La nécessité morne était sa réticence ;
Il assignait les sorts ; et ses réflexions
Étaient gloire aux Cadmus[8] et roue aux Ixions[9] ;
Sa rêverie, où l'ombre affreuse venait faire
160 Des taches de noirceur sur un fond de lumière,
Était comme la peau du léopard tigré ;
Selon qu'ils s'écartaient ou s'approchaient, au gré
De ses décisions clémentes ou funèbres,
Son pouce et son index faisaient dans les ténèbres
165 S'ouvrir ou se fermer les ciseaux d'Atropos[10] ;
La radieuse paix naissait de son repos,
Et la guerre sortait du pli de sa narine ;

---

1. Figuration fréquente de Jupiter, symbolisant sa capacité à voir le ciel, la terre, les enfers, ou encore le passé, le présent et l'avenir. **2.** L'aigle est l'attribut symbolique de Jupiter, de l'empereur d'Allemagne, et des deux Napoléon. **3.** Le satyre bientôt prendra la relève de cette projection onirique dans l'avenir. **4.** Jupiter s'est changé en pluie d'or pour s'unir à cette princesse d'Argos que son père enfermait dans une tour. **5.** Cette titanide eut de Zeus Apollon et Artémis. **6.** Sous les traits d'un mortel, Zeus s'unit à Sémélé. Celle-ci, apprenant son identité, voulut le voir dans sa splendeur divine. La foudre du dieu la réduisit en cendres. De leur union naquit Dionysos. **7.** Libertinage inquiétant, en regard du débraillement du faune. **8.** Roi fondateur de Thèbes, aidé des Olympiens (il avait épousé la fille d'Arès et d'Aphrodite, Harmonie, et les dieux avaient honoré son mariage). **9.** Le premier homme à avoir attenté à la vie d'un membre de sa famille : une sorte de Caïn grec. Sauvé de la vindicte humaine par Zeus, qui l'éleva jusqu'à l'Olympe, il fut condamné par ce même Zeus lorsque celui-ci le vit tenter de s'unir à sa femme Héra. Il fut attaché à une roue enflammée et ailée, tournant éternellement. **10.** Une des trois Parques, ou Destinées. Ses ciseaux coupent le fil de la vie. Zeus est donc ici présenté comme le maître du destin.

Il méditait, avec Thémis[1] dans sa poitrine,
Calme, et si patient que les sœurs d'Arachné[2],
170 Entre le froid conseil de Minerve[3] émané
Et l'ordre redoutable attendu par Mercure[4],
Filaient leur toile au fond de sa pensée obscure.

Derrière Jupiter rayonnait Cupidon[5],
L'enfant cruel, sans pleurs, sans remords, sans pardon,
175 Qui, le jour qu'il naquit, riait, se sentant d'âge
À commencer, du haut des cieux, son brigandage[6].

L'univers apaisé, content, mélodieux,
Faisait une musique autour des vastes dieux ;
Partout où le regard tombait, c'était splendide ;
180 Toute l'immensité n'avait pas une ride ;
Le ciel réverbérait autour d'eux leur beauté ;
Le monde les louait pour l'avoir bien dompté ;
La bête aimait leurs arcs, l'homme adorait leurs
[piques[7] ;
Ils savouraient, ainsi que des fruits magnifiques,
185 Leurs attentats bénis, heureux, inexpiés ;
Les haines devenaient des lyres sous leurs pieds,
Et même la clameur du triste lac Stymphale[8],

1. Titanide, deuxième épouse de Zeus, avec qui elle conçut les Destinées. Mais elle eut aussi, d'un Titan, Prométhée. Dans la mythologie grecque, elle a une connaissance de l'avenir supérieure à celle de Zeus. **2.** Mortelle qui prétendit surpasser Minerve dans l'art de la broderie. Pour la punir, Minerve détruisit ses instruments de travail et la transforma en araignée. **3.** Déesse romaine du logis, rapidement identifiée à Athéna (voir note 10, p. 364). **4.** Équivalent latin d'Hermès, messager des dieux, dieu de la communication — commerce, voyages, éloquence. **5.** Nom latin d'Éros, le dieu du désir charnel, représenté comme un enfant ailé, blessant de son arc les amants. **6.** Il est le double olympien du satyre. Voir p. 362 et note 5. **7.** Servitude volontaire des animaux et des hommes à la tyrannie olympienne. **8.** Hugo infléchit polémiquement le mythe des oiseaux du lac Stymphale, qui étaient des monstres se nourrissant de chair humaine. Athéna donna à Hercule / Héraclès les cymbales d'airain qui les épouvantèrent, et il les extermina.

Partie horrible et rauque, arrivait triomphale[1].

Au-dessus de l'Olympe éclatant, au delà
190 Du nouveau ciel qui naît et du vieux qui croula[2],
Plus loin que les chaos, prodigieux décombres[3],
Tournait la roue énorme aux douze cages sombres,
Le Zodiaque[4], ayant autour de ses essieux
Douze spectres tordant leur chaîne dans les cieux ;
195 Ouverture du puits de l'infini sans borne ;
Cercle horrible où le chien fuit près du capricorne ;
Orbe[5] inouï, mêlant dans l'azur nébuleux
Aux lions constellés les sagittaires bleus.

Jadis, longtemps avant que la lyre thébaine[6]
200 Ajoutât des clous d'or à sa conque d'ébène[7],
Ces êtres merveilleux que le Destin conduit[8],
Étaient tout noirs, ayant pour mère l'âpre Nuit ;
Lorsque le Jour parut, il leur livra bataille ;
Lutte affreuse ! il vainquit ; l'Ombre encore en
[tressaille ;
205 De sorte que, percés des flèches d'Apollon[9],
Tous ces monstres, partout, de la tête au talon,
En souvenir du sombre et lumineux désastre,
Ont maintenant la plaie incurable d'un astre.

---

1. Version olympienne, cauchemardesque, des louanges de la poésie courtisane. **2.** Rappel du fait que les Olympiens sont des « parvenus », dont la puissance se compose des ruines des anciens dieux. **3.** Voir note 5, p. 71. **4.** Ensemble des lieux célestes que parcourt le soleil dans l'année, le zodiaque est divisé en douze constellations, douze monstres, douze signes ; il apparaît fréquemment dans les représentations de l'Olympe. Hugo le fait parler dans « L'abîme » (1853, *Nouvelle Série*). Il est le rouage d'un ordre invisible et fatal. **5.** Voir note 5, p. 363. **6.** De Thèbes. Voir note 1, p. 283. Associée surtout à la figure du Sphinx (voir p. 388), Thèbes ici suggère un lien essentiel entre lyrisme et énigme. **7.** Grande coquille concave, noire comme le précieux bois d'ébène. Dans la mythologie, les tritons se servent de conques comme de trompes. Les clous, sur lesquels se fixent les cordes, transforment ici la conque en lyre. **8.** Le Zodiaque fatal a été vaincu par l'ordre olympien, qui maîtrise le destin (dans la mythologie hugolienne). **9.** Dans la mythologie grecque, seules deux constellations ont été atteintes par Hercule, non par Apollon, choisi ici comme dieu solaire.

Hercule[1], de ce poing qui peut fendre l'Ossa[2],
210 Lâchant subitement le captif, le poussa
Sur le grand pavé bleu de la céleste zone.
« Va », dit-il. Et l'on vit apparaître le faune,
Hérissé, noir, hideux, et cependant serein,
Pareil au bouc velu qu'à Smyrne le marin,
215 En souvenir des prés, peint sur les blanches voiles[3] ;
L'éclat de rire fou monta jusqu'aux étoiles,
Si joyeux, qu'un géant enchaîné sous le mont
Leva la tête et dit : « Quel crime font-ils donc ? »
Jupiter, le premier, rit[4] ; l'orageux Neptune[5]
220 Se dérida, changeant la mer et la fortune[6] ;
Une Heure qui passait avec son sablier
S'arrêta, laissant l'homme et la terre oublier ;
La gaîté fut, devant ces narines camuses[7],
Si forte, qu'elle osa même aller jusqu'aux Muses[8] ;
225 Vénus tourna son front, dont l'aube se voila,
Et dit : « Qu'est-ce que c'est que cette bête-là[9] ? »
Et Diane chercha sur son dos une flèche[10] ;
L'urne du Potamos[11] étonné resta sèche ;
La colombe ferma ses doux yeux, et le paon
230 De sa roue arrogante insulta l'ægipan[12] ;
Les déesses riaient toutes comme des femmes ;

---

1. Voir note 5, p. 156. **2.** C'est sur l'Ossa que les Géants entassèrent la montagne thessalienne Pélion afin de monter à l'assaut de l'Olympe. **3.** Apparition subite et pittoresque d'une Grèce à la fois réelle et atemporelle. **4.** Voir note 3, p. 345. **5.** Nom latin de Poséidon, le dieu des eaux. L'adjectif « orageux » est un jeu sur l'anthropomorphisme des dieux grecs, et sur la traduction des forces cosmiques en termes psychologiques dans la mythologie antique. **6.** Le destin changeant, tantôt bon, tantôt mauvais. **7.** Le nez droit de l'idéal de la statuaire grecque se transforme en nez aplati. **8.** Les Muses sont ici des bégueules. C'est tout l'ordre apollinien qu'il faut renverser avec le satyre (ou avec Rabelais, dans *William Shakespeare*) pour que le Beau absorbe franchement le rire — le rire libérateur et non « l'éclat de rire fou » des Olympiens. **9.** La vulgarité de l'Olympienne l'empêche de voir la grandeur latente du grotesque, et l'âme de la brute. **10.** Diane chasseresse ne voit que l'animalité du satyre. **11.** La source du fleuve Potamos est un vase funéraire. **12.** Voir note 7, p. 205.

Le faune, haletant parmi ces grandes dames[1],
Cornu, boiteux, difforme, alla droit à Vénus ;
L'homme-chèvre ébloui regarda ces pieds nus ;
235 Alors on se pâma ; Mars[2] embrassa Minerve[3],
Mercure[4] prit la taille à Bellone[5] avec verve,
La meute de Diane aboya sur l'Œta[6] ;
Le tonnerre n'y put tenir, il éclata ;
Les immortels penchés parlaient aux immortelles ;
240 Vulcain[7] dansait ; Pluton[8] disait des choses telles
Que Momus[9] en était presque déconcerté ;
Pour que la reine pût se tordre en liberté[10] ;
Hébé[11] cachait Junon derrière son épaule ;
Et l'Hiver se tenait les côtes sur le pôle[12].

245 Ainsi les dieux riaient du pauvre paysan.

Et lui, disait tout bas à Vénus : « Viens-nous-en[13]. »

Nulle voix ne peut rendre et nulle langue écrire
Le bruit divin que fit la tempête du rire.

---

1. L'Olympe est le palais des Tuileries des dieux. Toutes les formes de la tyrannie s'y concentrent. **2.** Voir note 8, p. 364. **3.** Voir note 3, p. 367. **4.** Voir note 4, p. 367. **5.** Voir note 7, p. 364. **6.** Montagne thessalienne où étaient censés naître le jour et la nuit. Diane chasseresse était aussi la divinité de la lune. **7.** Le dieu boiteux. **8.** Surnom d'Hadès (le dieu des Enfers) signifiant « le Riche ». **9.** Dieu de la raillerie, Momus a été expulsé de l'Olympe pour avoir osé critiquer les dieux. **10.** Évocation triviale du rire olympien. Le grand rire des dieux d'Homère lorsque Vulcain leur sert à boire (*Iliade*, I, 599-600) est ici désublimé. Par exception, et parce qu'il s'agit du rire des Olympiens, le grotesque se fait ici rabattement burlesque. **11.** Déesse de la Jeunesse qui servait à boire aux dieux, jusqu'au jour où, étant pendant son service tombée dans une posture peu décente, elle fut remplacée par Ganymède. **12.** Le rire fait perdre sa dignité à l'Hiver, ennemi objectif du grand printemps faunesque de la « Renaissance ». Et l'écriture fait perdre sa dignité au noble langage allégorique, par réactivation du sens littéral de la locution figée. **13.** Le satyre parle d'abord en paysan de Molière, de Marivaux ou du Danube — en figure du peuple. Son désir ignore les clivages sociaux qui lui interdisent la « grande dame » Vénus.

Hercule[1] dit : « Voilà le drôle[2] en question.
250 — Faune, dit Jupiter, le grand amphictyon[3],
Tu mériterais bien qu'on te changeât en marbre,
En flot, ou qu'on te mît au cachot dans un arbre ;
Pourtant je te fais grâce, ayant ri. Je te rends
À ton antre, à ton lac, à tes bois murmurants ;
255 Mais, pour continuer le rire qui te sauve,
Gueux[4], tu vas nous chanter[5] ton chant de bête fauve.
L'Olympe écoute. Allons, chante. »

Le chèvre-pieds
Dit : « Mes pauvres pipeaux[6] sont tout estropiés ;
Hercule ne prend pas bien garde lorsqu'il entre ;
260 Il a marché dessus en traversant mon antre.
Or, chanter sans pipeaux, c'est fort contrariant. »

Mercure lui prêta sa flûte en souriant[7].

L'humble ægipan[8], figure à l'ombre habituée,
Alla s'asseoir rêveur derrière une nuée
265 Comme si, moins voisin des rois[9], il était mieux,

---

1. Voir note 5, p. 156. **2.** Voir note 4, p. 139. Expression olympienne de la confusion entre pauvreté et comique. **3.** Les amphyctions présidaient aux rites religieux et gardaient les trésors cachés. **4.** Voir note 2, p. 157. **5.** Jupiter entend faire du satyre le bouffon de l'Olympe. Lui demanderait-il de simplement parler, alors le discours du satyre serait sans doute, comme toutes les paroles de bouffons dans le théâtre hugolien, ou comme celle du « Géant, aux dieux », dans la *Nouvelle Série*, enfermé dans la logique de l'aliénation. Or, Jupiter demande au satyre de *chanter*. **6.** Évacuation, grâce à la maladresse éléphantesque du héros divinisé Hercule, du registre mineur de la poésie des pâtres s'accompagnant de leurs pipeaux pour chanter leurs amours. Comme la *Bucolique* VI de Virgile, qui fait entendre dans le chant de Silène (voir note 1, p. 206) la transfiguration du « chant menu » de la bucolique en épopée cosmogonique, le chant du satyre va s'élever de la poésie mineure pour atteindre par paliers cette grande poésie à laquelle ce « maroufle » ne devrait pas avoir droit. **7.** C'est donc le dieu de la communication, qui enseigna aux hommes l'art de l'éloquence, qui prête au satyre sa flûte en remplacement des rustiques pipeaux. À négliger avec condescendance leur adversaire, les Olympiens vont se faire piéger. **8.** Voir note 7, p. 205. **9.** Variante : « Comme si, moins voisin du *ciel*, il était mieux ».

Et se mit à chanter un chant mystérieux.
L'aigle, qui, seul, n'avait pas ri, dressa la tête[1].

Il chanta, calme et triste.

Alors sur le Taygète[2],
Sur le Mysis, au pied de l'Olympe divin,
270 Partout, on vit, au fond du bois et du ravin,
Les bêtes qui passaient leur tête entre les branches ;
La biche à l'œil profond se dressa sur ses hanches,
Et les loups firent signe aux tigres d'écouter ;
On vit, selon le rhythme[3] étrange, s'agiter
275 Le haut des arbres, cèdre, ormeau, pins qui murmurent,
Et les sinistres fronts des grands chênes s'émurent[4].

Le faune énigmatique[5], aux Grâces odieux[6],
Ne semblait plus savoir qu'il était chez les dieux.

II

LE NOIR[7]

Le satyre chanta la terre monstrueuse.

280 L'eau perfide sur mer, dans les champs tortueuse,

---

1. Au masculin, l'aigle ne désigne pas le symbole héraldique, mais l'animal. La désymbolisation commence avec l'aigle, qui d'attribut impérial se fait bête, seule à écouter sérieusement le début du chant du satyre. **2.** Chaîne de montagnes grecque. **3.** Graphie en usage au XIXe siècle. **4.** Le poème se rapproche ici nettement de la *Bucolique* VI (voir note 6, p. 371), et le satyre-Silène d'Orphée. Voir *Toute la lyre*, IV, 1 et IV, 2. **5.** Première sanction du grandissement du satyre, le mystère. **6.** Les trois Grâces, compagnes de Vénus/Aphrodite, sont des incarnations de la douceur, de l'amitié et surtout de la beauté, souvent chantées par les poètes jusqu'au néoclassicisme. « Donc, vous faites du *laid* un type d'imitation, du *grotesque* un élément de l'art ! mais les grâces... mais le bon goût... » bégaie un néoclassique dans la *Préface de Cromwell*. Le satyre est romantique. **7.** Après « Le bleu », « Le noir » — la chute dans le négatif est un passage obligé avant la remontée vers « L'étoilé », passage que dramatisera le Titan de la *Nouvelle Série*, forant la terre, les abîmes, le mal.

Sembla dans son prélude errer comme à travers
Les sables, les graviers, l'herbe et les roseaux verts ;
Puis il dit l'Océan, typhon couvert de baves[1],
Puis la Terre lugubre avec toutes ses caves,
285 Son dessous effrayant, ses trous, ses entonnoirs[2],
Où l'ombre se fait onde, où vont des fleuves noirs,
Où le volcan, noyé sous d'affreux lacs, regrette
La montagne, son casque, et le feu, son aigrette[3],
Où l'on distingue, au fond des gouffres inouïs,
290 Les vieux enfers éteints des dieux évanouis[4].
Il dit la séve ; il dit la vaste plénitude
De la nuit, du silence et de la solitude,
Le froncement pensif du sourcil des rochers ;
Sorte de mer ayant les oiseaux pour nochers[5],
295 Pour algue le buisson, la mousse pour éponge,
La végétation aux mille têtes songe ;
Les arbres pleins de vent ne sont pas oublieux ;
Dans la vallée, au bord des lacs, sur les hauts lieux,
Ils gardent la figure antique de la terre ;
300 Le chêne est entre tous profond, fidèle, austère ;
Il protége et défend le coin du bois ami
Où le gland l'engendra, s'entr'ouvrant à demi,
Où son ombrage attire et fait rêver le pâtre.
Pour arracher de là ce vieil opiniâtre,
305 Que d'efforts, que de peine au rude bûcheron !
Le sylvain raconta Dodone et Cithéron[6],

---

1. Et non « l'*o*céan, *T*yphon couvert de baves ». La désymbolisation et la démythification s'accentuent, par cette substitution du grand monstre mythique par sa création, l'ouragan. Mais les « baves »-écumes qui le recouvrent remythifient l'Océan autrement, par la « familiarité terrible » (Baudelaire) de la métaphore. Le monstre Typhon est un des grands vaincus de Zeus, non « l'Océan ». **2.** Nouvel exemple de « familiarité terrible ». **3.** La Nature regrette son héroïsme épique vaincu. **4.** Voir note 2, p. 368. Les enfers se succèdent avec les religions. **5.** Poétique : pilote. **6.** À Dodone, les chênes ont parlé ; sur le Cithéron, Œdipe vaincu par le Destin fut exposé.

Et tout ce qu'aux bas-fonds d'Hémus[1], sur
[l'Érymanthe[2],
Sur l'Hymète[3], l'autan[4] tumultueux tourmente ;
Avril avec Tellus pris en flagrant délit[5],
310 Les fleuves recevant les sources dans leur lit,
La grenade montrant sa chair sous sa tunique,
Le rut religieux du grand cèdre cynique[6],
Et, dans l'âcre épaisseur des branchages flottants,
La palpitation sauvage du printemps.
315 « Tout l'abîme est sous l'arbre énorme comme une urne.
» La terre sous la plante ouvre son puits nocturne
» Plein de feuilles, de fleurs et de l'amas mouvant
» Des rameaux que, plus tard, soulèvera le vent,
» Et dit : — Vivez ! Prenez. C'est à vous. Prends, brin
[d'herbe !
320 » Prends, sapin ! — La forêt surgit ; l'arbre superbe
» Fouille le globe avec une hydre[7] sous ses pieds ;
» La racine effrayante aux longs cous repliés,
» Aux mille becs béants dans la profondeur noire,
» Descend, plonge, atteint l'ombre et tâche de la boire,
325 » Et, bue, au gré de l'air, du lieu, de la saison,
» L'offre au ciel en encens ou la crache en poison,
» Selon que la racine, embaumée ou malsaine,
» Sort, parfum, de l'amour, ou, venin, de la haine.
» De là, pour les héros, les grâces et les dieux[8],
330 » L'œillet, le laurier-rose et le lys radieux,

---

1. C'est sur l'Hémus qu'Orphée (voir note 7, p. 378) a été déchiré par les bacchantes (voir note 11, p. 360). **2.** Sur l'Érymanthe Hercule accomplit l'un de ses douze travaux, en terrassant un sanglier envoyé par Junon. **3.** Montagne sur laquelle se dressaient deux temples à Jupiter et Apollon, protégés, selon la croyance populaire, par des fourmis géantes. **4.** Voir note 2, p. 218. Le vent tourmente des lieux qui associent violence des dieux et violence de la Nature. **5.** Union du printemps et des forces telluriques, à travers ces divinités allégoriques (Tellus était célébré à Rome au mois d'avril) rendues à la vie, en couple adultère — libres —, pris en « flagrant délit » par on ne sait quel greffier. **6.** Évolution remarquable de ce « personnage » qui traverse le recueil (voir en particulier III, 3). Son « rut religieux » et libre approfondit la célébration du « Sacre de la femme ». **7.** Voir note 2, p. 56. **8.** Série des dominants. Voir note 6, p. 372.

» Et pour l'homme qui pense et qui voit, la ciguë[1].

» Mais qu'importe à la terre ! Au chaos contiguë,
» Elle fait son travail d'accouchement sans fin.
» Elle a pour nourrisson l'universelle faim[2].
335 » C'est vers son sein qu'en bas les racines s'allongent.
» Les arbres sont autant de mâchoires qui rongent
» Les éléments, épars dans l'air souple et vivant ;
» Ils dévorent la pluie, ils dévorent le vent ;
» Tout leur est bon, la nuit, la mort ; la pourriture
340 » Voit la rose et lui va porter sa nourriture ;
» L'herbe vorace broute au fond des bois touffus[3] ;
» À toute heure, on entend le craquement confus
» Des choses sous la dent des plantes ; on voit paître
» Au loin, de toutes parts, l'immensité champêtre ;
345 » L'arbre transforme tout dans son puissant progrès[4] ;
» Il faut du sable, il faut de l'argile et du grès ;
» Il en faut au lentisque, il en faut à l'yeuse,
» Il en faut à la ronce, et la terre joyeuse
» Regarde la forêt formidable manger. »

350 Le satyre semblait dans l'abîme songer ;
Il peignit l'arbre vu du côté des racines,
Le combat souterrain des plantes assassines[5],
L'antre que le feu voit, qu'ignore le rayon,
Le revers ténébreux de la création,
355 Comment filtre la source et flambe le cratère ;
Il avait l'air de suivre un esprit sous la terre ;
Il semblait épeler un magique alphabet ;
On eût dit que sa chaîne invisible tombait[6] ;

---

1. Souvenir du suicide de Socrate, victime de la tyrannie. **2.** L'universelle faim hante les représentations cosmiques de Hugo, des *Contemplations* aux *Travailleurs de la mer*. **3.** Passage à la limite, visionnaire, du principe de « l'universelle faim ». **4.** Le mot apparaît pour la première fois dans l'épopée du « Progrès » qu'introduit la Préface, et cela sous la forme d'une poussée biologique. **5.** La Nature n'est pas hors du Mal. **6.** Le faune est forçat, misérable, peuple, Humanité.

Il brillait ; on voyait s'échapper de sa bouche
360 Son rêve avec un bruit d'ailes vague et farouche :

« Les forêts sont le lieu lugubre ; la terreur,
» Noire, y résiste même au matin, ce doreur ;
» Les arbres tiennent l'ombre enchaînée à leurs tiges ;
» Derrière le réseau ténébreux des vertiges,
365 » L'aube est pâle, et l'on voit se tordre les serpents
» Des branches sur l'aurore horribles et rampants ;
» Là, tout tremble ; au-dessus de la ronce hagarde,
» Le mont, ce grand témoin, se soulève et regarde ;
» La nuit, les hauts sommets, noyés dans la vapeur,
370 » Les antres froids, ouvrant la bouche avec stupeur,
» Les blocs, ces durs profils, les rochers, ces visages
» Avec qui l'ombre voit dialoguer les sages,
» Guettent le grand secret, muets, le cou tendu ;
» L'œil des montagnes s'ouvre et contemple éperdu ;
375 » On voit s'aventurer dans les profondeurs fauves
» La curiosité de ces noirs géants chauves ;
» Ils scrutent le vrai ciel, de l'Olympe inconnu [1] ;
» Ils tâchent de saisir quelque chose de nu :
» Ils sondent l'étendue auguste [2], chaste, austère,
380 » Irritée, et, parfois, surprenant le mystère,
» Aperçoivent la Cause au pur rayonnement [3],
» Et l'Énigme sacrée, au loin, sans vêtement,
» Montrant sa forme blanche au fond de l'insondable.
» Ô nature terrible ! ô lien formidable
385 » Du bois qui pousse avec l'idéal contemplé [4] !
» Bain de la déité dans le gouffre étoilé !
» Farouche nudité de la Diane sombre

---

1. Apparition non plus des religions mortes, mais de la Religion, qui scelle la mort des Olympiens, grâce au regard des montagnes et des rochers. **2.** Voir note 1, p. 63. **3.** La dénudation, le dévoilement fait apparaître à la place d'Isis (voir note 4, p. 489) la « Cause », ou principe dynamique de Tout. Après cet aperçu de la Cause viendra celui de la Fin : le temps historique est pris dans le temps métaphysique. **4.** Lien fondateur d'une religion qui articule immanence et transcendance. Sur le sens de « contemplé », voir note 2, p. 62.

» Qui, de loin regardée et vue à travers l'ombre,
» Fait croître au fond des rocs les arbres monstrueux [1] !
» Ô forêt ! »

390 Le sylvain [2] avait fermé les yeux ;
La flûte que, parmi des mouvements de fièvre,
Il prenait et quittait, importunait sa lèvre ;
Le faune la jeta sur le sacré sommet [3] ;
Sa paupière était close, on eût dit qu'il dormait,
395 Mais ses cils roux laissaient passer de la lumière ;

Il poursuivit :

« Salut, Chaos ! gloire à la Terre !
» Le chaos est un dieu ; son geste est l'élément ;
» Et lui seul a ce nom sacré : Commencement [4].
» C'est lui qui, bien avant la naissance de l'heure,
400 » Surprit l'aube endormie au fond de sa demeure,
» Avant le premier jour et le premier moment ;
» C'est lui qui, formidable, appuya doucement
» La gueule de la nuit aux lèvres de l'aurore [5] ;
» Et c'est de ce baiser qu'on vit l'étoile éclore.
405 » Le chaos est l'époux lascif de l'infini [6].
» Avant le Verbe [7], il a rugi, sifflé, henni ;

---

1. Réécriture naturaliste du mythe de Diane et Actéon. Voir note 3, p. 229. **2.** Voir note 9, p. 359. **3.** L'antéposition de l'adjectif « sacré » ne modifie pas systématiquement son sens premier dans la langue du XIXe siècle. Le don du dieu de l'éloquence embarrasse le chant du satyre. La flûte jetée, celui-ci va se libérer encore davantage, dans une pure immédiateté de la pensée et de la lèvre. **4.** « Commencement » et non « Cause ». La divinisation du Chaos dit cependant le refus de la scission de la Matière et de l'Esprit. Voir note 3, p. 376. **5.** Réécriture de la sombre cosmogonie de la page 368. La « lutte affreuse » fait place au « baiser ». **6.** Époux « lascif », il ne cesse de féconder l'infini. L'érotisation de la Nature, du cèdre « cynique » au Chaos « lascif », n'a rien d'éthéré : plus nettement encore que « Le sacre de la femme », la révolution érotique du « Satyre » suppose l'acceptation des excès sensuels de la lascivité. **7.** Contrairement à ce que dit le début de l'Évangile de Jean, au commencement n'était pas le Verbe, ou Esprit incarné dans la Matière, mais la Matière seule, et ses expressions bestiales, monstrueuses — rugissement, sifflement, hennissement.

» Les animaux, aînés de tout, sont les ébauches
» De sa fécondité comme de ses débauches.
» Fussiez-vous dieux[1], songez en voyant l'animal[2] !
410 » Car il n'est pas le jour, mais il n'est pas le mal.
» Toute la force obscure et vague de la terre
» Est dans la brute, larve[3] auguste[4] et solitaire ;
» La sibylle[5] au front gris le sait, et les devins
» Le savent, ces rôdeurs des sauvages ravins ;
415 » Et c'est là ce qui fait que la Thessalienne[6]
» Prend des touffes de poil aux cuisses de l'hyène,
» Et qu'Orphée écoutait, hagard, presque jaloux,
» Le chant sombre qui sort du hurlement des loups[7]. »

« — Marsyas[8] ! » murmura Vulcain, l'envieux louche.
420 Apollon attentif mit le doigt sur sa bouche[9].
Le faune ouvrit les yeux, et peut-être entendit ;
Calme, il prit son genou dans ses deux mains[10], et dit :

« Et maintenant, ô dieux ! écoutez ce mot : L'âme[11] !
» Sous l'arbre qui bruit, près du monstre qui brame,

---

1. Première adresse aux dieux, la locution figée à l'irréel « fussiez-vous » suggère le basculement final des Olympiens dans le non-être. **2.** Prolongement de la méditation sur l'animal du dernier livre des *Contemplations*, qui articule la vision de l'échelle des êtres et la théorie de la métempsycose. Voir note 4, p. 295. **3.** Voir note 1, p. 77. **4.** Voir note 1, p. 63. **5.** Femme inspirée qui prédisait l'avenir. **6.** Sur la Thessalie, territoire de la Grèce archaïque, voir le début de la préface des *Burgraves*. Elle est la terre des enchantements. **7.** Infléchissement du mythe d'Orphée en un sens naturaliste et romantique : Orphée ne réduit pas au silence, par l'harmonie de son chant, les cris des bêtes sauvages, il en écoute la beauté « sombre », « presque jaloux » de ce chant immanent au hurlement. **8.** Satyre qui défia avec sa flûte Apollon. Celui-ci gagna finalement le concours de musique que présidaient les Muses, en le défiant de jouer de son instrument à l'envers, ce qui est possible avec une lyre, non avec une flûte. Apollon vainqueur écorcha vivant Marsyas. **9.** Le satyre sera un Marsyas vainqueur. Apollon le pressent. **10.** Détail pittoresque, la gestuelle familière du satyre dit en même temps que le chant de l'âme part d'un corps. **11.** Deuxième grand moment de l'avènement d'une Religion qui articule immanence et transcendance : l'affirmation de l'âme après celle de la matière, du chaos — de l'âme comme émanation du chaos.

425 » Quelqu'un parle. C'est l'Âme. Elle sort du chaos.
» Sans elle, pas de vents, le miasme ; pas de flots,
» L'étang, l'âme [1], en sortant du chaos, le dissipe ;
» Car il n'est que l'ébauche, et l'âme est le principe.
» L'Être est d'abord moitié brute et moitié forêt ;
430 » Mais l'Air veut devenir l'Esprit, l'homme apparaît.
» L'homme ? qu'est-ce que c'est que ce sphinx [2] ? Il
[commence
» En sagesse, ô mystère ! et finit en démence.
» Ô ciel qu'il a quitté, rends-lui son âge d'or [3] ! »

Le faune, interrompant son orageux essor,
435 Ouvrit d'abord un doigt, puis deux, puis un troisième,
Comme quelqu'un qui compte en même temps qu'il
[sème,
Et cria, sur le haut Olympe vénéré :

« Ô dieux, l'arbre est sacré, l'animal est sacré,
» L'homme est sacré ; respect à la terre profonde [4] !
440 » La terre où l'homme crée, invente, bâtit, fonde,
» Géant possible, encor caché dans l'embryon [5],
» La terre où l'animal erre autour du rayon,
» La terre où l'arbre ému prononce des oracles,
» Dans l'obscur infini, tout rempli de miracles,
445 » Est le prodige [6], ô dieux, le plus proche de vous.
» C'est le globe inconnu qui vous emporte tous,
» Vous les éblouissants, la grande bande altière,

---

1. *Anima*, l'âme *anime* la matière. « Préface de mes œuvres et post-scriptum de ma vie » (*Proses philosophiques de 1860-1865*) reprendra ces réseaux métaphoriques pour opposer les miasmes, les étangs, les stagnations du faux ordre à « l'eau courante » de la liberté et du progrès. **2.** Voir note 2, p. 236. **3.** La nostalgie des premiers temps parasite l'affirmation du progrès. **4.** Nécessité d'en revenir, à travers « le mystère païen retrouvé », aux premières affirmations du recueil, pour refonder le progrès dans l'immanence. Voir notes 1, p. 57 et 3, p. 59. **5.** L'Humanité doit accomplir un travail sur soi pour réaliser sa possible grandeur. Les dieux ont vaincu les Géants, mais seront vaincus par ce géant à venir qu'est l'Homme. **6.** Voir note 2, p. 55. Ce vers était initialement suivi du cri final du satyre : « Place à Tout ! Voici Pan. Jupiter à genoux ! »

» Qui dans des coupes d'or buvez de la lumière,
» Vous qu'une aube précède et qu'une flamme suit,
450 » Vous les dieux, à travers la formidable nuit ! »

La sueur ruisselait sur le front du satyre,
Comme l'eau du filet que des mers on retire ;
Ses cheveux s'agitaient comme au vent libyen[1].

Phœbus lui dit : « Veux-tu la lyre ?

— Je veux bien »,
455 Dit le faune ; et, tranquille, il prit la grande lyre[2].

Alors il se dressa debout dans le délire
Des rêves, des frissons, des aurores, des cieux,
Avec deux profondeurs splendides dans les yeux.

« Il est beau ! » murmura Vénus épouvantée[3].

460 Et Vulcain, s'approchant d'Hercule, dit : « Antée[4]. »
Hercule repoussa du coude ce boiteux[5].

---

1. Amorce de l'identification du satyre à Antée. Voir note 1, p. 220. **2.** Des pipeaux à la flûte puis à la « grande lyre », le satyre accède progressivement à la poésie majeure : *minores* transfigurés en *majores*, selon un mode dialectique qui transforme fondamentalement la « grande lyre ». Qu'Apollon la lui donne, c'est dire que c'est de l'intérieur que l'ordre apollinien va se dissiper, pour être absorbé par la bête sublime, le satyre. **3.** L'épouvante de Vénus, qui a cessé de rire, s'explique par le fait que la beauté du monstre grotesque ruine les conceptions du Beau et de l'Amour sur lesquelles la déesse fonde sa puissance. **4.** Antée rappelle à Hercule une rude épreuve, de même que Marsyas à Apollon. Voir note 1, p. 220. **5.** Le dieu Vulcain est désormais la figure du grotesque bloqué dans le comique, la dérision, le bas, le corps et délié du sublime — de l'épouvante, de l'idéal, de l'âme.

III

LE SOMBRE[1]

Il ne les voyait pas, quoiqu'il fût devant eux.

Il chanta l'Homme. Il dit cette aventure sombre ;
L'homme, le chiffre élu, tête auguste[2] du nombre,
465 Effacé par sa faute, et, désastreux reflux,
Retombé dans la nuit de ce qu'on ne voit plus ;
Il dit les premiers temps, le bonheur, l'Atlantide[3] ;
Comment le parfum pur devint miasme fétide,
Comment l'hymne[4] expira sous le clair firmament,
470 Comment la liberté devint joug, et comment
Le silence se fit sur la terre domptée ;
Il ne prononça pas le nom de Prométhée[5],
Mais il avait dans l'œil l'éclair du feu volé ;
Il dit l'humanité mise sous le scellé[6] ;
475 Il dit tous les forfaits et toutes les misères,
Depuis les rois peu bons jusqu'aux dieux peu sincères[7].
Tristes hommes ! ils ont vu le ciel se fermer.
En vain, pieux, ils ont commencé par s'aimer ;
En vain, frères, ils ont tué la Haine infâme,
480 Le monstre à l'aile onglée, aux sept gueules de flamme ;

---

1. Début de la remontée, après la chute dans « Le noir ». **2.** Voir note 1, p. 63. **3.** Miroir paganisé des premiers temps du recueil, du paradis de I, 1. Platon dans le *Critias* évoque cette Atlandide, pays mythique du bonheur primitif, englouti par l'Océan en châtiment de la corruption progressive de ses habitants. **4.** Voir note 3, p. 121. **5.** Confirmation de la projection dans le satyre de Prométhée (dont il est le « double tellurique » (Moreau), le titan qui vola aux dieux le feu pour le donner aux hommes, afin de les délivrer de la peur et de les engager dans la voie du progrès technique. Voir note 5, p. 364. **6.** Cachet au sceau de l'État, mis par autorité de justice sur la fermeture d'un meuble ou d'un local. La domination tyrannique des dieux confisque l'Humanité et la ferme à tout mouvement, à toute libération. **7.** C'est aux dieux que manque la foi.

Hélas ! comme Cadmus[1], ils ont bravé le sort ;
Ils ont semé les dents de la bête ; il en sort
Des spectres tournoyant comme la feuille morte,
Qui combattent, l'épée à la main, et qu'emporte
485 L'évanouissement du vent mystérieux.
Ces spectres sont les rois ; ces spectres sont les dieux.
Ils renaissent sans fin, ils reviennent sans cesse[2] ;
L'antique égalité devient sous eux bassesse ;
Dracon[3] donne la main à Busiris[4] ; la Mort
490 Se fait code[5], et se met aux ordres du plus fort,
Et le dernier soupir libre et divin s'exhale
Sous la difformité de la loi colossale :
L'homme se tait, ployé sous cet entassement[6] ;
Il se venge ; il devient pervers ; il vole, il ment ;
495 L'âme inconnue et sombre a des vices d'esclave ;
Puisqu'on lui met un mont sur elle, elle en sort lave ;
Elle brûle et ravage au lieu de féconder.
Et dans le chant du faune on entendait gronder
Tout l'essaim des fléaux furieux qui se lève.
500 Il dit la guerre ; il dit la trompette et le glaive[7] ;
La mêlée en feu, l'homme égorgé sans remord,
La gloire, et dans la joie affreuse de la mort
Les plis voluptueux des bannières flottantes ;
L'aube naît ; les soldats s'éveillent sous les tentes ;

---

1. Le chant du satyre déplace l'accent, mis page 366 sur le soutien reçu par Cadmus des Olympiens (voir note 8, p. 366), sur un épisode antérieur du mythe : Cadmus voulant abreuver sa sœur Europe, métamorphosée en vache, doit terrasser un dragon qui garde la fontaine, et, sur les conseils d'Athéna, sème les dents du monstre, qui donnent naissance à une multitude de géants. **2.** Il s'agit donc d'opposer à la renaissance sempiternelle des dieux celle de « Tout » (p. 392). **3.** Le premier à avoir donné des lois écrites à Athènes (en 621), lois sanglantes, qui sanctionnaient par la peine de mort quasiment toute infraction. **4.** Tyran égyptien qui immolait tous les étrangers à ses dieux. **5.** Ensemble de lois figées par l'écriture, sur fond d'absence du Droit. **6.** Comme le géant Atlas, condamné par l'Olympe à porter le ciel sur ses épaules. **7.** Voir note 4, p. 121. Ce que « dit » le satyre, c'est l'Histoire épique, l'Histoire faite *Iliade* parce que condamnée à la violence de la guerre, au règne de la mort, épopée à révolutionner en une épopée de la Nature, de l'amour, de la vie. Voir Présentation, p. 25-26.

505 La nuit, même en plein jour, les suit, planant sur eux ;
L'armée en marche ondule au fond des chemins creux ;
La baliste[1] en roulant s'enfonce dans les boues ;
L'attelage fumant tire, et l'on pousse aux roues ;
Cris des chefs, pas confus ; les moyeux des charrois
510 Balafrent les talus des ravins trop étroits.
On se rencontre, ô choc hideux ! les deux armées
Se heurtent, de la même épouvante enflammées,
Car la rage guerrière est un gouffre d'effroi.
Ô vaste effarement ! chaque bande a son roi.
515 Perce, épée ! ô cognée, abats ! massue, assomme !
Cheval, foule aux pieds l'homme, et l'homme, et
[l'homme et l'homme !
Hommes, tuez, traînez les chars, roulez les tours ;
Maintenant, pourrissez, et voici les vautours !
Des guerres sans fin naît le glaive[2] héréditaire ;
520 L'homme fuit dans les trous, au fond des bois, sous
[terre ;
Et, soulevant le bloc qui ferme son rocher,
Écoute s'il entend les rois là-haut marcher ;
Il se hérisse ; l'ombre aux animaux le mêle[3] ;
Il déchoit ; plus de femme, il n'a qu'une femelle ;
525 Plus d'enfants, des petits ; l'amour qui le séduit
Est fils de l'Indigence et de l'Air de la nuit[4] ;
Tous ses instincts sacrés à la fange aboutissent ;
Les rois, après l'avoir fait taire, l'abrutissent,
Si bien que le bâillon est maintenant un mors.
530 Et sans l'homme pourtant les horizons sont morts ;
Qu'est la création sans cette initiale ?
Seul sur la terre il a la lueur faciale ;

---

1. Machine de guerre servant dans l'Antiquité à lancer des projectiles. **2.** Voir note 4, p. 121. Le satyre fait ici la généalogie critique de toute aristocratie guerrière. **3.** L'ombre le fait descendre dans l'échelle des êtres jusqu'aux animaux (voir note 4, p. 295) : c'est de ce point-là qu'il faut qu'il reparte, à travers l'homme-chèvre, le satyre. **4.** Et non de l'*air de la Nuit* : car ce dont il s'agit ici, c'est du froid qu'endurent toutes les marcheuses nocturnes jusqu'à Fantine, c'est de la dégradation de l'amour en prostitution.

Seul il parle ; et sans lui tout est décapité[1].
Et l'on vit poindre aux yeux du faune la clarté
535 De deux larmes coulant comme à travers la flamme[2].
Il montra tout le gouffre acharné contre l'âme ;
Les ténèbres croisant leurs funestes rameaux,
Et la forêt du sort et la meute des maux.
Les hommes se cachant, les dieux suivant leurs pistes.
540 Et, pendant qu'il chantait toutes ces strophes tristes,
Le grand souffle vivant, ce transfigurateur[3],
Lui mettait sous les pieds la céleste hauteur ;
En cercle autour de lui se taisaient les Borées[4] ;
Et, comme par un fil invisible tirées,
545 Les brutes, loups, renards, ours, lions chevelus,
Panthères, s'approchaient de lui de plus en plus ;
Quelques-unes étaient si près des dieux venues,
Pas à pas, qu'on voyait leurs gueules dans les nues[5].

Les dieux ne riaient plus ; tous ces victorieux,
550 Tous ces rois, commençaient à prendre au sérieux
Cette espèce d'esprit qui sortait d'une bête[6].

Il reprit :

« Donc, les dieux et les rois sur le faîte,
» L'homme en bas ; pour valets aux tyrans, les fléaux.
» L'homme ébauché ne sort qu'à demi du chaos,
555 » Et jusqu'à la ceinture il plonge dans la brute[7] ;

---

1. L'Homme est la « tête » de la Nature, son centre et son esprit, ce qui n'empêche pas qu'il faille « songe[r] en voyant l'animal ». **2.** Événement capital des *Petites Épopées*, l'articulation du grotesque sublimé au pathétique. Voir Présentation, p. 36. **3.** Néologisme hugolien, central dans cette épopée de la transfiguration. **4.** Borée, divinité du Vent du nord, est un vieillard barbu. Au pluriel, le mot désigne poétiquement les vents froids. **5.** Le satyre-Orphée (voir notes 4, p. 372 et 7, p. 378) attire ici les bêtes sauvages pour menacer l'Olympe. **6.** La victoire de l'immanence se manifeste d'abord par le fait que les dieux ne rient plus. **7.** Comme le satyre, mais dans un mouvement inverse de plongée de l'Homme dans la brute, non d'élévation de la brute à l'Homme.

» Tout le trahit ; parfois, il renonce à la lutte.
» Où donc est l'espérance ? Elle a lâchement fui.
» Toutes les surdités s'entendent contre lui ;
» Le sol l'alourdit, l'air l'enfièvre, l'eau l'isole ;
560 » Autour de lui la mer sinistre se désole ;
» Grâce au hideux complot de tous ces guet-apens,
» Les flammes, les éclairs, sont contre lui serpents ;
» Ainsi que le héros l'aquilon[1] le soufflette ;
» La peste aide le glaive[2], et l'élément complète
565 » Le despote[3], et la nuit s'ajoute au conquérant ;
» Ainsi la Chose vient mordre aussi l'homme, et prend
» Assez d'âme pour être une force, complice
» De son impénétrable et nocturne supplice ;
» Et la Matière, hélas ! devient Fatalité[4].
570 » Pourtant qu'on prenne garde à ce déshérité !
» Dans l'ombre, une heure est là qui s'approche, et [frissonne,
» Qui sera la terrible et qui sera la bonne,
» Qui viendra te sauver, homme, car tu l'attends,
» Et changer la figure implacable du temps !
575 » Qui connaît le destin ? qui sonda le peut-être ?
» Oui, l'heure énorme vient, qui fera tout renaître[5],
» Vaincra tout, changera le granit en aimant,
» Fera pencher l'épaule au morne escarpement,
» Et rendra l'impossible aux hommes praticable[6].
580 » Avec ce qui l'opprime, avec ce qui l'accable,

---

1. Voir note 1, p. 60. **2.** Voir note 4, p. 121. Le fléau naturel s'ajoute au fléau politique. **3.** De même que l'élément, le despote est un fait matériel, un fait de la matière dont l'âme s'est retirée. **4.** Qu'elle le devienne présuppose qu'elle ne l'est pas intrinsèquement. **5.** Voir note 2, p. 382. Définition de la « Renaissance », qui en radicalise la portée. **6.** Telle est la logique du progrès : « le mieux d'hier n'est plus que le bien d'aujourd'hui ; il leur faut le mieux de demain ; l'utopie est devenue lieu commun ; il s'agit d'escalader la chimère. Laissez-les faire : avant peu, la chimère sera praticable ; Tout-le-monde marchera dessus et logera dedans » (« Les génies appartenant au peuple », *Proses philosophiques de 1860-1865*). La prophétie du satyre se rapproche de XV pour annoncer une sorte d'Apocalypse inversée, Jugement dernier des dieux par les Hommes.

» Le genre humain se va forger son point d'appui [1] ;
» Je regarde le gland qu'on appelle Aujourd'hui,
» J'y vois le chêne [2] ; un feu vit sous la cendre éteinte.
» Misérable homme, fait pour la révolte sainte,
585 » Ramperas-tu toujours parce que tu rampas ?
» Qui sait si quelque jour on ne te verra pas,
» Fier, suprême, atteler les forces de l'abîme,
» Et, dérobant l'éclair à l'Inconnu sublime [3],
» Lier ce char d'un autre à des chevaux à toi [4] ?
590 » Oui, peut-être on verra l'homme devenir loi,
» Terrasser l'élément sous lui, saisir et tordre
» Cette anarchie au point d'en faire jaillir l'ordre,
» Le saint ordre de paix, d'amour et d'unité,
» Dompter tout ce qui l'a jadis persécuté,
595 » Se construire à lui-même une étrange monture
» Avec toute la vie et toute la nature,
» Seller la croupe en feu des souffles de l'enfer,
» Et mettre un frein de flamme à la gueule du fer !
» On le verra, vannant la braise dans son crible,
600 » Maître et palefrenier d'une bête terrible,
» Criant à toute chose : « Obéis, germe, nais ! »
» Ajustant sur le bronze et l'acier un harnais
» Fait de tous les secrets que l'étude procure,
» Prenant aux mains du vent la grande bride obscure,
605 » Passer dans la lueur ainsi que les démons,
» Et traverser les bois, les fleuves et les monts,
» Beau, tenant une torche aux astres allumée,
» Sur une hydre d'airain [5], de foudre et de fumée !

---

1. Logique du retournement de l'« Obstacle » en aide dont la deuxième partie des *Travailleurs de la mer* fera l'épopée. **2.** Nouvelle métaphore organique pour dire le progrès, dans sa continuité. **3.** Transformation du mythe de Prométhée : l'Homme vient à la place du Titan, et « l'Inconnu sublime » à la place des Olympiens. **4.** Début de la prophétie de la machine à vapeur (inventée par Fulton en 1808). **5.** C'est ainsi également qu'apparaîtra le bateau à vapeur dans *Les Travailleurs de la mer*, hydre ou *Devil Boat* dont la pieuvre ou *Devil Fish* sera le revers fatal — vaincu. Passée pour le lecteur de 1859, l'invention de Fulton pour les Guernesiais de 182... et plus encore pour le satyre du XVIe siècle ne peut apparaître que comme un monstre chimérique, souligné comme tel et non démythifié par celui

» On l'entendra courir dans l'ombre avec le bruit
610 » De l'aurore enfonçant les portes de la nuit !
» Qui sait si quelque jour, grandissant d'âge en âge,
» Il ne jettera pas son dragon[1] à la nage,
» Et ne franchira pas les mers, la flamme au front !
» Qui sait si, quelque jour, brisant l'antique affront,
615 » Il ne lui dira pas : « Envole-toi, matière[2] ! »
» S'il ne franchira point la tonnante frontière,
» S'il n'arrachera pas de son corps brusquement
» La pesanteur, peau vile, immonde vêtement
» Que la fange hideuse à la pensée inflige,
620 » De sorte qu'on verra tout à coup, ô prodige[3],
» Ce ver de terre ouvrir ses ailes dans les cieux !
» Oh ! lève-toi, sois grand, homme ! va, factieux[4] !
» Homme, un orbite d'astre est un anneau de chaîne,
» Mais cette chaîne-là, c'est la chaîne sereine,
625 » C'est la chaîne d'azur, c'est la chaîne du ciel ;
» Celle-là, tu t'y dois rattacher, ô mortel,
» Afin — car un esprit se meut comme une sphère, —
» De faire aussi ton cercle autour de la lumière !
» Entre dans le grand chœur ! va, franchis ce degré,
630 » Quitte le joug infâme et prends le joug sacré !
» Deviens l'Humanité, triple, homme, enfant et
[femme[5] !
» Transfigure-toi[6] ! va ! sois de plus en plus l'âme !
» Esclave, grain d'un roi, démon, larve[7] d'un dieu,
» Prends le rayon, saisis l'aube, usurpe le feu[8],

---

qui écrit « Le satyre ». Voir note 6, p. 385. Mais l'usage de cette métaphore sera retourné en « Pleine mer ». Voir note 2, p. 484.

1. Voir note 6, p. 482. **2.** Poursuite de l'avancée dans la chimère : après le bateau à vapeur, l'aéroscaphe, qui à la différence du bateau à vapeur n'a pas encore été réalisé en 1859 : « depuis soixante-quinze ans, la science est tenue en échec par le ballon » (« Philosophie », dans *Proses philosophiques de 1860-1865*). L'aéroscaphe de « Plein ciel » réalisera la prophétie du satyre. **3.** Voir note 2, p. 55. **4.** Mot péjoratif, retourné en positif : rebelle, séditieux. **5.** C'est le défenseur des droits de l'Homme, de l'enfant et de la femme qui apparaît ici. **6.** Voir note 3, p. 384. **7.** Voir note 1, p. 77. **8.** « L'Homme est à lui-même son propre Prométhée » (Michelet).

635 » Torse ailé, front divin, monte au jour, monte au trône,
» Et dans la sombre nuit jette les pieds du faune[1] ! »

IV

L'ÉTOILÉ[2]

Le satyre un moment s'arrêta, respirant
Comme un homme levant son front hors d'un torrent ;
Un autre être semblait sous sa face apparaître ;
640 Les dieux s'étaient tournés, inquiets, vers le maître,
Et, pensifs, regardaient Jupiter stupéfait.

Il reprit :

« Sous le poids hideux qui l'étouffait,
» Le réel renaîtra, dompteur du mal immonde[3].
» Dieux, vous ne savez pas ce que c'est que le monde ;
645 » Dieux, vous avez vaincu, vous n'avez pas compris.
» Vous avez au-dessus de vous d'autres esprits[4],
» Qui, dans le feu, la nue, et l'onde et la bruine,
» Songent en attendant votre immense ruine.
» Mais qu'est-ce que cela me fait à moi qui suis
650 » La prunelle effarée au fond des vastes nuits[5] !
» Dieux, il est d'autres sphinx que le vieux sphinx de
[Thèbe[6].

---

1. Les pieds qui rattachent l'Homme à la « fange » et au grotesque. Le grotesque, instrument de libération et marque de l'aliénation, programme sa propre dissipation. Place à « l'étoilé ». **2.** Du « noir » à « l'étoilé », le satyre préfigure l'Inconnu, qui, au dernier vers du recueil, plonge, « Du pied dans les enfers, du front dans les étoiles ». Au centre de *La Légende*, « Le satyre » est le miroir de concentration de tout le passé et de tout l'avenir du XVIe siècle, et de l'ensemble du recueil. **3.** Voir notes 2, p. 382 et 5, p. 385. La logique de l'apposition suggère une identification du réel au Bien (fin du cauchemar) et au sacré (ouverture à l'Inconnu qui lui est immanent). *La Fin de Satan* le dit autrement : le mal est néant. **4.** Voir note 4, p. 295. **5.** Le satyre est la conscience (voir I, 2). **6.** Voir note 2, p. 236. Sortie de la prophétie du régime tragique.

» Sachez ceci, tyrans de l'homme et de l'Érèbe[1],
» Dieux qui versez le sang, dieux dont on voit le fond :
» Nous nous sommes tous faits bandits sur ce grand mont
655 » Où la terre et le ciel semblent en équilibre,
» Mais vous pour être rois et moi pour être libre[2].
» Pendant que vous semez haine, fraude et trépas,
» Et que vous enjambez tout le crime en trois pas,
» Moi, je songe. Je suis l'œil fixe des cavernes.
660 » Je vois[3]. Olympes bleus et ténébreux Avernes[4],
» Temples, charniers, forêts, cités, aigle, alcyon[5],
» Sont devant mon regard la même vision ;
» Les dieux, les fléaux, ceux d'à présent, ceux d'ensuite[6],
» Traversent ma lueur et sont la même fuite.
665 » Je suis témoin que tout disparaît. Quelqu'un est[7].
» Mais celui-là, jamais l'homme ne le connaît.
» L'humanité suppose, ébauche, essaye, approche ;
» Elle façonne un marbre, elle taille une roche,
» Et fait une statue, et dit : Ce sera lui.
670 » L'homme reste devant cette pierre ébloui ;
» Et tous les à-peu-près, quels qu'ils soient, ont des [prêtres[8].
» Soyez les Immortels, faites ! broyez les êtres,
» Achevez ce vain tas de vivants palpitants,
» Régnez ; quand vous aurez, encore un peu de temps,
675 » Ensanglanté le ciel que la lumière azure,
» Quand vous aurez, vainqueurs, comblé votre mesure,
» C'est bien, tout sera dit, vous serez remplacés

---

1. Voir note 7, p. 113. **2.** Voir note 5, p. 362. **3.** Absolument, le verbe signe la génialité du satyre. **4.** Lac italien. Les vapeurs méphitiques qu'exhalaient ses eaux tuaient les oiseaux. Les Latins croyaient qu'il donnait accès aux Enfers. **5.** Voir note 3, p. 56. **6.** Prédiction des désastres à venir (en particulier de l'Inquisition). **7.** Annonce de la révolution ontologique finale : si Dieu est, alors « tout » l'univers mythologique que le poème évoque (le satyre qui parle compris) disparaît : n'a jamais existé. Dans la *Nouvelle Série*, la même opération aberrante et profonde se réalisera dans « Le titan » et dans « Suprématie ». **8.** Les religions sont les approximations de la Religion, qui, absolue et immédiate, n'a pas besoin de prêtres.

» Par ce noir dieu final que l'homme appelle Assez [1] !
» Car Delphe et Pise [2] sont comme des chars qui roulent,
680 » Et les choses qu'on crut éternelles s'écroulent
» Avant qu'on ait le temps de compter jusqu'à vingt. »

Tout en parlant ainsi, le satyre devint
Démesuré [3] ; plus grand d'abord que Polyphème [4],
Puis plus grand que Typhon [5] qui hurle et qui blasphème,
685 Et qui heurte ses poings ainsi que des marteaux,
Puis plus grand que Titan [6], puis plus grand que l'Athos [7] ;
L'espace immense entra dans cette forme noire ;
Et, comme le marin voit croître un promontoire,
Les dieux dressés voyaient grandir l'être effrayant ;
690 Sur son front blêmissait un étrange orient [8] ;
Sa chevelure était une forêt ; des ondes,
Fleuves, lacs, ruisselaient de ses hanches profondes ;
Ses deux cornes semblaient le Caucase [9] et l'Atlas [10] ;
Les foudres l'entouraient avec de sourds éclats ;
695 Sur ses flancs palpitaient des prés et des campagnes,
Et ses difformités s'étaient faites montagnes ;
Les animaux qu'avaient attirés ses accords,
Daims et tigres, montaient tout le long de son corps [11] ;

---

1. Même logique du coup d'arrêt, une fois la mesure du désastre comble, en XV (voir p. 517). **2.** Renvoi aux jeux pythiques de Delphes et aux jeux olympiques de Pise en Élide (où les Achéens auraient fondé les jeux dit Olympiques). « Dans ces deux noms, le Satyre invite à entendre le bruit des chars qui roulent, mais les chars olympiens et non les chars olympiques, ceux que les dieux font rouler sur les hommes pour mieux les écraser » (P. Brunel). **3.** Démesure du monstrueux grotesque transfigurée en démesure sublime. **4.** Cyclope vaincu par Ulysse dans l'*Odyssée*. **5.** Voir p. 373 et la note 1. **6.** Figure où se concentrent les Titans. Voir notes 1, p. 230 et 4, p. 364. **7.** « Sainte Montagne » grecque, grand centre de l'orthodoxie. **8.** Étymologiquement, l'espace où naît le soleil. **9.** Voir note 3, p. 78. **10.** Voir note 4, p. 78. **11.** Dernier et très étrange avatar du mythe d'Orphée, qui reprend le motif très « renaissant » de la métamorphose du microcosme humain en macrocosme. Hugo songe peut-être à une sorte de réécriture rabelaisienne ou swiftienne de *La Légende*, en particulier avec les « peuples errants » sur les doigts du satyre. Il s'agit bien de réintroduire, en tout cas, le rire, afin que la sublimation du faune ne soit pas une morne épuration, et du réel, et de l'écriture.

Des avrils tout en fleurs verdoyaient sur ses membres ;
700 Le pli de son aisselle abritait des décembres ;
Et des peuples errants demandaient leur chemin,
Perdus au carrefour des cinq doigts de sa main ;
Des aigles[1] tournoyaient dans sa bouche béante ;
La lyre, devenue en le touchant géante[2],
705 Chantait, pleurait, grondait, tonnait, jetait des cris[3] ;
Les ouragans étaient dans les sept cordes pris
Comme des moucherons dans de lugubres toiles ;
Sa poitrine terrible était pleine d'étoiles.

Il cria[4] :

« L'avenir, tel que les cieux le font,
710 » C'est l'élargissement dans l'infini sans fond,
» C'est l'esprit pénétrant de toutes parts la chose !
» On mutile l'effet en limitant la cause[5] ;
» Monde, tout le mal vient de la forme des dieux.
» On fait du ténébreux avec le radieux ;
715 » Pourquoi mettre au-dessus de l'Être, des fantômes ?
» Les clartés, les éthers ne sont pas des royaumes[6].
» Place au fourmillement éternel des cieux noirs,
» Des cieux bleus, des midis, des aurores, des soirs !
» Place à l'atome saint qui brûle ou qui ruisselle !

---

1. Après la désymbolisation de l'aigle impérial/olympien (voir note 1, p. 372) et sa réinscription dans la Nature, les aigles tournoyant dans la bouche du satyre symbolisent la relance de l'épopée, transfigurée par son ancrage dans la vie (voir note 7, p. 382). **2.** Démesure de la lyre qui marque la défaite d'Apollon, et la victoire d'une poétique fondée sur l'excès. **3.** La série verbale vaut comme programme d'une parole poétique qui annule les distinctions entre lyrique, épique et satirique. Comme la parole du satyre, elle commence par le chant pour s'achever en cris, après être passée par les larmes, et les grondements... Voir p. 509 et la note 1. **4.** Le satyre, comme le titan de la *Nouvelle Série*, met à bas les dieux en criant. Efficacité de la violence et de la dysharmonie, nécessaires pour détruire le faux ordre des tyrannies. **5.** Principe en creux d'une Histoire de l'Humanité non mutilée. Voir p. 376 et la note 3. **6.** Toutes les religions sont pensées dans le cadre des théories royalistes, c'est-à-dire tyranniques, de l'État. Révolution théologique et révolution politique sont du coup solidaires, pour une fondation théologico-politique de la démocratie.

720 » Place au rayonnement de l'âme universelle !
» Un roi c'est de la guerre, un dieu c'est de la nuit.
» Liberté, vie et foi, sur le dogme détruit !
» Partout une lumière et partout un génie[1] !
» Amour ! tout s'entendra, tout étant l'harmonie !
725 » L'azur du ciel sera l'apaisement des loups[2].
» Place à Tout ! Je suis Pan ; Jupiter ! à genoux[3]. »

---

1. À la place des dieux et des rois, les génies : le satyre prophétise « l'Histoire réelle » de *William Shakespeare*, mais sa prédiction est en partie démentie par le poème suivant : « La rose de l'*infante* ». Pourtant, rien ne sera plus exactement comme avant, et « La rose de l'infante » raconte la défaite du roi vaincu par le vent... **2.** Dernière reprise du motif orphique, dans une perspective religieuse et politique. **3.** « Pan » signifie « Tout » en grec. Le dieu Pan est une divinité inférieure, ressemblante au chèvre-pieds, joueur de syrinx, divinité du monde pastoral, et semeur de terreurs « paniques ». À un premier niveau, qui reste emprisonné dans le monde de la mythologie, tout en lui imprimant une action révolutionnaire, le dieu inférieur se rebelle et met à genoux le maître de l'Olympe. À un niveau plus profond, « Pan » est non plus ce dieu particulier, mais, dans la dissipation des fables, « Tout », le réel qui renaît et dissout les chimères tyranniques de la mythologie. Voir note 3, p. 59.

IX

LA ROSE DE L'INFANTE [1]

1. « La rose de l'infante » infirme et confirme la grande prophétie du progrès par le satyre. Infirmation : l'empereur Philippe II est pire qu'Iblis ou Caïn. Dans le prolongement de toute une tradition historiographique progressiste, qui remonte au XVIIIe siècle, Philippe II est ici une sorte de *summum* du despotisme. Mais première confirmation : son « Invincible Armada » (1588) est vaincue, et vaincue par le vent — puissance naturelle plus forte que la tyrannie. Seconde confirmation : désormais, les petites filles de cinq ans ne meurent plus comme mourut Isora de Final, et elles sont, avec leur rose, au premier plan du tableau, le spectre royal ne figurant qu'au fond.

« Elle est toute petite, une duègne la garde... »
(IX, « La rose de l'infante », v. 1)

Velasquez, « L'Infante Marie-Marguerite ».

LA ROSE DE L'INFANTE

Elle est toute petite ; une duègne la garde.
Elle tient à la main une rose et regarde[1].
Quoi ? que regarde-t-elle ? Elle ne sait pas. L'eau ;
Un bassin qu'assombrit le pin et le bouleau ;
5 Ce qu'elle a devant elle ; un cygne aux ailes blanches,
Le bercement des flots sous la chanson des branches,
Et le profond jardin rayonnant et fleuri.
Tout ce bel ange a l'air dans la neige pétri.
On voit un grand palais comme au fond d'une gloire[2],
10 Un parc, de clairs viviers où les biches vont boire,
Et des paons étoilés sous les bois chevelus.
L'innocence est sur elle une blancheur de plus ;
Toutes ses grâces font comme un faisceau qui tremble.
Autour de cette enfant l'herbe est splendide et semble
15 Pleine de vrais rubis et de diamants fins ;
Un jet de saphirs sort des bouches des dauphins.

---

1. C'est l'attitude de l'infante Marie-Marguerite, fille de Philippe II, telle qu'elle apparaît dans le tableau de Vélasquez (1599-1660) qui est au Louvre. Le retardement de sa nomination souligne que l'infante est d'abord enfant, et que cette « petite épopée » est d'abord l'épopée de la « toute petite ». La démocratisation du sujet historique passe par l'inscription de l'enfant dans l'Histoire, progressivement, l'infante-enfant préparant les enfants simplement enfants du « Temps présent ».
2. « En peinture, la *gloire* est un fond de lumière ardente, sur laquelle se détachent les apparitions surnaturelles et les saints » (Littré). Toute la description du parc semble une transposition de tableau, pour rendre hommage à la peinture espagnole, mais surtout peut-être pour suggérer que le parc de l'infante est une sorte de décor artificiel, d'idéalisation précieuse de la Nature qui fait de celle-ci un luxe royal, une propriété du pouvoir — « hors le vent ».

Elle se tient au bord de l'eau ; sa fleur l'occupe ;
Sa basquine[1] est en point de Gênes ; sur sa jupe
Une arabesque, errant dans les plis du satin,
20 Suit les mille détours d'un fil d'or florentin[2].
La rose épanouie et toute grande ouverte,
Sortant du frais bouton comme d'une urne verte,
Charge la petitesse exquise de sa main ;
Quand l'enfant, allongeant ses lèvres de carmin,
25 Fronce, en la respirant, sa riante narine,
La magnifique fleur, royale et purpurine[3],
Cache plus qu'à demi ce visage charmant,
Si bien que l'œil hésite, et qu'on ne sait comment
Distinguer de la fleur ce bel enfant qui joue,
30 Et si l'on voit la rose ou si l'on voit la joue.
Ses yeux bleus sont plus beaux sous son pur sourcil [brun.
En elle tout est joie, enchantement, parfum ;
Quel doux regard, l'azur ! et quel doux nom, Marie[4] !
Tout est rayon ; son œil éclaire et son nom prie.
35 Pourtant, devant la vie et sous le firmament[5],
Pauvre être ! elle se sent très-grande vaguement ;
Elle assiste au printemps, à la lumière, à l'ombre,
Au grand soleil couchant horizontal et sombre,
À la magnificence éclatante du soir,
40 Aux ruisseaux murmurants qu'on entend sans les voir,
Aux champs, à la nature éternelle et sereine,

1. Sorte de jupe riche et élégante que portent les Espagnoles et les Basques encore au XIXe siècle. **2.** Les villes-cités italiennes de Gênes et Florence ne sont plus que les fournisseurs en produits de luxe de l'infante. **3.** Couleur pourpre (voir note 3, p. 205). De même que l'enfant-héroïne est encore une infante, la fleur mise au premier plan n'est pas dégagée de la sphère tyrannique. **4.** Parce qu'elle est « toute petite », l'infante peut porter ce prénom très répandu et d'une douceur, d'une pureté tout évangéliques, qui renvoie la fille de Philippe II au christianisme primitif de la première section. **5.** Voûte céleste.

Avec la gravité d'une petite reine[1] ;
Elle n'a jamais vu l'homme que se courbant ;
Un jour, elle sera duchesse de Brabant ;
45 Elle gouvernera la Flandre ou la Sardaigne[2].
Elle est l'infante, elle a cinq ans, elle dédaigne.
Car les enfants des rois sont ainsi ; leurs fronts blancs
Portent un cercle d'ombre, et leurs pas chancelants
Sont des commencements de règne. Elle respire
50 Sa fleur en attendant qu'on lui cueille un empire ;
Et son regard, déjà royal, dit : C'est à moi.
Il sort d'elle un amour mêlé d'un vague effroi.
Si quelqu'un, la voyant si tremblante et si frêle,
Fût-ce pour la sauver, mettait la main sur elle,
55 Avant qu'il eût pu faire un pas ou dire un mot,
Il aurait sur le front l'ombre de l'échafaud.

La douce enfant sourit, ne faisant autre chose
Que de vivre et d'avoir dans la main une rose,
Et d'être là devant le ciel, parmi les fleurs.

60 Le jour s'éteint ; les nids chuchotent, querelleurs ;
Les pourpres[3] du couchant sont dans les branches
[d'arbre ;
La rougeur monte au front des déesses de marbre
Qui semblent palpiter sentant venir la nuit[4] ;
Et tout ce qui planait redescend ; plus de bruit,
65 Plus de flamme ; le soir mystérieux recueille
Le soleil sous la vague et l'oiseau sous la feuille.

---

1. Élargissement du décor, du parc artificiel à la grande Nature. Que l'infante assiste au spectacle de celle-ci « Avec la gravité d'une petite reine » signale la ressemblance de l'enfant royal et du roi, leur commune illusion : que la grande Nature puisse être, comme un parc, leur propriété. **2.** Le Brabant, la Flandre des Pays-Bas, la Sardaigne rappellent l'étendue du pouvoir de Philippe II. **3.** Voir notes 3, p. 205 et 3, p. 396. La splendeur du couchant est toute royale. **4.** Retour du paganisme, et avec lui, subrepticement, du grand mystère de l'érotisme.

Pendant que l'enfant rit, cette fleur à la main,
Dans le vaste palais catholique romain
Dont chaque ogive[1] semble au soleil une mitre[2],
70 Quelqu'un de formidable[3] est derrière la vitre ;
On voit d'en bas une ombre, au fond d'une vapeur,
De fenêtre en fenêtre errer, et l'on a peur ;
Cette ombre au même endroit, comme en un
[cimetière,
Parfois est immobile une journée entière ;
75 C'est un être effrayant qui semble ne rien voir ;
Il rôde d'une chambre à l'autre, pâle et noir ;
Il colle aux vitraux blancs son front lugubre, et songe ;
Spectre blême ! Son ombre aux feux du soir s'allonge ;
Son pas funèbre est lent comme un glas[4] de beffroi[5] ;
80 Et c'est la Mort, à moins que ce ne soit le Roi.

C'est lui ; l'homme en qui vit et tremble le royaume.
Si quelqu'un pouvait voir dans l'œil de ce fantôme
Debout en ce moment l'épaule contre un mur,
Ce qu'on apercevrait dans cet abîme obscur,
85 Ce n'est pas l'humble[6] enfant, le jardin, l'eau moirée[7]
Reflétant le ciel d'or d'une claire soirée,
Les bosquets, les oiseaux se becquetant entre eux,
Non : au fond de cet œil comme l'onde vitreux,
Sous ce fatal sourcil qui dérobe à la sonde
90 Cette prunelle autant que l'océan profonde,
Ce qu'on distinguerait, c'est, mirage mouvant,
Tout un vol de vaisseaux en fuite dans le vent,
Et, dans l'écume, au pli des vagues, sous l'étoile,

---

1. Détail architectural qui souligne la permanence du Moyen Âge en cette fin du XVIe siècle. **2.** Fantasmagorique coiffe de pape, qui renvoie au soutien du pape par l'empereur, à la solidarité des tyrannies temporelle et spirituelle. **3.** Terrible. **4.** Sonnerie de cloche d'église pour annoncer l'agonie, la mort ou les obsèques d'une personne. **5.** Voir note 7, p. 319. **6.** Modeste mais aussi pauvre, obscur, de condition inférieure. L'enfant même infante est bien une figure où s'entr'aperçoit le peuple. **7.** Aux reflets changeants comme le tissu précieux qu'est la moire. Retour de la Nature décorative et précieuse.

L'immense tremblement d'une flotte à la voile,
95 Et, là-bas, sous la brume, une île, un blanc rocher,
Écoutant sur les flots ces tonnerres marcher.

Telle est la vision qui, dans l'heure où nous sommes[1],
Emplit le froid cerveau de ce maître des hommes,
Et qui fait qu'il ne peut rien voir autour de lui.
100 L'armada[2], formidable[3] et flottant point d'appui
Du levier dont il va soulever tout un monde,
Traverse en ce moment l'obscurité de l'onde ;
Le roi dans son esprit la suit des yeux, vainqueur,
Et son tragique[4] ennui n'a plus d'autre lueur.

105 Philippe Deux était une chose terrible.
Iblis dans le Koran[5] et Caïn[6] dans la Bible
Sont à peine aussi noirs qu'en son Escurial[7]
Ce royal spectre, fils du spectre impérial[8].
Philippe Deux était le Mal tenant le glaive[9].
110 Il occupait le haut du monde comme un rêve.
Il vivait : nul n'osait le regarder ; l'effroi
Faisait une lumière étrange autour du roi ;
On tremblait rien qu'à voir passer ses majordomes[10] ;
Tant il se confondait, aux yeux troublés des hommes,
115 Avec l'abîme, avec les astres du ciel bleu !

---

1. Projection du narrateur, et avec lui du lecteur, dans le temps raconté. **2.** La célèbre flotte que Philippe II arma contre l'Angleterre en 1588, afin d'asseoir définitivement sa toute-puissance maritime. **3.** Terrible. **4.** Définition qui *a posteriori* fera du vent une force anti-tragique. **5.** Orthographe d'époque. Iblis est le « héros » de I, 3. Voir note 2, p. 70. Première orientalisation de Philippe II. **6.** « Héros » de I, 2. « Le satyre », plaque tournante du recueil, réécrivait « Le sacre de la femme ». « La rose de l'infante » réécrit les deux poèmes qui suivent l'évocation du paradis dans la première section, et qui enclenchent le désastre historique. *La Légende* n'en finit pas d'involuer vers les origines mythiques du Mal métaphysique et politique, parce que la tyrannie et ses meurtres contre nature n'en finissent pas de revenir. On impute à Philippe II le meurtre de son fils don Carlos. **7.** Funèbre palais édifié en plein désert par Philippe II. **8.** L'Histoire est filiation fantomatique, du spectre impérial Charles Quint au spectre royal Philippe II. **9.** Voir note 4, p. 121. **10.** Chef des domestiques dans la demeure d'un souverain.

Tant semblait grande à tous son approche de Dieu !
Sa volonté fatale, enfoncée, obstinée,
Était comme un crampon mis sur la destinée ;
Il tenait l'Amérique et l'Inde, il s'appuyait
120 Sur l'Afrique, il régnait sur l'Europe, inquiet
Seulement du côté de la sombre Angleterre ;
Sa bouche était silence et son âme mystère ;
Son trône était de piége[1] et de fraude construit ;
Il avait pour soutien la force de la nuit ;
125 L'ombre était le cheval de sa statue équestre.
Toujours vêtu de noir, ce Tout-Puissant terrestre
Avait l'air d'être en deuil de ce qu'il existait ;
Il ressemblait au sphinx[2] qui digère et se tait ;
Immuable ; étant tout, il n'avait rien à dire.
130 Nul n'avait vu ce roi sourire ; le sourire
N'étant pas plus possible à ces lèvres de fer
Que l'aurore à la grille obscure de l'enfer.
S'il secouait parfois sa torpeur de couleuvre,
C'était pour assister le bourreau dans son œuvre,
135 Et sa prunelle avait pour clarté le reflet
Des bûchers sur lesquels par moments il soufflait[3].
Il était redoutable à la pensée, à l'homme,
À la vie, au progrès[4], au droit, dévot à Rome[5] ;
C'était Satan régnant au nom de Jésus-Christ ;
140 Les choses qui sortaient de son nocturne esprit
Semblaient un glissement sinistre de vipères.
L'Escurial[6], Burgos[7], Aranjuez[8], ses repaires,
Jamais n'illuminaient leurs livides plafonds ;

---

1. On écrit au XIXe siècle « piége », en dépit du fait qu'on prononce « piège » (Littré). **2.** Voir note 2, p. 236. **3.** Allusion à l'Inquisition. **4.** Deuxième occurrence du mot, apparu pour la première fois dans « Le satyre ». Le progrès est écrasé, mais désormais dicible. **5.** Voir note 1 p. 179. Philippe II a mené une existence retirée et dévote dans l'Escurial. **6.** Voir note 7, p. 399. **7.** C'est au XIe siècle que Burgos était ville royale. Erreur volontaire de Hugo ? **8.** C'est le parc du palais d'Aranjuez que décrit, d'après les sources établies par Berret, le poème.

Pas de festins, jamais de cour, pas de bouffons[1] ;
145 Les trahisons pour jeu, l'autodafé[2] pour fête.
Les rois troublés avaient au-dessus de leur tête
Ses projets dans la nuit obscurément ouverts ;
Sa rêverie était un poids sur l'univers ;
Il pouvait et voulait tout vaincre et tout dissoudre ;
150 Sa prière faisait le bruit sourd d'une foudre ;
De grands éclairs sortaient de ses songes profonds.
Ceux auxquels il pensait disaient : Nous étouffons.
Et les peuples, d'un bout à l'autre de l'empire,
Tremblaient, sentant sur eux ces deux yeux fixes luire.

155 Charles[3] fut le vautour, Philippe est le hibou[4].

Morne en son noir pourpoint[5], la toison d'or[6] au cou,
On dirait du destin la froide sentinelle ;
Son immobilité commande ; sa prunelle
Luit comme un soupirail de caverne ; son doigt
160 Semble, ébauchant un geste obscur que nul ne voit,
Donner un ordre à l'ombre et vaguement l'écrire.
Chose inouïe ! il vient de grincer un sourire.
Un sourire insondable, impénétrable, amer.
C'est que la vision de son armée en mer
165 Grandit de plus en plus dans sa sombre pensée ;
C'est qu'il la voit voguer par son dessein poussée,
Comme s'il était là, planant sous le zénith ;
Tout est bien ; l'océan docile s'aplanit ;

---

1. Signe que Philippe II est un tyran d'une austérité des plus sinistres — ce qui est un fait avéré —, mais aussi que le grotesque n'est plus à la solde des tyrans. La révolution du satyre travaille l'Histoire en ses profondeurs. **2.** Cérémonie au cours de laquelle les hérétiques condamnés au supplice du feu par l'Inquisition devaient faire « acte de foi » (en portugais : auto da fé) pour « mériter » le rachat de leur âme dans l'autre monde. **3.** Charles Quint, le père de Philippe II, n'a plus rien du puissant transfiguré de l'acte IV d'*Hernani*. **4.** Oiseau de nuit de réputation satanique. **5.** Partie du vêtement masculin qui couvrait le buste jusqu'au-dessous de la ceinture. **6.** Distinction de l'ordre chevaleresque de la Toison d'or, d'origine bourguignonne, passée aux Habsbourg, et dont Philippe II était le grand maître.

L'armada lui fait peur comme au déluge l'arche[1] ;
170 La flotte se déploie en bon ordre de marche,
Et, les vaisseaux gardant les espaces fixés,
Échiquier de tillacs[2], de ponts, de mâts dressés,
Ondule sur les eaux comme une immense claie[3].
Ces vaisseaux sont sacrés ; les flots leur font la haie[4] ;
175 Les courants, pour aider ces nefs à débarquer,
Ont leur besogne à faire et n'y sauraient manquer ;
Autour d'elles la vague avec amour déferle,
L'écueil se change en port, l'écume tombe en perle.
Voici chaque galère avec son gastadour[5] ;
180 Voici ceux de l'Escaut, voilà ceux de l'Adour[6] ;
Les cent mestres[7] de camp et les deux connétables[8] ;
L'Allemagne a donné ses ourques[9] redoutables,
Naples ses brigantins, Cadiz ses galions[10],
Lisbonne ses marins, car il faut des lions[11].
185 Et Philippe se penche, et, qu'importe l'espace !

---

1. L'arche de Noé ne fait pas peur au Déluge dans la Genèse. Cette interprétation est intégrée dans la vision de Philippe II, pour qui « tout est bien » dans cette domination funèbre de la Nature. **2.** Pont supérieur d'un bateau. **3.** Voir note 7, p. 296. **4.** La haie d'honneur, comme des soldats. **5.** Du mot espagnol *gastador*, « maître valet d'un vaisseau ». Le mot est déjà présent à la fin du dénombrement de l'Armada dans la « Conclusion » du *Rhin*. **6.** Fleuves de Flandre et du pays Basque. **7.** L'orthographe archaïque (déjà utilisée dans la « Conclusion » du *Rhin*) vise à accentuer le pittoresque de la description et à inscrire l'énonciation dans le temps raconté. **8.** Voir note 7, p. 244. **9.** Début de la description épique des vaisseaux de l'Armada, qui condense celle de la « Conclusion » du *Rhin*, introduite par la considération suivante : « [...] nous avons voulu savoir au juste ce que c'était que la grande armada de Philippe II, si fameuse et si peu connue, comme tant de choses fameuses. L'histoire en parle et s'en extasie ; mais l'histoire, qui hait le détail, et qui, selon nous, a tort de le haïr, ne dit pas les chiffres. » Suit une description, à mi-chemin entre le dénombrement homérique et l'étude statistique, que gomme ici Hugo pour ne garder que le pittoresque du langage spécial de la mer, et l'ouverture de l'espace, par l'énumération des signes de la puissance maritime de Philippe II, de l'Allemagne à Lisbonne en passant par Naples et Cadix. **10.** Grand navire espagnol faisant le commerce avec l'Amérique. Seule ouverture, très allusive, au Nouveau Monde. **11.** Héroïsation des marins portugais, sans développement cependant sur leurs investigations dans les grands lointains de l'Inde, de la Chine, de l'Afrique et de l'Amérique.

Non-seulement il voit, mais il entend. On passe,
On court, on va. Voici le cri des porte-voix,
Le pas des matelots courant sur les pavois[1],
Les moços[2], l'amiral appuyé sur son page[3],
190 Les tambours, les sifflets des maîtres d'équipage,
Les signaux pour la mer, l'appel pour les combats,
Le fracas sépulcral et noir du branle-bas.
Sont-ce des cormorans ? sont-ce des citadelles ?
Les voiles font un vaste et sourd battement d'ailes ;
195 L'eau gronde, et tout ce groupe énorme vogue, et fuit,
Et s'enfle et roule avec un prodigieux[4] bruit.
Et le lugubre roi sourit de voir groupées
Sur quatre cents vaisseaux quatre-vingt mille épées.
Ô rictus du vampire assouvissant sa faim !
200 Cette pâle Angleterre, il la tient donc enfin !
Qui pourrait la sauver ? Le feu va prendre aux poudres.
Philippe dans sa droite a la gerbe des foudres ;
Qui pourrait délier ce faisceau dans son poing ?
N'est-il pas le seigneur qu'on ne contredit point ?
205 N'est-il pas l'héritier de César[5] ? le Philippe
Dont l'ombre immense va du Gange au Pausilippe[6] ?
Tout n'est-il pas fini quand il a dit : Je veux !
N'est-ce pas lui qui tient la victoire aux cheveux ?
N'est-ce pas lui qui lance en avant cette flotte,
210 Ces vaisseaux effrayants dont il est le pilote

---

1. Partie du bordage située au-dessus du pont. **2.** Mot espagnol : mousses. **3.** Le page, après les « moços », inscrit sinon l'enfance, du moins l'adolescence dans l'espace épique de la guerre maritime. **4.** Voir note 2, p. 55. **5.** La double énonciation retourne l'éloge en condamnation : tous les tyrans sont les héritiers de César (voir note 4, p. 97). Philippe II César, c'est Philippe II Napoléon III. **6.** Promontoire près de Naples, où les riches Romains possédaient des villas, et où Virgile est enterré. Mais c'est sans doute à la voie souterraine qui traverse le mont pour relier Naples à Pouzzoles que pense ici Hugo. Philippe II est un nouvel Alexandre, dont l'empire s'étend d'Europe jusqu'en Asie : au lieu de faire de Philippe II ce qu'il a été effectivement, soit un adversaire de l'Orient à travers sa lutte contre l'Empire ottoman, Hugo fait de lui un empereur oriental, et une « espèce de sultan catholique », pour reprendre l'expression de la « Conclusion » du *Rhin*.

Et que la mer charrie ainsi qu'elle le doit ?
Ne fait-il pas mouvoir avec son petit doigt
Tous ces dragons ailés et noirs[1], essaim sans nombre ?
N'est-il pas lui, le roi ? n'est-il pas l'homme sombre
215 À qui ce tourbillon de monstres obéit ?

Quand Béit-Cifresil, fils d'Abdallah-Béit[2],
Eut creusé le grand puits de la mosquée, au Caire,
Il y grava : « Le ciel est à Dieu ; j'ai la terre[3]. »
Et, comme tout se tient, se mêle et se confond,
220 Tous les tyrans n'étant qu'un seul despote au fond,
Ce que dit ce sultan jadis, ce roi le pense[4].

Cependant, sur le bord du bassin, en silence,
L'infante tient toujours sa rose gravement,
Et, doux ange aux yeux bleus, la baise par moment.
225 Soudain un souffle d'air, une de ces haleines
Que le soir frémissant jette à travers les plaines,
Tumultueux zéphyr[5] effleurant l'horizon,
Trouble l'eau, fait frémir les joncs, met un frisson
Dans les lointains massifs de myrte[6] et d'asphodèle[7],
230 Vient jusqu'au bel enfant tranquille, et, d'un coup d'aile,
Rapide, et secouant même l'arbre voisin,
Effeuille brusquement la fleur dans le bassin ;
Et l'infante n'a plus dans la main qu'une épine.
Elle se penche, et voit sur l'eau cette ruine ;
235 Elle ne comprend pas ; qu'est-ce donc ? Elle a peur ;
Et la voilà qui cherche au ciel avec stupeur
Cette brise qui n'a pas craint de lui déplaire.

---

1. La puissance du roi dévot est satanique. **2.** Fictions hugoliennes, vraisemblablement. **3.** La théocratie musulmane se retourne en désastreuse séparation de la politique et de la religion en deux tyrannies, celle de Dieu et celle de Béit-Cifresil. **4.** Clef de lecture du recueil : les différences temporelles et géographiques, civilisationnelles sont anecdotiques au regard de l'unité du fait tyrannique qui donne une cohérence funèbre à l'Histoire (« tout se tient »), en même temps qu'elle la gèle dans la répétition. **5.** Voir note 6, p. 361. Apparition du vent dans le registre de la poésie précieuse. **6.** Voir note 7, p. 361. **7.** Voir note 3, p. 84.

Que faire ? Le bassin semble plein de colère ;
Lui, si clair tout à l'heure, il est noir maintenant ;
240 Il a des vagues ; c'est une mer bouillonnant ;
Toute la pauvre rose est éparse sur l'onde ;
Ses cent feuilles, que noie et roule l'eau profonde,
Tournoyant, naufrageant, s'en vont de tous côtés
Sur mille petits flots par la brise irrités ;
245 On croit voir dans un gouffre une flotte qui sombre.
« — Madame, dit la duègne avec sa face d'ombre
À la petite fille étonnée et rêvant,
Tout sur terre appartient aux princes, hors le vent[1]. »

---

1. « L'aventure de l'armada, écrivait Hugo dans la « Conclusion » du *Rhin*, c'est l'histoire de l'Espagne. Un coup de vent, qu'on l'appelle trombe, comme en Europe, ou typhon, comme en Chine, est de tous les temps. Malheur à la puissance sur laquelle le vent souffle ! » Et encore : « Ce coup de vent, qui souffla dans la nuit du 2 septembre 1588, a changé la forme du monde. » Le silence absolu à la fin du poème sur l'Angleterre centre son intérêt sur la victoire de l'immanence (voir notes 1 p. 57 et 3, p. 59) sur le tyran dévot. Le réel est en train de renaître, pour parler comme le satyre.

« *Quand j'ai pu voir comment Torquemada s'y prend*
Pour dissiper la nuit du sauvage ignorant... »
(X, « Les raisons du Momotombo », vv. 41-42)

Caricature de Victor Hugo, « Criminaliste et démonologue infaillible ».

X

L'INQUISITION[1]

« Le baptême des volcans est un ancien usage qui remonte aux premiers temps de la conquête. Tous les cratères du Nicaragua furent alors sanctifiés, à l'exception du Momotombo, d'où l'on ne vit jamais revenir les religieux qui s'étaient chargés d'aller y planter la croix. »

Squier, *Voyages dans l'Amérique du Sud*[2].

---

1. « L'Inquisition » développe une des faces les plus sombres et du christianisme (si loin de l'évangélisme de la première section) et de l'Empire espagnol, seulement suggérée dans « La rose de l'infante ». Le 24 juillet 1859, alors que *Les Petites Épopées* sont sous presse, Hugo demande à Paul Meurice une documentation sur Torquemada, qui deviendra le monstrueux héros éponyme d'une pièce de la fin de l'exil. Hugo, qui s'y intéresse depuis 1850, n'en a pas fini avec l'Inquisition. D'autant qu'elle n'est pas morte : en 1850, la lecture de la *Lettre sur l'Inquisition* de Joseph de Maistre inspire à un des grands ennemis de Hugo, Veuillot, une apologie sans vergogne de l'institution dans *L'Univers* : « Il nous faut une institution coercitive ; une inquisition quelconque, pas le nom, si vous voulez, mais la chose. » Celle-ci, en réponse à Veuillot, sera l'objet de quatre articles détaillés de *L'Événement*, le journal du clan Hugo. De plus, en 1856, l'encyclique *Nunquam fore* de Pie IX condamne les initiatives prises par le pouvoir civil du Mexique « pour le libre exercice de tous les cultes ». Le poème de « L'Inquisition » est un acte de militantisme. **2.** Citation de E.-G. Squier, *Travels in Central America, particularly in Nicaragua*, New York, 1853. D'après Berret, Hugo, qui ne savait pas l'anglais, a dû trouver cette citation dans quelque périodique. Squier n'était pas un inconnu en France, lui qui reçut en 1856 la médaille d'or de la Société de géographie. L'épigraphe, en évoquant sans commentaire l'usage ridicule des baptêmes de volcans par les conquérants catholiques, confère d'emblée une tonalité voltairienne au poème.

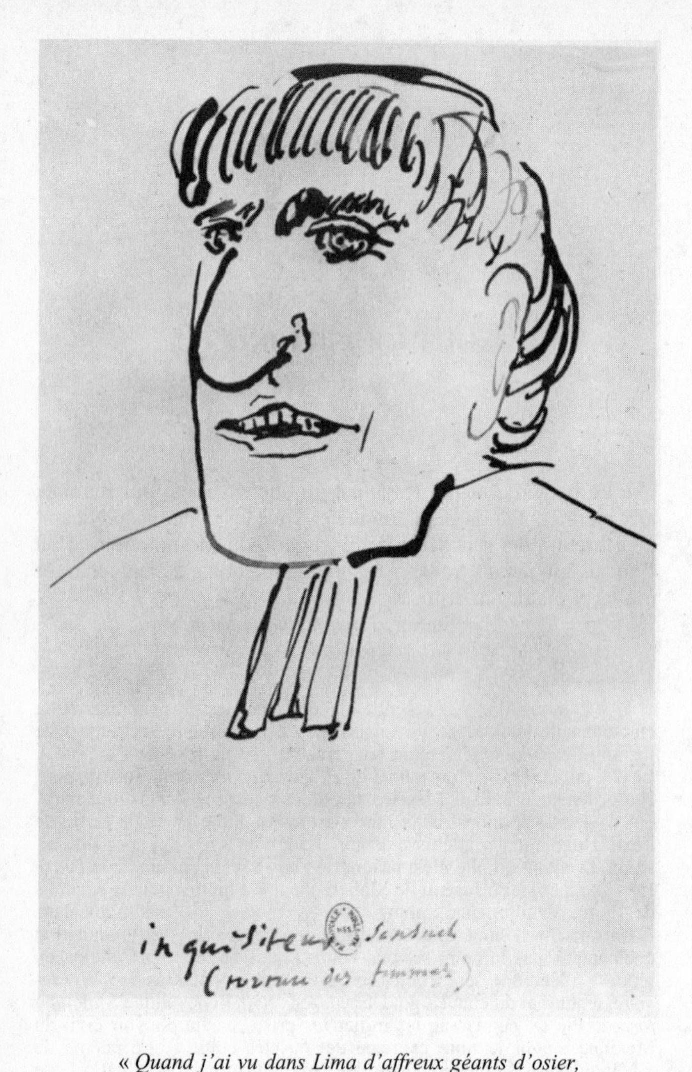

« *Quand j'ai vu dans Lima d'affreux géants d'osier,*
Pleins d'enfants, pétiller sur un large brasier,
Et le feu dévorer la vie, et les fumées
Se tordre sur les seins des femmes allumées... »
(X, « Les raisons du Momotombo », vv. 45-48)

Caricature de Victor Hugo à la plume et encre brune, « Inquisiteur sensuel (torture des femmes) ».

LES RAISONS DU MOMOTOMBO[1]

Trouvant les tremblements de terre trop fréquents,
Les rois d'Espagne ont fait baptiser les volcans
Du royaume qu'ils ont en-dessous de la sphère[2] ;
Les volcans n'ont rien dit et se sont laissé faire,
5 Et le Momotombo lui seul n'a pas voulu[3].
Plus d'un prêtre en surplis, par le saint-père élu,
Portant le sacrement que l'Église administre,
L'œil au ciel, a monté la montagne sinistre ;
Beaucoup y sont allés, pas un n'est revenu.

10 Ô vieux Momotombo, colosse chauve et nu[4],
Qui songe près des mers, et fais de ton cratère
Une tiare[5] d'ombre et de flamme à la terre,
Pourquoi, lorsqu'à ton seuil terrible nous frappons,
Ne veux-tu pas du Dieu qu'on t'apporte ? Réponds.

15 La montagne interrompt son crachement de lave,
Et le Momotombo répond d'une voix grave :

---

1. Le Momotombo est un volcan du Nicaragua, encore en activité : sa résistance à la violence du catholicisme dure encore... « Raisons » est à prendre au sens d'« arguments », mais plus profondément oppose à l'absurdité des religions instituées la profonde rationalité de la Nature. **2.** Sphère céleste. **3.** Le Volcan est un héros de la résistance. Après le vent qui ruine les projets de toute-puissance de Philippe II dans le poème précédent, c'est encore une force naturelle qui résiste à la violence historique, confirmant la prophétie du satyre, d'une renaissance du « réel » en dépit de la permanence cauchemardesque du Mal. **4.** Vieillard héroïque, comme Éviradnus, Onfroy, Final... **5.** Coiffe des papes.

« Je n'aimais pas beaucoup le dieu qu'on a chassé.
Cet avare cachait de l'or dans un fossé ;
Il mangeait de la chair humaine ; ses mâchoires
20 Étaient de pourriture et de sang toutes noires.
Son antre était un porche au farouche carreau,
Temple sépulcre orné d'un pontife bourreau ;
Des squelettes riaient sous ses pieds ; les écuelles
Où cet être buvait le meurtre étaient cruelles ;
25 Sourd, difforme, il avait des serpents au poignet ;
Toujours entre ses dents un cadavre saignait ;
Ce spectre noircissait le firmament[1] sublime.
J'en grondais quelquefois au fond de mon abîme[2].
Aussi, quand sont venus, fiers sur les flots tremblants,
30 Et du côté d'où vient le jour, des hommes blancs,
Je les ai bien reçus, trouvant que c'était sage.
— L'âme a certainement la couleur du visage,
Disais-je ; l'homme blanc, c'est comme le ciel bleu ;
Et le dieu de ceux-ci doit être un très-bon dieu.
35 On ne le verra point de meurtre se repaître. —
J'étais content ; j'avais horreur de l'ancien prêtre ;
Mais, quand j'ai vu comment travaille le nouveau,
Quand j'ai vu flamboyer, ciel juste ! à mon niveau !
Cette torche lugubre, âpre, jamais éteinte,
40 Sombre, que vous nommez l'Inquisition sainte,
Quand j'ai pu voir comment Torquemada[3] s'y prend
Pour dissiper la nuit du sauvage ignorant,
Comment il civilise[4], et de quelle manière
Le saint-office enseigne et fait de la lumière,

---

1. Voûte céleste. **2.** La résistance à la tyrannie religieuse vient des profondeurs infinies de l'immanence (voir notes 1 p. 57 et 3, p. 59), ici comme dans « Le satyre », ou, plus nettement encore, dans « Le titan » de la *Nouvelle Série*. **3.** Le plus célèbre, parce que le plus radical, des grands inquisiteurs espagnols. C'est lui qui ordonna l'expulsion des Juifs d'Espagne en 1483 et alluma des milliers de bûchers dans toute l'Espagne. Déplacé par Hugo en Amérique, il devient le symbole de l'inquisiteur. **4.** Approfondissement de la critique du christianisme civilisateur, déjà mis à mal en IV, 1. Voir notes 1 et 2, p. 120.

45 Quand j'ai vu dans Lima[1] d'affreux géants d'osier,
Pleins d'enfants, pétiller sur un large brasier,
Et le feu dévorer la vie, et les fumées
Se tordre sur les seins des femmes allumées,
Quand je me suis senti parfois presque étouffé
50 Par l'âcre odeur qui sort de votre autodafé[2],
Moi qui ne brûlais rien que l'ombre en ma fournaise[3],
J'ai pensé que j'avais eu tort d'être bien aise ;
J'ai regardé de près le dieu de l'étranger,
Et j'ai dit : — Ce n'est pas la peine de changer[4]. »

---

1. Capitale de la Nouvelle-Castille durant l'époque coloniale (puis à partir de 1821 du Pérou), Lima eut une Inquisition à partir de 1569. **2.** Voir note 2, p. 401. **3.** Le poème oppose ainsi trois feux destructeurs : les feux des sacrifices humains de l'ancien dieu, mis dos à dos avec ceux des autodafés commis au nom du nouveau, et le feu du volcan, ennemi de « l'ombre ». Voltaire, dans l'*Essai sur les mœurs*, que lisait régulièrement Hugo, avait déjà posé l'équivalence entre les sacrifices humains des idolâtres et ceux de l'Inquisition. Hugo ajoute le volcan, feu de Lumières contre « l'ombre » du Mal et de l'obscurantisme. **4.** Changement indifférent de dieux-tyrans, et de barbarie. Le christianisme, dévoyé de son projet primitif, n'est plus un moteur du progrès — ce que disait aussi le « paganisme » de la « Renaissance » du satyre.

« Mais, bah ! rien qu'au bruit de nos rames
Toute la flotte s'envola ! »
(XI, « La chanson des aventuriers de la mer », vv. 55-56)

Victor Hugo, « Etude de voilures ».

XI

LA CHANSON DES AVENTURIERS DE LA MER[1]

1. Cette « chanson », d'abord intitulée « Chanson de pirates », comme un poème des *Orientales*, est une des pièces les plus anciennes du recueil, puisqu'elle a été rédigée à l'époque où Hugo écrivait *Le Rhin*, en 1840. Comme la « Chanson de pirates » des *Orientales* et comme « Les reîtres — chanson barbare » de la *Nouvelle Série*, ce poème introduit le registre de l'épopée populaire, avec sa naïveté, sa franchise, ses fanfaronnades et ses plaisanteries carnavalesques, sur un rythme bref qui rompt avec le reste du recueil (voir Présentation, p. 33 et la note 3). Surtout, si la réécriture du refrain connu : « ... Je dirois au roi Henri : "Reprenez votre Paris, / J'aime mieux ma mie, au gué ! J'aime mieux ma mie" » permet d'inscrire dans *La Légende* l'immaturité politique du peuple, incapable d'aller jusqu'au bout de son entreprise de détronisation, il n'empêche que pour la première fois le peuple est sujet de l'Histoire, et de l'historiographie. Le Progrès avance, même s'il est compliqué par l'ambivalence d'une liberté amoureuse indissociable ici de l'aliénation politique.

« J'ai, là-bas, où des flots sans nombre
Mugissent dans les nuits d'hiver,
Ma belle farouche à l'œil sombre... »
(XI, « La chanson des aventuriers de la mer », vv. 105-107)

Victor Hugo, « Le bateau vision » ou « La dernière lutte », plume et lavis d'encre brune.

LA CHANSON DES AVENTURIERS DE LA MER

En partant du golfe d'Otrante,
Nous étions trente ;
Mais, en arrivant à Cadiz,
Nous étions dix [1].

5 Tom Robin, matelot de Douvre [2],
Au Phare [3] nous abandonna
Pour aller voir si l'on découvre
Satan, que l'archange enchaîna,
Quand un bâillement noir entr'ouvre
10 La gueule rouge de l'Etna [4].

---

1. Le refrain permet de scander poétiquement et narrativement la « chanson » — par quelles aventures les marins sont-ils passés de trente à dix ? Les deux villes à la rime, l'italienne et l'espagnole, suggèrent un trajet maîtrisé, entre un point de départ et un point d'arrivée déterminé à l'avance, tandis que les noms de villes des autres strophes évoqueront un voyage aventureux, en zigzag, sans véritable but, au gré du hasard. Aventuriers, les chevaliers errants l'étaient déjà, et de même le satyre. Mais ces aventuriers avaient un but, celui de la lutte contre l'exploitation en ses formes diverses et semblables. Ils étaient portés par la nécessité du progrès, de l'équité, de la liberté. Les « aventuriers » de la mer sont une figure du peuple ignorant cette nécessité, et du coup livré au hasard, sans but ni direction. **2.** Le premier nommé est un Anglais du grand port de Douvres, et c'est presque, mais presque seulement, un Robin des Bois. Cosmopolitisme du peuple des mers, profondément ambivalent puisqu'ignorant l'attachement patriotique, mais annonçant aussi la possibilité à venir d'une république, sinon universelle, du moins européenne. **3.** Le détroit de Messine. **4.** Syncrétisme des légendes populaires : Satan ne sera enchaîné qu'à la fin des temps dans la tradition chrétienne ; en revanche, dans la mythologie antique, l'Etna servit de prison à Typhon et Encelade, après la défaite de ces géants contre les Olympiens, et une croyance commune voyait dans la fumée et le feu du cratère l'haleine enflammée des géants.

En partant du golfe d'Otrante,
Nous étions trente ;
Mais, en arrivant à Cadiz,
Nous étions dix.

15 En Calabre, une Tarentaise
Rendit fou Spitafangama[1] ;
À Gaëte, Ascagne[2] fut aise
De rencontrer Michellema ;
L'amour ouvrit la parenthèse,
20 Le mariage la ferma.

En partant du golfe d'Otrante,
Nous étions trente ;
Mais, en arrivant à Cadiz,
Nous étions dix.

25 À Naple, Ebid, de Macédoine,
Fut pendu ; c'était un faquin[3].
À Capri, l'on nous prit Antoine :
Aux galères pour un sequin[4] !
À Malte, Ofani se fit moine
30 Et Gobbo se fit arlequin[5].

En partant du golfe d'Otrante,
Nous étions trente ;
Mais, en arrivant à Cadiz,
Nous étions dix.

---

1. Le nom et, du coup, le vers sont comiquement cacophoniques. **2.** Après le nom grotesque, le nom burlesque : ce marin a pris le nom du fils d'Énée, le héros de l'*Énéide* de Virgile. L'histoire de ces deux silhouettes suggère la fragilité de la liberté amoureuse, parenthèse fermée par le mariage. **3.** Coquin plat et impertinent : raison insuffisante pour mériter la peine de mort, contrairement à ce que laisse entendre le chanteur. **4.** Voir note 8, p. 142. Cette iniquité semble plus indigner l'aventurier que la précédente. **5.** Équivalence carnavalesque du moine et de l'arlequin.

35 Autre perte : André, de Pavie,
Pris par les Turcs à Lipari[1],
Entra, sans en avoir envie,
Au sérail, et, sous cet abri,
Devint vertueux pour la vie,
40 Ayant été fort amoindri[2].

En partant du golfe d'Otrante,
Nous étions trente ;
Mais, en arrivant à Cadiz,
Nous étions dix.

45 Puis, trois de nous, que rien ne gêne,
Ni loi, ni Dieu, ni souverain[3],
Allèrent, pour le prince Eugène[4]
Aussi bien que pour Mazarin[5],
Aider Fuentes à prendre Gêne[6]
50 Et d'Harcourt à prendre Turin[7].

En partant du golfe d'Otrante,
Nous étions trente ;
Mais, en arrivant à Cadiz,
Nous étions dix.

---

1. En 1453, le pirate Barberousse attaqua l'Italie, et détruisit Lipari. **2.** La castration des eunuques, trait fondamental du despotisme des « trônes d'orient », devient un motif comique. **3.** Ces aventuriers sont des espèces d'anarchistes avant la lettre, mais d'anarchistes cyniques, qui ressemblent de bien près aux mercenaires de la section suivante. **4.** Eugène de Savoie (1663-1736), petit-neveu de Mazarin et grand capitaine qui se mit au service de l'Autriche dans ses guerres contre la France, les États italiens et l'Empire ottoman. Un traître dans la perspective hugolienne. **5.** Italien qui adopta la nationalité française, succéda à Richelieu, devint le Premier ministre d'Anne d'Autriche, et prépara la monarchie absolue de Louis XIV. Le sombre grand homme du drame inachevé des *Jumeaux* (1839) n'apparaît ici qu'en silhouette, dans une chanson qui défie toute vérité historique factuelle. **6.** Général espagnol, d'une violence despotique rare et peu scrupuleuse, qui fut nommé à la fin du XVIe siècle gouverneur de Milan — non de Gênes. **7.** *Notre-Dame de Paris* évoquait déjà ce d'Harcourt, pris dans une situation difficile au fameux siège de Turin en 1640.

55 Vers Livourne nous rencontrâmes
Les vingt voiles de Spinola[1].
Quel beau combat ! Quatorze prames[2]
Et six galères étaient là ;
Mais, bah ! rien qu'au bruit de nos rames
60 Toute la flotte s'envola[3] !

En partant du golfe d'Otrante,
Nous étions trente ;
Mais, en arrivant à Cadiz,
Nous étions dix.

65 À Notre-Dame-de-la-Garde[4]
Nous eûmes un charmant tableau ;
Lucca Diavolo par mégarde
Prit sa femme à Pier'Angelo ;
Sur ce, l'ange se mit en garde
70 Et jeta le diable dans l'eau[5].

En partant du golfe d'Otrante,
Nous étions trente ;
Mais, en arrivant à Cadiz,
Nous étions dix.

75 À Palma, pour suivre Pescaire[6],
Huit nous quittèrent tour à tour ;
Mais cela ne nous troubla guère ;

---

1. Nom d'une famille de chefs de galères génois. **2.** Bateaux plats qui n'ont été d'un usage courant qu'au XVIIIe siècle. **3.** Épopée de fanfaron. **4.** Lieu de dévotion célèbre, qui domine le port de Marseille. **5.** Traitement comique du merveilleux, entre « fin de Satan » et jeux à trois. Lucca Diavolo évoque l'histoire de Fra Diavolo, chef de bandits devenu duc par faveur du roi de Naples Ferdinand IV pour avoir résisté aux Français, et que le père de Hugo, alors commandant, eut à charge de poursuivre. Le *Victor Hugo raconté par un témoin de sa vie* lui consacre tout un chapitre. **6.** Nom de l'aristocratie espagnole. Un Pescaire prit Gênes en 1522. Les Espagnols levaient les gens de mer pour les galères à Palma. Suivant Pescaire, ils vont donc se faire galériens, ce qui ôte tout sens au « beau combat » contre les galères de Spinola.

On ne s'arrêta pas un jour.
Devant Alger on fit la guerre,
80 À Gibraltar on fit l'amour[1].

En partant du golfe d'Otrante,
Nous étions trente ;
Mais, en arrivant à Cadiz,
Nous étions dix.

85 À nous dix, nous prîmes la ville ;
— Et le roi lui-même ! — Après quoi,
Maîtres du port, maîtres de l'île,
Ne sachant qu'en faire, ma foi,
D'une manière très-civile,
90 Nous rendîmes la ville au roi[2].

En partant du golfe d'Otrante,
Nous étions trente ;
Mais, en arrivant à Cadiz,
Nous étions dix.

95 On fit ducs et grands de Castille
Mes neuf compagnons de bonheur,
Qui s'en allèrent à Séville
Épouser des dames d'honneur.
Le roi me dit : « Veux-tu ma fille ? »
100 Et je lui dis : « Merci, seigneur !

---

1. Hugo a corrigé en 1859 *Tanger* en *Alger*. Songe-t-il à la conquête coloniale du Maghreb, inaugurée en 1830 avec la prise d'Alger par les troupes françaises ? Ou bien veut-il simplement agrandir l'espace des aventuriers ? Leur errance manifeste en tout cas une liberté sans finalité — la guerre pour la guerre devant Alger, le sexe pour le sexe à Gibraltar, ce détroit où s'unissent presque l'Orient et l'Occident, avant la prise de Cadix... **2.** Les aventuriers figurent un peuple pré-révolutionnaire, capable de prendre une ville et de détrôner un roi (à dix !), mais incapable de fonder, à la place de celui-ci, une démocratie. C'est pourquoi leur liberté d'action est absurde, et si peu vraisemblable d'ailleurs que toute la chanson apparaît comme un fantasme de fanfaron.

En partant du golfe d'Otrante,
Nous étions trente ;
Mais, en arrivant à Cadiz,
Nous étions dix.

105 » J'ai, là-bas, où des flots sans nombre
» Mugissent dans les nuits d'hiver,
» Ma belle farouche à l'œil sombre,
» Au sourire charmant et fier,
» Qui, tous les soirs, chantant dans l'ombre,
110 » Vient m'attendre au bord de la mer.

En partant du golfe d'Otrante,
Nous étions trente ;
Mais, en arrivant à Cadiz,
Nous étions dix.

115 » J'ai ma Faënzette à Fiesone.
» C'est là que mon cœur est resté.
» Le vent fraîchit, la mer frissonne,
» Je m'en retourne, en vérité !
» Ô roi ! ta fille a la couronne,
120 » Mais Faënzette a la beauté [1] ! »

En partant du golfe d'Otrante,
Nous étions trente ;
Mais, en arrivant à Cadiz,
Nous étions dix.

---

1. L'idylle avec Faënzette est inaliénable par le roi. L'aventurier qui aurait dû prendre la place du roi préfère sa belle farouche et fière, et lui laisse son pouvoir. Match nul. Il n'y aura victoire de la démocratie que lorsque la liberté amoureuse et la liberté politique (et la liberté religieuse) procéderont d'une même revendication. Le satyre l'a prédit, et les « aventuriers de la mer » manquent à sa prédiction. Mais la fidélité à Faënzette est un début de libération.

XII

DIX-SEPTIÈME SIÈCLE
LES MERCENAIRES [1]

---

1. Le sous-titre déjoue immédiatement les attentes créées par le titre : des soldats à la solde d'une armée étrangère viennent paradoxalement illustrer le « grand » siècle à la place du « grand » roi, Louis XIV, et la barbarie qu'ils suggèrent efface d'un coup la culture classique, cette fierté de la France. *Exit* Racine, place aux reîtres. Et la montagne suisse remplacera Versailles. Car « les montagnes conservent les républiques » (« Conclusion » [XV] du *Rhin*, p. 414), ou du moins tiennent en réserve les principes républicains pour l'avenir.

« Lorsque le régiment des hallebardiers passe,
L'aigle à deux têtes, l'aigle à la griffe rapace,
L'Aigle d'Autriche, dit... »
(XII, « Le régiment du baron Madruce », I, vv. 1-3)

Victor Hugo, lavis de sépia, aquarelle, application de dentelle, encre, plume. Vers 1855.

LE RÉGIMENT DU BARON MADRUCE

(GARDE IMPÉRIALE SUISSE [1])

I

Lorsque le régiment des hallebardiers [2] passe,
L'aigle à deux têtes, l'aigle à la griffe rapace,
L'aigle d'Autriche dit :

---

1. Variante : « Les hallebardiers de la garde impériale suisse / (1643) ». Le sous-titre datait le poème de la glorieuse bataille de Rocroy, menée par Condé. Hugo a finalement préféré une inscription plus large du poème dans la guerre de Trente Ans (1618-1648), conflit à l'échelle européenne qui rééquilibra lentement et violemment l'Europe, désormais divisée en souverainetés catholiques et réformées. Les mercenaires suisses, que Hugo avait un temps placés au service des Russes pour centrer le poème sur la question de la Pologne martyre, sont finalement, avec Madruce (nom d'une famille de barons suisses particulièrement fidèle à l'empereur, trouvée dans Moréri), le vil instrument de l'Empire autrichien dans sa politique de répression des insurrections nationales, de l'Europe orientale à l'Italie. Comme dans la section VII, le présent se superpose au passé dans cette évocation de la réaction autrichienne. Il faut aussi rappeler, avec Berret, que c'est seulement en 1848 que la Constitution helvétique décida du non-renouvellement des conventions faites avec les cours étrangères pour le service de régiments suisses. Il y eut des mercenaires suisses au service du roi de Naples jusqu'en 1859, au service du pape jusqu'en 1870. Le poème est construit sur une série d'antithèses : aigle d'Autriche, aigle des montagnes ; corruption historique, incorruptibilité alpestre ; Suisse d'hier (celle du Moyen Âge et de l'indépendance héroïquement conquise) et Suisse d'aujourd'hui (celle du XVIIe siècle, mais aussi celle de 1859), à l'horizon d'un avenir européen, fait de paix et de liberté.
2. Fantassin portant la hallebarde, longue lance munie d'un fer tranchant, pointu, et de deux fers latéraux, l'un en forme de croissant, l'autre en pointe.

— « Voilà le régiment
De mes hallebardiers qui va superbement.
5 Leurs plumets font venir les filles aux fenêtres ;
Ils marchent droits, tendant la pointe de leurs guêtres ;
Leur pas est si correct, sans tarder ni courir,
Qu'on croit voir des ciseaux se fermer et s'ouvrir[1].
Et la belle musique, ardente et militaire !
10 Leur clairon fait sortir une rumeur de terre.
Tout cet éclat de rire orgueilleux et vainqueur
Que le soldat muet refoule dans son cœur,
Étouffé dans les rangs, s'échappe et se délivre
Sous le chapeau chinois aux clochettes de cuivre[2] ;
15 Le tambour roule avec un faste oriental[3],
Et vibre, tout tremblant de plaques de métal ;
Si bien qu'on croit entendre en sa voix claire et gaie
Sonner allégrement les sequins[4] de la paie ;
La fanfare s'envole en bruyant falbala[5].
20 Quels bons autrichiens que ces étrangers-là !
Gloire aux hallebardiers ! Ils n'ont point de scrupule
Contre la populace et contre la crapule,
Corrigeant dans les gueux[6] mal vêtus la fureur
De venir regarder de trop près l'empereur ;
25 Autour des archiducs leur pertuisane[7] veille,
Et souvent d'une fête elle revient vermeille,
Ayant fait en passant quelques trous dans la chair
Du bas peuple en haillons qui trouve le pain cher ;
Ils ont un air fâché qui tient la foule en bride ;

---

1. L'aliénation passe par la domestication des corps, leur correction — « correct » étant un des adjectifs qui qualifient (et accablent) le mieux selon Hugo l'esthétique (néo)classique. **2.** Progrès : rire triomphant et fanfare épique ne sont plus le fait des Olympiens et des tyrans, mais de fantassins (et le soldat refoule le rire dans son cœur). L'Histoire se démocratise. Stagnation : le grotesque (rire et chapeau chinois) est aliéné à la violence guerrière et celle-ci est sempiternelle — un des traits les plus marquants de l'armée de Napoléon III, c'est son dressage à la parade, au défilé militaires. **3.** « Chapeau chinois » et « faste oriental » : les mercenaires suisses ne sont pas des Européens, mais des Barbares. **4.** Voir note 8, p. 142. **5.** À la lettre : ornements vestimentaires excessifs. **6.** Voir note 2, p. 157. **7.** Voir note 8, p. 306.

30 Le grand soleil leur creuse aux sourcils une ride ;
Ce régiment est beau sous les armes, rêvant
À la terreur qui suit son drapeau dans le vent ;
Il a, comme un palais, ses tours et sa façade ;
Tous sont hardis et forts, du fifre à l'anspessade [1] ;
35 Gloire aux hallebardiers splendides ! ces piquiers [2]
Sont une rude pièce aux royaux échiquiers ;
On sent que ces gaillards sortent des avalanches
Qui des cols du Malpas roulent jusqu'à Sallenches ;
En guerre, au feu, ce sont des tigres pour l'élan ;
40 À Schœnbrunn [3], chacun d'eux a l'air d'un [chambellan [4] ;
Auprès de leur cocarde ils piquent une rose ;
Et tous, en même temps, graves, ont quelque chose
De froid, de sépulcral, d'altier, de solennel,
Le grand baron Madruce étant leur colonel !
45 Leur hallebarde [5] est longue et s'ajoute à leur taille ;
Quand ce dur régiment est dans une bataille,
— Lâchât-on contre lui les mamelouks du Nil [6], —
La meute des plus fiers escadrons, le chenil
Des bataillons les plus hideux, les plus épiques [7],
50 Regarde en reculant ce sanglier de piques.
Ils sont silencieux comme un nuage noir ;
Ils laissent seulement, par instants, entrevoir
Une lueur tragique aux multitudes viles ;
Parfois, leur humeur change, ils entrent dans les villes,
55 Ivres et gais, frappant leurs marmites de fer,
Et font devant le seuil des maisons un bruit fier,
Heureux, vainqueurs, sanglants, chantant à pleine [bouche
La noce de la joie et du sabre farouche [8] ;
Ils ont nommé, tuant, mourant pour de l'argent,

---

1. Dans l'ancienne armée française, bas officier subordonné à un caporal. **2.** Soldat armé d'une pique. **3.** Château impérial près de Vienne, édifié en 1619. **4.** Voir note 6, p. 244. **5.** Voir note 2, p. 423. **6.** Milice des beys égyptiens, de réputation violente. **7.** La juxtaposition suggère une équivalence entre *hideux* et *épiques*. **8.** Joie olympienne. Voir note 2, p. 424.

60 Trépas, leur capitaine, et Danger, leur sergent[1] ;
Ils traînent dans leurs rangs, avec gloire et furie,
Comme un trophée utile à mettre en batterie,
Six canons qu'a pleurés monsieur de Brandebourg[2] ;
Comme ils vous font japper cela contre un faubourg[3] !
65 Comme ils en ont craché naguère la volée
Sur Comorn[4], la Hongrie étant démuselée[5] !
Et comme ils ont troué de boulets le manteau
De Vérone, livrée au feu par Colalto[6] !
Les déclarations de guerre les font rire ;
70 Ils signent ce qu'il plaît à l'empereur d'écrire ;
Sous les puissants édits, sous les rescrits[7] altiers[8],
Au bas des hauts décrets, ils mettent volontiers
Ce grand paraphe obscur qu'on nomme la mêlée ;
Leur bannière à longs plis, toute bariolée,
75 Est une glorieuse et fait claquer son fouet ;
Wallstein[9], comme une foudre au poing, les secouait ;
Leur mode est d'envoyer la bombe en ambassade ;
Ils sont pour l'ennemi de mine si maussade
Que s'ils allaient un jour, sur la terre ou la mer,
80 Guerroyer quelque prince allié de l'enfer,
Rien qu'en apercevant leurs profils sous le feutre,
Satan se sentirait le goût de rester neutre.
Aussi, lourde est la solde et riche est le loyer.

---

1. L'allégorie ici ne participe plus à la noblesse, à la grandeur de la poésie épique. **2.** La marche du Brandebourg est devenue à partir du XVe siècle le noyau d'expansion de ce qui deviendra la Prusse. La guerre de Trente Ans, abominable pour les Brandebourgeois, n'en marqua pas moins, avec le traité de Westphalie, le début de l'identification du Brandebourg à l'ensemble de la Prusse, achevée au début du XVIIIe siècle. **3.** Soit un quartier populaire, ouvrier, comme ces faubourgs parisiens réprimés dans le sang, par l'armée française, en 1832, 1834, 1848, 1851. **4.** Ville hongroise prise en 1597, et longuement assiégée par les Autrichiens en 1849. **5.** Néologisme de registre prosaïque. **6.** Issu d'une famille italienne illustre, Colalto servit l'Empire pendant la guerre de Trente Ans. Il s'empara de Mantoue en 1630, et mit la ville à feu et à sang. **7.** Décret du roi ou de l'empereur dans certains pays. **8.** Voir note 3, p. 204. **9.** Un des plus fameux — et des plus terribles — généraux de la guerre de Trente Ans, figure de traître connue du public du fait des trilogies dramatiques de Schiller et de Constant qui portent son nom.

Quand on veut des héros, il faut les bien payer[1].
85 On n'a point vu, depuis Boleslas Lèvre-Torte[2],
Une bande de gens de bataille plus forte
Et des alignements d'estafiers[3] plus hagards ;
Max[4] en fait cas, Tilly[5] pour eux a des égards,
Fritz[6] les aime ; en voyant ces moustaches féroces,
90 Les femmes de la cour ont peur dans leurs carrosses,
Et disent : « Qu'ils sont beaux ! » Leurs os sont de [granit ;
L'électeur de Mayence en passant les bénit,
Et l'abbé de Fulda[7] leur rit dans sa simarre[8] ;
Leur habit est d'un drap cramoisi[9], que chamarre
95 Un galon triomphal, auguste[10], étincelant ;
Ils ont deux frocs[11] de guerre, un jaune et l'autre blanc ;
Sur le jaune, l'or brille et largement éclate ;
Quand ils portent le blanc sur la veste écarlate,
Car la pompe des cours aime ce train changeant,
100 On leur voit sur le corps ruisseler tant d'argent
Que ces fils des glaciers semblent couverts de givre.
Une troupe d'enfants s'extasie à les suivre.

---

1. La sentence cynique fait de la dégradation de la valeur épique en valeur marchande une vérité d'évidence. **2.** Boleslas III surnommé « Lèvretorte », né en 1085. C'est un grand roi guerrier de Pologne, qui vainquit plusieurs fois Poméraniens et Russiens. Fratricide : Moréri dit pourtant de lui qu'il était « juste, religieux, libéral et sans reproche ». **3.** Laquais armé. **4.** Max peut désigner Maximilien de Bavière, chef de la Ligue catholique. L'abréviation est l'envers négatif, louche, du diminutif (Aymerillot, Jeannie...). **5.** Un des grands généraux de la guerre de Trente Ans, qui se distingua à la bataille de Prague en 1620. Catholique fanatique et cruel. **6.** Hugo renvoie volontairement de manière floue par cette abréviation de Frédéric, à connotation germanophobe, à l'Électeur palatin Frédéric V. Vanité des guerres : c'est à Frédéric V que Tilly infligea une mémorable défaite à Prague. Hugo met sur le même plan des hommes de camps opposés. **7.** Deux grands personnages, l'un grand chancelier de l'Empire, l'autre archichancelier de l'Impératrice, prince d'empire, primat des abbés d'Allemagne. **8.** Soutane d'intérieur. **9.** Rouge foncé tirant vers le violet. **10.** Voir note 1, p. 63. **11.** Voir note 3, p. 186. Il ne faut pas oublier que des mercenaires suisses sont à la solde du Vatican à l'époque où Hugo écrit ce poème, et que les suisses d'église ont l'accoutrement des hallebardiers.

Ils gardent à Schœnbrunn le secret corridor[1].
Sur l'épaule, en brocart brodé de pourpre et d'or[2],
105 Ils ont, quoique plus d'un soit hérétique en somme[3],
Le blason de l'empire et le blason de Rome ;
Mais leur cœur huguenot[4] sans courroux le subit,
Et, quand l'âge ou la guerre ont usé leur habit,
Et qu'il faut au Prater[5] devant des rois paraître,
110 Chacun d'eux, devenu bon tailleur de bon reître[6],
S'accroupit, prend l'aiguille, et remet en état
L'écusson orthodoxe à son dos apostat[7].
Ce sont de braves gens. Jamais ils ne vacillent.
En longs buissons mouvants leurs hallebardes brillent.
115 À Prague[8], à Parme[9], à Pesth[10], devant Mariendal[11],
Ils soutiennent le vaste empereur féodal[12] ;
La révolte autour d'eux se brise, échoue et sombre ;
Ils ont le flamboiement, l'ordre et l'épaisseur sombre ;
Le vertige me prend moi-même dans les airs[13]
120 En regardant marcher cette forêt d'éclairs.

---

1. Le corridor où passaient à Schönbrunn (voir note 3, p. 425) ceux qui avaient le haut privilège d'entrer dans les appartements princiers. **2.** Soie rehaussée de dessins de pourpre (voir note 3, p. 205) et d'or : les mercenaires sont décorés comme des rois. **3.** Cynisme et inanité de la guerre de Trente Ans : se battent dans le camp catholique des Habsbourg et du Vatican — empereur et pontife une fois de plus solidaires — des mercenaires dont une grande partie est protestante. **4.** Surnom péjoratif donné en France aux protestants calvinistes. **5.** Promenade viennoise à la mode en 1859. **6.** Voir note 2, p. 148. **7.** Qui a renié la foi (chrétienne) : ici la foi protestante, opposée à l'orthodoxie catholique. **8.** Voir note 6, p. 427. **9.** La ville de Parme n'a pas été particulièrement marquée par la guerre de Trente Ans ; mais en 1847, elle fut investie par des troupes hongroises (de l'armée impériale). **10.** Une des deux villes qui formèrent plus tard Budapest. Pesth fut un des théâtres les plus sanglants de l'insurrection hongroise de 1682-1687 et de son effroyable répression par les Autrichiens. Les cruautés autrichiennes s'étaient répétées en 1849 après la défaite des Hongrois insurgés à Vilajoż. Hugo fréquentait des exilés hongrois à Guernesey. **11.** Tilly a battu Turenne à Mariendal en mai 1645. Deux des villes évoquées sont ainsi le théâtre des exploits de l'affreux Tillys, Prague et Mariendal. **12.** Permanence désespérante du Moyen Âge, par-delà la Renaissance du satyre. **13.** Désymbolisation : l'aigle héraldique devient un oiseau vivant, au moment où il dit être pris de vertige. Voir note 1, p. 372.

II

Lorsque le régiment des hallebardiers[1] passe,
L'aigle montagnard, l'aigle orageux de l'espace[2],
Qui parle au précipice et que le gouffre entend,
Et qui plane au-dessus des trônes, emportant
125 Dans le ciel, son pays, la liberté, sa proie ;
Le sublime témoin du soleil qui flamboie,
L'aigle des Alpes, roi du pic et du hallier[3],
Dresse la tête au bruit de ce pas régulier,
Et crie[4], et jusqu'au ciel sa voix hautaine monte :

130 — Ô chute[5] ! ignominie ! inexprimable honte !
Ces marcheurs alignés, ces êtres qui vont là
En pompe impériale, en housse de gala[6],
Ce sont de libres fils de ma libre montagne !
Ah ! les bassets en laisse et les forçats au bagne
135 Sont grands, sont purs, sont fiers, sont beaux et
[glorieux
Près de ceux-ci, qui, nés dans les lieux sérieux
Où comme des roseaux les hauts mélèzes ploient,
Fils des rochers sacrés et terribles, emploient
La fermeté du pied dans les cols périlleux,
140 Le mystérieux sang des mères aux yeux bleus,
L'audace dont l'autan[7] nous emplit les narines,
Le divin gonflement de l'air dans les poitrines,
La grâce des ravins couronnés de bouquets,
Et la force des monts, à se faire laquais !
145 La contrée affranchie et joyeuse, matrice
De l'idée indomptable, âpre et libératrice,
La patrie au flanc rude, aux bons pics arrogants,

1. Voir note 2, p. 423. **2.** Cet aigle-là n'aura jamais été un symbole héraldique, figure du pouvoir tyrannique, mais l'habitant de l'infini, figure de l'immanence. **3.** Voir note 3, p. 189. **4.** Voir notes 4, p. 348 et 4, p. 391. **5.** Nouvelle déploration sur la décadence, leitmotiv de l'épopée hugolienne du progrès. **6.** Voir note 2, p. 243. **7.** Voir note 2, p. 218.

Qui portait les héros mêlés aux ouragans[1],
Douce, délivrant l'homme et délivrant la bête,
150 Sauvage, ayant le bruit des chutes d'eau pour fête
Et la sereine horreur des antres pour palais,
La terre qui nous montre au milieu des chalets
Le fier archer d'Altorf[2] tenant son arbalète[3],
Et, titan[4], au-dessus du lac qui le reflète,
155 Enjambant les grands monts comme des escaliers,
La voilà maintenant nourrice de geôliers,
Et l'on voit pendre ensemble à ses sombres mamelles
La honte avec la gloire, ainsi que deux jumelles !
L'aigle à deux fronts[5], marqué de son double soufflet,
160 À cette heure à travers nos pâtres boit son lait !

Quoi ! la trompe d'Uri[6] sonnant de roche en roche,
La couronne de fer qu'un montagnard décroche,
Les baillis[7] jetés bas, le Föhn[8] soufflant dix mois,
Ces pentes de granit où saute le chamois
165 Et qui firent glisser Charles le Téméraire[9],
Le Mont-Blanc qui ne dit qu'à l'Himalaya : Frère !
Ces sommets, éclatants comme d'énormes lys ;
Quoi ! le Pilate, quoi ! le Rigi, quoi ! Titlis[10],
Ce triangle hideux de géants noirs, qui cerne

---

1. Envers du discours de l'aigle autrichien sur les héros (voir pp. 424-428 et la note 1, p. 427), l'image rappelle l'évocation de l'héroïsme des chevaliers errants (p. 176), associé au tourbillon et au vent, et réconcilie le courage épique avec les grandes forces de la Nature. **2.** Guillaume Tell, le grand héros de l'indépendance et de la Confédération helvétiques. Son adresse d'archer est légendaire : le cruel bailli d'Altorf, Gessler, le condamna à viser une pomme placée sur la tête de son fils. La flèche épargna l'enfant. Une autre plus tard tua le bailli. Ce fut le signal d'une insurrection contre l'Autriche (1307). **3.** Voir note 5, p. 137. **4.** Voir note 1, p. 230. **5.** L'aigle du blason de l'Empire autrichien est un monstre. **6.** Un des trois cantons révoltés de 1307, qui formèrent la base de la Confédération helvétique. **7.** Voir note 2, p. 141. **8.** Voir note 10, p. 217. **9.** Le grand et violent duc de Bourgogne du XVe siècle. **10.** Trois montagnes suisses que le voyageur Hugo connaissait bien.

170 Et qui garde le lac tragique de Lucerne[1] ;
Quoi ! la vaste gaîté des nuages, des fleurs,
Des eaux, des ouragans puissants et querelleurs ;
Quoi ! l'honneur, quoi ! l'épieu de Sempach[2], la [cognée
De Morat[3] bondissant hors des bois indignée,
175 La faux de Morgarten[4], la fourche de Granson[5] ;
La rudesse du roc, la fierté du buisson ;
Ces cris, ces feux de paille allumés sur les faîtes ;
Quoi ! sur l'affreux faisceau des lances stupéfaites
L'immense éventrement[6] de Winkelried[7] joyeux ;
180 Quoi ! les filles d'Albis[8], anges aux chastes yeux,
Les grandes mers de glace et leurs ondes muettes,
Les porches d'ombre où fuit le vol des gypaëtes[9],
Quoi ! l'homme affranchi, quoi ! ces serments, cette foi,
Le bâton paysan brisant le glaive[10] roi,
185 Quoi ! dans l'altier[11] sursaut de la vengeance austère,
Comme la vieille France a chassé l'Angleterre[12],
L'Helvétie en fureur chassant l'Autrichien,
Et l'empereur, cet ours, et l'archiduc, ce chien,
T'ayant pour Jeanne d'Arc, ô Jungfrau formidable[13] ;

---

1. Le lac des Quatre-Cantons, espace originaire de la Confédération helvétique. Ce lac ici est « tragique » sans doute parce que la fondation d'une Suisse libre a échoué. **2.** Bataille fameuse contre les Autrichiens (1386) où Winkelried (voir note 7) s'illustra. **3.** Bataille célèbre par sa violence, quelques semaines après Granson (voir note 4, p. 431), où les Suisses furent une fois de plus victorieux des Bourguignons de Charles le Téméraire (voir note 9, p. 430). **4.** Célèbre bataille (1315), à laquelle, dit-on, Tell participa. La France se battra avec succès en 1799 contre les Autrichiens à Morgarten. **5.** Déroute de Charles le Téméraire (voir note 9, p. 430) devant les Suisses en 1476, racontée par le Flamand Coppenole à Louis XI dans *Notre-Dame de Paris* (X, 5). **6.** Néologisme. **7.** Paysan qui se dévoua à la bataille de Sempach en offrant sa poitrine aux piques autrichiennes pour permettre aux Suisses d'avancer. **8.** Variante : d'*Altorf.* Hugo évoque Albis dans son *Voyage* de 1839, remarquable par l'horizon montagneux qu'on découvre de son point de vue. **9.** Oiseau de proie diurne. **10.** Voir note 4, p. 121. **11.** Voir note 3, p. 204. **12.** Renvoi à la guerre de Cent Ans, qui prépare l'évocation de Jeanne d'Arc. Mais les vieilles dissensions qui déchirent et ont déchiré l'Europe s'effaceront dans la prophétie qui achève le poème. **13.** Apparition tangentielle de celle qui est en train de devenir,

190 Quoi ! toute cette histoire auguste, inabordable,
Escarpée, au front haut, au chant libre, à l'œil clair,
Blanche comme la neige, âpre comme l'hiver,
Et du farouche vent des cimes enivrée,
Terre et cieux ! aboutit à la Suisse en livrée !

195 Est-ce que le Mont-Blanc ne va pas se lever [1] ?
Ah ! ceci va plus loin qu'on ne pourrait rêver [2] !
Plus loin qu'on ne pourrait calomnier ! Oui, certes,
L'indépendance, errant dans nos gorges désertes,
Franche et vraie, et riant sous le ciel pluvieux,
200 A des ennemis ; certe, elle a des envieux ;
Ces menteurs ont construit bien des choses contre elle ;
Chaque jour, leur amère et lugubre querelle
Imagine une boue à lui jeter au front,
Et cherche quelque forme horrible de l'affront ;
205 Ils ont contre sa vieille et vénérable gloire
Tout fait, tout publié, tout dit, tout semblé croire,
Ils ont tout supposé, tout vomi, tout bavé,
Mais cela cependant, ils ne l'ont pas trouvé ;
Non, il n'en est pas un qui, dans sa rage, invente
210 La liberté s'offrant aux rois comme servante !

Qu'est-ce que nous allons devenir maintenant [3] ?
Devant ce résultat lugubre et surprenant,
Qu'est-ce qu'on va penser de vous, chênes, mélèzes,
Lacs qui vous insurgez sous les rudes falaises,
215 Granits qui des géants semblez le dur talon ?
Qu'est-ce qu'on va penser de toi, fauve aquilon [4] ?

---

en particulier grâce à Michelet, non pas tant l'héroïne du sacre que celle de la nation française. Hugo n'a jamais développé le personnage de Jeanne, qu'il évoque rarement. Elle n'est ici que le comparant (épique) de la Montagne, par association de la Pucelle à la Jungfrau, « Jeune Dame » en allemand, équivalent féminin, fugace, des monts-chevaliers. Voir note suivante.

1. Héroïsme des montagnes, doubles des chevaliers redresseurs de torts. **2.** La réalité dépassant la fiction, le rêve, le cauchemar, l'Histoire des siècles se nomme *Légende des siècles*. **3.** La familiarité prosaïque est ici pauvreté stylistique, pour dire le désarroi. **4.** Voir note 1, p. 60.

Qu'est-ce qu'on va penser de votre miel, abeilles ?
Comme vous aurez honte, ô douces fleurs vermeilles,
Œillets, jasmins, d'avoir connu ces hommes-ci !

220 Puisque l'opprobre riche est par vos cœurs choisi,
Puisque c'est vous qu'on voit vêtus de l'or des princes,
Superbement hideux et gardeurs de provinces,
Pâtres, soyez maudits. Oh ! vous étiez si beaux,
Honnêtes, en haillons, et libres, en sabots !

225 Auriez-vous donc besoin de faste ? Est-ce la pompe
Des parades, des cours, des galas [1] qui vous trompe ?
Mais alors, regardez. Est-ce que mes vallons
N'ont pas les torrents blancs d'écume pour galons ?
Mai brode à mes rochers la passementerie
230 Des perles de rosée et des fleurs de prairie ;
Mes vieux monts pour dorure ont le soleil levant ;
Et chacun d'eux, brumeux, branle un panache [2] au vent
D'où sort le roulement sinistre des tonnerres ;
S'il vous faut, au milieu des forêts centenaires,
235 Une livrée, à vous les voisins du ciel bleu,
Pourquoi celle des rois, ayant celle de Dieu ?
Ah ! vous raccommodez vos habits ! vos aiguilles,
Sœurs des sabres vendus, indigneraient des filles !
Ah ! vous raccommodez vos habits ! Venez voir,
240 Quand la saison commence à venter, à pleuvoir,
Comment l'altier Pelvoux [3], vieillard à tête blanche,
Sait, tout déguenillé de grêle et d'avalanche,
Mettre à ses cieux troués une pièce d'azur,
Et, croisant les genoux dans quelque gouffre obscur,
245 Tranquille, se servir de l'éclair pour recoudre
Sa robe de nuée et son manteau de foudre !

---

1. Voir note 2, p. 243. **2.** Voir note 1, p. 131. **3.** Cette montagne suisse entre dans la série des vieillards épiques (voir note 9, p. 257).

Sur la terre où tout jette un miasme empoisonneur,
Où même cet instinct qu'on appelle l'honneur
De pente en pente au fond de la bassesse glisse,
250 Il n'est qu'un peuple libre, un montagnard, la Suisse ;
Tous les autres, ramant l'ombre des deux côtés,
Sont les galériens des blêmes royautés ;
Or, les rois ont eu l'art de mettre en équilibre
Les pauvres peuples serfs avec le peuple libre,
255 Et font garder, afin que l'ordre soit complet,
Les esclaves, forçats, par le libre, valet.

Et dire que la Suisse eut jadis l'envergure
D'un peuple qui se lève et qui se transfigure[1] !
Ô vils marchands d'eux-même ! immonde
[abaissement !
260 Leur enfance a reçu ce haut enseignement
Qu'un peuple s'affranchit, c'est-à-dire se crée,
Par la révolte sainte et l'émeute sacrée,
Qu'il faut rompre ses fers, vaincre, et que le lion
Superbe, pour crinière a la rébellion ;
265 C'est leur dogme. À cette heure, ils ont dans leur
[service
De punir dans autrui leur vertu comme un vice ;
Ils le font. Les voici prêtant main-forte aux rois
Contre un Sempach lombard[2], contre un Morat
[hongrois[3] !
Si bien que maintenant, c'est fini. Nous en sommes
270 À cette indignité qu'en tout pays les hommes
Entendent l'Helvétie, en des coins ténébreux,
Chuchoter, proposant à leurs maîtres contre eux

---

1. Mot clef depuis « Le satyre » de la Renaissance comme travail sur soi, ou avènement sublime à soi-même. **2.** Voir note 2 p. 431. L'emploi de « Sempach » en antonomase (comme dans l'hémistiche suivant de « Morat ») permet de superposer l'actualité lombarde et hongroise du XVIIe siècle (et plus nettement encore du XIXe siècle) et le Moyen Âge de l'insurrection helvétique contre les Autrichiens. **3.** Voir note 3, p. 431.

Ses archers, d'autant plus lâches qu'ils sont plus
[braves,
Fille publique auprès des nations esclaves ;
275 Et que le despotisme, habile à tout plier,
Met au monde un carcan [1], à la Suisse un collier !

Donc, César [2] vous admet dans ses royaux repaires ;
César daigne oublier que vous avez pour pères
Tous nos vieux héros, purs comme le firmament [3] ;
280 Même un peu de pardon se mêle à son paiement ;
L'iniquité, le dol [4], le mal, la tyrannie,
Vous font grâce, et, riant, vous laissent l'ironie
De leur porte à défendre, et d'un tambour honteux
Et d'un clairon abject à sonner devant eux [5] !

285 Hélas ! n'eût-on pas cru ces monts invulnérables !

Oh ! comme vous voilà fourvoyés, misérables !
D'où venez-vous ? De Pesth [6]. Et qu'avez-vous fait là ?
L'aigle à deux fronts [7], sur qui Guillaume Tell [8] souffla,
Suivait vos bataillons de son regard oblique ;
290 Trois ans d'atrocité sur la place publique,
Trois ans de coups de hache et de barres de fer,
Les billots [9], les bûchers, les fourches, tout l'enfer,
Les supplices hurlant dans la brume hagarde,
C'est là ce que l'Autriche a mis sous votre garde.
295 Devant vous, on tuait le juste et l'innocent,
Les coudes des bourreaux étaient rouges de sang,
Les glaives [10] s'ébréchaient sur les nuques, la corde
Coupait d'un hoquet noir le cri : Miséricorde !
On prodiguait au bois en feu plus de vivants
300 Qu'il n'en pouvait brûler, même aidé par les vents,

---

1. Voir note 2, p. 214. **2.** Voir notes 3, p. 224. et 1, p. 257. **3.** Voir note 2, p. 73. **4.** Voir note 4, p. 214. **5.** Perversion de l'épique dans un grotesque négatif. **6.** Voir note 10, p. 428. **7.** Voir note 5, p. 430. **8.** Voir note 2, p. 430. **9.** Bloc de bois sur lequel on plaçait la tête d'un condamné à la décapitation. **10.** Voir note 4, p. 121.

On mêlait le héros dans la flamme à l'apôtre[1],
L'un n'était pas fini que l'on commençait l'autre,
Les têtes des plus saints et des plus vénérés
Pourrissaient au soleil au bout des pieux ferrés,
305 On marquait d'un fer chaud le sein fumant des femmes,
On rouait des vieillards, et vous êtes infâmes.
Voilà ce que je dis, moi, l'aigle pour de bon[2].

Le fourbe Gaïnas[3] et le louche Bourbon[4]
N'ont trahi que des rois dans leur noirceur profonde,
310 Mais vous, vous trahissez la liberté du monde[5] ;
Votre fanfare sort du charnier, vos tambours
Sont pleins du cri des morts dénonçant les
[Habsbourgs[6] ;
Et, lorsque vous croyez chanter dans la trompette,
Ce chant joyeux, la tombe en sanglot le répète.
315 Forçant Mantoue[7], à Pesth[8] aidant le coutelas[9],
Bucquoy, Mozellani, Londorone, Galas[10],
Sont vos chefs ; vous avez, reîtres, fait une espèce
De hauts faits et d'exploits dont la fange est épaisse ;

---

1. Association fréquente au XIXe siècle du héros et du saint. **2.** Non pas : « Voilà ce que je dis pour de bon, moi l'aigle », mais : « Voilà ce que je dis moi qui suis pour de bon l'aigle. » **3.** Gaïnas trahit l'empereur Arcadius (IVe siècle) en appelant les Barbares. **4.** Le connétable de Bourbon (1490-1527) est un traître mieux connu. Il trahit le roi de France pour l'empereur, s'empara du Milanais en recrutant des aventuriers allemands et mourut, dit la légende, d'une arquebuse tenue par le grand orfèvre Benvenuto Cellini. **5.** La Suisse était déjà définie comme territoire de la liberté dans le *Voyage* de 1839, où Hugo médite sur « ce nœud puissant d'hommes forts et de hautes montagnes, inextricablement noué au milieu de l'Europe, qui a ébréché la cognée de l'Autriche et rompu la formidable épée de Charles le Téméraire » (p. 679). **6.** Dynastie autrichienne ayant régné de 1278 à 1918, impériale depuis 1440. **7.** Ville prise en 1630 par Colalto (voir note 6, p. 426). **8.** Voir note 10, p. 428. **9.** Voir note 3 p. 209. **10.** Dans cette énumération de généraux de la guerre de Trente Ans, Mozellani est un inconnu. Une première version évoquait « Londorone, Bucquoy, Galas et Colalto » (voir note 6, p. 426). *Cf.* P. Brunel, note 1, p. 81. L'ambiguïté crée par *Galas* avec le mot *gala* (voir note 2, p. 243), deux fois employé dans le poème, a dû plaire à Hugo.

À Bergame, à Pavie, à Crême, à Guastalla[1],
320 Vous témoins, vous présents, vous mettant le holà,
À la sainte Italie[2] on lisait sa sentence ;
On promenait de rue en rue une potence,
Et, vous, vous escortiez la charrette ; et ceci
Ne vous quittera plus, et sans fin ni merci
325 Ce souvenir vous suit, étant de la nuit noire ;
Ô malheureux ! vos noms traverseront l'histoire
À jamais balafrés par l'ombre qui tombait
Sur vos drapeaux des bras difformes du gibet.

Deuil sans fond ! c'est l'honneur de leur pays qu'ils
[tuent ;
330 En se prostituant, c'est moi qu'ils prostituent ;
Nos vieux pins ont fourni leurs piques dont l'acier
Apporte dans l'égout le reflet du glacier ;
Ils traînent avec eux la Suisse, quoi qu'on dise ;
Et les pâles aïeux sont dans leur bâtardise ;
335 Nos héros sont mêlés à leurs rangs, nos grands noms
Sont de leurs lâchetés parents et compagnons,
De sorte que, dans l'ombre où César[3] supplicie
Le Salzbourg, la Hongrie aux fers, la Dalmatie[4],

---

1. Bergame et Crême se trouvèrent sur le passage de 35 000 reîtres pendant la guerre de Trente Ans, mais Hugo pense surtout à ce qu'elles ont eu à souffrir lors de la réaction autrichienne de 1849, après le grand mouvement de liberté de 1848. La ville de Pavie fut mise à sac par des mercenaires suisses en 1527, mais son nom évoque surtout les journées sanglantes des 9 et 10 février 1848, lors de son insurrection contre les Autrichiens. Située dans la plaine du Pô, Guastalla a vraisemblablement souffert lors de la guerre de Trente Ans ; son nom rappelle surtout son soulèvement en 1848, contre son incorporation au duché de Modène. L'Histoire du XVIIe siècle est directement connectée aux questions politiques du présent. **2.** L'expression est fréquente dans les discours républicains de défense de la liberté italienne à l'époque de *La Légende*. **3.** Voir notes 3, p. 224 et 1, p. 257. **4.** L'alliance du Salzbourg, de la Hongrie et de la Dalmatie rend manifeste l'allusion aux événements contemporains : autonomie proclamée du Salzbourg en 1849, révolte de la Hongrie (voir note 10, p. 428), soulèvement de la Dalmatie en 1848, réclamant un état triunitaire serbo-croato-dalmate.

Quand Fritz jette au bûcher le Tyrol prisonnier[1],
340 Quand Jean lie au poteau l'Alsace[2], quand Reynier
Bat de verges Crémone échevelée et nue[3],
Quand Rodolphe après Jean et Reynier continue,
Quand Mathias livre Ancône[4] au sabre du hulan[5],
Quand Albrecht Dent-de-Fer exécute Milan[6],
345 Autour des nations qui râlent sur la claie[7],
Furst[8], et Guillaume Tell[9], et Melchthal[10] font la haie !

Est-ce qu'ils oseront rentrer sur nos hauteurs,
Ces anciens laboureurs et ces anciens pasteurs
Que l'Autriche aujourd'hui caserne dans ses bouges[11] ?
350 Est-ce qu'ils reviendront avec leurs habits rouges,
Portant sur leur front morne et dans leur œil fatal
La domesticité monstrueuse du mal ?
S'ils osent revenir, si, pour faveur dernière,
L'Autriche leur permet d'emporter sa bannière,
355 S'ils rentrent dans nos monts avec cet étendard
Dont l'ombre fait d'un homme et d'un pâtre un
[soudard[12],
Oh ! quelle auge de porcs, quelle cuve de fange
Quelle étable inouïe, épouvantable, étrange,
Femmes, essuierez-vous avec ce drapeau-là ?

---

1. La référence au Tyrol renvoie surtout à l'actualité récente. Le Tyrol a un statut semi-indépendant par rapport à l'Autriche jusqu'en 1665, date à laquelle il est absorbé dans l'empire. Il est intégré à la Lombardie en 1809, mais redevient sujet autrichien en 1815. Insurrection en 1848, puis répression. **2.** En 1592, Jean de Brandebourg et Charles, cardinal de Lorraine, s'affrontent en Alsace, dévastant toute la région. **3.** Reynier est le nom du vice-roi de Lombardie en 1849, Crémone celui d'une ville lombarde qui fut souvent le théâtre de batailles. La plus célèbre est postérieure à la guerre de Trente Ans (en 1702, le maréchal de Villeroi s'y affronte aux Impériaux). **4.** Voir note 7, p. 303. **5.** Cavalier lancier de l'armée autrichienne. **6.** Affabulation sur un « Frédéric aux Dents de fer » trouvé dans l'article « Brandebourg » de Moréri. Voir note 2, p. 426. **7.** Voir note 7, p. 296. **8.** Beau-père de Tell. Un des chefs de l'insurrection de 1307. **9.** Voir note 2, p. 430. **10.** Un des chefs de l'insurrection de 1307. **11.** Voir note 5, p. 139. **12.** Voir note 7, p. 147.

360 Jamais dans plus de nuit un peuple ne croula[1].
Désespoir ! désespoir de voir mes Alpes sombres,
Honteuses, projeter leurs gigantesques ombres
Jusque dans l'antichambre infâme des tyrans !
Cieux profonds, purs azurs sacrés et fulgurants,
365 Laissez-moi m'en aller dans vos gouffres sublimes !
Que je perde de vue, au fond des clairs abîmes,
La terre, et l'homme, acteur féroce ou vil témoin !
Ô sombre immensité, laisse-moi fuir si loin
Que je voie, à travers tes prodigieux voiles,
370 Décroître le soleil et grandir les étoiles !

*

Aigle[2], ne t'en va pas ; reste aux Alpes uni,
Et reprends confiance, au seuil de l'infini[3],
Aigle, dans la candeur des neiges éternelles ;
Ne t'en va pas ; et laisse en tes glauques prunelles
375 Les foudres apaisés redevenir rayons ;
Penchons-nous, moins amers, sur ce que nous voyons ;
La faute est sur les temps et n'est pas sur les hommes.

Un flamboiement sinistre emporte les Sodomes[4],
Tout est dit. Mais la Suisse au-dessus de l'affront
380 Gardera l'auréole altière de son front ;
Car c'est la roche avec de la bonté pétrie,
C'est la grande montagne et la grande patrie,
C'est la terre sereine assise près du ciel ;
C'est elle qui, gardant pour les pâtres le miel,
385 Fit connaître l'abeille aux rois par les piqûres ;
C'est elle qui, parmi les nations obscures,

---

1. Aggravation du motif de la décadence (voir note 5, p. 429) et complication du récit historique : sa relative démocratisation (voir note 2, p. 424) s'inscrit dans un contexte de dégradation du peuple. **2.** Le discours final du poète à l'aigle était initialement un poème distinct, intitulé « À un aigle ». **3.** Les sommets alpestres sont voies de passage vers l'immanent (voir note 1, p. 519). **4.** Voir note 8, p. 74.

La première alluma sa lampe dans la nuit ;
Le cri de délivrance est fait avec son bruit ;
Le mot Liberté semble une voix naturelle
390 De ses prés sous l'azur, de ses lacs sous la grêle,
Et tout dans ses monts, l'air, la terre, l'eau, le feu,
Le dit avec l'accent dont le prononce Dieu !
Au-dessus des palais de tous les rois ensemble,
La pauvre vieille Suisse, où le rameau seul tremble,
395 Tranquille, élèvera toujours sur l'horizon
Les pignons effrayants de sa haute maison.
Rien ne ternit ces pics que la tempête lave,
Volcans de neige ayant la lumière pour lave,
Qui versent sur l'Europe [1] un long ruissellement
400 De courage, de foi, d'honneur, de dévouement,
Et semblent sur la terre une chaîne d'exemples [2] ;
Toujours ces monts auront des figures de temples.
Qu'est-ce qu'un peu de fange humaine jaillissant
Vers ces sublimités d'où la clarté descend ?
405 Ces pics sont la ruine énorme des vieux âges
Où les hommes vivaient bons, aimants, simples, sages ;
Débris du chaste éden [3] par la paix habité,
Ils sont beaux ; de l'aurore et de la vérité
Ils sont la colossale et splendide masure ;
410 Où tombe le flocon que fait l'éclaboussure ?
Qu'importe un jour de deuil quand, sous l'œil éternel,
Ce que noircit la terre est blanchi par le ciel ?

---

1. La Suisse a une mission européenne (voir note 5, p. 436). Et pour la première fois dans le recueil (« La chanson des aventuriers de la mer » mise à part), l'Europe ne s'identifie pas à la Chrétienté et/ou à l'empire, mais au territoire d'une liberté toujours à venir. **2.** C'est un nouveau continuum historique que propose, à cette place précise dans le recueil, le poète. Continuum tourné vers l'avenir, puisque ces exemples (du plus que passé) sont par nature à imiter dans le futur (du XVIIe et du XIXe siècle), et fondé sur une conception humaniste de l'Histoire, dans la mesure où ces exemples sont aussi par nature imitables : le progrès est réalisable par les hommes. **3.** Involution de l'Histoire non plus vers ses origines caïnites, mais vers son origine auguste, celle du « Sacre de la femme ».

L'homme s'est vendu. Soit. A-t-on dans le louage
Compris le lac, le bois, la ronce, le nuage ?
415 La nature revient, germe, fleurit, dissout,
Féconde, croît, décroît, rit, passe, efface tout.
La Suisse est toujours là, libre. Prend-on au piége
Le précipice, l'ombre et la bise et la neige ?
Signe-t-on des marchés dans lesquels il soit dit
420 Que l'Orteler[1] s'enrôle et devient un bandit ?
Quel poing cyclopéen, dites, ô roches noires,
Pourra briser la Dent de Morcle en vos mâchoires ?
Quel assembleur de bœufs pourra forger un joug
Qui du pic de Glaris aille au piton de Zoug ?
425 C'est naturellement que les monts sont fidèles
Et purs, ayant la forme âpre des citadelles,
Ayant reçu de Dieu des créneaux où, le soir,
L'homme peut, d'embrasure en embrasure, voir
Étinceler le fer de lance des étoiles[2].
430 Est-il une araignée, aigle, qui dans ses toiles
Puisse prendre la trombe et la rafale et toi ?
Quel chef recrutera le Salève ? à quel roi
Le Mythen dira-t-il : « Sire, je vais descendre ! »
Qu'après avoir dompté l'Athos[3], quelque Alexandre[4],
435 Sorte de héros, monstre aux cornes de taureau,
Aille donc relever sa robe à la Jungfrau[5] !
Comme la vierge, ayant l'ouragan sur l'épaule,
Crachera l'avalanche à la face du drôle !

Aigle, ne maudis pas, au nom des clairs torrents,
440 Les tristes hommes, fous, aveugles, ignorants.
Puis, est-ce pour jamais qu'on embauche les hommes ?
Non, non. Les Alpes sont plus fortes que les Romes ;
Le pays tire à lui l'humble pâtre pleurant ;

---

1. Montagne suisse. **2.** Projection positive du Moyen Âge épique dans le paysage alpestre. **3.** Montagne grecque, qui porte le nom du géant qui la lança contre l'Olympe (elle retomba en Macédoine). **4.** Voir note 6, p. 161. **5.** Voir note 13, p. 431.

Et, si César[1] l'a pris, le Mont-Blanc le reprend[2].

445 Non, rien n'est mort ici. Tout grandit, et s'en vante.
L'Helvétie est sacrée et la Suisse est vivante ;
Ces monts sont des héros et des religieux[3] ;
Cette nappe de neige aux plis prodigieux
D'où jaillit, lorsqu'en mai la tiède brise ondoie,
450 Toute une floraison folle d'air et de joie,
Et d'où sortent des lacs et des flots murmurants,
N'est le linceul de rien, excepté des tyrans.

Gloire aux monts ! leur front brille et la nuit se dissipe.
C'est plus que le matin qui luit ; c'est un principe !
455 Ces mystérieux jours blanchissant les hauteurs,
Qu'on prend pour des rayons, sont des libérateurs ;
Toujours aux fiers sommets ces aubes sont données :
Aux Alpes Stauffacher[4], Pélage[5] aux Pyrénées !

La Suisse dans l'histoire aura le dernier mot
460 Puisqu'elle est deux fois grande, étant pauvre, et là-
[haut ;
Puisqu'elle a sa montagne et qu'elle a sa cabane.
La houlette de Schwitz[6] qu'une vierge enrubanne,
Fière, et, quand il le faut, se hérissant de clous,
Chasse les rois ainsi qu'elle chasse les loups.
465 Gloire au chaste pays que le Léman arrose !
À l'ombre de Melchthal[7], à l'ombre du Mont-Rose
La Suisse trait sa vache et vit paisiblement.
Sa blanche liberté s'adosse au firmament.

Le soleil, quand il vient dorer une chaumière,
470 Fait que le toit de paille est un toit de lumière ;
Telle est la Suisse, ayant l'honneur dans ses prés verts,

---

1. Voir note 4, p. 97. **2.** Dans leur lutte contre le tyran, les monts sont des avatars des chevaliers errants. **3.** Voir note 1, p. 436. **4.** Un des chefs de l'insurrection de 1307. **5.** Voir note 4, p. 179. **6.** Un des quatre cantons de la première Confédération, qui donna son nom allemand à la Suisse (Schwitzerland). **7.** Voir note 10, p. 438.

Et de son indigence éclairant l'univers.
Tant que les nations garderont leurs frontières,
La Suisse éclatera parmi les plus altières ;
475 Quand les peuples riront et s'embrasseront tous,
La Suisse sera douce au milieu des plus doux.

Suisse ! à l'heure où l'Europe enfin marchera seule [1],
Tu verras accourir vers toi, sévère aïeule,
La jeune Humanité sous son chapeau de fleurs [2] ;
480 Tes hommes bons seront chers aux hommes
[meilleurs ;
Les fléaux disparus, faux dieu, faux roi, faux prêtre,
Laisseront le front blanc de la paix apparaître [3] ;
Et les peuples viendront en foule te bénir,
Quand la guerre mourra, quand, devant l'avenir,
485 On verra, dans l'horreur des tourbillons funèbres,
Se hâter pêle-mêle au milieu des ténèbres,
Comme d'affreux oiseaux heurtant leurs ailerons,
Une fuite effrénée et noire de clairons [4] !

En attendant, la Suisse a dit au monde : Espère [5].
490 Elle a de la vieille hydre [6] effrayé le repaire ;
Ce qu'elle a fait jadis, pour les siècles est fait [7] ;
La façon dont la Suisse à Sempach [8] triomphait
Reste la grande audace et la grande manière
D'attaquer une bête au fond de sa tanière.
495 Tous ses nuages, blancs ou noirs, sont des drapeaux.
L'exemple, c'est le fait dans sa gloire, au repos,
Qui charge lentement les cœurs et recommence ;

---

1. Annonce d'une Europe libre et républicaine, avenir du XVIIe et du XIXe siècle. **2.** Régénération idyllique de l'Humanité, qui vaut comme promesse d'une dissolution heureuse de l'épique. **3.** Reprise, au compte du poète cette fois, de la prophétie pacifiste du satyre, que reprendra le chant de « Plein ciel ». **4.** Prophétie de la fin des *Iliades*, et des triomphantes prosopopées d'aigles à deux têtes. **5.** Avant l'accélération de l'Histoire dans la fuite effrénée des clairons, la longue patience de l'attente messianique de la liberté, engagée par la Suisse de Guillaume Tell. **6.** Voir note 2, p. 56. **7.** Optimisme : le Bien est imperdable. **8.** Voir note 2, p. 431.

Melchthal, grave et penché sur le monde, ensemence[1].

Un jour, à Bâle, Albrecht, l'empereur triomphant[2],
500 Vit une jeune mère auprès d'un jeune enfant ;
La mère était charmante ; elle semblait encore,
Comme l'enfant, sortie à peine de l'aurore ;
L'empereur écouta de près leurs doux ébats,
Et la mère disait à son enfant tout bas :
505 « Fils, quand tu seras grand, meurs pour la bonne [cause ! »
Oh ! rien ne flétrira cette feuille de rose !
Toujours le despotisme en sentira le pli.
Toujours les mains prêtant le serment du Grutli[3]
Apparaîtront en rêve au peuple en léthargie ;
510 Toujours les oppresseurs auront, dans leur orgie,
Sur la lividité de leur face l'effroi
Du tocsin[4] qu'Unterwald[5] cache dans son beffroi[6].
Tant que les nations au joug seront nouées,
Tant que l'aigle à deux becs[7] sera dans les nuées,
515 Tant que dans le brouillard des montagnes l'éclair
Ébauchera le spectre insolent de Gessler[8],
On verra Tell[9] songer dans quelque coin terrible ;
Et les iniquités, la violence horrible,
La fraude, le pouvoir du vainqueur meurtrier,
520 Cibles noires, craindront cet arbalétrier[10].
Assis à leur souper, car c'est leur crépuscule,
Et le jour qui pour nous monte, pour eux recule,
Les satrapes[11] seront éblouissants à voir,
Raillant la conscience, insultant le devoir,

---

1. Variante : « Pelage, Stauffacher, Botzaris, ensemencent. » La fécondité de l'exemple est organique. **2.** L'Albrecht Dent-de-Fer de la page 438 ? **3.** Serment par lequel Furst d'Uri, Melchthal d'Underwald et Stauffacher de Schwitz se promirent de tout faire pour chasser les Autrichiens. **4.** Sonnerie de cloche répétée pour donner l'alarme. **5.** Le canton représenté par Melchthal (voir la note 3). **6.** Voir note 7, p. 319. **7.** Voir note 5, p. 430. **8.** Voir note 2, p. 430. **9.** Voir note 2, p. 430. **10.** Soldat armé de l'arbalète. Voir notes 5 p. 137 et 2, p. 430. **11.** Homme despotique, riche et voluptueux.

525 Mangeant dans les plats d'or et les coupes d'opales,
Joyeux ; mais par instants ils deviendront tout pâles,
Feront taire l'orchestre, et, la sueur au front,
Penchés, se parlant bas, tremblants, regarderont
S'il n'est pas quelque part, là, derrière la table,
530 Calme, et serrant l'écrou de son arc redoutable.
Pourtant il se pourra qu'à de certains moments,
Dans les satiétés et les enivrements,
Ils se disent : « Les yeux n'ont plus rien de sévère ;
Guillaume Tell est mort[1]. » Ils rempliront leur verre,
535 Et le monde comme eux oubliera. Tout à coup,
À travers les fléaux et les crimes debout,
Et l'ombre, et l'esclavage, et les hontes sans nombre,
On entendra siffler la grande flèche sombre.

Oui, c'est là la foi sainte, et, quand nous étouffons,
540 Dieu nous fait respirer par ces pensers profonds.
Au-dessus des tyrans l'histoire est abondante
En spectres que du doigt Tacite[2] montre à Dante[3] ;
Tous ces fantômes sont la liberté planant,
Et toujours prête à dire aux hommes : « Maintenant ! »
545 Et, depuis Padrona Kalil[4] aux jambes nues

---

1. Le véritable héros ne meurt que lorsque son souvenir n'anime plus le regard de sa communauté. L'oubli menace la « chaîne d'exemples » qui constitue la conscience d'un peuple. **2.** Pour voir l'enfer de la tyrannie, mieux vaut que Dante change de guide, abandonne Virgile, le poète d'Auguste, pour prendre l'historien exilé par Domitien, qui écrivit les crimes impériaux avec « la concision du fer rouge » (*William Shakespeare*, I, II, 2, 8). **3.** L'auteur de la *Divine Comédie* n'est pas pour Hugo le dernier homme du Moyen Âge féodal, mais le Juvénal de « la Rome des papes », qui « fouette avec des flammes » les tyrans de son temps. Voir *William Shakespeare* II, II, 2, 11 et *Dernière Série*, « La Vision de Dante », écrite en 1853. Avec Tacite et Dante la « chaîne d'exemples » s'ouvre temporellement et géographiquement en une Histoire européenne des héros de la liberté et de l'indépendance nationale. **4.** Héros de la révolution des Janissaires qui démit Achmet III en 1730. Le détail, devenu légendaire, de ses jambes nues signale son désintéressement. L'Europe déborde sur l'Orient.

Jusqu'à Franklin ôtant le tonnerre des nues[1]
Depuis Léonidas[2] jusqu'à Kosciuzko[3],
Le cri des uns du cri des autres est l'écho.
Oui, sur vos actions, de tant de deuil mêlées,
550 Multipliez les plis des pourpres étoilées,
Ayez pour vous l'oracle, et Delphe avec Endor[4],
Maîtres ; riez, le front coiffé du laurier d'or,
Aux pieds de la fortune infâme et colossale ;
Tout à coup Botzaris[5] entrera dans la salle,
555 Byron se dressera, le poëte héros[6],
Tzavellas[7], indigné du succès des bourreaux,
Soufflettera le groupe effaré des victoires ;
Et l'on verra surgir au-dessus de vos gloires
L'effrayant avoyer[8] Gundoldingen[9], cassant
560 Sur César[10] le sapin des Alpes teint de sang[11] !

---

1. Physicien, philosophe, homme d'État américain, Franklin (1706-1790) s'intègre à la série des héros comme acteur de l'Indépendance américaine, mais surtout comme inventeur du paratonnerre : c'est un héros de la liberté des peuples, mais aussi de l'Homme contre la matière. **2.** Héros de l'épisode glorieux des Thermopyles, où trois cents Spartiates eurent raison de l'immense armée de Xerxès. Voir, dans la *Nouvelle Série*, « Les trois cents ». **3.** Chef de la résistance polonaise contre les Russes, mort en Suisse en 1817. Michelet en a fait un des héros de ses *Légendes démocratiques du Nord*, mais c'est plus généralement toute la tradition républicaine en France qui le vénère. **4.** Double renvoi à la sibylle de Delphes dans l'Antiquité grecque et à celle d'Endor dans l'Antiquité biblique. **5.** Héros de la guerre d'indépendance grecque, mort à Missolonghi en 1823, déjà célébré dans *Les Orientales*. **6.** Le grand génie du romantisme anglais, mort à Missolonghi, alors qu'il participait à la guerre d'indépendance grecque. **7.** Héros de la résistance grecque contre Ali-Pacha (1792). **8.** Titre de premier magistrat dans certains cantons suisses. **9.** Ce héros de la guerre d'indépendance suisse du XIVe siècle est ainsi une figure porteuse d'avenir pour le XIXe siècle. **10.** Voir note 4, p. 97. **11.** Manuscrit : « 6 février 1859. Il y a aujourd'hui six ans jour pour jour une insurrection a éclaté à Milan. »

XIII

MAINTENANT[1]

1. De même que « Le temps présent » dans la *Nouvelle Série*, « Maintenant » vient dans la *Première* à la place du XIXe siècle, parce que celui n'est pas nommable, n'étant pas encore advenu à lui-même.

« Tout à coup, au moment où le housard baissé
Se penchait vers lui, l'homme, une espèce de maure,
Saisit un pistolet qu'il étreignait encore... »
(XIII, 1, « Après la bataille », vv. 14-16)

Tableau de Mélingue.

I

APRÈS LA BATAILLE [1]

Mon père [2], ce héros au sourire si doux [3],
Suivi d'un seul housard [4] qu'il aimait entre tous
Pour sa grande bravoure et pour sa haute taille,
Parcourait à cheval, le soir d'une bataille [5],
5 Le champ couvert de morts sur qui tombait la nuit.
Il lui sembla dans l'ombre entendre un faible bruit.
C'était un Espagnol de l'armée en déroute [6]
Qui se traînait sanglant sur le bord de la route,
Râlant, brisé, livide, et mort plus qu'à moitié,
10 Et qui disait : « À boire ! à boire par pitié ! »

---

1. Titre humoristique, qui souligne la transformation de l'épique par le déplacement du récit, de « pendant » à « après la bataille ». **2.** La section est encadrée, comme le poème, par cette référence au père, qui identifie l'origine historique de « maintenant » à l'origine familiale, privée, et opère la jonction de l'Histoire collective et de l'Histoire domestique — totalement identifiées en XIII, 2 et 3. **3.** La qualification du héros dit aussi d'emblée le changement radical de l'épopée au XIXe siècle — même si ce doux sourire est préparé par le « doux sourire ami » d'Éviradnus (V, 2). **4.** Soldat de la cavalerie légère, le hussard était originellement un cavalier hongrois. « À la hussarde » signifie au figuré *brutalement*. Or ce hussard participera à l'épopée de la clémence et de la pitié. **5.** Les noms et les dates de batailles importent peu dans la nouvelle Histoire et la nouvelle épopée qui s'inventent ici. **6.** Hugo a suivi son père en Espagne, alors que celui-ci, général, participait à l'abominable guerre napoléonienne qui finit en 1813 par la défaite française. La déroute est ici espagnole, mais le soleil d'Austerlitz ne brille pas sur le visage livide du blessé, et Napoléon n'est pas là.

Mon père, ému, tendit à son housard fidèle
Une gourde de rhum qui pendait à sa selle,
Et dit : « Tiens, donne à boire à ce pauvre blessé. »
Tout à coup, au moment où le housard baissé
15 Se penchait vers lui, l'homme, une espèce de maure [1],
Saisit un pistolet qu'il étreignait encore,
Et vise au front mon père en criant : « Caramba [2] ! »
Le coup passa si près, que le chapeau tomba
Et que le cheval fit un écart en arrière.
20 « Donne-lui tout de même à boire », dit mon père.

1. Homme d'Afrique du Nord. L'Espagne pour Hugo est, comme il le dit dans la préface des *Orientales*, « à demi africaine ». **2.** Juron espagnol, équivalent de « sapristi ! ». Tout rentre dans l'alexandrin : le juron familier et la langue étrangère.

II

LE CRAPAUD[1]

Que savons-nous ? Qui donc connaît le fond des
[choses ?
Le couchant rayonnait dans les nuages roses ;
C'était la fin d'un jour d'orage, et l'occident
Changeait l'ondée en flamme en son brasier ardent ;
5 Près d'une ornière, au bord d'une flaque de pluie,
Un crapaud regardait le ciel, bête éblouie ;
Grave, il songeait ; l'horreur contemplait la splendeur.
(Oh ! pourquoi la souffrance et pourquoi la laideur ?
Hélas ! le bas-empire est couvert d'Augustules[2],
10 Les césars[3] de forfaits, les crapauds de pustules,
Comme le pré de fleurs et le ciel de soleils.)

---

1. Premier titre : « Le bon samaritain ? » La peinture du XIXe siècle semble ici (comme en XIII, 3) totalement déshistoricisée. Il n'en est rien, et nous ne sommes pas encore « hors des temps ». Car la tyrannie que l'Homme exerce sur l'animal est une affaire sérieuse, morale, politique, religieuse, et l'enfermement du monstre dans son horreur interroge le mal et les châtiments de la métempsycose. C'est pourquoi ce prolongement de « Ce que dit la Bouche d'ombre » est lui aussi un appel à la pitié, aux pleurs « sur l'effrayant crapaud, pauvre monstre aux doux yeux, / Qui regarde toujours le ciel mystérieux » (*Les Contemplations*). À lire, dans la spirale du progrès, comme une répétition démocratique de VI, 3. **2.** Diminutif dépréciatif d'Auguste, le nom de tous les empereurs romains à partir d'Octave, et qui semble ici comme la concaténation des Augustes et des pustules. L'expression « le bas-empire » désigne clairement le Second Empire. **3.** Voir note 4, p. 97.

Les feuilles s'empourpraient dans les arbres
[vermeils ;
L'eau miroitait, mêlée à l'herbe, dans l'ornière :
Le soir se déployait ainsi qu'une bannière ;
15 L'oiseau baissait la voix dans le jour affaibli ;
Tout s'apaisait, dans l'air, sur l'onde ; et, plein d'oubli,
Le crapaud, sans effroi, sans honte, sans colère,
Doux, regardait la grande auréole solaire ;
Peut-être le maudit[1] se sentait-il béni ;
20 Pas de bête qui n'ait un reflet d'infini[2] ;
Pas de prunelle abjecte et vile que ne touche
L'éclair d'en-haut, parfois tendre et parfois farouche ;
Pas de monstre chétif, louche, impur, chassieux,
Qui n'ait l'immensité des astres dans les yeux.
25 Un homme qui passait vit la hideuse bête,
Et, frémissant, lui mit son talon sur la tête ;
C'était un prêtre ayant un livre qu'il lisait[3] ;
Puis une femme, avec une fleur au corset,
Vint et lui creva l'œil du bout de son ombrelle ;
30 Et le prêtre était vieux, et la femme était belle ;
Vinrent quatre écoliers, sereins comme le ciel.
— J'étais enfant, j'étais petit, j'étais cruel[4] ; —
Tout homme sur la terre, où l'âme erre asservie,

---

1. Maudit comme le porc de VI, 3, et comme tous les monstres de la Nature et de l'Histoire. **2.** L'immanence fait qu'aucun être n'est délié du grand mystère sacré, de l'Inconnu. Du coup, tout peut être sauvé. **3.** Reprise du canevas de l'apologue du bon Samaritain, à des fins anticléricales. Dans Luc, X, c'est ensuite un lévite (non une jeune femme) qui passera son chemin devant non un crapaud, mais un homme laissé à demi mort par des brigands. Cette jeune femme coquette et sadique est un avatar démythifié de la Vénus de VIII. **4.** Démocratisation : le « héros » est un enfant qui n'est ni roi ni infant ; intimisation : l'épopée est un fragment d'autobiographie ; complication : « cet âge est sans pitié », disait déjà La Fontaine, et le « Je » est compromis dans le mal, au moins au passé. On peut lire ici le poème comme une réécriture du chapitre VI, 4 de *Notre-Dame de Paris*, « Une larme pour une goutte d'eau », qui reprend lui aussi l'apologue du bon Samaritain, et qui renvoie explicitement au vers de La Fontaine à propos du peuple du Moyen Âge, riant du supplice du pauvre monstre grotesque et pitoyable, Quasimodo au pilori.

Peut commencer ainsi le récit de sa vie[1].
35 On a le jeu, l'ivresse et l'aube dans les yeux,
On a sa mère, on est des écoliers joyeux,
De petits hommes gais, respirant l'atmosphère
À pleins poumons, aimés, libres, contents ; que faire
Sinon de torturer quelque être malheureux ?
40 Le crapaud se traînait au fond du chemin creux.
C'était l'heure où des champs les profondeurs
[s'azurent ;
Fauve, il cherchait la nuit ; les enfants l'aperçurent
Et crièrent : « Tuons ce vilain animal,
Et, puisqu'il est si laid, faisons-lui bien du mal ! »
45 Et chacun d'eux, riant, — l'enfant rit quand il tue, —
Se mit à le piquer d'une branche pointue,
Élargissant le trou de l'œil crevé, blessant
Les blessures, ravis, applaudis du passant ;
Car les passants riaient[2] ; et l'ombre sépulcrale
50 Couvrait ce noir martyr qui n'a pas même un râle,
Et le sang, sang affreux, de toutes parts coulait
Sur ce pauvre être ayant pour crime d'être laid ;
Il fuyait ; il avait une patte arrachée ;
Un enfant le frappait d'une pelle ébréchée ;
55 Et chaque coup faisait écumer ce proscrit[3]
Qui, même quand le jour sur sa tête sourit,
Même sous le grand ciel, rampe au fond d'une cave ;
Et les enfants disaient : « Est-il méchant ! il bave ! »
Son front saignait, son œil pendait ; dans le genêt
60 Et la ronce, effroyable à voir, il cheminait ;
On eût dit qu'il sortait de quelque affreuse serre ;
Oh ! la sombre action ! empirer la misère !

---

1. Hugo n'envisage l'écriture autobiographique qu'à partir de la réversibilité du *Je* en *Tu* et en *Tous*. « Ah ! insensé, qui crois que je ne suis pas toi ! » s'exclamait le poète de ces « mémoires d'une âme » que sont *Les Contemplations*. Cette réversibilité fondatrice du lyrisme des *Contemplations* fonde ici l'autobiographique épique, où le destin de l'Humanité se concentre dans celui du *Je*. **2.** Progrès dans le désastre : ce ne sont plus ni les Olympiens, ni les rois, ni les mercenaires qui rient, mais « les passants ». **3.** Solidarité de Hugo adulte cette fois et de cet autre exilé qu'est le crapaud.

Ajouter de l'horreur à la difformité !
Disloqué, de cailloux en cailloux cahoté,
65 Il respirait toujours ; sans abri, sans asile,
Il rampait ; on eût dit que la mort difficile
Le trouvait si hideux qu'elle le refusait ;
Les enfants le voulaient saisir dans un lacet,
Mais il leur échappa, glissant le long des haies ;
70 L'ornière était béante, il y traîna ses plaies
Et s'y plongea, sanglant, brisé, le crâne ouvert,
Sentant quelque fraîcheur dans ce cloaque[1] vert,
Lavant la cruauté de l'homme en cette boue ;
Et les enfants, avec le printemps sur la joue,
75 Blonds, charmants, ne s'étaient jamais tant divertis ;
Tous parlaient à la fois, et les grands aux petits
Criaient : « Viens voir ! dis donc, Adolphe, dis donc,
[Pierre,
Allons pour l'achever prendre une grosse pierre ! »
Tous ensemble, sur l'être au hasard exécré,
80 Ils fixaient leurs regards, et le désespéré
Regardait s'incliner sur lui ces fronts horribles.
— Hélas ! ayons des buts, mais n'ayons pas de cibles ;
Quand nous visons un point de l'horizon humain,
Ayons la vie, et non la mort, dans notre main[2]. —
85 Tous les yeux poursuivaient le crapaud dans la vase ;
C'était de la fureur et c'était de l'extase ;
Un des enfants revint, apportant un pavé,
Pesant, mais pour le mal aisément soulevé,
Et dit : « Nous allons voir comment cela va faire. »
90 Or, en ce même instant, juste à ce point de terre,
Le hasard amenait un chariot très-lourd

---

1. Bourbier, égout. **2.** C'est la tâche du XIXe siècle, que ce « changement d'horizon » de l'épopée humaine, de la mort à la vie. Voir Présentation, p. 25-26.

Traîné par un vieux âne écloppé, maigre et sourd[1] ;
Cet âne harassé, boiteux et lamentable,
Après un jour de marche approchait de l'étable ;
95 Il roulait la charrette et portait un panier ;
Chaque pas qu'il faisait semblait l'avant-dernier ;
Cette bête marchait, battue, exténuée ;
Les coups l'enveloppaient ainsi qu'une nuée ;
Il avait dans ses yeux voilés d'une vapeur
100 Cette stupidité qui peut-être est stupeur,
Et l'ornière était creuse, et si pleine de boue
Et d'un versant si dur, que chaque tour de roue
Était comme un lugubre et rauque arrachement ;
Et l'âne allait geignant et l'ânier blasphémant ;
105 La route descendait et poussait la bourrique ;
L'âne songeait, passif, sous le fouet, sous la trique,
Dans une profondeur où l'homme ne va pas.

Les enfants, entendant cette roue et ce pas,
Se tournèrent bruyants et virent la charrette :
110 « Ne mets pas le pavé sur le crapaud. Arrête !
Crièrent-ils. Vois-tu, la voiture descend
Et va passer dessus, c'est bien plus amusant. »

Tous regardaient.

Soudain, avançant dans l'ornière
Où le monstre attendait sa torture dernière,
115 L'âne vit le crapaud, et, triste, — hélas ! penché
Sur un plus triste, — lourd, rompu, morne, écorché,
Il sembla le flairer avec sa tête basse ;

---

1. À la place du bon Samaritain, le « vieux âne » sauvera l'abandonné. « Lequel est mon prochain ? » demande Jésus à la fin de l'apologue : non le prêtre, ni le lévite, mais le Samaritain, l'étranger, celui qui m'est précisément éloigné, parce qu'il a été miséricordieux. « Lequel est le prochain de l'Inconnu ? » interroge Hugo : non le prêtre, ni la jolie femme, mais le vieil animal misérable, parce qu'il a eu pitié. Pauvre et souffrant avatar des ânes de I, 7 et de III, 2, cet âne « maigre et sourd » est un héros de l'esprit, ou plutôt du cœur, principe de la suprême sagesse.

Ce forçat, ce damné, ce patient, fit grâce[1] ;
Il rassembla sa force éteinte, et, roidissant
120 Sa chaîne et son licou sur ses muscles en sang,
Résistant à l'ânier qui lui criait : Avance !
Maîtrisant du fardeau l'affreuse connivence,
Avec sa lassitude acceptant le combat,
Tirant le chariot et soulevant le bât,
125 Hagard, il détourna la roue inexorable,
Laissant derrière lui vivre ce misérable[2] ;
Puis, sous un coup de fouet, il reprit son chemin.
Alors, lâchant la pierre échappée à sa main,
Un des enfants — celui qui conte cette histoire[3] —
130 Sous la voûte infinie à la fois bleue et noire,
Entendit une voix qui lui disait : Sois bon !

Bonté de l'idiot[4] ! diamant du charbon !
Sainte énigme ! lumière auguste des ténèbres !
Les célestes n'ont rien de plus que les funèbres
135 Si les funèbres, groupe aveugle et châtié[5],
Songent, et, n'ayant pas la joie, ont la pitié[6].
Ô spectacle sacré ! l'ombre secourant l'ombre,
L'âme obscure venant en aide à l'âme sombre,
Le stupide, attendri, sur l'affreux se penchant ;

---

1. Forçat et damné, l'âne est une figure à la fois de l'âme châtiée dans la série de ses métempsycoses, de l'exclu, du misérable. « Patient », il est la victime passive, qui endure la lenteur du salut. Mais il fait ce que les rois sont incapables de faire : il fait grâce, comme « mon père ». Le XIXe siècle est le siècle de la clémence, malgré tout. **2.** Solidarité sans colère des misérables : l'âne évite de participer au martyre du crapaud. Après « Le régiment du baron Madruce », hanté par le souvenir de la répression de 1848, « Le Crapaud » peut se lire comme un mythe de l'évitement de la guerre sociale telle qu'elle s'est manifestée en juin 1848. Et de même XIII, 3. **3.** Figuration du poète épique en homme quelconque, sorti d'un groupe, ou plutôt en enfant quelconque, la construction syntaxique induisant que c'est l'enfant [Victor Hugo] qui raconte « cette histoire », à la place de l'Histoire. **4.** Le crapaud est un avatar de l'idiot de IV, 5. **5.** Voir note 4 p. 295. **6.** La pitié s'affirme « maintenant » comme l'instrument suprême, à un niveau individuel et cosmique dans l'échelle des métempsycoses (voir note 4 p. 295), à un niveau collectif dans l'Histoire.

140 Le damné bon faisant rêver l'élu méchant !
L'animal avançant lorsque l'homme recule !
Dans la sérénité du pâle crépuscule,
La brute par moments pense et sent qu'elle est sœur
De la mystérieuse et profonde douceur ;
145 Il suffit qu'un éclair de grâce brille en elle
Pour qu'elle soit égale à l'étoile éternelle ;
Le baudet qui, rentrant le soir, surchargé, las,
Mourant, sentant saigner ses pauvres sabots plats,
Fait quelques pas de plus, s'écarte et se dérange
150 Pour ne pas écraser un crapaud dans la fange,
Cet âne abject, souillé, meurtri sous le bâton,
Est plus saint que Socrate et plus grand que Platon[1].
Tu cherches, philosophe ? Ô penseur, tu médites ?
Veux-tu trouver le vrai sous nos brumes maudites ?
155 Crois, pleure, abîme-toi dans l'insondable amour !
Quiconque est bon voit clair dans l'obscur carrefour ;
Quiconque est bon habite un coin du ciel. Ô sage,
La bonté qui du monde éclaire le visage,
La bonté, ce regard du matin ingénu,
160 La bonté, pur rayon qui chauffe l'Inconnu,
Instinct qui dans la nuit et dans la souffrance aime,
Est le trait d'union ineffable et suprême
Qui joint, dans l'ombre, hélas ! si lugubre souvent,
Le grand ignorant, l'âne, à Dieu le grand savant[2].

---

1. Les deux grandes figures de la philosophie grecque, ici saint et héros laïcs de la pensée, sont dépassées, comme le philosophe de I, 7 et comme Kant dans *L'Âne*, par l'animal réputé le plus bête, mais dans lequel s'est concentré « l'insondable amour ». Voir note 1, p. 455.
2. Obscurantisme ? irrationalisme ? Plutôt une éthique sentimentale, c'est-à-dire une morale qui fait du sentiment, de la « bonté », la voie d'accès suprême au Vrai, ou Inconnu, ou Dieu. Voir aussi note 1, p. 455.

III

LES PAUVRES GENS [1]

I

Il est nuit. La cabane est pauvre, mais bien close.
Le logis est plein d'ombre, et l'on sent quelque chose
Qui rayonne à travers ce crépuscule obscur.
Des filets de pêcheur sont accrochés au mur.
5 Au fond, dans l'encoignure où quelque humble [vaisselle
Aux planches d'un bahut vaguement étincelle,

---

1. Ces « pauvres gens » sont une pauvre *gens*, famille sans pouvoir, sans avoir, et sans nom, « gens » anonymes qui sont à peine des individus, n'ayant pas pour cela assez de surface sociale, mais ayant cependant, en profondeur, suffisamment de cœur pour être les héros de cette nouvelle épopée de la pitié. Hugo réécrit ici un conte réaliste en vers comme il s'en écrivait déjà beaucoup avant *Les Humbles* de François Coppée, *Les Enfants de la morte* de Charles Lafont, qui lui inspirent le canevas dramatique et le trait final du poème (« Tiens, dit-elle, ils sont là ! », dans le poème de Lafont). Mais le conte prend une dimension visionnaire en faisant face au quadruple abîme de la mer, de la misère, de la mort, et du sacrifice toujours prêt des plus démunis. Coup de force de l'épopée du XIXe siècle : la « chaîne d'exemples » intègre dans sa série un marin et sa femme qui n'ont ni sauvé leur patrie, ni inventé quoi que ce soit, ni conquis un monde nouveau, et cependant homme et femme illustres, parce qu'ils auront lutté héroïquement contre la fatalité en sauvant deux enfants. À lire en regard de « La chanson des aventuriers de la mer ». Voir aussi notes 2, p. 449, 1, p. 451 et 2, p. 456. Un certain Nemo Ignotus a fait du poème une translation du « baragouin en français » qui éclaire, par ses défauts de compréhension, le travail poétique de Victor Hugo.

On distingue un grand lit aux longs rideaux tombants.
Tout près, un matelas s'étend sur de vieux bancs,
Et cinq petits enfants, nid d'âmes, y sommeillent.
10 La haute cheminée où quelques flammes veillent
Rougit le plafond sombre, et, le front sur le lit,
Une femme à genoux prie, et songe, et pâlit.
C'est la mère. Elle est seule. Et dehors, blanc d'écume,
Au ciel, aux vents, aux rocs, à la nuit, à la brume,
15 Le sinistre Océan jette son noir sanglot.

II

L'homme est en mer. Depuis l'enfance matelot,
Il livre au hasard sombre une rude bataille [1].
Pluie ou bourrasque, il faut qu'il sorte, il faut qu'il aille,
Car les petits enfants ont faim. Il part le soir
20 Quand l'eau profonde monte aux marches du musoir [2].
Il gouverne à lui seul sa barque à quatre voiles.
La femme est au logis, cousant les vieilles toiles,
Remmaillant les filets, préparant l'hameçon,
Surveillant l'âtre où bout la soupe de poisson,
25 Puis priant Dieu sitôt que les cinq enfants dorment.
Lui, seul, battu des flots qui toujours se reforment,
Il s'en va dans l'abîme et s'en va dans la nuit.
Dur labeur ! tout est noir, tout est froid ; rien ne luit.
Dans les brisants [3], parmi les lames en démence,
30 L'endroit bon à la pêche, et, sur la mer immense,
Le lieu mobile, obscur, capricieux, changeant,
Où se plaît le poisson aux nageoires d'argent,

---

1. La vie du matelot est une épopée de chaque jour contre le hasard, cet autre nom de la nécessité. Progrès : les aventuriers de la mer se livraient au hasard ; le marin du XIXe siècle le combat. **2.** Pointe d'une digue. **3.** Écueil à fleur d'eau où se brisent les vagues.

Ce n'est qu'un point ; c'est grand deux fois comme
[la chambre[1].
Or, la nuit, dans l'ondée et la brume, en décembre,
35 Pour rencontrer ce point sur le désert mouvant,
Comme il faut calculer la marée et le vent[2] !
Comme il faut combiner sûrement les manœuvres !
Les flots le long du bord glissent, vertes couleuvres ;
Le gouffre roule et tord ses plis démesurés
40 Et fait râler d'horreur les agrès[3] effarés.
Lui, songe à sa Jeannie[4] au sein des mers glacées,
Et Jeannie en pleurant l'appelle ; et leurs pensées
Se croisent dans la nuit, divins oiseaux du cœur.

III

Elle prie, et la mauve[5] au cri rauque et moqueur
45 L'importune, et, parmi les écueils en décombres[6],
L'Océan l'épouvante, et toutes sortes d'ombres
Passent dans son esprit : la mer, les matelots
Emportés à travers la colère des flots.
Et dans sa gaine, ainsi que le sang de l'artère,
50 La froide horloge bat, jetant dans le mystère,
Goutte à goutte, le temps, saisons, printemps, hivers ;
Et chaque battement, dans l'énorme univers,

---

1. Dans tout ce début, le poète parle comme un marin, à moins que ce ne soit un marin qui parle comme un poète. Indistinction des voix qui signe la démocratisation de l'épopée. **2.** Comme plus tard le héros des *Travailleurs de la mer*, celui des « Pauvres gens » oppose aux forces aveugles d'abord son savoir. **3.** Voir note 4, p. 113. **4.** Petite Jeanne, comme Aymerillot était déjà un petit Aymery ; Jeannie apparaît comme un avatar populaire et féminin de Jean (voir III, 3) : non seulement parce qu'elle est le nouvel apôtre de l'amour du prochain, mais parce qu'elle va se confronter aux ténèbres de la mort. **5.** Nom de la mouette dans les îles anglo-normandes, la mauve est un détail pittoresque, et comme une signature de l'exilé. **6.** Voir note 1, p. 71. L'architecture de la mer est une construction de ruines.

Ouvre aux âmes, essaims d'autours[1] et de colombes,
D'un côté les berceaux et de l'autre les tombes[2].

55 Elle songe, elle rêve, — et tant de pauvreté !
Ses petits vont pieds nus l'hiver comme l'été.
Pas de pain de froment. On mange du pain d'orge.
— Ô Dieu ! le vent rugit comme un soufflet de forge,
La côte fait le bruit d'une enclume, on croit voir
60 Les constellations fuir dans l'ouragan noir
Comme les tourbillons d'étincelles de l'âtre[3].
C'est l'heure où, gai danseur, minuit rit et folâtre
Sous le loup de satin qu'illuminent ses yeux,
Et c'est l'heure où minuit, brigand mystérieux,
65 Voilé d'ombre et de pluie et le front dans la bise,
Prend un pauvre marin frissonnant et le brise,
Aux rochers monstrueux apparus brusquement. —
Horreur ! l'homme, dont l'onde éteint le hurlement,
Sent fondre et s'enfoncer le bâtiment qui plonge ;
70 Il sent s'ouvrir sous lui l'ombre et l'abîme, et songe
Au vieil anneau de fer du quai plein de soleil !
Ces mornes visions troublent son cœur, pareil
À la nuit. Elle tremble et pleure.

IV

Ô pauvres femmes
De pêcheurs ! c'est affreux de se dire : « Mes âmes,
75 Père, amant, frères, fils, tout ce que j'ai de cher,
C'est là, dans ce chaos ! — mon cœur, mon sang, ma
[chair ! »

1. Rapace voisin de l'épervier. 2. L'horloge, objet familier, ouvre l'espace-temps du poème au grand mystère de l'infini et de l'éternité. 3. Le monde familier de la sphère domestique n'est plus ici le cadre du poème, mais le comparant *poétique* du cosmos.

Ciel ! être en proie aux flots, c'est être en proie aux
[bêtes.
Oh ! songer que l'eau joue avec toutes ces têtes,
Depuis le mousse enfant jusqu'au mari patron,
80 Et que le vent hagard, soufflant dans son clairon[1],
Dénoue au-dessus d'eux sa longue et folle tresse,
Et que peut-être ils sont à cette heure en détresse,
Et qu'on ne sait jamais au juste ce qu'ils font,
Et que, pour tenir tête à cette mer sans fond,
85 À tous ces gouffres d'ombre où ne luit nulle étoile,
Ils n'ont qu'un bout de planche avec un bout de toile !
Souci lugubre ! on court à travers les galets,
Le flot monte, on lui parle, on crie : « Oh ! rends-
[nous-les ! »
Mais, hélas ! que veut-on que dise à la pensée
90 Toujours sombre, la mer toujours bouleversée !

Jeannie est bien plus triste encor. Son homme est seul !
Seul dans cette âpre nuit ! seul sous ce noir linceul !
Pas d'aide. Ses enfants sont trop petits. — Ô mère !
Tu dis : « S'ils étaient grands ! — Leur père est
[seul ! » Chimère[2] !
95 Plus tard, quand ils seront près du père, et partis,
Tu diras en pleurant : « Oh ! s'ils étaient petits ! »

V

Elle prend sa lanterne et sa cape. — C'est l'heure
D'aller voir s'il revient, si la mer est meilleure,
S'il fait jour, si la flamme[3] est au mât du signal.

---

1. Projection de l'épique dans les forces de la Nature. **2.** Voir note 8, p. 225. Rédemption de la chimère : celle-ci n'est plus un monstre, mais une pure illusion de l'amour maternel. **3.** Longue bande d'étoffe terminée par une pointe et qu'on hisse au sommet d'un mât lorsque les vaisseaux rentrent au port.

100 Allons ! — Et la voilà qui part. L'air matinal
Ne souffle pas encor. Rien. Pas de ligne blanche
Dans l'espace où le flot des ténèbres s'épanche.
Il pleut. Rien n'est plus noir que la pluie au matin ;
On dirait que le jour tremble et doute, incertain,
105 Et qu'ainsi que l'enfant, l'aube pleure de naître.
Elle va. L'on ne voit luire aucune fenêtre.

Tout à coup, à ses yeux qui cherchent le chemin,
Avec je ne sais quoi de lugubre et d'humain
Une sombre masure apparaît décrépite ;
110 Ni lumière, ni feu ; la porte au vent palpite ;
Sur les murs vermoulus branle un toit hasardeux ;
La bise sur ce toit tord des chaumes hideux,
Jaunes, sales, pareils aux grosses eaux d'un fleuve.

« Tiens, je ne pensais plus à cette pauvre veuve,
115 Dit-elle ; mon mari, l'autre jour, la trouva
Malade et seule ; il faut voir comment elle va. »

Elle frappe à la porte, elle écoute ; personne
Ne répond. Et Jeannie au vent de mer frissonne.
« Malade ! et ses enfants ! comme c'est mal nourri !
120 Elle n'en a que deux, mais elle est sans mari. »
Puis, elle frappe encore. « Hé ! voisine ! » Elle appelle.
Et la maison se tait toujours. « Ah ! Dieu ! dit-elle,
Comme elle dort, qu'il faut l'appeler si longtemps ! »
La porte, cette fois, comme si, par instants,
125 Les objets étaient pris d'une pitié suprême [1],
Morne, tourna dans l'ombre et s'ouvrit d'elle-même.

---

1. *La Pitié suprême*, poème terminé en 1858 et publié en 1879, reprendra cette expression pour dire la suprématie de la pitié face à tous les cris d'appel au châtiment des grands criminels de l'Histoire.

VI

Elle entra. Sa lanterne éclaira le dedans
Du noir logis muet au bord des flots grondants.
L'eau tombait du plafond comme des trous d'un crible.

130 Au fond était couchée une forme terrible ;
Une femme immobile et renversée, ayant
Les pieds nus, le regard obscur, l'air effrayant ;
Un cadavre ; — autrefois, mère joyeuse et forte ; —
Le spectre échevelé de la misère morte[1] ;
135 Ce qui reste du pauvre après un long combat.
Elle laissait, parmi la paille du grabat[2],
Son bras livide et froid et sa main déjà verte
Pendre, et l'horreur sortait de cette bouche ouverte
D'où l'âme en s'enfuyant, sinistre, avait jeté
140 Ce grand cri de la mort qu'entend l'éternité !

Près du lit où gisait la mère de famille,
Deux tout petits enfants, le garçon et la fille,
Dans le même berceau souriaient endormis.

La mère, se sentant mourir, leur avait mis
145 Sa mante[3] sur les pieds et sur le corps sa robe,
Afin que, dans cette ombre où la mort nous dérobe,
Ils ne sentissent pas la tiédeur qui décroît,
Et pour qu'ils eussent chaud pendant qu'elle aurait froid.

VII

Comme ils dorment tous deux dans le berceau qui
[tremble !

---

1. Double projection du conte réaliste dans le symbole et dans le mythe. **2.** Couche misérable. **3.** Manteau de femme très simple, sans manches.

150 Leur haleine est paisible et leur front calme. Il semble
Que rien n'éveillerait ces orphelins dormant,
Pas même le clairon du dernier jugement ;
Car, étant innocents, ils n'ont pas peur du juge[1].

Et la pluie au dehors gronde comme un déluge.
155 Du vieux toit crevassé, d'où la rafale sort,
Une goutte parfois tombe sur ce front mort,
Glisse sur cette joue et devient une larme.
La vague sonne ainsi qu'une cloche d'alarme.
La morte écoute l'ombre avec stupidité.
160 Car le corps, quand l'esprit radieux l'a quitté,
A l'air de chercher l'âme et de rappeler l'ange ;
Il semble qu'on entend ce dialogue étrange
Entre la bouche pâle et l'œil triste et hagard :
« Qu'as-tu fait de ton souffle ? — Et toi, de ton
[regard ? »

165 Hélas ! aimez, vivez, cueillez les primevères
Dansez, riez, brûlez vos cœurs, videz vos verres.
Comme au sombre Océan arrive tout ruisseau,
Le sort donne pour but au festin, au berceau,
Aux mères adorant l'enfance épanouie,
170 Aux baisers de la chair dont l'âme est éblouie,
Aux chansons, au sourire, à l'amour frais et beau,
Le refroidissement lugubre du tombeau !

VIII

Qu'est-ce donc que Jeannie a fait chez cette morte ?

---

1. Voir note 1 p. 125. À l'intérieur du recueil, le sommeil des petits orphelins signale par avance la limite de l'épouvante de « La trompette du Jugement ».

Sous sa cape aux longs plis qu'est-ce donc qu'elle
[emporte ?
175 Qu'est-ce donc que Jeannie emporte en s'en allant ?
Pourquoi son cœur bat-il ? Pourquoi son pas tremblant
Se hâte-t-il ainsi ? D'où vient qu'en la ruelle
Elle court, sans oser regarder derrière elle ?
Qu'est-ce donc qu'elle cache avec un air troublé
180 Dans l'ombre, sur son lit ? Qu'a-t-elle donc volé [1] ?

IX

Quand elle fut rentrée au logis, la falaise
Blanchissait ; près du lit elle prit une chaise
Et s'assit toute pâle ; on eût dit qu'elle avait
Un remords, et son front tomba sur le chevet,
185 Et, par instants, à mots entrecoupés, sa bouche
Parlait, pendant qu'au loin grondait la mer farouche.

« — Mon pauvre homme ! ah ! mon Dieu ! que va-t-il
[dire ? il a [2]
Déjà tant de souci ! Qu'est-ce que j'ai fait là ?
Cinq enfants sur les bras ! ce père qui travaille !
190 Il n'avait pas assez de peine ; il faut que j'aille
Lui donner celle-là de plus. — C'est lui ? — Non. Rien.
— J'ai mal fait. — S'il me bat, je dirai : Tu fais bien.
— Est-ce lui ? — Non. — Tant mieux. — La porte
[bouge comme

1. Le récit répondra à cette question : la classe laborieuse n'est pas dangereuse, mais généreuse. **2.** Travail destructeur de l'alexandrin par le rythme de la voix, elle-même brisée par l'émotion ? Non, l'alexandrin « tient », et avec le vertigineux suspens du verbe *avoir*, c'est précisément la versification qui imprime dans la syntaxe les ruptures de l'émotion.

Si l'on entrait. — Mais non. — Voilà-t-il pas, pauvre
[homme,
195 Que j'ai peur de le voir rentrer, moi, maintenant ! »
Puis elle demeura pensive et frissonnant,
S'enfonçant par degrés dans son angoisse intime,
Perdue en son souci comme dans un abîme [1],
N'entendant même plus les bruits extérieurs,
200 Les cormorans qui vont comme de noirs crieurs,
Et l'onde et la marée et le vent en colère.

La porte tout à coup s'ouvrit, bruyante et claire,
Et fit dans la cabane entrer un rayon blanc,
Et le pêcheur, traînant son filet ruisselant,
205 Joyeux, parut au seuil, et dit : « C'est la marine. »

X

« C'est toi ! » cria Jeannie, et, contre sa poitrine,
Elle prit son mari comme on prend un amant,
Et lui baisa sa veste avec emportement,
Tandis que le marin disait : « Me voici, femme ! »
210 Et montrait sur son front qu'éclairait l'âtre en flamme
Son cœur bon et content que Jeannie éclairait.
« Je suis volé, dit-il ; la mer, c'est la forêt.
— Quel temps a-t-il fait ? — Dur. — Et la pêche ?
[— Mauvaise.
Mais, vois-tu, je t'embrasse, et me voilà bien aise.
215 Je n'ai rien pris du tout. J'ai troué mon filet.
Le diable était caché dans le vent qui soufflait.
Quelle nuit ! Un moment, dans tout ce tintamarre [2],
J'ai cru que le bateau se couchait, et l'amarre

1. Le conte populaire édifiant est débordé par le sublime. **2.** Tapage. Manière sublime de dire familièrement le grand vacarme de la tempête.

A cassé. Qu'as-tu fait, toi, pendant ce temps-là ? »
220 Jeannie eut un frisson dans l'ombre et se troubla.
« — Moi ? dit-elle. Ah ! mon Dieu ! rien, comme à [l'ordinaire.
J'ai cousu. J'écoutais la mer comme un tonnerre,
J'avais peur. — Oui, l'hiver est dur, mais c'est égal. »
Alors, tremblante ainsi que ceux qui font le mal,
225 Elle dit : « À propos, notre voisine est morte.
C'est hier qu'elle a dû mourir, enfin, n'importe,
Dans la soirée, après que vous fûtes partis.
Elle laisse ses deux enfants, qui sont petits.
L'un s'appelle Guillaume et l'autre Madeleine[1] ;
230 L'un qui ne marche pas, l'autre qui parle à peine.
La pauvre bonne femme était dans le besoin. »

L'homme prit un air grave, et, jetant dans un coin
Son bonnet de forçat mouillé par la tempête :
— Diable ! diable ! dit-il en se grattant la tête,
235 Nous avions cinq enfants, cela va faire sept.
Déjà, dans la saison mauvaise, on se passait
De souper quelquefois. Comment allons-nous faire ?
Bah ! tant pis ! ce n'est pas ma faute. C'est l'affaire
Du bon Dieu. Ce sont là des accidents profonds.
240 Pourquoi donc a-t-il pris leur mère à ces chiffons[2] ?
C'est gros comme le poing. Ces choses-là sont rudes.
Il faut pour les comprendre avoir fait ses études.
Si petits ! on ne peut leur dire : Travaillez.
Femme, va les chercher. S'ils se sont réveillés,
245 Ils doivent avoir peur tout seuls avec la morte.
C'est la mère, vois-tu, qui frappe à notre porte ;
Ouvrons aux deux enfants. Nous les mêlerons tous.
Cela nous grimpera le soir sur les genoux.
Ils vivront, ils seront frère et sœur des cinq autres.
250 Quand il verra qu'il faut nourrir avec les nôtres

---

1. Guillaume rappelle le Guillaume Tell de XII, Madeleine évoque la courtisane qui lava les pieds de Jésus. **2.** Le langage des hommes du peuple est poétique.

Cette petite fille et ce petit garçon,
Le bon Dieu nous fera prendre plus de poisson[1].
Moi, je boirai de l'eau[2], je ferai double tâche.
C'est dit. Va les chercher. Mais qu'as-tu ? Ça te fâche ?
255 D'ordinaire, tu cours plus vite que cela.

— Tiens, dit-elle en ouvrant les rideaux, les voilà[3] !

---

1. « Fin de Satan » : le bon Dieu mettra plus de poisson dans les filets, que ne trouera plus le vent dans lequel était caché « le diable ». Du moins, le marin l'espère. **2.** Sacrifice suprême, à une époque où ne boire que de l'eau est perçu comme une ascèse. Le mari de Jeannie est un pauvre exemplaire, contre-modèle progressiste de l'ouvrier de l'idéologie conservatrice (chômant son lundi, buvant, spoliant ses enfants, etc.). Contre-modèle progressiste, philanthrope, et non révolutionnaire, ni même républicain : ce n'est pas par un acte de citoyenneté que le pêcheur devient un héros. Voir note 2, p. 456.
3. Voir note 1, p. 458.

IV

PAROLES DANS L'ÉPREUVE[1]

Les hommes d'aujourd'hui qui sont nés quand naissait
Ce siècle[2], et quand son aile effrayante poussait,
Ou qui, quatre-vingt-neuf[3] dorant leur blonde enfance,
Ont vu la rude attaque et la fière défense,
5 Et pour musique ont eu les noirs canons béants,
Et pour jeux de grimper aux genoux des géants[4] ;
Ces enfants qui jadis, traînant des cimeterres[5],
Ont vu partir, chantant, les pâles volontaires[6],
Et connu des vivants à qui Danton parlait[7],

---

1. Manuscrit : « Paroles d'exilé ». Voir note 7, p. 472. De tous les projets d'inclusion de poèmes de la Révolution dans la *Première Série* n'est resté finalement que ce bref poème. Il n'y aura pas « maintenant » d'épopée révolutionnaire, mais seulement cette « parole » qui fonde la résistance au présent sur le *souvenir* de la Révolution. **2.** Affirmation d'une communauté de résistance politique, celle de la génération de Hugo, *grosso modo*, les hommes de soixante ans, et plus encore, puisqu'au vers suivant sont intégrés dans cette génération ceux qui étaient enfants en 1789, bref, les vieillards de 1859. Il n'y a pas qu'au XVe siècle que les fils dégénèrent et que les vieillards seuls, parce qu'ils gardent en mémoire un passé héroïque, peuvent relancer la conquête de l'avenir. **3.** Et non pas 1793. Voir cependant notes 6 et 7. **4.** Retour de la figure paternelle (voir note 2, p. 449) cette fois associée à l'enfance commune à toute une génération, comme dans le célèbre chapitre II de *La Confession d'un enfant du siècle* de Musset, mais pour en inverser la proposition : car les pères n'ont pas écrasé les fils, ne leur ont pas confisqué tout désir et toute énergie, ils les leur ont légués (Laforgue). **5.** Voir note 7 p. 163. **6.** Les volontaires de l'armée de l'an II. **7.** Danton, dont Hugo dira, dans *Quatrevingt-treize*, qu'il y avait « de la crinière dans sa perruque » est un conventionnel guillotiné en avril 1794. « Danton eût enrayé la terreur », lui, le « génie », s'il n'était mort trop tôt, laissant la place à Robespierre.

10 Ces hommes ont sucé l'audace avec le lait.
La Révolution, leur tendant sa mamelle,
Leur fit boire une vie où la tombe se mêle,
Et, stoïque, leur mit dans les veines un sang
Qui, lorsqu'il faut sortir et couler, y consent.
15 Ils tiennent de l'austère et tragique nourrice
L'amour de la blessure et de la cicatrice,
Et, pour trembler, pour fuir, pour suivre qui fuirait,
L'impossibilité de plier le jarret.
Ils pensent que faiblir est chose abominable,
20 Que l'homme est au devoir, et qu'il est convenable
Que ceux à qui Dieu fit l'honneur de les choisir
Pour vivre dans un temps de risque et de désir,
Marchent, et, courant droit au but qui les réclame,
Désapprennent les pas en arrière à leur âme.
25 Ils veulent le progrès durement acheté,
Ne tiennent en réserve aucune lâcheté,
Jettent aux profondeurs leurs jours, leur cœur, leur
[joie,
Ne se rétractent point parce qu'un gouffre aboie,
Vont toujours en avant et toujours devant eux ;
30 Ils ne sont pas prudents de peur d'être honteux ;
Et disent que le pont où l'on se précipite,
Hardi pour l'abordage, est lâche pour la fuite.
Soi-même se scruter d'un regard inclément,
Être abnégation, martyre, dévouement,
35 Bouclier pour le faible et pour le destin cible,
Aller, ne se garder aucun retour possible,
Ne jamais se servir pour s'évader d'en haut,
Pour fuir, de ce qui sert pour monter à l'assaut,

« Ce sont là les iniquités mystérieuses de la destinée » ([La civilisation], *Proses philosophiques de 1860-1865*). Il incarne ici, à la place du Mirabeau de *Littérature et philosophie mêlées* (1834), l'éloquence révolutionnaire, la parole faite action, modèle du poème lui-même. Après avoir évacué le spectre de la guerre sociale dans les deux poèmes précédents, Hugo achève la section de « Maintenant » en agitant celui de la révolution politique.

Telle est la loi ; la loi du devoir, du Calvaire[1],
40 Qui sourit aux vaillants avec son front sévère.
Peuple, homme, esprit humain, avance à pas altiers !
Parmi tous les écueils et dans tous les sentiers,
Dans la société, dans l'art, dans la morale,
Partout où resplendit la lueur aurorale[2],
45 Sans jamais t'arrêter, sans hésiter jamais,
Des fanges aux clartés, des gouffres aux sommets[3],
Va ! la création, cette usine, ce temple[4],
Cette marche en avant de tout, donne l'exemple[5] !
L'heure est un marcheur calme et providentiel[6] ;
50 Les fleuves vont aux mers, les oiseaux vont au ciel ;
L'arbre ne rentre pas dans la terre profonde
Parce que le vent souffle et que l'orage gronde ;
Homme, va ! reculer, c'est devant le ciel bleu
La grande trahison que tu peux faire à Dieu.
55 Nous[7] donc, fils de ce siècle aux vastes entreprises,
Nous qu'emplit le frisson des formidables brises,
Et dont l'ouragan sombre agite les cheveux,
Poussés vers l'idéal par nos maux, par nos vœux,
Nous désirons qu'on ait présent à la mémoire
60 Que nos pères étaient des conquérants de gloire,
Des chercheurs d'horizons, des gagneurs d'avenir ;
Des amants du péril que savait retenir
Aux âcres voluptés de ses baisers farouches
La grande mort, posant son rire sur leurs bouches ;

---

1. Le mont sur lequel Jésus a été crucifié. L'épreuve est une épreuve christique et la résistance au Second Empire est sacrificielle. Mais le Calvaire promet une résurrection. **2.** Néologisme. **3.** Grand écart que refera l'archange au dernier vers de XV, et du recueil. **4.** La métaphore de la création-temple est renouvelée par l'intrusion de l'usine, qui introduit l'idée d'une analogie entre production industrielle et création sacrée. **5.** Reprise de la conception de l'Histoire comme « chaîne d'exemples » de la fin de XII. Voir p. 440 et la note 2. **6.** Retournement optimiste : l'ordre historique, qui semblait être fatal, est providentiel, en dépit du fait que « nous » sommes la « cible » du « destin ». **7.** Proclamation altière d'un moi collectif, qui marque une transformation importante de la position du poète exilé par rapport aux *Châtiments* (« Et s'il n'en reste qu'un, je serai celui-là ! ») et explique pourquoi Hugo a préféré changer de titre.

65 Qu'ils étaient les soldats qui n'ont pas déserté,
Les hôtes rugissants de l'antre liberté,
Les titans [1], les lutteurs aux gigantesques tailles,
Les fauves promeneurs rôdant dans les batailles !
Nous sommes les petits de ces grands lions-là [2].
70 Leur trace sur leurs pas toujours nous appela ;
Nous courons ; la souffrance est par nous saluée ;
Nous voyons devant nous là-bas, dans la nuée,
L'âpre avenir à pic, lointain, redouté, doux ;
Nous nous sentons perdus pour nous, gagnés pour tous ;
75 Nous arrivons au bord du passage terrible ;
Le précipice est là, sourd, obscur, morne, horrible ;
L'épreuve à l'autre bord nous attend [3] ; nous allons,
Nous ne regardons pas derrière nos talons ;
Pâles, nous atteignons l'escarpement sublime ;
80 Et nous poussons du pied la planche dans l'abîme.

---

1. Voir note 1, p. 230. **2.** Les pères sont les derniers avatars de la série des lions. **3.** L'épreuve, contemporaine dans le titre aux « paroles », est maintenant à venir : c'est que le mot ne désigne plus la résistance patiente au Second Empire, mais l'insurrection qui y mettra fin.

« Où donc s'arrêtera l'homme séditieux ? »

(XIV, 2, « Plein ciel », v. 455)

Victor Hugo caricaturé.

XIV

VINGTIÈME SIÈCLE[1]

1. « Vingtième siècle » ne relève pas de la science-fiction (projection romanesque dans le futur, qui raccorde celui-ci aux codes de vraisemblance du présent) : le grand délire de « Vingtième siècle » n'est ni narratif, ni vraisemblable. « Vingtième siècle » n'est pas non plus une utopie : il n'y a là aucune réglementation, aucune législation de la cité idéale, mais un engloutissement du monde tel qu'il est (« Pleine mer »), et une élévation euphorique vers le ciel de l'avenir, contre toutes les lois, concentrées dans la loi de la pesanteur. « Vingtième siècle » est une prophétie, parole anticipatrice se projetant dans l'avenir qu'elle énonce. Elle coupe en deux l'Histoire du monde, en reformulant la prophétie du satyre à partir de la perspective non plus du XVIe siècle, mais du XXe. Le poème dit le naufrage de tout le passé — et de toutes les « petites épopées » antérieures —, pour annoncer ensuite « l'oubli généreux », dans la transfiguration du monde historique à venir.

490

Il entend sous son vol qui fend les airs sereins
Croître et frémir partout les peuples souverains,
ces immenses épis sonores !

... ! elle a, rien qu'en marchant,
changé le cri terrestre en ... et joyeux chant,
rajeuni les races flétries,
Établi l'ordre vrai, montré le chemin sûr,
Dieu juste ! et fait entrer dans l'homme tant d'azur
qu'elle a supprimé les patries !

Faisant à l'homme avec le ciel une cité,
une pensée avec toute l'immensité,
Elle abolit les vieilles règles,
Elle abaisse les monts, elle annulle les tours ;
Splendide, elle introduit les peuples, marcheurs lourds,
dans la communion des aigles.

Elle a cette divine et chaste fonction
De composer là-haut l'unique nation,
à la fois dernière et première,
De promener l'essor dans le rayonnement,
et de faire planer, ivre de firmament,
la liberté dans la lumière.

—

9 avril 1859

463

« Il entend sous son vol qui fend les airs sereins
Croître et frémir partout les peuples souverains. »
(XIV, 2, « Plein ciel », vv. 702-703)

I

PLEINE MER[1]

*

L'abîme ; on ne sait quoi de terrible qui gronde ;
Le vent ; l'obscurité vaste comme le monde ;
Partout les flots ; partout où l'œil peut s'enfoncer,
La rafale qu'on voit aller, venir, passer ;
5 L'onde, linceul ; le ciel, ouverture de tombe ;
Les ténèbres sans l'arche et l'eau sans la colombe[2] ;
Les nuages ayant l'aspect d'une forêt.
Un esprit qui viendrait[3] planer là, ne pourrait
Dire, entre l'eau sans fond et l'espace sans borne,
10 Lequel est le plus sombre, et si cette horreur morne,
Faite de cécité, de stupeur et de bruit,
Vient de l'immense mer ou de l'immense nuit.

---

1. Variante : « Le navire ». On dit de la mer qu'elle est pleine lorsqu'elle est à marée haute, et donc qu'elle est à son plus haut degré d'expansion. Marée haute de l'Histoire, qui recouvre le bateau à vapeur Léviathan, et avec lui toutes les chimères, monstres et erreurs du passé, et le dévoiement de la prophétie du satyre, et *La Légende des siècles*. Le passé est englouti, en plein dans la mer. La pleine mer, c'est aussi le large : agrandissement de l'horizon, à partir de la perspective du xxe siècle. L'épopée prend le large. **2.** Nouveau Déluge, mais cette fois sans arche salvatrice, et sans colombe de l'alliance, de la réconciliation de Dieu avec l'Humanité. L'imaginaire diluvien, qui hantait les premières pages du recueil, revient, assombri. Mais c'est précisément parce que, cette fois, rien ne reste du passé après la catastrophe que l'avenir, en « plein ciel », pourra s'inventer. Voir p. 493 et la note 3. **3.** Le point de vue visionnaire est souvent à l'irréel chez Hugo, comme pour dire la nécessité de la fiction pour contempler la réalité.

L'œil distingue, au milieu du gouffre où l'air
[sanglote,
Quelque chose d'informe et de hideux qui flotte,
15 Un grand cachalot mort à carcasse de fer[1],
On ne sait quel cadavre à vau-l'eau dans la mer,
Œuf de titan[2] dont l'homme aurait fait un navire.
Cela vogue, cela nage, cela chavire ;
Cela fut un vaisseau[3] ; l'écume aux blancs amas
20 Cache et montre à grand bruit les tronçons de sept mâts ;
Le colosse, échoué sur le ventre, fuit, plonge,
S'engloutit, reparaît, se meut comme le songe ;
Chaos d'agrès[4] rompus, de poutres, de haubans[5] ;
Le grand mât vaincu semble un spectre aux bras
[tombants ;
25 L'onde passe à travers ce débris ; l'eau s'engage
Et déferle en hurlant le long du bastingage,
Et tourmente des bouts de corde à des crampons
Dans le ruissellement formidable des ponts ;
La houle éperdument furieuse saccage
30 Aux deux flancs du vaisseau les cintres[6] d'une cage
Où jadis[7] une roue effrayante a tourné ;
Personne ; le néant, froid, muet, étonné ;

---

1. Le bateau à vapeur n'est plus que l'équivalent des grands monstres antédiluviens dont il ne reste que les ossements. **2.** Voir note 1, p. 230. Tératologie : après l'énorme poisson mammifère, le titan ovipare. **3.** Ce vaisseau, qui va figurer l'échec du XIXe siècle et plus globalement l'échec de tout le passé, a un modèle dans la réalité : le *Léviathan* de l'ingénieur français Brunel, construit pour une compagnie marchande anglaise. Jamais si grand steamer n'avait été construit : il avait 200 mètres de long, cinq cheminées, sept mâts. Ses dimensions démesurées firent échouer son voyage pour l'Australie ; trop grand pour entrer dans les ports, il ne pouvait s'y ravitailler. Ce *Léviathan* sera dans le poème le symbole du ratage de la prophétie du satyre : oui, le XIXe siècle a bien réalisé la révolution technologique, industrielle, annoncée par le satyre. Mais cette révolution, à n'être pas dans le même mouvement politique, éthique, religieuse, échoue dans sa fonction de rupture libératrice, pour n'être qu'un avatar monstrueux du désastre. Le progrès n'a fait que donner des formes gigantesques au Mal historique. **4.** Voir note 4, p. 113. **5.** Cordage servant à assujettir un mât. **6.** Voir note 2, p. 254. **7.** Éloignement du XIXe siècle dans le lointain passé.

D'affreux canons rouillés tendent leurs cous funestes ;
L'entre-pont a des trous où se dressent les restes
35 De cinq tubes pareils à des clairons géants [1],
Pleins jadis d'une foudre, et qui, tordus, béants,
Ployés, éteints, n'ont plus, sur l'eau qui les balance,
Qu'un noir vomissement de nuit et de silence ;
Le flux et le reflux, comme avec un rabot [2],
40 Dénude à chaque coup l'étrave [3] et l'étambot [4],
Et dans la lame on voit se débattre l'échine
D'une mystérieuse et difforme machine.
Cette masse sous l'eau rôde, fantôme obscur.
Des putréfactions fermentent, à coup sûr,
45 Dans ce vaisseau perdu sous les vagues sans nombre ;
Dessus, des tourbillons d'oiseaux de mer ; dans l'ombre,
Dessous, des millions de poissons carnassiers.
Tout à l'entour, les flots, ces liquides aciers,
Mêlent leurs tournoiements monstrueux et livides.
50 Des espaces déserts sous des espaces vides.
Ô triste mer ! sépulcre où tout semble vivant !
Ces deux athlètes faits de furie et de vent,
Le tangage qui bave et le roulis qui fume,
Luttant sur ce radeau funèbre dans la brume,
55 Sans trêve, à chaque instant arrachent quelque éclat
De la quille ou du pont dans leur noir pugilat [5] ;
Par moments, au zénith un nuage se troue,
Un peu de jour lugubre en tombe, et, sur la proue,
Une lueur, qui tremble au souffle de l'autan [6],

---

1. Voir note 3, p. 478. Navire de guerre, ce que n'était pas le bateau de Brunel, le vaisseau de « Pleine mer » condense en un symbole l'Histoire épique, le régime de terreur et de violence du passé. **2.** Outil de menuisier pour raboter, lisser les aspérités d'une pièce. L'Océan, dira Hugo dans la *Nouvelle Série* (« La ville disparue »), travaille « Comme un grave ouvrier qui sait qu'il a le temps ». Voir aussi la grande fabrique des flots dans *Les Travailleurs de la mer*. **3.** Pièce saillante qui forme la proue du navire. **4.** Pièce qui, continuant la quille, porte le gouvernail. Mais l'étambot est ici peut-être surtout le point de fusion sonore du rabot et de l'étrave : le langage technique est poétique, en dépit du désastre d'une révolution industrielle manquée (et à refaire). **5.** Combat à mains nues. **6.** Voir note 2, p. 218.

60 Blême, éclaire à demi ce mot : LÉVIATHAN[1].
Puis l'apparition se perd dans l'eau profonde ;
Tout fuit.

Léviathan ; c'est là tout le vieux monde,
Âpre et démesuré dans sa fauve laideur ;
Léviathan, c'est là tout le passé : grandeur,
Horreur[2].

*

65 Le dernier siècle a vu sur la Tamise[3]
Croître un monstre à qui l'eau sans bornes fut promise,
Et qui longtemps, Babel[4] des mers, eut Londre entier
Levant les yeux dans l'ombre au pied de son chantier.
Effroyable, à sept mâts mêlant cinq cheminées
70 Qui hennissaient au choc des vagues effrénées,
Emportant, dans le bruit des aquilons[5] sifflants,
Dix mille[6] hommes, fourmis éparses dans ses flancs,
Ce Titan[7] se rua, joyeux, dans la tempête ;
Du dôme de Saint-Paul[8] son mât passait le faîte ;

---

1. Voir note 3, p. 478. « Léviathan » est le nom d'un monstre marin de la Bible, symbole mythique des flots comme chaos destructeur. Brunel avait trop bien nommé son navire pour que Hugo ne lui conserve pas son nom, qui dit la régression de ce qu'on tient pour progrès dans la monstruosité archaïque. C'est aussi le nom de l'État chez Hobbes (voir p. 504 et la note 6). Enfin Hugo devait connaître le conte très farfelu que son ami Nodier avait écrit au début de la Monarchie de Juillet pour fustiger l'utopie saint-simonienne et plus généralement l'apologie du progrès technique, symbolisé par un navire : *Léviathan le long*. **2.** Résumé du passé qui souligne rétrospectivement le caractère funèbre des poèmes précédents, qui l'aggrave même en oubliant Ève, et Jésus, et le Cid, et Jeannie... **3.** Référence historique : le *Léviathan* effectivement fut construit en Angleterre ; symbole : l'Angleterre est le berceau de la révolution industrielle. **4.** Voir note 5, p. 112. **5.** Voir note 1, p. 60. **6.** Amplification épique, qui décolle le symbole de son référent anecdotique, le navire de Brunel. Voir note 3, p. 478. **7.** Voir note 1, p. 230. Le mythologisme ici confère une dimension épique au navire, et le projette dans le passé absolument lointain des mythes primitifs. **8.** Cathédrale au cœur de la Cité de Londres.

75 Le sombre esprit humain, debout sur son tillac[1],
Stupéfiait la mer qui n'était plus qu'un lac ;
Le vieillard Océan, qu'effarouche la sonde,
Inquiet, à travers le verre de son onde,
Regardait le vaisseau de l'homme grossissant ;
80 Ce vaisseau fut sur l'onde un terrible passant ;
Les vagues frémissaient de l'avoir sur leurs croupes ;
Ses sabords[2] mugissaient ; en guise de chaloupes[3],
Deux navires pendaient à ses portemanteaux ;
Son armure[4] était faite avec tous les métaux ;
85 Un prodigieux[5] câble ourlait sa grande voile ;
Quand il marchait, fumant, grondant, couvert de toile,
Il jetait un tel râle à l'air épouvanté
Que toute l'eau tremblait, et que l'immensité
Comptait parmi ses bruits ce grand frisson sonore ;
90 La nuit, il passait rouge ainsi qu'un météore ;
Sa voilure, où l'oreille entendait le débat
Des souffles, subissant ce gréement[6] comme un bât,
Ses hunes[7], ses grelins[8], ses palans[9], ses amures[10],
Étaient une prison de vents et de murmures ;
95 Son ancre avait le poids d'une tour ; ses parois
Voulaient les flots, trouvant tous les ports trop étroits[11] ;
Son ombre humiliait au loin toutes les proues ;
Un télégraphe[12] était son porte-voix ; ses roues

---

1. Voir note 2, p. 402. **2.** Ouverture servant, sur les vaisseaux de guerre, de passage à la bouche des canons. **3.** Petite embarcation que les grands navires emportent avec eux pour le service du bâtiment. **4.** À la place de l'armement (l'équipement d'un navire), l'armure guerrière. **5.** Voir note 2, p. 55. **6.** Voir note 4, p. 113. **7.** Plate-forme arrondie à l'avant d'un navire. **8.** Fort cordage. **9.** Appareil pour lever de lourds fardeaux. **10.** Point d'amure : point de fixation le plus bas et le plus au vent des voiles. **11.** Voir note 3, p. 478. **12.** Un des premiers poèmes de Hugo (1819) s'intitule « Le télégraphe. Satire ». D. Charles a montré l'ambivalence du télégraphe chez Hugo, courroie de transmission mécanique des messages de la police et de la Bourse, parasitant le Verbe, ou fluide électrique qui unit les Hommes, les fait communiquer entre eux sans que les distances et les frontières puissent faire obstacle. Ici, le télégraphe apparaît comme une dénaturation artificielle du langage.

Forgeaient la sombre mer comme deux grands
[marteaux ;
100 Les flots se le passaient comme des piédestaux
Où, calme, ondulerait un triomphal colosse ;
L'abîme s'abrégeait sous sa lourdeur véloce ;
Pas de lointain pays qui pour lui ne fût près ;
Madère apercevait ses mâts ; trois jours après,
105 L'Hékla[1] l'entrevoyait dans la lueur polaire.
La bataille montait sur lui dans sa colère.
La guerre était sacrée et sainte en ce temps-là[2] ;
Rien n'égalait Nemrod[3] si ce n'est Attila[4] ;
Et les hommes, depuis les premiers jours du monde[5],
110 Sentant peser sur eux la misère inféconde,
Les pestes, les fléaux lugubres et railleurs,
Cherchant quelque moyen d'amoindrir leurs douleurs,
Pour établir entre eux de justes équilibres,
Pour être plus heureux, meilleurs, plus grands, plus
[libres,
115 Plus dignes du ciel pur qui les daigne éclairer,
Avaient imaginé de s'entre-dévorer.
Ce sinistre vaisseau les aidait dans leur œuvre.
Lourd comme le dragon[6], prompt comme la couleuvre,
Il couvrait l'Océan de ses ailes de feu ;
120 La terre s'effrayait quand sur l'horizon bleu
Rampait l'allongement hideux de sa fumée,
Car c'était une ville et c'était une armée ;
Ses pavois[7] fourmillaient de mortiers[8] et d'affûts[9],

---

1. Volcan d'Islande en activité. **2.** « Ce temps-là », c'est tout le passé, mais aussi le XIXe siècle, en qui nous voyons aujourd'hui plutôt un siècle pacifiste, impression qui ne peut rendre compte des inquiétudes d'un recueil écrit globalement entre la guerre d'Orient et celle d'Italie. **3.** Voir note 2, p. 228. **4.** Voir note 6, p. 98. **5.** Involution sinistre vers les temps primitifs, qui ramasse tout le passé dans un sempiternel désastre. **6.** Le bateau à vapeur du « Satyre » était lui aussi (p. 387) un dragon. Mais l'image apocalyptique disait alors la monstruosité et le mal domptés, et non comme ici déchaînés. **7.** Partie du bordage située au-dessus du pont ; anciennement : bouclier dont on garnissait le haut du bordage d'un navire. Voir aussi note 1, p. 403. **8.** Bouche à feu servant à lancer des boulets. **9.** Bâti servant à pointer un canon.

Et d'un hérissement de bataillons confus ;
125 Ses grappins menaçaient ; et, pour les abordages,
On voyait sur ses ponts des rouleaux de cordages
Monstrueux, qui semblaient des boas endormis ;
Invincible, en ces temps de frères ennemis [1],
Seul, de toute une flotte il affrontait l'émeute,
130 Ainsi qu'un éléphant au milieu d'une meute ;
La bordée à ses pieds fumait comme un encens,
Ses flancs engloutissaient les boulets impuissants,
Il allait broyant tout dans l'obscure mêlée,
Et, quand, épouvantable, il lâchait sa volée,
135 On voyait flamboyer son colossal beaupré [2],
Par deux mille canons brusquement empourpré.
Il méprisait l'autan [3], le flux, l'éclair, la brume.
À son avant tournait, dans un chaos d'écume,
Une espèce de vrille à trouer l'infini.
140 Le Malström [4] s'apaisait sous sa quille aplani.
Sa vie intérieure était un incendie ;
Flamme au gré du pilote apaisée ou grandie ;
Dans l'antre d'où sortait son vaste mouvement,
Au fond d'une fournaise on voyait vaguement
145 Des êtres ténébreux marcher dans des nuées [5]
D'étincelles, parmi les braises remuées ;
Et pour âme il avait dans sa cale un enfer.
Il voguait, roi du gouffre, et ses vergues de fer
Ressemblaient, sous le ciel redoutable et sublime,
150 À des sceptres posés en travers de l'abîme ;
Ainsi qu'on voit l'Etna [6] l'on voyait ce steamer [7] ;
Il était la montagne errante de la mer ;

---

1. Tout le passé est caïnite. Quand donc la fraternité adviendra-t-elle ? **2.** Mât placé à l'avant du navire. **3.** Voir note 2, p. 218. **4.** Tourbillon de la côte norvégienne. **5.** Vision infernale du travail dans les soutes. Les ouvriers sont des damnés, et Hugo se fait le Dante des Enfers de la révolution industrielle. **6.** « L'Etna, fauve atelier du forgeron maudit » Iblis-Vulcain (p. 70), raccorde le *Léviathan* à ces premiers temps où la technique, non encore sauvée par le satyre du XVIe siècle, était maudite. **7.** Bateau à vapeur (1829). De l'anglais *steam*, « vapeur ». Tous les mots peuvent entrer dans le langage poétique, qui tente d'échapper à la division babélienne des langues.

Mais les heures, les jours, les mois, les ans, ces ondes,
Ont passé ; l'Océan, vaste, entre les deux mondes,
155 A rugi, de brouillard et d'orage obscurci ;
La mer a ses écueils cachés, le temps aussi ;
Et maintenant, parmi les profondeurs farouches,
Sous les vautours, qui sont de l'abîme les mouches,
Sous le nuage, au gré des souffles, dans l'oubli
160 De l'infini, dont l'ombre affreuse est le repli,
Sans que jamais le vent autour d'elle s'endorme,
Au milieu des flots noirs roule l'épave énorme !

*

L'ancien monde, l'ensemble étrange et surprenant
De faits sociaux [1], morts et pourris maintenant,
165 D'où sortit ce navire aujourd'hui sous l'écume,
L'ancien monde, aussi, lui, plongé dans l'amertume,
Avait tous les fléaux pour vents et pour typhons.
Construction d'airain aux étages profonds,
Sur qui le mal, flot vil, crachait sa bave infâme,
170 Plein de fumée, et mû par une hydre [2] de flamme,
La Haine, il ressemblait à ce sombre vaisseau.

Le mal l'avait marqué de son funèbre sceau.
Ce monde, enveloppé d'une brume éternelle,
Était fatal ; l'Espoir avait plié son aile ;
175 Pas d'unité ; divorce et joug ; diversité
De langue, de raison, de code, de cité [3] ;
Nul lien, nul faisceau ; le progrès solitaire,
Comme un serpent coupé, se tordait sur la terre,

---

1. Et non pas politiques. Les faits sociaux sont les traits caractéristiques d'une société, qui englobent la question de la nature de ses institutions. **2.** Voir notes 2, p. 56 et 5, p. 386. L'hydre prophétisée par le satyre est bien apparue, seulement sa monstruosité n'est plus celle des prodiges de l'avenir : elle est celle des chimères du passé archaïque. **3.** Ce monde divisé, c'est Babel. Voir note 5, p. 112. Vienne la république universelle.

Sans pouvoir réunir les tronçons de l'effort[1] ;
180 L'esclavage, parquant les peuples pour la mort,
Les enfermait au fond d'un cirque de frontières
Où les gardaient la Guerre et la Nuit, bestiaires[2] ;
L'Adam[3] slave luttait contre l'Adam germain[4] ;
Un genre humain en France, un autre genre humain
185 En Amérique, un autre à Londre, un autre à Rome ;
L'homme au delà d'un pont ne connaissait plus
[l'homme ;
Les vivants, d'ignorance et de vice chargés,
Se traînaient ; en travers de tout, les préjugés ;
Les superstitions étaient d'âpres enceintes
190 Terribles d'autant plus qu'elles étaient plus saintes[5] ;
Quel créneau soupçonneux et noir qu'un Alcoran[6] !
Un texte avait le glaive[7] au poing comme un tyran ;
La loi d'un peuple était chez l'autre peuple un crime ;
Lire était un fossé, croire était un abîme ;
195 Les rois étaient des tours ; les dieux étaient des murs ;
Nul moyen de franchir tant d'obstacles obscurs ;
Sitôt qu'on voulait croître, on rencontrait la barre
D'une mode sauvage ou d'un dogme barbare ;
Et, quant à l'avenir, défense d'aller là[8].

*

---

1. Reprise de l'image du poème « Les tronçons du serpent », métaphore de l'amour brisé par la mort, dans *Les Orientales*. **2.** Voir note 3, p. 365. **3.** L'antonomase souligne à la fois l'absurdité des clivages nationaux (Éden est sans frontières, et Adam est le père de l'Humanité dans son universalité) et le gel du progrès (l'Homme n'a pas changé depuis les premiers temps). **4.** « Germain » à la place de « prussien », « slave » à la place de « russe », puisqu'en ces temps présents de menace d'un conflit russo-prussien, nous sommes encore en pleine barbarie. **5.** Préjugés, superstitions : le discours du XXe siècle fait entendre celui des Lumières. **6.** Coran. **7.** Voir note 4, p. 121. **8.** Défense qui rappelle la « Défense à Dieu d'entrer » de I, 2. Interdire la prophétie de l'avenir, faire de celui-ci un interdit, c'est la condamnation à la stagnation, à la répétition. Pas d'interdit plus tyrannique. Mais c'est « là » que se situe le poème, précisément.

200 Le vent de l'infini sur ce monde souffla.
Il a sombré. Du fond des cieux inaccessibles,
Les vivants[1] de l'éther[2], les êtres invisibles
Confusément épars sous l'obscur firmament[3],
À cette heure, pensifs, regardent fixement
205 Sa disparition dans la nuit redoutable.
Qu'est-ce que le simoun[4] a fait du grain de sable ?
Cela fut. C'est passé ! cela n'est plus ici.

*

Ce monde est mort. Mais quoi ! l'homme est-il mort
[aussi ?
Cette forme de lui disparaissant, l'a-t-elle
210 Lui-même remporté dans l'énigme éternelle ?
L'Océan est désert. Pas une voile au loin.
Ce n'est plus que du flot que le flot est témoin.
Pas un esquif vivant sur l'onde où la mouette
Voit du Léviathan rôder la silhouette.
215 Est-ce que l'homme, ainsi qu'un feuillage jauni,
S'en est allé dans l'ombre ? est-ce que c'est fini[5] ?
Seul le flux et reflux va, vient, passe et repasse.
Et l'œil, pour retrouver l'homme absent de l'espace,
Regarde en vain là-bas. Rien.

Regardez là-haut[6].

---

1. Voir note 5 p. 458. **2.** Voir note 1 p. 61. **3.** Voir note 2, p. 73. **4.** Voir note 2 p. 78. **5.** La simplicité prosaïque de l'interrogation confère une tonalité à la fois naïve et pathétique à l'inquiétude qu'elle exprime : est-ce la fin de l'Histoire de l'Homme ? **6.** L'injonction absorbe le lecteur dans la vision, le projette dans ce XXe siècle où l'on peut voir, là-haut, voler l'aéroscaphe.

II

PLEIN CIEL[1]

*

220 Loin dans les profondeurs, hors des nuits, hors du flot,
Dans un écartement de nuages, qui laisse
Voir au-dessus des mers la céleste allégresse,
Un point vague et confus apparaît ; dans le vent,
Dans l'espace, ce point se meut ; il est vivant ;
225 Il va, descend, remonte ; il fait ce qu'il veut faire ;

---

1. « Plein ciel » est l'antithèse de « Pleine mer », et de même l'aéroscaphe, ou ballon aérien, est l'antithèse du bateau à vapeur. Dans la prophétie du satyre, il en était la continuation. Mais la révolution technologique du bateau à vapeur étant réalisée et manquée (dans la mesure où elle n'a pas été accompagnée d'une révolution théologico-politique), reste à l'aéroscaphe de relancer le désir d'avenir. Celui-ci, en 1859, est encore un défi pour la science, malgré toutes les tentatives d'ingénieurs comme Pétin, dont les projets, rendus publics dans la presse, en particulier grâce à l'ami Gautier, inspirent l'aéroscaphe de « Plein ciel » comme le *Léviathan* de Brunel inspire le bateau de « Pleine mer ». De la « Conclusion » de *Napoléon le Petit* à la lettre publique de Hugo à Nadar en 1864 (après l'échec du ballon du photographe), en passant par « Philosophie. Commencement d'un livre » et « Plein ciel », Hugo reprend sans cesse cette question du « dernier progrès », l'aéroscaphe. Si l'Homme découvre son secret, alors il n'y aurait « plus de haines, plus d'intérêts s'entre-dévorant, plus de guerres ; une sorte de vie nouvelle, faite de concorde et de lumière, emporte et apaise le monde ; la fraternité des peuples traverse les espaces et communie dans l'éternel azur, les hommes se mêlent dans les cieux » (*Napoléon le Petit*). Hugo était loin d'être le seul, en son temps, à fonder de tels espoirs sur la navigation aérienne. Cependant, on peut lire « Plein ciel » comme une réponse à la « Huitième vision » de *La Chute d'un ange* de Lamartine (1838), où l'aéroscaphe s'envole au-dessus d'une terre toujours en prise avec la violence historique. Car il s'agit pour Hugo d'affirmer la nécessaire soudure de la révolution industrielle avec la transfiguration théologico-politique de la société.

Il approche, il prend forme, il vient ; c'est une sphère ;
C'est un inexprimable et surprenant vaisseau,
Globe comme le monde et comme l'aigle oiseau ;
C'est un navire en marche. Où ? Dans l'éther[1] sublime !
230 Rêve ! on croit voir planer un morceau d'une cime ;
Le haut d'une montagne a, sous l'orbe[2] étoilé,
Pris des ailes et s'est tout à coup envolé ?
Quelque heure immense étant dans les destins sonnée,
La nue errante s'est en vaisseau façonnée ?
235 La Fable[3] apparaît-elle à nos yeux décevants[4] ?
L'antique Éole[5] a-t-il jeté son outre aux vents ?
De sorte qu'en ce gouffre où les orages naissent,
Les vents, subitement domptés, la reconnaissent !
Est-ce l'aimant qui s'est fait aider par l'éclair
240 Pour bâtir un esquif céleste avec de l'air[6] ?
Du haut des clairs azurs vient-il une visite ?
Est-ce un transfiguré[7] qui part et ressuscite,
Qui monte, délivré de la terre, emporté
Sur un char volant fait d'extase et de clarté,
245 Et se rapproche un peu par instants pour qu'on voie,
Du fond du monde noir, la fuite de sa joie ?

Ce n'est pas un morceau d'une cime ; ce n'est
Ni l'outre où tout le vent de la Fable tenait[8],
Ni le jeu de l'éclair ; ce n'est pas un fantôme
250 Venu des profondeurs aurorales[9] du dôme ;
Ni le rayonnement d'un ange qui s'en va,
Hors de quelque tombeau béant, vers Jéhovah[10] ;

---

1. Voir note 1 p. 61. **2.** Voir note 5, p. 363. **3.** Voir note 2 p. 44. **4.** Trompeur. Hypallage, transfert de l'attribut de la Fable à « nos yeux ». **5.** Dieu des vents, qu'il tient enfermés dans les gouffres des îles Éoliennes ou dans des outres. **6.** Hypothèse de l'utilisation du magnétisme pour la navigation aérienne. **7.** Dans la religion hugolienne, corps dans l'espace, en attente de sa réincarnation à tel ou tel degré de l'échelle des êtres, ici, en s'élevant. Voir note 4 p. 295. **8.** Voir notes 3 et 5. La démythification est un préalable à l'élaboration du mythe moderne de l'aéroscaphe. **9.** Néologisme. **10.** Le nom de Dieu dans l'Ancien Testament est ici utilisé pour nommer l'Inconnu sans nom.

Ni rien de ce qu'en songe ou dans la fièvre on nomme.
Qu'est-ce que ce navire impossible ? C'est l'homme.

255 C'est la grande révolte obéissante à Dieu[1] !
La sainte fausse clef du fatal gouffre bleu[2] !
C'est Isis qui déchire éperdument son voile[3] !
C'est du métal, du bois, du chanvre et de la toile,
C'est de la pesanteur délivrée, et volant ;
260 C'est la force alliée à l'homme étincelant,
Fière, arrachant l'argile à sa chaîne éternelle ;
C'est la matière, heureuse, altière[4], ayant en elle
De l'ouragan humain, et planant à travers
L'immense étonnement des cieux enfin ouverts !

265 Audace humaine ! effort du captif ! sainte rage !
Effraction enfin plus forte que la cage !
Que faut-il à cet être, atome au large front,
Pour vaincre ce qui n'a ni fin, ni bord, ni fond,
Pour dompter le vent, trombe, et l'écume, avalanche ?
270 Dans le ciel une toile et sur mer une planche.

*

Jadis des quatre vents[5] la fureur triomphait ;

---

1. L'envers exact de la Babel qu'est le Léviathan de « Pleine mer » : la rébellion de l'Homme contre la matière est désormais intégrée à l'ordre d'un Dieu à la fois transcendant et immanent. Du coup, elle est religieuse, et dans le même mouvement n'est plus contre nature. **2.** « La science est la clef de l'avenir » (« Philosophie. Commencement d'un livre », *Proses philosophiques de 1860-1865*), fausse parce que l'Homme ne peut voler dans le ciel que par effraction, avec un double de la clef suprême, qui appartient à l'Inconnu. **3.** La grande déesse de la nature, de la fécondité et de l'immortalité, la déesse voilée des mystères égypto-grecs n'est pas ici comme dans la première rédaction de *La Fin de Satan* (1854) la figure de la fatalité, mais celle du mystère de l'Inconnu qui se dévoile (Spiquel). Fin de l'hermétisme, fin de la clôture des signes réservés aux initiés, le dévoilement d'Isis signe la possibilité d'une religion démocratique. **4.** Voir note 3, p. 204. **5.** Les Grecs distinguaient quatre vents principaux : Borée, vent du nord, Euros, vent d'est, Notos, vent du sud, Zéphyros, vent d'ouest.

De ces quatre chevaux échappés l'homme a fait
L'attelage de son quadrige[1] ;
Génie, il les tient tous dans sa main, fier cocher
275 Du char aérien que l'éther[2] voit marcher ;
Miracle, il gouverne un prodige[3].

Char merveilleux[4] ! son nom est Délivrance. Il court.
Près de lui le ramier est lent, le flocon lourd ;
Le daim, l'épervier, la panthère,
280 Sont encor là, qu'au loin son ombre a déjà fui ;
Et la locomotive est reptile[5], et, sous lui,
L'hydre[6] de flamme est ver de terre.

Une musique, un chant, sort de son tourbillon.
Ses cordages vibrants et remplis d'aquilon[7]
285 Semblent, dans le vide où tout sombre,
Une lyre[8] à travers laquelle par moment
Passe quelque âme en fuite au fond du firmament
Et mêlée aux souffles de l'ombre.

Car l'air, c'est l'hymne[9] épars ; l'air, parmi les récifs
290 Des nuages roulant en groupes convulsifs,
Jette mille voix étouffées ;
Les fluides[10], l'azur, l'effluve[11], l'élément,

---

1. L'Homme prend la place du dieu solaire, Apollon. Voir note 4, p. 276. **2.** Voir note 1 p. 61. **3.** Voir note 2, p. 55. L'aéroscaphe n'est pas un miracle, mais un chef-d'œuvre, tandis que l'Homme qui l'a inventé peut être tenu pour miraculeux, parce qu'il a rompu avec sa propre loi, l'attraction de la pesanteur, de la matière, du mal. **4.** Le motif des merveilles de la science, de la science merveilleuse (émerveillante) n'est pas propre à Hugo, mais à son siècle. **5.** Monstre rampant lentement, et figure du Mal. La modernité du XIXe n'est pas seulement obsolète, mais archaïque. **6.** Voir note 5, p. 386. **7.** Voir note 1, p. 60. **8.** Voir note 3, p. 271. **9.** Modèle poétique d'un lyrisme cosmique. **10.** Force subtile, mystérieuse, qui émanerait des astres, des êtres et des choses, et qui rend compte des énergies inexpliquées dans le système de Zoroastre, et bien plus tard dans les théories du magnétisme et du spiritisme. La découverte du secret du fluide vital est pour Hugo la seule qui fasse reculer le penseur, car cette découverte permettrait non seulement de construire des aéroscaphes viables, mais de « construire scientifiquement l'homme », à la place de Dieu (« Philosophie. Commencement d'un livre », II, *Proses philosophiques en 1860-1865*). **11.** Décharge magnétique ou électrique.

Sont toute une harmonie où flottent vaguement
On ne sait quels sombres Orphées[1].

295 Superbe, il plane, avec un hymne en ses agrès[2] ;
Et l'on croit voir passer la strophe du progrès[3].
Il est la nef, il est le phare !
L'homme enfin prend son sceptre[4] et jette son bâton.
Et l'on voit s'envoler le calcul de Newton[5]
300 Monté sur l'ode de Pindare[6].

Le char haletant plonge et s'enfonce dans l'air,
Dans l'éblouissement impénétrable et clair,
Dans l'éther[7] sans tache et sans ride ;
Il se perd sous le bleu des cieux démesurés ;
305 Les esprits de l'azur[8] contemplent effarés
Cet engloutissement splendide.

Il passe, il n'est plus là ; qu'est-il donc devenu ?
Il est dans l'invisible, il est dans l'inconnu ;
Il baigne l'homme dans le songe,
310 Dans le fait, dans le vrai profond, dans la clarté,

---

1. Voir notes 7, p. 378 et 2, p. 392. Souvenir du pythagorisme : l'ordre de l'univers est musical, et par extension poétique. **2.** Voir note 4, p. 113. **3.** Puissance des analogies, qui permet de voir une strophe. « Strophe du progrès », l'aéroscaphe est le modèle d'une *Légende des siècles* à venir, sur laquelle l'avant-dernier poème du recueil de 1859 anticipe. **4.** Humanisme : l'Homme s'intronise souverain de lui-même. **5.** Mathématicien, physicien et astronome anglais (1642-1727) qui découvrit les lois de l'attraction universelle. Que ses calculs s'envolent, et c'est la pesanteur elle-même qui s'arrache à elle-même, le « despotisme » de la force centripète qui s'abolit. Voir « Les Choses de l'infini », *Proses philosophiques de 1860-1865*. **6.** Poète grec du Ve siècle av. J.-C.. Ses odes sont le modèle de l'ode dite pindarique, poème lyrique de célébration (d'une grande action historique, d'un exploit sportif, etc.) dont s'inspirent encore les *Odes* du jeune Hugo. Réconciliation de la poésie et du calcul. **7.** Voir note 2 p. 36. **8.** Voir note 5 p. 458.

Dans l'océan d'en haut[1] plein d'une vérité
Dont le prêtre a fait un mensonge[2].

Le jour se lève, il va ; le jour s'évanouit,
Il va ; fait pour le jour, il accepte la nuit.
315 Voici l'heure des feux sans nombre ;
L'heure où, vu du nadir[3], ce globe semble, ayant
Son large cône obscur sous lui se déployant,
Une énorme comète[4] d'ombre.

La brume redoutable emplit au loin les airs.
320 Ainsi qu'au crépuscule on voit, le long des mers,
Le pêcheur, vague comme un rêve,
Traînant, dernier effort d'un long jour de sueurs,
Sa nasse où les poissons font de pâles lueurs,
Aller et venir sur la grève,

325 La Nuit tire du fond des gouffres inconnus
Son filet où luit Mars, où rayonne Vénus[5],
Et, pendant que les heures sonnent,
Ce filet grandit, monte, emplit le ciel des soirs,
Et dans ses mailles d'ombre et dans ses réseaux noirs
330 Les constellations frissonnent.

---

1. Cette métaphore du ciel est le titre de la deuxième partie de *Dieu*. **2.** L'homme de toute religion instituée, masque de Dieu. **3.** L'opposé du *zénith* : point imaginaire auquel aboutirait en passant par le centre de la terre une ligne verticale partant du lieu de l'observateur. **4.** Astre « chevelu », dont la réapparition à intervalles commence à être calculée depuis Newton (voir note 7, p. 491), et qu'on a longtemps tenu pour un prodige annonciateur de catastrophe (une comète annonça la mort de César, en particulier). Voir dans la *Nouvelle Série*, « La comète », symbole du prodige révolutionnaire, et « Là-haut » ; et dans « Les choses de l'infini » (*Proses philosophiques de 1860-1865*) : « Pas plus que la science d'hier, la science d'aujourd'hui n'a dit sur les comètes le dernier mot. » **5.** Démythification : le dieu de la guerre et la déesse de l'amour ont cessé d'être de terrifiants Olympiens pour être des astres.

L'aéroscaphe[1] suit son chemin ; il n'a peur
Ni des piéges[2] du soir, ni de l'âcre vapeur,
Ni du ciel morne où rien ne bouge,
Où les éclairs, luttant au fond de l'ombre entre eux,
335 Ouvrent subitement dans le nuage affreux
Des cavernes de cuivre rouge.

Il invente une route obscure dans les nuits ;
Le silence hideux de ces lieux inouïs
N'arrête point ce globe en marche ;
340 Il passe, portant l'homme et l'univers en lui ;
Paix ! gloire ! et, comme l'eau jadis, l'air aujourd'hui
Au-dessus de ses flots voit l'arche[3].

Le saint navire court par le vent emporté
Avec la certitude et la rapidité
345 Du javelot cherchant la cible ;
Rien n'en tombe, et pourtant il chemine en semant ;
Sa rondeur, qu'on distingue en haut confusément,
Semble un ventre d'oiseau terrible.

Il vogue ; les brouillards sous lui flottent dissous ;
350 Ses pilotes penchés regardent, au-dessous
Des nuages où l'ancre traîne,
Si, dans l'ombre, où la terre avec l'air se confond,
Le sommet du Mont-Blanc ou quelque autre bas-fond
Ne vient pas heurter sa carène[4].

*

355 La vie est sur le pont du navire éclatant.

---

1. Voir note 1, p. 487. Le retard dans la nomination de l'aéroscaphe a permis jusqu'ici d'accentuer son caractère prodigieux. Mais l'aéroscaphe s'appelle l'aéroscaphe : pas besoin de recourir à un monstre mythique pour le nommer, à la différence du « Léviathan ». **2.** Voir note 1, p. 400. **3.** L'abîme de « Pleine mer » était « Les ténèbres sans l'arche ». Celui de « Plein ciel », qui « voit l'arche », scelle la promesse d'une nouvelle alliance. Voir p. 477 et la note 2. **4.** Partie immergée de la coque d'un navire.

Le rayon l'envoya, la lumière l'attend.
L'homme y fourmille, l'homme invincible y flamboie ;
Point d'armes ; un fier bruit de puissance et de joie ;
Le cri vertigineux de l'exploration !
360 Il court, ombre, clarté, chimère[1], vision !
Regardez-le[2] pendant qu'il passe, il va si vite !

Comme autour d'un soleil un système gravite,
Une sphère de cuivre[3] énorme fait marcher
Quatre globes où pend un immense plancher[4] ;
365 Elle respire et fuit dans les vents qui la bercent ;
Un large et blanc hunier[5] horizontal, que percent
Des trappes, se fermant, s'ouvrant au gré du frein,
Fait un grand diaphragme à ce poumon d'airain[6] ;
Il s'impose à la nue ainsi qu'à l'onde un liége ;
370 La toile d'araignée[7] humaine, un vaste piége[8]
De cordes et de nœuds, un enchevêtrement
De soupapes que meut un câble où court l'aimant[9],
Une embûche de treuils, de cabestans[10], de moufles[11],
Prend au passage et fait travailler tous les souffles ;
375 L'esquif plane, encombré d'hommes et de ballots,
Parmi les arc-en-ciel, les azurs, les halos,
Et sa course, écheveau qui sans fin se dévide,

---

1. Voir note 8, p. 225. Nouvelle rédemption de la chimère, non plus monstre archaïque et illusion cauchemardesque, mais merveille poétique. **2.** Voir note 6, p. 486. **3.** Élaborée en 1844, par l'ingénieur Dupuy-Delcourt, cette « sphère de cuivre » volante avait suscité l'admiration de la presse de l'époque. **4.** Les « quatre globes » et le « plancher » appartiennent au système de Pétin. Voir note 1, p. 487. **5.** Voile du mât de hune (voir note 7, p. 481). **6.** Lamartine avait déjà utilisé la métaphore du *poumon* dans sa description de l'aéroscaphe. La captation des souffles de l'air appartient aussi au système de Pétin. Voir note 1, p. 487. **7.** Symbole récurrent de la fatalité chez Hugo (voir, par exemple, I, 3). La métaphore de la « toile d'araignée humaine » signifie que l'homme n'est plus le patient de la fatalité. Mais voir p. 520 et la note 6. **8.** Voir note 1, p. 400. **9.** Utilisation de la force magnétique. **10.** Treuil vertical, pour élever des fardeaux. **11.** Assemblage de poulies, pour tirer de lourdes charges.

A pour point d'appui l'air et pour moteur le vide[1] ;
Sous le plancher s'étage un chaos régulier
380 De ponts flottants que lie un tremblant escalier ;
Ce navire est un Louvre errant avec son faste[2] ;
Un fil le porte ; il fuit, léger, fier, et si vaste,
Si colossal, au vent du grand abîme clair,
Que le Léviathan[3], rampant dans l'âpre mer,
385 A l'air de sa chaloupe aux ténèbres tombée,
Et semble, sous le vol d'un aigle, un scarabée
Se tordant dans le flot qui l'emporte, tandis
Que l'immense oiseau plane au fond d'un paradis.

Si l'on pouvait rouvrir les yeux que le ver ronge,
390 Oh ! ce vaisseau, construit par le chiffre et le songe,
Éblouirait Shakspeare et ravirait Euler[4] !
Il voyage, Délos[5] gigantesque de l'air,
Et rien ne le repousse et rien ne le refuse ;
Et l'on entend parler sa grande voix confuse.

395 Par moments la tempête accourt, le ciel pâlit,
L'autan[6], bouleversant les flots de l'air, emplit
L'espace d'une écume affreuse de nuages ;
Mais qu'importe à l'esquif de la mer sans rivages !
Seulement, sur son aile il se dresse en marchant ;
400 Il devient formidable[7] à l'abîme méchant[8],
Et dompte en frémissant la trombe qui se creuse.
On le dirait conduit dans l'horreur ténébreuse

---

1. Hugo développe sa théorie de l'utilisation de l'appel du vide pour le déplacement de l'aéroscaphe dans la « Conclusion » de *Napoléon le Petit* et dans sa lettre publique à Nadar de 1864. Voir note 1, p. 487. **2.** Un palais royal sans roi, un Louvre sans Napoléon III. **3.** Le bateau à vapeur de « Pleine mer ». Voir les notes 1, p. 477 et 1, p. 480. **4.** Physicien suisse (1707-1783), célèbre pour ses travaux sur les mouvements des planètes et des comètes, sur l'aimantation, la lumière et l'inertie de la matière. **5.** Nom d'une île des Cyclades qui signifie « stable », « visible ». Cette île errait jusqu'à ce que Zeus l'arrêtât pour offrir à Latone un refuge où elle mit au monde Diane et Apollon. **6.** Voir note 2, p. 218. **7.** Terrifiant. **8.** Qui procède du Mal.

Par l'âme des Leibnitz[1], des Fultons[2], des Képlers[3] ;
Et l'on croit voir, parmi le chaos plein d'éclairs,
405 De détonations, d'ombre et de jets de soufre[4],
Le sombre emportement d'un monde dans un gouffre.

*

Qu'importe le moment ! qu'importe la saison !
La brume peut cacher dans le blême horizon
Les Saturnes[5] et les Mercures[6] ;
410 La bise, conduisant la pluie aux crins épars,
Dans les nuages lourds grondant de toutes parts,
Peut tordre des hydres[7] obscures ;

Qu'importe ! il va. Tout souffle est bon ; simoun[8], [mistral !
La terre a disparu dans le puits sidéral.
415 Il entre au mystère nocturne ;
Au-dessus de la grêle et de l'ouragan fou,
Laissant le globe en bas dans l'ombre, on ne sait où,
Sous le renversement de l'urne[9].

Intrépide, il bondit sur les ondes du vent ;
420 Il se rue, aile ouverte et la proue en avant,
Il monte, il monte, il monte encore,

---

1. Philosophe et mathématicien allemand (1646-1716). De son œuvre très riche, on retiendra ici l'affirmation d'une harmonie préétablie (rendue célèbre en France par la caricature qu'en fait *Candide* de Voltaire), le projet d'une symbolique universelle, et l'unité indissoluble qu'il pose entre mathématiques et métaphysique. **2.** Voir note 4 p. 386. **3.** Astronome allemand (1571-1630), fondateur de l'astronomie moderne avec son *Harmonices Mundi* (1619). L'ordre de la série des trois noms n'est pas chronologique, mais symbolique : annulation de la séparation entre science et philosophie, et surtout de la hiérarchie entre ces deux branches « nobles » du savoir et le savoir-faire technique. **4.** En août 1851, dans son dernier prospectus, Pétin proposait pour l'aéroscaphe l'utilisation de moteurs à vapeur. Les « jets de soufre » ici ne font plus peur : fin du diable. **5.** Dieu italique très vite confondu avec le dieu grec du Temps, Cronos. **6.** Voir note 4, p. 367. Nouvelle désymbolisation : Mercure et Saturne sont des planètes du système solaire. **7.** Voir note 2, p. 56. **8.** Voir note 3 p. 78 **9.** Vase funéraire. Ici : la voûte céleste.

Au delà de la zone où tout s'évanouit,
Comme s'il s'en allait dans la profonde nuit
    À la poursuite de l'aurore !

425 Calme, il monte où jamais nuage n'est monté ;
Il plane à la hauteur de la sérénité,
    Devant la vision des sphères ;
Elles sont là, faisant le mystère éclatant,
Chacune feu d'un gouffre, et toutes constatant
430 Les énigmes par les lumières.

Andromède étincelle, Orion resplendit ;
L'essaim prodigieux des Pléiades grandit ;
    Sirius ouvre son cratère ;
Arcturus, oiseau d'or, scintille dans son nid ;
435 Le Scorpion hideux fait cabrer au zénith
    Le poitrail bleu du Sagittaire.

L'aéroscaphe voit, comme en face de lui,
Là-haut, Aldébaran par Céphée ébloui,
    Persée[1], escarboucle[2] des cimes,
440 Le chariot polaire aux flamboyants essieux,
Et, plus loin, la lueur lactée, ô sombres cieux,
    La fourmilière des abîmes !

Vers l'apparition terrible des soleils,
Il monte ; dans l'horreur des espaces vermeils,
445 Il s'oriente, ouvrant ses voiles ;
On croirait, dans l'éther[3] où de loin on l'entend,
Que ce vaisseau puissant et superbe, en chantant,
    Part pour une de ces étoiles !

Tant cette nef, rompant tous les terrestres nœuds,
450 Volante, et franchissant le ciel vertigineux,

---

1. Le nom de Persée comme ceux qui précèdent confirme la démythification : les héros et les dieux ne sont plus que des étoiles et des constellations. **2.** Voir note 8, p. 201. **3.** Voir note 1, p. 61.

Rêve des blêmes Zoroastres[1],
Comme effrénée au souffle insensé de la nuit,
Se jette, plonge, enfonce et tombe et roule et fuit
Dans le précipice des astres !

*

455 Où donc s'arrêtera l'homme séditieux[2] ?
L'espace voit, d'un œil par moment soucieux,
L'empreinte du talon de l'homme dans les nues ;
Il tient l'extrémité des choses inconnues ;
Il épouse l'abîme à son argile uni ;
460 Le voilà maintenant marcheur de l'infini.
Où s'arrêtera-t-il, le puissant réfractaire ?
Jusqu'à quelle distance ira-t-il de la terre ?
Jusqu'à quelle distance ira-t-il du destin ?
L'âpre Fatalité se perd dans le lointain ;
465 Toute l'antique histoire affreuse et déformée
Sur l'horizon nouveau fuit comme une fumée.
Les temps sont venus[3]. L'homme a pris possession
De l'air, comme du flot la grèbe[4] et l'alcyon[5].
Devant nos rêves fiers, devant nos utopies
470 Ayant des yeux croyants et des ailes impies[6],
Devant tous nos efforts pensifs et haletants,
L'obscurité sans fond fermait ses deux battants ;
Le vrai champ enfin s'offre aux puissantes algèbres ;
L'homme vainqueur, tirant le verrou des ténèbres,
475 Dédaigne l'Océan, le vieil infini mort.
La porte noire cède et s'entre-bâille. Il sort !

Ô profondeurs ! faut-il encor l'appeler l'homme ?

---

1. Voir note 2, p. 69. **2.** Voir note 4, p. 387. **3.** Affirmation millénariste de l'arrivée de temps nouveaux qui font fuir tout le passé. **4.** Oiseau aquatique, qui vole et plonge remarquablement bien. **5.** Voir note 3, p. 56. **6.** Des « yeux croyants » pour voir l'Inconnu, et des « ailes impies » pour s'arracher à l'ordre théologico-politique institué.

L'homme est d'abord monté sur la bête de somme ;
Puis sur le chariot que portent des essieux ;
480 Puis sur la frêle barque au mât ambitieux ;
Puis, quand il a fallu vaincre l'écueil, la lame,
L'onde et l'ouragan, l'homme est monté sur la
À présent l'immortel aspire à l'éternel ; [flamme[1] ;
Il montait sur la mer, il monte sur le ciel.

485 L'homme force le sphinx à lui tenir la lampe[2].
Jeune, il jette le sac du vieil Adam[3] qui rampe,
Et part, et risque aux cieux, qu'éclaire son flambeau,
Un pas semblable à ceux qu'on fait dans le tombeau ;
Et peut-être voici qu'enfin la traversée
490 Effrayante, d'un astre à l'autre, est commencée !

*

Stupeur ! se pourrait-il que l'homme s'élançât ?
Ô nuit ! se pourrait-il que l'homme, ancien forçat[4],
Que l'esprit humain, vieux reptile,
Devînt ange, et, brisant le carcan[5] qui le mord,
495 Fût soudain de plain-pied avec les cieux ? La mort
Va donc devenir inutile !

Oh ! franchir l'éther[6] ! songe épouvantable et beau !
Doubler le promontoire énorme du tombeau !
Qui sait ? — Toute aile est magnanime :
500 L'homme est ailé. Peut-être, ô merveilleux retour !
Un Christophe Colomb[7] de l'ombre, quelque jour,

---

1. Réintégration du bateau à vapeur dans l'Histoire du progrès. **2.** Lampe, sphinx (voir note 2, p. 236) : le réseau d'images renvoie à VI, 1. **3.** Annonce millénariste d'un Homme nouveau. **4.** Identification de toute l'Humanité au misérable, au condamné, à l'enchaîné. **5.** Voir note 2, p. 214. **6.** Voir note 1, p. 61. **7.** Évocation *in extremis* de celui à qui on attribue la découverte de l'Amérique en 1492.

Un Gama[1] du cap de l'abîme,

Un Jason[2] de l'azur, depuis longtemps parti,
De la terre oublié, par le ciel englouti,
505 Tout à coup, sur l'humaine rive
Reparaîtra, monté sur cet alérion[3],
Et, montrant Sirius, Allioth, Orion,
Tout pâle, dira : J'en arrive !

Ciel ! ainsi, comme on voit aux voûtes des celliers
510 Les noirceurs qu'en rôdant tracent les chandeliers,
On pourrait, sous les bleus pilastres[4],
Deviner qu'un enfant de la terre a passé,
À ce que le flambeau de l'homme aurait laissé
De fumée au plafond des astres[5] !

*

515 Pas si loin ! pas si haut ! redescendons. Restons
L'homme, restons Adam[6] ; mais non l'homme à tâtons,
Mais non l'Adam tombé ! Tout autre rêve altère
L'espèce d'idéal qui convient à la terre.
Contentons-nous du mot : meilleur[7] ! écrit partout.

Oui, l'aube s'est levée.

---

1. Autre grand nom de navigateur, le portugais Vasco de Gama participa à l'exploration des côtes indiennes et africaines. Il doubla le cap de Bonne-Espérance en 1497. **2.** Héros de la mythologie grecque qui participa à l'expédition des Argonautes pour conquérir la Toison d'or. **3.** Voir note 9, p. 176. Désymbolisation : l'aigle héraldique s'envole du blason dans le ciel. Resymbolisation : l'aigle est un aéroscaphe. **4.** Voir note 3, p. 236. **5.** Projection visionnaire de l'immensité cosmique dans le monde familier, domestique. **6.** Rupture dans la méditation de l'avenir : congé donné à l'Homme nouveau (voir p. 499 et la note 3). Ce n'est pas à l'Homme de décréter la fin de l'Histoire, et la sortie « hors des temps », mais à Dieu seul. En ce sens, « Plein ciel » est un poème historique. **7.** C'est le mot d'un progrès qui ne sort pas de l'Histoire, et qui ne rompt pas sa continuité : d'un progrès réformiste, récusant tout révolutionnarisme et tout millénarisme.

520 Oh ! ce fut tout à coup
Comme une éruption de folie et de joie,
Quand, après six mille ans[1] dans la fatale voie,
Défaite brusquement par l'invisible main,
La pesanteur, liée au pied du genre humain,
525 Se brisa ; cette chaîne était toutes les chaînes[2] !
Tout s'envola dans l'homme, et les fureurs, les haines,
Les chimères[3], la force évanouie enfin,
L'ignorance et l'erreur, la misère et la faim,
Le droit divin des rois, les faux dieux juifs ou
[guèbres,
530 Le mensonge, le dol[4], les brumes, les ténèbres,
Tombèrent dans la poudre avec l'antique sort,
Comme le vêtement du bagne dont on sort.

Et c'est ainsi que l'ère annoncée est venue[5],
Cette ère qu'à travers les temps, épaisse nue,
535 Thalès[6] apercevait au loin devant ses yeux ;
Et Platon, lorsque, ému, des sphères dans les cieux
Il écoutait les chants et contemplait les danses[7].

Les êtres inconnus et bons, les providences
Présentes dans l'azur où l'œil ne les voit pas,

---

1. Décompte biblique de l'âge de la Création divine, depuis longtemps réfuté par la science. Hugo le sait, mais ces « six mille ans » permettent de boucler le recueil, du « Sacre de la femme » à « Plein ciel », avant sa sortie « Hors des temps ». **2.** La pesanteur n'est pas le symbole de l'aliénation, elle *est* l'aliénation première, essentielle, elle qui rive l'Homme à la matière, et donc au mal, et donc au malheur. « Plein ciel » est une anticipation spirite de l'avenir. **3.** Voir note 8, p. 225. **4.** Voir note 4, p. 214. **5.** Correction du millénarisme antérieurement exprimé : oui, une ère nouvelle arrive, annoncée par une chaîne de révélations depuis l'Antiquité. Mais cette ère nouvelle s'inscrit dans l'Histoire humaine. **6.** Mathématicien et philosophe grec, né dans le dernier tiers du VIIe siècle av. J.-C., considéré comme un des créateurs de la physique, de la géométrie et de l'astronomie. « Il soutenoit que le monde avait une âme et qu'il étoit tout remply d'esprits » (Moréri). **7.** Platon dans le *Timée* et *La République* (VII et X) développe une théorie de la musique des sphères, harmonie musicale de l'univers, fondée sur le nombre.

540 Les anges[1] qui de l'homme observent tous les pas,
Leur tâche sainte étant de diriger les âmes,
Et d'attiser, avec toutes les belles flammes,
La conscience au fond des cerveaux ténébreux,
Ces amis des vivants, toujours penchés sur eux,
545 Ont cessé de frémir, et d'être, en la tourmente
Et dans les sombres nuits, la voix qui se lamente.
Voici qu'on voit bleuir l'idéale Sion[2].
Ils n'ont plus l'œil fixé sur l'apparition
Du vainqueur, du soldat, du fauve chasseur d'hommes.
550 Les vagues flamboiements épars sur les Sodomes[3],
Précurseurs du grand feu dévorant, les lueurs
Que jette le sourcil tragique[4] des tueurs,
Les guerres, s'arrachant avec leur griffe immonde
Les frontières, haillon difforme du vieux monde,
555 Les battements de cœur des mères aux abois,
L'embuscade ou le vol guettant au fond des bois,
Le cri de la chouette et de la sentinelle,
Les fléaux, ne sont plus leur alarme éternelle[5].
Le deuil n'est plus mêlé dans tout ce qu'on entend ;
560 Leur oreille n'est plus tendue à chaque instant
Vers le gémissement indigné de la tombe ;
La moisson rit aux champs où râlait l'hécatombe ;
L'azur ne les voit plus pleurer les nouveau-nés,
Dans tous les innocents pressentir des damnés,
565 Et la pitié n'est plus leur unique attitude[6] ;
Ils ne regardent plus la morne servitude
Tresser sa maille obscure à l'osier des berceaux.
L'homme aux fers, pénétré du frisson des roseaux[7],
Est remplacé par l'homme attendri, fort et calme ;

---

1. Voir note 4, p. 295. **2.** Voir note 6, p. 112. **3.** Voir note 8, p. 74. **4.** « Sourcil » et non « regard » tragique, pour ces tueurs sans conscience, instrument de la mort et de la fatalité. **5.** Ici comme dans « L'élégie des fléaux » (*Nouvelle Série*), Hugo amalgame les maux de l'Histoire et ceux de la Nature. **6.** Cf. « Les génies appartenant au peuple » (*Proses philosophiques de 1860-1865*) : « Quand le mot amour est dans la nuit, il se prononce pitié ». **7.** Fin de l'Homme-roseau de Pascal, fin de la misère de la condition humaine.

570 La fonction du sceptre est faite par la palme[1] ;
Voici qu'enfin, ô gloire ! exaucés dans leur vœu,
Ces êtres, dieux pour nous, créatures pour Dieu[2],
Sont heureux, l'homme est bon, et sont fiers, l'homme [est juste.
Les esprits purs, essaim de l'empyrée[3] auguste[4],
575 Devant ce globe obscur qui devient lumineux,
Ne sentent plus saigner l'amour qu'ils ont en eux ;
Une clarté paraît dans leur beau regard sombre ;
Et l'archange commence à sourire dans l'ombre[5].

*

Où va-t-il, ce navire ? Il va, de jour vêtu,
580 À l'avenir divin et pur, à la vertu,
À la science qu'on voit luire,
À la mort des fléaux, à l'oubli généreux[6],
À l'abondance, au calme, au rire, à l'homme heureux ;
Il va, ce glorieux navire,

585 Au droit, à la raison, à la fraternité,
À la religieuse et sainte vérité
Sans impostures et sans voiles,
À l'amour, sur les cœurs serrant son doux lien,

---

1. Substitution des symboles qui dit la transformation profonde du pouvoir. La palme est un symbole de triomphe, mais de triomphe qui peut être d'ordre intellectuel. **2.** Voir note 4, p. 295. **3.** Voir note 2, p. 362. **4.** Voir note 1, p. 63. **5.** L'ange de la première hiérarchie qui œuvrera le jour du Jugement, « hors des temps ». **6.** Au devoir de mémoire, maintes fois réaffirmé dans le recueil (voir en particulier p. 445 et la note 1), succède en sa fin la promesse de l'oubli, « généreux » parce qu'il efface toute faute, redonne à tous l'innocence, abandonnant toute perspective de vengeance, de châtiment, et même de pardon (qui préserve en mémoire ce qu'il pardonne) (Cl. Rétat). « Hors des temps » réintroduira le châtiment — mais de Dieu, non des Hommes. Il n'en reste pas moins vrai que *La Légende*, œuvre de mémoire, aspire ici à son effacement heureux.

Au juste, au grand, au bon, au beau... — Vous voyez [bien
590 Qu'en effet il monte aux étoiles !

Il porte l'homme à l'homme et l'esprit à l'esprit.
Il civilise, ô gloire ! Il ruine, il flétrit
Tout l'affreux passé qui s'effare [1],
Il abolit la loi de fer, la loi de sang,
595 Les glaives [2], les carcans [3], l'esclavage, en passant
Dans les cieux comme une fanfare [4].

Il ramène au vrai ceux que le faux repoussa ;
Il fait briller la foi dans l'œil de Spinosa [5]
Et l'espoir sur le front de Hobbe [6] ;
600 Il plane, rassurant, réchauffant, épanchant
Sur ce qui fut lugubre et ce qui fut méchant
Toute la clémence de l'aube.

Les vieux champs de bataille étaient là dans la nuit ;
Il passe, et maintenant voilà le jour qui luit
605 Sur ces grands charniers de l'histoire
Où les siècles, penchant leur œil triste et profond,
Venaient regarder l'ombre effroyable que font
Les deux ailes de la victoire.

Derrière lui, César redevient homme [7] ; Éden
610 S'élargit sur l'Érèbe [8], épanoui soudain ;

---

1. Retournement de la terreur : le passé « affreux » (qui suscite une impression d'effroi et de dégoût) a peur. **2.** Voir note 4, p. 121. **3.** Voir note 2, p. 214. **4.** Fanfare de la nouvelle épopée, qui célèbre non les victoires du tyran mais la gloire de l'Homme. **5.** Hugo prouve ici qu'il n'a jamais lu Spinoza, ce philosophe hollandais d'origine juive qui développa au XVIIe siècle une théologie de l'immanence, qui n'a rien à voir avec l'athéisme. **6.** Philosophe anglais (1588-1679), Hobbes a élaboré une philosophie politique pessimiste : l'Homme ayant peur de la mort, il est amené à sortir de l'état de nature (où « l'Homme est un loup pour l'Homme »), et à créer un État-Léviathan, pour se soumettre. **7.** Le verbe « redevient » induit que César (voir note 4, p. 97) était hors Humanité. **8.** Voir note 7, p. 113.

Les ronces de lys sont couvertes ;
Tout revient, tout renaît[1], ce que la mort courbait
Refleurit dans la vie, et le bois du gibet[2]
Jette, effrayé, des branches vertes.

615 Le nuage, l'aurore aux candides fraîcheurs,
L'aile de la colombe, et toutes les blancheurs,
Composent là-haut sa magie ;
Derrière lui, pendant qu'il fuit vers la clarté,
Dans l'antique noirceur de la fatalité
620 Des lueurs de l'enfer rougie,

Dans ce brumeux chaos qui fut le monde ancien,
Où l'Allah turc s'accoude au sphinx égyptien[3],
Dans la séculaire géhenne[4],
Dans la Gomorrhe infâme où flambe un lac fumant[5],
625 Dans la forêt du mal qu'éclairent vaguement
Les deux yeux fixes de la Haine,

Tombent, sèchent, ainsi que des feuillages morts,
Et s'en vont la douleur, le péché, le remords,
La perversité lamentable,
630 Tout l'ancien joug, de rêve et de crime forgé,
Nemrod[6], Aaron[7], la guerre avec le préjugé,
La boucherie avec l'étable[8] !

---

1. Réalisation — le verbe est au présent — de la prédiction du satyre : « Oui, l'heure énorme vient, qui fera tout renaître » (p. 385). **2.** « Ce que dit la Bouche d'ombre », dans *Les Contemplations*, faisait du gibet (bois dénaturé en instrument de la peine de mort) une des pires réincarnations dans l'échelle des métempsycoses (voir note 4 p. 295). **3.** Voir note 2, p. 236. **4.** Voir note 5 p. 108. Séculaire, cette géhenne est l'enfer de l'Histoire. **5.** Voir note 2 p. 92. La ville est censée avoir été engloutie. **6.** Voir note 6, p. 86. **7.** Le frère de Moïse, incrédule face aux prophéties du Sinaï, mais en revanche grand organisateur du rituel de la religion hébraïque. Dans le système hugolien, où les rites des religions instituées doivent se dissoudre en pure contemplation de l'Inconnu, on comprend pourquoi Aaron est au côté de Nemrod. **8.** Fin de la violence exercée par l'Homme sur l'animal.

Tous les spoliateurs et tous les corrupteurs
S'en vont ; et les faux jours sur les fausses hauteurs ;
635 Et le taureau d'airain qui beugle[1],
La hache, le billot[2], le bûcher dévorant,
Et le docteur[3] versant l'erreur à l'ignorant,
Vil bâton qui trompait l'aveugle !

Et tous ceux qui faisaient, au lieu de repentirs,
640 Un rire au prince avec les larmes des martyrs,
Et tous ces flatteurs des épées
Qui louaient le sultan[4], le maître universel,
Et, pour assaisonner l'hymne[5], prenaient du sel
Dans le sac aux têtes coupées[6] !

645 Les pestes, les forfaits, les cimiers[7] fulgurants,
S'effacent, et la route où marchaient les tyrans,
Bélial[8] roi, Dagon[9] ministre,
Et l'épine, et la haie horrible du chemin
Où l'homme, du vieux monde et du vieux vice humain,
650 Entend bêler le bouc sinistre.

On voit luire partout les esprits sidéraux[10] ;
On voit la fin du monstre et la fin du héros[11],
Et de l'athée et de l'augure[12],
La fin du conquérant, la fin du paria ;

---

1. Le tyran d'Agrigente Phalaris avait fait construire un taureau d'airain, pour y brûler vifs tous ceux qu'il condamnait à mort. Son architecte fut le premier à y mourir, et lui-même le dernier, lorsque son peuple se révolta contre lui. **2.** Voir note 9, p. 435. Même remarque que pour le gibet. Voir note 2, p. 505. **3.** Le savant patenté par les institutions, une des victimes de *L'Âne* (rédigé en 1857). **4.** Voir note 5, p. 267. **5.** Voir note 3, p. 121. **6.** Recette pour cuisiner une poésie de la célébration, qui associe avec un humour noir les sacs convulsifs, emplis d'hommes jetés au fond des flots, de « Clair de lune », et les têtes coupées d'un autre poème des *Orientales*, « Les têtes du sérail ». **7.** Voir note 7, p. 128. **8.** Un des noms de Satan. **9.** L'idole des Philistins dans l'Ancien Testament. **10.** Voir note 4, p. 295. **11.** La coordination suggère un lien de nature entre le monstre et le héros. **12.** Prêtre romain qui lit l'avenir en décryptant certains signes de la Nature. Imposteur qui profite de la crédulité humaine.

655 Et l'on voit lentement sortir Beccaria[1]
De Dracon[2] qui se transfigure[3].

On voit l'agneau sortir du dragon fabuleux,
La vierge de l'opprobre, et Marie aux yeux bleus
De la Vénus prostituée[4] ;
660 Le blasphème devient le psaume[5] ardent et pur,
L'hymne[6] prend, pour s'en faire autant d'ailes d'azur,
Tous les haillons de la huée.

Tout est sauvé ! la fleur, le printemps aromal[7],
L'éclosion du bien, l'écroulement du mal,
665 Fêtent dans sa course enchantée
Ce beau globe éclaireur, ce grand char curieux,
Qu'Empédocle[8], du fond des gouffres, suit des yeux,
Et, du haut des monts, Prométhée[9] !

Le jour s'est fait dans l'antre où l'horreur s'accroupit.
670 En expirant, l'antique univers décrépit,
Larve[10] à la prunelle ternie,
Gisant, et regardant le ciel noir s'étoiler,
A laissé cette sphère heureuse s'envoler
Des lèvres de son agonie.

---

1. Dans son *Traité des délits et des peines* (1763-1764), l'Italien Beccaria s'inspire de l'esprit des Lumières pour combattre la violence du régime pénal, et en particulier la peine de mort. **2.** Voir note 3, p. 382. **3.** Voir note 1, p. 434. **4.** Version puritaine — la position de Hugo face à la sexualité n'est jamais stable — du salut de la femme et de l'amour, qui oppose la pudeur chrétienne à l'impudeur païenne. « Le sacre de la femme » et « Le satyre » disaient autre chose, en réaccordant le désir à la fécondité de la Nature. Voir p. 377 et la note 6. **5.** Les psaumes sont des poèmes religieux, attribués pour beaucoup à David (voir note 3, p. 83), et réunis en un livre dans l'Ancien Testament. Ici, chant religieux. **6.** Voir note 3, p. 121. **7.** Vocabulaire fouriériste, infléchi ici par la perspective spirite. Le printemps porte en lui l'essence, le fluide impondérable de tous les êtres de la Nature. **8.** Philosophe grec du ve siècle av. J.-C. La légende veut qu'il se soit précipité dans le gouffre de l'Etna, par désespoir ne pouvoir rendre compte des phénomènes volcaniques. **9.** Voir note 5, p. 381. Retournement du supplice : du haut du Caucase, Prométhée peut voir l'avenir. **10.** Voir note 1, p. 77.

*

675 Oh ! ce navire fait le voyage sacré !
C'est l'ascension bleue[1] à son premier degré ;
Hors de l'antique et vil décombre[2],
Hors de la pesanteur, c'est l'avenir fondé ;
C'est le destin de l'homme à la fin évadé,
680 Qui lève l'ancre et sort de l'ombre !

Ce navire là-haut conclut le grand hymen[3].
Il mêle presque à Dieu l'âme du genre humain.
Il voit l'insondable, il y touche ;
Il est le vaste élan du progrès vers le ciel ;
685 Il est l'entrée altière[4] et sainte du réel
Dans l'antique idéal farouche[5].

Oh ! chacun de ses pas conquiert l'illimité !
Il est la joie ; il est la paix ; l'humanité
A trouvé son organe immense ;
690 Il vogue, usurpateur sacré[6], vainqueur béni,
Reculant chaque jour plus loin dans l'infini
Le point sombre où l'homme commence.

Il laboure l'abîme ; il ouvre ces sillons
Où croissaient l'ouragan, l'hiver, les tourbillons,
695 Les sifflements et les huées ;
Grâce à lui, la concorde est la gerbe des cieux ;
Il va, fécondateur du ciel mystérieux,
Charrue auguste[7] des nuées.

---

1. Voir note 1, p. 363. **2.** Voir note 5, p. 71. **3.** Mariage. **4.** Voir note 3, p. 204. **5.** Cette entrée du réel dans l'idéal est un modèle esthétique, que le recueil réalise par anticipation. **6.** Point d'aboutissement du motif de l'usurpation : après la longue série des usurpateurs infâmes (Kanut, les infants espagnols, Ratbert, Napoléon III...), l'usurpateur sacré, l'Homme de l'aéroscaphe, qui est entré dans le ciel avec une « sainte fausse clef » (voir p. 489 et la note 2). **7.** Voir note 1, p. 63.

Il fait germer la vie humaine dans ces champs
700 Où Dieu n'avait encor semé que des couchants
Et moissonné que des aurores ;
Il entend, sous son vol qui fend les airs sereins,
Croître et frémir partout les peuples souverains,
Ces immenses épis sonores !

705 Nef magique et suprême ! elle a, rien qu'en marchant,
Changé le cri terrestre en pur et joyeux chant [1],
Rajeuni les races flétries,
Établi l'ordre vrai, montré le chemin sûr,
Dieu juste ! et fait entrer dans l'homme tant d'azur
710 Qu'elle a supprimé les patries [2] !

Faisant à l'homme avec le ciel une cité [3],
Une pensée avec toute l'immensité,
Elle abolit les vieilles règles ;
Elle abaisse les monts, elle annule les tours ;
715 Splendide, elle introduit les peuples, marcheurs lourds,
Dans la communion des aigles [4].

---

1. Voir notes 3 et 4, p. 391. Inversion du processus qui fait passer le discours du satyre du chant aux cris ; plus généralement, fin du déchirement de la voix dans les cris (de Fabrice, du satyre, de l'aigle), fondatrice d'une nouvelle ère poétique, enfin pleinement harmonieuse. **2.** Instauration d'une paix universelle, qui efface non seulement les nations, mais leur équivalent affectif, les patries, en confirmant la prédiction du satyre et en radicalisant la prophétie européenne de la fin de XII qui annonçait l'ère d'une Europe libre et républicaine, œuvre des grands héros de l'indépendance nationale. Cf. le discours de « Clôture du Congrès de la paix » du 24 août 1849 (*Actes et paroles*, II), où Hugo salue l'œuvre des congressistes qui ont « jeté les bases de la paix du monde » : « L'immense progrès définitif qu'on dit que vous rêvez, et que je dis que vous enfantez, se réalisera. » **3.** Saint Augustin et toute la tradition politique pessimiste qu'il a fondée partent du principe de la séparation radicale de la cité terrestre et de la cité céleste, absolument transcendante. Hugo affirme ici leur possible identification, comme Michelet dans *Le Peuple*. **4.** Communauté politique définie de manière sciemment délirante, pour affirmer, contre cette forme subtile de tyrannie qu'est le « bon sens », la puissance de l'imagination poétique dans la relance de l'Histoire vers l'avenir. Cette communauté est une communauté épique, qui réconcilie le ciel et la terre, la Nature et l'Histoire, l'aigle montagnard de XII et l'Humanité.

Elle a cette divine et chaste fonction
De composer là-haut l'unique nation,
    À la fois dernière et première,
720 De promener l'essor dans le rayonnement,
Et de faire planer, ivre de firmament[1],
    La liberté dans la lumière[2].

1. Voir note 5, p. 396. **2.** Note du manuscrit : « Ces sept dernières strophes ont été faites en juin 1858 au commencement de la maladie dont j'ai failli mourir. »

XV

HORS DES TEMPS [1]

1. La concordance entre la fin du livre et la fin du monde dans le châtiment, symétrique de la concordance entre le début du recueil et la « genèse », fait de *La Légende des siècles* une nouvelle Bible.

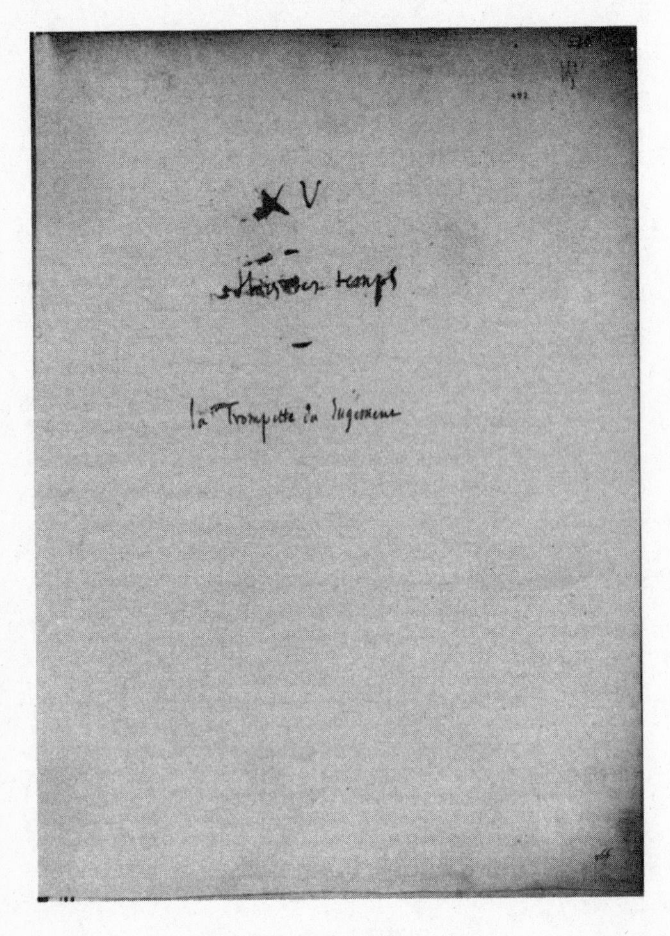

Page de titre de la section XV.

LA TROMPETTE DU JUGEMENT[1]

*

Je vis[2] dans la nuée un clairon[3] monstrueux.

Et ce clairon semblait, au seuil profond des cieux,
Calme, attendre le souffle immense de l'archange[4].

Ce qui jamais ne meurt, ce qui jamais ne change,
5 L'entourait. À travers un frisson, on sentait
Que ce buccin[5] fatal, qui rêve et qui se tait,
Quelque part, dans l'endroit où l'on crée, où l'on sème,
Avait été forgé par quelqu'un de suprême[6]
Avec de l'équité[7] condensée en airain.
10 Il était là, lugubre, effroyable, serein.
Il gisait sur la brume insondable qui tremble,
Hors du monde, au delà de tout ce qui ressemble
À la forme de quoi que ce soit.

Il vivait.

---

1. Dans l'Apocalypse de Jean, comme souvent dans la Bible, la trompette est le signal du Jugement dernier. **2.** Formule qui ouvre presque tous les récits de l'Apocalypse. **3.** Aboutissement du motif du clairon, associé auparavant le plus souvent au tapage épique des héros du mal. **4.** Voir note 7, p. 168. Démythification : Hugo ne nomme pas Michel. **5.** Trompette militaire romaine. **6.** « Quelqu'un » est le point limite de l'individualisation de Dieu : c'est une conscience, un moi, mais anonyme, parce qu'inconnaissable. « Suprême », il est à la fois indéfini et absolu. **7.** La justice faite équilibre, entrant dans l'équilibre de l'ordre naturel, de l'Immanent (voir note 1, p. 519), contre « l'anankè des lois », le droit fait par l'Homme fatalité.

Il semblait un réveil songeant près d'un chevet[1].

15 Oh ! quelle nuit ! là, rien n'a de contour ni d'âge ;
Et le nuage est spectre, et le spectre est nuage.

*

Et c'était le clairon de l'abîme.

Une voix
Un jour en sortira qu'on entendra sept fois[2].
En attendant, glacé, mais écoutant, il pense ;
20 Couvant le châtiment, couvant la récompense ;
Et toute l'épouvante éparse au ciel est sœur
De cet impénétrable et morne avertisseur.

Je le considérais dans les vapeurs funèbres
Comme on verrait se taire un coq dans les ténèbres[3].
25 Pas un murmure autour du clairon souverain.
Et la terre sentait le froid de son airain,
Quoique, là, d'aucun monde on ne vît les frontières.

Et l'immobilité de tous les cimetières,
Et le sommeil de tous les tombeaux, et la paix
30 De tous les morts couchés dans la fosse, étaient faits
Du silence inouï qu'il avait dans la bouche ;
Ce lourd silence était pour l'affreux mort farouche
L'impossibilité de faire faire un pli
Au suaire cousu sur son front par l'oubli.
35 Ce silence tenait en suspens l'anathème[4].
On comprenait que tant que ce clairon suprême
Se tairait, le sépulcre, obscur, roidi, béant,

---

1. Double mouvement de rapprochement de la vision apocalyptique et de la réalité familière (le réveil près de la tête du lit) et d'éloignement onirique de cette dernière (le réveil *songe*). **2.** Toute l'Apocalypse est placée sous le signe du chiffre sept. **3.** *Voir* se *taire* un coq, qui plus est dans les *ténèbres*, réclame un œil visionnaire... **4.** Voir note 3 p. 86.

Garderait l'attitude horrible du néant,
Que la momie aurait toujours sa bandelette,
40 Que l'homme irait tombant du cadavre au squelette,
Et que ce fier banquet radieux, ce festin
Que les vivants gloutons appellent le destin,
Toute la joie errante en tourbillons de fêtes,
Toutes les passions de la chair satisfaites,
45 Gloire, orgueil, les héros ivres, les tyrans soûls,
Continueraient d'avoir pour but et pour dessous
La pourriture, orgie offerte aux vers convives[1] ;
Mais qu'à l'heure où soudain, dans l'espace sans rives,
Cette trompette vaste et sombre sonnerait,
50 On verrait, comme un tas d'oiseaux d'une forêt,
Toutes les âmes, cygne, aigle, éperviers, colombes,
Frémissantes, sortir du tremblement des tombes,
Et tous les spectres faire un bruit de grandes eaux,
Et se dresser, et prendre à la hâte leurs os[2],
55 Tandis qu'au fond, au fond du gouffre, au fond du rêve,
Blanchissant l'absolu, comme un jour qui se lève,
Le front mystérieux du juge[3] apparaîtrait !

*

Ce clairon avait l'air de savoir le secret.

On sentait que le râle énorme de ce cuivre
60 Serait tel qu'il ferait bondir, vibrer, revivre
L'ombre, le plomb, le marbre, et qu'à ce fatal glas[4],
Toutes les surdités voleraient en éclats[5] ;

---

1. Mise en abyme cauchemardesque de l'ensemble de l'épopée humaine — et du recueil. **2.** Cette vision sourdement grotesque relève en même temps de la poétique de l'Apocalypse, comme l'image du « bruit des grandes eaux » (voir note 3 p. 70). **3.** Voir note 1 p. 125. **4.** Voir note 5, p. 254. **5.** La cohérence — limite — de cette métaphore repose sur un changement de sens du mot « éclats » dans l'expression lexicalisée « voler en éclats », « éclats » par rapport à « surdités » ne signifiant plus « parties d'un corps qui éclate », mais « bruits soudains et violents ». Du même coup cependant, la métaphore lexicalisée « voler en éclats » perd sa cohérence : la contemplation du

Que l'oubli sombre, avec sa perte de mémoire,
Se lèverait au son de la trompette noire ;
65 Que dans cette clameur étrange, en même temps
Qu'on entendrait frémir tous les cieux palpitants,
On entendrait crier toutes les consciences ;
Que le sceptique au fond de ses insouciances,
Que le voluptueux, l'athée et le douteur,
70 Et le maître tombé de toute sa hauteur,
Sentiraient ce fracas traverser leurs vertèbres ;
Que ce déchirement céleste des ténèbres
Ferait dresser quiconque est soumis à l'arrêt ;
Que qui n'entendit pas le remords, l'entendrait ;
75 Et qu'il réveillerait, comme un choc à la porte [1],
L'oreille la plus dure et l'âme la plus morte,
Même ceux qui, livrés au rire, aux vains combats,
Aux vils plaisirs, n'ont point tenu compte ici-bas
Des avertissements de l'ombre et du mystère,
80 Même ceux que n'a point réveillés sur la terre
Le tonnerre, ce coup de cloche de la nuit !

Oh ! dans l'esprit de l'homme où tout vacille et fuit,
Où le verbe [2] n'a pas un mot qui ne bégaie,
Où l'aurore apparaît, hélas ! comme une plaie,
85 Dans cet esprit, tremblant dès qu'il ose augurer,
Oh ! comment concevoir, comment se figurer
Cette vibration communiquée aux tombes,
Cette sommation [3] aux blêmes catacombes [4],
Du ciel ouvrant sa porte et du gouffre ayant faim,
90 Le prodigieux bruit [5] de Dieu disant : Enfin !

Jugement dernier requiert la transgression des limites du visible, mais aussi du dicible.

1. Autre exemple de rapprochement onirique de la vision et de la réalité familière. **2.** Avec une majuscule, le « Verbe » est la parole de Dieu, ou Dieu lui-même ; avec une minuscule, l'expression verbale de la pensée. **3.** Ordre, mise en demeure impérative. **4.** Excavation où ont été réunis des ossements. **5.** Le « bruit » rapproche la parole divine d'un son purement matériel, et dénote son caractère non musical, non harmonique (parce qu'inouï, et non destiné aux oreilles humaines). Ce bruit est cependant un chef-d'œuvre. Voir note 1 p. 29.

Oui, c'est vrai, — c'est du moins jusque-là que l'œil
[plonge, —
C'est l'avenir, — du moins tel qu'on le voit en songe, —
Quand le monde atteindra son but, quand les instants,
Les jours, les mois, les ans, auront rempli le temps,
95 Quand tombera du ciel l'heure immense et nocturne,
Cette goutte qui doit faire déborder l'urne [1],
Alors, dans le silence horrible, un rayon blanc,
Long, pâle, glissera, formidable et tremblant,
Sur ces haltes de nuit qu'on nomme cimetières,
100 Les tentes frémiront, quoiqu'elles soient des pierres,
Dans tous ces sombres camps endormis ; et, sortant
Tout à coup de la brume où l'univers l'attend,
Ce clairon, au-dessus des êtres et des choses,
Au-dessus des forfaits et des apothéoses [2],
105 Des ombres et des os, des esprits et des corps,
Sonnera la diane [3] effrayante des morts.

Ô lever en sursaut des larves [4] pêle-mêle !
Oh ! la Nuit réveillant la Mort, sa sœur jumelle [5] !

Pensif, je regardais l'incorruptible airain.

*

110 Les volontés sans loi, les passions sans frein,
Toutes les actions de tous les êtres, haines,
Amours, vertus, fureurs, hymnes [6], cris, plaisirs, peines,

---

1. Ce vers et ceux qui le précèdent renvoient à une conception du temps clos par la réalisation de sa finalité. La fin de l'Histoire correspond à la réalisation de son but : l'Histoire a un sens (direction et signification). Mais la proximité de l'expression : « Cette goutte qui doit faire déborder l'urne » (vase funéraire) et de l'expression familière de « la goutte d'eau qui fait déborder le vase » suggère que chaque heure de cette Histoire est un désastre qui défie la patience du « juge ».
2. Voir note 2, p. 341. **3.** Batterie de tambour, sonnerie de clairon ou de trompette pour réveiller des soldats, des marins. Dissipation de Diane, la déesse grecque de la chasse. **4.** Voir note 1, p. 77.
5. À noter le caractère nocturne de ce *jour* du Jugement dernier.
6. Voir note 3, p. 121.

Avaient laissé, dans l'ombre où rien ne remuait,
Leur pâle empreinte autour de ce bronze muet ;
115 Une obscure Babel y tordait sa spirale[1].

Sa dimension vague, ineffable, spectrale,
Sortant de l'éternel, entrait dans l'absolu[2].
Pour pouvoir mesurer ce tube, il eût fallu
Prendre la toise[3] au fond du rêve, et la coudée[4]
120 Dans la profondeur trouble et sombre de l'idée ;
Un de ses bouts touchait le bien, l'autre le mal ;
Et sa longueur allait de l'homme à l'animal,
Quoiqu'on ne vît point là d'animal et point d'homme ;
Couché sur terre, il eût joint Éden à Sodome[5].

125 Son embouchure, gouffre où plongeait mon regard,
Cercle de l'Inconnu ténébreux et hagard,
Pleine de cette horreur que le mystère exhale,
M'apparaissait ainsi qu'une offre colossale
D'entrer dans l'ombre où Dieu même est évanoui.
130 Cette gueule[6], avec l'air d'un redoutable ennui,
Morne, s'élargissait sur l'homme et la nature ;
Et cette épouvantable et muette ouverture
Semblait le bâillement noir de l'éternité.

---

1. Voir note 5 p. 112. **2.** Elle sort d'un « hors des temps », l'infini temporel qu'est l'éternité, pour entrer dans un autre : l'absolu, « hors des temps » indépendant des phénomènes qui se passent dans le temps. Le devenir est ainsi le passage entre deux formes de son annulation, de l'éternité de l'Éden (I) à l'absolu du Jugement (XV). **3.** Mesure de longueur valant six pieds, soit près de deux mètres. **4.** Mesure de longueur valant cinquante centimètres. **5.** D'Éden (le jardin du paradis d'Ève et d'Adam en I, 1) à Sodome (voir note 8, p. 74), du bien au mal, de l'homme à l'animal, les termes qu'unit le clairon suggèrent la projection spatiale, dans son « tube », d'une Histoire qui ne serait pas celle du progrès, mais de la chute. **6.** La gueule bâillant est une image récurrente chez Hugo. Elle associe l'ennui à une violence toute carnassière, puisque « gueule » se dit de la bouche de certains carnassiers. Le mot désigne aussi, dans une langue familière, la bouche de l'homme. Le mot « gueule » introduit une dissonance, non pas burlesque mais à la fois familière et onirique, dans la vision sublime du gouffre.

*

Au fond de l'immanent[1] et de l'illimité[2],
135 Parfois, dans les lointains sans nom de l'Invisible,
Quelque chose tremblait de vaguement terrible,
Et brillait et passait, inexprimable éclair.
Toutes les profondeurs des mondes avaient l'air
De méditer, dans l'ombre où l'ombre se répète,
140 L'heure où l'on entendrait de cette âpre trompette
Un appel aussi long que l'infini jaillir.
L'immuable semblait d'avance en tressaillir.

Des porches de l'abîme, antres hideux, cavernes
Que nous nommons enfers, puits, gehennams, avernes[3],
145 Bouches d'obscurité qui ne prononcent rien,
Du vide, où ne flottait nul souffle aérien ;
Du silence où l'haleine osait à peine éclore,
Ceci se dégageait pour l'âme : Pas encore.

Par instants, dans ce lieu triste comme le soir[4],
150 Comme on entend le bruit de quelqu'un qui vient voir,

---

1. L'adjectif « immanent » (antonyme de transcendant) substantivé est attesté, ailleurs qu'ici, pour la première fois en 1859, dans le *Supplément au Dictionnaire des langues française et allemande de l'abbé Mozin* par Peschier. Il ne devient courant dans les langues philosophique et théologique qu'à la fin du siècle. Hugo désigne « par *L'Immanent* cette profondeur de la création qui implique, au cœur inconnu de tout, la présence latente de la Justice absolue, et de Celui qui en est le seul détenteur » (Y. Gohin). **2.** Le voyant, celui qui voit l'invisible, est aussi celui qui dit l'indicible : un « illimité » qui a un « fond ». **3.** Le « nous » renvoie ici à l'Humanité une, quelles que soient les différences de dogmes qui la divisent, les noms qu'elle donne aux « porches de l'abîme », « puits », « enfers », « gehennams » (variante coranique des géhennes bibliques), « avernes » de la mythologie antique. **4.** Le bon sens accepterait que le soir, en sa tristesse, soit comparé aux « porches de l'abîme ». Autre chose est requis du lecteur pour comprendre que « ce lieu est triste comme le soir » : la faculté, que Baudelaire attribuait à Hugo, de « voi(r) le mystère partout » (*Réflexions sur quelques-uns de mes contemporains*).

On entendait le pas boiteux de la justice[1] ;
Puis cela s'effaçait. Des vermines, le vice,
Le crime, s'approchaient, et, fourmillement noir,
Fuyaient. Le clairon sombre ouvrait son entonnoir.
155 Un groupe d'ouragans dormait dans ce cratère.
Comme cet organum[2] des gouffres doit se taire
Jusqu'au jour monstrueux où nous écarterons
Les clous de notre bière au-dessus de nos fronts[3],
Nul bras ne le touchait dans l'invisible sphère ;
160 Chaque race avait fait sa couche de poussière
Dans l'orbe[4] sépulcral de son évasement ;
Sur cette poudre l'œil lisait confusément
Ce mot : RIEZ, écrit par le doigt d'Épicure[5] ;
Et l'on voyait, au fond de la rondeur obscure,
165 La toile d'araignée[6] horrible de Satan.

Des astres qui passaient murmuraient : « Souviens-
[t-en !
Prie ! » et la nuit portait cette parole à l'ombre.

Et je ne sentais plus ni le temps ni le nombre[7].

*

1. Cf. Horace, *Odes*, III, 2 : « Le criminel qui court, rarement la Peine au pied boiteux l'a manqué. » 2. Variante : « Comme ce grand clairon doit demeurer sans voix ». « Organum » est un mot latin pour désigner en général tout instrument de musique. C'est l'étymon d'« orgue ». 3. Promesse est faite ici d'une résurrection des corps, comme dans la théologie chrétienne. 4. Voir note 5, p. 363. 5. L'association du rire (négateur) au matérialisme, ici épicurien, est récurrente chez Hugo. Elle signale chez ce grand admirateur de Lucrèce, disciple d'Épicure, une méconnaissance profonde de ce dernier, commune à la plupart de ses contemporains d'ailleurs. 6. Reprise du motif de la toile d'araignée, qui infirme la prophétie de « Plein ciel » (voir p. 494 et la note 7). 7. Soit l'élément premier pour toute géométrisation de l'espace, et plus encore : « Le profond mot Nombre est à la base de la pensée de l'homme ; il est, pour notre intelligence, élément ; il signifie harmonie aussi bien que mathématique », *William Shakespeare* I, III, 2.

Une sinistre main[1] sortait de l'infini.

170 Vers la trompette, effroi de tout crime impuni,
Qui doit faire à la mort un jour lever la tête,
Elle pendait énorme, ouverte, et comme prête
À saisir ce clairon qui se tait dans la nuit,
Et qu'emplit le sommeil formidable du bruit.
175 La main, dans la nuée et hors de l'Invisible,
S'allongeait. À quel être était-elle ? Impossible
De le dire, en ce morne et brumeux firmament[2].
L'œil dans l'obscurité ne voyait clairement
Que les cinq doigts béants de cette main terrible ;
180 Tant l'être, quel qu'il fût, debout dans l'ombre
[horrible,
— Sans doute quelque archange ou quelque
[séraphin[3]
Immobile, attendant le signe de la fin, —
Plongeait profondément, sous les ténébreux voiles,
Du pied dans les enfers, du front dans les étoiles[4] !

---

1. L'image de la main de Dieu est fréquente dans la Bible. La « sinistre main » est curieusement, si l'on s'en tient à l'étymologie, sa main gauche. **2.** Voir note 5, p. 396. **3.** Voir notes 7, p. 168 et 4, p. 60. **4.** L'antithèse qui clôt le recueil en caractérisant l'ange du Jugement dernier reprend l'antithèse qui structure le discours du satyre, du « sombre » à « l'étoilé », et, de manière sous-jacente, l'ensemble de *La Légende des siècles*, tendu entre enfers et étoiles, damnation et rédemption.

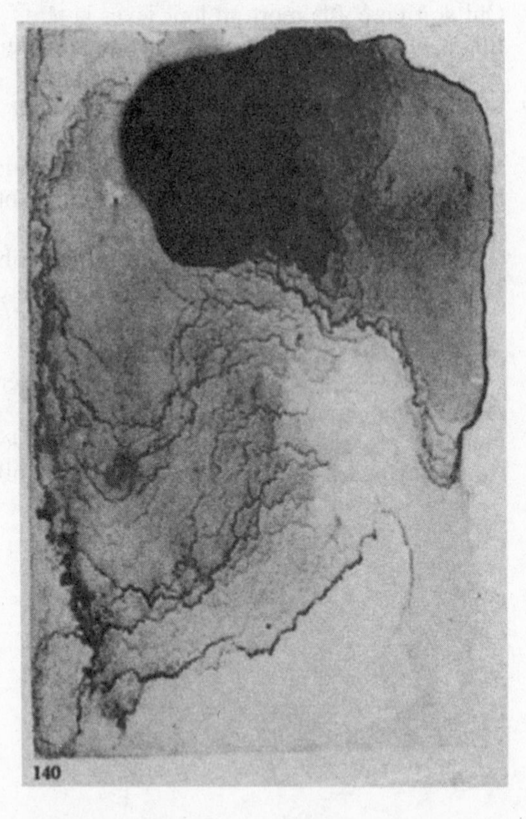

« *Bouches d'obscurité qui ne prononcent rien...* »
(XV, « La trompette du jugement », v. 145)

Victor Hugo, « Tache ».

DOSSIER

TROIS LECTURES DE *LA LÉGENDE DES SIÈCLES* DE 1859

1. Barbey d'Aurevilly : Victor Hugo, « poète de l'an 1000 »

Barbey d'Aurevilly, que tout idéologiquement oppose à Victor Hugo, publie cet article consacré aux Petites Épopées *le 29 novembre 1859, dans* Le Pays. *Son intérêt réside surtout dans le fait qu'il résume brillamment les lieux communs de la critique hugophobe, y compris dans sa manière d'admirer Hugo. Les œuvres souvent s'éclairent à être lues par leurs ennemis, et même les éloges et les conseils que Barbey prodigue à Hugo font assez bien comprendre ce que le poète n'a pas voulu faire. Nous publions les parties III et IV du texte dans la version de sa réédition dans* Les Œuvres et les hommes, *Paris, Amyot, 1862. Auparavant, Barbey a fustigé un journalisme littéraire aplati devant Hugo (ce qui est loin d'être le cas), regretté que le recueil ne soit « que des fragments poétiques », mais s'est réjoui de voir le poète de* La Légende des siècles *abandonner, à de tristes exceptions près, les délires des* Contemplations. *L'article s'achève sur une inquiétude — les titres de* La Fin de Satan *et de* Dieu *semblent annoncer la reprise des divagations du recueil de 1856 — et sur un espoir — que, resté le seul homme de poésie, « cette grande abandonnée du temps », et « peut-être le seul qui puisse aujourd'hui nous donner, après les fortes œuvres, le pur chef-d'œuvre qui est le dernier mot d'un homme ou d'un siècle », Hugo résiste aux opinions du temps (humanitarisme, progressisme, « panthéisme », etc.), qui dévoient son génie.*

III

« J'ai eu pour but », — nous dit Hugo dans une préface où il nous explique didactiquement ses *intentions*, au lieu de les faire reluire dans les lignes pures d'une composition explicite et parfaite, — « j'ai eu pour « but de peindre l'humanité *sous tous ses aspects*... » Et de fait cela n'est pas irréprochablement exact. Beaucoup d'aspects, et les plus grands peut-être, manquent, au contraire à cette *Légende des Siècles*, qui a la prétention d'être la *Divine Comédie* de l'humanité. Le nouveau Dante n'a guères vu que l'enfer du passé dans l'histoire ; mais d'y avoir regardé, fût-ce dans sa partie la plus sanglante, la plus confuse et la plus sombre, a été un bénéfice net pour son génie, peu fait pour le vague des passions modernes [1], les nuances des âmes délicates ou morbides et les espérances mystico-scientifiques des vieilles civilisations [2]. De nature et d'instinct, le génie de Hugo est positif comme la matière ; il a la précision d'un instrument. La ligne de son dessin tranche comme un fil d'acier, et sa couleur bombe, en éclatant, comme le relief même. Fait pour chanter la guerre avant toutes choses, — car sa première impression d'enfance fut pour lui, comme pour Astyanax [3], le panache du casque de son père [4], — fait pour chanter la guerre, et après la guerre tous les spectacles qui arrivent à l'âme par les yeux [5], Victor Hugo est, pour qui se connaît en poètes, un poète primitif, attardé dans

1. Allusion au célèbre chapitre du *Génie du christianisme* de Chateaubriand, illustré par *René*, qui fait de l'indétermination mélancolique des désirs le caractère essentiel de l'Homme moderne. 2. Les prophéties du « Satyre » et de « Plein ciel » sont des dévoiements du génie hugolien. 3. L'enfant d'Hector et d'Andromaque, effrayé par l'aigrette du casque de son père dans l'*Iliade*. 4. Paraphrase de XIII, 1, qui tire le Premier Empire vers le Moyen Âge. 5. La réputation de la poésie de Hugo d'être une « poésie pour l'œil » date de la critique des *Orientales*. Mais Hugo, en particulier dans « Le régiment du baron Madruce », dénonce le caractère dérisoire du spectacle militaire, et il ne fait pas de récits de batailles : ne « chante » ni ne peint pas la guerre.

une décadence, aimant tout ce qui est primitif, comme la force, par exemple, et ses manifestations les plus physiques et les plus terribles[1].

Malhabile à mâcher les langues déliées et molles des époques subtiles et énervées, il n'a de naturel, de sonorité, de mordant dans l'étendue de sa voix que quand il recule de son temps en ces temps que l'insolence des civilisations appelle barbares. Pour ces raisons, il est essentiellement moyen âge, comme l'ont prouvé d'ailleurs ses œuvres les plus énergiques : *Hernani*, ce drame féodal, *Notre-Dame de Paris*, les *Burgraves*[2], etc., et comme la *Légende des Siècles* vient de le prouver avec plus d'éclat que jamais. Être moderne, parler moderne, bayer aux corneilles modernes[3], comme les gaupes[4] humanitaires du Progrès indéfini, n'est pas seulement un contresens pour Hugo : c'est un rapetissement de son être. Par la conformation de la tête, par la violence de la sensation, par l'admiration naïve et involontaire de la force, cet homme est éternellement de l'an 1000[5]. Si aujourd'hui, dans sa *Légende des Siècles*, il est relativement supérieur, même à ce qu'il fut, c'est que le moyen âge ou ce qui traîne encore, Dieu merci ! du moyen âge dans nos mœurs, — la guerre, les magnificences militaires, l'impérieuse beauté du commandement[6], — tiennent plus de place dans les

1. Hugo poète primitif, titan, génie physique : on retrouvera en 1877, chez de nombreux critiques de Hugo, cette définition ambiguë, qui fait de Hugo une sorte d'étrange hapax du monde moderne, l'isole et le neutralise tout en le magnifiant. **2.** Étant donné la réputation de faillite théâtrale des *Burgraves*, leur évocation peut paraître étonnante au lecteur du *Pays*. Mais elle soutient la thèse de Barbey : Hugo, poète du Moyen Âge. **3.** Là où Hugo fait de l'Histoire des siècles une généalogie critique du présent, ouverte sur l'avenir, Barbey voit essentiellement une œuvre tirant sa valeur de son inactualité. **4.** Souillon, prostituée. Barbey pense-t-il à George Sand en particulier, ou bien vise-t-il l'ensemble des écrivains progressistes ? Quoiqu'il en soit, Hugo se rangerait sans doute volontiers dans le rang de ces « gaupes ». **5.** Soit l'horizon des peurs millénaristes, mais surtout soit un Moyen Âge encore barbare, archaïque, qui n'a pas même encore connu la « renaissance » du XIIe siècle. **6.** Toutes choses que « Le régiment du baron Madruce » tourne en horreur et en dérision.

poèmes nouveaux que dans tous ses autres ouvrages. Mais, qu'il nous croie ! il serait absolument supérieur le jour où, au lieu d'achever cette *Fin de Satan* qu'il projette, — une pensée moderne bonne à laisser à un poète comme Soumet, qui a fait quelque part la *Fin de l'Enfer*[1], — il écrirait de préférence quelque violente épopée du Xe siècle et ne craindrait pas de mêler les moines, dont c'était l'âge d'or, aux soldats.

Malgré les beautés de premier ordre des pièces comme *Aymerillot, Ratbert, Eviradnus, le Petit roi de Galice*, Victor Hugo ne fait encore que du moyen âge mutilé. Il n'en comprend et n'en reproduit que les bons chevaliers ou les tyrans, les pères, les enfants, les vieillards, — des vieillards qui se ressemblent tous comme se ressemblent des armures, un même type[2] (Onfroy, Eviradnus, Fabrice) ; mais le serf, mais le prêtre, mais le moine, mais le saint, mais le grand évêque oublié par Walter Scott[3] lui-même, mais enfin tout le *personnel*[4] de cette société si savamment hiérarchisée, il le néglige, car il faudrait chanter ce que ses opinions actuelles lui défendent de chanter, sinon pour le maudire, et c'est ainsi que, pour les motifs les moins littéraires, il manque la hauteur dont il a dans l'aile la puissance, parce qu'il n'est jamais en accord parfait de sujet avec son génie[5].

---

1. Alexandre Soumet (1788-1845) est l'auteur d'une épopée en douze chants, *La Divine Épopée*, qui chante le rachat de l'enfer. **2.** Barbey critique moins dans la simplification des personnages de la *Première Série* le manque de finesse de leur caractérisation psychologique que leur manque d'individualité. G. Lanson dira en 1895, dans son *Histoire de la littérature française*, que Hugo « ne fait pas voir l'individu ». **3.** Le fondateur écossais du roman historique (1771-1832), un des maîtres de Barbey. **4.** Ensemble des personnes exerçant une activité dans une même maison ou une même entreprise. Barbey pointe avec justesse le fait que le monde médiéval évoqué dans *La Légende* ne compose guère une société dans sa globalité. Mais ce n'est pas au nom d'un réalisme sociologique qu'il fait cette critique : ce qu'il aurait voulu, c'est le Moyen Âge traditionaliste, la société idéale d'un catholique contre-révolutionnaire : peuple serf, Église forte, sainte, grande. **5.** Dualisme du fond et de la forme qu'a toujours récusé Hugo.

Et, certes, c'est là un grand dommage ! Victor Hugo est tellement un homme du moyen âge qu'il l'est encore quand il veut ou paraît être autre chose, soit en bien, soit en mal. Ainsi, dans la *Légende des Siècles*, il y a des scènes d'une majestueuse simplicité et de l'expression la plus naïvement idéale, empruntées au monde de la Bible et de l'Évangile : la *Conscience, Daniel dans la Fosse aux Lions, Booz*, la *Résurrection de Lazare*[1]. Mais justement c'est par le moyen âge que le poète est remonté à ces sources d'inspiration d'où est descendu l'esprit du moyen âge sur la terre. Ainsi, dans les poésies d'un autre sentiment, lorsque l'expression se fausse tout à coup ou grimace, c'est que le poète transporte les qualités et les défauts du moyen âge dans une inspiration étrangère qui les met en évidence. On a souvent reproché à Hugo d'être tout ensemble gigantesque et petit, colossal et enfantin, disons-le, même quelquefois puéril, qui est l'abus de l'enfantin, mais ces défauts, très saillants dans un poème moderne et dans une époque réfléchie, ne saillent plus au moyen âge, en ces temps légendaires auxquels on peut appliquer ce vers de Hugo :

Et rien n'était petit, quoique tout fût enfant,

que Hugo pourrait appliquer à son talent même, car il en est la meilleure *caractéristique* que nous connaissions.

IV

Eh bien, c'est un poète d'une individualité pareille, c'est l'homme qui, n'ayant plus la foi aux croyances du moyen âge, a l'imagination si bien teinte et si bien pénétrée de la couleur de ce temps qu'il écrit la touchante et charmante prière du petit roi de Galice, descendu du che-

---

1. Il s'agit de « La conscience », « Les lions », « Booz endormi », « Première rencontre du Christ avec le tombeau ».

val de Roland pour se mettre à genoux devant une croix de carrefour :

> ... Ô mon bon Dieu, ma bonne sainte Vierge !
> J'étais perdu, j'étais le ver sous le pavé, etc.

c'est ce génie, qui, de nature, nous appartient à nous autres chrétiens, gens du passé, intelligences historiques, et qui en nous trahissant s'est encore plus trahi que nous ! c'est cette imagination, heureusement indomptable, quoiqu'on lui ait mis des caparaçons[1] bien étranges et des caveçons[2] presque honteux, qui n'a pas voulu rester ce que Dieu l'avait faite, pour sa gloire et la sienne, et qui s'est transformée en contemptrice aveugle de ce passé qui lui donne son talent encore lorsqu'elle le peint en le ravalant. Oui ! toute la question, la seule question que la critique doive poser à Hugo, est celle-ci : Que lui a donc rendu le monde moderne en place du talent qu'il lui a sacrifié, en le lui consacrant ? C'est là une question littéraire facile à résoudre comme une question d'arithmétique. Il n'y a qu'à compter. Prenez les pièces les plus belles de la *Légende des Siècles*, inspirées toutes, plus ou moins, par le moyen âge ou ce qui en reste (il y a bien du moyen âge dans le *Régiment du baron Madruce*[3]), et comparez-les tranquillement à celles dans lesquelles le monde moderne a mis son panthéisme[4], son humanitarisme, son progrès illimité et tous ses amphigouris[5] sur les êtres, la substance, l'avenir et les astres[6], et vous aurez bientôt jugé.

Hugo, qui, — comme Corneille, est Espagnol, parce que l'Espagne est la concentration la plus profonde du moyen âge, — Hugo, qui, dans son *Momotombo*, fait philosopher des volcans comme des encyclopédies au lieu

---

1. Voir note 8, p. 230. **2.** Voir note 12, p. 153. **3.** Remarque exacte, mais Barbey ne semble pas saisir la dimension critique, accusatrice, de cette permanence du Moyen Âge dans le XVIIe siècle des mercenaires suisses. **4.** Voir note 1, p. 57. **5.** Énoncé burlesque empli de galimatias. **6.** Voir note 4, p. 295.

de nous donner les *Légendes* de l'Inquisition, — et il y en a de magnifiques en Espagne[1], — Hugo cesse d'être ce génie qui, à côté de la plus éblouissante hyperbole, a des simplicités d'eau pure dans une jatte de bois quand il sort de sa vraie veine, cette veine que rien ne peut remplacer. Aujourd'hui, dans cette traversée des siècles pendant laquelle il a *brûlé* les plus beaux endroits en ne s'y arrêtant pas, il a voulu nous frapper la médaille — tout un bas-relief — de la décadence romaine, et il a été fort au-dessous de Juvénal[2]. Dans le *Satyre*, où le panthéisme a eu enfin son poète en monsieur Hugo, comme en Hegel il avait eu son philosophe[3], quoiqu'il y ait quelque chose de bien tonitruant dans la voix du poète ; l'antiquité, pourtant, qu'il a chantée, est une antiquité de seconde main saisie à travers la renaissance[4] ; une suite de tableaux splendides, mais incorrects aussi, et versés (ce qui devient de plus en plus le *faire* poétique moderne) de toiles connues dans des vers.

Même dans les pièces de *Zimzizimi* [*sic*] ou du *Sultan Mourad*, où l'auteur se fait oriental avec une ampleur qui maigrit terriblement le grand Gœthe et réduit les poésies du *Divan*[5] à un petit écrin d'anneaux, l'idée moderne, cette tyrannie de la pensée du poète, finit par arriver, amenant un ridicule qui, comme tout ce qui vient de Hugo, est énorme ; car Hugo donne à tout, je ne dis pas de la grandeur (la grandeur étant une harmonie), mais de l'énormité[6]. En effet, c'est dans le *Sultan Mourad* que cet idéal des monstres heureux, ce Caligula[7] du soleil qui a

---

1. Barbey regrette la version édifiante, sauvant l'Inquisition, qu'auraient pu donner ces légendes. **2.** Le génie de la satire dans *William Shakespeare*, « la vieille âme libre des républiques mortes » (vers 60-vers 140). **3.** Voir note 1, p. 57. Hegel, dont on n'a longtemps rien compris en France, ou presque, y est fréquemment évoqué comme un philosophe panthéiste. **4.** Barbey ne comprend pas la portée symbolique de cette « antiquité de seconde main ». **5.** Référence obligée de l'évocation poétique de l'Orient, le *Divan occidental et oriental* (1819) de Goethe. **6.** Lieu commun de la critique hugophobe. **7.** Empereur romain (37-41) psychopathe, d'une rare cruauté.

autant de crimes sur la conscience que d'escarboucles[1] sur son caftan[2], rachète son âme devant la justice de Dieu pour avoir chassé les mouches de la plaie ouverte d'un cochon :

> Le pourceau misérable et Dieu se regardèrent...
> ....
> Un pourceau secouru pèse un monde opprimé !...

De même encore, dans le *Crapaud*, où l'auteur n'a pas de cesse qu'il n'ait éreinté une idée juste et rendu grotesque ce qui aurait pu être pathétique[3], vous reconnaissez la fausse pitié de l'humanitaire, qui confond tout dans l'anarchie de sa compassion. Cet âne, dit-il, l'âne qui s'est détourné pour ne pas écraser le crapaud :

> Cet âne abject, souillé, meurtri sous le bâton,
> Est plus saint que Socrate et plus grand que Platon !

Telles sont les choses que Hugo doit au monde moderne dont il veut être à toute force, au lieu de rester simplement et fièrement soi ; telles sont les éclatantes beautés qu'il doit aux opinions de son siècle, devenues les religions de son cœur et de sa pensée. Certainement, malgré les taches qui déparent encore à nos yeux le meilleur de ses livres, Victor Hugo est un grand poète. Mais les grands poètes n'ont pas toujours la faculté de se juger. Aujourd'hui, ce que nous estimons le moins dans la *Légende des Siècles* est peut-être ce que lui, Hugo, estime le plus. Oui ! qui sait ?... L'auteur des *Pauvres gens*, cette

---

1. Voir note 8, p. 201. **2.** Pelisse d'apparat que les souverains turcs ont coutume d'offrir à leurs hôtes de marque. **3.** Depuis *Notre-Dame de Paris*, mais tout particulièrement dans *Les Petites Épopées*, Hugo travaille à joindre grotesque et pathétique. Voir Présentation, p. 36.

poésie à la Crabbe[1], mais d'une touche bien autrement large et émue que celle du réaliste anglais, le peintre de la *Rose de l'infante*, ce Vélasquez[2] terminé et couronné par un poète, préfère peut-être à ces chefs-d'œuvre, et à tant de pièces que nous avons indiquées déjà, les deux morceaux qui terminent le recueil intitulés *Pleine mer* et *Plein ciel*, ces deux morceaux dont je me tairai par respect pour cette *Légende des siècles* dans laquelle j'ai retrouvé vivant Hugo, que je croyais mort, mais qui sont, tous deux, d'une inspiration insensée, et qu'il faut renvoyer... aux *Contemplations !*

2. Charles Baudelaire : Le « poème épique moderne »

Ce passage est extrait du texte que rédige Baudelaire sur Hugo en vue de sa publication en notice dans l'anthologie des Poètes français *d'Eugène Crépet. Il sera publié une première fois dans la* Revue fantaisiste *de Catulle Mendès, puis dans* Les Poètes français *(1862) et enfin, à l'intérieur de* L'Art romantique, *avec les autres notices destinées au volume Crépet, sous la rubrique* Réflexions sur quelques-uns de mes contemporains. « La Légende des siècles, *avait-il écrit en octobre 1859 à Poulet-Malassis, a décidément un meilleur air de livre que* Les Contemplations, *sauf encore quelques petites folies modernes* » *(Baudelaire pense sans doute comme Barbey aux poèmes visionnaires comme « Plein ciel »). Et à sa mère, toujours en octobre 1859 : « Jamais Hugo n'a été si pittoresque ni si étonnant que dans le commencement de* Ratbert *(le concile d'Ancône),* Zim-Zizimi, Le Mariage

---

1. Poète anglais (1754-1832), que ses poèmes *Le Village, Le Registre de la paroisse* ont rendu célèbre. Byron disait de lui qu'il était le plus rude mais le meilleur des poètes de la nature, et Sainte-Beuve qu'il offrait à son lecteur, « au lieu de tableaux animés par d'ingénieuses et riantes fictions, une désespérante réalité de mœurs grossières, de vices et de crimes ». **2.** Voir note 1, p. 395.

de Roland, La Rose de l'Infante ; *il y a là des facultés éblouissantes que lui seul possède.* »

Une nouvelle preuve du même goût infaillible[1] se manifeste dans le dernier ouvrage dont Victor Hugo nous ait octroyé la jouissance, je veux dire *La Légende des siècles*. Excepté à l'aurore de la vie des nations, où la poésie est à la fois l'expression de leur âme et le répertoire de leurs connaissances, l'histoire mise en vers est une dérogation aux lois qui gouvernent les deux genres, l'histoire et la poésie ; c'est un outrage aux deux Muses. Dans les périodes extrêmement cultivées il se fait, dans le monde spirituel, une division du travail qui fortifie et perfectionne chaque partie ; et celui qui alors tente de créer le poème épique, tel que le comprenaient les nations plus jeunes, risque de diminuer l'effet magique de la poésie, ne fût-ce que par la longueur insupportable de l'œuvre, et en même temps d'enlever à l'histoire une partie de la sagesse et de la sévérité qu'exigent d'elle les nations âgées. Il n'en résulte la plupart du temps qu'un fastidieux ridicule. Malgré tous les honorables efforts d'un philosophe français, qui a cru qu'on pouvait subitement, sans une grâce ancienne et sans longues études, mettre le vers au service d'une thèse poétique, Napoléon est encore aujourd'hui trop historique pour être fait légende[2]. Il n'est pas plus permis que possible à l'homme, même à l'homme de génie, de reculer ainsi les siècles artificiellement. Une pareille idée ne pouvait tomber que dans l'esprit d'un philosophe, d'un professeur, c'est-à-dire d'un homme absent de la vie. Quand Victor

---

1. Qui lui fait préférer la peinture du possible, territoire du poète, à celle de la réalité. **2.** Baudelaire vise Edgar Quinet, célèbre professeur d'histoire, penseur politique démocrate et auteur de plusieurs épopées, dont *Napoléon* en 1836. Dans sa préface, Quinet avait argué du fait que Napoléon était déjà une légende pour en raconter l'épopée.

Hugo, dans ses premières poésies[1], essaye de nous montrer Napoléon comme un personnage légendaire, il est encore un Parisien qui parle, un contemporain ému et rêveur ; il évoque la légende *possible* de l'avenir ; il ne la réduit pas d'autorité à l'état de passé.

Or, pour en revenir à *La Légende des siècles*, Victor Hugo a créé le seul poème épique qui pût être créé par un homme de son temps pour des lecteurs de son temps. D'abord les poèmes qui constituent l'ouvrage sont généralement courts, et même la brièveté de quelques-uns n'est pas moins extraordinaire que leur énergie. Ceci est déjà une considération importante, qui témoigne d'une connaissance absolue de tout le possible de la poésie moderne[2]. Ensuite, voulant créer le poème épique moderne, c'est-à-dire le poème tirant son origine ou plutôt son prétexte de l'histoire, il s'est bien gardé d'emprunter à l'histoire autre chose que ce qu'elle peut légitimement et fructueusement prêter à la poésie : je veux dire la légende, le mythe, la fable[3], qui sont comme des concentrations de vie nationale[4], comme des réservoirs profonds où dorment le sang et les larmes des peuples. Enfin il n'a pas chanté plus particulièrement telle

---

1. Voir p. ex. les poèmes retenus pour la plaquette éditée en 1840 à l'occasion du retour des cendres de Napoléon, et qui comporte, outre un inédit (« Le Retour de l'Empereur ; *Légende des siècles », « Ne Varietur »*) : « Bounaberdi », « Lui », « À la colonne de la place Vendôme », « Souvenir d'enfance », « Le grand homme vaincu », « Napoléon II », « À Laure, duchesse d'A* », « À l'Arc de Triomphe » et « Le quinze décembre 1840 ». **2.** Rapidité (de lecture, d'exécution quand il s'agit de peinture), concentration, concision, ces valeurs que Baudelaire, comme Poe, confère à l'œuvre moderne font d'elle une catalyse d'énergie nerveuse. Là où les critiques contemporains voient dans la fragmentation de *La Légende* un défaut, Baudelaire voit le trait majeur de sa modernité. **3.** Ce qui fait de *La Légende* plus spécialement une épopée moderne, c'est qu'elle ne se situe pas dans le territoire éternel du mythe — comme *La Divine Épopée* de Soumet ou *La Chute d'un ange* de Lamartine, mais dans celui, transitoire, fugitif, de l'Histoire. Et ce qui rend cette Histoire poétique (et non abominablement réaliste), c'est qu'elle est projetée précisément dans le territoire éternel du mythe. Historicisation des mythes et mythification de l'Histoire, tel est le double processus de l'épopée moderne. **4.** Baudelaire tire ici l'épopée hugolienne vers la légende nationale.

ou telle nation, la passion de tel ou tel siècle ; il est monté tout de suite à une de ces hauteurs philosophiques d'où le poète peut considérer toutes les évolutions de l'humanité avec un regard également curieux, courroucé ou attendri. Avec quelle majesté il a fait défiler les siècles devant nous, comme des fantômes qui sortiraient d'un mur[1] ; avec quelle autorité il les a fait se mouvoir, chacun doué de son parfait costume, de son vrai visage, de sa sincère allure, nous l'avons tous vu. Avec quel art sublime et subtil, avec quelle familiarité terrible ce prestidigitateur a fait parler et gesticuler[2] les Siècles, il ne me serait pas impossible de l'expliquer ; mais ce que je tiens surtout à faire observer, c'est que cet art ne pouvait se mouvoir à l'aise que dans le milieu légendaire, et que c'est (abstraction faite du talent du magicien) le choix du terrain qui facilitait les évolutions[3] du spectacle.

3. Théophile Gautier : « Une espèce de *campo santo* de la poésie »

Voici le passage consacré à La Légende des siècles (Première Série) *dans le* Rapport sur le progrès des lettres *de 1868, auquel collabore Th. Gautier pour la partie proprement littéraire, rapport publié « sous les auspices du ministère de l'Instruction publique », à l'Imprimerie impériale. Inscrit dans la partie « De la poésie », ce texte est encadré par la critique des* Contemplations *et celle des* Chansons des rues et des bois. *Critique comme toujours enthousiaste, et très esthète, dépolitisée.*

---

1. Intuition géniale d'un lecteur qui n'a pu encore lire « La vision d'où est sorti ce livre », qui ne paraîtra qu'en 1877. **2.** Le verbe dans Littré est péjoratif (*faire trop de gestes*), non le substantif, qui désigne l'accompagnement éloquent de la parole par le geste. Tout de même, Baudelaire ne peut s'empêcher d'égratigner celui à qui il vient de faire le plus bel éloge qu'on puisse encore alors faire à un poète, celui d'être le seul poète épique de son temps. **3.** Le terme est ambigu puisqu'il s'applique aux divers mouvements qu'on fait exécuter dans un manège, et aux mouvements de troupes à la guerre.

On a beaucoup plaint la France de manquer de poëme épique[1]. En effet, la Grèce a *l'Iliade* et *l'Odyssée* ; l'Italie antique, *l'Énéide* ; l'Italie moderne, *la Divine Comédie*, le *Roland Furieux, la Jérusalem délivrée* ; l'Espagne, le *Romancero* et l'*Araucana* ; le Portugal, *les Lusiades* ; l'Angleterre, *le Paradis perdu*[2]. À tout cela, nous ne pouvions opposer que *la Henriade*[3], un assez maigre régal puisque les poëmes du cycle carlovingien sont écrits dans une langue que seuls les érudits entendent[4]. Mais maintenant, si nous n'avons pas encore[5] le poëme épique régulier en douze ou vingt-quatre chants, Victor Hugo nous en a donné la monnaie dans *la Légende des siècles*, monnaie frappée à l'effigie de toutes les époques et de toutes les civilisations, sur des médailles d'or du plus pur titre[6]. Ces deux volumes contiennent, en effet, une douzaine de poëmes épiques, mais concentrés, rapides[7], et réunissant en un bref espace le dessin, la couleur et le caractère d'un siècle ou d'un pays.

Quand on lit *la Légende des siècles*, il semble qu'on

---

1. Motif très récurrent de la réception de *La Légende :* Hugo donne enfin à la France son épopée. **2.** L'*Iliade* et l'*Odyssée* d'Homère, l'*Énéide* de Virgile (70-19), *La Divine Comédie* de Dante Alighieri (1265-1321), le *Roland furieux* de l'Arioste (1474-1533), *La Jérusalem délivrée* du Tasse (1544-1595), *Les Lusiades* de Camoëns (1525-1580), le *Paradis perdu* de Milton (1608-1674). Le *Romancero general* est un recueil du XVIe siècle de courts poèmes épiques de l'époque médiévale, découvert en France par les romantiques. L'*Araucana* est un poème épique d'Alonso de Ercilla, chantant la résistance héroïque des Indiens araucans au Chili, contre l'expédition commandée par Philippe II, expédition à laquelle le poète avait participé. C'est Voltaire qui en France a fait découvrir ce poème. La liste de Gautier reprend les modèles attendus, si l'on met à part l'*Araucana*. **3.** Silence sur Ronsard, et, plus près de Gautier, sur Chateaubriand. Surnage Voltaire, et son épopée critique de la Ligue (1723), toujours beaucoup lue au XIXe siècle, mais sans constituer pour les poètes un modèle à suivre. **4.** Pourtant, le travail de vulgarisation et de traduction a commencé. Voir note 1, p. 126. **5.** L'adverbe induit que ce « poëme épique régulier » en douze ou vingt-quatre (nombres canoniques) chants fait toujours partie de « notre » horizon d'attente, Gautier compris. **6.** Du plus riche carat. Hugo en 1869 écrira un poème intitulé « La colère du bronze » (*Nouvelle Série*), qui fera de son épopée une statue de bronze émiettée en sous. **7.** Même valorisation de la concentration et de la rapidité chez Baudelaire.

parcoure un immense cloître, une espèce de *campo santo*[1] de la poésie dont les murailles sont revêtues de fresques peintes par un prodigieux artiste qui possède tous les styles, et, selon le sujet, passe de la roideur presque byzantine d'Orcagna[2] à l'audace titanique de Michel-Ange[3], sachant aussi bien faire les chevaliers dans leurs armures anguleuses que les géants nus tordant leurs muscles invincibles. Chaque tableau donne la sensation vivante, profonde et colorée d'une époque disparue. La légende, c'est l'histoire vue à travers l'imagination populaire[4] avec ses mille détails naïfs et pittoresques, ses familiarités charmantes, ses portraits de fantaisie plus vrais que les portraits réels, ses grossissements de types, ses exagérations héroïques et sa poésie fabuleuse remplaçant la science, souvent conjecturale.

La Légende des siècles, dans l'idée de l'auteur, n'est que le carton[5] partiel d'une fresque colossale que le poëte achèvera si le souffle inconnu ne vient pas éteindre sa lampe au plus fort de son travail, car personne ici-bas n'est sûr de finir ce qu'il commence. Le sujet est l'homme, ou plutôt l'humanité, traversant les divers milieux que lui font les barbaries ou les civilisations relatives, et marchant toujours de l'ombre vers la lumière. Cette idée n'est pas exprimée d'une façon philosophique et déclamatoire ; mais elle ressort du fond même des choses. Bien que l'œuvre ne soit pas menée à bout, elle est cependant complète. Chaque siècle est représenté par

1. Mots italiens signifiant *champ consacré* et par lesquels en Italie on désigne un cimetière, et plus particulièrement une nécropole destinée à de hauts personnages. **2.** Maître florentin de la première Renaissance italienne (1329-1389). Son chef-d'œuvre est *Le Triomphe de la mort* au Campo-Santo de Pise. **3.** Autre artiste florentin, à l'autre bout de la Renaissance italienne (1475-1564). L'association de Hugo et de Michel-Ange est fréquente : même force, même grandeur, même énergie tourmentée. **4.** C'est la définition la plus courante au XIXe siècle de la légende. Hugo quant à lui y voit l'expression de l'aliénation du peuple, tout autant que de sa naïveté poétique. **5.** Reprise du terme que Hugo utilise dans sa Préface, paraphrasée dans tout le développement qui suit.

un tableau important et qui le caractérise, et ce tableau est en lui-même d'une perfection absolue. Le poëme fragmentaire va d'abord d'Ève à Jésus-Christ, faisant revivre le monde biblique en scènes d'une haute sublimité et d'une couleur que nul peintre n'a égalée. Il suffit de citer *la Conscience, les Lions, le Sommeil de Booz*[1], pages d'une beauté, d'une largeur et d'un grandiose incomparables, écrites avec l'inspiration et le style des prophètes. *La Décadence de Rome* semble un chapitre de Tacite versifié par Juvénal[2]. Tout à l'heure, le poëte s'était assimilé la Bible ; maintenant, pour peindre Mahomet, il s'imprègne du Coran à ce point qu'on le prendrait pour un fils de l'Islam, pour Abou-Bekr[3] ou pour Ali[4]. Dans ce qu'il appelle le cycle héroïque chrétien, Victor Hugo a résumé, en trois ou quatre courts poëmes tels que *le Mariage de Roland, Aymerillot, Bivar, le Jour des Rois*, les vastes épopées du cycle carlovingien. Cela est grand comme Homère et naïf comme la Bibliothèque bleue[5]. Dans *Aymerillot*, la figure légendaire de Charlemagne *à la barbe florie* se dessine avec sa bonhomie héroïque, au milieu de ses douze pairs de France, d'un trait net comme les effigies creusées dans les pierres tombales et d'une couleur éclatante comme celle des vitraux. Toute la familiarité hautaine et féodale du *Romancero* revit dans la pièce intitulée *Bivar*.

Aux héros demi-fabuleux de l'histoire succèdent les héros d'invention, comme aux épopées succèdent les romans de chevalerie. Les chevaliers errants commencent leur ronde cherchant les aventures et redressant les torts, justiciers masqués, spectres de fer mystérieux, également redoutables aux tyrans et aux magiciens. Leur lance perce tous les monstres imaginaires ou réels, les endriagues[6] et les traîtres. Barons en Europe, ils sont rois en Asie de

---

1. « Booz endormi ». **2.** Voir Présentation, p. 7. **3.** Voir note 4, p. 109. **4.** Voir note 6, p. 104. **5.** Édition de livres populaires de colportage, dont un Nodier et un Nerval regrettent la quasi-disparition. **6.** Où Gautier a-t-il trouvé ce mot pour rivaliser avec les curiosités lexicales de *La Légende* ?

quelque ville étrange aux coupoles d'or, aux créneaux découpés en scie ; ils reviennent toujours de quelque lointain voyage, et leurs armures sont rayées par les griffes des lions qu'ils ont étouffés entre leurs bras. Eviradnus, auquel l'auteur a consacré tout un poëme, est la plus admirable personnification de la chevalerie errante et donnerait raison à la folie de Don Quichotte [1], tant il est grand, courageux, bon et toujours prêt à défendre le faible contre le fort. Rien n'est plus dramatique que la manière dont il sauve Mahaud des embûches du grand Joss et du petit Zéno. Dans la peinture du manoir de Corbus à demi ruiné et attaqué par les rafales et les pluies d'hiver, le poëte atteint à des effets de symphonie dont on pouvait croire la parole incapable. Le vers murmure, s'enfle, gronde, rugit comme l'orchestre de Beethoven. On entend à travers les rimes siffler le vent, tinter la pluie, claquer la broussaille au front des tours, tomber la pierre au fond du fossé, et mugir sourdement la forêt ténébreuse qui embrasse le vieux château pour l'étouffer. À ces bruits de la tempête se mêlent les soupirs des esprits et des fantômes, les vagues lamentations des choses, l'effarement de la solitude et le bâillement d'ennui de l'abandon. C'est le plus beau morceau de musique qu'on ait exécuté sur la lyre.

La description de cette salle où, suivant la coutume de Lusace, la marquise Mahaud doit passer sa nuit d'investiture, n'est pas moins prodigieuse. Ces armures d'ancêtres chevauchant sur deux files, leurs destriers caparaçonnés de fer [2], la targe [3] aux bras, la lance appuyée sur le faulcre [4], coiffées de morions [5] extravagants, et se trahissant dans la pénombre de la galerie par quelque sinistre éclair

---

1. Sur la lecture romantique du *Don Quichotte* de Cervantès, voir note 1, p. 171. **2.** Voir notes 5, p. 196 et 8, p. 230. **3.** Vieilli : bouclier. Le mot n'appartient pas au lexique hugolien, de même que plus loin *faulcre* et *morions*. **4.** Pièce qu'on plaçait au Moyen Âge sur le côté droit des cuirasses pour tenir la lance en arrêt. **5.** Ancienne armure de tête plus légère que le casque.

d'or, d'acier ou d'airain, ont un aspect héraldique[1], spectral et formidable. L'œil visionnaire du poëte sait dégager le fantôme de l'objet, et mêler le chimérique au réel dans une proportion qui est la poésie même.

Zim-Zizimi et le sultan Mourad nous montrent l'Orient du moyen âge avec ses splendeurs fabuleuses, ses rayonnements d'or et ses phosphorescences d'escarboucles[2] sur un fond de meurtre et d'incendie, au milieu de populations bizarres venues de lieux dont la géographie sait à peine les noms. L'entretien de Zim-Zizimi avec les dix sphinx de marbre blanc couronnés de roses est d'une sublime poésie ; l'ennui royal interroge, et le néant de toutes choses répond avec une monotonie désespérante par quelque histoire funèbre.

Le début de *Ratbert* est peut-être le morceau le plus étonnant et le plus splendide du livre. Victor Hugo seul, parmi tous les poëtes, était capable de l'écrire. Ratbert a convoqué sur la place d'Ancône, pour débattre quelque expédition, les plus illustres de ses barons et de ses chevaliers, la fleur de cet arbre héraldique et généalogique que le sol noir de l'Italie nourrit de sa séve empoisonnée. Chacun apparaît fièrement campé, dessiné d'un seul trait du cimier au talon, avec son blason, son titre, ses alliances, son détail caractéristique résumé en un hémistiche, en une épithète. Leurs noms, d'une étrangeté superbe, se posant carrément dans le vers, font sonner leurs triomphantes syllabes comme des fanfares de clairon, et passent dans ce magnifique défilé avec des bruits d'armes et d'éperons.

Personne n'a la science des noms comme Victor Hugo. Il en trouve toujours d'étranges, de sonores, de caractéristiques, qui donnent une physionomie au personnage et se gravent ineffaçablement dans la mémoire. Quel exemple frappant de cette faculté que la chanson des *Aventuriers de la mer !* Les rimes se renvoient, comme des raquettes

1. Propre à l'art du blason. **2.** Voir note 8, p. 201.

un volant, les noms bizarres de ces forbans[1], écume de la mer, échappés de chiourme[2] venant de tous les pays, et il suffit d'un nom pour dessiner de pied en cap un de ces coquins pittoresques campés comme des esquisses de Salvator Rosa[3] ou des eaux-fortes de Callot[4].

Quel étonnant poëme que le morceau destiné à caractériser la Renaissance et intitulé *le Satyre !* C'est une immense symphonie panthéiste[5], où toutes les cordes de la lyre résonnent sous une main souveraine. Peu à peu le pauvre sylvain bestial, qu'Hercule a emporté dans le ciel par l'oreille et qu'on a forcé de chanter, se transfigure à travers les rayonnements de l'inspiration et prend des proportions si colossales, qu'il épouvante les Olympiens ; car ce satyre difforme, dieu à demi dégagé de la matière, n'est autre que Pan, le grand tout, dont les aïeux ne sont que des personnifications partielles et qui les résorbera dans son vaste sein.

Et ce tableau qui semble peint avec la palette de Vélasquez[6], *la Rose de l'infante !* Quel profond sentiment de la vie de cour et de l'étiquette espagnoles ! comme on la voit cette petite princesse avec sa gravité d'enfant, sachant déjà qu'elle sera reine, roide dans sa jupe d'argent passementée de jais[7], regardant le vent qui enlève feuille à feuille les pétales de sa rose et les disperse sur le miroir sombre d'une pièce d'eau, tandis que le front contre une vitre, à une fenêtre du palais, rêve le fantôme pâle de Philippe II, songeant à son Armada lointaine, peut-être en

---

1. Pirate indépendant. **2.** Rameurs galériens. **3.** Peintre italien (1615-1673), dont la peinture est célèbre pour son énergie orageuse et mélancolique, tourmentée. **4.** Graveur (1592-1635) rendu célèbre par ses *Caprices*, ses *Gueux*, ses *Malheurs et misères de la guerre*, qui conjuguent réalisme, onirisme et grotesque — de quoi être l'objet d'une grande admiration de la part de Gautier comme de Hugo. **5.** L'interprétation la plus fréquente, déjà rencontrée dans le texte de Barbey, de l'immanentisme hugolien. Mais voir note 3, p. 59. **6.** Voir note 1, p. 395. **7.** Gautier « brode » sur le texte, qui évoque un « fil d'or », et non d'argent, et nul ornement en *jais*, sorte de bitume noir utilisé pour des bijoux et des ornements, de peu de valeur pour une infante.

proie à la tempête et détruite par ce vent qui effeuille une rose[1].

Le volume se termine, comme une bible, par une sorte d'apocalypse. *Pleine mer, plein ciel, la trompette du jugement dernier*, sont en dehors du temps[2]. L'avenir y est entrevu au fond d'une de ces perspectives flamboyantes que le génie des poëtes sait ouvrir dans l'inconnu, espèce de tunnel plein de ténèbres à son commencement et laissant apercevoir à son extrémité une scintillante étoile de lumière. La trompette du jugement dernier, attendant la consommation des choses et couvant dans son monstrueux caractère d'airain le cri formidable qui doit réveiller les morts de toutes les Josaphats[3], est une des plus prodigieuses inventions de l'esprit humain. On dirait que cela a été écrit à Patmos[4], avec un aigle pour pupitre et dans le vertige d'une hallucination prophétique. Jamais l'inexprimable et ce qui n'avait jamais été pensé n'ont été réduits aux formules du langage articulé, comme dit Homère, d'une façon plus hautaine et plus superbe. Il semble que le poëte, dans cette région où il n'y a plus ni contour ni couleur, ni ombre ni lumière, ni temps ni limite, ait entendu et noté le chuchotement mystérieux de l'infini.

---

1. Gautier (après avoir déplacé « La chanson des aventuriers de la mer ») saute par-dessus « L'Inquisition », « XVIIe siècle. — Les mercenaires » et sur « Le temps présent ». Silence symptomatique d'une lecture dépolitisée du texte. **2.** Gautier n'est pas un philosophe de l'Histoire. Pour lui, le XXe siècle et l'éternité, c'est la même chose. Non pour Hugo. **3.** Selon le prophète Joël, Dieu prononcera le Jugement dernier des ennemis du peuple de Dieu dans la vallée de Josaphat. **4.** Voir note 8, p. 111.

LE TEMPS DE LA RÉDACTION DES *PETITES ÉPOPÉES*

Préface de Victor Hugo	Ms : 12 août 1859 [texte : septembre 1859]
I.	
« Le sacre de la femme »	5-17 octobre 1858
« La conscience »	29 janvier [1853]
« Puissance égale bonté »	15 septembre 1857
« Les lions »	27-31 août 1857 — fini le 31 octobre 1857
« Le temple »	[1853-1855 ?]
« Booz endormi »	1er mai 1859
« Dieu invisible au philosophe »	[1856-1857 ?]
« Première rencontre du Christ avec le tombeau »	Jersey, 23 octobre 1852
II.	
« Au lion d'Androclès »	28 février 1854
III.	
« L'an neuf de l'Hégire »	16 janvier 1858
« Mahomet »	11 février 1849
« Le cèdre »	20-24 août 1858
IV.	
« Le parricide »	3-11 juin 1858
« Le mariage de Roland »	[1846]
« Aymerillot »	[1846]
« Bivar »	16 février 1859
« Le jour des rois »	17-21 février 1859
V.	
« Les chevaliers errants »	[1846]

« Le petit roi de Galice »	12-20 octobre 1858
« Eviradnus »	28 janvier 1859
VI.	
« Zim-Zizimi »	20-25 décembre 1858
« 1453 »	?
« Sultan Mourad »	15-21 juin 1858
VII.	
« Les conseillers probes et libres »	2 [3] décembre 1857
« La défiance d'Onfroy »	6 décembre 1857
« La confiance du marquis Fabrice »	2 décembre, 17 décembre 1857
VIII.	
« Le satyre »	17 mars 1859
IX.	
« La rose de l'infante »	23 mai 1859
X.	
« Les raisons du Momotombo »	6 février 1859
XI.	
« La chanson des aventuriers de la mer »	Kaiserslautern, 29 octobre 1840
XII.	
« Le régiment du baron Madruce »	6 février 1859
XIII.	
« Après la bataille »	18 juin 1850
« Le crapaud »	26-29 mai 1858
« Les pauvres gens »	Jersey, 3 février 1854
« Paroles dans l'épreuve »	21 août 1855
XIV.	
« Pleine mer » — « Plein ciel »	9 avril 1859
XV.	
« La trompette du jugement »	15 mai 1859

INDEX

CHRONOLOGIE

1802 Naissance à Besançon de Victor Hugo (26 février). Ses frères Abel et Eugène sont nés respectivement en 1798 et 1800.
1803 Naissance d'Adèle Foucher, future femme de Victor Hugo. Les enfants Hugo suivent leur père en Corse où il tient garnison ; leur mère, restée à Paris, se lie avec le général Lahorie, parrain de Victor Hugo.
1804 Retour en France et installation à Paris des enfants Hugo avec leur mère. Napoléon est sacré empereur par le pape à Notre-Dame de Paris (2 décembre).
1808 Séjour en Italie des enfants Hugo avec leur mère. Ils rejoignent Léopold leur père qui est gouverneur de la province d'Avellino. Départ du père pour l'Espagne, à la suite de Joseph Bonaparte.
1809 Retour en France des enfants Hugo avec leur mère et installation à Paris aux Feuillantines. À Madrid leur père est nommé général. Chateaubriand publie *Les Martyrs*.
1810 Le général Lahorie, qui a conspiré contre Napoléon et est caché par Mme Hugo aux Feuillantines, est arrêté par la police impériale. Le général Hugo reçoit de Joseph Bonaparte, roi d'Espagne, le titre de comte.
1811 Séjour en Espagne des enfants Hugo et de leur mère.
1812 Eugène et Victor rentrent à Paris avec leur mère. Campagne et retraite de Russie. À l'occasion du désastre, une conspiration dirigée par Malet tente de renverser Napoléon. Le général Lahorie, compromis dans cette conspiration, est fusillé.

1813 Défaite de Vitoria. Le roi Joseph, l'armée française et le général Hugo quittent l'Espagne.
1814 Procédure de divorce des époux Hugo. Première Restauration des Bourbons (Louis XVIII).
1815 Premiers poèmes de Victor Hugo. Retour de Napoléon (1er mars), fuite de Louis XVIII et reprise de la guerre ; défaite de Waterloo (18 juin). Seconde Restauration.
1818 Séparation légale des époux Hugo ; Eugène et Victor sont confiés à leur mère ; fin de leurs études secondaires.
1819 Victor fonde avec ses frères la revue *Le Conservateur littéraire*, dans le sillage du *Conservateur*, journal politique animé par Chateaubriand. Fiançailles secrètes avec Adèle Foucher.
1820 *Bug-Jargal* (première version).
1821 Mort de Sophie, mère de Victor Hugo. Fin du *Conservateur littéraire*. Début de la guerre d'indépendance grecque.
1822 *Odes et poésies diverses*. Hugo reçoit une pension royale. Mariage avec Adèle Foucher.
1823 *Han d'Islande*. Hugo collabore à la fondation de la revue *La Muse française*. Il renoue avec son père ; son frère Eugène sombre définitivement dans la folie ; son fils Léopold meurt à trois mois. Chateaubriand est ministre des Affaires étrangères ; expédition d'Espagne.
1824 *Nouvelles Odes*. Fin de *La Muse française*. Naissance de Léopoldine. Chateaubriand quitte le ministère. Mort de Louis XVIII. Mort de Byron à Missolonghi, aux côtés des insurgés grecs. Delacroix : *Les Massacres de Scio*. Vigny publie *Éloa*.
1825 Hugo est invité au sacre de Charles X ; il y assiste en compagnie de Nodier. Voyage dans les Alpes avec Nodier. Amitié avec Vigny. Rédaction de la première des *Orientales* (XXIII).
1826 *Bug-Jargal* (deuxième version). *Odes et Ballades*.

Naissance de Charles Hugo. Vigny publie *Poèmes antiques et modernes*.

1827 *Cromwell*. Amitié avec Sainte-Beuve. Bataille de Navarin.

1828 *Amy Robsart ; Odes et Ballades* ; rédaction de la plupart des *Orientales* et de neuf pièces de *Feuilles d'automne*. Mort de Léopold, père de Victor Hugo. Naissance de son fils François-Victor.

1829 *Les Orientales ; Le Dernier Jour d'un condamné ; Marion de Lorme*, interdite de représentation par la censure royale.

1830 *Hernani*. Rédaction de la plupart des *Feuilles d'automne*. Naissance d'Adèle Hugo. Crise conjugale et amicale : Sainte-Beuve amoureux d'Adèle Hugo. Révolution des « Trois Glorieuses » (27-29 juillet), exil de Charles X, Louis-Philippe Ier roi des Français : Monarchie de Juillet.

1831 *Notre-Dame de Paris ; Les Feuilles d'automne*. La crise conjugale et amicale se poursuit ; liaison secrète de Sainte-Beuve et d'Adèle. Émeutes populaires à Paris et à Lyon. Insurrections en Italie. Le soulèvement polonais est écrasé par les troupes russes. Ballanche : *La Vision d'Hébal*.

1832 *Le Roi s'amuse*, interdit par le ministère après la première représentation. La famille Hugo s'installe place Royale (actuelle « Maison Victor Hugo », place des Vosges). Insurrection républicaine à Paris (qui prendra place dans *Les Misérables*). Succès d'*Ahasvérus* de Quinet.

1833 *Lucrèce Borgia ; Marie Tudor*. L'actrice Juliette Drouet devient la maîtresse de Victor Hugo.

1834 *Littérature et philosophie mêlées ; Claude Gueux*.

1835 *Angelo, tyran de Padoue ; Les Chants du crépuscule*. Quinet : *Napoléon*.

1836 *La Esmeralda* (opéra d'après *Notre-Dame de Paris*, musique de Louise Bertin, livret de Hugo). Succès de *Jocelyn* de Lamartine.

1837 *Les Voix intérieures*. Mort d'Eugène Hugo à l'asile de Charenton.
1838 *Ruy Blas*. Lamartine publie *La Chute d'un ange* et Quinet *Prométhée*.
1839 Rédaction des trois premiers actes des *Jumeaux*, drame qui restera inachevé. Voyage avec Juliette aux bords du Rhin, en Suisse et en Provence.
1840 *Les Rayons et les Ombres*. Voyage avec Juliette dans l'Allemagne rhénane. Retour des cendres de Napoléon, salué par Hugo dans *Le Retour de l'Empereur*. A. Soumet, *La Divine Épopée*.
1841 Élection de Hugo à l'Académie française, après trois échecs.
1842 *Le Rhin*.
1843 *Les Burgraves*. Mariage de Léopoldine Hugo et de Charles Vaquerie. Voyage en Espagne avec Juliette. Sur le chemin du retour, à Rochefort, Hugo apprend par le journal la mort de Léopoldine et de son mari, noyés dans la Seine, près de Villequier. Le député Lamartine passe à l'opposition pour fédérer les gauches.
1845 Hugo est nommé Pair de France par Louis-Philippe. Surpris en flagrant délit d'adultère avec Léonie Biard. Commence à écrire un roman qui deviendra *Les Misérables*.
1848 La Révolution des 22-24 février chasse Louis-Philippe et proclame la Seconde République. Jusqu'à l'été, Lamartine est le principal ministre du gouvernement. Du 22 au 26 juin à Paris une émeute ouvrière d'ampleur sans précédent est atrocement réprimée ; c'est la fin des espoirs de république sociale et « fraternitaire ». Le 10 décembre, Louis-Napoléon Bonaparte est élu triomphalement président de la République. Hugo, élu à l'Assemblée constituante, siège à droite. Il fonde avec ses fils le journal *L'Événement*. La Révolution de 1848 est aussi européenne. Partout s'insurgent les peuples asservis, — en particulier en Italie et en Europe orientale, contre

les Empires autrichien et russe. La violente répression qui s'ensuit durera jusqu'à l'année suivante.

1849 Hugo élu à l'Assemblée législative, toujours à droite. Discours sur la misère, applaudi par la gauche, sifflé par la droite. Discours d'ouverture et de fermeture du Congrès de la paix à Paris. Vigny achève *Les Destinées*.

1850 Hugo est passé à gauche. Discours contre l'enseignement catholique (loi Falloux) ; discours contre la restriction du suffrage universel.

1851 Discours contre la révision de la Constitution, demandée par Louis-Napoléon Bonaparte. Interdiction de *L'Événement*. Les fils Hugo emprisonnés pour délit de presse (6 et 9 mois). Coup d'État de Louis-Napoléon Bonaparte (2 décembre). Hugo fait partie des quelques députés qui tentent d'organiser la résistance. Recherché par la police, il gagne Bruxelles, déguisé en ouvrier et muni d'un faux passeport (11 décembre).

1852 Hugo est proscrit par décret, avec 65 autres députés (9 janvier). Installation à Jersey avec sa famille et accompagné de Juliette Drouet. Proclamation du Second Empire. *Napoléon le Petit*. Première édition des *Poèmes antiques* de Leconte de Lisle.

1853 *Châtiments* (rigoureusement interdits en France, leur vente et même leur possession sont passibles de poursuites). Début des opérations militaires en Crimée.

1854 Hugo commence *La Fin de Satan*, épopée qui restera inachevée. Premier succès diplomatique de Napoléon III : alliance avec l'Angleterre contre la Russie. Hugo publie en brochure (20 000 exemplaires) « Anniversaire de la Révolution polonaise, 29 novembre 1854 », texte qui s'intitulera dans *Actes et Paroles II*, en 1875, « La guerre d'Orient ». Il y fait le procès de la politique belliqueuse de Napoléon III et des horreurs sans gloire de la guerre moderne.

1855 Hugo commence *Dieu*, épopée qui restera inachevée. Fin de la guerre de Crimée — défaite de l'Empire russe. Hugo publie en avril « L'empereur va à Londres » — vive critique de la politique meurtrière qui a conduit aux souffrances de Sébastopol. Expulsé de Jersey, il s'installe à Guernesey avec sa famille et Juliette.

1856 *Les Contemplations*. Achat de Hauteville House (actuelle Maison Victor Hugo à Guernesey). Discours « À l'Italie ».

1857 Hugo écrit *L'Âne, La Pitié suprême, La Révolution*, travaille activement aux *Petites Épopées*, mais aussi à *La Fin de Satan* et à *Dieu*.

1859 *La Légende des siècles (Première Série)*. De 1859 à 1862, Hugo travaille à *La Fin de Satan*, mais *Les Misérables* concurrencent (et intègrent en partie) le projet. Victoires des armées franco-piémontaises en Italie de Magenta et de Solferino. Le 9 juin 1859, proclamation de Napoléon III aux Italiens : « Un seul but : l'affranchissement de votre pays. » L'Empire cherche à négocier son virage « libéral ». Décret accordant l'amnistie aux condamnés du coup d'État. Hugo refuse (« Quand la liberté rentrera, je rentrerai »).

1861 Proclamation du royaume d'Italie. L'année précédente, Napoléon III avait annexé Nice et la Savoie.

1862 *Les Misérables*. Première édition des *Poèmes barbares* de Leconte de Lisle.

1863 Publication anonyme de *Victor Hugo raconté par un témoin de sa vie*, biographie rédigée par sa femme Adèle et revue par le « clan » (Meurice, Vaquerie, etc.). Début de l'errance de sa fille Adèle, qui la mènera jusqu'aux Antilles, et à la folie.

1864 *William Shakespeare*.

1865 *Chansons des rues et des bois*. Lassés par l'exil guernesiais, les membres de la famille Hugo vont s'installer à Bruxelles. Restent Juliette et une belle-sœur, Julie Chenay. Écriture de *La Grand-mère*.

1866 *Les Travailleurs de la mer*. Écriture de *Mille francs de récompense*.

1867 *Paris*. Écriture de *Mangeront-ils ?* et de *L'Intervention*.
1868 Naissance de Georges, fils de Charles Hugo. Mort d'Adèle (la femme de Victor Hugo) à Bruxelles.
1869 *L'Homme qui rit*. Achèvement de *Torquemada*. Hugo tente sérieusement de convaincre l'éditeur Lacroix de publier *Dieu*, qu'il remanie sans doute. Fondation à Paris, par les fils Hugo, du journal républicain *Le Rappel*. Naissance de Jeanne, fille de Charles Hugo.
1870 Guerre franco-prussienne. Défaite de Sedan, Napoléon III prisonnier du roi de Prusse. Le 4 septembre, la république est proclamée. Le 5, Hugo rentre à Paris (il a 68 ans, son exil a duré 19 ans et 9 mois). Il demeure dans la capitale assiégée, soutenant le moral des troupes, multipliant les lectures de ses œuvres au profit de la Défense nationale (deux canons seront financés de la sorte).
1871 Armistice et capitulation de Paris (28 janvier). Hugo est élu député de Paris à l'Assemblée nationale de Bordeaux. Il siège parmi la gauche républicaine et radicale (8 février). L'Assemblée est dominée par la droite monarchiste. Le 8 mars, Hugo démissionne pour protester contre l'invalidation de l'élection de Garibaldi, et contre la cession de l'Alsace-Lorraine à la Prusse. Mort de Charles Hugo, enterré à Paris le 18 mars, jour de l'insurrection parisienne (Commune de Paris). Sur le passage du convoi, les insurgés se découvrent devant Hugo et forme une haie d'honneur. Départ pour Bruxelles, pour régler la succession de Charles. Depuis la Belgique, Hugo s'élève contre la guerre civile et renvoie dos à dos Parisiens et Versaillais. Mais *Le Rappel* désigne le gouvernement de Versailles comme l'agresseur. Du 21 au 28 mai, la Commune est noyée dans le sang. Le gouvernement belge ayant refusé l'asile politique aux Communards, Hugo offre publiquement de les recevoir chez lui, à Bruxelles (27 mai). Le soir même, sa maison est attaquée par une bande conduite par le fils du ministre de l'Intérieur. Hugo

est expulsé de Belgique, il s'installe à Vianden (Luxembourg).

1872 Hugo commence sa campagne pour l'amnistie des Communards. Est battu à Paris à une élection législative partielle. Séjour à Guernesey. Adèle, ramenée folle d'Amérique, est internée à Paris.

1873 Retour à Paris. Hugo intervient auprès du ministre de l'Intérieur pour que Rochefort ne soit pas déporté en Nouvelle-Calédonie ; refus du ministre. Mort de François-Victor Hugo.

1874 *Quatrevingt-treize ; Mes Fils*.

1875 *Actes et Paroles* (premier et deuxième volumes : « Avant l'exil », « Pendant l'exil »), avec la préface « Le Droit et la loi ».

1876 Élu sénateur, siège à l'extrême gauche (radicale). Dépose un projet de loi pour l'amnistie des Communards, qui est rejeté. Troisième volume d'*Actes et Paroles* (« Depuis l'exil »).

1877 *La Légende des siècles (Nouvelle série) ; L'Art d'être grand-père*. Le président Mac-Mahon entre en conflit avec la Chambre. Rumeurs de coup d'État visant à une restauration monarchique (16 mai). *Histoire d'un crime* (récit du Deux-Décembre 1851) : publication de combat.

1878 *Le Pape*. Congestion cérébrale, convalescence à Guernesey.

1879 Malgré proposition et discours de Hugo, le Sénat ne vote qu'une amnistie partielle des Communards. Installation avenue d'Eylau.

1880 *Religions et Religion*. La Chambre des députés vote l'amnistie complète des Communards.

1881 Discours au Sénat. Vote de l'amnistie complète des Communards. L'avenue d'Eylau devient l'avenue Victor Hugo.

1882 Réélection triomphale au Sénat. À l'occasion des 80 ans du poète, plusieurs dizaines de milliers de Parisiens défilent avenue Victor Hugo. Publication de *Torquemada*.

1883 *La Légende des siècles (Dernière série)*. Mort de Juliette Drouet.

1885 Hugo meurt le 22 mai à l'âge de 83 ans. Il est enterré au Panthéon, nationalisé pour la circonstance. Plus d'un million de personnes suivent le convoi funèbre. Dernières volontés : « Je donne cinquante mille francs aux pauvres. Je désire être porté au cimetière dans leur corbillard. Je refuse l'oraison de toutes les Églises ; je demande une prière à toutes les âmes. Je crois en Dieu. »

1886 *La Fin de Satan. Théâtre en liberté.*

1888 *Toute la lyre.*

1891 *Dieu.*

1893 Hérédia publie *Les Trophées.*

1898 *Les Années funestes.*

1902 *Dernière Gerbe.*

1934 *Mille francs de récompense.*

1951 *L'Intervention.*

BIBLIOGRAPHIE

1. Principales éditions de *La Légende des siècles*

La Légende des siècles, Première Série. Histoire. Les Petites Épopées ; Bruxelles, Méline, Cans Cie, 1859 (non mise en vente, du fait de son caractère défectueux).

La Légende des siècles, Première Série. Histoire. Les Petites Épopées ; M. Lévy, Hetzel et Cie, 1859, 2 vol., in-8°.

La Légende des siècles, Nouvelle Série ; Calmann-Lévy, 1877, 2 vol., in-8°.

La Légende des siècles, Série complémentaire ; Calmann-Lévy, 1883, in-8°.

La Légende des siècles, reclassée dans l'ordre collectif ; édition dite définitive, tomes de poésie VII à X de l'édition des *Œuvres complètes, « Ne Varietur »*, d'après les manuscrits originaux, J. Hetzel et A. Quantin, in-8°, 1883-1884.

La Légende des siècles ; édition de P. Berret, Hachette, coll. « Les Grands Écrivains de France », 6 tomes (Première Série, t. I-II), 1921-1927). La grande édition critique de référence.

La Légende des siècles, édition de J. Truchet ; Gallimard, « La Pléiade », 1955. Reprise de l'édition « *Ne Varietur* »

La Légende des siècles, édition de L. Cellier ; Garnier-Flammarion, 1967. Reprise de l'édition « *Ne Varietur* ».

La Légende des siècles, Première Série. Histoire. Les Petites Épopées, édition de F. Moreau ; tome X des *Œuvres complètes* éditées par J. Massin, Club Français du Livre, 1967-1970. Les recueils de 1877 et de 1883 sont désintégrés dans les volumes suivants (et précédents) au nom du principe d'édition chronologique des œuvres, qui d'ailleurs n'est poussé à cette limite que pour ces deux recueils, non reconnus comme tels.

La Légende des siècles, édition de B. Leuilliot ; Seuil, « L'Intégrale », 1972.

La Légende des siècles, édition d'A. Dumas, présentation et dossier de J. Gaudon ; Garnier, 1974.

La Légende des siècles ; Première Série, édition de J. Gaudon, vol. « Poésie II » ; Nouvelle Série, édition de J. Delabroy, vol. « Poésie III » ; Dernière Série, édition d'Y. Gohin, vol. Poésie III ; *Œuvres complètes* ss la dir. de G. Rosa et de J. Seebacher, Robert Laffont, coll. « Bouquins », 1985.

La Légende des siècles, édition de J.-Y. Masson, morceaux choisis ; Éditions de la Différence, coll. Orphée, 1991.

La Légende des siècles. Fragments, édition et présentation de F. Lambert ; Flammarion, « Cahiers de Victor Hugo » publiés avec le concours du CNRS, 1970.

2. Articles et ouvrages portant en totalité ou en partie sur *La Légende des siècles*

ALBOUY (P.), « Aux commencements de *La Légende des siècles* » ; *R.H.L.F.*, octobre-décembre 1962.

ALBOUY (P.), *La Création mythologique chez Victor Hugo* ; Corti, 1985.

BERRET (P.), *La Légende des siècles* ; Mellotée, 1935.

BRUNEL (P.), *La Légende des siècles (Première Série, 1859) – Fonctions du poème,* Éditions du Temps, 2001.

BUTOR (M.), « Babel en creux » ; *Nouvelle Revue française*, t. XIX, nº CLII (avril 1962) ; reproduit in *OC*, « Massin », VIII et in *Répertoire II*, Minuit, 1964.

CHARLES (D.), *La Pensée technique dans l'œuvre de Victor Hugo* ; PUF, « Écrivains », 1997.

COMBE (D.), « *La Légende des siècles*, “ poèmes multiformes ”. Les genres épiques dans les « poëmes » du XIXe siècle » ; dans *Méthode !*, nº1, agrégation de Lettres 2002, Vallongues, 2001.

DURRENMATT (J.), « Sublime et anti-sublime dans “Sultan Mourad” (*La Légende des siècles*) » ; dans *Styles*, SEDES, 2001.

GAUDON (J.), « Écrire le siècle : l'épopée inachevée » ; *RHLF*, 1986, nº 6.

LAFORGUE (P.), « La légende d'un enfant du siècle » ; in *Hugo-siècle, Romantisme*, n° 60, 1988.

LAFORGUE (P.), *Victor Hugo et La Légende des siècles* ; Paradigme, 1997.

MILLET (Cl.), « La représentation du Siècle des lumières dans *La Légende des siècles* » ; in *Hugo le fabuleux*, sous la dir. de J. Seebacher et A. Ubersfled, Seghers, 1985.

MILLET (Cl.), « La politique dans *La Légende des siècles* » ; *La Pensée*, n° 245, 1985.

MILLET (Cl.), « Légende des siècles ou légende du siècle » ; in *Aspects du XIXe siècle par lui-même*, sous la dir. de N. Jacque-Chaquin, Les Cahiers de Fontenay, 1986.

MILLET (Cl.), *Le Despote oriental. Des* Orientales *à* La Légende des siècles *– 1829-1859* ; Maisonneuve et Larose, coll. « Victor Hugo et l'Orient » ; dir. F. Laurent, 2001.

MILLET (Cl.), *« Le Mur des siècles ». La Représentation de l'Histoire dans la Nouvelle Série de* La Légende des siècles (thèse, sous la dir. de G. Rosa), Université de Paris VII, 3 vol., 1991.

MILLET (Cl.), « Le féminin dans *La Légende des siècles* » ; in *Femmes, Victor Hugo* n° 4, sous la dir. de D. Casiglia-Laster, *Revue des Lettres modernes*, Minard, 1991.

MILLET (Cl.), *« La Légende des siècles » de Victor Hugo* ; PUF, « Études littéraires », 1995.

MILLET (Cl.), « Victor Hugo et le Second Empire : le carnaval de l'épopée » ; Groupe Hugo, mai 1996.

MILLET (Cl.), « Bateau à vapeur et aéroscaphe – les chimères de l'avenir dans la Première Série de *La Légende des siècles* ; in *Science et technique, Victor Hugo* n° 4, sous la dir. de Cl. Millet, Série « Victor Hugo », *Revue des Lettres modernes*, Minard, 1999.

MOUCHARD (Cl.), « Parts d'enfance », in *Méthode !*

NAUGRETTE (F.), « Étude littéraire du "Mariage de Roland", in *Méthode !*

SPIQUEL (A.), « Temples », in *Méthode !*

WÜRTZ (L.), CHARLES (D.) et MILLET (Cl.), « Légende du siècle ou des siècles ? » ; contribution au colloque *L'Invention du XIXe siècle*, musée d'Orsay / Sorbonne, 1997, sous la dir. de S. Michaud et M. Milner ; Klincksieck, 1999.

3. Bibliographie complémentaire sur Victor Hugo pouvant informer la lecture de *La Légende des siècles*

ALBOUY (P.), « Hugo fantôme » ; *Littérature*, nº 13, février 1974.

GLEIZE (J.-M.) et ROSA (G.), « Celui-là, politique du sujet poétique » ; *Littérature*, nº 24, 1976.

GOHIN (Y.), *Sur l'emploi des mots* immanent *et* immanence *chez Victor Hugo* ; « Archives hugoliennes, nº 6 », *Archives des lettres modernes*, Minard, 1968.

GOHIN (Y.), *Victor Hugo* ; PUF, « Que sais-je ? », 1985.

GUILLEMIN (H.), *Hugo* ; Seuil ; « Écrivains de toujours », 1951.

LAURENT (F.), « La question du grand homme dans l'œuvre de Victor Hugo » ; in *Le Grand Homme, Romantisme*, nº 100, 1998.

MAUREL (J.), *Victor Hugo philosophe* ; PUF, « Philosophies », 1985.

MESCHONNIC (H.), « Portrait de Victor Hugo en homme siècle » ; in *Hugo-siècle, op. cit.*

POULET (G.), « Victor Hugo », dans *Études sur le temps humain*, vol. 2, *La distance intérieure* ; Plon, 1952 ; rééd. Presses Pocket, 1989.

RÉTAT (Cl.), *X, ou le divin dans la poésie de Victor Hugo à partir de l'exil* ; « CNRS Littérature », CNRS éditions, 1999.

RICHARD (J.-P.) ; « Hugo », in *Études sur le romantisme*, Seuil, 1970.

ROSA (A.), *Victor Hugo, l'éclat d'un siècle* ; Messidor / La Farandole, 1985.

ROSA (G.), voir GLEIZE (J.-M.).

ROSA (G.), « Victor Hugo poète romantique ou le droit à la parole » ; in *Hugo-siècle, op. cit.*

SEEBACHER (J.), *Victor Hugo ou le calcul des profondeurs* ; PUF, « Écrivains », 1993.

SPIQUEL (A.), *La Déesse cachée : Isis dans l'œuvre de Victor Hugo* ; Champion, 1997.

UBERSFELD (A.), *Paroles de Hugo* ; Éditions sociales, 1985.

ZUMTHOR (P.), *Victor Hugo, Poète de Satan* ; Robert Laffont, 1946.

4. Bibliographie sommaire sur l'épopée, le mythe et la légende

CELLIER (L.), *L'Épopée humanitaire et les grands mythes romantiques* ; PUF, 1954, rééd. SEDES, 1971.

COMBE (D.) *Les genres littéraires* ; Hachette Supérieur, « Contours littéraires », 1992.

COMBE (D.), « Le récit poétique et la poésie narrative : la question de l'épique » ; in *L'Histoire et la géographie dans le récit poétique*, sous la dir. de S. Coyault, Clermont-Ferrand, Centre de Recherches sur les littératures modernes et contemporaines, 1997.

DARRAS (J.) (sous la dir.) : *Après l'usure de toutes les routes : retour sur l'épopée ; In'hui*, 49-50, septembre 1997.

DÉTIENNE (M.), *L'Invention de la mythologie* ; Gallimard, « Tel », 1981.

DÖBLIN (A.), « La structure de l'œuvre épique », trad. A. Lance ; *Obliques*, 6-7, 1976.

DUMÉZIL (G.), *Mythe et épopée* ; Gallimard, 1968-1973.

GENETTE (G.), *Introduction à l'architexte* ; Seuil, 1979, repris in *Théorie des genres*, Seuil, « Points », 1986.

HAMBURGER (K.), *Logique des genres littéraires*, trad. P. Cadiot ; Seuil, 1986.

HEGEL (G. W. F.), *Esthétique*, IV ; Champs-Flammarion, 1979.

HIMMELSBACH (S.), *L'Épopée ou la case vide : la réflexion poétologique sur l'épopée nationale en France* ; Tübingen, Niemeyer, 1988.

HUNT (H. J.), *The Epic in Nineteenth-Century France : a study in Heroic and Humanitarian Poetry from* Les Martyrs *to* Les Siècles morts ; Oxford, Basil Blackwell, 1941.

JOLLES (A.), *Formes simples* ; Seuil, 1972.

LAROUSSE (P.), articles « Épopée » et « Mythe » du *Grand Dictionnaire universel du XIXe siècle*, tome VII, 1866-1879.

LÉVI-STRAUSS (Cl.), *La Pensée sauvage* ; Plon, 1992.

LUKACS (G.), « Épopée et roman » ; in *La Théorie du roman*, trad. J. Clairevoye ; Gallimard, « Tel », 1968.

MADELÉNAT (P.), *L'Épopée* ; PUF, 1982.

MATHIEU-CASTELLANI (G.) « Pour une poétique de l'épique : représentation et commémoration », *Revue de Littérature comparée*, oct.-déc. 1996.

MAURICE (J.), *La Chanson de Roland* ; PUF, « Que sais-je ? », 1992.

MILLET (Cl.), *Le Légendaire au* XIXe *siècle – Poésie, mythe, vérité* ; PUF, « Perspectives littéraires », 1997.

NANCY (J.-L.), *La Communauté désœuvrée* ; Christian Bourgois, 1990.

ROMILLY (J. de), *Perspectives actuelles sur l'épopée homérique* ; PUF, 1983.

STAROBINSKI (J.), « Le mythe au XVIIIe siècle » ; *Critique*, n° 366, novembre 1977.

SUARD (J.), *Chanson de geste et tradition épique en France*, Paradigme, 1994.

Site du Groupe Hugo à Jussieu, sous la direction de G. Rosa http://www.diderotp7.jussieu.fr/groupugo/ACCUEIL.htm

TABLE DES TITRES

« "Vous ne voyez plus rien ?" dit Tsilla, l'enfant blond,
La fille de ses fils, douce comme l'aurore ;
Et Caïn répondit : "Je vois cet œil encore !" »
(I, 2, « La conscience », vv. 32-34)

Illustration de Chifflart.

TABLE DES ILLUSTRATIONS

Table

V. Les chevaliers errants

VI. Les trônes d'Orient

VII. L'Italie. — Ratbert

DOSSIER

Composition réalisée par NORD COMPO

Achevé d'imprimer en janvier 2011 en France sur Presse Offset par
Maury-Imprimeur - 45330 Malesherbes
N° d'imprimeur : 160223
Dépôt légal 1re publication : août 2000
Édition 06 - janvier 2011
LIBRAIRIE GÉNÉRALE FRANÇAISE - 31, rue de Fleurus - 75278 Paris Cedex 06

31/6066/0